BASTEI
LÜBBE
TASCHENBUCH

JASON DARK

Die Welt des

JOHN SINCLAIR

DIE HORROR-OMA

VIER SPANNENDE KULTGESCHICHTEN

BASTEI
LÜBBE
TASCHENBUCH

BASTEI LÜBBE TASCHENBUCH
Band 73 996

1. Auflage: Mai 2012

Vollständige Taschenbuchausgabe

Bastei Lübbe Taschenbücher
in der
Bastei Lübbe GmbH & Co. KG

Lektorat: Rainer Delfs
Titelbild: © Thinkstock
Umschlaggestaltung: Tanja Østlyngen
Satz: two-up, Düsseldorf
Druck und Verarbeitung:
CPI – Ebner & Spiegel, Ulm
Printed in Germany
ISBN 978-3-404-73996-7

Sie finden uns im Internet unter
www.luebbe.de
oder
www.bastei.de

Der Preis dieses Bandes versteht sich einschließlich
der gesetzlichen Mehrwertsteuer.

Inhalt

DER ZOMBIE-BUS

Dr. Ricardo Ray sah aus wie ein Playboy, aber nicht wie ein Chemiker. Er war überdurchschnittlich groß, trug das schwarze Haar modisch geschnitten, und seine Bräune blieb über das ganze Jahr immer gleich. Sein Lächeln auch.

Er war schon smart, dieser Chemiker. Deshalb wurde er von den Kollegen auch der schöne Ricardo genannt.

Dr. Ray nahm die Bezeichnung huldvoll zur Kenntnis. Huldvoll war auch das Lächeln, mit dem er mich begrüßte.

»Willkommen, Oberinspektor«, sagte er und reichte mir die Hand.

Ich quetschte sie ein wenig.

»Dass Sie den Weg zu mir gefunden haben, freut mich. Ich hätte nicht damit gerechnet, dass Sie so schnell kommen würden, aber die Sache ließ mir keine Ruhe. Auch nicht am Wochenende.«

»Wenn es wirklich so schlimm ist …«

»Schlimmer, Oberinspektor, schlimmer. Aber das sage und zeige ich Ihnen noch. Kommen Sie erst einmal rein.«

Ricardo Ray hatte es eigentlich gar nicht nötig, zu arbeiten. Sein verstorbener Vater hatte ihm genügend Geld hinterlassen, um ein sorgenfreies Leben führen zu können. Dazu hatte Ray jedoch keine Lust. Er wohnte zwar wie ein kleiner König, aber sein Gehalt war das eines Beamten.

Dr. Ray, der Chemiker, arbeitete bei Scotland Yard. Wir beide waren quasi Kollegen. Und ihm war eine besondere Aufgabe zugefallen. Er sollte Blut untersuchen, das vielleicht einmal einem Vampir gehört hatte.

Wir betraten eine Halle. Die Steinfliesen auf dem Boden waren so gelegt, dass das Muster beruhigend wirkte. Die Glastüren reichten bis zum Boden. In den Fenstern spiegelte sich das Sonnenlicht. Ich konnte einen Blick in den Park erhaschen, wo ich einen großen Teich sah, auf dem Gänse und Enten schwammen.

Nobel, nobel.

»Sie wohnen hier sehr nett«, erklärte ich dem Chemiker.

»Vielleicht ein wenig einsam. Aber ich habe in Mayfair noch eine kleine Stadtwohnung.«

»Die sicherlich mehr als sieben Zimmer hat«, sagte ich.

Er lachte. »So ungefähr. Aber deshalb habe ich Sie nicht gebeten, zu kommen. Vielleicht wissen Sie, dass ich mir als Hobby ein kleines Privatlabor leiste.«

»Ja, es hat sich herumgesprochen.«

»Und in dieses Labor möchte ich Sie führen, Mister Sinclair. Wir brauchen auch nicht zu laufen, sondern können einen Lift nehmen.«

Ricardo Ray ging vor und blieb neben einer Nische stehen. Hier hatte er sich den Lift einbauen lassen. Ray war salopp angezogen. Eine leichte Jacke aus Kamelhaar trug er, ein sportliches Hemd, um den Hals ein Tuch geschlungen und eine dunkle Hose, deren Stoff locker fiel und die bestimmt viel Geld gekostet hatte.

Wer's hatte …

Die Tür des Lifts schob sich lautlos zur Seite, und wir betraten die kleine Kabine, die sehr gut und teuer ausstaffiert war. Es gab sogar eine kleine Bar.

»Möchten Sie einen Schluck, Oberinspektor?«

»Nein, danke.«

»Aber es ist doch Wochenende. Eigentlich sind Sie ja nicht im Dienst.«

»Vielleicht später.«

Er schaute mich von der Seite her seltsam an und nickte. »Ja, Sir, später.«

Der Lift hielt. Wieder schwang die Tür zurück, und der Chemiker ließ mir den Vortritt.

»Fühlen Sie sich ganz normal«, sagte er, weil ich stehen geblieben war. Ich war auch wirklich überrascht, denn das Labor hätte einem Industrieunternehmen zur Ehre gereicht.

Es gab eigentlich nichts, was es nicht gab. Von den Hilfsmitteln der reinen Chemie ging es über zur physikalischen Chemie, denn ich sah zahlreiche Messgeräte, die allerdings nicht in Betrieb waren.

10

Das musste ein Vermögen gekostet haben!

Ricardo Ray lachte. »Ich weiß, was Sie denken, Kollege Sinclair. Und Sie denken nicht falsch. Es hat in der Tat ein Vermögen gekostet. Mein Vater hat es mir überlassen. Ich habe damit mein Hobby finanziert, was ich als durchaus legitim betrachte.«

»Natürlich.«

»Viele denken wie Sie«, sagte der Chemiker. »Deshalb habe ich auch nie mit Kollegen in diesem Haus eine Party gefeiert. Ich weiche immer in meine Stadtwohnung aus.«

Ich schwieg und ließ mich von ihm quer durch das Labor führen. Fenster sah ich nicht, wohl eine Klimaanlage und große Abzüge, die giftige Dämpfe filterten.

Ricardo Ray besaß auch ein Büro. Es war ziemlich geräumig. Auf dem Schreibtisch häuften sich die Unterlagen. Es lagen auch dort wissenschaftliche Bücher. Sie waren übereinandergestapelt und bildeten einen Turm.

Ray ließ sich weder am Schreibtisch nieder noch in der kleinen Sitzgruppe. Er steuerte einen Beistelltisch an, auf dem einige Erlenmeyerkolben standen, in denen eine rotviolette Flüssigkeit schwamm. Ray deutete auf die Gefäße. »Deswegen habe ich Sie herkommen lassen, Oberinspektor.«

Ich nickte. »Ist das dieses gewisse Blut?«

»Ja.«

Zum besseren Verständnis muss ich etwas in die Vergangenheit schweifen. Es war einige Monate her, da hatten wir gegen den Vampir Fariac gekämpft. Er hatte sich ausgezeichnet getarnt und besaß eine Kosmetikfirma, sodass sein Vampirdasein überhaupt nicht auffiel. Lange Zeit konnte er sein Unwesen treiben, bis er an mich geriet. In einem entscheidenden Kampf gelang es mir, ihn zu vernichten. Ich war dabei sogar in die Vergangenheit gereist. Und begonnen hatte der Fall damals in einem der Fariacschen Labors. Dort hatte ich auch die beiden großen Gefäße mit Blut entdeckt. Wir hatten zwar nicht das gesamte Blut retten können, doch einige Reste davon, und um die kümmerten sich die Chemiker des Yard. Die Untersuchungen zogen sich in die Länge, denn die Experten bekamen die Analyse des Bluts nie richtig in den Griff. Da Dr. Ray ebenfalls beim Yard angestellt war, beschäftigte er sich ebenfalls mit der Untersuchung. Und er führte sie sogar in seinem privaten Laboratorium weiter. Als er mich schließlich anrief, konnte ich davon ausgehen, dass er einen Erfolg zu verzeichnen hatte.

Auf das Ergebnis war ich gespannt. Es musste sensationell sein, denn sonst hätte mich der Chemiker nicht am Wochenende angerufen. Mal sehen, was er zu bieten hatte.

»Und das ist das Vampirblut?«, fragte ich noch einmal.

»Ja, Mister Sinclair.«

»Was haben Sie festgestellt?«

»Es ist auf jeden Fall kein normales Blut, wenn ich den Analysen trauen darf«, erklärte er mir.

»Sondern?«

»Wir werden es sehen«, erwiderte er geheimnisvoll.

»Darf ich mal?«

»Bitte.«

Ich nahm einen Kolben hoch, hielt ihn schräg und schaute mir den Inhalt an.

Das Blut war sehr dick. Wesentlich dicker als das eines normalen Menschen. Es erinnerte mich an Sirup, und ich wunderte mich.

»Eigentlich haben wir doch gar nicht so viel Blut gerettet, wie sich bei Ihnen befindet«, sagte ich.

»Das stimmt, ich habe auch ein wenig experimentiert.«

»Und was ist dabei herausgekommen?«

»Eine ziemlich komplizierte Sache, Mister Sinclair, die ich Ihnen höchstens wissenschaftlich erklären kann.«

»Versuchen Sie es anders.«

»Das Blut ist auf jeden Fall sehr alt. So viel kann ich sagen. Und es lebt!«

»Was?«

»Ja, Sir. Das Blut lebt. Es kann sich verlängern, regenerieren, wenn Sie so wollen. Ich brauche nur einen bestimmten Zusatz beizusetzen, dann habe ich den Erfolg.«

»Welchen Zusatz?« Die Sache wurde mir langsam aber sicher unheimlich.

»Ich habe es mit Menschenblut versucht, Sir. Und es klappte. Das andere Blut vermehrte sich. Innerhalb weniger Tage hatte ich die doppelte Menge beisammen.«

Das war in der Tat ein Schock. Den musste ich erst einmal verdauen. »Menschenblut?« Ich flüsterte das Wort. »Das kann ich einfach nicht glauben.«

»Dem ist aber so.«

Ich wischte mir den Schweiß von der Stirn. »Wissen Sie eigentlich, was das für ein Blut war, das man Ihnen ursprünglich zur Analyse gegeben hat?«

»Nein.«

Ich wusste nicht, ob er log, aber es kam mir so vor. »Das war das Blut eines Vampirs. Gordon Fariac ist sein Name.«

Er schaute mich an. »Fast hätte ich es mir denken können, Mister Sinclair.«

»Wieso?«, fragte ich. »Glauben Sie an Vampire?«

»Im Prinzip nicht.«

»Aber?«

»Man hat etwas munkeln hören. Die Kollegen sprachen davon, dass dieses Blut keinen normalen Ursprung hat, wenn Sie verstehen, was ich meine.«

»Allerdings.«

»Und nun dachte ich mir, dass ich Ihnen Bescheid gebe, bevor ich alles an die große Glocke hänge.« Er schaute mich an und lächelte dabei entwaffnend.

Ich nickte. »Im Prinzip war das richtig. Nur werde ich meinen Vorgesetzten informieren müssen, dass Sie ein Ergebnis gefunden haben, Doktor.«

»Das hatte ich mir gedacht, und ich habe mich deshalb entschlossen, Sie herzubitten.«

»Ich verstehe nicht ganz …«

»Lassen Sie mich ausreden, Sir. Mit der Analyse des Blutes waren meine Untersuchungen ja nicht beendet. Ich wollte sehen, wie es wirkt. Ja, ich musste die Wirkungsweise in der Praxis kennenlernen.«

»Und?«

»Ich habe Versuche angestellt, Mister Sinclair.«

»Was sehr riskant war, wie ich annehme?«

»Für Sie vielleicht, aber ich wollte es wissen.«

»Was genau haben Sie getan, Doktor?«

»Ich habe meiner Familie und meinen Verwandten ein wenig von dem Blut zu trinken gegeben.«

Dieses Geständnis war ein Schock. War dieser Kerl denn von allen guten Geistern verlassen?

Er lachte. »Das passt Ihnen nicht, Oberinspektor, wie ich unschwer Ihrem Gesicht ablesen kann. Aber es ist nun mal nicht wegzuleugnen. Meine Verwandten haben von dem Blut getrunken.«

»Was ist passiert?«

»Sie können den Erfolg sehen.«

Mir kroch eine Gänsehaut über den Rücken. Dieses gefährliche Blut hatte die Menschen sicherlich verändert. Ich rechnete damit, dass sie zu Vampiren geworden waren.

»Bitte kommen Sie mit«, forderte mich der Chemiker auf.

»Wohin?«

»Sie wollten doch meine Verwandten sehen.«

»Natürlich.« Ich behielt den Kerl genau im Auge und glaubte auch, dass er sich verändert hatte. In seine Augen war ein gieriges Funkeln getreten, die Pupillen glitzerten. Dieser Mann konnte sich nur mit Mühe beherrschen, er stand dicht vor einer Verwandlung.

Langsam erhob ich mich aus dem Sessel. Meine innere Uhr war auf Alarm geschaltet, als Ricardo Ray vor mir herging und das unterirdische Büro verließ.

Wir durchquerten das Labor und gelangten in den eigentlichen Keller. Er war bestimmt so alt wie das Haus, denn mir kam es vor, als würde ich eine andere Welt betreten.

Düstere Gänge, Winkel und Nischen. Der Staub lag wie eine Schicht auf den dicken Wänden, Spinnweben zitterten unter der Decke und streiften auch mein Gesicht. Die Decke war nicht sehr hoch, sodass ich mich ebenso bücken musste wie der Chemiker. Er hatte das Licht eingeschaltet. Die Beleuchtung war mehr als schlecht. Zahlreiche Stellen im Keller blieben in geheimnisvolles Dunkel getaucht. Es war ein Ort, wo man sich fürchten konnte.

Wir schritten den Hauptgang entlang. Ich war auf jede Überraschung gefasst und tastete auch nach der Beretta, die ich trotz des Wochenendes bei mir trug.

Vor einer Tür blieb der Chemiker stehen.

»Und dort leben jetzt Ihre Verwandten, nachdem Sie ihnen den Trank gegeben haben?«, fragte ich.

Er lächelte nur und sagte flüsternd: »Lassen Sie sich überraschen, Oberinspektor.«

»Bestimmt.«

Ricardo Ray holte einen Schlüssel aus der Tasche und führte ihn in das verrostete Schloss. Zweimal drehte er den Schlüssel um, dann war die Tür offen.

»Bitte sehr, Oberinspektor.«

»Nein, nach Ihnen.«

»Wie Sie wünschen.« Er schaute mich noch einmal an und legte seine Hand auf die Klinke. Mit einem Ruck zog er die Tür auf.

Zuerst sah ich nichts. Es war viel zu dunkel in dem Raum. Nur schemenhaft sah ich, dass sich dort jemand aufhielt. Wer oder was das war, erkannte ich nicht genau.

»Können Sie kein Licht machen?«

»Es wäre schlecht.« Er beugte seinen Kopf vor und rief: »Ihr könnt kommen. Ich habe Besuch.«

Ich hörte die Geräusche. Schlürfen, Keuchen, Schaben. Etwas kam tatsächlich.

Unwillkürlich trat ich zurück. Mein rechter Arm fuhr in die Höhe. Ich wollte so rasch wie möglich an die Beretta kommen.

Dann sah ich sie.

Vier Gestalten.

Und viermal die Ausgeburten der Hölle!

Es waren keine Menschen mehr, sondern Monster. Das erkannte ich, als sie sich so weit der Tür genähert hatten, dass der Lichtschein sie traf. Sie hatten zwar ein menschenähnliches Aussehen, das war aber auch alles. Ihre Haut schillerte grünlich, nicht so wie bei Myxin, sondern wesentlich stärker. Die Augen waren tief in die Höhlen gedrückt worden. Sie hatten einen irgendwie stumpfen Glanz, wenn man das überhaupt so bezeichnen konnte. Sie bewegten sich wie Roboter, steif und ungelenk, und sie kamen auf mich zu.

Ich wich zurück.

Meine Hand verschwand unter der Jacke, ich wollte die Beretta ziehen, doch ich hatte zu spät reagiert. Ricardo Ray hatte vorgedacht. Da ich durch den Anblick der vier Ungeheuer abgelenkt worden war, hatte er die Zeit gefunden, seine Waffe zu ziehen. Ich nahm die Bewegung zwar noch wahr, konnte aber nicht verhindern, dass die Mündung auf mich wies.

»Tun Sie jetzt nichts Unüberlegtes«, warnte mich der Kerl und lachte leise.

»Nein«, sagte ich rau.

Tief atmete ich ein. Das war wirklich ein Hammer, mit dem ich nie gerechnet hatte. Plötzlich spürte ich den Schweiß auf der Stirn, denn die vier kamen direkt auf mich zu.

Und sie zeigten jetzt ihr wahres Gesicht, indem sie die Mäuler öffneten.

Bei jedem von ihnen sah ich zwei lange, spitze Zähne. Verdammt, das waren nicht nur Zombies, sondern gleichzeitig Vampire. Eine brandgefährliche Mischung, die dieser verrückte und wahnsinnige Chemiker da geschaffen hatte.

Sie waren die Erben des Fariacschen Blutes!

Ich wandte den Kopf und sah, dass auch Ricardo Ray seine Lippen zurückgezogen hatte. Deutlich schimmerten die beiden spitzen Vampirzähne in seinem Gebiss.

Mir wurde ein wenig mulmig zumute. Jetzt hatte ich fünf gefährliche Gegner, die gegen mich standen. Einer davon verließ sich auf eine Walther-Pistole, deren Mündung nach wie vor drohend auf mich wies.

Da war nichts zu machen.

»Stopp!«, sagte Ray.

Die vier Zombie-Vampire blieben tatsächlich stehen. Ein Monster war eine Frau. Sie hatte schwarzes, jetzt allerdings verfilztes Haar, das ihre Schultern berührte. Sie stand ganz außen, hatte ihren Mund geöffnet und wartete wie die anderen darauf, an mein Blut zu gelangen.

»Ist Ihnen nun klar, weshalb ich Sie habe herkommen lassen?«, fragte der Chemiker.

Ich nickte. »Ja, Sie brauchen nichts mehr zu sagen. Ich habe verstanden.«

»Deshalb wollte ich auch nicht, dass Sie Ihren Chef anrufen. Powell braucht nichts zu wissen. Das hier geht allein uns beide und natürlich meine Freunde an. Ich bin, und das gebe ich ehrlich zu, der Faszination des Blutes erlegen, aber dies soll niemand erfahren. Ich weiß auch, wie gefährlich Sie sind, John Sinclair, und habe deshalb Vorsorge getroffen. Sie sind hergekommen, so ist es mir gelungen, den einzigen Zeugen auszuschalten.«

»Noch lebe ich.«

»Aber nicht mehr lange. Gegen fünf Gegner kommen auch Sie nicht an, Oberinspektor. Es hat sich inzwischen herumgesprochen, dass Ihre Waffe mit Silberkugeln geladen ist. Deshalb werden Sie die Pistole jetzt vorsichtig aus dem Holster ziehen und wegwerfen. Klar?«

»Ja.«

»Dann los.«

Ich ließ meine Hand unter die linke Achsel rutschen. Dort steckte die Beretta. Als ich den kühlen Griff spürte, durchzuckte mich der Gedanke, die Waffe schnell hervorzureißen und einfach zu schießen. Doch Ray hatte den Finger am Abzug, er würde immer schneller reagieren. Zudem schien er nur darauf zu warten, dass ich eine falsche Bewegung machte.

Deshalb lupfte ich die Beretta mit zwei Fingern vorsichtig aus dem Holster und hielt sie wie einen Gegenstand, vor dem man sich ekeln konnte.

Fünf Augenpaare beobachteten jede meiner Bewegungen. Fünf Ungeheuer standen auf dem Sprung.

»Werfen Sie die Waffe weg!«

Der Befehl klang knallhart. Ich hatte keine andere Wahl und musste gehorchen.

Die Beretta schepperte zu Boden. Sie blieb in meiner Nähe liegen, was Ray nicht passte. Ich bekam den Befehl, sie wegzuschieben.

Die Pistole landete in irgendeinem dunklen Winkel des Flurs.

Ricardo Ray war zufrieden. Ein teuflisches Lächeln zeigte sich auf seinem Gesicht, und die beiden Vorderzähne glänzten dabei. So wollte er es haben.

Der Chemiker warf einen raschen Blick auf seine vier Kreaturen. Sie standen sprungbereit, lauerten nur auf den Befehl, mich anzugreifen.

Doch Ray ließ sich Zeit. Er sagte: »Ich kenne Sie, John Sinclair, und auch Ihre Fähigkeiten. Sie sind zwar ohne Ihre Beretta, aber Sie tragen noch das Kreuz und sind dadurch brandgefährlich. Deshalb werde ich einen Teufel tun und meinen Freunden schon jetzt den Befehl zum Angriff geben. Sie sollen wehrlos sein, wenn man sich mit Ihnen beschäftigt.«

»Was haben Sie vor?« Ich erkannte meine eigene Stimme kaum wieder.

»Ganz einfach, Geisterjäger. Ich werde Sie erschießen. Denn als Toter sind Sie ebenso wertvoll wie als Lebender.« Er lachte böse und freute sich wohl über mein entsetztes Gesicht.

Dieser Mann war wirklich ein Teufel. Er musste vollends unter dem Bann des Blutes stehen, denn sonst hätte er nicht so reagiert.

Was sollte ich tun?

Vor mir stand Ray. Drei Schritte etwa betrug die Entfernung. Zu viel, um einen verzweifelten Sprung zu wagen, die Kugel hätte mich immer erwischt.

Und die Vampirzombies?

Sie befanden sich dichter an mir. Vor allen Dingen das weibliche Wesen. Bei ihr brauchte ich eigentlich nur den Arm auszustrecken, um sie zu erreichen.

Sie starrte mich unentwegt an. Obwohl ihr Blick leer war, hatte ich das Gefühl, als würde sie mich laufend taxieren. Wahrscheinlich schon in stiller Vorfreude auf das kommende Festmahl.

Ich wurde plötzlich kalt. Ein gewisses Gefühl der Ruhe überkam mich, denn in den nächsten Sekunden durfte ich keinen Fehler begehen.

Und ich handelte.

Mein Sprung zur Seite war beinahe eine artistische Leistung. Ich überraschte nicht nur die grünhäutigen Wesen damit, sondern auch ihren Anführer Ricardo Ray.

Als der Schuss aufpeitschte, prallte ich schon gegen den weiblichen Zombie und riss ihn um.

Das Wesen streckte beide Arme aus, schrie, und mit den Fingern krallte es sich an den am nächsten stehenden Artgenossen fest. Beide fielen zu Boden.

Zusammen mit mir.

Wieder schoss der Vampir.

Diesmal jaulte die Kugel nur knapp über meinen Scheitel hinweg und hämmerte gegen die Wand, wo sie deformiert wurde. Sofort wurde ich wieder aktiv, hieb meine Hände in die Haare des weiblichen Vampirzombies und riss ihn über mich.

Eine gute Deckung, wie ich bald schon feststellen konnte, denn die dritte Kugel traf mich nicht, sondern die Untote auf mir. Ich hörte den Einschlag in der Körpermitte. Doch das Geschoss tat dem Wesen nichts, es war nicht geweiht und bestand auch nicht aus Silber.

Ricardo Ray schien in eine leichte Panik zu geraten. »Aus dem Weg!«, brüllte er und ging selbst zur Seite, um sich freies Schussfeld zu verschaffen.

Die Kreaturen reagierten jedoch nicht so, wie er es gern gehabt hätte. Sie waren ziemlich durcheinander.

Ich nutzte die Gelegenheit und schleuderte das auf mir liegende untote Wesen von mir.

Genau auf Ray zu.

Der konnte nicht mehr ausweichen. Der weibliche Vampirzombie prallte mit dem Rücken gegen ihn. Ich konnte der Untoten ins Gesicht sehen. Es war eine Grimasse. Sie hatte den Mund geöffnet, die Zähne stachen spitz hervor. Unter dem Hals befand sich eine Wunde, aus der kein Tropfen Blut floss. Dort war sie von der Kugel ihres Meisters getroffen worden.

Aus dem Liegen federte ich hoch.

Ein Untoter griff nach mir. Ich spürte seine Hand auf der rechten Schulter, drehte mich um und schüttelte die Finger ab. Mit dem Ellbogen stieß ich ihn zurück, hatte freie Bahn und nutzte sie, weil Ray immer noch mit der Untoten beschäftigt war, die sich wie eine Ertrinkende an ihm festklammerte.

Ich nahm mir nicht die Zeit, erst noch die Beretta zu suchen, sondern jagte in den Gang hinein. Weiter vorn schützte mich die Dunkelheit. Wenn ich mich zudem dicht an der Wand hielt, würde ich ein noch schlechteres Ziel abgeben.

Wieder schoss Ray.

Seine dritte Kugel zwitscherte ebenfalls vorbei.

Geduckt und in langen Sätzen sprintete ich weiter und erreichte die Tür, die zum Labor führte. Leider steckte von innen kein Schlüssel. Wuchtig hämmerte ich sie zu und lief an den langen Labortischen vorbei auf den Fahrstuhl zu.

Doch die Verfolger waren schnell.

»Da ist er!«, brüllte Ricardo Ray.

Er schoss.

Dicht über den Tisch flog die Kugel, sie zertrümmerte eine Flasche mit Salzsäure. Das Zeug floss aus und breitete sich als Lache auf den Fliesen aus.

Sofort begann die Säure zu qualmen, und der ätzende Geruch traf meine Nase.

Ich bewegte mich zur Seite und schielte über einen Labortisch hinweg in Richtung Tür.

Die Zombies drängten nach. Sie hatten den Befehl ihres Anführers gehört und wollten ihm sofort Folge leisten. Ihr Opfer durfte nicht entwischen.

Ich musste mir Platz und Zeit verschaffen, denn ich brauchte die Sekunden, um die Fahrstuhltür zu öffnen. In meiner Nähe standen noch mehrere Säureflaschen.

Die kamen mir wie gerufen.

Ich schnappte mir die erste Flasche, löste den Stöpsel und schleuderte sie dann auf die Zombies zu. Im hohen Bogen flog die Flasche durch die Luft, wobei aus der Öffnung die Säure wie eine Fontäne strömte. Als die Flasche dem ersten Zombie gegen die Brust schlug, war schon die zweite unterwegs.

Sofort warf ich die dritte hinterher. In ihr befand sich Lauge. Sie zersplitterte ebenfalls. Säure und Lauge trafen zusammen und bildeten sofort einen Nebel, der den Vampirzombies die Sicht auf mich nahm.

Ricardo Ray schoss wieder. Dicht unter der Decke erfolgte der Einschlag, er störte mich nicht.

Ich hatte mich klein gemacht und robbte zum Fahrstuhl. Noch auf dem Boden hockend hob ich die Hand, umfasste den Griff und zog die Tür der Kabine auf.

Dann huschte ich hinein.

Die Tür schwang zu, nachdem ich noch einmal heftig gezogen hatte. Rasch drückte ich auf den drittuntersten Knopf.

Erdgeschoss.

Der Lift ruckte an, transportierte mich in die Höhe, und ich atmete auf, als ich ihn verlassen konnte.

Ich betrat die leere Halle. Dort blieb ich stehen und atmete erst einmal tief durch. Mit dieser höllischen Überraschung im Hause des Chemikers hätte ich wirklich nicht gerechnet. Dieser Mann war besessen. Er hatte sich vom Keim des Fariacschen Blutes infizieren lassen und war selbst zu einem Vampir geworden.

Fünf Zombievampire.

Eigentlich zu viele Gegner, wenn ich daran dachte, dass ich allein war und nur das Kreuz besaß. Aber ich hatte noch die Ersatzberetta. Sie lag im Handschuhfach. Der Bentley stand auf dem kiesbestreuten Parkplatz vor dem Haus.

Ich lief zur Tür, riss sie auf und rannte die Treppe hinunter, wobei ich drei Stufen auf einmal nahm.

Hastig schloss ich die Wagentür auf, öffnete die Klappe des Handschuhfachs, nahm die Beretta an mich und zuckte zusammen, weil ich einen Motor gehört hatte.

Blitzschnell tauchte ich aus dem Fahrzeug.

Es war ein brauner Bentley, der die große Garage neben dem Haus verließ. Mit durchdrehenden Reifen bog er in den Hauptweg ein, der hinunter zum Tor führte. Ich konnte soeben noch erkennen, dass Dr. Ray hinter dem Lenkrad hockte. Auch seine Zombies saßen im Wagen.

Sofort änderte ich meinen ursprünglichen Plan. Dieser Wagen durfte mir nicht entkommen, denn wenn er es schaffte, bedeutete das für normale Menschen eine ungeheure Gefahr.

Ich startete.

Leider hatte der andere Bentley schon einen zu großen Vorsprung, doch den würde ich egalisieren, denn im Autofahren war ich kein heuriger Hase.

Das Haus war von einem großen Park umgeben. Es gab nicht nur einen, sondern gleich drei Teiche. Die Uferränder waren mit Trauerweiden bewachsen, dazwischen breiteten sich große, gepflegte Rasenflächen aus. Da wuchsen auch die alten Bäume, die schon seit Jahrzehnten dort standen.

Zu schnell konnte man den Kiesweg nicht fahren, denn der Wagen kam sonst ins Rutschen. Vor allen Dingen in den Kurven wurde es gefährlich, zudem musste ich erkennen, dass mir Ricardo Ray in punkto Fahrstil und Können zumindest gleichwertig war.

Ich holte nämlich nicht auf.

Und dann wurde Ray tollkühn.

Der Vampir verließ den Weg und raste quer über eine Rasenfläche, um abzukürzen. Die Reifen warfen dicke Soden hoch und wühlten auch den Boden auf.

Was dem einen recht war, das konnte mir nur billig sein. Auch mich hielt nichts mehr auf dem Weg. Ich drehte das Steuer nach links und rollte ebenfalls über den Rasen, der noch feucht vom Regen war und eine seifige Unterlage bildete.

Durch die hohe Geschwindigkeit geriet der Silbergraue ins Schwimmen. Ein paar Mal musste ich scharf gegenlenken, dann hatte ich ihn wieder in der Spur.

Die Bremsleuchten des Fluchtwagens glühten auf. Zweimal tippte der Fahrer kurz die Bremse an. Das Heck brach aus, und mit einem gekonnten Powerslide gelangte der braune Bentley wieder auf den normalen Weg, wo Ricardo Ray sofort wieder Gas gab, um möglichst schnell die Ausfahrt zu erreichen.

Auch ich fuhr nicht mehr über den Rasen, weil mir einige Bäume den weiteren Weg versperrten. Zurück auf die normale Strecke, die auch hier einen Kiesbelag zeigte.

Gas.

Ich setzte jetzt alles auf eine Karte, damit ich den braunen Bentley noch vor der Ausfahrt einholte.

Er befand sich praktisch nur noch eine Kurve vor mir. Mit scharfem Blick erkannte ich die Gesichter der Vampirzombies. Die Wesen hatten sich auf dem Rücksitz umgedreht und schauten durch die Heckscheibe.

Wären Suko oder Bill jetzt bei mir gewesen, dann hätte einer von ihnen schießen können. So aber musste ich meine Feinde weiterhin allein und auf ganz normale Weise verfolgen.

Der Bentley vor mir war langsamer geworden.

Warum?

Den Grund sollte ich in den nächsten Sekunden auf eine äußerst drastische Art und Weise erfahren.

Ein Seitenfenster glitt nach unten, und ein grüner Arm erschien. Ich sah eine zusammengeballte Hand, die sich auf einmal öffnete und etwas Glitzerndes verlor.

Das Zeug regnete zu Boden.

Ein heißer Schreck durchfuhr mich.

Nägel, verdammt, das waren Nägel! Diese Reifenkiller, die zu einem Dreieck verschweißt waren und immer mit einer Spitze nach oben liegen blieben, denn wegen ihrer Form konnten sie nicht kippen.

Ich bremste.

Es war eine Vollbremsung, wobei ich krampfhaft das Lenkrad festhielt, doch der Wagen blieb nicht in der Spur wie auf einer normalen Straße. Er machte sich auf dem regennassen Kies selbstständig und rutschte auf die Nägel zu.

Vor mir nahm der Wagen wieder Fahrt auf und brachte den Rest der Strecke hinter sich. Bei meinem Bentley bohrten sich die Nägel in die Vorderreifen und zerstörten sie.

Aus. Damit konnte ich nicht weiterfahren. Dabei hatte ich noch Glück, dass die lange Frontschnauze keinen Baum küsste, sondern auf dem Weg blieb.

Endlich stand er.

Ich schlug voller Wut auf den Lenkradring. Das hatte mir gerade noch gefehlt. Jetzt waren die gefährlichen Zombievampire doch noch entkommen.

Ich stieg aus und schaute mir die vorderen Reifen an. Beide waren platt.

Der Fluch, der mir daraufhin über die Lippen rutschte, war zwar nicht druckreif, er kam aber vom Herzen.

Gaby Mansfield war in Deutschland geboren, dort auch aufgewachsen und hatte vor zehn Jahren einen englischen Soldaten kennen- und lieben gelernt.

Als der Soldat versetzt wurde, war sie mit ihm nach England

gegangen, hatte sich noch einmal mit der Sprache beschäftigt und einen eigentlich untypischen weiblichen Beruf erlernt.

Sie war Busfahrerin geworden.

Zwei Jahre dauerte ihre Ausbildung. Männliche Kollegen hatten Gaby so manchen Stein in den Weg gelegt, doch sie hatte sich über alle Hindernisse hinweggesetzt und die Prüfung sogar mit Auszeichnung bestanden. Seit diesem Tag wurde sie akzeptiert.

Zuerst fuhr sie in London. Und das war eine harte Schule gewesen, denn es war nicht einfach, die großen Doppeldecker-Busse durch die oft engen Straßen zu steuern. Nicht einen Unfall hatte Gaby in zwei Jahren gebaut, und das war eine gute Leistung. Man war an höherer Stelle aufmerksam geworden und hatte Gaby Mansfield einen anderen Job angetragen.

Wenn sie wollte, konnte sie weitere Strecken übernehmen. Im Klartext hieß das: Überlandfahrten.

Gaby hatte sich mit ihrem Mann zusammengesetzt. Da ihre Ehe kinderlos geblieben war, hatte der Berufssoldat nichts dagegen, dass seine 30-jährige Frau in den Job einstieg.

Seitdem fuhr sie die Strecke London-Southampton.

Nur an diesem Samstag passte es Rodney, ihrem Mann, überhaupt nicht, dass sie Dienst hatte.

Sie saßen beim Frühstück. Rod Mansfield rührte missmutig im Tee herum und schaute zu, wie sich die Milch verteilte. Er hatte über seinen Schlafanzug einen Morgenmantel geworfen und die Stirn in ärgerliche Falten gelegt.

Natürlich bemerkte Gaby das. Sie streckte den Arm aus und streichelte die Wange ihres Gatten. »Sei doch nicht sauer, ich bin ja am Abend wieder hier.«

»Sagen wir mal besser in der Nacht.«

»Dafür habe ich morgen frei.«

»Und ich Dienst.«

»Aber erst am Abend. Es bleibt uns noch der Tag.«

Rod Mansfield hob die Schultern. »Deine optimistische und positive Einstellung möchte ich haben. Kann man die eigentlich erlernen?«

Gaby lachte und biss in den Honigtoast. »Nein, die ist angeboren.«

»Kann ich mir denken.« Rod schaute seine Frau an. Die Uniform stand ihr ausgezeichnet, und die weiße Bluse darunter bildete einen Kontrast zu dem rabenschwarzen Lockenhaar, das den Kopf der Frau wie eine wahre Flut umwallte. Gabys Gesichtszüge waren vielleicht ein wenig zu herb, manche sagten auch männlich, doch das störte Rod nicht. Er liebte seine Frau, und vor allen Dingen hatten es ihm die dunklen Augen und die gut gewachsene Figur angetan. Gaby konnte sich sehen lassen.

»Woran denkst du?«, fragte sie plötzlich, als sie den Blick ihres Mannes bemerkte.

»An dich.«

»Wie schön. Und?«

»Und daran, dass du wahrscheinlich wieder einige Angebote während der Fahrt bekommen wirst.«

Gaby winkte ab. »Das hält sich in Grenzen.«

»Davon bin ich nicht überzeugt. Die Männer wären ja dumm, wenn sie es nicht versuchten. Habe ich ja auch.«

»Bei dir war das was anderes.«

»Man kann nie wissen.«

»Du immer mit deiner blöden Eifersucht. Ich habe dich geheiratet und keinen anderen.«

»Schon gut. Soll ich dich wegbringen?«

»Das wäre nett.«

Rod schob den Stuhl zurück. »All right, ich ziehe mich dann nur noch um.«

Er ging und ließ eine nachdenkliche Frau zurück. Gaby hatte bereits mit dem Gedanken gespielt, ihren Job aufzugeben, aber sie brauchten das Geld. Und wenn sie die Strecke nach Southampton fuhr, dann hatte sie wenigstens nur Tagdienst. In London war sie oft auch nachts gefahren. Aber lange würde sie das nicht mehr machen. Ihr Mann litt zu sehr darunter.

Rodney kam zurück. »Ich bin fertig«, sagte er. »Und vergiss deinen Proviant nicht.«

»Nein, nein.« Gaby packte die Tasche. Der Inhalt bestand aus vier Äpfeln und drei Sandwichs. Es waren auch Traubenzuckertabletten dabei und eine Flasche mit Tee. Mehr brauchte die Fahrerin nicht.

Rodney Mansfield saß schon in dem grünen Ford, der auf der Straße parkte, als seine Frau das Haus verließ. Eine Nachbarin grüßte und fragte: »Geht's wieder auf Fahrt?«

»Ja.«

»Und das am Samstag.«

»Was will man machen?«

»Ja, ja, das liebe Geld.«

Rodney konnte die Frau nicht riechen und winkte aus dem Wagen. Als Gaby einstieg, fragte er: »Was wollte die alte Kuh denn jetzt schon wieder?«

»Das Übliche.«

»Wenn die stirbt, muss man ihr Maul noch zusätzlich totschlagen«, grinste Mansfield und scherte aus der Parklücke.

»Sei nicht so gemein, die Frau steht allein auf der Welt.«

»Ihr Pech.«

Gaby schwieg, denn es hatte keinen Sinn, mit ihrem Mann darüber zu diskutieren.

Abreisepunkt war Waterloo Station. Dort standen auf einem Platz die großen Überlandbusse. Rote Wagen, die von den Londoner Verkehrsbetrieben unterhalten wurden. Gegenüber den modernen Reisebussen hatten sie einen Nachteil.

Sie waren nicht so bequem. Auf der langen Strecke, die etwas über 100 Meilen betrug, musste sich die Fahrerin so manches Schimpfen anhören, was auch berechtigt war. Doch die Stadt hatte kein Geld, die Busse zu modernisieren oder neue zu kaufen.

Die beiden mussten quer durch die City und auch über die Themse hinweg. Der Verkehr hielt sich zum Glück noch in Grenzen. Auf der Rückfahrt würde Rodney jedoch in einen Stau kommen, das stand für ihn jetzt schon fest.

Manchmal murmelte er vor sich hin, wenn ihn andere Autofahrer ärgerten, ansonsten blieb er stumm. Auch Gaby sagte nichts. Sie konzentrierte sich bereits auf die vor ihr liegenden Stunden. Sie würden hart genug werden. Die Fahrerei war kein Vergnügen, sie artete zumeist in Dauerstress aus.

Als das graue Gebäude des großen Bahnhofs vor ihnen auftauchte, setzte sich die Frau seufzend auf und strich mit allen zehn Fingern durch die Haare.

»Jetzt geht es rund«, sagte sie.

Rod nickte. Er lenkte den Ford auf den Parkplatz für die großen Busse, wo seine Frau ausstieg.

Rod verließ ebenfalls den Wagen.

Zahlreiche Busse standen in den Parktaschen. Es herrschte ein ständiges Ankommen und Wegfahren. Aus allen Teilen des Landes kamen die schweren Wagen und hatten hier ihre Endstation. Auch die innerstädtischen Busse liefen Waterloo an.

Gabys Bus leuchtete knallig rot. An den Seiten zierten Reklameposter das Metall.

Noch eine Viertelstunde, dann würde es losgehen. Zwei Reisende stiegen ein. Ein älteres Ehepaar. Der Mann und auch die Frau schauten überrascht, als sie die Frau in der blauen Uniform bemerkten. Sie steckten die Köpfe zusammen und tuschelten.

Rodney Mansfield verabschiedete sich von seiner Gattin mit einem langen Kuss.

»Und gib auf dich acht, Liebling«, sagte er.

»Klar, was soll denn schieflaufen?«

»Ich meine nur.«

»Sei du auch brav.«

Rod grinste. »Ja, ich gehe zu meiner Freundin, der Nachbarin, und setze mich auf ihren Schoß.«

»Untersteh dich.«

Rod lachte, gab seiner besseren Hälfte noch einen Kuss und verschwand winkend. Er musste seinen Wagen wegstellen, der Platz wurde von den Bussen benötigt.

Hupend fuhr Rod an, seine Frau grüßte noch und wurde dann von dem älteren Mann angesprochen.

»Sagen Sie mal, Lady, fahren Sie vielleicht den schweren Bus?«

»Ja.«

Der Mann schluckte. Er hatte einen faltigen Hals, sein Adamsapfel hüpfte auf und nieder. »Ganz allein?«

»Natürlich.«

»Und das geht so?«

»Sicher.«

»Na dann.« Er ging wieder zu seiner Frau zurück und tuschelte mit ihr.

Gaby aber schloss die Fahrertür auf. Als sie einen Blick auf das Ehepaar warf, hatten die beiden kehrtgemacht. »Wir fahren doch lieber mit dem Zug!«, rief der Mann und eilte hinter seiner besseren Hälfte her, wobei er zwei Koffer schleppte.

Gaby machte sich nichts daraus. Sie kannte ähnliche Szenen. »Verrückte Typen«, sagte sie und lachte.

Dabei konnte sie nicht ahnen, dass dieser Entschluss die beiden alten Menschen vor einem grässlichen Tod bewahrte …

An diesem verdammten Samstag lief aber auch alles schief. Erst einmal waren mir die Zombies entwischt, und als ich versuchte, meinen Partner Suko über das Autotelefon zu erreichen, bekam ich keine Verbindung. Bis mir einfiel, dass Suko und Shao nicht zu Hause waren. Sie wollten sich irgendeinen Kung-Fu-Kampf anschauen.

Danach telefonierte ich abermals. Diesmal mit meiner Dienststelle. Ich ließ mir sofort den Fahndungsleiter geben und erklärte ihm, was geschehen war.

Ich sagte ihm bewusst nicht, dass fünf Untote in dem braunen Bentley hockten, aber eine Großfahndung sollte trotzdem anlaufen. Nur sollten sich die Beamten keinesfalls auf einen Kampf einlassen, sondern nur Bescheid geben, wenn der Wagen gesehen wurde.

Der Kollege hatte alles verstanden und versprach, das Richtige in die Wege zu leiten.

Nun konnte ich wählen. Sollte ich Polizisten herbestellen, damit die mir halfen, die Reifen zu wechseln, oder – ich unterbrach meinen Gedankengang. Den Anruf konnte ich vergessen, denn ich hatte nur ein Ersatzrad im Kofferraum. Es waren aber beide Vorreifen platt. Ich kam mir vor wie auf einer Insel. Dabei befand ich mich nur zehn Meilen vom südlichen Londoner Stadtrand entfernt.

Da hatte ich die Idee.

Wer wohnte denn im Londoner Süden und gar nicht mal so weit von hier weg?

Bill Conolly, der alte Eisenfresser. Er hatte sich sogar einen nagelneuen Porsche zugelegt, nachdem er den alten zu Schrott gefahren hatte, wobei ich Zeuge gewesen war.

Bill war zu Hause.

Allerdings meldete sich Sheila, seine Frau. »Du, John, das finde ich aber toll, dass du an einem Samstag anrufst. Willst du mit uns Kaffee trinken?«

»Nein, Sheila, vielen Dank. Ich möchte nur, dass Bill zu mir kommt und mir hilft.«

»Wieder ein Fall?«

»Nur eine Reifenpanne«, log ich ein wenig.

Sie lachte. »Das gibt es doch nicht.«

»Leider doch. Dann gib mir mal deinen Bettkumpel.«

Bill hatte mitgehört, denn er lachte, als er den Hörer nahm. »Du hast eine Panne?«

»Ja.«

»Ich dachte immer, dein Bentley wäre hundertprozentig in Schuss. Inspektion und so.«

»Ich bin nicht freiwillig in die verdammten Nägel gefahren.«

Bill wurde ruhig. »Ärger, also.«

»Richtig.«

»Und wo steckst du jetzt? Wenn ich dir beim Radwechsel helfen soll, brauche ich …«

»Es wird keinen Radwechsel geben, mein lieber Bill, da zwei Vorderräder im Eimer sind. Du kannst mich abholen.« Ich erklärte ihm, wo ich zu finden war.

»Das geht schnell. Ich fliege, John.«

Ich kletterte aus dem Wagen, schlug die Tür zu und dachte daran, dass ich wieder zurückgehen musste, weil meine Beretta noch im Haus lag. Ich hätte später auch mit Bill zum Haus zurückfahren können, doch ich wollte die Wartezeit nutzen.

Zum Glück bin ich gut zu Fuß. Es machte mir nichts aus, den Weg auf Schusters Rappen zu gehen. Ich blieb nicht auf der Fahrspur, sondern stiefelte quer durchs Gelände. Dabei schreckte ich einige Gänse und Enten auf. Vor allen Dingen waren es die Gänse, die mich böse anstierten und schnatterten.

Ein friedlicher Park. Niemals hätte ich vermutet, dass hinter dieser idyllischen Fassade das Grauen lauerte. Es war allerdings nicht das erste Mal, dass ich solch eine Feststellung gemacht hatte. Nach außen hin alles klar, doch im Innern kochte die Hölle.

Als ich schließlich vor dem Eingang stand, waren über zehn Minuten vergangen. Die Tür stand noch immer offen. Mit ein paar Sätzen überwand ich die Treppe und betrat das Haus, wo mir sofort die Stille auffiel.

Sie hatte etwas Bedrückendes an sich. Ich merkte, dass in diesem Haus Grauenvolles geschehen war, obwohl es keine Toten gab.

Ich ging zum Lift.

Überlaut hörte sich jetzt das Summen an, als mich der Fahrstuhl in den Keller brachte.

Dort verließ ich die Kabine, trat in den Gang, wandte mich nach rechts und ging dorthin, wo ich meine Waffe vermutete. Da das Licht überaus mies war, leuchtete ich mit der Bleistiftlampe und entdeckte die Beretta tatsächlich.

Ich hob sie auf, schaute nach und nickte zufrieden, als ich sämtliche Kugeln im Magazin fand. Durch die Ritzen der Labortür krochen noch immer Schwaden. Es war ein widerlicher Geruch. Ich trachtete danach, so rasch wie möglich das Haus zu verlassen.

Daraus sollte nichts werden.

Plötzlich vernahm ich ein Schmatzen und Kichern, das zwar gedämpft, aber dennoch gut hörbar an meine Ohren drang.

Ich erstarrte und lauschte.

Kein Zweifel, das Geräusch war nicht im Flur aufgeklungen, sondern im Labor!

Dort befand sich jemand.

Noch ein Vampirzombie?

Ein Theoretiker war ich noch nie gewesen. Das wollte und musste ich herausfinden.

Auf leisen Schritten näherte ich mich der Tür, die wieder ins Schloss gefallen war. Die Angeln waren gut geölt, denn als ich die Tür aufzog, quietschte sie nicht.

Ich warf einen Blick durch den Spalt.

Qualmwolken, die mir entgegentrieben und zum Husten reizten. Allerdings nicht so dicht, als dass ich die Gestalt übersehen hätte, die im Hintergrund stand, einen mit Blut gefüllten Erlenmeyerkolben in beiden Händen hielt und langsam zum Mund führte …

Sie zählte über 70 Lenze, war in ihrem Leben schon in der ganzen Welt herumgekommen, sammelte alles, was es über Horror gab und ließ sich auch keinen Gruselfilm entgehen. Sie war dreifache Witwe, lebte in einem Haus in Mayfair und ging ihr Leben gern auf Dämonenjagd.

Stammleser wissen längst, von wem die Rede ist.

Von Lady Sarah Goldwyn, der Horror-Oma! Dieser sympathischen alten Dame, die weder Tod noch Teufel fürchtete und eigentlich immer Action haben musste.

So auch heute.

Mrs Goldwyn hatte sich innerhalb von zwei Minuten dazu entschlossen, eine alte Freundin in Southampton zu besuchen. Die beiden älteren Damen waren zusammen zur Schule gegangen und hatten auch gemeinsam die ersten Streiche ausgeheckt. Später hatten sich ihre Wege getrennt. Erst als Rose Kimballs Mann starb, da hatte sie wieder Kontakt mit der in London lebenden Lady Sarah aufgenommen. Bisher hatten die beiden nur miteinander telefoniert, doch nun wollte Lady Sarah die Freundin Rose endlich einmal besuchen.

Die hatte natürlich freudestrahlend zugestimmt und ihr die schnellsten Züge genannt, doch Lady Sarah hatte ihren eigenen Kopf. Sie wollte mit dem Bus fahren.

Da sah sie mehr, da dauerte die Vorfreude länger, da konnte sie auch mit Fahrgästen plaudern. Und wenn das Wetter noch schön war, machte die Reise doppelten Spaß.

Dafür gestand sie Rose dann zu, noch zwei Tage länger in Southampton zu bleiben.

Den Bus hatte sie sich schon ausgesucht, und mit einem Taxi ließ sie sich zum Bahnhof bringen. Sie zahlte den Fahrpreis, legte noch ein Trinkgeld zu und schaute sich um.

Es war gar nicht leicht, sich mit den Tafeln zurechtzufinden. Lady Sarah machte einen etwas zerstreuten Eindruck, so wie sie dastand in ihrem langen Mantel, dem altmodischen Hut auf dem

Kopf und den zahlreichen Ketten um den Hals. Zudem trug sie an der rechten Hand noch eine Tasche und in der linken ihren Regenschirm. Eine Handtasche hatte sie ebenfalls bei sich.

Das sah auch ein junger Mann, der auf einem viereckigen Betonklotz hockte und ansonsten Löcher in die Luft starrte. Ein kaltes Grinsen umspielte seine Lippen, als er aufstand und langsam auf die Horror-Oma zuschlenderte.

Vor ihr blieb er stehen.

Lady Sarah hob den Blick. »Bitte sehr?«, sagte sie fragend.

»Hallo, Oma«, grinste der Kerl. »Kommst du nicht zurecht?« Er baute sich vor ihr auf und hakte die beiden Daumen lässig in den Gürtel seiner schmalen kunstledernen Hose. Sein Haar war struppig, das Gesicht zeigte einen verschlagenen Ausdruck. Hilfsbereit war der Typ gewiss nicht. Er gehörte zu der Sorte, die sich auf unrechte Art und Weise durchs Leben schlug und sicherlich schon manchen Knast von innen gesehen hatte.

Lady Sarahs Augen blitzten. Sie war zwar schon 70, aber eine Oma noch lange nicht. Was dieser Kerl sich einbildete! Diese Anrede empfand sie als Frechheit.

»Danke, ich komme schon zurecht«, erwiderte sie kühl.

»Das glaube ich kaum.« Der Typ behielt sein Grinsen bei. Sein Arm fuhr zurück, die Hand fummelte am Rücken herum, und als sie wieder zum Vorschein kam, hielten die Finger den Griff eines Messers mit schmaler, langer Klinge umfasst.

»So ist das also«, sagte Lady Sarah.

»Genau, Oma, so ist es.« Die Messerhand wischte nach vorn, so schnell, dass Lady Sarah nicht mehr zurückweichen konnte. Sie sah noch das Blitzen, und im nächsten Augenblick fühlte sie sich erleichtert. Erleichtert insofern, dass ihre Handtasche fehlte. Der Räuber hatte einfach den Riemen gekappt.

Er schnappte sie noch während des Falls mit der freien Hand auf, drehte sich um und wollte weg.

Lady Sarah konnte manchen Spaß vertragen, doch was zu viel war, das war zu viel. Diesem Burschen musste mal jemand Manieren beibringen.

Ihre Allround-Waffe trug sie bei sich. Das war der Regenschirm, der einen mit Blei gefütterten, krummen Griff hatte.

Der Dieb startete.

Er kam nur einen Schritt weit. Lady Sarah hatte den Schirm blitzschnell gedreht, und die Krücke fuhr dem Mann unten zwischen die Beine und erwischte das linke Fußgelenk. Damit hatte der Kerl nicht gerechnet. Er warf beide Hände in die Höhe, fiel nach vorn und landete unsanft auf seinem Gesicht.

Sofort löste Lady Sarah den Griff und setzte die Krücke nun als Schlagwaffe ein.

Sie klopfte dem Kerl auf den Schädel. Zweimal traf sie ihn. Beim ersten Schlag jaulte der Räuber noch, beim zweiten verdrehte er die Augen und meldete sich ab.

»Ich werde dir helfen, ältere Damen zu überfallen«, schimpfte sie und bückte sich, um ihre Handtasche aufzuheben. Sie klemmte sich die Tasche unter den Arm.

Der Kerl hörte sie nicht. Er lag am Boden, war nicht bewusstlos, aber zwei Beulen wuchsen auf seinem Schädel. Dabei stierte er gegen den Himmel und bekam nichts mit.

Doch ein Bobby hatte gesehen, was geschehen war. Er eilte herbei.

»Ist Ihnen was passiert, Madam?«, fragte er hastig.

»Nein, aber ihm.« Lady Sarah deutete auf den Kerl am Boden. »Er wollte unbedingt meine Handtasche.«

»Erstatten Sie Anzeige?« Der Bobby bückte sich und zog den Kerl am Kragen der Jacke hoch.

»Lohnt es sich denn?«

»Und wie. Den hatten wir schon immer in Verdacht, von kleinen Raubüberfällen zu leben.«

»Gut, dann sperren Sie ihn ein.« Lady Sarah nannte ihren Namen und die Adresse.

Der Bobby zog mit dem Straßenräuber ab. Ihm war ein guter Fang gelungen.

Die Horror-Oma nahm ihre große Tasche auf und suchte den Bus, der sie nach Southampton bringen sollte. Sie fand ihn auch. Nur wenige Plätze waren besetzt. Mrs Goldwyn konnte sich ihren aussuchen und war überrascht, dass eine Frau den Bus fuhr.

»Darf ich Ihnen helfen?«, fragte Gaby Mansfield lächelnd und griff nach der Reisetasche.

»Danke sehr. Wirklich freundlich von Ihnen.«

»Das ist unser Service.« Gaby nahm die Tasche. »Wo möchten Sie sitzen?«

»Am besten vorn.«

Mrs Goldwyn nahm zwei Sitze hinter der Fahrerin Platz. Gaby stellte die Tasche noch ins Gepäcknetz.

»Dann darf ich Ihnen eine angenehme Reise wünschen«, sagte sie.

»Danke. Wie lange fahren wir eigentlich?«, erkundigte sich die Horror-Oma.

»Drei Stunden werden es sein.«

Mrs Goldwyn nickte und nahm den Hut ab. Das graue Haar hatte sie nach hinten gekämmt und zu einem Knoten gebunden. »Dann bekomme ich wohl viel von der Landschaft zu sehen.«

»Das kann man sagen, Lady.«

»Ich bin Mrs Goldwyn, Kind.«

»Mein Name ist Gaby Mansfield.«

»Fahren Sie die Strecke schon lange?«, fragte die Horror-Oma.

Gaby lachte. »Sagen Sie jetzt bloß nicht, Sie haben Angst, weil eine Frau den Bus lenkt.«

»Nein, das nicht. Wenn man so alt geworden ist wie ich, dann hat man auch keine Angst mehr.«

»Das finde ich gut.« Gaby nickte der Frau noch einmal zu und entschuldigte sich dann, weil sie sich um die nächsten Fahrgäste kümmerte. Eine Frau mit zwei kleinen Mädchen, deren helle Stimmen sofort durch den Bus schallten.

Die drei Personen nahmen in der Mitte des Busses Platz.

Gaby Mansfield kontrollierte die Fahrausweise, dann wurde es auch schon Zeit. Die Türen schlossen sich mit zischenden Geräuschen.

Lady Sarah wandte den Kopf.

Außer ihr befanden sich noch weitere sechs Fahrgäste im Bus. Das würde sicherlich nicht so bleiben. Unterwegs stiegen bestimmt noch mehr Leute ein.

Ein Vibrieren und Zittern lief durch den großen Wagen, als Gaby den Zündschlüssel drehte. Es gab einen Ruck, dann setzte sich der Bus langsam in Bewegung.

Die Fahrt begann. Und niemand der Fahrgäste ahnte, in welcher Hölle sie enden sollte …

Mir stockte der Atem!

Da hielt sich also noch ein Vampir auf, der mir bei meinem ersten Besuch entgangen war.

Die Kreatur hatte mich noch nicht gesehen. Sie war voll und ganz damit beschäftigt, das Gefäß zu leeren, denn das Blut war für sie die Lebensenergie.

Ich holte noch einmal tief Luft und betrat vorsichtig das Labor. Innerhalb der Schwaden konnte man nicht atmen, deshalb hielt ich auch die Luft an, als ich mich auf Zehenspitzen weiterbewegte und mich dabei noch duckte.

Die Gestalt hatte noch immer nichts bemerkt. Sie war so im Genuss vertieft, schlürfte und schmatzte dabei, dass sie die Umgebung völlig vergaß.

Ich huschte weiter und duckte mich so weit hinter einem Labortisch, dass ich so eben noch über die Platte peilen konnte. Dabei sah ich die Gestalt im Profil vor mir und bekam vor Überraschung große Augen, denn das Wesen war eine Frau.

Eine ältere Frau schon. Mit grauweißen Haaren und einem dürren Körper.

Ich wollte noch näher ran, denn die Schwaden behinderten die Sicht. Zudem musste ich das Wesen stören und vor allen Dingen überraschen.

Dabei kam mir eine gute Idee. Ich schnappte mir eine leere Porzellanschale und warf sie links neben der Frau zu Boden, wo sie klirrend zerbrach.

Die Gestalt zuckte herum.

Genau das hatte ich gewollt.

Ihr Rücken lag frei, drei lange Schritte brachten mich an die Kreatur heran, und ich drückte ihr die Mündung der Beretta in den Nacken. »Wenn du dich von der Stelle rührst, schieße ich!«, zischte ich durch die Zähne, aber dennoch verständlich.

Die Frau versteifte.

Zwei, drei Sekunden geschah nichts. Dann stieß die Untote vor mir ein Kichern aus. »Deine Pistole schreckt mich nicht, Mister. Du kannst mich nicht töten.«

»Auch nicht mit Silberkugeln?«

»Wieso? Ist deine Waffe damit geladen, Mister?«

»Ja.«

»Wer bist du?«

»Ich heiße John Sinclair.«

Sie zuckte zusammen. »Der Geisterjäger?«

»Du kennst mich?«

»Ich habe genug gehört. Ricardo hat mir von dir erzählt. Er hasst dich.«

»Das kann ich mir vorstellen. Wer bist du?«

Die Alte kicherte. »Wenn ich dir das sage, wirst du überrascht sein.«

»Raus mit der Sprache!«, forderte ich.

»Ich bin seine Mutter!«

Das war in der Tat eine Überraschung. Dieser Teufel hatte wirklich vor nichts haltgemacht. Er hatte sogar seine Mutter in den tödlichen Strudel mit hineingezogen und sie in eine blutsaugende Vampirin verwandelt.

Mein Gott …

In welch schlimmes Nest hatte ich hier nur hineingestochen. Und dieser Mann hatte einmal als Kollege beim Yard gearbeitet. So etwas war ungeheuerlich.

Ich löste die Mündung vom Nacken der Frau und trat einen Schritt zurück.

»Dreh dich um!«, befahl ich.

Sie gehorchte. Das Gefäß mit dem Blut behielt sie dabei in der rechten Hand.

Dann schaute ich sie an.

Sie bot ein Bild des Schreckens. Ihr Gesicht war eingefallen, die Haut zeigte eine graue Tönung, die Augen waren klein und verschwanden fast in den Höhlen. Doch die Mundpartie war das Schlimmste in ihrem Gesicht. Sie präsentierte sich blutverschmiert, denn ein Teil der Flüssigkeit war nicht in ihren Mund, sondern daneben gelaufen. Die Lippen hatte sie zurückgezogen, sodass ich die langen Eckzähne sehen konnte.

Das gab mir den letzten Beweis, einen weiblichen Vampir vor mir zu haben. Sie trug ein violettes Kleid, das mal sehr teuer gewesen sein musste, doch jetzt zeigte es schmutzig graue Flecken.

»Warum warst du nicht bei den anderen?«, wollte ich wissen.

»Ich habe geschlafen.«

»Wie lange bist du schon ein Vampir?«

»Erst seit zwei Tagen. Deshalb ist meine Haut auch noch nicht so grün wie die bei den anderen.«

Das war in der Tat ein Grund.

»Die anderen sind geflohen«, erklärte ich. »Weißt du, wo sie sich verstecken wollen?«

»Nein.«

»Wollen sie nach London?«

Sie kicherte. »Selbst wenn ich es wüsste, würde ich es dir nicht sagen, denn du bist unser Feind, aber nicht unsterblich, John Sinclair.«

»Das weiß ich selbst. Da ich jedoch euer Feind bin, weißt du auch, was mit dir geschieht?«

»Du willst mich töten!«

»Nein, erlösen.«

»So siehst du es, Geisterjäger, aber mir gefällt das Leben. Ich sehe keinen Grund, es abzubrechen. Denn nur als Vampir werde ich das ewige Leben besitzen, von dem viele träumen und es nie erreichen. Ich habe es geschafft.«

»Der Preis ist zu hoch.«

»Für mich nicht. Ich habe ihn gern gezahlt. Ich werde tagsüber schlafen und nachts auf die Jagd gehen. Zusammen mit meinem Sohn und den anderen.«

»Dazu kommt es nicht mehr«, stellte ich klar.

»O doch«, erwiderte die Untote und reagierte blitzschnell. Eine kaum zu erkennende Bewegung mit der rechten Hand, und der Schwall Blut aus dem Erlenmeyerkolben fuhr mir entgegen.

Instinktiv wich ich zur Seite. Ganz schaffte ich es nicht. Das Zeug klatschte mir ins Gesicht, ich schloss rasch den Mund, um nichts zwischen die Lippen zu bekommen, denn es fehlte mir noch, dass auch mich der Vampirkeim ansteckte.

Ich schoss nicht, sondern wischte mir das widerliche, klebrige Zeug aus dem Gesicht.

Die Zeit reichte der Blutsaugerin, um mich anzuspringen. Sie kam wie eine Furie. Ihr magerer Körper prallte gegen mich, Finger fuhren an meine Kehle und kratzten die Haut dort auf. Ich wurde bis an den Labortisch zurückgedrängt, dessen Kante ich im Kreuz spürte, und zog das Knie hoch.

Die Vampirin rammte dagegen. Doch sie empfand keinen Schmerz. Im Gegenteil, sie lachte darüber und griff erneut an. Diesmal packte sie eine mit Lauge gefüllte Flasche und wollte sie mir auf den Schädel schmettern.

Ich sprang zur Seite.

Mit ungeheurer Wucht hieb die Glasflasche gegen die gefliese Kante des Labortisches und zerbrach in zahlreiche Stücke. Die gefährliche Lauge spritzte nach allen Seiten davon, wobei der größte Teil die Untote traf.

Für wenige Sekunden stand sie starr, denn die Lauge hatte auch ihr Gesicht getroffen, zusammen mit einigen kleinen Glassplittern. Ich hatte zum Glück kaum etwas abbekommen, nur an den Hosenbeinen. Mein Sprung war weit genug gewesen.

Die Untote drehte sich um. Sie sah noch schrecklicher aus als zuvor. Die scharfe Lauge rann über ihr Gesicht und vermischte sich mit dem Blut, das noch an ihren Lippen klebte. Aber aufgeben wollte die Bestie nicht. Sie hatte meinen Tod beschlossen, und sie wollte vor allen Dingen mein Blut.

Mir blieb keine Wahl mehr.

Ich zielte dorthin, wo bei einem Menschen das Herz sitzt, und drückte ab.

Die Kugel traf genau.

Plötzlich wurde der Vorwärtsdrang der Untoten gestoppt. Sie riss beide Augen auf, hob die Arme und krallte sie in ihre Kleidung. Dann drehte sie sich halb um, taumelte zur Seite, lief mit schleifenden Schritten auf die Sitzgruppe zu und fiel bäuchlings auf einen Sessel, wo sie liegen blieb.

Ich senkte die Waffe und ging zu ihr.

Die Mutter des ehemaligen Chemikers lebte nicht mehr. Mein Silbergeschoss hatte ihr unseliges Leben zerstört. Ich wollte sie auf die Seite drehen und musste dabei achtgeben, dass ich nicht in die an der Kleidung klebende Lauge fasste. Bei dieser Bewegung bekam der Sessel das Übergewicht und kippte zusammen mit der Frau um.

Jetzt sah ich ihr Gesicht.

Nein, sie löste sich nicht auf. Die Gesichtszüge hatten einen fast friedlichen Ausdruck angenommen. Sie war noch nicht so lange ein Vampir, als dass sie zu Staub geworden wäre.

Die Frau tat mir leid, aber ich hatte keine andere Möglichkeit gehabt, als mich so meiner Haut zu wehren.

Erst jetzt merkte ich, wie schwer es war, in diesem Raum Luft zu bekommen.

Ich musste unbedingt raus.

Als ich im Gang stand, hustete ich mich erst einmal frei. Obwohl die Luft dort auch nicht besonders war, kam sie mir doch herrlich frisch und rein vor.

Ich dachte an Bill Conolly, der sicherlich schon wartete, und fuhr nach oben.

Eine wirklich friedliche Stille empfing mich. Auf der Treppe blieb ich stehen und lauschte dem Zwitschern der Vögel. Kaum glaublich, dass ich soeben einer Hölle entkommen war. Wieder einmal bewahrheitete sich, wie dicht Himmel und Hölle beieinanderlagen.

Dann wurde die Stille durch das satte Röhren eines Motors unterbrochen. Am Geräusch erkannte ich den Porsche. Schon bald bog der rote Flitzer um die Kurve. Die breiten Reifen knirschten über den Kies und zermalmten ihn.

Ich winkte.

Bill sah mich. Vor der Treppe stoppte er und stieg aus, während ich ihm entgegenging.

»Hatte mir schon gedacht, dass ich dich hier oben finde«, sagte er und nickte. »Sieht ja stark aus, das Häuschen.«

Ich hob die Schultern. »Nur äußerlich. Im Innern ist es eine Hölle.«

»Wieso?«

»Ich habe Sheila bewusst nichts gesagt, aber wir können uns unter Umständen auf einen heißen Kampf gefasst machen.«

»Und gegen wen?«

»Vampirzombies.«

Bills Augen wurden groß. Ich sah den Schauer über sein Gesicht laufen. »Ehrlich?«

»Leider.«

Er schluckte. »Mann, das musst du mir erzählen, John.«

Ich berichtete, was mir widerfahren war. Bill wiegte den Kopf. »Das ist natürlich ein heißes Ding«, murmelte er. »Die Zombies sind entkommen. Demnach können sie auch tagsüber existieren.«

»Sieht so aus.«

»Hast du eine Ahnung, wohin sie sich gewandt haben könnten?«, wollte er wissen.

»Nein.«

»Ich tippe auf London.«

»Daneben.«

»Wieso?«

»Denk mal nach. Was sollen sie da? Sie würden nur auffallen. Nein, die halten sich woanders versteckt. Vielleicht fahren sie erst nach London, wenn es dunkel geworden ist.«

»Das wäre allerdings eine Möglichkeit. Und was machen wir so lange?«

»Warten, was sonst?«

»Dann muss ich Sheila Bescheid geben.«

Ich nahm neben Bill Platz und fuhr mit ihm dorthin, wo der Bentley mit seinen beiden platten Vorderreifen stand.

Dort holte ich meine Ersatzberetta aus dem Handschuhfach und gab sie Bill. »Für alle Fälle, oder hast du deine Pistole mit?«

»Nein, die liegt zu Hause.« Er grinste. »Ich wusste ja nicht, dass es wieder zur Sache geht. Tut mir richtig gut …«

Über Ricardo Rays Gesicht flog ein triumphierendes Lächeln. Es war ihnen tatsächlich gelungen, den Verfolger abzuhängen. Gut, dass sie noch die Nägel in Reserve gehabt hatten.

Vor der Schnauze des braunen Bentley tauchte das große Eingangstor aus Schmiedeeisen auf. Die beiden Hälften standen sperrangelweit offen.

Der Bentley mit seiner höllischen Fracht rauschte hindurch. Nach etwa 100 Metern führte die schmale Straße auf eine Kreuzung zu. Und dort musste sich Ricardo Ray entscheiden.

Rechts führte der Weg nach London. Links ging es nach Wimbledon, das lag näher.

Wimbledon war berühmt geworden durch sein Tennisturnier. Wurde nicht gespielt, dann war es ein ruhiger, beinahe verträumter Ort im Grünen.

An der Kreuzung stoppte Ricardo Ray und entschied sich dafür, nach links zu fahren – Richtung Wimbledon. London reizte ihn zwar auch, aber da konnten sie noch während der Abendstunden und vor allen Dingen in der Nacht hin.

Da kein Verkehr herrschte, konnte er ruhig einen Moment warten. Er drehte den Kopf.

Die vier Grünhäutigen hockten im Fond. Zwar sehr eng, aber es ging. »Ich habe mich für Wimbledon entschieden«, erklärte der ehemalige Chemiker. »Einverstanden?«

Die Vampirzombies nickten. Sie hätten auch nie widersprochen, denn der Vampir war ihr Meister, dem sie zu gehorchen hatten. Auch die Frau, die sonst, als alle noch normal waren, Ricardo oft widersprochen hatte.

Edna war seine Schwester. Sie hatte ebenfalls in dem Haus gelebt, zusammen mit der Gestalt, die neben ihr saß. Verheiratet waren sie nicht gewesen, denn Ryan Rogers gehörte zu seinen normalen Zeiten zu den Typen, die nichts von der Ehe, sondern nur etwas von der freien Liebe hielten. Er hatte sich Schriftsteller genannt, doch seine Lyrik wollte kein Verleger drucken. Geld besaß er nicht, und er schmarotzte sich so bei Edna durch, die einen Narren an dem Kerl gefressen hatte. Jetzt sah die Sache ja anders aus.

Neben dem früheren Dichter hockten Rays Brüder. Der um fünf Jahre jüngere Knabe hieß Ernest, der andere, nur zwei Jahre jünger, hörte auf den Namen Paul.

Das also war seine Familie.

Nur die Mutter hatte er nicht mitgenommen, weil alles so schnell gegangen war. Ricardo nahm sich jedoch vor, sie bei passender Gelegenheit zu holen.

Er fuhr wieder an.

Nach einigen 100 Metern tauchten die ersten Schilder auf, die zu den Parkplätzen wiesen, wo die Besucher der Tennisturniere ihre Wagen abstellen konnten. Jetzt waren sie verlassen. Die Straße führte bis Southampton, war gut ausgebaut, und Ray überlegte schon, ob er nicht bis zur Küste fahren sollte, verwarf den Gedanken jedoch wieder, denn London bot ihm und seinen Kreaturen wesentlich mehr Chancen, unterzuschlüpfen.

Sie ließen Wimbledon hinter sich. Bis zur nächstgrößeren Ortschaft waren es noch ein paar Meilen, und Ray konnte auf die Tube drücken. Der Bentley wurde beschleunigt. Leicht überholte er zwei Lastwagen und auch einige PKWs. Immer wenn sie überholten, duckten sich die vier Wesen im Fond zusammen. Es brauchte niemand zu sehen, wer dort hinten im Wagen hockte.

»Wir brauchen Blut«, meldete sich Edna aus dem Fond. Sie rutschte unruhig hin und her, öffnete den Mund und präsentierte ihre beiden Vampirzähne.

»Später.«

»Nein, nicht später. Jetzt!«

»Du musst dich noch gedulden. Die anderen tun es auch.«

»Die wollen auch Blut. Nicht wahr, Ryan?«

»Ja«, krächzte der ehemalige Dichter.

»Reißt euch zusammen!«, zischte Ricardo Ray. »Wir können jetzt noch nichts unternehmen.«

»Lange warten wir nicht mehr«, drohte Edna.

Ray ärgerte sich. Er war überhaupt sauer, dass alles so hatte kommen müssen, aber er konnte nichts daran ändern. Sinclair war zu schnell und stark gewesen. Er hätte jetzt tot sein müssen, wenn alles nach Plan gegangen wäre, stattdessen befanden sie sich nun auf der Flucht vor ihm.

Das passte Ray nicht.

Er war auch lange genug beim Yard gewesen, um zu wissen, wie Sinclair reagieren würde.

Fahndung!

Deshalb mussten sie damit rechnen, dass irgendwelche Landpolizisten nach dem braunen Bentley Ausschau hielten.

Schnurgerade stach die Straße in die grüne Landschaft hinein. Sie zerteilte Wiesen und Weiden, auf denen hin und wieder hohe

Bäume mit gewaltigen Kronen wuchsen, die Dächer aus grünem Laub bildeten. Vereinzelt erschienen auch Gehöfte, die einsam zwischen den Feldern und Weiden standen.

»Dort können wir uns doch Blut holen«, sagte Edna, die immer unruhiger wurde.

»Später.«

»Verdammt, ich will aber nicht warten.« Sie schlug die rechte Hand mit den langen Nägeln in die lederne Rückseite des Fahrersitzes.

»Noch einmal, und ich breche dir das Genick!«, drohte Ricardo.

Da war Edna ruhig. Sie wusste genau, wie weit sie gehen durfte. Wenn ihr Bruder so sprach, setzte er seine Versprechungen meist in die Tat um.

Zweimal schon waren sie an kleinen Einbuchtungen vorbeigefahren. Es waren Bushaltestellen, denn auf dieser Straße fuhr der Bus von London nach Southampton.

Ray hatte die Haltepunkte zwar gesehen, aber sich nichts dabei gedacht. Noch ahnte er nicht, wie sehr ein Bus sein weiteres Schicksal bestimmen sollte.

Er hatte ein anderes Problem. Im Rückspiegel waren zwei Punkte aufgetaucht, die schnell größer wurden.

Motorräder!

Und auf ihnen hockten – es war jetzt deutlich an den Uniformen zu erkennen – zwei Polizisten.

Ray fuhr zu schnell. Das wusste er genau und senkte deshalb die Geschwindigkeit, was den anderen natürlich nicht verborgen blieb. So fragte sein Bruder Ernest: »Was ist los? Warum fährst du auf einmal so langsam?«

»Dreh dich mal um!«

Das tat nicht nur Ernest, sondern die anderen drei Vampirzombies ebenfalls.

»Bullen!«, kreischte Edna.

»Genau.«

»Die können wir kriegen!«, zischte sie und rieb sich schon die Hände.

»Nein, ihr geht in Deckung!«

»Ich denke gar nicht daran!«

Ryan Rogers packte Edna und drückte ihren Kopf nach unten, wobei er und die anderen ebenfalls in Deckung gingen, sodass sie auf den ersten Blick von außen nicht zu sehen waren.

Die beiden Polizisten waren schon ziemlich nah. Nicht mehr als 20 Meter trennten sie noch von dem braunen Bentley. Jetzt gaben sie noch einmal Gas.

Die Beamten gehörten zu den Männern, die über die Ringfahndung nach dem braunen Bentley Bescheid wussten. Man hatte ihnen mitgeteilt, dass dieser Wagen gesucht wurde, sie ihn jedoch auf keinen Fall anhalten sollten, da die Insassen brandgefährlich waren.

Jetzt befanden sie sich auf gleicher Höhe. Und sie schauten in den Bentley hinein.

Da saß nur einer hinter dem Steuer.

Die Polizisten nickten sich während der Fahrt zu. Sie waren ein Team und verstanden sich blind. Jeder wusste genau, was der andere wollte, wenn er so reagierte.

Anhalten, hieß das.

Sie überholten den Bentley, und Ricardo Ray wollte schon aufatmen, als er sah, dass die beiden Männer ihre Kellen hervorholten und damit winkten.

Jetzt war alles klar.

»Vielleicht kommt ihr doch noch zu eurem Blut!«, flüsterte Ray und fuhr abermals langsamer.

Das Schicksal hatte es nicht gut mit den fünf Zombies gemeint. Ohne Ärger kamen sie hier nicht mehr weg. Ricardo Ray überlegte auch schon, ob er die beiden einfach umfahren sollte, entschied sich jedoch dagegen.

Er stoppte.

Die beiden Beamten hatten ihre Maschinen angehalten und aufgebockt. Während einer bei den Motorrädern blieb, schlenderte der andere auf den Bentley zu.

Ray wollte dem Mann noch eine Chance geben und befahl den anderen, sich nicht zu rühren. Er selbst öffnete die Tür, stieg aus und ging dem Polizisten ein paar Schritte entgegen.

Der Mann schob das Visier seines Helms hoch. Er grüßte lässig.

Ray lächelte, allerdings so, dass man seine beiden spitzen Zähne nicht sah. »Habe ich etwas falsch gemacht?«, flüsterte er.

»Ja.«

»Ich bin zu schnell gefahren, nicht?«

»Auch.«

»Wieso auch?«

»Darf ich Ihre Papiere sehen?«, erkundigte sich der Polizist.

Ricardo Ray nickte. Obwohl er innerlich unter Strom stand, ließ er sich äußerlich nichts anmerken, griff in die Innentasche, holte seine Brieftasche hervor und reichte dem Beamten seine Fahrlizenz. Der schaute sich das Dokument genau an, während er von Ray und seinem Kollegen nicht aus den Augen gelassen wurde. Schließlich nickte er und gab Ray das Dokument zurück.

»In Ordnung, Sir.«

»Danke.« Ricardo Ray atmete auf. Das schien ja noch mal glattgegangen zu sein. Doch die nächsten Worte des Polizisten änderten seine Meinung schlagartig.

»Sind Sie allein unterwegs, Sir?«

»Ja.«

Der Polizist schaute Ray genau an. Nach einer Weile meinte er: »Darf ich mich davon überzeugen?«

»Wieso? Glauben Sie mir nicht?«

»Ich möchte mich nur davon überzeugen. Wir haben Order, alle Wagen zu untersuchen. Terroristenfahndung, Sie verstehen sicherlich.«

Du Lügner, dachte Ray, sagte aber nichts dergleichen, sondern machte eine einladende Bewegung. »Bitte, Sir, schauen Sie sich nur um.«

Der Beamte setzte sich in Bewegung. Er wurde dabei von seinem Kollegen und von Ricardo Ray beobachtet, der ihm etwas langsamer folgte.

Der Polizist erreichte den Wagen. Er zögerte aber noch, weil der Bus aus London an ihnen vorbeifuhr. Als er verschwunden war, zog der Beamte die Tür auf.

Von nun an überstürzten sich die Ereignisse …

Ricardo Ray war schneller gegangen und hatte aufgeholt. Als der Polizist neben dem Wagen stehen blieb, verhielt auch er seinen Schritt. Genau eine Körperlänge hinter dem Beamten.

Der bückte sich und schaute in den Wagen.

Da hob Ricardo Ray den Arm und schlug zu. Er hatte sich vorher mit einem schnellen Blick davon überzeugt, dass außer dem zweiten Beamten kein weiterer Zeuge in der Nähe war.

Der Polizist fiel nach vorn und damit gegen den Wagen. Hastig riss ihm Ricardo Ray den Helm ab und schleuderte ihn von sich. Wie eine Kugel eierte der Helm über die Straße.

Erst jetzt wurde der zweite Beamte aufmerksam, da Ray zuvor zwischen ihm und seinem Kollegen gestanden hatte. Er setzte sich sofort in Bewegung, nachdem er seine Schrecksekunde überwunden hatte, und fingerte im Laufen nach der Waffe.

Dies war die Zeit, wo die blutrünstige Edna Ray den Wagenschlag aufstieß. Sie konnte sich nicht mehr beherrschen, wollte dem Mann an den Hals, um ihm das Blut abzusaugen. Gierig verließ sie den braunen Bentley.

Auch Ryan Rogers, Ernest und Paul wollten aus dem Wagen. Sie hielt ebenfalls nichts mehr.

Ricardo schleifte den Beamten vom Bentley weg. Er hielt ihn unter den Achseln gepackt, ging mit ihm um den Wagen herum und schleuderte ihn in den Graben.

Dort blieb er liegen. Der Hieb hatte ihn ziemlich fertiggemacht. Er konnte sich kaum bewegen.

Drei Vampire stürzten sich auf ihn …

Der zweite Polizist hatte das zwar alles mitbekommen, doch sein Gehirn weigerte sich, das Unglaubliche aufzunehmen. Das durfte einfach nicht wahr sein, was er da zu sehen bekam.

Er hielt seine Waffe jetzt in der Hand und schrie: »Bleiben Sie stehen, verdammt!«

Ricardo Ray dachte gar nicht daran, den Befehl zu befolgen. Und seine Artgenossen erst recht nicht.

Er ging weiter.

Dafür stoppte der Polizist.

Der andere war jetzt so nah, dass der Beamte einen Schuss riskieren konnte. Er würde ihn nicht verfehlen, denn der Mann konnte sehr gut schießen. Und er sah auch das Gesicht des Mannes. Der Mund war aufgerissen, und der Polizist sah die beiden spitzen Zähne, wie sie für einen Vampir so typisch sind.

Da wusste auch er Bescheid. Gleichzeitig dachte er an die Warnung, die von der Leitstelle über Funk durchgegeben war. Auf keinen Fall den Wagen anhalten.

Sie hatten es getan – und mussten jetzt die Konsequenzen tragen.

Der Mann schoss.

Er zielte auf die Brust des Vampirs. Zusammen mit der Kugel fauchte eine Mündungsflamme aus der Waffe. Der Schütze sah auch genau, wie die Kugel in die Brust des Gegners hieb, doch sie richtete keinen Schaden an.

Der Vampir zuckte zwar zusammen und verhielt seinen Schritt, dann jedoch umspielte ein böses Lächeln seine zurückgezogenen Lippen, während er langsam weiterging.

Noch einmal drückte der Beamte ab.

Wieder traf die Kugel. Sie hieb dem Untoten in den linken Oberschenkel, riss ihm das Bein weg, doch der andere fing sich wieder, er fiel nicht auf die Straße, sondern ging weiter.

Die Augen des noch jungen Polizisten wurden groß. Er war plötzlich unfähig, sich zu bewegen. Er blieb stehen und schaute der lebenden Leiche entgegen, die fast so nahe an ihn herangekommen war, dass er sie mit dem ausgestreckten Arm berühren konnte.

Doch er schaffte es nicht.

Dafür griff Ricardo Ray zu.

Da löste sich die Erstarrung des Polizisten. Er drückte ein drittes Mal ab. Diesmal explodierte der Schuss dicht vor dem Gesicht des anderen, die Kugel fetzte die Wange auf, doch kaum ein Tropfen Blut war zu sehen. Nur ein hellrotes, wässriges Zeug, das man beim besten Willen nicht als Blut bezeichnen konnte.

Da hielt es der Polizist nicht mehr aus. Er warf sich auf dem Absatz herum, bevor der Vampir zugreifen konnte, und rannte auf seine Maschine zu.

Ich muss die anderen alarmieren!, überlegte der Polizist. Ich muss sie warnen. Ich muss Bescheid geben.

Fast wäre er an seiner aufgebockten Maschine vorbeigelaufen. Er stoppte im letzten Augenblick und prallte gegen den schweren Feuerstuhl. Das Funkgerät befand sich an der Lenkstange. Es war noch eingeschaltet. Ohne auf den vorschriftsmäßigen Text zu achten, sprach der junge Polizist in wilder Panik die Alarmmeldung ins Mikro. Er vergaß auch nicht, seinen Standort durchzugeben, und seine Stimme überschlug sich dabei.

Dann traf ihn eine Pranke. Das Mikro fiel ihm aus der Hand, er taumelte zur Seite und fing sich einen Hieb ein, der ihn aufs Pflaster schleuderte. Zum Glück hatte er noch seinen Helm auf dem Kopf, der den Aufprall abfing.

Ricardo Ray stürzte sich auf sein Opfer.

Der junge Polizist wehrte sich verzweifelt. Er zog seine Beine an, stieß sie wieder vor und schleuderte den Vampir von sich.

Dann sprang er auf, wollte flüchten, doch der unheimliche Blutsauger packte seine Fußknöchel und hielt ihn fest.

Wieder fiel der Mann.

Von ferne näherte sich ein Lastwagen. Ray sah dies ebenfalls und hatte es plötzlich mehr als eilig. Mit beiden Fäusten schlug er zu und schleifte den jungen Beamten in den Straßengraben, wo hohes Gras und Unkraut wuchsen, das die beiden deckte.

Der Beamte schrie.

Ein Faustschlag erstickte seinen Schrei.

Der Lastwagen donnerte vorbei.

Das war auch das Zeichen für die übrigen drei Blutsauger, sich aus ihrer Deckung zu erheben. Sie liefen quer über die Straße und erreichten die Stelle, wo Ricardo Ray mit seinem Opfer im Graben lag.

Der Polizist war bewusstlos. Den Helm hatte er verloren. Die Haut in seinem Gesicht war aufgeplatzt. Die Vampire sahen das Blut. Gemeinsam stürzten sie sich auf ihn …

Minuten später erhoben sie sich wieder. Ihre Bewegungen waren geschmeidiger geworden, sie hatten sich gestärkt, waren aber noch nicht satt.

»Was machen wir?«, fragte Ryan Rogers.

Ricardo Ray wischte sich über den Mund. »Wir müssen weiter. Der Hund hat Alarm gegeben.«

»Zu Fuß?«

»Nein, mit dem Auto.«

Sie rannten wieder zu ihrem braunen Bentley und stiegen ein. Wuchtig hämmerten sie die Türen zu.

Ray startete.

Eine dicke Qualmwolke quoll aus dem Auspuff. Reifen radierten über den Asphalt, dann war der Wagen weg.

Aus den beiden Gräben aber erhoben sich Minuten später zwei Polizisten. Sie waren zu Vampiren geworden …

Ich war nervös.

Untätig hockte ich in dem flachen Porsche und wartete darauf, dass etwas geschah. Aber noch hatte die Großfahndung keinen Erfolg gezeigt.

Es blieb ruhig.

»Die haben sich irgendwo in den Wäldern versteckt und warten die Nacht ab«, meinte Bill.

Ich hob die Schultern. »Weiß nicht, aber sie waren scharf auf Blut.«

»Können sie denn tagsüber existieren?«, fragte Bill.

»Muss wohl.«

Der Reporter grinste. »Vampire sind auch nicht mehr das, was sie mal waren. Da konnte man nämlich sicher sein, dass sie am Tage in ihren Gräbern lagen und nur nachts herumgeisterten. Aber so …«

Da hatte mein Freund recht. Es gab Vampire, die sich durchaus im Hellen bewegen konnten. Sie waren zwar nicht so stark wie nachts, aber sie gingen auch nicht ein.

Bill hatte seinen Porsche heben dem Bentley geparkt, dessen Fahrertür ebenfalls nicht geschlossen war, damit ich hörte, wenn angerufen wurde.

Bis jetzt hatte sich nichts getan.

»Wie bist du eigentlich auf diesen Ricardo Ray gekommen?«, fragte Bill Conolly. »Der war doch ein Kollege von dir. Hast du bei der Arbeit Verdacht geschöpft?«

Ich schüttelte den Kopf. »Überhaupt nicht. Ray gehörte zu der

Gruppe von Experten, die die Blutreste der Fariacs analysierten. Wahrscheinlich muss das Blut einen solch schlimmen Keim in sich getragen haben, dass dieser übergegriffen hat und auch Ricardo Ray infizierte.«

Bill produzierte auf seiner Stirn Waschbrettfalten. Ein Zeichen dafür, dass er stark nachdachte. »Du hast vorhin gesagt, dass Ray zu der Gruppe gehörte, die das Zeug analysierte.«

»Richtig.«

Der Reporter schaute mich an. »Wäre es dann nicht möglich, dass sich auch die anderen infiziert haben?«

Ich warf meinem Freund einen schrägen Blick zu. »Mal den Teufel nicht an die Wand, aber möglich ist es.«

»Und?«

Ich hob die Schultern. »Nichts und. Ich weiß es nicht, Bill. Wir müssen erst diese fünf Vampirzombies finden. Dann können wir weitersehen.«

»Natürlich.«

Mit mir war zu diesem Zeitpunkt nicht gut zu diskutieren. Ich hatte ganz einfach Angst. Weniger um mich als um die unschuldigen Menschen, die den gefährlichen Vampirzombies über den Weg laufen konnten. Sie würden vor nichts haltmachen, sondern – ihrem grausamen Trieb folgend – die Menschen umbringen.

Ich zog den Kopf ein und stieg aus dem flachen Flitzer.

»Wo willst du hin?«, fragte Bill.

»Mal nachhören.«

Kaum hatte ich im Bentley Platz genommen, als ich angerufen wurde. Diesmal allerdings nicht vom Einsatzleiter, sondern von meinem direkten Chef, Sir James Powell, der ebenfalls aus seiner Wochenendruhe geholt und in den Fall eingeschaltet worden war.

»John, hören Sie?«

»Ja.«

»Die Vampire sind gefunden worden.«

»Und wo?« Plötzlich stand ich unter Strom.

»Zwei Streifenpolizisten haben den braunen Bentley auf der Straße nach Southampton gesehen und angehalten.«

»Was haben sie?«

»Ja, sie haben sich nicht an die Richtlinien gehalten. Einer von ihnen hat in höchster Panik eine Meldung durchgegeben. Wir müssen damit rechnen, dass die Polizisten von den Vampiren angegriffen worden sind. Ich gebe Ihnen jetzt den Standort durch, wo die Sache passiert ist.«

Gespannt hörte ich zu. Als Sir James seinen Bericht beendet hatte, war ich um einiges schlauer.

»Sir, wir fahren sofort los. Bill Conolly ist bei mir.«

»Gut. Wenn möglich, geben Sie mir Bescheid.«

»Verstanden, Sir.« Ich unterbrach die Verbindung.

Bill sah, wie ich hastig aus dem Bentley kletterte. Er schaltete sofort und ließ den Motor an. Ich hatte kaum die Beifahrertür geschlossen, als wir schon starteten.

Die Jagd auf die Vampirzombies hatte begonnen ...

Die Horror-Oma fühlte sich sauwohl.

Sie hatte sich inzwischen an das Schaukeln gewöhnt und auch an das Motorengeräusch, das immer dann lauter wurde, wenn die Fahrerin einen neuen Gang einlegte.

In London waren noch fünf Fahrgäste zugestiegen, aber drei hatten dafür den Bus wieder verlassen.

Die meisten Reisenden verhielten sich ruhig. Sie hockten auf ihren Plätzen, schauten aus dem Fenster oder lasen.

Nur die Kinder lärmten ein wenig. Das lag auf der Hand. Für die Kleinen war solch eine Busreise nicht gerade ein Vergnügen. Da hatten sie keinen Platz, denn man konnte nicht verlangen, dass sie die ganze Zeit über ruhig blieben.

Ein paar Mal schon waren die beiden Mädchen nach vorn gelaufen. Sie hatten blondes Haar, das zu Zöpfen gedreht worden war. Da sie sich sehr glichen, nahm Mrs Goldwyn an, dass es sich bei ihnen um Zwillinge handelte.

Immer wenn sie nach vorn liefen, um der Fahrerin für einen Augenblick über die Schulter zu schauen, blickten sie auch die Horror-Oma an. Lady Sarah kniff ihnen jedes Mal ein Auge zu.

Die beiden Mädchen kicherten dann und verschwanden. Für ein paar Minuten blieben sie jeweils bei ihrer Mutter, danach ging das Spiel von vorn los.

Als sie zum fünften Mal nach vorn liefen, winkte Mrs Goldwyn ihnen zu. »Kommt doch mal her«, sagte sie.

Die beiden trauten sich noch nicht. Sie lächelten zwar, legten dabei die Köpfe schief, aber so recht wollten sie nicht.

»Wie heißt ihr denn?«, fragte Lady Sarah.

»Marylin«, sagte die eine.

»Das ist aber ein schöner Name. Und du?«, wandte sich Mrs Goldwyn an das zweite Mädchen.

»Ich bin Jeanie.«

»Auch ein toller Name.« Lady Sarah nickte. »Möchtet ihr denn was Süßes?«

Nicken.

Die Horror-Oma kramte in ihrer Tasche herum und förderte eine Tüte mit Bonbons hervor.

»Wir müssen aber erst die Mummy fragen«, sagte Jeanie. Oder war es Marylin?

»Dann tut das schnell.«

Die beiden liefen zurück, während Mrs Goldwyn die Tüte aufriss. Es waren saure Drops, die sie eingesteckt hatte. An der Schulter der Fahrerin schaute sie vorbei und sah am Randstreifen der linken Fahrbahn einen braunen Bentley parken. Weiter vorn standen zwei Motorräder der Streifenpolizei.

Wieder einer, der zu schnell gefahren ist, dachte Lady Sarah und musste gleichzeitig an einen jungen Bekannten namens John Sinclair denken, der ebenfalls einen Bentley fuhr. Nur war der silbergrau und nicht braun.

Die beiden Mädchen kamen zurück. Neben Lady Sarah blieben sie stehen und lächelten scheu.

»Nun?«, erkundigte sich die Horror-Oma. »Was hat eure Mummy gesagt?«

»Wir dürfen.«

»Na fein«, erwiderte Lady Sarah und kippte die Tüte um, sodass die Bonbons in die geöffneten Hände der beiden Mädchen fielen. Die beiden begannen sofort damit, das Papier abzuwickeln.

»Aber nicht in den Gang werfen«, sagte Lady Sarah.

»Nein, nein.«

»Wohin fahrt ihr denn?«, wollte Lady Sarah wissen.

Die Kinder schoben die Bonbons von der linken in die rechte Mundhöhle und antworteten gleichzeitig. »Zu unserer Tante. Die wohnt in Southampton.«

»Da will ich auch hin.«

»Dann sind wir so lange zusammen!«, freuten sich die beiden.

»Ja, das sind wir.«

Die Mutter kam. Sie trug das Haar blond wie ihre beiden Töchter. »Belästigen die Kinder Sie auch nicht?«, fragte sie.

»Ach woher. Ich bin ja froh, wenn mir jemand dabei hilft, die Reisezeit zu verkürzen.«

»Das finde ich prima von Ihnen. Ansonsten sind ältere Menschen nicht so freundlich zu den Kindern.«

»Dann dürfen sich die Alten auch nicht wundern, wenn die Jungen sie nicht akzeptieren.«

»Eine sehr weise Einstellung, Madam.«

»Wenn man 70 Lenze zählt, dann bleibt das nicht aus«, erwiderte die Horror-Oma.

»Ich hätte Sie wirklich für jünger gehalten.«

Lady Sarah lachte. »Das sagen Sie nur so, Madam.«

»Wirklich nicht.«

»Dann bedanke ich mich. Aber ich will Ihnen das Geheimnis verraten. Ich habe viele Freunde unter jungen Menschen. Wir respektieren uns, das ist das ganze Geheimnis.«

»Ich finde so etwas toll.«

»Kennen Sie auch eine Geschichte?«, fragte Marylin.

»Nein, das reicht jetzt, Marylin«, erwiderte ihre Mutter. »Die Dame möchte ihre Ruhe haben. Sie hat euch schon Süßigkeiten gegeben. Jetzt kommt mal wieder mit.«

»Aber warum denn?«, lachte Lady Sarah. »Wenn die Kleinen eine Geschichte hören wollen, umso besser. Ich kenne viele, die ich ihnen erzählen kann. Zudem wird die Fahrt dann für mich auch nicht so langweilig.«

»Wenn es Ihnen wirklich nichts ausmacht?«

»Nein, Madam. Ich heiße übrigens Sarah Goldwyn.«

»Und ich bin Ann Goldman.«

»Freut mich.«

Die Frau ermahnte ihre beiden Kinder noch einmal, nicht zu laut zu sein, und begab sich wieder an ihren Platz. Lady Sarah aber rutschte auf dem Doppelsitz zur Seite, damit die zwei Mädchen den nötigen Platz hatten. Gespannt setzten sie sich.

Mrs Goldwyn hatte sich bereits eine Geschichte ausgedacht, eine Tierfabel, doch sie sollte nicht mehr dazu kommen, sie zu erzählen. Es begann damit, dass der Bus langsamer wurde.

Lady Sarah schaute nach draußen und entdeckte rasch den Grund. Eine Haltestelle.

Und dort stand jemand.

Den Mann hatte Mrs Goldwyn schon irgendwo einmal gesehen. Das war noch gar nicht lange her. Sie dachte nach, kam aber nicht darauf, bis eines der beiden Kinder rief: »Das ist doch der Mann, der vorhin an dem braunen Wagen stand und auf die Polizisten wartete!«

Lady Sarah lachte. »Du hast eine wirklich gute Beobachtungsgabe, Marylin.«

»Nein, ich habe das gesagt.«

»Dann bist du so gut, Jeanie.«

Das Mädchen strahlte.

Der Bus hielt.

Zischend öffnete sich die Tür an der Fahrerseite.

Die beiden Kinder hatten für einen Augenblick die Geschichte vergessen. Sie beugten sich zur Seite und schauten beide dem Mann entgegen, der seinen Fuß hob und ihn auf die unterste Trittstufe der Treppe setzte …

Bill Conolly fuhr wie der Teufel. Erst als wir die Kreuzung erreichten, tippte er auf die Bremse.

Der Porsche stand sofort.

Ich orientierte mich kurz, denn hier spielte ich nicht nur den Beifahrer, sondern auch den Wegweiser.

»Links.«

»Klar!« Bill gab Gas. Und wie. Raketengleich schoss der knallrote Porsche davon.

Wir hatten wirklich nicht viel Zeit. Ich konnte mir gut vorstellen, dass die Polizisten gegen die Vampire nichts hatten ausrichten können, wenn sie ihnen tatsächlich über den Weg gelaufen waren. Die Blutsauger waren einfach zu stark. Zudem besaßen die Beamten keine Waffen, die sie gegen die Blutsauger hätten einsetzen können.

Es herrschte nur wenig Verkehr auf der Straße, die bis nach Southampton führte. So weit wollten wir gar nicht. Ich hoffte stark, die Zombievampire noch in den nächsten Minuten stellen zu können.

Keiner von uns sprach.

Bill Conolly musste konzentriert fahren, während ich mich ebenfalls konzentrierte, nach vorn durch die breite Scheibe schaute und die Straße im Auge behielt.

Noch sahen wir nichts. Nur die Tennisanlagen, als wir Wimbledon passierten.

»Da sind sie«, sagte Bill. Er hatte nicht die Polizisten gemeint, sondern die beiden Motorräder, die einsam und verlassen am Rand der Straße standen.

Sir James Powell hatte ausgezeichnet und mit Übersicht reagiert. Es waren keine anderen Beamten in der Nähe. Nur Bill und ich sollten den Kampf aufnehmen, falls irgendetwas passiert war.

Der Reporter fuhr langsamer.

Vor uns rollte ein weinroter Austin. Wir hatten ihn erst überholen wollen, doch jetzt blieb Bill dahinter.

»Verdammt, warum fährt der nicht schneller?«, schimpfte der Reporter. »Ich kann kaum was sehen.« Er schielte rechts an dem Austin vorbei und zischte einen Fluch.

»Was ist?«

»John, da ist ein Polizist.«

»Und?«

»Der sieht mir ganz danach aus, als wäre er kein Mensch. Verdammt, der ist verrückt, das packt der nicht mehr.«

Dann sah auch ich ihn.

Der Polizist musste sich vor den Wagen geworfen haben. Der Austinfahrer hatte zwar noch abgebremst, aber keinen Erfolg damit gehabt, denn die Kühlerschnauze des Wagens hatte den Polizisten noch erfasst und in die Höhe geschleudert. Er überschlug sich dabei in der Luft, schlenkerte mit Armen und Beinen und krachte rechts der Straße ins Gebüsch.

Genau in dem Augenblick, als auch wir standen. Bill hatte hart gebremst. Zum Glück gab es keinen Auffahrunfall.

Die Tür des Austin wurde aufgestoßen, und der Fahrer verließ gestikulierend und schreiend seinen Wagen. »Ich konnte nichts machen!«, heulte er. »Der Kerl ist mir genau vor den Wagen gelaufen. Er tauchte so plötzlich ...«

»Verschwinden Sie!«, brüllte ich ihn an. »Los, in den Wagen mit Ihnen. Fahren Sie weiter!«

»Aber ich ...«

»Fahren Sie!« Ich packte ihn an beiden Schultern und drückte ihn zurück auf seinen Austin zu. »Jetzt rein mit Ihnen!«

Er gehorchte tatsächlich, bekam aber das folgende Bild noch genau mit. Der von ihm angefahrene Polizist kletterte langsam aus dem Graben. Mit steifen, ungelenken Bewegungen torkelte er auf die Straße und schlenkerte seine Arme wie eine Gliederpuppe.

Bei diesem Anblick wurden auch meine letzten Zweifel beseitigt. Der Polizist vor uns war kein Mensch mehr, sondern ein blutgieriges Monster – ein Vampir.

Er hielt genau auf den Austinfahrer zu. Der Motor des Wagens lief noch. Ich schlug gegen die Scheibe. »Weg!«, schrie ich.

Der Fahrer nickte und gab Gas. Er konnte das alles nicht begreifen. Aber er startete.

Ich konnte mich hier nicht auf einen langen Kampf einlassen. Die Straße war befahren, wir mussten es kurz und bündig machen.

Ich zog die Beretta.

Auch Bill hatte den Porsche verlassen und meine Ersatzpistole in die Rechte genommen. Seine Augen leuchteten. Er war wieder in Action und meinte grimmig: »Jetzt geht's rund, sagte der Papagei, als er in den Propeller flog ...«

Trotz des Ernstes der Lage musste ich grinsen. Bill verlor seinen Humor nur selten, dann musste es schon knüppeldick kommen.

Der Polizist hatte bemerkt, dass der Wagen verschwunden war. Er suchte sich neue Opfer.

Und die waren wir.

Schwerfällig drehte er sich um. Die Arme hielt er dabei vom Körper abgespreizt. Den Helm hatte er verloren. Wir sahen beide, dass seine Gesichtshaut eine leicht grünliche Färbung angenommen hatte. Demnach war er ausgesaugt worden. Ricardo Rays Gesicht zeigte die Farbe ja nicht, er hatte von dem Blut nur getrunken. Ein Phänomen, das ich nicht erklären konnte.

Wenn wir genauer hinschauten, sahen wir auch die feinen Blutstreifen am Hals des Mannes. Wie zwei Fäden liefen sie an der Haut entlang und verschwanden im Kragen.

Noch war der Vampir weit genug weg. Ich hatte Zeit, mich umzudrehen, und sah den Zweiten.

Auch er kletterte aus dem Graben. Auf allen vieren ging er los. Als er die Straße erreichte, blieb er stehen.

»Ich nehme den anderen«, sagte ich zu Bill, wartete seine Antwort nicht erst ab und ging los.

Der Blutsauger kam mir entgegen.

Ich zuckte zusammen, als ich einen Schuss hörte. Hastig wandte ich den Kopf und sah, wie der andere Vampir zusammenbrach, weil Bills Kugel ihn getroffen hatte.

Er hatte dem Blutsauger in die Brust geschossen.

Mein Gegner lebte noch.

Und er hielt einen Stein in der Hand. Er war nass, weil er zuvor im Graben gelegen hatte.

Den rechten Arm hatte er bereits erhoben. Im nächsten Augenblick schleuderte er den Stein.

Ich duckte mich.

Das genau war verkehrt, denn der Vampir hatte nicht direkt auf meinen Kopf gezielt. Der Stein traf zwar nicht meinen Schädel, aber die rechte Schulter, und das tat weh.

Ich zuckte zusammen und verbiss nur mühsam einen Fluch. Für einige Augenblicke war ich abgelenkt.

Der Blutsauger warf sich gegen mich.

Ich sah die Bewegung und brachte mich mit einem raschen Sprung in Sicherheit, sodass er mich verfehlte. Dann schwenkte ich den Arm mit der Waffe, die Pistolenmündung folgte seiner Bewegung, und ich drückte ab.

Die Kugel hieb ein Loch in die Lederkleidung und traf dort, wo ich es haben wollte.

Ins Herz!

Schwer stürzte der Untote aufs Gesicht und blieb liegen.

»Das war's«, sagte Bill.

Sein Gegner lag auf dem Rücken. Er hatte Arme und Beine ausgebreitet.

Wir aber mussten uns beeilen. Nicht nur, dass der Porsche mitten auf der Fahrbahn stand, jetzt wurde sie auch noch von zwei ehemaligen Vampiren blockiert.

Wir schleiften sie hastig zur Seite. Zwei Wagen rauschten vorbei. Ich sah die Gesichter der Fahrer, wie sie aus den Fenstern schauten. Niemand hielt an.

Bill fuhr den Porsche ebenfalls ein Stück weg, während ich mir die Schulter massierte. Dieser dämliche Treffer hätte wirklich nicht zu sein brauchen.

»Erledigt«, sagte der Reporter und schaute mich an.

Ich nickte. Die Polizisten sahen friedlich aus. Ihr Gesichtsausdruck hatte sich verändert. Ich schluckte hart. Gern hatte ich dies nicht getan, aber es gab nun einmal keine andere Möglichkeit, um Blutsauger zu besiegen.

An den Motorrädern meldete sich das Funkgerät. Wir vernahmen das hohe Piepen.

Ich stand näher an den Maschinen und meldete mich. Die Leitstelle wollte etwas wissen.

Als der Mann hörte, wer ich war, wurde seine Stimme förmlicher. »Sir, was hat es gegeben?«

»Lassen Sie Ihre beiden Kollegen abholen«, sagte ich mit rauer Stimme. »Sie sind tot.«

Sekundenlang schwieg der Mann. Die Überraschung musste er erst mal verdauen. Ich hoffte nur, dass er meine weiteren Worte auch gut begriff und sie sich einprägte.

»Keine Großfahndung mehr nach dem braunen Bentley. Das heißt, nicht in der Art, wie es Ihre beiden Kollegen getan haben. Wenn der Wagen gesehen wird, auf keinen Fall anhalten. Geben Sie nur den Standort bekannt und die ungefähre Richtung, wo der Bentley hinfährt. Ich hoffe, wir haben uns verstanden.«

»Ja, Sir.«

Ich hängte ein. Bill stand neben seinem Wagen, hatte eine Hand auf das Dach gelegt und schaute mir entgegen, als ich auf ihn zukam.

»Wir fahren weiter«, erklärte ich.

»Und wohin?«

»Die Richtung behalten wir bei. Southampton.«

»Rechnest du denn damit, dass du auf die Blutsauger triffst?«, erkundigte sich Bill.

»Was sollten sie anders machen?«

»Sich verstecken.«

Ich schüttelte den Kopf. »Glaube ich nicht. Die sind daran interessiert, so schnell wie möglich viele Meilen zwischen sich und den Tatort hier zu bringen. Ich glaube auch nicht, dass sie die Richtung gewechselt haben und nach London zurückgefahren sind.«

Eine Minute später waren wir bereits unterwegs.

Der Mann am Buseinstieg hob den Blick, als er sich bei der Fahrerin erkundigte: »Fährt dieser Bus nach Southampton?« Er bewegte beim Sprechen kaum den Mund.

Gaby Mansfield beugte sich nach links, dem Ausstieg zu. »Ja, Mister, wir fahren dorthin.«

»Das ist nett.« Der Mann lächelte und drehte sich halb zur Seite. Und plötzlich hatte er eine Waffe in der Hand, die er auf die völlig entsetzte Fahrerin richtete.

»Bis hierher war es Spaß, jetzt wird es ernst«, sagte der Mann.

Gaby Mansfield hatte etwas sagen wollen, doch angesichts der Pistole hielt sie den Mund.

Ricardo Ray und die anderen hatten sich entschlossen, nicht mit dem Bentley weiterzufahren. Mit dem Wagen wäre es zu riskant gewesen. Es hatte den Mann wirklich große Überredungskünste gekostet, die anderen auf seine Seite zu bringen, doch schließlich waren sie einverstanden. Einen Bus voller Menschen als Fluchtfahrzeug, etwas Besseres konnte es gar nicht geben.

Das waren nicht nur Geiseln, das bedeutete auch Blut.

Viel Blut …

Gaby Mansfield sah die Waffe. Mrs Goldwyn sah sie ebenfalls, weil der Blickwinkel ihr das erlaubte. In den Augen der Horror-Oma blitzte es nur einmal kurz auf, ansonsten hatte sie sich ausgezeichnet in der Gewalt.

Vor allen Dingen sah sie zu, dass die Kinder nichts mitbekamen. Sie zog beide zu sich heran und wechselte mit ihnen die Plätze, sodass die Zwillinge jetzt am Fenster saßen und sie den Sitzplatz am Gang einnahm.

»Toll, dass wir am Fenster sitzen dürfen!«, sagte Marylin oder Jeanie.

Mrs Goldwyn nickte.

»Es geschieht Ihnen nichts, wenn Sie ruhig sind«, sprach Ray wieder und winkte mit der linken Hand.

Das Zeichen für die vier Blutsauger.

Sie hatten im Gebüsch gewartet, das den Parkplatz umgab. Ungesehen von den im Bus sitzenden Menschen.

Jetzt kamen sie hervor.

Vier grausame, blutrünstige Monster, die jetzt von den Fahrgästen entdeckt wurden.

Die ersten aufgeregten Worte schallten durch den Bus. Einige Menschen schrien auch, und die meisten sahen jetzt die Pistole in der Hand des Mannes, der mit einem Satz das große Fahrzeug enterte.

Er lächelte – und zeigte seine Zähne!

Gaby Mansfield erstarrte. Sie ging zwar so gut wie nie ins Kino und las auch keine Horror-Romane, aber sie wusste, dass solche Zähne nur ein Vampir hatte.

Und als sie die grünhäutigen Wesen hinter dem Mann sah, steigerte sich ihre Angst. Denn die sahen noch schlimmer aus. In schmutziger, halb zerfetzter Kleidung, dabei ebenfalls mit diesen widerlichen Zähnen versehen. Und plötzlich glaubte sie nicht mehr an einen Scherz, sondern sah, dass dies ernst war.

Die vier Vampirzombies stiegen ein.

Nun wurden sie auch von den übrigen Fahrgästen gesehen. Bei den meisten war es mit der Beherrschung vorbei. Sie sprangen auf und schrien wild durcheinander.

Nur die Horror-Oma blieb ruhig, obwohl auch ihr Herz schneller schlug und sie sich der großen Gefahr bewusst war, in der sie alle schwebten. Sie dachte im Augenblick nur an die Kinder, dass die nicht durchdrehten.

»Die Tür zu!«, zischte Ray.

Zischend schloss sich der Einstieg. Kalkweiß im Gesicht blieb Gaby auf ihrem Fahrersitz hocken.

Ricardo Ray aber drehte sich um. Drohend wies die Mündung der Waffe in den Bus.

»Ruhe!«, brüllte der Mann. Hinter ihm drängten sich die vier Kreaturen, zum Teil mit blutverschmierten Lippen.

Die beiden Mädchen begannen zu weinen, während Mrs Goldwyn leise und beruhigend auf sie einredete, dabei aber die Eindringlinge nicht aus den Augen ließ.

Dann war Ray es leid. Er schoss. Dabei hatte er auf ein Fenster gezielt, das von der Kugel in ein Spinnennetz aus bröselndem Glas verwandelt wurde.

Der Schuss verfehlte seine Wirkung nicht.

Es wurde ruhig.

Ricardo Ray ließ noch ein paar Sekunden verstreichen, bevor er zu seiner Rede ansetzte. Dabei lächelte er teuflisch und präsentierte seine gefährlichen Hauer.

»Dieser Bus ist von uns besetzt worden!«, stellte er zu Beginn seiner Rede fest. »Ich hoffe, Sie alle hier richten sich danach. Meine Freunde und ich werden ab jetzt diktieren, wohin die Fahrt geht. Und ich kann euch auch das Ziel nennen. In die Hölle!« Er lachte, und dieses Lachen jagte den anderen Angstschauer über den Rücken. »Damit ihr alle wisst, mit wem ihr es zu tun habt, sage ich es euch. Wir sind Vampire. Echte Vampire. Das hier ist keine Verkleidung, und ihr wisst sicherlich, dass Vampire, um überleben zu können, nur eines brauchen: Blut!«

Nach seinen Worten wurde es still. Niemand wagte jetzt noch etwas zu sagen.

»Ich sehe, ihr habt mich verstanden. Meine Freunde werden sich jetzt neben euch setzen und genau darauf achtgeben, dass niemand aus der Reihe tanzt.« Er wandte sich um. »Los, nehmt eure Plätze ein!«

Das ließen sich die vier Untoten nicht zweimal sagen. Unter den entsetzten Blicken der Passagiere zwängten sie sich an ihrem Anführer vorbei. Jeden Fahrgast bedachten sie mit gierigen, hungrigen Blicken, jeder war für sie ein potenzielles Opfer. Ob Mann,

Frau oder Kind – diese blutsaugenden Monster machten da keine Unterschiede. Gefühle oder Rücksicht kannten sie nicht.

Auch Lady Sarah wurde angesehen.

Es war Edna, die ihr ins Gesicht schaute. Lauernd, abschätzend. Die Untote ging nicht weiter, sondern blieb neben dem Sitz stehen, während sich ihre Artgenossen bereits die Plätze ausgesucht hatten.

»Deine Kinder?«, hauchte Edna.

»Ja«, erwiderte Lady Sarah und betete innerlich, dass die beiden Mädchen ruhig blieben.

»Hübsche Kinder, Alte!«, flüsterte Edna. »Sehr hübsche. Und vor allen Dingen frisches Blut.«

Mrs Goldwyn wurde kalkbleich. Sie war wirklich nicht auf den Mund gefallen, aber in diesen schrecklichen Augenblicken wusste sie nicht, was sie sagen sollte. Diese Bestie hatte sich tatsächlich die beiden Kinder ausgesucht.

Edna zog die Lippen noch weiter zurück. Dann streckte sie den Arm aus. Er fuhr dicht am Gesicht der alten Dame vorbei, und kalte Vampirfinger berührten die Haut der Zwillinge.

Die Mädchen starrten das grausame Wesen aus weit aufgerissenen Augen an. Ihre Lippen zitterten, die Augen schwammen in Tränen. Sie standen unter einem gewaltigen Schock und hatten nichts anderes als Angst.

»Ja«, flüsterte Edna, »das Blut ist für mich.«

Die Untote beugte sich noch weiter vor. Lady Sarah nahm den widerlichen Geruch wahr, den sie ausströmte, und sie ekelte sich davor. Sollte diese Bestie es wagen, den Kindern tatsächlich etwas anzutun, dann würde sie kämpfen.

Auch die Mutter der beiden hatte gesehen, was dieses weibliche grünhäutige Wesen vorhatte. Sie konnte an den Rückenlehnen der Sitze vorbeischauen. Als sie bemerkte, dass sich ihre Kinder in Gefahr befanden, sprang sie auf.

»Nein!«, kreischte sie. »Lass sie in Ruhe, du verdammte Bestie! Ich will nicht, dass du …«

Sie wollte in den Gang, doch sie hatte nicht mit Ryan Rogers gerechnet, der neben ihr saß.

Rogers griff zu.

Wie Stahlklammern waren seine Fäuste, als er sie auf die Schultern der Frau hieb und die Mutter der beiden Mädchen auf den Sitz niederdrückte.

Die Frau versuchte sich zu wehren, doch sie kam gegen die Kraft dieses Untoten nicht an. Der war zu stark, und er öffnete sein Maul, um die Zähne in den Hals seines Opfers zu schlagen.

Zahlreiche Augenpaare schauten zu, doch niemand traute sich, einzugreifen.

Die Frau schrie.

Das Geräusch traf die übrigen Fahrgäste wie ein harter Schock. Sie duckten sich regelrecht zusammen, das Entsetzen fraß sich in ihren Gesichtern fest, aber sie waren zu schwach, etwas zu tun.

»Blut!«, keuchte Ryan. »Dein Blut!« Und die spitzen Enden der Zähne berührten schon fast den Hals des Opfers.

Da griff Ricardo Ray ein.

Von seinem Platz lösen konnte er sich nicht, das war zu riskant, aber sein scharfer Befehl erreichte auch so den Vampir.

»Lass sie, Ryan!«

Der Blutsauger zuckte zusammen. So dicht an seinem Ziel aufgeben? Das wollte er nicht und zögerte.

»Lass sie, verdammt!«

Da endlich gab Rogers nach. Seine Hände lösten sich von der Frauenschulter, er richtete sich auf, ließ sich jedoch sofort wieder fallen.

Neben der Frau blieb er sitzen und ließ sie keine Sekunde aus den Augen.

Die Mutter weinte. Ann Goldman konnte einfach nicht mehr. Tränen stürzten aus ihren Augen und rannen als kleine Bäche die Wangen hinab. Jeder litt mit ihr, aber auch jeder im Bus dachte daran, dass ihn das gleiche Schicksal treffen konnte.

Zum Glück hatte Lady Sarah die beiden Kinder ruhig halten können. Sie waren wirklich einmalig, weinten und schrien nicht, sondern hockten nur völlig verschüchtert auf ihren Sitzen.

Ricardo Ray übernahm wieder das Wort. Er gab sich keine Mühe mehr, seine Vampirhauer zu verbergen, sondern zeigte sie, während er redete. »Dass ihr hier alle in unserer Hand seid, daran gibt es keinen Zweifel mehr. Und ich will euch auch nicht darüber im

Unklaren lassen, was mit dem geschieht, der es wagt, sich unseren Befehlen oder Anordnungen zu widersetzen. Wir werden ihn blutleer trinken!«

Er legte nach diesen Worten eine kunstvolle Pause ein, um das Gesagte erst einmal wirken zu lassen. Als niemand etwas erwiderte, fuhr er fort.

»Wir werden weiterfahren, als wäre nichts geschehen. Nur mit dem einen Unterschied, dass die Reise nicht bis Southampton geht. Habt ihr mich verstanden?«

Ray erhielt keine Antwort, doch er schaute jedem einzelnen Fahrgast ins Gesicht.

Auch Sarah Goldwyn blickte er an. Scharf und fordernd, dabei auch lauernd, als würde er der Frau nicht trauen, obwohl sie die Älteste im Bus war. Auch verfiel sie nicht so sehr in Panik wie die anderen, sie hielt dem Blick des Ungeheuers sogar stand.

In der Tat dachte die Horror-Oma darüber nach, wie sie das Schicksal zu ihren Gunsten wenden konnte. Doch allein und ohne jegliche Hilfe war es ihr nicht möglich. Sie dachte an John Sinclair. Bisher war er immer mit von der Partie gewesen, doch diesmal musste sie ohne ihn auskommen.

John befand sich in London, und die Stadt würde bald immer weiter hinter ihnen liegen.

Der Blick des Vampirs glitt von Lady Sarah weg und biss sich an der Fahrerin fest.

Gaby Mansfield hatte den Worten des Blutsaugers bisher schweigend zugehört. Sie hatte sich nicht in der Lage gefühlt, irgendetwas zu sagen oder zu unternehmen. Sie dachte aber daran, dass sie die Fahrerin war und die Verantwortung für die Passagiere hinter ihr trug. In ihrer Hand lag es, ob sie den Befehlen dieser höllischen Kreaturen nachkam. Nur – widersetzen konnte sie sich auch nicht, dann war sie schneller tot, als sie denken konnte. Oder sie wurde zu einem Vampir, denn die Eindringlinge hatten damit gedroht, die Menschen blutleer zu trinken. Und an einen Bluff glaubte sie nicht. Nicht bei diesen Kreaturen, den grauenhaften Zombies oder Vampiren.

Albträume waren wahr geworden, anders konnte sich die Frau das nicht erklären.

»Schläfst du ein?« Die Stimme des Anführers unterbrach ihre Gedanken.

Gaby Mansfield schreckte hoch. Plötzlich zitterte sie wieder, die Angst wurde noch größer.

»Du musst fahren!«, sagte Ray. »Und du wirst fahren.« Er hatte seine Pistole wieder weggesteckt. »Los jetzt!«

»Ich – ich kann nicht!«, flüsterte sie.

»Fahr!«

»Bitte …«

Mit der flachen Hand schlug der Vampir zu. »Die zehn Meilen wirst du noch schaffen, verdammt! Wenn nicht, dann werden wir dich als Erste vornehmen. Du kannst dich entscheiden.«

Er hatte so laut geredet, dass alle im Bus die Worte hörten. Die Blicke richteten sich auf Gaby Mansfield.

Sie nickte schließlich. »Okay«, hauchte sie tonlos. »Ich werde Ihren Befehlen Folge leisten.«

Sie startete den Bus. Es war eine Routinebewegung, die ihr auch in dieser Stresssituation glatt von der Hand ging.

Abermals lief das Zittern durch das große Fahrzeug. Sogar die Scheiben vibrierten ein wenig.

Dann fuhr der Bus an.

Gaby Mansfield starrte mit brennenden Augen durch die große Scheibe. Und wie auch die Fahrgäste in diesem Bus suchte sie fieberhaft nach einem Ausweg.

Sie fand keinen …

Wir hatten die Stelle längst hinter uns gelassen, wo wir den untoten Polizisten über den Weg gelaufen waren. Bill Conolly fuhr jetzt langsamer. Er ließ sich von zahlreichen Wagen überholen. Während er auf die Straße achtete, schaute ich immer häufiger nach rechts oder links. Dabei hatte ich Glück, dass die Gegend hier nicht zu dicht bewaldet war, sondern Wiesen und Weiden sich im ewigen Wechsel ablösten. Dazwischen gab es die üblichen Zäune. Hin und wieder sahen wir Schafe oder Kühe auf den Weiden stehen und das saftige Gras rupfen.

Am Himmel stand eine blasse Sonne. In den letzten Tagen war

es wieder ziemlich kalt geworden. In Mittelengland hatte es sogar geschneit, und das Anfang Mai.

Hier ließ sich das Wetter ertragen.

Dann sahen wir den Fahrer des Austin. Er hatte seinen Wagen an den Fahrbahnrand gestellt und war ausgestiegen.

»Soll ich halten?«, fragte Bill.

»Ja.«

Dicht hinter dem Austin brachte Bill Conolly seinen Porsche zum Stehen. Als ich den Schlag aufstieß, rannte der Austin-Mann schon auf mich zu und wies mit dem Finger auf mich. »Sie sind daran schuld, dass ich Fahrerflucht begangen habe. Mensch, wenn die mich erwischen, bin ich meine Fahrlizenz los.«

Ich schüttelte den Kopf. »Das sind Sie nicht, Mister.«

»Und warum nicht?«

Ich zeigte ihm meinen Ausweis. »Ich bin selbst Polizist und habe Ihnen erlaubt zu fahren.«

Der Mann bekam große Augen. Die wenigen Haare auf seinem Kopf schienen sich aufrichten zu wollen. Auf der Halbglatze glitzerten plötzlich Schweißperlen. »Wollen Sie mich auf den Arm nehmen? Ist der Ausweis gefälscht?«

»Nein, echt.«

»Wie kommen Sie dann dazu?«

»Es ginge zu weit, Ihnen das zu erklären. Sie haben niemanden totgefahren. Der Mann war schon tot, als er Ihnen in den Wagen lief.«

Der andere schaute mich an wie einen Geisteskranken. Er ging vorsichtshalber ein paar Schritte zurück und hob ängstlich seine Arme, die er vors Gesicht hielt.

»Hören Sie, Mister, das ist kein Spaß. Ehrlich. Sie sind verrückt. Sie müssen es sein.«

Ich ging ihm nach. »Nein, ich habe nicht gescherzt. Nicht mit diesen Dingen.«

Er nickte und blieb stehen. »Okay, Sie haben nicht gescherzt. Wunderbar. Was wollen Sie noch?«

»Ich möchte Sie fragen, ob Sie vielleicht einen braunen Bentley gesehen haben.«

»Hab ich nicht.«

»Überlegen Sie.«

»Nein, wenn ich es Ihnen sage. Ich habe keinen braunen Bentley gesehen und auch keine weißen Mäuse. Ich habe überhaupt nichts gesehen. Gar nichts, keinen Toten, der mir in den Wagen gelaufen ist – nichts.« Er kicherte und schlug sich gegen die Stirn.

Bill rief: »Gib es auf, John. Mit dem kommst du nicht klar.«

Das sah ich auch mittlerweile ein. Ich nickte dem Mann zu, stieg wieder in den Porsche, und Bill fuhr an. Als wir an dem Knaben vorbeirollten, tippte er sich gegen die Stirn.

Den alten Autofahrergruß hatte er zum Abschied für uns übrig. Wir konnten es ihm nicht einmal übel nehmen.

»Wer sucht, der findet«, sagte Bill und beschleunigte.

Ich enthielt mich eines Kommentars und achtete auf von der Fahrbahn abzweigende Wege. Es war durchaus möglich, dass die Zombies in einen dieser Wege hineingefahren waren und den Wagen dort stehen gelassen hatten.

Ich sah keine Spur von dem Bentley.

Zehn Minuten vergingen. Alles war völlig normal. Der Betrieb hatte etwas zugenommen. Die uns überholenden Wagen wurden zahlreicher. Wieder erschien die Einmündung eines Weges. Etwa 200 Meter wegeinwärts begann ein Waldstück.

Wir waren schon fast vorbei, als ich den Wagen sah. Er stand dicht vor dem Wald.

»Stopp!«

Bill hielt sofort. Hinter uns befand sich niemand, deshalb hatte der Reporter so heftig auf die Bremse treten können.

»Fahr da rein.«

Bill fuhr ein kleines Stück rückwärts, schlug das Steuer ein und rollte in den Weg.

Es war mehr ein Pfad, wo die Reifen zahlreicher Trecker ihre Spuren hinterlassen hatten. Der flache Porsche schwankte auf und nieder, ich stieß mir ein paar Mal den Kopf, dann stoppte der Reporter dicht hinter dem Bentley.

Bevor wir ausstiegen, zogen wir unsere Waffen, obwohl ich schon jetzt erkannte, dass der Wagen leer war.

Mit schussbereiten Pistolen näherten wir uns dem braunen Fahrzeug und blieben dicht daneben stehen.

Bill schaute von der Fahrerseite hinein, ich von der anderen.

Leer, wie wir es uns gedacht hatten. Und nicht abgeschlossen, ich konnte die Tür aufziehen.

Ein widerlicher Geruch drang uns entgegen. So stanken oder rochen nur Zombies.

»Aber sie waren hier«, sagte Bill. Ebenso wie ich schaute auch er sich nach Spuren um.

Das Gras war an dieser Stelle zertrampelt, das blieb uns nicht verborgen. Es hatte sich auch noch nicht wieder aufgerichtet, demnach war es noch nicht so lange her, dass die fünf Vampirzombies den Wagen verlassen hatten.

»Fragt sich nur, wo sie stecken«, sagte Bill und hatte mir damit aus dem Herzen gesprochen.

Ich deutete in die Runde. »Überall und nirgends. Vielleicht sollten wir es mal im Wald versuchen.«

»Du willst ihn durchkämmen?«

»Sag mir eine andere Möglichkeit.«

»Ich weiß keine.«

»Na bitte.«

Wir machten uns auf die Suche, drangen in den Wald ein, bei dem die Bäume manchmal sehr dicht standen und ihre Zweige über unsere Kleidung kratzten.

Um es vorweg zu nehmen, einen Erfolg erzielten wir nicht. Kein Vampirzombie hatte sich im Wald versteckt. Zwischen den Bäumen war nichts zu sehen.

Etwas deprimiert kehrten wir zum Porsche zurück. Wir hatten durch die Suche Zeit verloren und auch keine Spuren gefunden, die auf eine Flucht der Monster durch den Wald hingedeutet hätten.

»Die sind schlauer, als ich dachte«, sagte Bill. Dabei hatte er mir aus dem Herzen gesprochen.

»Leider.«

»Wo könnten sie stecken?«

»Dass sie zu Fuß laufen und per Anhalter fahren, ist nicht drin«, erwiderte ich.

»Warum eigentlich nicht?«, fragte Bill.

Ich schaute meinen Freund an. »Meinst du das im Ernst?«

»Klar. Überleg doch mal. Für die wäre es doch am besten, wenn sie irgendeinen fremden Wagen anhalten und damit abdampfen, wo der braune Bentley polizeilich bekannt ist.«

Bei näherem Betrachten war Bills Kombination gar nicht so schlecht. Je mehr ich darüber nachdachte, hielt ich sie sogar für wahrscheinlich. Trucks fuhren genug. Es war sicherlich nicht schwer, einen anzuhalten, den Fahrer dann zu töten und sich auf der Ladefläche zu verstecken.

Ich stieß meinen Freund an. »Komm, du alte Sense, lass uns fahren.«

»Und dabei auf Lastwagen achten«, meinte Bill beim Einsteigen.

»Genau.«

Wir rollten langsam der Straße entgegen und bogen ein. Schon kurz vor uns sahen wir einen Truck.

»Dran vorbei?«, fragte Bill.

»Ja. Und ich peile mal ins Fahrerhaus.«

Bill überholte, blieb aber auf gleicher Höhe mit dem Wagen. Ich machte den Hals lang und versuchte, vom Gesicht des Fahrers etwas zu erkennen.

Ich sah eine blaue Schirmmütze, ein Stück Stirn, eine kräftige Nase.

Nein, das war nicht der Gesuchte.

»Gib Stoff«, sagte ich.

Bill drückte aufs Gaspedal. Wir überholten noch drei Trucks. Immer mit negativem Ergebnis.

»So langsam werde ich mutlos«, sagte Bill.

Ich grinste schief. »Man merkt, dass du kein Polizeibeamter bist. Du hast zu wenig Geduld.«

»Vielleicht.«

Weit vor uns tauchte ein rotes Ungetüm auf. Es war der Bus nach Southampton. Ich hatte eigentlich gar nicht vor, ihn genau zu beobachten, sah aber dann, wie hinten die Tür aufflog und wieder zugedrückt wurde.

Auch Bill hatte es erkannt. »Das ist ja verflucht gefährlich.«

Ich nickte.

Dann sahen wir den Bus nicht mehr, denn eine große Kurve nahm uns die Sicht.

Nach der Kurve hätte der Bus eigentlich wieder auftauchen müssen, doch er war nicht mehr zu sehen.

Ich wurde nachdenklich – und misstrauisch. »Fahr mal langsamer«, wies ich Bill an.

»Wieso?«

»Der Bus ist verschwunden.«

Bill lachte. Es klang nicht ganz echt. »Was geht uns der Bus an? Moment mal.« Plötzlich wurden seine Augen groß. »Oder meinst du vielleicht, John …«

»Gar nichts meine ich. Ich finde es nur etwas ungewöhnlich, dass so mir nichts dir nichts ein normaler Linienbus von seiner Hauptstrecke verschwindet. Da stimmt doch was nicht.«

»Kann sein.«

Wir hatten die Einmündung fast erreicht. Bill kickte den Blinker, dann rollten wir auf dem schmalen Weg weiter, der zum Glück asphaltiert war.

Und wir sahen den Bus.

Er fuhr geradeaus weiter, an einem langen Waldstück entlang, das links den Weg begrenzte. Rechts befanden sich weite Felder und auch Wiesen.

»Jetzt bin ich wirklich mal gespannt«, murmelte ich …

Ihre Beine zitterten, die Arme vibrierten.

Gaby Mansfield hatte Angst. Große Angst sogar. Und sie hatte sich auch nicht an die schreckliche Situation gewöhnen können. Die Furcht hockte ihr wie ein Alb im Nacken und bedrückte sie stark.

Der Anführer stand hinter ihr. Obwohl er die Waffe nicht mehr in der Hand hielt, reichte allein seine Anwesenheit aus, um jeden Widerstandswillen zu unterdrücken. Gaby sagte keinen Ton, doch ihre Gedanken spielten verrückt.

Wenn wenigstens ihr Mann da gewesen wäre, vielleicht hätte der einen Ausweg gewusst, aber so war alles deprimierend. Sie war völlig auf sich allein gestellt.

Von Geiselnahmen und ähnlichen Dingen hätte sie bisher nur aus der Zeitung erfahren oder die Bilder im Fernsehen gesehen.

Auch in der Ausbildung war nicht darüber geredet worden, man hielt so etwas nicht für möglich. Nun war der Fall eingetreten.

Ein Bus voller Geiseln in der Hand von höllischen Kreaturen. Das war kaum zu begreifen. Wenn sie das jemandem erzählte, würde ihn dieser für eine Lügnerin halten.

Und doch eine Tatsache.

Was tun?

Weiterfahren, nur weiterfahren. Stur geradeaus blicken, auf das graue Band der Straße, und um Himmels willen nur nicht die Angst auf die Fahrweise übertragen. Das gäbe ein Unglück. Aber wäre es wirklich so schlimm? Was würde geschehen, wenn sie den Wagen einfach in den Graben fuhr? Ein Unfall, alle Fahrer würden anhalten, um nachzusehen. Nur brachte sie damit auch andere in Gefahr. Dies sah sie als letzte Möglichkeit an.

Sie wunderte sich darüber, wie ruhig sich die Fahrgäste verhielten. Keiner schrie, es gab keine Panik, alle blieben normal auf ihren Plätzen sitzen.

Und normal hockte auch die Horror-Oma auf ihrem Platz. Sie schaute stur geradeaus, während sie selbst verzweifelt nach einer Lösung aus der Falle suchte. Beide Hände hatte sie um den Griff des Stockschirms gekrallt, während sie und die beiden Kinder von Edna, der Blutsaugerin, nicht aus den Augen gelassen wurden.

Diese Bestie war auf sie fixiert.

Auch die Mädchen hatten sich wieder gefangen. Eine der beiden Kleinen fragte: »Was sind das für welche?«

Lady Sarah schaute die Fragerin an und entdeckte das kleine Muttermal am Hals. »Bist du Marylin?«

»Ja.«

»Das sind böse Kreaturen, mein Kind.«

»Und was sind Kreaturen?«, wollte Jeanie wissen. »Menschen?«

»Ja, auch das.«

»Warum sind die so grün?«

»Ich weiß es nicht, Kind.«

»Dürfen wir denn nicht zu unserer Mutter?«, fragte Marylin.

»Nein, mein Schatz, die anderen würden es dir sicherlich nicht erlauben.«

»Soll ich sie fragen?«

Diese Kinder, dachte Mrs Goldwyn. Nehmen das alles nicht so schwer, weil sie noch nicht begriffen. Sie ahnten nicht, in welch tödlicher Gefahr sie schwebten. Sobald der Bus die Straße verließ, würde es rundgehen. Dann würden die Vampirzombies ihr wahres Gesicht zeigen, denn sie brauchten Blut, um zu existieren.

Edna kicherte. »Die beiden gefallen mir«, sagte sie mit einer seidenweichen, widerlich klingenden Stimme. »Sie gefallen mir sogar sehr gut. Ich werde mich …«

»Halten Sie den Mund!«, fuhr Sarah Goldwyn die Frau an.

»Was willst du, alte Vettel? Das ist ja widerlich. Dir werden wir das Genick brechen, das Gezeter von dir widert mich an. Aber das Blut der Kinder, das ist gut.« Edna stand auf und wollte sich auf die beiden Mädchen stürzen.

Lady Sarah war jetzt alles egal. Auch wenn sie sich selbst dabei in höchste Gefahr begab, konnte sie nicht zulassen, dass die Vampirin die Kinder angriff.

Mit dem bleigefüllten Griff schlug Lady Sarah zu. Der Griff klatschte gegen das rechte Auge der Untoten. Es gab ein dumpfes Geräusch, und die Blutsaugerin schrie auf. Obwohl sie keinerlei Schmerzen spürte, war sie doch überrascht worden. Sie schüttelte den Kopf wie ein getroffener Boxer und fauchte die Horror-Oma an.

»Du kommst mir nicht davon, das hast du nicht umsonst getan, du widerliche …« Den Rest verstand keiner, die Vampirin verschluckte ihn, aber sie warf sich auf Lady Sarah.

Auch Ricardo Ray griff nicht ein. Ein Exempel konnte nicht schaden.

Wieder reagierte Mrs Goldwyn. Sie drehte den Schirm, und Edna fiel genau in die Spitze hinein, die allerdings nicht so spitz war, dass sie ihren Körper hätte durchdringen können, doch es reichte, um Edna zurückzudrängen.

Sie fiel wieder auf ihren Sitz.

Ihr Gesicht hatte sich noch mehr verzerrt. Sie war von dem Widerstandswillen der Frau überrascht und gleichzeitig ungeheuer aufgebracht.

Zuerst hatte die Horror-Oma ja nachsetzen wollen, doch sie hielt sich zurück, denn ihr war etwas eingefallen, an das sie zuvor nicht gedacht hatte.

Das kleine Kreuz.

Es war ein Talisman, den sie immer um ihren Hals trug und den ihr ein alter Mönch geschenkt hatte. Das Kreuz war geweiht, sie wusste es.

Und wovor hatten Vampire Angst? Unter anderem vor einem Kreuz. Leider war es nur winzig, nicht so groß wie das, das John Sinclair trug, aber es bedeutete eine geringe Chance.

Edna kam.

Da hatte die Horror-Oma das Kreuz hervorgeholt. Sie hielt es nicht offen, sondern in ihrer Hand versteckt. Als die Vampirin gegen sie fiel, da öffnete sie die Faust und drückte das Kreuz gegen die Wange der Untoten.

Edna zuckte hoch.

Ein gellender, nicht menschlicher Schrei drang aus ihrem Mund, der schaurig durch den Bus zitterte und den Menschen eine Gänsehaut über den Körper jagte.

Edna schrie und schrie. Sie taumelte in den Gang hinein, schlug um sich, traf Freund und Feind, und jeder sah, was die Berührung mit dem Kreuz bei ihr angerichtet hatte.

Auf der Wange befand sich ein Brandmal. Ebenso groß wie das Kreuz. Es hatte diesen Abdruck hinterlassen, eine Kerbe in der Haut, aus der Qualm in dünnen Schwaden stieg.

Edna gebärdete sich wie toll. Sie taumelte nach hinten, heulte, schrie, keuchte und spie eine wässrige Flüssigkeit aus. Sie war geschwächt, sogar so sehr, dass sie zusammensackte und im Gang sitzen blieb.

Die Kinder begannen zu weinen. Auch die Erwachsenen blieben nicht mehr still. Unruhe wurde laut, und Ricardo Ray, der bis jetzt nur dagestanden und auf seine Schwester gestarrt hatte, merkte, dass ihm das Ruder langsam aus der Hand genommen wurde, was er auf keinen Fall zulassen konnte.

Er verließ seinen Platz und sprang auf Mrs Goldwyn zu.

Die hatte mit einer ähnlichen Reaktion gerechnet. Blitzschnell streckte sie ihre rechte Hand aus und hielt dem Blutsauger das Kreuz vors Gesicht.

»Wage es nicht!«, schrie sie. »Wage es nicht, du Bestie! Ich werde dich sonst vernichten!«

In Rays Augen glühte es. Tief in seinen Pupillenschächten brannte ein unheilvolles Feuer. Aus der Kehle drang ein Knurren, dann wich er zurück und zog seine Pistole. Blitzschnell senkte er die Mündung, sodass sie auf Lady Sarahs Kopf zielte.

»Was hindert mich daran, dich zu töten?«, flüsterte er heiser. »Was hindert mich daran?«

Lady Sarah gab keine Antwort. Aber sie hatte Angst. Ihr Herz klopfte schneller. Die Echos der Schläge dröhnten in ihrem Kopf nach. Wenn der abdrückte, war alles aus.

Die anderen Vampirzombies waren ebenfalls aufgesprungen. Nur Edna hockte im Gang. Alle wollten sie miterleben, wie Ricardo Ray Lady Sarah erschoss.

»Drück ab!«, kreischte die Untote vom Boden her. »Drück endlich ab. Ich will sie tot sehen und ihr Blut!«

»Ja, ich tu's!«, knirschte Ray.

Lady Sarah wurde aschfahl. Sie zitterte plötzlich. Nie hätte sie gedacht, dass sie mal erschossen werden würde.

Auch Gaby Mansfield hatte mitbekommen, was hinter ihr geschah, obwohl sie fuhr. Der große Innenspiegel erlaubte es ihr. Und sie wollte nicht, dass diese mutige Frau starb. Sie selbst konnte kaum etwas tun, sie musste auch an die anderen denken, doch sie setzte eine verzweifelte Idee in die Tat um.

Sie drehte das Lenkrad blitzschnell nach links. Ruckartig ging das und ohne Vorwarnung.

Die Wirkung war frappierend.

Alle, die standen, bekamen die plötzliche Reaktion zu spüren. Sie flogen nach rechts, fielen zwischen die Sitze in den Gang, und auch Ricardo Ray konnte sich nicht mehr halten. Er purzelte ebenfalls zu Boden. Sein Hinterkopf krachte gegen eine Haltestange, doch er spürte keine Schmerzen. Der plötzliche Ruck hatte ihn nur aus dem Konzept gebracht, und es dauerte, bis er sich wieder gefangen hatte.

Die Erwachsenen schrien ebenso wie die beiden Kinder. Einige von ihnen spürten die Körper der Untoten auf sich und rechneten damit, gebissen zu werden.

Noch zögerten die Blutsauger. Das Ereignis hatte sie zu sehr überrascht. Einer jedoch wollte das Durcheinander ausnutzen.

Ein Mann war es, der dicht an der hinteren Tür saß. Er brauchte nur die Hand auszustrecken, um die Klinke zu ergreifen. Paul, der in seiner Nähe gestanden hatte, war durch den Ruck zu Boden geschleudert worden und ging erst jetzt daran, sich zu erheben, wobei er eine Hand um einen Sitzgriff klammerte.

Der Mann rutschte zur Seite, spürte das kühle Metall der Türklinke und wollte sie nach unten drücken.

Er schaffte es auch.

Im selben Augenblick stand Paul wieder auf den Beinen. Als die Tür aufschwang, warf er sich vor und hieb beide Fäuste gegen den Kopf des Mannes.

Der hatte Glück, weil er mit der Stirn gegen das Polster schlug und nicht gegen eine Haltestange. Der Vampir aber griff über seinen Rücken hinweg, fasste den Griff und rammte die Tür zu.

Dann fuhr er herum und warf sich über das Opfer. Er war wahnsinnig, packte den Mann, schleuderte ihn auf den Rücken. Sein Opfer lag jetzt auf der Rückbank, hatte die Augen weit aufgerissen und starrte in das verzerrte Gesicht des Vampirs dicht über dem seinen.

Er sah die Zähne.

Diese langen Hauer, die fast bis zur Unterlippe reichten und ruckartig nach unten stießen.

Der Mann bäumte sich auf, als er die scharfen Schmerzen an seinem Hals spürte, die kalten Lippen auf seiner Haut, und dann hatte er das Gefühl, die Umgebung wäre in Watte getaucht worden. Er bekam nichts mehr mit, wurde nur immer blasser.

Es war still geworden. Nur das Motorengeräusch drang an die Ohren der entsetzten Menschen, wurde aber von einem anderen übertönt.

Sie sahen nichts, weil die hohen Rückenlehnen ihnen den Blick auf die Rückbank versperrten.

Aber sie hörten es …

Wie Messerstiche drangen ihnen die Geräusche unter die Haut, und sie wussten, welches Schicksal auch ihnen bevorstand. Jetzt hatten die Kreaturen ihr wahres Gesicht gezeigt.

Gaby Mansfield fuhr.

Sie sah die lange Kurve, aus ihren Augen rannen die Tränen und legten einen Schleier vor ihre Pupillen. Denken und fühlen konnte sie nicht mehr, was sie tat, das machte sie automatisch.

Sarah Goldwyn hielt die beiden Kinder und das Kreuz fest umklammert. Dabei konnte sie ihren Blick nicht von dem Anführer der Meute lösen, der sich langsam erhob.

Würde er schießen?

Nein, er steckte die Waffe weg, schaute nicht sie an, auch nicht das Kreuz, sondern blickte durchs Fenster.

Und er sah den Weg!

»Fahr da rein!«, schrie er Gaby an, sodass sie heftig zusammenzuckte. »Los, worauf wartest du noch!«

Sie blinkte. Und sie dachte daran, dass sie dieser Weg in den Tod führen konnte.

Der Bus packte die Kurve. Schon bald schmatzten die Reifen über den Belag.

Links wuchs der dichte Wald, rechts waren die Felder. Kein Gehöft in der Nähe, kein Dorf.

Eine bessere Stelle hätten sich die Kreaturen für ihre grausamen Pläne nicht aussuchen können.

Sie standen wieder auf den Beinen. Als Letzter erhob sich Paul. Blutverschmiert sein Kinn, die Augen leuchteten – die Bestie hatte sich gestärkt.

Auch Edna war in die Höhe gekommen. Nur hatte das Kreuz weitere Spuren hinterlassen. Ihre linke Gesichtshälfte war verbrannt. Weiß schimmerten die Knochen.

Aber sie war noch immer rasend. Denn sie sah, dass Paul Blut getrunken hatte.

»Du – du!«, keuchte sie. »Du hast schon getrunken. Und ich?« Sie wirbelte herum, schaute Ricardo Ray an, streckte den Arm vor und zeigte mit dem Mittelfinger auf ihn. »Gib uns endlich das, was wir brauchen!«, keifte sie.

»Ja, ihr könnt es euch nehmen. Sie soll anhalten, dann …« Er sprach nicht mehr weiter, weil Ernest einen heiseren Schrei ausgestoßen hatte. Ein zufälliger Blick aus dem Heckfenster hatte ihm gezeigt, dass der Bus verfolgt wurde.

»Da ist ein Wagen!«, kreischte er. »Wir werden verfolgt …«

Sekundenlang sprach niemand ein Wort, sodass das Geräusch des Motors überlaut zu hören war.

Ricardo Ray eilte mit Riesensätzen durch den Bus, kniete sich auf die hintere Bank und schaute durch die Scheibe.

Es stimmte, sie wurden verfolgt.

Soeben war ein roter Wagen in den schmalen Weg eingebogen.

Ray ballte die Hände. Seine Augen funkelten. Er wusste nicht, was das zu bedeuten hatte, und wollte auch nicht an einen Zufall glauben. Dieser Weg wurde höchstens von Bauern benutzt, die aber keinen Porsche fuhren. Von der Polizei schien er jedenfalls nicht zu sein, was bedeutete er dann?

Ricardo Ray rannte wieder zurück.

Mit Genugtuung bemerkte Lady Sarah die Aufregung des Blutsaugers. Seine Blicke irrten hin und her, dann fragte Ryan Rogers: »Was sollen wir machen?«

»Es sitzen höchstens zwei Personen in dem Fahrzeug«, sagte Ray nach einer Weile des Nachdenkens, wobei er nicht merkte, dass Gaby Mansfield die Geschwindigkeit gedrosselt hatte. »Und mit zwei Personen werden wir fertig. Wir halten an, und ihr, meine Freunde, duckt euch. Sollten die anderen wissen wollen, was geschehen ist, dann werdet ihr nur das sagen, was ich euch jetzt mitteile. Die Kinder müssen zur Toilette. Okay?«

Nicken.

»Hast auch du das verstanden?«, schrie Ray Gaby Mansfield an. Er war nervös, denn dieser Bluff stand auf tönernen Füßen.

»Ja!«, lautete die Antwort.

»Dann ist ja alles klar.« Ray schaute nach, ob seine Artgenossen alle in Deckung lagen.

Sie waren es.

»Alles klar«, sagte er. »Stoppen.«

Gaby Mansfield drückte auf das Bremspedal …

»Ich bin nur gespannt, wo die hinwollen«, murmelte Bill Conolly und ging noch mehr vom Gas. Im zweiten Gang schaukelten wir dahin.

»Bestimmt nicht nach Southampton.«

»Und jetzt halten sie.«

Die roten Augen am Heck glühten auf. Der schwere Bus hielt an. Wir befanden uns etwa 30 Meter dahinter, und auch Bill Conolly tippte auf die Bremse.

»Was jetzt?«, fragte er.

»Wir steigen aus.« Während meiner Antwort hatte ich schon die Tür aufgestoßen und schwang meine lange Beine ins Freie. Bill folgte ein wenig später, während ich schon auf den Bus zuschlenderte.

Ich hatte erwartet, dass die Türen geöffnet wurden und Menschen ausstiegen, das geschah nicht, alles blieb ruhig. Der Bus kam mir wie ein Raubtier aus Blech vor, das auf irgendetwas lauerte und auf dem Sprung stand.

Ich hatte ihn erreicht und schritt an der rechten, der Fahrerseite, entlang. Leider lagen die Fenster etwas hoch. Ich konnte hin und wieder nur die Umrisse eines Gesichts erkennen, doch niemand winkte mir zu oder machte sich sonst irgendwie bemerkbar.

Dann vernahm ich ein bekanntes Zischen. Noch bevor ich die Fahrertür erreichte, schwang sie auf.

Eine Busfahrerin kletterte heraus und blieb auf der untersten Stufe stehen.

Ich lächelte. »Guten Tag«, sagte ich.

Sie erwiderte den Gruß.

Ich sah, dass mit der Frau irgendetwas nicht stimmte. Sie war blass, hatte aber gleichzeitig verweinte Augen.

Beides erweckte mein Misstrauen. Hinzu kam die Ruhe innerhalb des Busses. Ich versuchte einen Blick hineinzuwerfen, doch die Fahrerin stand so, dass sie mir die Sicht verdeckte.

Absicht?

»Ist bei Ihnen alles klar?«

»Ja, wie kommen Sie darauf?«

»Nur so. Ich wunderte mich, dass Sie plötzlich vom Weg abbogen. Ich bin übrigens Oberinspektor Sinclair, damit Sie sehen, dass ich nicht ohne Grund frage.«

»Oh – Polizei?«

»Ja, Miss.«

In ihren Augen blitzte es. Eine Warnung, ein Zeichen? Ich wusste es nicht, aber sie hatte mir signalisiert, dass einiges nicht stimmte.

Ich wusste jetzt Bescheid.

»Wir sind abgebogen, weil wir Kinder im Bus haben. Die mussten mal nötig.«

»Das ist natürlich ein Grund«, sagte ich lächelnd. »Nur sehe ich keine Kinder.«

»Die sind noch drin.«

»Wollen Sie die Kleinen nicht holen?« Ich fragte völlig harmlos und brachte die Fahrerin jedoch in schwere Verlegenheit.

»Ich weiß nicht, ich …«

Blitzschnell ging ich einen Schritt vor. Ehe die Frau es sich anders überlegen konnte, hatte ich sie gepackt und an mich gerissen. Dann huschte ich an ihr vorbei und warf einen Blick in den Bus.

Viel sah ich nicht.

Einen leeren Fahrersitz und einen Fuß, der auf mich zuschoss.

Damit hatte ich nicht gerechnet und wurde deshalb völlig überrascht. Ich kam nicht schnell genug weg. Der Tritt traf mich genau unter der Kinnspitze.

Das war der berühmte Pferdetritt. Vor meinen Augen explodierte farbige Sterne. Ich merkte noch, wie ich nach hinten fiel, und hörte Bill Conollys wilden Fluch.

Bewusstlos wurde ich nicht, aber ich dämmerte so dahin und sah den Bus, als würde er aus weichem Kaugummi bestehen, das jemand immer hin und her zog, auf jeden Fall wechselte er laufend sein Aussehen.

Ich sah einen Arm aus der Türöffnung schnellen und hörte auch einen Schrei.

Die Fahrerin!

Sie wurde von der Hand gepackt und in den Bus gezogen. Dann peitschte ein Schuss, und dicht neben mir prallte die Kugel gegen den Straßenbelag.

Die Tür schloss sich.

Und ich lag hier zum Teil im Gras und zum Teil auf dem Asphalt und tastete nach meiner Kinnlade. Ein trauriges Bild für den Geisterjäger John Sinclair.

»Kannst du noch?« Das war Bill, der da fragte. Er hockte plötzlich neben mir.

»Ja, zum Henker.«

»Dann steh auf.«

Das schaffte ich allein nicht. Bill musste mir helfen. Er hievte mich hoch.

Da fuhr der Bus ab. Es gab einen Ruck, die Reifen wühlten rechts neben dem Weg in den feuchten Boden, und wir hatten das Nachsehen.

Bill ließ mich los. Ich schwankte noch, merkte aber, dass es mir langsam besser ging. Zum Porsche laufen konnte ich allein.

Ich ließ mich in den Sitz fallen und zog die Tür zu.

»Hinterher!«, krächzte ich.

Bill lachte. »Glaubst du, ich schlafe?«

»Konnte ja sein.«

»Du hast es gerade nötig. Du siehst mit deinem Kinn aus wie ein Buntspecht. Dich so zu überraschen lassen ...«

»Ja, ja, ich weiß. Du hättest es besser gemacht. Warum hast du eigentlich nicht eingegriffen?«

»Wegen der Geiseln.«

Das war verständlich. Aber wir mussten uns etwas einfallen lassen. Diese Vampirzombies hatten tatsächlich den Bus gekapert und sich eine hervorragende Ausgangsposition geschaffen. Wir würden nichts unternehmen können, solange sie die Menschen in ihrer Gewalt hatten. Zudem war einer von ihnen bewaffnet.

»Schlechte Karten, wie?«, sagte Bill.

Ich nickte.

»Was machen wir?«

»Anhalten.«

»Wieso?«

»Der Bus hat doch auch gestoppt.«

Das stimmte. Am Ende dieser schmalen Straße hatte er gehalten. Auch das Waldstück führte nicht mehr weiter. Dafür breiteten sich vor uns Felder aus. Zwei Bauern fuhren mit ihren Treckern über die Äcker. Sie befanden sich aber ziemlich weit entfernt.

Plötzlich wurde die hintere Tür des Busses geöffnet. Im nächsten Augenblick kippte eine Gestalt nach draußen, prallte zu Boden und überschlug sich …

Lady Sarah zuckte zusammen, als hätte sie einen Peitschenhieb erhalten.

Mein Gott, die Stimme des Mannes draußen, die kannte sie. Die gehörte John – John Sinclair, dem Geisterjäger!

Es war wie ein Traum, aus dem Lady Sarah erwachte. Oder war es wirklich nur ein Traum?

Nein, die Stimme hatte sie sich nicht eingebildet. John Sinclair musste draußen vor dem Bus stehen und mit der Fahrerin reden. Mrs Goldwyn versuchte, den Hals lang zu machen, um etwas zu erkennen, doch sie saß auf der anderen Seite, und das ärgerte sie.

»Was ist da?«, fragte Jeanie.

»Da ist ein Freund von mir gekommen«, erklärte Lady Sarah.

»Wird er uns helfen?«

»Ganz bestimmt.«

»Und warum tut er das nicht?«, wollte Marylin wissen.

»Warte erst einmal ab. Das ist nicht so einfach für meinen Freund. Aber er schafft es.« Was allerdings nicht so sicher war, denn soeben huschte der Anführer auf die Tür zu, schwang sich nach draußen, und Mrs Goldwyn sah nur noch, wie sein Bein hochschnellte.

Lady Sarah hörte sein hämisches Lachen. Im nächsten Augenblick zog er sich wieder zurück, aber er hielt die Fahrerin an den Haaren gepackt. Wütend schleuderte er Gaby Mansfield auf den Sitz. Die Frau stieß sich den Rücken am Lenkrad, ihr Gesicht verzog sich, und abwehrend hob sie die Hände, weil sie mit Schlägen rechnete.

Doch der Blutsauger beherrschte sich. Er fuhr die Frau nur hart an. »Fahr weiter! Fahr so lange, bis ich anders entscheide. Hast du mich verstanden?«

Die Antwort war ein »Ja«, aber kaum zu verstehen.

»Dann mach.«

Gaby richtete sich wieder auf.

Der Vampir schnellte herum, wobei er sich mit einer Hand an

der Griffstange festhielt. Sein düsterer Blick glitt über die anwesenden Fahrgäste und seine Artgenossen.

Und er sah auch den Mann, der von Paul gebissen worden war. Er erhob sich von der Rückbank.

Ein knurrendes Geräusch drang aus seinem Mund, der halb offen stand, sodass jeder, der ihn anschaute, die beiden gelblich schimmernden Vampirzähne sah.

Der Biss hatte ihn zu einem Untoten gemacht!

Als Gaby Mansfield anfuhr, wäre er fast nach hinten gekippt. So eben konnte er sich noch festhalten.

Ricardo Ray streckte seinen Arm aus. »Du!«, schrie er. »Sag mir, wie du heißt!«

»Arthur!«

»Okay, Arthur, du bist jetzt einer von uns. Willst du Blut, mein Freund?«

»Ja.«

Ray lächelte teuflisch. »Das kannst du haben, Arthur. Warte, ich komme zu dir.« Ricardo eilte durch den Gang und blieb vor dem neuen Vampir stehen. »Die Menschen hier sind für uns, das verstehst du sicherlich.« Er warf einen Blick durch die Scheibe und sah den roten Porsche, der langsam hinter dem Bus herfuhr. »Aber da verfolgt uns ein Wagen, in dem zwei Männer sitzen. Die kannst du dir holen. Sie haben Blut genug. Machst du das?«

Gier glomm in den Augen des neuen Vampirs auf.

Ray glitt zur Seite und öffnete die Tür. »Komm!«, lockte er den Untoten. Als dieser zögerte, packte Ray ihn an der Schulter, wirbelte ihn herum und stieß ihn nach draußen.

Hart prallte der Vampir auf den Boden, wo er sich überschlug. Gaby Mansfield aber hatte gehalten, als sie sah, was sich im hinteren Teil des Busses abspielte.

»Fahr weiter!«, brüllte Ray und zog die Tür zu …

Fast hätten wir den Mann noch überfahren. Bill bremste im letzten Augenblick. Dicht vor dem Körper des Mannes kam der rote Porsche zum Stehen.

Wir konnten ihn nicht sehen, weil ihn die flache Schnauze verdeckte. Er aber richtete sich auf, und ich sah seine Hände, mit denen er sich auf der Kühlerhaube abstützte.

Ich öffnete die Tür.

Das Gesicht des Mannes erschien. Mit dem offenen Mund und den beiden Vampirzähnen.

Da wussten wir Bescheid.

Gleichzeitig fuhr der Bus wieder an.

Ich musste mich innerhalb von Sekundenbruchteilen entscheiden und tat es auch. »Kümmere du dich um unseren Freund!«, rief ich Bill Conolly zu, während ich schon losrannte, um den Bus zu erreichen.

Bill war ebenfalls ausgestiegen. Und er hatte seine Beretta gezogen.

Der Untote schwang sich über die Motorhaube. Er wollte das Blut des Reporters.

Der stand so, dass die offene Tür einen Großteil seines Körpers deckte.

Als der Vampir auf ihn zuhechtete, gab er der Tür noch einmal Schwung, sodass sie gegen den Mann wuchtete und ihn zurückschleuderte. Er verlor sein Gleichgewicht und prallte zu Boden.

Bill verließ seinen Platz, wartete, bis sich der Vampir herumgewälzt hatte, senkte die Waffenmündung und schoss.

Die geweihte Silberkugel traf den Vampir mitten in die Brust und zerstörte sein unseliges Leben. Ein letztes Mal bäumte er sich auf, dann verschwand der verzerrte Ausdruck aus seinem Gesicht und machte einem friedlichen Platz.

Er war erlöst.

Bill atmete auf, schaute nach vorn, und seine Augen wurden groß, während er flüsterte: »John, verdammt, bist du denn wahnsinnig geworden …«

Während Bill Conolly sich um den aus dem Fahrzeug geworfenen Vampir kümmerte, rannte ich auf den Bus zu. Am liebsten hätte ich ihm die Reifen zerstochen, aber dazu fehlte mir nicht nur die Zeit, sondern auch das Werkzeug.

Ich machte meine Beine lang, denn der Bus fuhr an.

Nun ist solch ein behäbiges Gefährt kein Sportwagen, der schneller starten als man schauen kann. Bei dem Bus dauerte es seine Zeit, bis der auf Touren kam.

Aus diesem Grunde kam ich auch an ihn ran und rannte sogar an der Fahrerseite entlang, bis ich den Einstieg erreicht hatte.

Jetzt wurde der Bus schneller.

Ich hielt das Tempo für drei Sekunden mit, hörte hinter mir einen Schuss und stieß mich ab.

Konnte ich es packen?

Für den Bruchteil einer Sekunde schwebte ich in der Luft, dann prallten meine Füße auf das Trittbrett des Einstiegs, und einen Atemzug später packten meine Hände zu. Ich umklammerte den großen Außenspiegel und hielt mich eisern fest.

Der Bus wurde schneller. Er holperte querfeldein, sodass es für mich schwieriger wurde, mich festzuhalten. Meine Füße hatte ich auf das Trittbrett gestemmt. Ich warf einen schnellen Blick nach links und sah das entsetzte, aber auch angespannte Gesicht der Fahrerin. Wie angeleimt hockte sie auf ihrem Sitz und hielt das Steuer fest umklammert.

Jemand klopfte an die Scheibe.

Das geschah hinter mir. Es gelang mir, den Kopf zu drehen, und meine Augen weiteten sich vor Überraschung. Das Gesicht jenseits der Scheibe kannte ich gut.

In dem Zombie-Bus hockte keine Geringere als Sarah Goldwyn, die Horror-Oma!

Trotz der Gefahr, in der wir ja alle schwebten, wirbelten die Gedanken durch meinen Kopf.

Wie kam sie in den Bus? War es Absicht oder ein Zufall? Egal wie, auf jeden Fall wusste ich, dass sich innerhalb des Busses jemand befand, der mich unterstützen würde. Es musste mir nur noch gelingen, die Einstiegstür aufzuziehen.

Und das war schwer genug, wenn nicht sogar unmöglich, denn meine Lage war mehr als bescheiden.

Ich zog mich noch näher an die Tür heran und hielt mich nur mit einer Hand fest, weil ich mit der anderen die Klinke suchte. Das schien auch Ricardo Ray gesehen zu haben. Er hielt sich direkt neben der Fahrerin auf, damit er sie im Auge hatte.

Er hatte mich längst gesehen, machte einen Schritt nach vorn und stand an der Tür.

Dann zog er seine Pistole.

Plötzlich bekam ich Angst. Dieser Hundesohn würde durch die Scheibe schießen und mich auch treffen, denn er konnte mich gar nicht verfehlen.

Mir blieb nur eine Chance!

Abspringen!

Da griff die mutige Fahrerin ein. Der Vampir hatte sich zwar abgestützt, um die Schwankungen des Busses auszugleichen, doch den plötzlichen Ruck konnte er nicht mehr ausgleichen. Die Frau drehte das Volant heftig nach rechts.

Der Vampir kippte nach hinten.

Ich wurde auch von der Fliehkraft erfasst und hatte Mühe, mich festzuklammern, schaffte es aber.

Selbst hier draußen hörte ich den Schrei, den Ricardo Ray ausstieß. Er musste furchtbar wütend sein.

Und die Fahrerin riskierte noch mehr. Obwohl der Bus fuhr, ließ sie das Lenkrad los, sprang auf, eilte zur Tür und hämmerte ihre Hände auf den Griff.

Es war ein alter Bus. Bei ihm öffnete sich die Tür noch nach außen.

Sie schwang mir entgegen.

Ich machte mich flach und zog den Bauch ein, damit ich nicht getroffen wurde. Sie streifte mich noch, dann drückte der Fahrtwind sie bis zum Anschlag auf.

Jetzt konnte ich in den Bus schauen, denn die Frau fuhr wieder normal. Trotzdem schwankte und holperte das schwere Fahrzeug. Der Boden war zu uneben. Gräben und Schlaglöcher bildeten ein wirres Muster, das das gesamte Feld durchschnitt. Es war schwer für mich, den Halt zu bewahren, ich kam mir vor wie in einer schmalen Schaukel. War mal oben, dann wieder unten, und ich musste unbedingt versuchen, den Einstieg in den Bus zu schaffen.

Ricardo Ray war wieder aufgestanden. Die offene Tür hatte auch ihre Nachteile.

Ray konnte jetzt frei auf mich schießen.

Gebückt stand er da. Sein Gesicht war vor Wut und Hass verzerrt. Mit der linken Hand hielt er sich fest, die rechte fuhr in die Höhe, und so legte er auf mich an.

Da griff Lady Sarah Goldwyn ein. Sie hockte noch immer auf ihrem Platz, weil sie die Kinder nicht ohne Aufsicht lassen wollte. Aber sie hatte noch ihre Handtasche.

Die schleuderte sie dem Vampir entgegen.

Lady Sarah traf ihn mitten ins Gesicht. Ricardo Ray taumelte zurück. Durch das Eingreifen der Horror-Oma bekam ich Luft und konnte mich in den Bus schwingen.

»Halten Sie an!«, brüllte ich der Fahrerin zu, als ich in dem schmalen Gang hinter dem Einstieg stand.

Gaby Mansfield bremste.

So abrupt, dass auch ich das Gleichgewicht verlor und nach vorn taumelte, wobei ich gegen die Konsole prallte.

»John!« Ich hörte Sarah Goldwyns Schrei, doch da hatte ich die Übersicht noch nicht wiedergewonnen.

Der Hieb mit dem Pistolenkolben traf mich dicht unter dem Nacken in den Rücken und schleuderte mich nach vorn. Im nächsten Augenblick spürte ich etwas Kaltes an meinem Hals.

Es war eine Mündung!

Bill Conolly schaute sekundenlang auf den Toten. In seinem Magen bildete sich ein Klumpen. Es war kaum vorstellbar, dass dieser Mensch mal ein Vampir gewesen war.

Aber es hatte keine andere Möglichkeit gegeben. Der Reporter schüttelte die trüben Gedanken ab und stieg wieder in den Porsche.

Er erschrak, als er sah, dass der Bus bereits einen großen Vorsprung gewonnen hatte. Und er sah seinen Freund John Sinclair immer noch am Einstieg hängen.

Für Bill wurde es Zeit.

Er warf sich in seinen Wagen und startete. Nach wenigen Metern begann das schlechte Gelände. Der Bus verkraftete so etwas besser als der flache Porsche. Die Rillen und Hindernisse waren so tief, dass der Wagen immer wieder mit dem Boden hart aufstieß und Bill Conolly durchgeschüttelt wurde.

Der Reporter dachte nicht an seinen Auspuff oder an den Unterbodenschutz, für ihn zählten allein die Menschen, die sich in den Klauen der Vampirzombies befanden. Die mussten unbedingt ausgeschaltet werden.

Bill fuhr noch schneller.

Bei jedem Schlag, der den Porsche von unten traf, verzog er das Gesicht. Bill schaffte es allen Widrigkeiten der Strecke zum Trotz, näher an den Bus heranzukommen.

Der Reporter holte gut auf.

Er sah auch, dass der schwere Bus einen Schlenker machte, dann weiterfuhr und sein Freund John Sinclair innerhalb des Fahrzeugs verschwand.

Dann stoppte der Bus.

Auch Bill Conolly hielt an. Zwei Sekunden überlegte er, ob er näher heranfahren sollte, denn es trennten ihn noch ungefähr 30 Meter von dem roten Fahrzeug.

Bill entschied sich dafür, den Porsche stehen zu lassen. Er stieg aus und rannte auf den Bus zu …

Der faulige Atem des Vampirs traf meine Nase, der Druck an meinem Hals ließ nicht nach.

»Jetzt kannst du zittern, John Sinclair!«, zischte Ricardo Ray. »Richtig zittern, denn du hast nur wenige Sekunden zu leben, du verdammter Hund!«

Obwohl er leise gesprochen hatte, wurden seine Worte auch in den hinteren Reihen verstanden. Es war still geworden. Die Menschen, die vielleicht wieder Hoffnung geschöpft hatten, saßen deprimiert auf ihren Plätzen und wurden von den grünhäutigen Vampirzombies nicht aus den Augen gelassen.

Der Tod und das Grauen hatten endgültig die Oberhand gewonnen.

Meine Lage war mehr als unbequem. Ich hing über der Konsole, hatte die Arme ausgestreckt und mich mit meinen gespreizten Händen am unteren Rand der Scheibe abgestützt. Rechts von mir saß die Fahrerin. Diese mutige Frau hatte alles versucht, doch sie war ebenso wie ich nicht in der Lage gewesen, die Vampire zu besiegen. Unglückliche Umstände hatten uns einen Streich gespielt.

Ich hörte Schritte.

Sehen konnte ich nicht, wer da ankam, aber ich vernahm die geifernde Frauenstimme.

Es war Edna, die Schwester des ehemaligen Chemikers.

»Überlass ihn mir, Ricardo. Kill ihn noch nicht. Ich will sein Blut!«

»Nein, bleib da!«, schrie der Vampir. Ich merkte, wie die Mündung der Waffe zitterte. »Verschwinde, Edna!«

»Nein, Ray, ich will ihn!«

»Nimm dir die Alte!«

Edna heulte vor Wut auf. »Die hat das Kreuz. Wir nehmen sie uns später vor!«

»John Sinclair gehört mir!« Wie Ray das sagte, klang es endgültig, und auch Edna kannte ihren Bruder, sie machte einen Rückzieher.

Wie auch alle anderen, so hatte Lady Sarah Goldwyn ebenfalls meine Niederlage mitbekommen. Nur war die Horror-Oma vor Schrecken nicht so starr, dass ihr Gehirn eingefroren war. Im Gegenteil, sie dachte nach. Ihre Gedanken arbeiteten fieberhaft. Sie suchte nach einem Ausweg und danach, wie sie mir am besten helfen konnte. Gleichzeitig wollte sie auf keinen Fall die beiden Mädchen in Gefahr bringen, deshalb musste sie vorsichtig zu Werke gehen.

Noch immer hatte sie das Kreuz. Der kleine goldene Talisman wurde von ihrer rechten Hand umschlossen. Er war nicht zu sehen, aber die Horror-Oma spürte ihn.

Und sie ahnte, dass Ray mit seiner Drohung ernst machen würde, als er mit seiner Schwester fertig war.

Deshalb griff sie ein.

»Ich würde Sinclair nicht töten«, sagte sie, und ihre Stimme durchbrach die Stille.

Der Vampir hörte sie, reagierte jedoch nicht.

Lady Sarah wurde forscher. »Haben Sie mich nicht verstanden, Mister Langzahn?«

Sie sprach bewusst forsch, wollte den Blutsauger reizen, und der ließ sich auch darauf ein.

Er drehte den Kopf.

Da gab die Frau ihre letzte Waffe aus der Hand. Sie schleuderte das kleine goldene Kreuz auf den Untoten zu.

Der sah das Kruzifix, seine Augen wurden groß, und er musste ausweichen, um nicht getroffen zu werden.

Würde er noch schießen?

Nein, er glitt zur Seite. Das Kreuz verfehlte ihn und klirrte gegen die Frontscheibe.

Dieses Geräusch machte mich munter. Ich sah das kleine Kruzifix, wie es an der Scheibe entlang herunterrutschte und auf die Konsole fiel.

Auch der Druck verschwand von meinem Hals.

Gleichzeitig geschahen zwei Dinge.

Bill Conolly stieß die hintere Tür auf – und um Lady Sarahs Hals legten sich zwei kalte Totenklauen …

Ich federte herum.

Es war eine blitzschnelle und gleitende Bewegung. Dabei winkelte ich den Arm an und streckte ihn sofort wieder aus, um mit der Handtasche zuzuschlagen.

Ich hieb dem Blutsauger fast den Kopf von den Schultern. Er flog zurück und prallte gegen seine Schwester, die ich aus den Augenwinkeln wahrnahm und ihr entstelltes Gesicht sah.

Die Beretta hatte ich aus der Hand geben müssen, als mich Ray mit der Walther bedrohte. Sie lag auf der Konsole, und ich konnte sie mir schnappen.

Natürlich hatte ich mit dem Schlag den Vampir nicht ausschalten können, er war schließlich kein Mensch, solche Treffer steckte er weg, ich bekam nur ein wenig Luft.

Als ich mit der Beretta in der rechten Hand abermals herumfuhr, hörte ich die Stimme meines Freundes.

»John!«

Bill hatte es tatsächlich geschafft, sich unbeobachtet an den Bus heranzuschleichen und die Tür zu öffnen. Den Einstieg überwand er mit einem Satz, rief meinen Namen, machte aber gleichzeitig auf sich aufmerksam.

Es war Ernest, der ihn angriff.

Der grünhäutige Vampirzombie hatte hinter dem vorletzten Sitz in Deckung gelegen und schnellte hoch. Es war eine huschende Bewegung. Bill schwenkte zwar noch den Arm und drückte auch ab, gleichzeitig traf ein Schlag des Vampirs seine Waffenhand. Der Reporter verriss den Schuss, und die Kugel fuhr in die Decke des Fahrzeugs.

Zu einem zweiten Schuss ließ der Blutsauger den guten Bill nicht mehr kommen. Er wuchtete sich über die Rückenlehne des leeren Sitzes und schmetterte seine Fäuste gegen Bills Brust.

Der Reporter kippte zurück. Dicht neben der Tür fiel er auf den Sitz. Bevor er seine Waffe auf den Grünhäutigen richten konnte, hatte dieser Bills Arm gepackt und hebelte ihn zur Seite. Sein Griff war so hart und der Ruck so wuchtig, dass Bill aufschrie, weil die Schmerzen bis in seine Schulter strahlten.

Er ließ die Waffe los.

Sie fiel erst auf den Sitz, und der Vampir schob sie unbeabsichtigt zur Seite, sodass sie über die Kante rutschte und auf den Boden des Busses fiel.

Bill befand sich in einer schlechten Lage. Er konnte sich nur mit dem linken Arm verteidigen, der rechte schmerzte zu sehr, er schien sogar ausgekugelt zu sein.

Bill biss so hart die Zähne zusammen, dass ihm das Wasser in die Augen trat.

Der Vampir war wie von Sinnen. Ein regelrechter Blutrausch überkam ihn. Er wollte seine beiden Eckzähne in Bill Conollys Hals hacken, doch der Reporter nahm den Kopf zur Seite. Der Vampir verfehlte ihn und schlug die Hauer in das Leder der Rückenlehne.

Bill hob seinen linken Arm an und hieb dem Blutsauger den Ellbogen in den Nacken.

Der Vampir knurrte nur. Mit beiden Händen krallte er sich an dem Reporter fest. Da Bill seinen rechten Arm nicht benutzen konnte, fehlte ihm die Stütze auf der anderen Seite. So gelang es dem Untoten, Bill Conolly wegzuziehen.

In Richtung Ausstieg!

Bill kippte. Er erhielt noch einen harten Stoß, wurde vorgeschleudert, hörte einen Schuss und fiel zusammen mit dem Vampir kopfüber aus dem Bus.

In den nächsten zwei Sekunden wusste der Reporter nicht, wo oben oder unten war. Er hatte dennoch Glück, denn der Blutsauger kam unter ihm zu liegen, so war der Aufprall für Bill nicht ganz so hart. Trotzdem schüttelte er ihn durch, und sein rechter Arm schien bis zur Schulter hinauf in Flammen zu stehen.

Mit der linken Hand schlug Bill ein paar Mal zu, traf auch den Rücken des Gegners, doch die Schläge waren für ihn nur Mückenstiche. Er spürte sie kaum.

Stattdessen wälzte er sich auf die andere Seite und setzte dabei seine höllischen Kräfte ein, denen Bill nichts entgegenzusetzen hatte. Durch die Drehung gelang es dem Blutsauger, sich den Reporter so zurechtzulegen, dass Bill unter ihm lag.

Jetzt konnte Ernest, der Vampir, an seine Kehle!

Lady Sarah spürte die eiskalten Vampirklauen an ihrem Hals und zuckte zusammen. Selten in ihrem Leben war sie so überrascht worden, mit diesem Angriff hätte sie nie gerechnet.

Sie keuchte und saugte pfeifend die Luft ein.

Ryan Rogers, der Vampir, drückte stärker zu. Undefinierbare Laute drangen aus seinem Maul, der faulige Atem streifte das Gesicht der alten Dame, und die Angst schoss in ihr hoch.

Auch die beiden Kinder hatten bemerkt, was geschehen war.

Marylin reagierte als Erste. »Lass sie los!«, schrie das Mädchen. »Lass sie los!«

Sie und ihre Schwester schlugen mit den kleinen Fäusten nach dem Blutsauger.

Ich wurde durch ihre Rufe aufmerksam.

Bisher hatte ich mich auf Bill Conolly konzentriert, der am Ende des Ganges erschienen war. Ich bekam mit, wie er von einem Vampir angegriffen und auf die Bank gedrückt wurde. Bill schoss auch, ich sah nur die Feuerblume, aber nicht, ob die geweihte Silberkugel getroffen hatte.

Ich wollte Ricardo Ray.

Doch der war raffiniert und auch schnell. Er wusste, dass meine Kugeln für ihn tödlich waren, floh und packte seine Schwester Edna an den Hüften.

Bevor ich reagieren konnte, hatte er sie hochgestemmt und gegen mich geworfen.

Es war zu eng, ich kam nicht schnell genug weg. Edna prallte gegen mich, ich sah das halb zerstörte Gesicht, in dem die bleichen Knochen schimmerten und die wilde Angriffswut, mit der sie mich vernichten wollte.

Edna bekam mein Knie zu spüren. Ihre Arme rutschten ab, sie krümmte sich, ich hob den Fuß, trat zu und stieß sie in den Gang.

Jetzt hatte ich für einen Moment freie Bahn.

Ich sah die Panik in Rays Augen, doch da riss mich das Schreien der Kinder herum.

Mit Entsetzen erkannte ich, dass einer der grünhäutigen Vampire den Hals der alten Frau umklammert hielt. Er hievte sie sogar hoch, die Kinder schlugen auf ihn ein, Lady Sarahs Gesicht war schon leicht bläulich angelaufen, nur auf den Wangen tanzten hektische, rote Flecken.

Eine Sekunde zögern konnte ihr Leben kosten.

Deshalb ließ ich Ray fahren und wandte mich der alten Dame zu. Mit einem gewaltigen Satz überwand ich die Distanz und hieb mit dem Lauf in das Gesicht des würgenden Blutsaugers.

Er fauchte nur und ließ nicht los.

Ich schoss.

Aus einer Handbreit Entfernung traf die Silberkugel ihn voll in den Kopf. Ich konnte gar nicht vorbeischießen. Zudem war es wirklich die letzte Möglichkeit gewesen, das Leben der Horror-Oma zu retten.

Der Vampir erschlaffte.

Seine Hände lösten sich, sie rutschten an der Hinterseite des Sitzes entlang. Schwer fiel der Blutsauger zwischen die gepolsterten Bänke und blieb dort liegen.

Wahrscheinlich würde er zu Staub werden.

Neben mir schnappte Sarah Goldwyn verzweifelt nach Luft. Ihre Augen rollten in den Höhlen, ihre Lippen zitterten.

»Geht's wieder?«, fragte ich hastig.

Sie nickte.

Die beiden Kinder schauten mich an wie einen Geist. Dann sah ich das Erschrecken in ihren Augen und ahnte, dass hinter meinem Rücken etwas Schlimmes passierte.

Da hörte ich schon die gellenden Schreie.

Es war Gaby Mansfield, die sie ausgestoßen hatte. Denn sie wurde von Edna attackiert. Die Fahrerin hockte noch immer auf ihrem Sitz, doch der weibliche Vampir hatte sie angesprungen und ihren Körper gegen das große Lenkrad gedrückt.

Verzweifelt stemmte sich Gaby gegen den Druck der Untoten. Sie schlug, sie stieß mit den Knien, dem Kopf, sie versuchte alles, sich aus dem Griff zu befreien.

Es nutzte nichts.

Die andere war stärker.

Gabi hatte keine Chance.

Immer weiter neigte sich der Kopf der Fahrerin nach hinten, dem Loch zwischen den Speichen zu.

Und Edna lag auf ihr.

Die Schreie waren verstummt.

Ich packte Edna an der Schulter, wirbelte sie mit eisenhartem Griff herum, sah die Blutstropfen an ihrem Mund und wusste nicht genau, ob sie von der Fahrerin stammten.

Wuchtig schleuderte ich Edna auf die offene Tür zu. Sie krachte noch gegen den Trennbalken, rutschte ab, schaffte es aber nicht mehr, sich zu fangen, sondern bekam das Übergewicht und fiel nach draußen.

Ich folgte ihr, blieb vor dem Ausstieg stehen und wartete, bis sie halb hochkam.

Dann feuerte ich.

Die Kugel hieb in den Körper des blutsaugenden Geschöpfs und zerstörte ihn endgültig.

Zwei Vampirzombies hatte ich erledigt.

Noch waren drei übrig. Und darunter befand sich auch der Anführer, Ricardo Ray.

Ich drehte mich wieder um.

Nun trat das ein, was ich bereits die ganze Zeit über befürchtet hatte.

Es brach eine Panik aus.

Das Innere des Zombie-Busses verwandelte sich in eine Hölle, denn die Vampire drehten durch …

Vergebens kämpfte Bill Conolly gegen den Druck und die Kraft des Blutsaugers an. Er lag unten, der andere hatte alle Trümpfe in der Hand. Und Bill konnte nur einen Arm bewegen, den linken.

Zum Glück lag der frei, sodass Bill ihn anwinkeln konnte, und als der Vampir zubiss, legte Bill Conolly seinen Arm quer vor die Kehle. Der Reporter trug eine hellgrüne Lederjacke, die Zähne hieben hinein, trafen nicht seine Haut.

Der Vampir keuchte wütend.

Bill rammte seinen Kopf nach oben.

Er schrie selbst auf, als er mit der Stirn einen der beiden Zähne traf. Dieser Zahn war dem Aufprall nicht gewachsen, er brach ab. Eigentlich war es zum Lachen, doch Bill konnte das nicht. Seine Hand krallte sich im Haar des Untoten fest und zog daran. Er riss den Kopf des Blutsaugers zurück und hielt eisern fest. Gleichzeitig zog er die Knie an und stemmte sie in den Körper seines untoten Gegners.

Damit gelang Bill die Befreiung.

Der Vampir wurde zurückgestoßen, und mit einem weiteren Tritt beförderte der Reporter ihn zur Seite.

Bill wälzte sich sofort herum und sprang auf.

Keuchend und breitbeinig blieb er stehen. Sein rechter Arm hing am Körper herab, als würde er nicht zu ihm gehören.

Und der Blutsauger griff an.

Er warf sich dem Reporter entgegen und flog auch genau in den Tritt hinein, mit dem Bill ihn empfing.

Der schleuderte ihn wieder zurück. Bill bekam etwas Luft. Er sprang auf den Ausstieg zu, kletterte in den Bus, hörte die Schreie und sah seine Pistole.

Bill schnappte danach.

Als seine Finger auf den Waffengriff klatschten, hing der Blutsauger wieder wie eine Klette an ihm. Der Vampir umkrallte Bills Hosengürtel, riss daran, und der Kraft hatte der Reporter nichts entgegenzusetzen. Er wurde zurückgezogen, fiel und krachte auf den Blutsauger.

Aber diesmal hatte er die Waffe.

Sofort rollte sich Bill zur Seite und stöhnte vor Schmerzen, als er auf seinem ausgekugelten rechten Arm landete. Dieses Gefühl trieb ihm das Wasser in die Augen, aber der Reporter gab nicht auf.

Er schoss im Liegen.

Die erste Kugel verfehlte den Vampir.

Als der Schuss aufpeitschte und das Geschoss nicht traf, machte der Vampir einen erschreckten Satz zur Seite. Und er sprang genau in den zweiten Schuss hinein.

Die Silberkugel jagte schräg in seine Brust. Ernest, der Vampir, schien zu erstarren. Mit beiden Armen schlug er wild um sich, bevor er zu Boden krachte und auf dem Gesicht liegen blieb.

So löste er sich auf …

Bill aber stemmte sich in die Höhe. Jetzt, wo die Aufregung und der Stress des Kampfes vorbei waren, da spürte er, wie sehr sein rechter Arm schmerzte. Wenn ein Arzt hier gewesen wäre, hätte er ihn wieder einrenken können, so aber musste Bill Conolly weiterhin die Schmerzen ertragen.

Und der Kampf war noch längst nicht zu Ende. Bill sah, wie eine Fensterscheibe zersplitterte und das Gesicht eines weiblichen Vampirs erschien.

Der Reporter erschrak.

Diese Blutsaugerin kannte er.

Es war die Busfahrerin!

Wie gesagt, die restlichen beiden Blutsauger drehten durch. Sie warfen sich auf die Menschen, aber nicht, um sie zu töten, sondern rissen sie hoch und schleuderten sie mir als Hindernisse in den Weg.

Plötzlich sah ich vor mir eine Wand von tobenden, schreienden und panikerfüllten Menschen. Die Einzige, die ihre Nerven behielt, war Lady Sarah.

Sie umklammerte die beiden Kinder, schützte sie mit ihrem Körper und sorgte dafür, dass sie nicht allzu viel mitbekamen.

Vor mir tauchte eine Frau mit blonden Haaren auf. Ihr Gesicht war verzerrt. Die Angst leuchtete in ihren Augen. »Meine Kinder«, schrie sie, »meine Kinder!«

Sie wollte zu ihnen, doch ich stieß sie zurück. »Bleiben Sie sitzen, verdammt!«

»Neiinnn!«, kreischte sie und griff mich an.

Ich musste mit der flachen Hand zuschlagen. Die blonde Frau flog zwischen die Sitze.

Ich kam weiter.

Da ich nicht gerade zu den Kleinsten zähle, konnte ich über die Köpfe der meisten hinwegschauen. Ich sah Ricardo Ray im hinteren Teil des Busses, wo er sich den Weg freikämpfte. Der andere Vampir, sein Bruder Paul, war noch nicht so weit gekommen. Er schlug sich mit einem älteren Mann herum, der ihm eine Reisetasche auf den Kopf drosch.

»Weg!«, brüllte ich.

Meine Stimme hallte so laut, dass sie die übrigen Geräusche übertönte. Und der Mann verstand.

Er warf sich zu Boden. Durch diese Aktion hatte ich freies Schussfeld.

Da gab es kein Zögern mehr, ich drückte ab.

Das geweihte Geschoss hieb in die leere Hülle des Blutsaugers und stieß ihn zurück. Er fiel gegen eine Sitzkante, konnte sich nicht mehr auf den Beinen halten und krachte zu Boden.

Nun war nur noch Ricardo Ray übrig.

Ich weiß auch nicht, weshalb ich den Kopf drehte, vielleicht war es eine innere Unruhe. Ich sah mit Schrecken, dass ich mich nicht getäuscht hatte. Es gab noch einen Vampir außer Ricardo Ray.

Die Fahrerin!

Ednas Biss hatte auf grausame Art und Weise Früchte getragen. Die dunkelhaarige Frau war ebenfalls zu einem Vampir geworden.

Und sie hatte sich bewaffnet.

Die Finger der rechten Hand umklammerten einen schweren eisernen Schraubenschlüssel, den sie mir über den Kopf ziehen wollte.

Sie schlug zu, bevor ich feuern konnte.

Ich drehte mich zur Seite, und der Schlüssel hieb gegen einen metallenen Haltegriff, wo er eine Kerbe hinterließ. Als die Frau zum zweiten Mal ausholte, schlug ich mit der Faust zu und feuerte gleichzeitig. Zwei Taten, eine Bewegung.

Die Blutsaugerin wurde aus der Richtung gebracht, taumelte zur Seite, aber sie konnte ihren Schlag nicht mehr bremsen, sondern hieb mit dem Schraubenschlüssel in die Scheibe, die splitternd zerbrach. Sie selbst fiel ebenfalls noch vor, und ihr Kopf schaute aus dem Rechteck, an dessen Seiten noch die Splitter hingen …

Das genau sah auch Bill Conolly!

Er hatte die linke Hand schon erhoben, um eine Kugel auf das Wesen zu schießen, als er sah, dass dies nicht mehr nötig war.

Zuerst rutschte Gaby Mansfield der Schraubenschlüssel aus den Fingern. Dann zuckte ihr Gesicht, sie öffnete den Mund, ein dünner Blutfaden rann über die Zunge und fiel in Tropfen an der Unterlippe herab. Ein letzter Ruck ging durch ihren Körper. Ein verzweifeltes Aufbäumen, danach nahm das Gesicht wieder einen anderen Ausdruck an.

Einen normalen …

Bill Conolly schluckte. Über seinen Rücken rann eine Gänsehaut. Er bekam regelrecht Angst, bemerkte wohl aus den Augenwinkeln, dass einige Personen den Bus verließen, achtete aber nicht darauf, weil er zu sehr mit sich selbst und seinen Schmerzen beschäftigt war.

Bill stand dicht vor einer Ohnmacht, so weh tat ihm der rechte Arm. Der Reporter konnte nicht mehr kämpfen. Er schluchzte auf und taumelte zur Seite.

Deshalb sah er nicht, wie Ricardo Ray aus dem Bus sprang und um das Fahrzeug herumlief.

Dabei klatschte er mit beiden Füßen in ein Schlammloch, in dem noch Regenwasser stand …

Auf einmal war der Bus leer.

Oder fast, denn Sarah Goldwyn und die beiden Kinder waren noch sitzen geblieben.

Ich ging zu ihnen.

»John, mein Junge«, sagte die Horror-Oma, und ich sah Tränen in ihren Augen.

»Wir haben es fast geschafft«, erwiderte ich.

Sie streichelte meine Hand. »Holen Sie sich den verdammten Blutsauger, und schicken Sie ihn zum Teufel!«

»Wollen Sie nicht auch den Bus verlassen?«, fragte ich.

»Ja, es ist besser.« Mrs Goldwyn stand auf. Sie warf der Fahrerin einen scheuen Blick zu. »Sie hieß Gaby Mansfield«, sagte sie leise. »Und sie war so mutig. Verdammte Vampirbrut!«

Damit sprach sie mir aus dem Herzen. Sie fasste die beiden Mädchen an den Händen und verließ den Bus.

Ich schritt langsam durch den Mittelgang und schaute sogar unter den Sitzen nach.

Nichts, da hatte sich keiner mehr versteckt. Dann stand ich vor dem Ausstieg.

Die Menschen rannten über die Felder. Die Angst trieb sie voran. Weiter links sah ich, wie die Mutter ihre beiden Kinder in die Arme schloss. Sie waren gerettet, nicht zuletzt dank des ungeheuren Mutes einer älteren Dame.

Einer war noch frei: Ricardo Ray, der Mann, der an allem die Schuld trug. Doch wo steckte er?

Ich sah Bill Conolly, der zu seinem Wagen gegangen war und auf der Motorhaube hockte, aber ich entdeckte keine Spur von Ray. Dieser Blutsauger schien sich in Luft aufgelöst zu haben. Er machte auch keine Jagd mehr auf seine Opfer.

Ich schritt an der Rückseite um den Bus herum. Er hatte noch eine altmodische Gepäckleiter, die hoch zum Dach führte. Dort wurden früher die Koffer und Reisetaschen verstaut.

Wo hatte sich Ricardo Ray versteckt?

Diese Frage brannte mir auf der Zunge. Verdammt, er konnte sich doch nicht in Luft aufgelöst haben. Und warum sagte Bill nichts? Hatte er vielleicht etwas gesehen?

Ich wollte ihn schon anrufen, als mein Blick auf die Leiter fiel, die zum Dach führte.

Sie zeigte Schmutzspuren. Auf den untersten Sprossen klebte Lehm, und es hingen sogar noch Wassertropfen an dem Metall.

Plötzlich wusste ich, wo mein Gegner steckte.

Auf dem Dach!

Ich peilte nach oben.

Der Winkel war zu spitz, sodass ich Ricardo Ray nicht sah. Aber ich war mir sicher, dass er dort oben lauerte.

Was er konnte, schaffte ich auch. Ich begann die Leiter hochzuklettern. Mit der linken Hand hielt ich mich fest, denn in der rechten hielt ich die Beretta.

Ich hatte soeben den Fuß auf die dritte Sprosse gesetzt, als mich Bills Ruf erreichte.

»John, er sitzt auf dem Dach!«

Mein Freund hatte gesehen, was ich vorhatte, und er hatte den besseren Blickwinkel.

»Vorsicht, er kommt!«

Ich hatte mich nach seinem Ruf beeilt, befand mich bereits mit dem Kopf auf gleicher Höhe wie der Dachrand, sah eine Waffe, ein Stück Schulter und hörte den Schuss.

Instinktiv zog ich den Kopf ein. Heiß jaulte die Kugel dicht über meinen Scheitel. Wahrscheinlich hatte sie noch ein paar Haare mitgenommen.

Ich feuerte zurück.

Ray war ebenso schnell wie ich, denn auch mein Geschoss traf ihn nicht.

Dann peitschten gleich drei Schüsse hintereinander auf. Es war Bill Conolly, der feuerte. Er hatte sich hingekniet und seinen linken Arm auf die Kühlerschnauze des Porsche gelegt. Zwar traf er den Vampir nicht, aber die Kugeln zwangen den Blutsauger doch in Deckung. Er musste unten bleiben.

Das gab mir die Gelegenheit, alles zu wagen. Ich kletterte noch eine Sprosse höher, peilte über den Rand und sah meinen Gegner flach auf dem Busdach liegen.

Bill schoss nicht mehr.

Ich wollte feuern, doch der Vampir wälzte sich zur Seite und sprang auf. Er federte in die Höhe, zielte auf mich und …

Klack, machte es.

Ricardo Ray hatte sich verschossen.

Ich jubilierte innerlich und kroch wie eine Schlange voran. Voller

Wut schleuderte Ray die leer geschossene Walther hinter mir her, traf aber nicht, sondern nur die Kante, von der die Pistole abtickte und irgendwohin verschwand.

Ich kam auf die Beine. »So, Blutsauger«, sagte ich. »Du bist der Letzte!«

Er starrte mich an. Ich sah, wie es in seinem Gesicht arbeitete. Wut, Hass und Enttäuschung zeichneten seine Züge. Der Mund stand halb offen, und ich sah seine schimmernden Vampirbeißer.

Dann griff er an.

Mit bloßen Fäusten wollte er mich niederschmettern. Ich hätte natürlich schießen können, doch das tat ich nicht. Stattdessen warf ich mich ihm entgegen und hieb ihm den Waffenlauf quer übers Gesicht. Er knurrte nur, versuchte trotz dieser Aktion seine Fäuste in meinen Leib zu stoßen, doch ich wich aus.

Rays Schwung war zu groß. Er schaffte es nicht mehr rechtzeitig, vor der Dachkante zu stoppen. Der nächste Tritt glitt ins Leere, und Ray kippte nach unten.

Das hatte ich gewollt.

Blitzschnell streifte ich die Kette mit dem Kreuz über meinen Kopf, trat selbst an die Kante und ließ das Kreuz fallen.

Es fiel auf den Vampir, der sich soeben erheben wollte.

Die Wirkung war frappierend. Mit einem Schlag entfaltete das Kreuz seine gesamte Magie. Es brannte nicht nur einen Abdruck in die untote Hülle, sondern zerstörte den Vampir in Sekundenschnelle.

Zurück blieb der Kopf, der aus der grauen Asche des übrigen Körpers herausragte.

Mund und Augen bewegten sich noch, die Haut zitterte nach, dann wurde sie faltig, grau und lappig. Wie alter Stoff zerfiel sie, und die blanken Knochen leuchteten im Schein einer schon schräg am Himmel stehenden Sonne.

Ricardo Ray und seine Vampirzombies gab es nicht mehr …

Wir hatten noch einiges zu tun. Vor allen Dingen sorgte ich dafür, dass das übrig gebliebene Fariac-Blut in den Panzerschränken des Yard verschwand.

Zuvor jedoch kümmerte ich mich um die Fahrgäste.

»Ihr hättet auch früher kommen können, ihr beiden«, sagte die Horror-Oma, während sie ihren Stock schwang.

»Ging nicht.«

Sie schaute mich an. »Und warum?«

»Reifenpanne.«

»Da sieht man mal wieder, dass auch ein Geisterjäger vor technischen Pannen nicht gefeit ist.«

Bill ging es wieder gut. Seinen Arm hatte jemand eingerenkt. Kein Arzt oder Sanitäter, sondern Mrs Sarah Goldwyn. Sie hatte während des Krieges in einem Lazarett gearbeitet und noch nichts verlernt.

Auch nicht das Zubereiten von Tee. Das merkten wir drei Tage später, als wir bei ihr eingeladen waren. Zusammen mit Sheila, Johnny und zwei kleinen Ehrengästen.

Es waren Marylin und Jeanie, die Zwillinge, die zum Abschied Mrs Goldwyn das größte Kompliment machten, indem sie gestanden, dass sie sich solch eine Oma schon immer gewünscht hätten.

Doch eine Sarah Goldwyn ist einmalig …

DÄMONENFALLE ROM

Die alte Frau war allein in der Kirche. Hinter dem Eingangsportal blieb sie für einen Moment stehen, hob den Kopf und schaute den Mittelgang zwischen den beiden Bankreihen bis zum Altar entlang, hinter dem das große Holzkreuz alles überragte.

Als sie es mit ihren Blicken erfasste, da durchlief ein Beben ihre Gestalt, und der schmale Mund mit den dünnen Lippen verzog sich zu einem feinen Lächeln.

Das Kreuz der Hoffnung, das Zeichen des Sieges. Mochten die Zeiten auch noch so schlecht sein, keiner konnte es besiegen, obwohl es seit 2000 Jahren versucht wurde.

Signora Fachetti bekreuzigte sich. Sie hatte zuvor zwei Fingerspitzen in das mit Weihwasser gefüllte Becken getaucht und spürte jetzt die Kühle der Tropfen auf ihrer faltigen Haut.

Jeden Tag besuchte sie die kleine Kirche, die ihr zweites Zuhause geworden war. Sie betete für sich, für ihren verstorbenen Mann, für die Kinder, die Rom alle verlassen hatten, um woanders Arbeit zu finden, und sie betete für die Welt.

Wenn Fremde die Kirche betraten, bezeichneten sie das Gotteshaus als kleines Kunstwerk. Zwei Kriege hatte es überdauert, stand wie ein Fels in der Brandung der Zeit und bot den Gläubigen Schutz. Die Wand- und Deckenmalereien setzten sich aus vielen kleinen Kunstwerken zusammen. Da hatte ein wahrer Meister den Pinsel geführt, und auch die beiden Beichtstühle an den Seiten sowie die Sitzbänke zeugten von meisterhafter Schnitzkunst.

Ein tiefer Atemzug entrang sich der Brust der Frau. Sie zog das dunkle Tuch fester um den Kopf, als sie die nächsten Schritte vorging und ihren Platz ansteuerte.

Er lag vorn. Sie kniete sich immer in die erste Bankreihe rechts vom Altar. Dort verging dann die stille Stunde im Gebet.

Schmale Fenster unterbrachen das Mauerwerk. Sie hatten bunte

Scheiben, aus Einzelstücken zusammengefügt, die ein unregelmäßiges geometrisches Muster bildeten.

Zwar drang das matte Tageslicht hindurch, es wurde allerdings stark gefiltert, sodass im Innern der Kirche ein permanentes Dämmerlicht herrschte.

Signora Fachetti hielt den Kopf gesenkt und die Hände gefaltet. Obwohl sie den Weg in die Kirche täglich ging und jeden Stein auf dem Boden kannte, hatte sie am heutigen Tage ein anderes Gefühl. Bei ihrem Eintritt schon hatte sie dies feststellen können, es war über sie gekommen wie ein Schauder, und sie suchte verzweifelt nach dem Grund, ohne ihn jedoch finden zu können.

Es lag etwas in der Luft …

Eigentlich hatte sie mit dem Pfarrer sprechen wollen. Er hätte sie vielleicht verstanden, denn dieses Gefühl war nicht zum ersten Mal wie ein plötzlicher Sturmwind über sie gekommen. Signora Fachetti kannte es sehr gut. Als ihr Mann starb, da hatte sie es ebenfalls erlebt. Zwei Tage vor seinem Tod wusste sie Bescheid, dass er sterben würde.

Was würde demnächst geschehen?

Sie dachte an ihre Söhne. Drei waren es. Ob sie sich in Gefahr befanden und ihnen etwas zustieß? Signora Fachetti verspürte Angst, und sie beschloss, an diesem Tage besonders intensiv zu beten.

An der ersten Bankreihe blieb sie stehen. Der schmale Mund zuckte. Sie spürte ein trockenes Gefühl in der Kehle und hörte ihr schwaches Herz laut schlagen.

Vorsichtig hob sie einen Fuß an und setzte ihn auf das Holz in der Bankreihe. Auf Zehenspitzen schob sie sich ein Stück weiter, denn die dumpfen Laufgeräusche empfand sie in der herrschenden Stille als störend.

Die Bänke bestanden aus schwarz gebeiztem Holz. Obwohl die Signora bereits eine alte Frau war, ließ sie es sich nicht nehmen und fiel auf die Knie.

Sie wäre nie auf den Gedanken gekommen, sich hinzustellen oder zu setzen. Demut hatte ihr Leben stets begleitet und würde bis zum Tod auch nicht von ihrer Seite weichen.

Schwer stützte sie die Arme auf, hielt die gefalteten Hände hoch und schaute auf den Altar. Schmucklos lag er vor ihren Augen. Kein prunkvoller oder protziger Opferstein. Der Tabernakel hatte dort seinen Platz gefunden, eine Kerze ebenfalls, außerdem ein Strauß Frühlingsblumen.

Das Licht der Kerze brannte ruhig, ein Zeichen, dass kein Durchzug in der Kirche herrschte.

Signora Fachetti senkte den Kopf. Ihre Lippen bewegten sich dabei, flüsternd drangen die bittenden Worte aus ihrem Mund, und sie wartete darauf, einzutauchen in die Trance des Gebets, wie es an jedem Tag der Fall war.

Heute nicht. Signora Fachetti zeigte sich verwirrt. Sie schüttelte den Kopf, zwinkerte mit den Augen, holte tief Atem, um sich zu konzentrieren, aber sie schaffte es nicht.

Einiges war anders.

Keine Konzentration, und als sie ihren Blick in die Runde schweifen ließ, da kam es ihr vor, als hätte sich das Innere der Kirche sehr verändert. Es bot ihr keinen Schutz mehr. Die dicken Mauern schienen durchlässig zu sein, und zwar durchlässig für etwas anderes, für das Böse vielleicht?

Sie schluckte. Feucht schimmerten die Augen, Tränen füllten sie aus, und etwas legte sich um ihre Brust, erschwerte das Atmen und zog das Herz zusammen.

Die Angst wurde stärker.

Jetzt sprach sie lauter. Sie konnte nicht mehr still für sich beten, sie musste die Worte hören, damit sie sich an ihnen aufrichtete, um neuen Mut zu schöpfen.

»Gefahr, alte Frau. Die Gefahr kommt …«

Der Hauch einer Stimme, wie vom Wind herbeigeweht.

»Gefahr …«

Sie zuckte hoch. Ihre Gesichtszüge versteinerten, sie begann zu zittern und schaute sich suchend um, um nach dem Sprecher zu suchen.

»Gefahr …«

Nein, um Himmels willen, nein! Das war kein Sprecher, sondern eine Sprecherin. Sie hatte die alte Frau gewarnt, und die Signora merkte, dass eine Gänsehaut über ihren Rücken kroch, als sie sich in die Höhe stemmte und sich umschaute.

Wo steckte die Ruferin?

Signora Fachetti sah nichts. Sie schaute in die leere Kirche hinein. Von der Sprecherin war nichts zu erkennen. Aber die Alte hatte sich nicht getäuscht. Da war eine Stimme gewesen, die sie angesprochen hatte.

Die alte Frau überlegte, was sie tun sollte, und sie entschloss sich, den Pfarrer zu benachrichtigen. Er musste ihr helfen, allein wurde sie mit diesem seltsamen Phänomen nicht fertig.

Es war nicht nur seltsam, sie empfand es gleichzeitig als bedrückend. Eine furchtbare Drohung lag über ihr und schien sie erdrücken zu wollen. Was ihr noch nie in ihrem langen Leben passiert war, das geschah jetzt. Die Kirche kam ihr wie ein Gefängnis vor, und es schien ihr, als würden die Mauern zusammenrücken und der Raum zwischen ihnen immer kleiner werden.

»Nein!«, flüsterte die Signora. »Nein, bitte nicht! Was ist das alles hier? Ich …« Sie verstummte, denn in Höhe des Altars geschah etwas, für das sie keine Erklärung fand.

Eine Erscheinung …

Signora Fachetti hielt den Atem an. Die Augen in ihrem faltigen Gesicht weiteten sich. Sie dachte an die zahlreichen Marienerscheinungen, über die sie gelesen hatte. Würde auch ihr so etwas widerfahren? Offenbarte die Mutter Gottes …

Ihre Gedanken stockten, denn die Lichterscheinung nahe des Altars überstrahlte alles, und die alte Frau spürte, dass etwas auf sie zukam, gegen das sie sich nicht wehren konnte.

Es war etwas Fremdes, etwas nie Erlebtes, etwas Ungeheures.

Ein Geist …

Sie atmete heftig und schnell. Das Herz raste in ihrer Brust, und sie hörte nicht nur die Stimme aus dem Licht kommen, sie sah auch ein Gesicht.

Ein altes Gesicht, das Gesicht einer Frau!

Signora Fachetti war wie vor den Kopf geschlagen. Dieses Frauengesicht konnte nicht die Heilige Maria sein, nein, die wurde anders beschrieben, es musste sich um jene Frau handeln, die …

Als ihr die Tragweite ihrer Gedankengänge bewusst wurde, da begann sie zu zittern, denn sie entdeckte über dem Altar den Beweis für ihre Vermutungen.

Nicht ein Gesicht war dort zu sehen, sondern mehrere. Sie hatten sich praktisch übereinandergeschoben, und es sah so aus, als bestünden die Gesichter aus mehreren Schichten.

Vielleicht zwölf?

Wieso kam sie gerade auf die Zahl zwölf? Es musste einen Grund haben. Trotz des Wirrwarrs ihrer Gedanken gelang es ihr, sie zu ordnen, und ihr fiel der Grund tatsächlich ein.

Zwölf Gesichter, zwölf Frauen – aber nur ein Name.

Sibylle!

Das war es. Sibylle! Ein Erbe aus dem Altertum. Unter dem Namen Sibylle vereinigte man zwölf weissagende Frauen, deren Orakel auf eine Prophezeiung zurückgingen, die ihre Weissagungen in einer Quellgrotte in Eritria verkündet hatte.

Sibylle und die Sibyllinischen Schriften! Beides hing zusammen. Beides waren Prophezeiungen, die auch die Christen der Urkirche und das Judentum mit übernommen hatten.

Diese Schriften, angeblich verbrannt, doch oft genug zitiert, warnten vor Unheil. Wenn Gefahr in der Luft lag, dann wurden sie befragt, was zu tun war.

Und nun zeigte sich ihr die Sibylle mit den zwölf Gesichtern der Frauen, die zu ihr gehörten.

Signora Fachetti schluchzte auf. Was sie erlebte, schon an ein Wunder, und sie schaffte es, ihre Angst zu überwinden und den Blick standhaft auf die Erscheinung zu bannen.

Wovor wollten sie warnen?

Diese große, alles umfassende Frage stellte sich der einsamen Besucherin, und, ohne es zu merken, umklammerten ihre Hände das Holz der Kirchenbank. Sie hatte vor, eine Frage zu stellen, öffnete auch den Mund, wobei es ihr unmöglich war, auch nur ein Wort über die Lippen zu bringen. Das schaffte sie einfach nicht, die seltsame Erscheinung hielt sie zu sehr in ihrem Bann.

Hell waren die Stimmen. Obwohl sie eigentlich nur eine hörte, glaubte sie, zwölf herauszufinden, und diese zwölf Stimmen der Sibylle wurden in ihren Warnungen konkreter.

»Er kommt zurück. Er wird seine blutigen Taten weiter fortführen. Er hat die Christen damals gehasst und hasst sie auch heute noch, denn er ist nicht tot. Scorpio …«

Das war der Name.

Scorpio!

Signora Fachetti sank zusammen. Sie konnte damit nichts anfangen, noch nichts, denn der Name Scorpio war vielfältig. Es gab Tausende in der Riesenstadt Rom.

Was hatte das zu bedeuten?

»Scorpio«, flüsterte die Signora. »Scorpio …« Sie hob den Blick, um noch einmal nachzufragen und nachzuschauen. Es war nicht mehr möglich. So lautlos, wie die Erscheinung der Sibylle entstanden war, so verschwand sie auch wieder.

Aus, vorbei …

Zurück blieb die einsame Beterin. Und ein Name, den sie vernommen hatte.

Scorpio …

Eine Gefahr. Ein Begriff, der Angst machen konnte. Angst für die Heilige Stadt. Über den ahnungslosen Menschen schwebte unsichtbar das Schwert des Todes.

Sie ahnten nichts, sie würden auch nichts wissen, wenn die ersten Taten geschehen waren. Nur sie, Eleonora Fachetti, wusste es. Die Erscheinung der Sibylle hatte sich ihr offenbart.

Mit wem konnte sie darüber sprechen? Wer würde ihr glauben? Der Pfarrer? Möglicherweise, aber er bildete gleichzeitig ein Hindernis. Er war ein junger Mann, erst knapp ein Jahr in der Gemeinde tätig. Dementsprechend waren auch seine Ansichten. Er hielt nichts von den alten Warnungen und Weissagungen, das entnahm sie auch seinen Predigten. Der Pfarrer würde ihr kaum Glauben schenken, und wenn, dann würde er nichts unternehmen und ihre Worte als Spinnereien einer alten Frau abtun.

Sie wusste nicht, was sie machen sollte, und sie fühlte, dass jemand ihr eine schwere Bürde aufgeladen hatte, unter der sie seelisch zusammenbrechen konnte.

Signora Fachetti wollte auch nicht länger in der Kirche bleiben. Hier war nicht mehr der Platz für sie, und trotz ihrer Zweifel musste sie jemanden finden, mit dem sie über die drohende Gefahr sprechen konnte.

Mit gebeugtem Rücken verließ sie die Bankreihe und schritt auf ihren alten Füßen schlurfend den Mittelgang hinab, um sich dem

Ausgang zu nähern. Jeder Schritt kostete sie Überwindung. Sie besaß nicht mehr die Kraft, der Gang war noch schwerer geworden, aus ihren Augen rannen Tränen, und die Verzweiflung schüttelte sie durch.

Vor dem Becken mit dem Weihwasser blieb sie für einen Moment stehen, tauchte die Finger hinein und schlug ein Kreuzzeichen. Irgendwie fühlte sie sich danach erleichtert, und sie warf auch wieder einen Blick zurück zum Altar.

Er sah aus wie immer.

Nur die Kerzenflamme war erloschen!

Ein Zeichen? Ein böses Omen vielleicht? Signora Fachetti schrak zusammen. Noch nie war so etwas geschehen. Wie konnte die Flamme erlöschen, wenn kein Wind herrschte?

Sie verglich die Flamme mit ihrem Leben. Stand sie bereits dicht vor dem Ende? Hatte sie die Warnung nur empfangen, um sie mit hinüber ins Jenseits zu nehmen? Es waren schwere Gedanken, die sie da wälzte, aber sie konnte sie nicht von der Hand weisen.

Es wurde wirklich Zeit, dass sie mit jemandem darüber sprach, bevor es zu spät war. Ihre Bewegungen wurden hastiger, als sie sich umwandte und dem kleinen Portal zustrebte. Die Klinke bestand aus Eisen. Sie ließ sich nur schwer nach unten drücken, und Signora Fachetti musste sich schon gegen die Tür lehnen, um sie aufzubekommen.

Sonnenlicht traf sie.

Sonne im Februar.

Rom hatte einen Winter erlebt, der wohl in die Annalen der Stadt eingehen würde. Kaum Kälte, fast immer frühlingshaftes Wetter, und auch im Februar stiegen die Temperaturen weit über den sonst jahresüblichen Durchschnitt.

Es war trotz allem eine blasse Sonne. Der kleine Platz vor der Kirche schimmerte in einem seltsamen Licht. Der Kies erschien ihr fast weiß, und die Hecke hatte noch keine Blätter.

Nach dem Platz begann der schmale Weg. Mit dem Auto war es kaum möglich, ihn hochzufahren, die Häuser standen sehr dicht beieinander. Reiche Menschen wohnten hier nicht. In dieser Gegend herrschten Armut und Arbeitslosigkeit.

Sie war allein, und der Kies knirschte unter ihren Sohlen, als sie vorging. Den Kopf hielt sie gesenkt, die Augen waren zu Boden gerichtet, sie nahm die Umwelt kaum wahr, die sie umgab. Sie wollte es irgendwie auch nicht, denn sie war lieber allein mit sich selbst.

Sogar die Schritte hörte sie nicht, die sich ihr näherten. Erst als ein Schatten über sie fiel, blieb sie stehen und hob den Kopf.

Signora Fachetti erschrak zutiefst, denn vor ihr stand ein Mann, den sie noch nie gesehen hatte.

Ein Fremder!

Er trug dunkle Kleidung, war aber kein Pfarrer. Sein Gesicht schimmerte bleich.

Die alte Frau presste ihre Hand gegen die Brust und fühlte den harten Herzschlag.

Der Mann lachte leise.

Endlich überwand sich die alte Frau und erkundigte sich nach dem Namen des Fremden. »Wer – wer sind Sie?«

»Ich bin Scorpio!«

Nein! Sie wollte schreien, aber sie schaffte es nicht und blieb stumm. Nur in ihren Augen war zu lesen, was sie in diesen schrecklichen Momenten empfand.

Scorpio!

Vor Minuten hatte sie die Warnung erhalten, nun stand er vor ihr. Obwohl er aussah wie ein Mensch, kam er ihr ungemein grausam vor. Schlimm, dämonisch …

»Du weißt es also?« Scorpios Augen blickten kalt wie Eis. »Du weißt es bestimmt!«, flüsterte er scharf und kam langsam näher. »Ja, ich sehe es dir an, aber du wirst nichts mehr sagen können. Scorpio ist zurückgekommen und beginnt dort, wo er damals, vor langer Zeit, aufgehört hat …«

»Nein, nein!«, keuchte die Frau. »Das kannst du nicht tun! Wirklich nicht. Ich …«

»Doch, ich kann es. Glaube es mir. Ich kann alles tun. Ich habe damals in den Katakomben geherrscht. Ich habe sie gefunden und furchtbare Rache genommen, und ich bin wieder da!« Sein Arm schoss vor, die Hand war zur Kralle ausgebreitet, und sie packte zu wie das Greifwerkzeug eines Raubvogels.

Signora Fachetti war nicht schnell genug. Selbst eine Jüngere wäre dieser blitzschnell zustoßenden Bewegung nicht entkommen, die alte Frau erst recht nicht.

Fünf Finger wühlten sich in den Stoff der Kleidung, sie drehten ihn herum, und mit der anderen Hand griff Scorpio unter seine Jacke. Er schlug sie dabei zurück, sodass die Frau seine furchtbare Waffe sehen konnte.

Es war ein kurzes Kampfschwert, wie sie es von Bildern kannte, denn diese Waffen wurden von den Gladiatoren im alten Rom getragen, wenn sie in der Arena gegen die wilden Tiere kämpften.

Er war der letzte Eindruck, den die Frau aus dem Leben mitnahm. Plötzlich spürte sie das Ziehen in der Brust, das ihren Körper auseinanderzureißen drohte, und dieses Gefühl setzte sich bis in den Kopf hinein fort.

Erst der Schmerz, danach die Schatten.

Sie waren da, glichen gewaltigen Wolken, die sie umfingen und mit hinabzerrten in ein Reich ohne Wiederkehr.

Scorpio brauchte sein Schwert nicht mehr zu ziehen. Er hielt bereits eine Tote fest.

Aus seinem Mund drang ein Lachen. Er ließ die alte Frau los, die zusammensackte und als dunkles Bündel, aus dem nur ihr Gesicht bleich und blass hervorstach, auf dem Boden liegen blieb. In den letzten Sekunden des Lebens war es zu einer Maske der Angst geworden. Die schrecklichen Eindrücke standen wie festgefroren in den Zügen.

Scorpio wandte sich ab.

Er ging davon, war wie ein Phantom. Seine Ankunft war nicht bemerkt worden, sein Verschwinden wurde ebenfalls nicht registriert. Aber er war da.

Und Rom würde es spüren …

Überall standen Köpfe!

Abgeschlagene Köpfe. Manche skelettiert, andere wiederum mit Haut überzogen. Es gab auch Leichen, uralte Tote, die in Nischen lagen und nie mehr erwachen würden. Ein penetranter Geruch durchzog die unterirdischen Kammern und machte das Atmen zur Qual.

Ein scheußlicher Traum hatte die Schläferin überfallen, und sie wälzte sich von einer Seite auf die andere. Die dünne Decke hatte sie zur Seite gestrampelt. Sie lag halb auf dem Boden, und das Nachthemd der Frau war hochgerutscht bis zu den Schenkeln. Ein feiner Schweißfilm schimmerte auf der Haut, denn der Albtraum steigerte sich noch, als plötzlich zwischen den Leichen eine unheimliche Gestalt mit einem Schwert erschien.

Die Schläferin verkrampfte sich, aus ihren Händen wurden Fäuste, sie wollte schreien, weglaufen, aber die Gestalt ließ es nicht zu. Wie eine Mauer stand sie vor ihr.

Zu erkennen war sie nicht. Nur einen Schatten konnte die Schläferin sehen. Einen drohenden Schatten, der alles in sich hineinzusaugen schien, was es gab.

Eine finstere Drohung ging von ihm aus. Eine Drohung die vernichten konnte, auch die Menschen.

Jetzt war sie da, fiel über den Körper.

Der Schrei!

Eigentlich mehr ein gewaltiges Stöhnen, das durch den Raum schwang und die einsame Schläferin weckte.

Glenda Perkins schoss in die Höhe. Ohne sich darüber klar zu werden, was sie eigentlich getan hatte, setzte sie sich erst hin, schwang ihre Beine über die Bettkante, stand neben dem Bett und fühlte den Schwindel, der in ihr aufstieg, sodass sie Mühe hatte, sich auf den Beinen zu halten.

Sie fasste nach rechts. Dort befand sich die kleine Nachtkonsole, und auf ihr stand die Kugellampe. Es gelang ihr sofort, den Schalter zu finden, und die Birne in der Kugel wurde hell.

Erst jetzt ließ sich Glenda Perkins zurückfallen, atmete tief und röchelnd, knetete ihr Gesicht und drückte die Finger gegen ihre Augen.

Hatte sie den Traum endlich hinter sich? Furchtbar. Sie konnte es sich nicht erklären, aber dieser Alb hatte sie so gequält, dass sie sich völlig erschöpft fühlte.

Jetzt fror sie auch wieder, denn der Schweiß auf ihrer Haut trocknete allmählich.

Glenda ließ sich zurückfallen, fühlte die Matratze unter ihrem Rücken und zog die Decke wieder an sich.

Schlaf würde sie keinen mehr finden. Nicht nach diesem Traum, der ihr Innerstes aufgewühlt hatte. Ihr Herz klopfte heftig, es schlug fast oben im Hals. Trotz großer Anstrengungen konnte sie ein Zittern ihrer Glieder nicht unterdrücken, und sie dachte krampfhaft darüber nach, in welchem Zusammenhang dieser Traum stand.

Hatte es vielleicht etwas mit Jane Collins, der ehemaligen Detektivin, zu tun, die sie einmal hatte vernichten wollen? Es war ihr nicht gelungen, doch nach diesem Fall war Glenda Perkins für einige Zeit zu den Conollys gezogen, bevor sie nach zwei Wochen wieder den Mut fand, in ihre Wohnung zurückzukehren.

Alles war normal verlaufen, bis auf diesen Traum jetzt, der mit Jane wohl nichts zu tun hatte, denn sie oder ihre Meisterin Wikka waren darin nicht vorgekommen.

Es musste einen anderen Grund gehabt haben, denn Träume haben immer einen Grund.

Es gelang Glenda nur schwer, die Eindrücke zu verwischen. Zu sehr wirkten sie nach. Sie hämmerten in ihrem Kopf, wieder entstanden die Bilder, und sie erlebte die einzelnen Szenen fast noch einmal durch, nur nicht so intensiv.

Was hatte der Traum zu bedeuten?

Die Frage wurde für sie zu einer Quälerei. Weshalb hatte sie diese schreckliche Umgebung gesehen, all die Toten, die Leichen, die Schädel, und sie hatte sogar noch den Geruch wahrgenommen, der von diesen Gestalten ausging.

Leichengeruch?

Glenda schüttelte den Kopf. Sie glaubte jetzt noch den penetranten Geruch in ihrer Nase zu spüren, und sie stand auf, um sich ein Glas Wasser zu holen.

Mit schweren Schritten ging sie in die Küche. Ihre Beine zitterten, denn sie hatte das Gefühl, als würde der Schock erst jetzt kommen. In der kleinen Diele musste sie sich an den Türrahmen lehnen und Luft holen. Sie sog den Sauerstoff tief in ihre Lungen, zog die Nase hoch, drehte den Kopf, wobei ihre Blicke auf die drei gepackten Koffer fielen. Es waren ein großer und zwei kleinere Koffer, die nahe der Wohnungstür standen, und sie erinnerten Glenda wieder daran, dass sich einiges geändert hatte, wenigstens ab dem nächsten Tag ändern würde, denn da wollte sie zusammen mit Lady Sarah Goldwyn eine Reise nach Rom, in die Ewige Stadt, antreten.

Sarah Goldwyn hatte sie eingeladen, weil sie eine zweite Person suchte, die sie begleitete, denn den Gewinn eines Preisausschreibens ließ man nur ungern verfallen.

Eine Woche sollte der Aufenthalt in Rom dauern.

Urlaub hatte Glenda noch genug zu bekommen. Nach Rücksprache mit ihrem Chef, Sir James Powell, der nichts gegen die freien Tage einzuwenden hatte, stimmte sie zu.

Und jetzt dieser Traum!

Sollte sie ihn vielleicht als eine Warnung verstehen, die Reise nicht anzutreten?

Das war die große Frage, und Glenda grübelte auch über eine Antwort nach, ohne eine zu finden. Sie konnte sich nicht vorstellen, dass es irgendetwas an dieser Reise geben sollte, das nicht in Ordnung war. Alles normal.

Sie ging in die Küche und machte Licht. Aus dem Schrank nahm sie ein Glas, ließ das Wasser einen Augenblick laufen, bevor sie das Glas unter den Strahl hielt.

Langsam trank sie. In kleinen Schlucken nahm sie das kalte Wasser zu sich, das erfrischend durch ihre Kehle in den Magen rann, und sie fühlte sich allmählich besser, obwohl ihre Hände anfingen zu zittern. Als das Glas leer war, stellte sie es ab, schluckte noch einmal und wischte über ihre Lippen.

Ebenso langsam ging sie zurück in das Schlafzimmer, wo sie auf der Bettkante Platz nahm. Ihre Gedanken drehten sich weiterhin um den seltsamen Traum, wobei sie darüber nachdachte, ob sie vielleicht John Sinclair anrufen sollte.

Mit einem Blick auf die Uhr stellte sie fest, dass es eine Stunde nach Mitternacht war. Ein bisschen spät für einen Anruf, und als so dringend schätzte sie ihren Traum auch nicht ein.

Zudem musste John ebenfalls früh aufstehen, denn er hatte sich angeboten, sie und Mrs Goldwyn zum Flughafen Heathrow zu fahren, damit sie das Geld für ein Taxi sparen konnten.

Glenda Perkins ließ sich wieder nach hinten sinken und verschränkte die Arme hinter dem Kopf.

Wie sollte das alles noch weitergehen? Seltsam, dass ihr dieser

Gedanke so plötzlich kam. Sie dachte auch an John Sinclair, denn sie vergaß nicht die Nacht, die sie beide vor einigen Monaten wie in einem Rausch erlebt hatten, nachdem der Satan mit den vier Armen von John vernichtet worden war.

Sie hätte gern gesehen, wenn John auch noch mitgefahren wäre, aber das war nicht drin. Die Dämonen machten auch keinen Urlaub, so war ein Mann wie John Sinclair praktisch gezwungen, sich danach zu richten.

Für fünf Uhr hatte sie den Wecker gestellt. Zwei Stunden lag sie erst im Bett, und sie versuchte, noch ein wenig Schlaf zu bekommen, was ihr allerdings nur schwerlich gelang.

Die Erinnerung an den Albtraum ließ sich nicht löschen. Sie kehrte zurück, und der Schatten, den sie bei ihrem ersten Traum gesehen hatte, wurde größer und größer, bis er schließlich alles verschlang …

Ich war an diesem Morgen früh aufgestanden, denn ich hatte versprochen, zwei Damen zum Flughafen zu bringen.

Die eine war an die 70, hieß Sarah Goldwyn und hatte einen Spitznamen: Horror-Oma. Dies nicht zu Unrecht, denn Lady Sarah war auf dem Gruselsektor und allem, was damit zusammenhing, ein wahres Phänomen. Sie sammelte Gruselromane, besorgte sich auch Sekundär-Literatur, ging in Gruselfilme und hatte sich in ihrem Haus eine regelrechte Gruselkammer eingerichtet, denn was dort an Büchern über dieses Thema stand, konnte so leicht keine Bibliothek aufweisen. Die Anzahl wurde ständig vergrößert, denn Lady Sarah fand auf Flohmärkten und in Antik-Shops noch immer Schätze, die sie nicht kannte, deshalb sofort kaufte, um sie ihrer Sammlung einzuverleiben.

Gruseln ist in – gruseln blieb in – wenigstens bei Sarah Goldwyn, die auf dem Dachboden noch ein Video-Gerät und einen Schmalfilmprojektor aufgebaut hatte, um sich die entsprechenden Filme in aller Ruhe anschauen zu können. Die meisten davon hatte sie schon im Kino gesehen, aber sie sammelte die Streifen und konnte sich dieses Hobby auch finanziell erlauben, denn als dreifache Witwe hatte ihr jeder ihrer verstorbenen Männer eine hübsche Summe hinterlassen, die gute Zinsen brachte. Wobei Sarah Goldwyn, und das wussten nur wenige, einen Großteil des Geldes einer wohltätigen Stiftung gab, damit das Elend in der Welt ein wenig gelindert werden konnte.

So war sie eben.

Und mit ihr fuhr Glenda Perkins, meine Sekretärin.

Ich gönnte ihr den Urlaub. Sollte sie sich eine Woche entspannen, und Rom ist nun wirklich eine besondere Stadt. Um dort alles zu sehen reichte sicherlich ein Jahr nicht aus. Ich war mir sicher, dass die beiden Frauen Abwechslung genug bekommen würden und die Tage ihres Urlaubs wie im Flug vergingen.

Lächeln musste ich, dass ausgerechnet Lady Sarah in einem Preisausschreiben gewonnen hatte. Eine Pizza-Firma hatte es veranstaltet, und der erste Preis ging an die Horror-Oma. Da sie allein lebte, aber nicht allein fahren wollte, war es ihr gelungen, Glenda als Begleiterin mitzunehmen.

Darüber dachte ich nach, als ich in der kleinen Caféteria am Flughafen saß und auf die beiden Frauen wartete, die noch etwas einkaufen wollten.

Trotz der frühen Stunde herrschte bereits reger Betrieb.

Vor mir stand eine große Tasse Kaffee, an der ich hin und wieder nippte. Müde war ich nicht mehr, die Fahrt zum Flughafen hatte die letzte Müdigkeit aus meinem Körper verscheucht.

»Schmeckt der Kaffee?«, hörte ich hinter mir eine Stimme und drehte mich um.

Glenda und Sarah kamen zurück. Sie trugen nur noch ihre Handtaschen, das übrige Gepäck war aufgegeben worden.

»Man kann ihn trinken«, erwiderte ich, »aber mit deinem nicht zu vergleichen.«

Glenda lachte, nahm auf dem Hocker links neben mir Platz, während ich Lady Sarah auf einen anderen an der rechten Seite half. »Nun, ich bin keine alte Frau«, beschwerte sie sich. »Ich werde doch wohl einen Barhocker allein erklimmen können.«

»Ich sah mich nur als Kavalier.«

»So einer alten Schachtel gegenüber, mein Junge? Schau lieber zu Glenda hin. Die ist knusprig, da ist noch etwas dran. Aber bei mir ist alles vorbei.«

»Wie man's nimmt …«

»Oder willst du fahren?«, fragte mich die Horror-Oma, die einen leichten Mantel trug, den sie jetzt aufgeknöpft hatte, sodass die zahlreichen, um ihren Hals hängenden Ketten zu sehen waren.

»Wie?«

Sarah Goldwyn verzog das Gesicht. »Stell dich doch nicht so an, John. Du kannst ruhig fahren, wirklich. Ich verzichte dann. Ihr beide seid wie geschaffen …«

»Mrs Goldwyn«, mischte sich Glenda ein, wobei sie einen roten Kopf bekommen hatte.

»Habe ich so unrecht?«

Ich grinste und schaute in meine Kaffeetasse. Auf der braunen Oberfläche schimmerte mein Gesicht als Spiegelbild, das verschwamm, als ich die Tasse bewegte. »Na ja, ich meine …«

»Kinder, macht mir doch nichts vor. Zwischen euch beiden war etwas. Ihr könnt es abstreiten oder auch nicht, für mich bleibt die Tatsache bestehen.«

Ich schielte zu Glenda rüber. Ihr Gesicht war noch roter geworden, ein Zugeständnis, und die Zunge huschte über ihre vollen Lippen. Glenda trug einen grünen Pullover mit dunkelgelben Querstreifen und einen grünen Cordrock. Den leichten Mantel hatte sie über ihre angezogenen Beine gelegt.

»Es ist ja auch nichts Verbotenes«, redete Lady Sarah weiter und bestellte einen Tee. Glenda hatte ebenfalls einen vor sich stehen. »Ihr seid erwachsen, und niemand kann euch einen Vorwurf machen. Also, nehmt es leicht.«

»Was?«, fragte ich.

»Na das.«

»Wir sind eben auch nur Menschen«, meinte ich und kassierte einen leichten Stupser von Glenda, denn mit den letzten Worten hatte ich praktisch zugegeben, dass etwas zwischen uns gewesen war.

Lady Sarah hatte mich genau verstanden, denn sie lachte, wechselte allerdings das Thema und fragte: »Ist dir nicht auch aufgefallen, John, dass Glenda gar nicht gut aussieht?«

»Wieso?«

»Sie scheint unausgeschlafen zu sein.«

Ich drehte meinen Kopf zu Glenda. Tatsächlich lagen dunkle Ringe unter ihren Augen, und ich fragte: »Stimmt das, Glenda, was Lady Sarah vermutet?«

»Ach wo.«

»Kind«, sagte die Horror-Oma. »Ich habe den scharfen Blick eines Falken. Du hast keine besondere Nacht hinter dir.«

Da lachte Glenda. »In der Tat, es stimmt. Ich habe furchtbar geträumt.«

»Von mir?«, fragte ich.

»Nein, diesmal nicht, obwohl man auch von dir furchtbar träumen kann, mein Lieber.«

»Aber nur, wenn sich eine Frau vernachlässigt fühlt«, schaltete sich die Horror-Oma ein. »Streng dich an, John, und vergiss hin und wieder deine Dämonen.«

»Das versuche ich ja«, erwiderte ich grinsend. »Aber sie vergessen mich nicht.«

»Undankbare Geschöpfe«, murmelte Sarah Goldwyn. »Sie gönnen einem Menschen auch gar nichts.«

»Ja, da sagst du was.«

»Trotzdem würde ich es an deiner Stelle so einrichten, dass ich mehr Zeit für Glenda hätte.«

»Und ihre Träume?«, fragte ich.

»Der Traum war wirklich ein Problem«, gab Glenda zu. »Er war schrecklich, John.«

»Erzähl mal.«

»Hört doch auf!«, mischte sich Sarah ein. »Das gibt es doch nicht. Du willst uns nur die Reisestimmung verderben, John. Ich kenne dich genau.«

»Vielleicht ist es gut, wenn John ihn erfährt«, meinte Glenda.

»Dann tu dir keinen Zwang an, Kind.«

»Das war so …« Glenda berichtete von dem Traum, der sich wirklich schrecklich anhörte, und ich war ganz Ohr.

»Eine Erklärung hast du nicht?«

»Nein. Ich weiß auch nicht genau, wo ich mich da befunden habe.«

»Wahrscheinlich in den Katakomben.«

»Du meinst diese großen Gräber?«

»Ja, die gibt es. Als die Christen verfolgt wurden, haben sie in den Katakomben Unterschlupf gefunden. Die gibt es ja heute noch. Man kann sie auch besichtigen.«

»Und wo liegen die genau?«, fragte Glenda.

»Am Rand der Stadt. Und immer dicht in der Nähe von Friedhöfen. Viel mehr weiß ich auch nicht.«

»Ich frage mich nur, was der Schatten zu bedeuten hatte«, sagte Glenda mit leiser, ein wenig nachdenklich klingender Stimme. »Das ist nach wie vor noch ein Problem. Und er hatte eine Waffe – ein kurzes Schwert.«

»Vielleicht eine Bedrohung.«

»Gegen mich?«

»Möglich.«

»Mach das Mädchen nicht verrückt, John«, mischte sich Sarah Goldwyn in die Unterhaltung. »Glenda freut sich auf die Reise, und du verleidest sie ihr.«

»Das hatte ich nicht vor. Denn sie hat ja von ihrem Traum berichtet.«

»Trotzdem …«

Ein Gong, der durch die große Halle schallte, unterbrach uns. Der Flug nach Rom wurde aufgerufen, und die Passagiere mussten sich im Aufenthaltsraum bereithalten.

Ich wusste, dass Glenda sich auf die Reise gefreut hatte, dennoch wirkte ihr Lächeln gezwungen, das sie aufgesetzt hatte, als sie sich vom Hocker gleiten ließ.

Hing es mit ihrem Traum zusammen?

Ich beobachtete sie argwöhnisch. Ein wenig blass schien sie mir schon zu sein. Die Ringe unter den Augen ließen sich nicht verleugnen, und die Reise schien für Glenda unter einem ungünstigen Stern zu stehen.

Sie warf ihren Mantel über die Schulter, während sie auf mich zukam. Ihrem Blick merkte ich an, dass sie etwas sagen wollte, und ich nickte ihr aufmunternd zu. »Rück schon raus mit der Sprache«, forderte ich bewusst lässig.

Sie ging noch einen Schritt weiter und blieb erst dann stehen, als wir uns berührten. »Weißt du, John, ich habe zwar keine Angst, aber falls irgendetwas sein sollte, kann ich dann auf dich zählen?«

»Immer, Mädchen.«

»Dann ist es gut.« Sie beugte sich vor, meine Arme öffneten sich automatisch, und ich drückte sie an mich. Ich spürte die Wärme ihrer Haut, und unsere Lippen berührten sich zu einem flüchtigen Abschiedskuss, dann hörte ich ihre Stimme dicht an meinem Ohr, und sie war nur ein Hauch.

»Ich fühle die Gefahr, John. Ich kann es dir nicht beschreiben, aber sie ist vorhanden.«

»Okay, Glenda. Du weißt, wo du mich erreichen kannst. Suko, Bill und ich sind immer für dich da. Wenn es sein muss, springen wir in die Hölle, Kleines.«

»Das weiß ich ja, und deshalb fahre ich auch, weil die Unterstützung hinter mir steht.«

»He, ihr beiden Turteltauben, ihr seid ja verliebter, als ich alte Frau annehmen konnte. Es wird Zeit, oder soll ich nicht lieber hierbleiben und euch beide nach Rom schicken?«

Wir lösten uns hastig. »Nein, nein, Lady Sarah«, sagte ich. »Bleibt ihr mal zusammen. Wir schaukeln die Sache schon.«

»Wer ist wir?«

»Na, Suko und ich. Wir übernehmen die Arbeiten im Sekretariat.«

Ich verabschiedete mich nur noch von der Horror-Oma und nahm auch sie in die Arme. Verstohlen flüsterte sie: »Ich gebe schon auf die Kleine acht, mein Junge. Ihr wird nichts passieren. Lass das mal die alte Sarah machen.« Dann wich sie zurück und hob grüßend den Arm, bevor sie sich bei Glenda Perkins einhakte.

Ich schaute den beiden nach, und an der Sperre drehte sich Glenda Perkins noch einmal um. Dabei glaubte ich, ein verlorenes Lächeln auf ihren Lippen zu sehen, obwohl es Unsinn war, dies anzunehmen, denn Glenda befand sich zu weit entfernt.

Ich wollte zusehen, wenn die Maschine in den trüben Londoner Himmel stieg. Ich blieb vor der großen Scheibe stehen, durch die ich auf das Rollfeld schauen konnte, wo die Passagiere die Maschine bereits durch den schwenkbaren Tunnel betraten.

Gut drei Stunden würde der Direktflug dauern. In Rom, so hatte ich gehört, sollte bereits Frühlingswetter herrschen. Und das im Februar! Aber auch die Inseln waren nicht gerade mit winterlichem

Wetter verwöhnt worden, was mir auf eine gewisse Art und Weise gut gefiel, denn Schnee und Glatteis sind Gift für Autofahrer.

Nach ungefähr zehn Minuten rollte die Maschine zum Start.

Erkennen konnte ich natürlich nichts, wusste nur, dass Glenda und Lady Sarah ziemlich vorn in dem Metallvogel saßen. Das Meisterwerk der Technik wurde schneller und schneller, bis es vom Boden abhob und in den noch immer dunklen Morgenhimmel stieß, wobei es schnell an Höhe gewann und seine Positionsleuchten wie Glühwürmchen in der Finsternis verschwanden.

Ich drehte mich um und ging. Der Burberry war nicht geschlossen. Meine Hände steckte ich in die Manteltaschen, und ich war sehr nachdenklich, als ich mich dem Ausgang näherte.

Obwohl ich es Glenda gegenüber nicht zugegeben hatte, aber mich hatte ihr Traum ein wenig beunruhigt …

Rom!

Mein Gott, was war über diese Stadt nicht alles geschrieben worden Bücher, die sich mit ihr beschäftigten, konnten Regalwände füllen. Vom Altertum bis hin zur Neuzeit hatte die Hauptstadt Italiens nichts von ihrer Faszination verloren.

Rom war ein Ereignis. Rom konnte man kaum in Worte fassen, weil das Repertoire nicht ausreichte.

Alle Wege führen nach Rom, so hieß ein Sprichwort, und es hatte auch in der modernen Zeit seine Wirkung nicht verloren.

Deshalb freuten sich Lady Sarah und Glenda Perkins so auf diese Stadt. Die Horror-Oma war schon des Öfteren da gewesen, mit ihrem zweiten Mann sogar auf der Hochzeitsreise. Da hatten sie die Museen besucht, die Kirchen, vor allen Dingen den Petersdom, sie hatten das Capitol, den Trevi-Brunnen, die Engelsburg und natürlich das Kolosseum gesehen. Einschließlich des Forum Romanum, das für die Einwohner Roms ein Markt- und Versammlungsort war. Und sie waren den Palatin hochgestiegen, den ersten der sieben bewohnten Hügel der Stadt.

»Das alles werden wir uns ansehen, Kindchen«, erklärte Lady Sarah, und sie brachte Glenda tatsächlich auf andere Gedanken, sodass sie ihren Traum vergaß.

»Möchtest du noch etwas sehen, Mädchen?«, fragte die Horror-Oma.

»Ja.« Glenda lachte.

»Die Via Veneto!«

Lady Sarah schlug sich gegen die Stirn. »Sicher, entschuldige, das hatte ich vergessen. Du musst einer alten Schachtel wie mir schon verzeihen, dass ich an so etwas nicht denke. Na ja, wenn man teuer einkaufen will …«

»Lady Sarah, das Geld dazu habe ich nicht. Ich möchte nur einmal schauen.«

»Das werden wir auch.«

Nach ihrer Ankunft, sie wohnten im Hotel Flora, einem komfortablen Haus im antiken Stil, direkt an der Via Veneto, hatten sie sich frisch gemacht und waren ein wenig gebummelt.

Erstaunlich, welches Tempo Lady Sarah vorlegte, und sie gab der wesentlich jüngeren Glenda so manchen Tipp.

So verging der erste Tag wie im Flug, und auch der zweite steckte voller Überraschungen, denn sie nahmen sich nun die antiken Stätten der Millionenstadt vor.

Dabei fuhren sie mit dem Bus und standen manchmal eingekeilt in drangvoller Enge.

Zum Abschluss hatten sie sich einen Besuch beim Trevi-Brunnen vorgenommen.

Fontana di Trevi, wie der große Glücksbrunnen offiziell hieß.

»Haben wir genügend Kleingeld?«, fragte Lady Sarah, als sie mit Glenda über den Platz vor dem Brunnen spazierte und dahinter das antike große Säulenbauwerk sah.

»Das habe ich mir aufbewahrt. Ein paar Münzen möchte ich gern opfern.«

»Und was wünschst du dir?«

»Kann ich noch nicht sagen.«

»Sollte es mit John Sinclair zusammenhängen?«

»Vielleicht!«

»Man sagt ja, dass das, was man sich wünscht, in Erfüllung geht, wenn man das Geld hineingeworfen hat.«

»Aber man darf es auch keinem verraten.«

»Leider.«

Sie schlenderten über den Platz. Glenda Perkins konnte nur den Kopf schütteln. Es herrschte ein großer Andrang. Mit Bussen wurden die Touristen angekarrt. Die junge Engländerin hatte gedacht, im Februar Ruhe zu finden, das erwies sich als Irrtum. Besucher waren immer unterwegs, zudem war der Brunnen sehr bekannt.

»Es ist sogar ein Film über den Brunnen gedreht worden«, sagte die Horror-Oma.

»Ich weiß. ›Three coins in a Fountain.‹«

»Ja, drei Münzen im Brunnen ...«

Zum Glück war es nicht so voll, dass sie auf dem Rand des Brunnens keinen Platz mehr gefunden hätten. Dort ließen sie sich nieder und schauten auch hoch zum Himmel, der sich in einer seltsamen Bläue über ihren Köpfen spannte und auf dem hin und wieder weiße Tupfer zu sehen waren, die sich als Wolken entpuppten. Sie sahen aus wie Wattebäusche, die eine gewaltige Hand wahllos verteilt hatte.

Die Temperaturen lagen bei fünfzehn Grad. Völlig unnormal für den Winter, aber nicht für Rom, das mit südlicher Sonne laufend verwöhnt wurde.

»Irgendwie bin ich kaputt«, sagte Lady Sarah aufatmend, als sie sich gesetzt hatte. »Ich merke allmählich, dass ich nicht mehr die Jüngste bin.«

»Sollen wir zum Hotel fahren?«

»Nein, Kindchen, so etwas kommt nicht infrage. Wir bleiben schon hier, machen ein kleines Päuschen und werden anschließend so richtig schön und gut essen gehen.«

»Und meine Figur, Lady Sarah? An die denken Sie wohl gar nicht.«

»Die ist genau richtig. Du bist nicht zu schlank und nicht zu dick.«

»Ich weiß nicht ...«

Lady Sarah hörte nicht zu. Sie lauschte dem Plätschern des Wassers. Es schoss aus den Düsen hinter ihnen und fiel zurück in das Sammelbecken, ein ewig gleichbleibendes Spiel.

Glenda drehte sich um. Die Wasserfontänen interessierten sie nicht so sehr, sie schaute in das Becken, konnte bei diesem klaren Wasser bis auf den Grund sehen und entdeckte die zahlreichen

Geldstücke, die von den Besuchern in den Brunnen geworfen worden waren.

Nicht weit entfernt saßen amerikanische Touristen. Es waren junge Mädchen, die sich einen Spaß daraus machten, haufenweise Centstücke über die Schultern in den Brunnen zu werfen. Glenda hatte mal gehört, dass in der Nacht die Gassenjungen der Stadt kamen, in den Brunnen sprangen und das Geld herausholten.

»Hast du die Münzen, Glenda, die ich dir gegeben habe?«, fragte Lady Sarah. Bisher hatte sie mit geschlossenen Augen dagesessen. Nun öffnete sie den Blick und schaute Glenda an, die bereits in ihrer Tasche herumwühlte und das Geld hervorholte. Sie klimperte mit den Münzen.

»Hier sind sie.«

»Gib mir bitte eine.«

Lady Sarah bekam sie, ließ das kleine Geldstück auf dem flachen Handteller liegen, schaute es sich noch einmal an und schloss die Augen.

»Wünschen Sie sich jetzt etwas, Lady Sarah?«, fragte Glenda.

»Ja. Man darf es zwar nicht verraten, aber sollte es einer Person gelten, dann müsste diese Person es eigentlich fühlen.« Nach diesen Worten schloss Lady Sarah Goldwyn die Augen und schleuderte den Penny über ihre rechte Schulter in das hinter ihr liegende Wasser.

Das Geldstück versank.

»Und jetzt du, Glenda.«

»Klar.« Glenda hielt zwei Münzen in den Händen.

»Gleich zwei?«, wunderte sich die Horror-Oma.

»Ja, ich hab auch einen besonderen Wunsch.«

»Den du mir sicherlich nicht verraten wirst – oder?«

Glenda schüttelte die schwarze Haarmähne. »Nein, auf keinen Fall. Sie haben ja selbst gesagt, Lady Sarah, dass man dies nicht machen soll. Daran halte ich mich.«

»Richtig, Kindchen. Und vergiss nicht, deine Augen zu schließen, sonst hat alles keinen Sinn.«

Glenda Perkins folgte genau den Anweisungen. Sie schloss die Augen, gab ihrem rechten Arm Schwung und schleuderte die beiden Münzen über ihre Schulter hinein in den Brunnen.

Lächelnd wurde sie von Sarah Goldwyn beobachtet. Als Glenda wieder die Augen öffnete und den Blick der alten Dame auf sich gerichtet sah, wurde sie tatsächlich ein wenig rot.

»Waren die Wünsche so schlimm?«, fragte Sarah Goldwyn.

»Nein. Ich würde sagen, sie waren normal.«

»Dann ist es gut, und sie gehen sicherlich in Erfüllung.«

»Das wäre schön.«

Beide lachten, denn sie wussten sicherlich, was Glenda sich gewünscht hatte. Die junge Engländerin drehte sich auf dem Rand sitzend um und schaute in das Wasser.

»Was suchst du?«

»Meinen Penny.«

Jetzt setzte sich auch Lady Sarah anders hin. »Bei den vielen Geldstücken wirst du ihn kaum finden.«

»Mal sehen.«

»Du kannst ja links suchen. Ich schaue mal auf der rechten Seite nach.«

»Ich habe ihn mit einem roten Punkt gekennzeichnet«, erklärte Glenda. »Der Nagellack wird kaum abgehen.«

»Das glaube ich auch.«

Die beiden Frauen suchten jetzt getrennt. Glenda hatte sich weit vorgebeugt und schaute in das sich bewegende Wasser, das einen bläulichen Schimmer besaß.

Das Geld zahlreicher Währungen lag auf dem Grund des Brunnens. Deshalb war es für Glenda so schwierig, genau ihr Geldstück zu finden, immer vorausgesetzt, dass es auch mit der gekennzeichneten Stelle nach oben liegen geblieben war.

Die junge Engländerin schaute sehr intensiv nach. Sie suchte Stück für Stück den Brunnenboden ab. Ihr Gesicht spiegelte sich auf der Oberfläche des Wassers, und es wurde zu einer verschwommenen Fratze, wenn die Wellen zu stark heranrollten.

Sogar die einer rötlichen Fratze …

Glenda stutzte, denn sie hatte den Farbton genau erkannt. Wenn etwas rötlich schimmerte, konnte das nur die von ihr gekennzeichnete Münze sein, und dieses Schimmern kam von der rechten Seite, wobei es von den Wellen an sie herangetragen wurde.

Seltsam …

Glenda verfolgte den Weg mit ihren Blicken, wobei sie den Kopf schüttelte, denn dieser Farbton hatte niemals seinen Ursprung an ihrer Münze. Dahinter steckte etwas anderes.

Schlieren wanderten heran. Lange Fäden, rosa in der Farbe, die immer schwächer wurde, je mehr von dem normalen Wasser hinzukam und das Zeug verdünnte.

Hatte jemand Farbstoff in den Brunnen geworfen?

Glenda hielt es nicht mehr auf dem Fleck. Sie wollte den Grund herausfinden und musste sich deswegen ein wenig nach rechts bewegen. Sie ging zwei große Schritte und sah, dass die roten Schlieren direkt vor ihr aus dem Wasser an die Oberfläche stiegen.

Die Ursache allerdings entdeckte sie nicht. Der Brunnenrand hatte an der Innenseite eine Höhlung. So blieb die Quelle der seltsamen Farbgebung Glenda verborgen.

Sie hatte sich die ganze Zeit über schon gefragt, was der rote Schimmer nur bedeuten konnte, und für sie gab es eigentlich nur eine Erklärung.

Blut!

Tief saugte sie den Atem ein.

Plötzlich bemerkte sie das Zittern, und sie musste sich überwinden, als sie beide Hände in das Wasser tauchte, sich ein wenig vorbeugte und die Arme nach innen drückte.

Etwas geriet zwischen ihre Finger, das sich seltsam anfühlte. Glatt und gleichzeitig schleimig.

Wie Haare …

Glenda Perkins wollte es genau wissen, als sie tief Luft holte und den eingeklemmten Gegenstand hervorriss.

Im nächsten Augenblick erstarrte sie vor Entsetzen.

Glenda Perkins hielt einen Kopf in der Hand!

Es dauerte Sekunden, bis sich der Schrei aus ihrer Kehle löste. In dieser Zeit war sie gewissermaßen gezwungen, sich das grausame Fundstück genauer zu betrachten. Die Haut war aufgeschwemmt und wirkte gleichzeitig wie eine erstarrte Puddingmasse. Als zwei gläserne Kugeln konnte man die Augen bezeichnen, und aus dem Mundwinkel rann ein blasser rosaroter Blutstreifen.

Ein grauenhaftes Bild. Die Haare klebten auf dem Kopf wie eine dunkle Fettschicht.

Jetzt erst schrie Glenda.

Sie schüttelte sich dabei, und ihr Schrei drang gellend über den Platz vor dem Brunnen. Auf einmal konnte sie den Schädel nicht mehr festhalten. Er rutschte ihr aus den Fingern, prallte auf den Brunnenrand, bekam das Übergewicht und verschwand wieder im Wasser.

Trotzdem war die Szene beobachtet worden. Zahlreiche Menschen hatten Glenda gesehen, wie sie ihr schauriges Fundstück in beiden Händen hielt, und sie hatten auch den Schrei vernommen.

Der vervielfältigte sich. Ein Schrei, den auch die anderen Kehlen ausstießen, und die Touristen, die sich in Glendas Nähe befanden, spritzten auseinander. Sie wollten nur weg von dem Ort des Grauens, wo die schwarzhaarige Glenda mit verzerrtem Gesicht stand und in den Brunnen starrte. Auf dem Grund lag der Kopf. Die Wellen bewegten ihn und schoben ihn von einer Seite auf die andere.

Lady Sarah hatte ebenfalls bemerkt, was geschehen war. Schon bei Glendas erstem Schrei war sie herumgefahren und hatte das schaurige Bild mit ansehen müssen. Sie wollte zu Glenda hin, nachdem sie ihre Schrecksekunden überwunden hatte, aber die Menschen waren wie eine Mauer. Sie versperrten ihr den Weg, Lady Sarah konnte nicht mehr weiter und war froh, von den Flüchtenden nicht zu Boden gestoßen zu werden.

Schließlich hatte sie freie Bahn und bewegte sich so schnell wie möglich auf Glenda Perkins zu, die sie als ihren Schützling ansah. Den Stock, den sie in London oft bei sich trug, hatte sie im Hotel gelassen, und sie zog Glenda an sich, wobei sie über deren Haar strich und das Schluchzen vernahm, das aus dem Mund der jungen Frau drang.

Glenda war am Ende ihrer Kraft. Sie hatte den Kopf gesenkt und die Stirn gegen die Schulter der Horror-Oma gepresst. Sie stammelte auch Sätze, und Lady Sarah glaubte, das Wort Traum herauszuhören, sprach Glenda allerdings nicht darauf an, sondern redete beruhigend auf sie ein und drehte sie so, dass sie nicht auf das Wasser des Trevi-Brunnens zu schauen brauchte.

Es war schrecklich. Mit Worten kaum zu beschreiben. Inmitten dieser Idylle hatte das Schicksal grausam zugeschlagen. Ein Schicksal, für das es keine Erklärung gab.

Glenda schluchzte. Aus ihren Augen rannen Tränen, ihr Körper bebte, sie hielt den Kopf gesenkt, die Stirn war gegen Mrs Goldwyns Schulter gepresst.

»Okay, Kindchen, beruhige dich. Ich weiß, es ist schlimm, aber du musst erst einmal nicht mehr daran denken.« Sie redete noch weiter, obwohl sie annahm, von Glenda kaum verstanden zu werden.

Über deren Schulter konnte Lady Sarah hinwegschauen. Die Menschen hatten sich weit zurückgezogen, niemand wollte am Ort des schaurigen Geschehens bleiben. Sarah Goldwyn und Glenda Perkins waren die Einzigen, die noch an dieser Seite des Brunnens standen.

Vielleicht zwei Minuten waren seit der schrecklichen Entdeckung vergangen, als die Horror-Oma die ersten Uniformierten sah, die über den Vorplatz rannten.

Zwei Carabinieri waren inzwischen alarmiert worden. Mit hochroten Gesichtern blieben sie neben den beiden Frauen stehen und sprachen auf sie ein, während die Horror-Oma nur auf den Brunnen deutete.

Jetzt sahen auch die Polizisten den Kopf.

Das Blut wich aus ihren Gesichtern. Sie traten zurück und bekreuzigten sich beide. So etwas Grauenvolles hatten sie in ihrem Leben noch nie gesehen.

Einer blieb bei den Frauen, während der andere so rasch wie möglich wegrannte, um wahrscheinlich die Mordkommission zu alarmieren. Der Zurückgebliebene war sprach- und fassungslos. Er stand da, schaute zu Boden und brachte kein Wort über die Lippen.

Italiens Polizisten waren durch den politischen und auch den Mafia-Terror viel gewohnt, aber dieser grausame Fund schlug selbst dem Carabinieri auf den Magen.

Glenda beruhigte sich nur schwer. Immer wieder schluchzte sie auf. Sie hatte einen Schock erlitten, und Lady Sarah versuchte sie so gut wie möglich zu trösten.

Schließlich vernahmen sie die Sirenen. Wenig später jagte mit kreischenden Reifen ein Wagen der Polizei auf den Vorplatz, gefolgt von zwei anderen Fahrzeugen, die ebenfalls ruckartig gebremst wurden und die Männer der Mordkommission entließen.

Im Nu gab es das große Chaos. Lady Sarah und Glenda wurden zur Seite gedrückt, die Experten der Spurensicherung begannen mit ihrer Arbeit, und der Chef der Mordkommission bat die beiden, auf keinen Fall wegzulaufen.

»Das hatten wir auch nicht vor«, erklärte die Horror-Oma in ihrer Heimatsprache.

Als der Kommissar auf Englisch antwortete, nickte sie zufrieden. Dann brauchte sie nicht ihre mageren Italienisch-Kenntnisse aus der Kiste zu kramen.

Dafür beobachtete sie den Kommissar.

Er war ein Gummiball-Typ. So springlebendig wirbelte er herum und scheuchte auch seine Leute durcheinander, damit niemand herum- oder im Wege stand. Am markantesten war der Schnäuzer des Mannes. Ein richtiger Busch wuchs auf der Oberlippe, dafür waren ihm die Haare ausgefallen, sodass man ihn als einen italienischen Kojak ohne Lolli bezeichnen konnte.

Der Kommissar trug einen grünen Anzug, sein Hemd zeigte Flecken, und die Krawatte, breit wie eine Hand, gehörte auch nicht zu den modernsten. Mit der Spitze steckte sie im Hosenbund.

Nach einigen Minuten und nachdem er sich den Kopf angeschaut hatte, wandte er sich an die beiden Frauen. Nickend blieb er vor ihnen stehen. »So«, sagte er, »darf ich Sie dann in meinen Wagen bitten? Ihre Aussagen sind natürlich sehr wichtig.«

»Das können Sie laut sagen, Kommissar«, erwiderte Lady Sarah.

Der Dienstwagen entpuppte sich als geräumiger Fiat, in dem alle Platz fanden. Die beiden Besucher aus England saßen auf dem Rücksitz, während der Kommissar vorn hockte und sich während des Gesprächs umdrehte.

Er stellte sich als Paolo Rossini vor.

»Verwandt mit dem Komponisten?«, fragte Lady Sarah.

»Leider nein. Dann wäre ich nicht bei der Polizei und würde stattdessen von den Tantiemen leben.«

»Man kann nie wissen.«

»Kommen wir zum Fall!« Rossini wischte über seine Glatze. »Wenn Sie mir zuerst Ihre Namen sagen könnten und woher Sie kommen. Es ist eine Formalität, die leider immer durchgeführt werden muss, wenn Sie verstehen.«

»Sicher«, antwortete Lady Sarah. »Ich habe selbst genug mit der Polizei zu tun.«

»Ach ja?«

»Nicht, wie Sie denken. Die Polizei in London gehört zu meinen Freunden, aber ich habe den Kopf nicht gefunden, sondern Signorina Perkins. An sie müssen Sie sich wenden.«

»Natürlich.«

Glenda hob den Kopf. In ihren Augen stand nach wie vor die Angst. Die Lippen zitterten, die Wangenmuskeln zuckten. Ihre Haut war bleich wie Kalk.

»Möchten Sie eine Beruhigungsspritze?«, erkundigte sich der Kommissar höflich.

Glenda lehnte ab.

»Dann fühlen Sie sich in der Lage, meine Fragen zu beantworten, Signorina Perkins?«

»Ich hoffe es.«

In der nächsten Viertelstunde bewies Rossini seine Klasse. Er stellte die Fragen gezielt. Da war nichts um den heißen Brei geredet, sondern der Kern der Sache wurde immer getroffen.

Glenda erwies sich zudem als eine gute Zeugin. Sie verschwieg nichts, und Rossini machte sich einige Notizen. Als Glenda geendet hatte, seufzte er schwer. »Das ist wieder ein harter Brocken«, murmelte er.

»Wieso wieder?« Lady Sarah hatte genau zugehört und hakte ein.

»Dies ist nicht der erste Kopf, den wir gefunden haben.«

»Was?«

»Leider, Signora. Schon der vierte. Alles deutet darauf hin, dass wir es mit einem Wahnsinnigen zu tun haben, der Rom unsicher macht.«

»Haben Sie denn Spuren?«

»Kaum.«

»Und standen die Toten irgendwie miteinander in Verbindung?«, wollte die Horror-Oma wissen.

»Das ist der einzige Hinweis. Wir haben im Vorleben der Ermordeten nachgeforscht. Die drei Toten gehörten einer Sekte an, die sich mit dem Gebiet der Mystik befasst und der mystischen Geschichte unserer Stadt. Wie Sie sicher wissen, gab es zur Zeit der Christenverfolgung eine gewisse Schicht, die sich stark der Magie verschrieben hatte und irgendwelchen Dämonen huldigte. Einen solchen Dämon hat die Sekte verehrt.«

»Wie hieß er denn?«

»Scorpio!«

Lady Sarah überlegte. »Noch nie gehört.«

Der Kommissar lachte. »Das kann ich mir vorstellen. Scorpio war ein Gladiator, den keiner besiegen konnte. Aus welchem Grund dies möglich war, konnte niemand sagen. Da tappen die Historiker im Dunkeln. Die Legende erzählt, dass er einen Pakt mit einem Dämon geschlossen haben soll.«

»Glauben Sie daran, Signore?«, fragte die Horror-Oma.

»Nein!« Die Antwort klang überzeugend. »Sie etwa?«

»Unter Umständen schon. Wenn Sie keine andere Erklärung haben, dann bleibt doch nur die eine.«

»Aber nicht mit einem Dämon.«

»Nennen Sie eine bessere.«

»Wir bekommen sie noch heraus, verlassen Sie sich darauf, Signora. Auf jeden Fall möchte ich Sie beide bitten, die Stadt in den nächsten beiden Tagen nicht zu verlassen. Wäre das möglich?«

»Natürlich.« Lady Sarah nickte. »Wir hatten sowieso vor, noch etwas zu bleiben.«

»Es tut mir ja leid, dass so etwas passiert ist und Sie sich gestört fühlen, aber ich kann die Verbrecher leider nicht dazu bewegen, aus Rom zu verschwinden.«

»Falls es Verbrecher waren.«

»Da habe ich Ihnen aber einen Floh ins Ohr gesetzt mit dem Dämon.«

Die Horror-Oma schüttelt den Kopf. »Keinen Floh, sondern etwas sehr Gutes. Scorpio scheint interessant zu sein. Sie müssen ihn nur noch finden.«

»Das versuchen wir.«

»Haben Sie sonst noch Fragen?«, erkundigte sich Lady Sarah.

»Nein, eigentlich nicht. Wenn es noch etwas geben sollte, melden wir uns.«

»Unsere Adresse hier habe ich Ihnen ja gegeben.« Lady Sarah öffnete die Tür.

»Und lassen Sie sich Rom nicht verleiden!«, rief der Kommissar ihnen zum Abschied noch nach.

»Auf keinen Fall.«

Mrs Goldwyn hatte kein Interesse daran, sich noch einmal am Tatort umzuschauen. Sie wollte so rasch wie möglich ins Hotel. Und dies mit einem Taxi.

Die Worte des Kommissars spukten in ihrem Kopf herum. Es schienen bei diesen Morden tatsächlich finstere Mächte am Werk zu sein, und sie dachte auch an Glendas Traum.

Glenda hatte von einem Schatten geträumt, der auf sie zukam und ein Schwert in der Hand hielt. Das war sehr seltsam, wenn sie einmal Vergleiche anstellte.

Man hatte einen Kopf gefunden. Dieser Kopf war mit einem glatten Streich vom Rumpf abgetrennt worden. Welche Waffe kam dafür infrage? Natürlich ein Schwert.

Lady Sarah schüttelte den Kopf. Um ihre Lippen zuckte ein schmales Lächeln. Sie wusste selbst, dass diese Theorie sehr weit hergeholt war, aber hatte die Vergangenheit sie nicht gelehrt, dass gerade solche Theorien, die sehr unwahrscheinlich klangen, manchmal zutrafen?

Scorpio!

Auch über den Namen grübelte sie nach. Sie dachte an ihre Literatur, die in London in den Regalen stand. Beim Studium der Bücher war ihr der Name Scorpio allerdings noch nicht aufgefallen. Das musste ein neuer Dämon sein, ein dämonischer Gladiator, über den es sicherlich hier in Rom Literatur gab.

Der Aufenthalt würde jedenfalls nicht langweilig werden, dessen war Lady Sarah sicher.

Sie schaute auf Glenda. Die junge Frau schritt neben ihr her und ging wie eine Marionette. Ihrem Gesicht war abzulesen, dass sich ihre Gedanken ganz woanders bewegten.

»Mein Traum!«, flüsterte sie plötzlich. »Ich habe es geahnt, Lady Sarah.«

»Unsinn …«

»Doch, doch …«

»Aber was sollte dieser Gladiator mit dir zu tun haben, Glenda?«

»Das weiß ich eben nicht. Vielleicht gibt es eine Verbindung.« Glenda blieb stehen und hob die Schultern. »Ich denke da an Wikka und Jane Collins. Möglicherweise stehen sie und der Gladiator miteinander in Verbindung.«

Lady Sarah schwieg. Auch eine recht gewagte Hypothese, die Glenda da aufstellte, von der Hand weisen wollte Mrs Sarah Goldwyn sie allerdings nicht.

Sie mussten auch dort vorbei, wo die anderen Touristen sich hingeflüchtet hatten und warteten. Manch besorgte und mitleidige Blicke trafen die beiden, obwohl die Zuschauer froh waren, dass keiner von ihnen das Schreckliche entdeckt hatte.

Ein Taxi fanden sie auch. Vom Trevi-Brunnen bis zur Via Veneto war es nicht weit. Allerdings ruhte der Verkehr teilweise, und der Taxifahrer fuhr sogar über den Gehsteig, um voranzukommen, wobei er seine Hand kaum von der Hupe nahm, die einen röhrenden Klang ausstieß.

Glenda merkte von alldem kaum etwas. Sie hockte apathisch auf den angestaubten Polstern und schaute auf ihre Knie. Sarah Goldwyn machte sich Sorgen und auch die ersten Vorwürfe. Sie hätte allein nach Rom reisen sollen, dann wäre Glenda dieser Schock erspart geblieben.

Im Hotel »Flora« fuhren sie hoch in ihre Zimmer. »Soll ich bei dir bleiben?«, erkundigte sich die Horror-Oma besorgt.

Glenda schüttelte den Kopf. »Nein, lassen Sie nur! Ich möchte mich ein wenig ausruhen.«

»Das verstehe ich. Wenn was ist, klopf nur gegen die Wand. Außerdem schaue ich sowie nach dir.«

»Danke, das ist nett«, erwiderte Glenda tonlos.

»Und noch etwas«, sagte Sarah Goldwyn. »Versuche zu vergessen. Denk nicht mehr daran, dann geht alles klar.«

»Wenn das so einfach wäre«, flüsterte Glenda.

»Versuche es trotzdem.« Lady Sarah nickte ihrem Schützling

noch einmal zu und zog sich in ihr Zimmer zurück. Dort ließ sie sich auf die Bettkante fallen und stützte ihr Kinn auf die rechte Handfläche.

Mit dem sicheren Instinkt einer weise gewordenen Frau wusste sie genau, dass sich in Rom etwas abspielte, das sicher nicht nur die Polizei der Stadt interessierte, sondern auch den Geisterjäger John Sinclair.

Hatte er nicht gesagt, dass er kommen würde, wenn sich irgendetwas Außergewöhnliches ereignete?

Lady Sarah beschloss, die Probe aufs Exempel zu machen, stand auf und griff zum Telefonhörer …

Vor dem Dunkelwerden kam Lady Sarah noch einmal ins Zimmer von Glenda Perkins, um nach ihr zu schauen.

Sie fand ihren Schützling auf dem Bett liegend. Licht hatte Glenda nicht eingeschaltet.

»Wie geht es dir?«, fragte Lady Sarah und ließ sich neben Glenda auf der Bettkante nieder.

»Eigentlich ganz gut.«

»Aber nur eigentlich.«

Glenda lächelte. »Ich wäre lieber in London. Können Sie das verstehen?«

»Und wie.«

»Möchtest du etwas essen?«

»Nein, danke.«

»Ich kann es dir bringen lassen, wenn du willst.«

Glenda schüttelte den Kopf. »Ich habe wirklich keinen Hunger. Zudem müsste ich immer an den Kopf denken …«

»Und zu trinken?«

»Das ja.«

»Moment.«

Die alte Dame stand auf und holte aus dem Zimmer-Kühlschrank eine Flasche mit Saft. Gläser fand sie auch und schenkte ein. Beide tranken.

Glenda hatte einen so großen Durst, dass sie das Glas in einem Zug leerte. »Das tat gut«, sagte sie und lächelte.

»Na bitte.«

»Und was haben Sie unternommen?«, erkundigte sie sich.

Lady Sarah hob die Schultern. »Ich habe die letzten drei Stunden schon herumbekommen.«

»Mit einem Telefongespräch nach London?«

Die alte Dame lächelte. »Du hast richtig geschaltet, Kind. Ja, ich habe telefoniert.«

Hoffnung glomm in Glendas Augen. »Kommt John denn?«

»Ja.«

»Und wann?«

»Er wird morgen hier eintreffen. Fliegt übrigens zur selben Zeit wie wir vorgestern. Und wenn es sich eben machen lässt, bringt er Suko mit.«

»Das wäre gut.« Glenda verzog die Lippen zu einem Lächeln. Dabei schloss sie die Augen, fragte allerdings weiter und wollte wissen, ob Lady Sarah sonst noch etwas unternommen hätte.

»Allerdings«, erwiderte die Horror-Oma.

»Und was?«

»Dieser Name Scorpio ging mir nicht aus dem Sinn. Ich bin davon ausgegangen, dass es Literatur über ihn geben muss, und ließ mich in eine Bücherei fahren.«

»Haben Sie etwas entdeckt?«

Lady Sarah nickte heftig, dass ihre zahlreichen Modeschmuck-Ketten heftig klirrten. »In der Tat habe ich etwas gefunden. In einem Buch über die Christenverfolgung wird der Name Scorpio sehr oft erwähnt. Wenn man den Berichten trauen kann, muss er ein gewalttätiger Mensch gewesen sein, der einfach nicht zu töten war.«

»Aber er ist gestorben?«

»Ja, er wurde verbrannt, als Nero Rom in Flammen legte. Das stand dort geschrieben. Und dieser mörderische Brand ist auch die letzte Spur, die wir von Scorpio haben.«

»Bis auf die Köpfe.«

Die Horror-Oma schüttelte den Kopf. »Kind, es ist noch nichts bewiesen. Wir können es nur annehmen.«

»Ich glaube fest daran, denn auch ich habe überlegt. Ich sah den Schatten in meinem Traum, und er trug ein Schwert bei sich. Ein kurzes Schwert, mit dem man auch Köpfe abschlagen kann …«

»Denk bitte nicht an so was, Glenda.«

»Ich kann nicht anders. Nach dieser Entdeckung drängt sich mein Traum immer wieder hoch.«

Mrs Goldwyn nickte. Sie konnte Glenda verstehen. Ihr wäre es sicherlich auch so gegangen, wobei sie sich insgeheim die Frage stellte, was noch alles passieren würde.

Eine Nacht hatten sie noch zu überstehen, bis John Sinclair da war, dann konnte er sich um den Fall kümmern, wobei die alte Dame hoffte, dass auch Suko mit von der Partie war.

»Vielleicht versuchst du, ein wenig zu schlafen?«, schlug Sarah Goldwyn vor.

»Und die Träume?«

Es war nicht von der Hand zu weisen, was Glenda da gesagt hatte. Ja, ihre Träume. Sie würden zurückkehren, daran glaubte sie fest. Vielleicht noch intensiver und brutaler.

Ein paar Mal schluckte sie und wischte über ihre feuchte Stirn. Sie wollte es nicht zugeben, doch sie hatte Angst, und auch Lady Sarah stellte dies fest.

»Wenn es dich beruhigt, Glenda, dann verbringe ich die Nacht hier in deinem Zimmer.«

»Das kann ich nicht annehmen«, erwiderte sie schnell, meinte es jedoch nur halbherzig, und das merkte auch die alte Dame.

»Keine Bange, Kind, ich bin Kummer gewöhnt. Der Sessel ist breit genug, ich werde mich darin zusammenrollen wie eine Katze und auch Schlaf finden. Aber zuvor muss ich etwas essen. Im Gegensatz zu dir habe ich Hunger. Ich bleibe im Hotel und bin in einer halben Stunde spätestens wieder zurück.«

»Gut …«

Lady Sarah stand auf, lächelte Glenda zu und verließ den Raum. Die Tür schloss sie behutsam.

Tief atmete Glenda Perkins aus, als von Lady Sarah nichts mehr zu hören war. Nie hätte sie gedacht, dass ihre Romreise, auf die sie sich wirklich so gefreut hatte, auf diese Art und Weise enden würde. War es vielleicht ein böses Omen, dass sie mit John Sinclair und Suko zusammenarbeitete? Sie geriet zwangsläufig in den Dunstkreis ihrer Gegner und wurde auch nicht verschont, wie sie in der Vergangenheit bereits am eigenen Leibe hatte erfahren müssen.

Allein lag sie im Zimmer.

Draußen hatte die Dämmerung inzwischen der Dunkelheit weichen müssen. Der Raum hatte einen kleinen Balkon. Er führte nach vorn, zur Via Veneto, auf der es auch in den frühen Abendstunden kaum ruhiger wurde. Glenda hörte das Hupen der Autos, eine Leuchtreklame glitt bis zu ihrem Fenster hoch und warf einen violetten Schein über den Balkon, der auch die Scheiben durchdrang und sich geisterhaft in den hellen Gardinen fing.

Die junge Engländerin lag angezogen auf dem Bett und hatte ihren Kopf so gedreht, dass sie den Schein beobachten konnte. Im Zwei-Sekunden-Rhythmus kehrte er zurück, und für Glenda hatte er etwas Unheimliches an sich.

Als sie auf dem Gang draußen Schritte hörte, erstarrte sie regelrecht. Auch vernahm sie Stimmen. Sie unterhielten sich auf Französisch und verklangen, als auch die Schritte nicht mehr zu hören waren. Glenda atmete auf. Sie schalt sich eine Närrin, dass sie so überreizt reagierte, und beschloss, in den nächsten Minuten vernünftiger zu sein. Vielleicht sollte sie auch Lady Sarahs Ratschlag annehmen und die Augen schließen. Möglicherweise konnte sie einschlafen, auch ohne Träume.

Glenda versuchte es. Sie lag still wie eine Puppe auf dem Bett und hatte die Hände vor der Brust verschränkt. Wenn die Geräusche von der Straße mal ein wenig abklangen, wurde es so still, dass sie ihren eigenen Herzschlag hören konnte. Er kam ihr überlaut vor, und die Schläge hallten in ihrem Kopf noch nach. War es die Angst?

Glenda wusste es nicht, ihr war nur klar, dass sie so schnell keinen Schlaf finden würde. Die Ereignisse ließen sich einfach nicht vergessen. Sie waren zu sehr in ihrer Psyche festgebrannt. Außerdem war die Nacht noch lang. In den nächsten Stunden würde es ihr sicherlich gelingen, ein paar Mützen voll Schlaf zu bekommen.

Glenda starrte in das Zimmer. Vom Bett aus konnte sie auch in das kleine Bad sehen, da die Tür zu diesem Raum offen stand. Das Badezimmer lag im Dunkeln. Es hatte kein Fenster, nur einen Abzug unter der Decke.

Glenda hatte nicht auf die Uhr geschaut, als Lady Sarah verschwunden war. Eine halbe Stunde höchstens wollte sie fortbleiben, und Glenda wunderte sich darüber, wie lang diese 30 Minuten sein konnten. Sie wartete und hoffte, denn die Gegenwart der alten Dame gab ihr doch Mut und auch Kraft. Allein fühlte sie sich hilflos.

Ihre Hände bewegten sich, wobei die rechte zum Hals hochglitt und nach dem kleinen goldenen Kreuz tastete, das dort an einer schmalen Kette hing. Glenda trug es immer, es war praktisch ihr einziger Schmuck. Dieses Kreuz war geweiht, und Glenda hoffte, dass es sie ein wenig schützen würde.

Auch vor dem Schatten?

Abermals dachte sie daran und an die schreckliche Schemenfigur mit dem Schwert, die sich aus der düsteren Wolke herauskristallisiert hatte. War es tatsächlich Scorpio gewesen? Hatte er sein Kommen angekündigt, um Glenda in seinen Bann zu ziehen?

Welchen Grund gab es?

Plötzlich ging Glenda den Fall von einer völlig anderen Seite aus an. Sie dachte wieder an den Schatten, und ihr kam der Spuk in den Sinn. Er war der Herrscher im Reich der Schatten. Dabei war es ihm sogar gelungen, Glenda in seine Welt zu entführen und auch zu verurteilen. Dank des Einsatzes von John Sinclair war es Glenda gelungen, aus dem Todeslabyrinth des Spuks zu fliehen, vor seiner Rache allerdings war sie nicht sicher.

Und der Spuk schickte Schatten.

Als Glenda darüber nachdachte, fühlte sie sich noch stärker allein in diesem Hotelzimmer, schüttelte den Kopf, schluckte ein paar Mal und bekam große Augen, als sie entdecken musste, dass sich innerhalb des Raumes etwas tat.

Schatten entstanden!

Zuerst glaubte sie, dass die Reklame ausgeschaltet worden war. Die jedoch leuchtete weiter, allerdings wurde das violette Licht sehr rasch absorbiert.

Ruckartig setzte sich Glenda auf. Ihr Blick fiel über das Bett, erreichte das Fußende, und sie sah mit Schrecken, was sich dort abspielte. Vom Boden her quollen die Schatten in die Höhe.

Gestaltlose, pechschwarze Gebilde, an zähen Teer erinnernd und trotzdem leicht und schwebend.

Glenda zitterte. Die Angst kehrte zurück. Ihr Herz klopfte in einem wahnsinnigen Rhythmus. Schweiß bedeckte ihr Gesicht und wenig später auch den übrigen Körper.

Das Grauen kam.

Und es bewegte sich lautlos. Nicht ein Geräusch war zu hören, als sich die Schatten immer weiter ausbreiteten und als pechschwarze Wolken schon fast den gesamten Raum ausfüllten, sodass sie allmählich der Decke entgegenkrochen.

Glenda Perkins schüttelte sich. Sie bebte, war wie von Sinnen, und ihr Atem glich einem Stöhnen.

Der ganze Vorgang hatte nur Sekunden gedauert, eine kurze Zeitspanne, die Glenda allerdings hätte nutzen sollen. Als sie nämlich reagierte, war es bereits zu spät.

Da hielten die Schatten das Bett umfangen.

Glenda schwang ihren Körper herum. Sie hatte sich umgezogen und trug ein beiges Kleid, das am Rücken ausgeschnitten war und breite Schulterträger hatte.

Hinstellen konnte sich Glenda noch. Sie ging auch einen Schritt zur Seite, weil sie die Tür erreichen wollte, aber da waren die Schatten, und die hielten sie fest.

Was Glenda in den nächsten Sekunden erlebte, war für sie noch schlimmer als der Albtraum. Zudem war es Wirklichkeit geworden, denn die andere Seite verlor keine Zeit mehr.

Die Schatten glichen Wülsten und Wänden aus schwarzem Gummi. Kaum war Glenda hineingetaucht, da ging es nicht mehr weiter, sie prallte gegen und in die Wolke, spürte einen zähen Widerstand, wollte sich umdrehen und zurückweichen, aber das war nicht möglich, denn auch hinter ihr ballten sich die Schatten zusammen.

Glenda Perkins war gefangen.

In den nächsten Sekunden begann ihr Kampf gegen das Unheimliche, das lautlos in ihr Zimmer gekrochen war. Sie schlug um sich, und es gelang ihr auch, die Arme zu heben, aber sie konnte die Fäuste nicht mehr vorstoßen. Da war etwas, das sie festhielt, nicht lockerließ und Glenda zu sich heranzog.

Ihr Gesicht verzerrte sich. Das Wissen, hier nicht mehr herauszukommen, steigerte ihre Angst zu einem wahren Todesrausch, gegen den sie sich vergeblich anstemmte.

Er war so hart, so drängend und grausam wie die Schatten, die Glenda gepackt hielten.

Sie stöhnte, und sie merkte, dass auch ihre Beine in Mitleidenschaft gezogen wurden, denn in Höhe der Knöchel fühlte sie ebenfalls die gierigen Greifer, die sie umklammerten und allmählich vom Boden hochzogen.

Sie wollte schreien.

Ihr Mund stand bereits offen, und im selben Augenblick verdunkelte sich ihr Gesichtsfeld, als der Schatten über sie fiel und sie gleichzeitig hineintauchte wie in einen Tunnel.

Von ihrem Oberkörper war so gut wie nichts mehr zu erkennen, die Schatten hatten sie verschluckt, und sie rissen die junge Engländerin in eine bodenlose Tiefe, die einem Schacht glich, in dem kein Lichtschein glomm, der allerdings ein Ende hatte.

Und dort lauerte jemand.

Eine unheimliche Gestalt. Schrecklich anzusehen, ein Wesen, das Glenda zwar in ihrem Traum gesehen hatte, allerdings nie so deutlich wie in diesem Augenblick.

Es war Scorpio, der Gladiator!

Und er hielt in der rechten Klaue sein kurzes Schwert, dessen Spitze auf die langsam heranschwebende Glenda Perkins wies ...

»Hat es Ihnen gemundet?«, fragte der höfliche Ober und lächelte Sarah Goldwyn an.

Sie nickte und nahm die Serviette, um die Lippen abzutupfen. »Ja, es war ausgezeichnet, vielen Dank! Ich habe selten ein Schnitzel Mailand so perfekt zubereitet bekommen.«

»Wir geben uns auch die größte Mühe, Signora.«

»Und setzen Sie das Essen bitte auf meine Privatrechnung.«

»Gern, Signora.«

Lady Sarah stand auf und legte noch einen Geldschein auf den Tisch, den der Ober dankbar nickend in Empfang nahm. Lady Sarah wäre gern ein wenig länger geblieben, aber sie musste immer an Glenda denken, die sich allein in ihrem Zimmer befand und sicherlich vor lauter Furcht nicht zur Ruhe kam.

Wenn John Sinclair doch nur in greifbarer Nähe gewesen wäre!

Die Horror-Oma schüttelte den Kopf. Sie war einfach zu alt, um solch gefährlichen Gegnern noch den genügenden Widerstand entgegensetzen zu können, denn oft genug war sie in Lebensgefahr geraten. Aber sie hatte bisher großes Glück gehabt, dass immer alles gut ausgelaufen war.

Das konnte sich schnell ändern.

Sie verließ den Lift in der sechsten Etage, wandte sich nach links und schritt den Flur entlang. Vor Glendas Zimmer blieb sie für einen Moment stehen, klopfte und nannte ihren Namen.

Hinter der Tür rührte sich nichts.

Mrs Goldwyn spürte deutlich den Schweißfilm auf ihrer Stirn. Sie ahnte Schreckliches, öffnete die Tür und fand das Zimmer leer.

Auf der Schwelle blieb sie stehen, keuchte und schluckte ein paar Mal, bevor ihr die ganze Tragweite dieses Bildes bewusst wurde. Sie dachte sofort an Scorpio und eine Entführung und gab sich die Schuld, dass es dazu gekommen war.

Trotz des Schreckens begann sie nüchtern zu überlegen. Die Polizei wollte sie auf gar keinen Fall hinzuziehen, das hätte überhaupt nichts gebracht. Wichtig war jetzt nur einer.

John Sinclair!

Ich rührte meinen Espresso um, hob den Blick und schaute die mir gegenübersitzende Lady Sarah an. »Und das ist wirklich die einzige Chance, einen Weg zu diesem Scorpio zu finden?«

»Ja, John. Die einzige. Eine andere Möglichkeit sehe ich nicht. Ich habe mich fast die ganze Nacht herumgetrieben und konnte noch die alten Verbindungen meines letzten Gatten aktivieren. Der Bekannte gab mir die Adresse dieses Bibliothekars.«

»Den werden wir uns dann anschauen«, erwiderte ich und lächelte knapp, während Suko nickte.

Der Inspektor war ebenfalls mit nach Rom geflogen. Ich hatte ihn von Sir James loseisen können, der entweder einen guten Tag gehabt oder nicht richtig zugehört hatte. Sein »Okay« war das Wichtigste gewesen, und Lady Sarah erwartete uns am Flughafen mit der Nachricht, dass Glenda Perkins verschwunden war.

Ein Schock, in der Tat.

Wir waren dann mit dem Taxi nach Rom hineingefahren und hatten eine Caféteria gefunden, in der wir uns ungestört unterhalten konnten. Ich erfuhr von den schlimmen Dingen, die in der Zwischenzeit geschehen waren, und besonders Glendas Verschwinden bereitete mir große Sorgen.

Nun hatte Sarah Goldwyn ausgezeichnet vorgearbeitet und außerdem versucht, mehr über den geheimnisvollen Gladiator in Erfahrung zu bringen.

Bis auf den Tipp hatte sie nichts unternommen, aber wir wollten uns den Mann zuerst ansehen, bevor wir uns nach einer Unterkunft umschauten. Der Knabe hieß Ennio Carra und hatte nicht nur als normaler Bibliothekar gearbeitet, sondern auch für zwei Jahre in den Diensten des Papstes gestanden und in der Bibliothek des Vatikans mitgeholfen, die Schriften zu erhalten.

Es rankten sich ja zahlreiche Legenden um diese Bibliothek, die für Normalsterbliche verschlossen blieb, dazu zählte ich mich unter anderem auch, aber das war nicht unser Problem. Wir hofften stark, dass uns Ennio Carra im Falle des Gladiators Scorpio weiterbringen würde.

Ich zahlte die kleine Rechnung. Suko stand bereits vor dem Lokal und suchte nach einem Taxi. Unser Gepäck hatten wir in einem Schließfach des Flughafens gelassen, allerdings schleppte ich die silberne Banane, den Bumerang, mit mir herum. Man konnte nie wissen, ob man ihn nicht brauchte.

Es dauerte etwa zwei Minuten, bis wir einen Wagen hatten. Wie konnte es anders sein? Es war ein Fiat. Dunkelrot lackiert, mit einer schmutzigen Schicht überlagert und mit zahlreichen Beulen versehen, die auf eine rasante Fahrweise des Lenkers schließen ließen.

Unser Ziel lag jenseits des Tibers, nicht weit vom Petersdom entfernt, also nahe dem Vatikan. Wir fuhren über die Brücke San Angelo und erreichten die breite Prachtstraße Via delle Conciliazione, die direkt auf den Platz vor dem Petersdom mündet.

Bis zum Dom fuhren wir nicht, sondern bogen zuvor in die Via Orfeo ein. Den Namen konnte ich mir noch merken, danach befanden wir uns in einem Straßenwirrwarr, der mich an Paris erinnerte, nur wurde hier noch rasanter gefahren.

Das Haus des Ennio Carra lag ein wenig erhöht. Es war auf

einem Hügel gebaut worden, der mich an einen schiefen Buckel erinnerte. Drei Häuser zählte ich, aber kein Grün, sah man von einem schmalen Rasenstreifen einmal ab.

Die letzten Schritte gingen wir zu Fuß.

Das Haus schien einmal einer reichen römischen Familie gehört zu haben, jetzt allerdings sah man schon beim Näherkommen den Verfall. Die Säulen an der Front hatten breite Risse. Ebenso wie das Mauerwerk, und der Stuck unter den Fensterbänken wirkte so, als würde er den nächsten Sturm nicht überstehen.

Überrascht waren wir, dass wir nur den Namen Carra auf einem Klingelschild lasen. Der Mann bewohnte den Kasten allein.

»Das haben Sie uns niemals mitgeteilt, Lady Sarah«, sagte ich, als wir vor der Tür standen.

»Ich hielt es für unwichtig. Signor Carra hat das Haus von einem verstorbenen Onkel geerbt.«

»Na denn«, meinte Suko und drückte auf den weiß schimmernden Knopf. Ein Gong schwang durch das Haus, wenig später erklang ein Summer, und wir drückten die Tür auf.

Die Halle war groß. Wie so oft in Italien bestand der Boden aus Marmor. Er wirkte stumpf. Ein Zeichen, dass ihm die nötige Pflege fehlte.

Ennio Carra erwartete uns bereits. Im ersten Augenblick erschrak ich über ihn, denn ich glaubte neben der alten Sitzbank in der Mitte der Halle würde ein Skelett stehen. So mager war der Mann. Zudem rührte er sich auch nicht. Beim Näherkommen stellten wir fest, dass er dennoch lebte, denn er beugte seinen dünnen, vogelähnlichen Kopf zu einer leichten Verbeugung, wobei ihm das schlohweiße Haar in die Stirn fiel.

Ennio Carra hielt sich sehr gerade. Er stand uns gegenüber wie ein Zinnsoldat, und als er die ersten Worte sprach, hatte ich das Gefühl, mit einem Bariton von der Oper zu reden. So wohlklingend und voll schwangen uns die Worte entgegen.

»Willkommen in meinem Haus«, sagte er in lupenreinem Englisch und begrüßte zuerst Lady Sarah mit einem Handkuss.

Suko und ich wurden per Handschlag willkommen geheißen, wobei wir uns über den Händedruck des Mannes wunderten. In ihm steckte eine große Kraft, die ich ihm nie zugetraut hätte.

»Man hat mich bereits über den Grund Ihres Besuches informiert«, erklärte er uns, »deshalb möchte ich gleich zur Sache kommen, denn ich sehe Ihnen an, dass es eilt. Darf ich Sie dann bitten, mir in den Keller zu folgen?«

Wir schauten uns überrascht an, was Ennio Carra zu einem Lachen veranlasste. »Ja, ich kann mir vorstellen, dass Sie sich wundern, aber ich bewohne nun mal das Erdgeschoss und den Keller. Die oberen Etagen sind verfallen, und mir fehlen die finanziellen Mittel für eine Renovierung. Ich bin überhaupt froh, keine Schulden auf dem geerbten Haus zu haben.«

»Wer kann das schon von sich behaupten«, erwiderte ich.

»Eben.« Er verbeugte sich noch einmal und streckte seinen Arm aus, um uns in die Richtung zu weisen, in die wir gehen sollten.

Ein seltsamer Kautz, dieser Ennio Carra. Auch der Anzug schien aus dem Museum zu stammen, denn wer trug heute noch Dunkelgrau, und dabei sehr weit geschnitten, mit Hosenbeinen, die bis zu den Fußspitzen reichten.

Lady Sarah hatte bisher kaum etwas gesagt, was mich wunderte. Ansonsten war sie nicht so schweigsam. Ihr schien der ganze Besuch nicht so recht geheuer zu sein, und sie hatte ihre Stirn in Falten gelegt. Über eine Treppe mussten wir in die Tiefe steigen, aus der uns feuchte Luft entgegenschlug.

Wir gelangten in den großen Keller mit den breiten Gängen. Licht war ebenfalls vorhanden. Leuchtstoffröhren brannten unter der Decke, aber auch sie konnten die düstere Stimmung nicht vertreiben, die hier herrschte.

Dieser Keller wurde vom Atem der Vergangenheit durchweht. Ich konnte mir sehr gut vorstellen, dass man hier Bücher aufbewahrte, die nicht jedermanns Sache waren.

Wir wurden in einen Raum geführt, der weder Fenster noch eine Tür hatte, dafür gab es jedoch hohe Regale aus dunklem Holz, einen Schreibtisch in der Mitte und vier alte Stühle, deren Sitzflächen mit braunem Leder bespannt waren.

»Darf ich Sie bitten, sich zu setzen?«, sagte Mr Carra, wartete, bis wir seinem Wunsch nachgekommen waren, nahm ebenfalls hinter seinem Schreibtisch Platz und knipste eine Lampe an, die ihren Schein genau auf ein auf der Schreibtischplatte liegendes Buch warf.

Ich ließ meinen Blick wandern. Die Regale standen mehr im Schatten. Sie wirkten düster und kamen mir auch irgendwie gefährlich vor mit den dunklen Rücken der Bücher, die dicht nebeneinander standen und eine Einheit bildeten.

Das Buch auf dem Schreibtisch hatte ebenfalls eine dunkle Hülle, und als Ennio Carra es aufschlug, da zuckte ein schmales Lächeln über seine strichdünnen Lippen. Die Augen in dem hageren Geistergesicht nahmen einen wissenden Ausdruck an, als er fragte: »Sie sind gekommen, um mich nach Scorpio zu fragen, nicht wahr?«

Wir waren überrascht. Lady Sarah platzte hervor: »Woher wissen Sie das, Mister Carra?«

»Durch eine Weissagung!«

»Die Sie durch wen erfahren haben?«, wollte ich wissen.

Der Hagere lehnte sich zurück, wobei er seine rechte Hand flach auf dem Buch liegen ließ. »Es ist ganz einfach und hat nichts mit Mystik zu tun«, erwiderte er. »Wie Sie vielleicht wissen, habe ich in der Bibliothek des Vatikans gearbeitet. Wenn ich sie beschreiben müsste, dann würde ich vielleicht das Wort phänomenal benutzen. Die Bücher, die dort aufbewahrt werden, füllen Hallen, und es sind unter ihnen wirklich unersetzbare Schätze. Wertvolle Folianten, in denen Geheimnisse niedergeschrieben wurden, die man schon in vorchristlicher Zeit kannte und die von einer gewissen Weisheit getragen werden. Man hat sogar Bücher aus der damaligen Bibliothek des Altertums in Alexandria retten können, als die Stadt abbrannte, und diese Bücher habe ich gesehen.«

»Auch gelesen?«, fragte Suko.

»Nein, das geht nicht. Sie würden zerfallen, wenn man in ihnen blättert. Davon einmal ganz abgesehen, diese wertvollen Folianten, von denen ich sprach, sind für uns nicht interessant. Über Scorpio steht etwas in diesem Buch, das vor mir liegt. Es ist zwar alt, aber eine Nachschrift. Es ergänzt die Sibyllinischen Bücher, die alten Geheimschriften des antiken Roms.«

Jetzt war es heraus, und mir rann ein Schauer über den Rücken. »Die gibt es tatsächlich?«, flüsterte ich.

»In der Tat.«

»Wo kann man sie finden?«

Ennio Carra lächelte. »Sie werden von mir keine Antwort darauf erhalten. Seien Sie damit zufrieden, dass die Bücher existieren. Die Sibyllinischen Schriften wollen warnen. Sie sind 83 nach Christus nicht alle verbrannt worden, wie die Geschichte erzählt. Und sie haben gewarnt, denn Scorpio lebt. Irgendjemandem müssen die Geister der 12 weissagenden Frauen erschienen sein. Aber dieser Jemand hat nicht reagiert, sodass es Scorpio gelungen ist, aus einem schrecklichen Reich zurückzukehren. Der Gladiator der Hölle, wie er auch genannt wurde, weil er sich den Kräften des Bösen verschrieb, hat getötet. Vier Morde hat es gegeben. Vier Männer sind geköpft worden, seine Diener, denn es hat sich in Rom eine Sekte ausgebreitet, die ihm zur Seite steht. Die Mitglieder dieser Sekte sind so auf ihn fixiert, dass sie für ihn in den Tod gehen wollen. Für ihn allein, für Scorpio, der die Hilfe eines noch Mächtigeren erhalten hat, um das Grauen zu verbreiten.«

»Und wer ist dieser Mächtige?«, fragte ich mit leiser Stimme.

»Einer, der die Schattenwelt beherrscht und sich durch niemand vom Thron wird stürzen lassen.«

»Der Spuk!«, sagte ich laut und deutlich.

Ennio Carra nickte. »Du hast es erfasst, Engländer. Es ist der Spuk.«

Sein Tonfall hatte sich geändert und auch seine Anrede uns gegenüber. Mir kam es so vor, als hätte dieser Mann sich bisher nur verstellt und würde nun sein wahres Gesicht zeigen. Ich schielte zu Suko hinüber, auch ihm war etwas aufgefallen, denn seine Haltung war angespannter als zuvor.

Er hockte wie auf dem Sprung.

»Der Spuk steht also hinter Scorpio«, wiederholte ich mit leiser Stimme. »Das nehme ich hin, aber ich nehme nicht hin, dass er eine junge Frau entführt hat. Weshalb?«

»Kannst du dir das nicht denken?«

»Nein!«

»Sie ist ihm bereits einmal entkommen.«

Ich zuckte zusammen. »Du weißt gut Bescheid, Ennio Carra. Zu gut für meinen Geschmack.«

Da lachte er dröhnend. »Ja, ich weiß Bescheid. Ihr seid nicht die Ersten, die mir dies zu verstehen geben. Man hat auch im Vatikan gemerkt, dass ich auf der falschen Seite stand, deshalb bin ich entlassen worden.« Er beugte sich vor, um den nächsten Satz zu sprechen. »Aber da wusste ich bereits zu viel, denn ich hatte meine Augen immer geöffnet und zahlreiche Informationen in mich eingesaugt. Dieses Wissen kam mir nun zugute, und es war mir gelungen, die Warnung der Sibylle zu unterdrücken. Die Schriften hatten es gut gemeint, aber ich war stärker als sie. Man muss sie nur ein wenig kennen, um so reagieren zu können.«

»Dann stehst du auf Scorpios Seite?«, stellte ich fest.

»Natürlich.«

Er sagte es leicht und irgendwie auch locker, wobei er noch lächelte. Das konnte er sich erlauben, denn er befand sich in seinem Haus. Hier fühlte er sich sicher.

Das kalte Gefühl im Nacken! Wenn dich das beschleicht, dann sieht es ernst aus. So etwas hatte ich schon gehört oder gelesen, auf jeden Fall hatte ich dieses Gefühl, und es wanderte meinen Rücken hinab, wo sich eine Gänsehaut bildete.

»Wir haben vorhin von der Sekte gesprochen, die Scorpio zu Diensten ist. Ich, Ennio Carra, bin der Anführer dieser Sekte. Und ihr seid freiwillig in meine Falle gelaufen. Ich wusste, wer sich hier in Rom herumtrieb, es machte mir Spaß, euch zu empfangen und gleichzeitig zu täuschen. Kaum jemand ahnt, dass ihr euch in diesem Haus befindet. Ihr werdet es nicht mehr verlassen, wenigstens nicht lebend, aber ich habe noch ein kleines Spielchen mit euch vor. Dazu komme ich allerdings später. Sollte es euch in den Sinn kommen, mich angreifen zu wollen, dann muss ich euch hiermit warnen, denn wenn ihr euch umdreht, seht ihr meine Diener, die mich voll unterstützen. Sie haben sich lautlos angeschlichen und warten nur auf mein Zeichen. Dreht euch um!«

Auf den Stühlen blieben wir sitzen, Suko ebenso wie Sarah Goldwyn und ich. Sarah hatte ihren Mund geöffnet und starrte Ennio Carra an. Es schien, als ob sie etwas sagen wollte, es allerdings im letzten Moment noch sein ließ.

Wir drehten uns um.

Sie waren wirklich lautlos gekommen, und ich hatte mit vielem gerechnet, nur damit nicht.

Lady Sarah stieß sogar einen Schrei aus, als sie die vier Gestalten sah.

Es waren Gladiatoren.

Allerdings Untote – Zombies, und sie waren bis an die Zähne bewaffnet!

Die Schatten fraßen sie auf!

Glenda Perkins sah keine Chance mehr. Sie wurde von ihnen geschluckt, als wären sie ein gewaltiges Maul, das alles verschlingen und nichts mehr hergeben wollte.

Glenda schwebte.

Sie glitt immer tiefer in die Dunkelheit hinein und auch auf die Schwertspitze des Scorpio zu, der sich nicht bewegte und keinerlei Anstalten machte, die Waffe zur Seite zu schwenken.

Er ließ sie kommen.

Glenda hatte Zeit, ihn zu betrachten, und sie prägte sich sein Aussehen unauslöschbar ein.

Scorpio war eine Schauergestalt. Sein muskulöser Oberkörper war mit einer golden glänzenden Rüstung halbwegs bedeckt.

Der rechte, der Waffenarm, wurde geschützt. Hier schimmerte das Metall allerdings wie blauer Stahl, und mit dem gleichen Schutz hatte er seinen linken Unterschenkel versehen. Das linke Gelenk zeigte bis hinauf zum Ellbogen ebenfalls eine breite Eisenmanschette. Und der knallrote Lendenschurz wurde von einem Gürtel aus demselben Material gehalten. Golden schimmerte der Halsschutz, der am Brustbein begann, wobei er um das Kinn wie zwei Flügel auseinanderfächerte. Darüber schimmerte das Gesicht.

Im ersten Augenblick sah es wenigstens wie ein bleiches Gesicht aus. Erst wenn man genauer hinschaute, dann entdeckte man, dass es ein knöcherner Schädel war, der nicht nur gelb leuchtete, sondern einen Stich ins Graue hatte.

Die Schädelplatte des Gladiators wurde ebenfalls geschützt. Auf ihr saß ein goldener Helm so fest, als wäre er mit dem knöchernen Kopf verwachsen.

Das Schwert hatte einen ebenfalls golden schimmernden Handschutz, eine verhältnismäßig kurze Klinge, die kaum die Länge eines normalen Männerarms hatte.

Und noch etwas hielt der Gladiator fest.

Es war ein Netz. Er hatte es mit den Fingern seiner linken Hand umkrallt, und Glenda stellte mit Entsetzen fest, dass sich innerhalb des Netzes Köpfe befanden.

Die Beute des Unheimlichen …

Glenda wollte schreien, während unsichtbare Kräfte sie näher auf den Gladiator zutrugen, doch über ihre Lippen drang nicht ein Ton. Sie war zu sehr geschockt und befand sich innerhalb einer magischen Welt, in der andere Gesetze herrschten.

Sie vernahm sogar die Stimme des Gladiators, die hart und drohend klang, und sie wunderte sich nicht einmal darüber, dass sie die Worte auch verstehen konnte.

»Du wirst als Nächste gegen mich antreten!«

Inhaltsschwere Worte, die Glenda Perkins bewiesen, welches Schicksal ihr zugedacht war.

Dann verwischte das Bild, als hätte jemand mit einem gewaltigen Besen den Gladiator zur Seite gefegt. Nur noch die Schwärze stand wie eine Wand vor Glenda Perkins, in die sie hineingetrieben wurde und die im nächsten Augenblick ihr Bewusstsein auslöschte …

Vier Gladiatoren – vier Zombies!

Wenn ich Ennio Carra hinzurechnete, waren es fünf Gegner, die uns ziemlich zu schaffen machen konnten. Außerdem mussten wir noch auf Lady Goldwyn achten.

Suko dachte ähnlich wie ich. Zudem stand er näher bei Sarah Goldwyn und kümmerte sich um sie. Bevor sie von sich aus etwas unternehmen konnte, hatte er sie schon gepackt und zog sie in einen Gang zwischen zwei hohe Regale.

»Da bleiben Sie stehen!«, flüsterte mein Freund scharf. »Und rühren Sie sich nicht von der Stelle!«

Ich behielt die Zombies im Auge. Als Jugendlicher hatte ich oft genug diese großen Hollywood-Geschichtsfilme gesehen – Historien-Schinken, die über die Zeit der alten Römer und Griechen berichteten. So kamen mir die Burschen vor. Wie Gladiatoren aus der alten Römerzeit.

Zwei von ihnen waren mit Dreizacken bewaffnet. Dinger, die fast wie Mistgabeln aussahen. Als Ersatzwaffen trugen sie Kurzschwerter in den Gürteln, die sich um ihre Taillen spannten. Die Haut war aufgedunsen und von einem grauen Farbton.

Die beiden übrigen Zombies hatten noch Lanzen mitgebracht, deren Spitzen auf mich zeigten.

Kein gutes Gefühl, auf diese Waffen zu starren, und ich wich langsam zurück, bis ich mit dem Hinterteil gegen die Schreibtischkante stieß. Angst verspürte ich kaum, denn Suko und ich waren gut bewaffnet. Ich glaubte fest daran, dass diese Zombies unseren Silberkugeln oder der Dämonenpeitsche nichts entgegenzusetzen hatten.

Die Gesichter wirkten seltsam leer und nichtssagend, ebenso wie die Augen. Da sah ich kein Leben in den wie Glasknöpfe wirkenden Pupillen, und der Vergleich mit steinernen Masken kam mir in den Sinn.

Diese Musterung hatte ich in zwei Sekunden abgeschlossen. Suko war ebenfalls kampfbereit, und er stand im schrägen Winkel zu mir, sodass er Ennio Carra im Auge behalten konnte.

Noch griffen die Zombies nicht an. Sie standen vor uns wie Wachsfiguren, die man erst noch aktivieren musste.

Ich bewegte mich.

Auch da taten die Untoten nichts. Sie ließen mich einige Schritte gehen, bis ich stehen blieb und meinen Blick auf Ennio Carra richtete, der steif hinter dem Schreibtisch hockte.

»Was soll der ganze Quatsch?«, fragte ich ihn scharf.

Um seine strichdünnen Lippen wanderte ein Lächeln.

»Wieso Quatsch? Sie wollten doch sehen, wer hier das Sagen hat.«

»Sie glauben doch nicht im Ernst, dass uns diese Figuren einschüchtern können?«, sagte ich. »Da müssen Sie andere Geschütze auffahren. Schließlich sind wir keine heurigen Hasen.«

»Das weiß ich!«

»Weshalb dann das Auftauchen der vier Gladiatoren?«

»Scorpio hat sie mir geschickt. Zum persönlichen Schutz. Denn er ist ihr großer Herr!«

»Und wo steckt Scorpio?«, fragte Suko.

»Ihr werdet ihn früh genug zu sehen bekommen.«

»Wir wollen ihn jetzt sehen!«

Ennio Carra schaute mich lange an. Es war ein skeptischer, abschätzender Blick, und er schüttelte ein paar Mal den Kopf. »Scorpio lebt nicht hier«, erklärte er. »Seine Heimat ist die Vergangenheit.«

»Ich dachte, er wäre zurückgekommen!«

»Auch das.«

»Das müssen Sie uns schon genauer erklären«, forderte ich Ennio Carra auf.

»Scorpio ist ein Wunder«, flüsterte er und bewegte dabei seinen Kopf, um sich selbst zu bestätigen. »Er kann zwischen der Gegenwart und der Vergangenheit reisen. Er ist einmal in dieser Zeit, dann wieder in der alten. Diese Kraft wurde ihm gegeben, und aus diesem Grunde ist er so gut wie nicht zu besiegen. Er beherrscht die Magie, er spielt mit den Zeiten, und diese vier stammen aus der Gegenwart.«

»Sind es die Ermordeten?«, fragte ich.

»Ja, genau!« Ennio Carra schlug mit der flachen Hand auf den Tisch. »Ihr habt es erfasst. Das sind die ermordeten Männer, deren Köpfe man hier in Rom gefunden hat.«

»Aber sie sehen ziemlich normal aus«, hielt ich entgegen.

»Es wundert mich, dass Sie so reden, Sinclair«, erklärte der Alte. »Im Augenblick sucht die Polizei verzweifelt nach den Köpfen und den Körpern der Opfer. Sie sind verschwunden. Scorpio hat sie sich geholt und in seinen Kreis der Zombie-Gladiatoren eingereiht. Sie unterschätzen ihn in der Gegenwart ebenso wie in der Vergangenheit. Die Sibyllinischen Schriften haben gewarnt, aus gutem Grund, denn eine Invasion der Zombie-Gladiatoren steht dicht bevor. Daran solltet ihr immer denken. Ich habe alles vorbereitet. In den Katakomben werden wir uns sammeln, um anschließend Rom zu erobern. Diese Stadt ist zu einer dämonischen Falle geworden!«

Das hatte ich mittlerweile bemerkt. Hier stimmte einiges nicht. Wenn ich mir die Zombies so anschaute, dann lief es mir kalt den Rücken hinab. Es waren nur vier. Wie viele würden diesen Wesen noch folgen? Eine Frage, auf die ich keine Antwort wusste, aber mir war klar, dass auch die vier nicht überleben durften. Sie konnten eine Hölle entfesseln, und ich wollte sie vernichten.

Ich zog die Beretta.

Auch das geschah, ohne dass die Zombies reagierten. Sie blieben nebeneinander stehen – wie eine Mauer, die keinen durchlassen wollte. Suko hatte ebenfalls die Waffe gezogen. Wir wollten uns beide nicht auf einen langen Kampf einlassen, sondern sie mit wenigen Kugeln aus der Welt schaffen.

»Das würde ich an eurer Stelle nicht tun«, hörten wir die Stimme des Alten.

Ich drehte meinen Kopf, damit ich ihn ansehen konnte.

»Wer will uns daran hindern?«

»Erstens ich, zweitens die Umstände!«

Eine sehr philosophische Antwort, mit der ich allerdings nichts anfangen konnte. Dafür sah ich bei den Regalen eine Bewegung. Lady Sarah hatte sich aus ihrer Deckung gelöst. Sie wollte mehr mitbekommen, eine ihrer typischen Reaktionen. Allerdings kam sie nicht bis zu uns vor, sondern blieb abwartend im Hintergrund stehen.

»Ich glaube kaum, dass Sie uns daran hindern können, unsere Pflicht zu tun, Carra!«

»Das kann ich!«

»Und wie?«

Er blieb ganz ruhig und lächelte gelassen. Irgendwie wurde ich das Gefühl nicht los, dass alles gelenkt und gesteuert war und wir Marionetten in einem höllischen Spiel waren. Das ging allein aus der Sicherheit des Alten hervor, mit der er sich bewegte. Wir waren schwer bewaffnete Dämonenjäger. Vier Zombies, die normalerweise eine Hölle entfesseln konnten, würden wir mit vier Schüssen erledigen, um uns danach um Ennio Carra zu kümmern.

Das wusste er, das musste er einfach wissen, und trotzdem gab er sich gelassen und siegessicher.

Da steckte etwas dahinter!

»Rücken Sie schon raus mit der Sprache!«, forderte ich den Mann auf. »Los, was haben Sie in der Hinterhand?«

»Einen …« Er lachte geifernd und zog seinen Körper zusammen, wobei er sich auf dem Stuhl drehte und auf die Wand wies, die sich nun vor und nicht mehr hinter ihm befand.

»Da werdet ihr es sehen!«

»Was?«

»Nicht so eilig, Geisterjäger! Ich weiß genau, dass du und dein Freund darauf warten, mit den vier Zombies aufräumen zu können, aber dem habe ich einen Riegel davorgeschoben!«, flüsterte er. »Einen starken Riegel, und ich konnte mir Scorpios Hilfe sicher sein. Ich habe euch doch berichtet, dass er ein Wanderer zwischen den Zeiten ist, und ich erfülle euch nun einen Wunsch, für den ein Großteil der zivilisierten Menschen ein Vermögen ausgeben würde. Ihr dürft einen Blick werfen in das alte Rom vor fast 2000 Jahren!«

Es waren harte Worte. Etwas, das eigentlich zum Lachen war. Vor Jahren hätte ich dies vielleicht auch getan, heute nicht mehr, denn ich wusste inzwischen, dass Dämonen mit den Zeiten spielten und sie manipulierten. Deshalb ließen wir den alten Mann gewähren, der sich erhob und die drei Schritte bis zur Kellerwand ging.

Er hatte seinen Rücken durchgebogen, ging hoch aufgerichtet, seine Lippen waren fest zusammengekniffen, die Augen starr auf die Wand gerichtet.

Ich schaute kurz nach rechts, wo Suko und Lady Sarah standen.

Mein Freund und Kollege hielt zwar die Zombies unter Kontrolle, er blickte dennoch mit dem anderen Auge auf die Wand, die von den Händen des alten Mannes berührt wurde.

Carra stützte sich gegen das Gestein, als wollte er es zur Seite schieben, um einen freien Blick hinter das Mauerwerk zu bekommen. So jedenfalls wirkte er.

Im nächsten Augenblick erlebten wir, was man mit dem Wort unerklärlich oder mit dem Begriff Schwarze Magie umschreiben konnte.

Die Wand öffnete sich.

Als hätten unsichtbare Hände einen großen Vorhang zur Seite gezogen, so nahm das Gestein eine andere Farbe an, und unser Blick öffnete sich nicht nur in eine andere Gegend, sondern auch in eine andere Zeit. Was wir zu sehen bekamen, war wirklich unglaublich und grauenhaft …

Sie wusste nicht, wie lange sie in dem engen Verlies lag. Sie wusste nicht, wer sie holen würde.

Glenda war verzweifelt.

Sie hatte in den letzten Stunden viel geweint. Nach dieser schrecklichen Schattenreise war sie in das tiefe Loch der Bewusstlosigkeit gefallen und erst wieder in einem Verlies erwacht, in dem es bestialisch stank und dessen Boden aus festgestampftem Lehm bestand.

Dort lag sie und kam sich vor wie ein gefangenes Tier, sie bekam nichts zu essen, nichts zu trinken, und es war niemand da, der sie besuchte.

Ihr Gefängnis glich einer Hundehütte, größer war sie nicht. Nur hatte die Hütte eines Hundes einen offenen Ausgang, das war bei dieser Zelle nicht der Fall. Es gab zwar eine Tür, die war jedoch vergittert und ließ sich nur von außen öffnen. Die Räume zwischen den Stäben waren so schmal, dass nur eine Hand hindurchpasste, kein Mensch. Außerdem war sie nicht höher als die Decke, denn gegen sie stieß Glenda bereits mit dem Kopf, wenn sie sich hinsetzte.

Obwohl in ihrem Verlies kein Licht brannte, war es nicht völlig dunkel, denn vom Gang her drang ein schwacher Schein in das Innere ihres Gefängnisses.

Sie hatte versucht, etwas zu erkennen. Sie sah immer dasselbe. Einen schmalen Gang mit mehreren Verliesen, die dem ihren glichen. Sie lagen ihr gegenüber und mussten sich auch zu beiden Seiten ihres Gefängnisses befinden, denn ab und zu hatte sie stöhnende Laute oder Geräusche vernommen.

Wenn sie den Kopf sehr scharf nach links drehte, dann geriet eine der Lichtquellen in ihr Blickfeld. Es war keine Fackel, sondern ein tönernes Gefäß, das mit einer Flüssigkeit gefüllt worden war, die mit zuckendem Lichtschein brannte und einen widerlichen Rauch absonderte, der beim Einatmen im Hals kratzte.

Zudem war es nicht still.

Manchmal glaubte sie, Schreie zu vernehmen. Die Schreie klangen nur vereinzelt auf. Monoton und gleichbleibend aber war das gewaltige Rauschen und Brausen, das wie ein akustischer Schleier in jedes Verlies drang und kein Ende nehmen wollte. Meeresrauschen war es nicht, und Glenda hatte sich eine Zeit lang stark auf das Geräusch konzentriert, wobei sie herausfand, dass es sich nur um die Stimmen zahlreicher Menschen handeln konnte, die irgendetwas bejubelten.

Verzweifelt hatte Glenda darüber nachgedacht, wo sie sich genau befand. Am Anfang war sie nicht in der Lage gewesen, einen klaren Gedanken zu fassen. Später jedoch hatte sie sich konzentrieren können, und sie hatte gelernt, Geräusche zu unterscheiden.

Oft genug waren Schritte auf dem Gang erklungen, auch das helle Klirren von Waffen, und trotz ihrer Angst war sie zu einem erschreckenden Ergebnis gekommen, das hoffentlich nicht der Wahrheit entsprach.

Glenda befand sich nicht nur in einem Verlies, vielleicht sogar in einer anderen Welt oder anderen Zeit.

Da kam für sie nur eine infrage, wenn sie näher darüber nachdachte. In Rom hatte alles begonnen, und Rom war bekannt für seine außergewöhnliche Historie.

Es hatte im Altertum die großen Gladiatorenkämpfe gegeben. Man hatte Christen in die Arena geschickt, um sie waffenlos gegen hungrige und blutgierige Löwen kämpfen zu lassen, wobei Glenda glaubte, dass auch das Brüllen und Fauchen dieser Raubtiere an ihre Ohren gedrungen war.

Jetzt konnte sie sich ihr Schicksal ausrechnen.

Im Normalfall wäre sie vor Angst und Panik fast wahnsinnig geworden, aber sie konnte es nicht, denn eine gewisse Apathie hatte sie erfasst. Zudem nahm sie so etwas nur an, und sie hoffte nach wie vor, dass es sich um einen Irrtum handelte.

Wieder hörte sie ein mächtiges Brüllen und zuckte zusammen. Es war ganz in der Nähe aufgeklungen. Glenda bekam eine Gänsehaut. Sie richtete sich so weit es ging in die Höhe, hörte das nächste Brüllen noch lauter und kroch auf die kleine Gittertür zu, um durch die Stäbe schauen zu können.

Plötzlich kam er.

Ein gewaltiger, ein ausgewachsener Löwe. Es war ein Männchen mit einer Mähne, die wie eine übergroße Halskrause wirkte. Das Tier erschreckte Glenda. Noch mehr allerdings erschreckte sie sich über das blutverschmierte Maul.

Der Löwe hatte sein Opfer bekommen.

Er schritt an Glendas Käfig vorbei. Als er ihn fast passiert hatte, blieb er stehen und drehte den Kopf.

Glenda zuckte zurück. Obwohl sie durch die Stangen von dem Tier getrennt war, bekam sie eine schreckliche Furcht und vereiste innerlich, als sie in die kleinen Augen starrte, die sie heimtückisch und abschätzend zugleich musterten.

Der Löwe öffnete sein Maul.

Glenda konnte in den Rachen schauen, sah das Gebiss, und die Furcht packte sie wie ein gewaltiger Sturmwind, zudem vernahm sie noch das Fauchen, und ihre Angst wurde noch größer.

Schließlich schüttelte der Löwe den Kopf, klappte das Maul wieder zu und trottete weiter. Unter dem herrlichen Fell sah Glenda das Spiel seiner Muskeln. Es war ein schönes Tier, aber es war auch grausam, wenn es Hunger hatte.

Und der wurde gestillt, denn Christen gab es im alten Rom genug, auch wenn sie sich versteckt hielten und ihrem Glauben nur im Untergrund nachgingen.

Die Späher des Kaisers fanden sie immer wieder.

Glendas Herz klopfte so wild, als wollte es die Brust zerreißen. Ihre Angst hatte sich verstärkt. Sie konnte an nichts anderes als an die ungewisse Zukunft denken, und sie sah ihre Annahme bestätigt. Sie befand sich nicht mehr in der Gegenwart, sondern war durch die Magie des Gladiators in die grausame Vergangenheit der Stadt Rom versetzt worden. Das musste sie verkraften.

Glenda ließ sich zurücksinken. Wieder begann sie zu weinen, und die Tränen verwischten sich auf ihrem Gesicht mit dem Schweiß, der wie eine zweite Schicht auf der Haut lag.

Wie lange wollte man sie noch warten lassen? Und was geschah dann? Sie dachte an Hilfe und automatisch auch an ihren Chef und Freund John Sinclair. Sicherlich hatte Lady Sarah ihn längst angerufen, er würde auch sofort kommen und seine Arbeit aufnehmen. Aber wie sollte er Glenda Perkins finden, die sich in der Vergangenheit aufhielt?

Nein, da gab es wohl keine Chance! So gut John Sinclair auch sein mochte, den Schlüssel, um das Geheimnis zu lösen, bekam er nicht in die Hand.

Sie hockte sich auf den harten Boden, zog die Beine an, senkte den Kopf und vergrub das Gesicht in den Händen.

Abermals toste das brausende Geräusch heran. Es glich den Wellen einer fernen Brandung, wenn sie gegen die Küste schlägt, und Glenda wollte es einfach nicht hören. Sie hielt sich die Ohren zu, ihr Körper zitterte, der Atem drang flach und gleichzeitig keuchend über ihre Lippen.

An die Zeit dachte sie nicht. Sie hatte zwar auf die Uhr geschaut, doch was nutzte es ihr, wenn sie den Zeiger wandern sah? Die Zeit hier war sowieso nicht echt.

Allein gelassen und apathisch hockte Glenda in ihrer schmutzigen Zelle. Als man sie hineingeschafft hatte, da hatten Dreck und Abfall auf dem Boden gelegen. Wie in Trance hatte sie ihn ein wenig gereinigt, jetzt lag der stinkende Mist in einer Ecke.

Plötzlich hob sie den Kopf.

Ein anderes Geräusch hatte sie aufgeschreckt.

Es waren Schritte.

Schwere, feste Tritte, und sie näherten sich von rechts ihrer Zellentür.

Glenda ließ die Hände nach unten sinken. Das Blut wich aus ihrem Gesicht, und es glich in diesen Augenblicken nur noch einer fahlen Maske.

Vorsichtig bewegte sie sich auf die niedrige Zellentür zu, streckte ihre Arme aus und umklammerte mit beiden Händen die Gitter.

Kamen die anderen jetzt, um sie zu holen? Hatte der Löwe nicht schon genug bekommen? Die Zuschauer gierten nach Sensationen, und eine Frau in der Arena war sicherlich so etwas, auch im alten Rom.

Der Boden dröhnte. Waffen klirrten. Und dann sah sie die nackten Beine von zwei Männern, die an ihrer Zelle vorbeischritten.

Ja, vorbeischritten!

Glenda Perkins hätte in diesen Sekunden schreien können. Es war ein Schluchzen und Aufatmen, sie konnte sich sitzend nicht mehr halten und sank sehr langsam auf die rechte Seite. Dabei vergaß sie, sich abzustützen, berührte mit der Schulter den harten Boden und blieb in dieser Haltung liegen.

Die Schritte waren verstummt. Sekundenlang tat sich nichts.

Eine seltsame Ruhe lag über dem Gang, schließlich klapperte etwas, und Glenda hörte auch ein Quietschen.

Eine Tür wurde geöffnet!

Nicht weit von ihrem Verlies entfernt geschah dies. Vielleicht zwei Türen weiter.

Glenda lauschte und hielt den Atem an. Dann hörte sie das Schreien.

Es war grauenhaft.

Angstschreie, die durch den Gang hallten. Eine Stimme, die in schrillem Falsett all das Leid hinausbrüllte, das der Mann empfand. Sie vernahm auch die klatschenden Schläge und hörte einen dumpfen Fall.

Danach war es fast still.

Nur ein dünnes Wimmern schwang durch den Gang. Die beiden Wächter oder Soldaten hatten den Widerstand des Opfers gebrochen.

Die junge Engländerin horchte weiter. Ärgerlich waren die Stimmen der beiden Männer. Ein schleifendes Geräusch entstand, und einen Augenblick später erschienen die Soldaten wieder in ihrem Blickfeld. Abermals sah Glenda nur deren Beine, aber diesmal waren die Männer nicht allein, sie schleiften ihr Opfer mit sich. Die Kerle hatten es in die Mitte genommen. Der bedauernswerte und in alte Lumpen gehüllte Mann hing zwischen ihnen und wurde an den Handgelenken festgehalten. Mit Beinen, Bauch und Oberkörper schleifte er über den Boden. Nur die Schultern und der Kopf des Mannes waren angehoben.

Glenda konnte das Gesicht nicht erkennen. Sie sah nur das Blut, das aus einer Wunde tropfte und eine makabre Spur auf dem Boden hinterließ.

Diesmal hatten sie ihn geholt. Aber wer war als Nächster an der Reihe? Glenda machte sich darauf gefasst, dass sie es sein würde, und dieses Wissen ließ sie erzittern. Die Angst war wie ein gewaltiger Koloss, der sie zu erdrücken versuchte.

Bald entschwanden sie aus ihrem Blickfeld, sodass Glenda sich nur vorstellen konnte, was weiter mit dem Mann geschah. Aber sie wollte daran nicht denken und schüttelte den Kopf, wobei sie noch mit beiden Fäusten gegen den Boden schlug.

Nach kurzer Zeit hatte er die Arena erreicht. Glenda Perkins sah es zwar nicht, sie hörte es nur. Der Beifall und das Geschrei hallten wie ein Donner in ihr Verlies, und sie glaubte auch, das Brüllen eines Löwen zu hören.

Jetzt würde der arme Teufel sterben.

Glenda verkrampfte sich. Sie hatte Mühe, sich so in die Gewalt zu bekommen, dass sie nicht durchdrehte. Am liebsten hätte sie alles zerschlagen, nur um etwas zu tun, aber sie sah ein, dass es keinen Zweck hatte, wenn sie so reagierte.

Deshalb blieb sie sitzen.

Zeit verging. Das Gefühl dafür hatte sie nicht mehr. Jedoch wunderte sie sich, als sie abermals Schritte hörte, denn seit dem Abtransport war so viel Zeit nicht vergangen.

Glendas Körper spannte sich. Jetzt lief es ihr wieder kalt den Rücken hinab. Würden die Schritte diesmal vor ihrer Zellentür stoppen?

Sie horchte mit angehaltenem Atem. Im Nacken hatte sich der Schweiß gesammelt. Als eine lange, kalte Bahn rann er den Rücken hinab und verlief sich im inzwischen schmutzig gewordenen Stoff ihres Kleides.

Wieder erschienen Soldaten. Zuerst fielen ihre Schatten bis vor ihre Tür, dann kamen sie selbst, und sie stoppten tatsächlich.

Jetzt war sie an der Reihe.

Glenda vereiste innerlich. Eigentlich wollte sie schreien. Sie hatte den Mund geöffnet, er blieb so, ein Laut drang dabei nicht aus ihrer Kehle.

Schlüssel klapperten. Es wurde geöffnet.

Die Tür quietschte erbärmlich, als sie aufgezogen wurde. Glenda traute sich nicht, den Kopf anzuheben.

Sie hielt die Augen geschlossen, denn sie wollte nichts sehen, dafür roch sie die beiden, als diese sich zu ihr herabbeugten.

Die Körper der Soldaten mussten mit einem Fett eingerieben worden sein, das Glendas Geruchsnerven strapazierte und ihr auf den Magen schlug. Dieses Zeug roch einfach widerlich.

Dann spürte sie die Hände.

Wie Klauen waren sie, und die Finger drückten an beiden Schultern tief in das Fleisch, bevor sie Glenda in die Höhe zogen. Dann wurde die junge Engländerin rücksichtslos über den Boden geschleift und aus der kleinen Zelle gezerrt.

Im Gang fand sie sich wieder. Hier öffnete sie zum ersten Mal die Augen, sah sich zwischen den beiden Soldatenknechten und konnte auch den Gang entlangschauen. An dessen Ende erkannte sie ein Tor, das von zwei brennenden Pechfackeln eingerahmt wurde, die geisterhafte Licht-Schatten-Spiele auf das Holz warfen.

Befand sich dort die Arena?

Glenda glaubte es zu wissen. Instinktiv stemmte sie ihre Schuhe auf den harten Lehmboden, doch diese Reaktion war lächerlich und hatte überhaupt keine Wirkung, denn gegen die Kraft der beiden Soldaten kam Glenda nicht an.

Sie hatte das Gefühl, dieser Gang würde für sie zu einer Todesstrecke werden. Aus ihrer halb liegenden Perspektive kam er ihr sehr lang vor, wobei die Entfernung schnell zusammenschmolz, als die Kerle sie weiter schleiften.

Ihre Angst steigerte sich noch mehr. Durch einen Tränenschleier erkannte sie ihre beiden Peiniger.

Die Beine waren zwar nackt, an den Füßen allerdings trugen die Männer sandalenähnliche Schuhe, deren Riemen an den Waden eng geschnürt waren.

In Höhe der Oberschenkel wippten die Lendenschurze, und in den Gürteln steckten ihre Schwerter.

Viel mehr konnte Glenda nicht erkennen. Helme, die auf den Köpfen der Wächter saßen, erahnte sie nur.

Dann hatten sie das Tor erreicht. Es hatte zwei Flügel, die sich getrennt voneinander öffnen ließen.

Die Wächter hatten sich den rechten vorgenommen. Einer drückte mit seiner freien Hand dagegen, sodass es aufschwang. Und zwar so weit, dass ein Riegel einrasten konnte, der es offen hielt.

Freier Durchgang.

Die Geräusche hatten sich verstärkt. Glenda hörte die Stimmen, sogar ein rhythmisches Klatschen war zu vernehmen, und dann sah sie etwas Schreckliches.

Von rechts, wo sich aber auch der Durchgang zur Arena befand, schleppten zwei andere Soldaten etwas herbei.

Es war ein Mensch – ein Toter!

Glenda stöhnte vor Entsetzen, als sie den Mann erkannte. Es war der, den sie kurz zuvor geholt hatten.

Er war ein Opfer der Löwen geworden …

Glenda begann zu weinen. Dieses Bild war so schlimm, dass sie ihr eigenes Schicksal für einen Moment vergaß und erst wieder aufmerksam wurde, als man sie auf einen offenen Durchgang zur Arena hin schleppte, der sich innerhalb eines Torbogens befand. Dieser Durchgang konnte durch ein Fallgitter aus spitzen Eisenstäben gesichert werden. Jetzt allerdings war es hochgezogen.

Die beiden Soldaten schafften das neue Opfer unter den spitzen Stäben des Gitters her, und Glenda Perkins, eine Frau aus einer anderen Zeit, wurde in die Kampfarena im alten Rom geschleift …

Sie hatte ihre Gedanken ausgeschaltet, spürte zwar, dass es unter ihren Füßen weicher geworden war, aber sie merkte nicht, dass man sie durch Sand zog.

Sand, der an zahlreichen Stellen feucht und dunkel schimmerte. Das Blut der hier Gestorbenen.

Die beiden Schergen hatten Routine. Sie lockerten den Griff nicht um einen Deut. Glenda drang der von ihnen hochgewirbelte Sand in den offenen Mund, er blieb auch auf ihrem feuchten Gesicht kleben, wo er eine graubraune Schicht bildete, die gleichzeitig einen Stich ins Gelbe bekommen hatte.

Etwa in der Mitte der Arena ließen die Wächter das neue Opfer los, verneigten sich zu der hohen Kaisertribüne hin, machten dann kehrt und gingen denselben Weg zurück, den sie gekommen waren.

Glenda Perkins lag im Staub des Kampfplatzes!

Ein hilfloses Bündel Mensch im gewaltigen Rund der Arena. Zusammengesackt, mit ihren Nerven am Ende und von der blanken Todesangst geschüttelt.

Sie besaß nicht mehr die Kraft, sich in die Höhe zu stemmen. Ihr Kopf war nach unten gesunken, zwischen ihren Lippen knirschte der Sand, und das Schreien der Zuschauer drang wie das Rauschen des Meeres an ihre Ohren.

Sie sah nicht die voll besetzten Ränge und auch nicht die überdachte Tribüne der römischen Prominenz, für Glenda war das Leben zu einem Albtraum geworden.

Die Menschen wollten Blut sehen!

Es war eine wahnsinnige, verrückte Zeit, in der die Christen ungemein viel zu leiden hatten. Die Römer verehrten ihre Götter, und wer ihrer Vielgötterei nicht zugetan war, wurde auf grausame und spektakuläre Art und Weise getötet.

Tausende waren bereits Opfer der aus dem dunklen Erdteil herbeigeschafften Löwen geworden, doch es gab auch unter den Gefangenen Männer, die den Raubtieren trotzten.

Gladiatoren, die sich furchtlos den gefräßigen Tieren stellten und sie besiegten. Und so ein Gladiator war Scorpio!

Ein einziger Schrei brandete durch die Arena und fegte wie ein Sturmwind auf die einsam daliegende Glenda hinab, als Scorpio das weite Areal betrat.

Und er kam, um zu töten!

Scorpio war der Kaiser unter den Gladiatoren! Jeder Schritt, den er tat, war genau berechnet. Zu oft hatte er die Arena schon betreten. Er kannte hier fast jedes Sandkorn, und er näherte sich seinen Gegnern oder Opfern immer in derselben Pose.

Das Schreien und der Beifall wurden zum Orkan, als der Gladiator neben Glenda stehen blieb.

Erst jetzt wurde sie aufmerksam. Sie drehte sich auf die linke Seite und hob den Kopf, um ihrem »Henker« ins Gesicht schauen zu können.

Scorpio kam ihr vor wie ein Fels. Die Beine glichen zwei Baumstämmen, sie sah die Teile der Rüstung, das Schwert in seiner Rechten, den goldenen Helm, das Gesicht darunter.

Ja, ein Gesicht!

Und keine Knochenfratze wie beim ersten Anblick, als sie durch die Schatten der Zeit auf ihn zugeglitten war. Diesmal sah er so aus, wie er auch war.

Das war der Echte.

Glendas Blick irrte ab. Staub quoll hoch, als der Gladiator sein Netz durch den Sand zog. Die Partikel wehten auf Glenda zu und blieben in ihrem Gesicht kleben.

Diesmal war das Netz leer. Kein Schädel befand sich darin, wobei sich Glenda sicher war, dass das Netz allein für ihren Kopf gedacht war, und sie schüttelte sich vor Grauen.

Ihr Blick und der des Gladiators begegneten sich!

Dunkle Augen starrten sie an, Augen, die den Ausdruck erbarmungslos verdienten. Viel mehr konnte sie von seinem Gesicht nicht erkennen, da der Großteil im Schatten des Helms lag. Und einen langen Schatten warf Scorpio selbst, ein Zeichen, dass die Tageszeit bereits weit fortgeschritten war.

Trompeten schmetterten ihren hellen Klang in den graublauen Himmel. Ein Zeichen, ein Signal.

Scorpio drehte sich um, hob den rechten Arm und grüßte die Ehrentribüne mit der blanken Klinge.

Er konnte sich das leisten, denn er gehörte zu den Gladiatoren, die man achtete. In zahlreichen Kämpfen hatte er sich diese Achtung errungen, und selbst die Herren der Stadt und die Honoratioren brachten ihm einen gewissen Respekt entgegen.

Langsam ließ er das Schwert sinken. Von irgendwoher fiel ein Sonnenstrahl schräg in die Arena, fing sich auf der Klinge und wurde zu einem blitzenden Reflex.

Ein Todeszeichen …

Rasch drehte sich Scorpio um. Das Netz schleifte dabei durch den Sand und wirbelte Staub in die Höhe. Glenda wurde für einen Moment verdeckt, erkannte den Gladiator nur als Schatten, und als sich die Wolke verflüchtigte, sah sie ihn hoch über sich.

Er schaute auf sie herab.

Kalt, gnadenlos waren die Augen. Ein seltsamer Laut drang aus seinem Mund, den Glenda wegen des hochgestellten Kragens nicht sehen konnte. Es musste ein Zeichen sein, sie allerdings verstand es nicht, bis Scorpio mit seinem Schwert eine auffordernde Bewegung machte.

Glenda musste hoch.

Es fiel ihr schwer, auf die Füße zu kommen. Die Welt um sie herum wankte. Sie sah die hohen Ränge als schwankende Schatten, die Gesichter der Zuschauer wurden zu einer breiigen Masse, und der Boden drehte sich vor ihren Augen.

Torkelnd bewegte sich die Gefangene ein paar Schritte vor. Sie war sich darüber im Klaren, dass der Gladiator jetzt zustoßen konnte, das jedoch tat er nicht.

Zwar fuhr sein Schwert nach unten, doch die Klinge wischte an Glenda vorbei. Das sollte sie auch. Es war der Sinn dieser Attacke, der Gefangenen Angst einzujagen.

Und Glenda lief. Woher sie die Kraft nahm, sich noch einmal zusammenzureißen, wusste sie nicht. Automatisch setzte sie ein Bein vor das andere, schwankte dabei, und ihre Füße schleiften durch den warmen Sand.

Scorpio verfolgte sie nicht.

Er blieb wie ein Denkmal stehen, hielt auch seinen rechten Arm still und schüttelte dafür den linken.

Dort hielt er das Fangnetz.

Es bestand aus dicken Maschen, die sogar den Kräften eines Raubtieres widerstanden. Ein Mensch hatte überhaupt keine Chance, ihm zu entkommen, wenn er gefangen war.

Scorpio schüttelte es durch. Die Wellen liefen über die Maschen, bewegten sie, sodass das gesamte Netz erfasst wurde und durch den Sand der Arena schleifte.

Die Absicht des Gladiators war klar. Er würde nicht hinter Glenda herlaufen, sondern sie fangen.

Glenda lief. Sie tat es automatisch, setzte einen Fuß vor den anderen, wühlte den Sand hoch, hielt den Kopf gesenkt, schluchzte und sprach Worte, die niemand verstand und auch nicht hören konnte. Durst quälte sie, hinzu kam die Erschöpfung und natürlich das Wissen, dass sie Scorpio nicht mehr entkommen konnte.

Der Gladiator hielt es für angemessen, in Aktion zu treten. Den rechten Arm hielt er ruhig. Er hob nur den linken ein wenig an. Die Muskeln an seinem ungeschützten Oberarm spielten unter der Haut. Es war zu sehen, welche Kraft in diesem Kämpfer steckte, der eiskalt war und nie aufgab.

Allmählich geriet der Arm in kreisende Bewegung. Noch lag das Netz am Boden, doch nicht mehr lange, denn es wurde leicht angehoben und schwebte plötzlich einen Fußbreit über dem Sand.

Die Bewegungen wurden schneller, wilder. Nun spielte Scorpio seine Kräfte aus, und das gewaltige Netz entfaltete sich wie ein durchlässiges Dach.

Für einen Moment erinnerte es an einen Vogel, der seine Schwingen weit ausgebreitet hatte, bevor Scorpio mit einer letzten Drehung und dem Vorschnellen seines Arms das Netz auf die Reise schickte.

Bisher hatten die Zuschauer ihn noch angefeuert und ihm zugejubelt. Als das Fangnetz unterwegs war, hielten sie den Atem an.

Jeder wartete darauf, dass Scorpio sein Ziel erreichte, und es wurde still in dem weiten Rund.

Zahlreiche Blicke verfolgten das fliegende Netz. Es hing an einem langen Band, und Scorpio behielt ein Ende in der Hand.

Würde er treffen?

Ja, es erreichte die fliehende Frau, die erst jetzt bemerkte, was geschehen war. Sie drehte den Kopf, wobei sie allmählich in die Knie sank.

In diesem Augenblick fiel das Netz nach unten.

Es senkte sich einem Schatten gleich auf die am Boden Liegende herab, berührte sie und fing Glenda ein wie ein Fisch auf dem Trockenen.

Wohl kaum jemand hörte das leise Klagen des Opfers. Der Laut verwehte im weiten Rund.

Nur einer nahm ihn wahr.

Scorpio!

Er lachte leise, während er auf Glenda Perkins zuschritt, um sie zu köpfen …

Es war phänomenal, gleichzeitig grauenhaft und auch unwahrscheinlich. Suko, Lady Sarah und mir wurde ein Blick in die Vergangenheit gestattet, quasi in das Rom der Gründerjahre.

Und das, was wir zu sehen bekamen, stammte nicht aus einen Film, es war eine Tatsache, denn Magie hatte dies ermöglicht. Schwarze Magie! Ihr war es gelungen, Raum und Zeit zu verschieben, einfach aufzuheben, denn dieses Haus hier beherbergte ein Dimensionstor, das in eine andere Zeit führte.

Wir waren so perplex, dass wir dastanden wie Gartenzwerge und uns nicht rührten.

Unsere Blicke waren auf die gewaltige, altrömische Kampfarena gerichtet, wo, und das wusste fast jedes Schulkind aus dem Unterricht, die Christen ein Opfer wilder Raubtiere werden sollten. Dort fanden auch die großen Gladiatorenkämpfe statt.

Und so einen Gladiator sahen wir.

Das war Scorpio! Eine wirklich sagenhafte Gestalt. Groß, breite Schultern, durch den golden schimmernden Kragen noch verstärkt, ein wahrer Riese, in dessen rechter Hand das Schwert direkt winzig wirkte, und der jetzt die linke Hand bewegte, denn mit den Fingern seiner Linken hielt er den Strick eines Netzes fest, das er nun schleuderte.

Sein Ziel war eine Frau.

Ein völlig erschöpftes Wesen, das durch den Sand taumelte und sich kaum auf den Beinen halten konnte.

»Glenda!«, schrie ich.

In diesen meinen Schrei mischte sich Ennio Carras hartes Lachen. »Ja!«, brüllte er. »Das ist deine Glenda. Das Mädchen, das aus der Zukunft in die Vergangenheit geschleudert worden ist, als Beute für Scorpio. Und sie wird sterben!«

»Nein!« Ich fuhr herum.

»Doch!«, brüllte er mir entgegen. »Sie stirbt, falls du und dein Freund sich hier wehren!«

»Irrtum!« Wild schüttelte ich den Kopf, während ich ihn anschaute und nicht mehr auf das Dimensionstor blickte. »Sie kann nicht sterben, denn sie hat in der Gegenwart gelebt, und diese Raum-Zeit-Schwelle zu eliminieren ist nicht möglich!«

»Lässt du es darauf ankommen?«, höhnte Carra. »Ist durch Schwarze Magie nicht vieles möglich?«

Ja, da hatte er recht. Ein Risiko bestand, und ich wollte es nicht darauf ankommen lassen.

»John!« Diesen Warnruf stieß Suko aus, und ich drehte mich wieder um.

Die Szene hatte sich verändert.

Scorpio ging aufs Ganze. Er hatte das Fangnetz so geschleudert, dass es jetzt über der flüchtenden Glenda schwebte und sich schon senkte, um sie zu umfangen wie gewaltige Arme.

Glenda konnte nicht mehr entkommen. Das Netz hielt sie fest, und es riss sie gleichzeitig zu Boden. Mit lahm wirkenden Bewegungen wollte sie sich befreien, doch sie verhaspelte sich zu sehr in den Maschen und verstrickte sich nur noch tiefer darin.

Scorpio hatte es geschafft. Der große Triumph war ihm gelungen, und er ging mit schlagbereiter Waffe auf Glenda zu.

Carra sah es ebenfalls. Er kicherte hämisch. »Siehst du es, Sinclair? Schau genau hin, dann wirst du erkennen, dass das, was du siehst, kein Spaß ist …«

Das wusste ich nun auch, deshalb hatte ich mich in den letzten beiden Sekunden zu einer Verzweiflungsaktion entschlossen.

»Bleib du hier, Suko!«, brüllte ich, startete, stieß Carra zur Seite, der wütend schrie, und stürzte auf das Dimensionstor zu, das mich einen Lidschlag später verschlungen hatte …

Schon öfter hatte ich das Gefühl erlebt. Man glaubt zu fallen, normal zu fallen, doch es wird nur ein Schweben daraus. So erging es mir auch jetzt.

Ich schwebte durch einen Zeitkanal. Zwei Jahrtausende wurden verwischt, Gegenwart und Vergangenheit verschmolzen zu einer Linie, auf der ich mich bewegte und sie durchbrach.

Eine andere Welt, eine andere Zeit und andere Menschen umgaben mich plötzlich.

Ich spürte die Wärme, den Sand unter meinen Füßen, hörte neben mir eine Art von Fauchen und stand im alten Rom inmitten einer Kampfarena.

Nie hätte ich damit gerechnet, dass mir so etwas einmal widerfahren würde, und ich konnte mich auch nicht lange darauf einstellen, denn die zahlreichen Schreie, die mir entgegenschwangen, bewiesen mir, dass es Zeit wurde, zu handeln.

Nicht nur ich war überrascht worden, auch die anderen. Und der Gladiator, von dem ich mich leider zu weit entfernt befand. Ich war nahe der Tribünen erschienen und konnte mit ansehen, wie die dort sitzenden Großimperatoren von den Sitzen sprangen.

Hell schmetterten die Klänge der Alarmtrompeten. Ich war ein Eindringling, das konnte man nicht zulassen, und sie würden mir ihre Wachen auf den Hals schicken.

Aber was hätte ich anders tun sollen? Es war Wahnsinn, sicher, doch ich konnte nicht es nicht mit ansehen, was dieser Scorpio mit Glenda anstellte.

Deshalb war ich gesprungen und hatte auch keine Rücksicht auf mein eigenes Leben genommen.

Scorpio hatte sein Ziel fast erreicht. Er drehte sich jetzt um, weil auch ihm die Trompetenfanfaren aufgefallen waren und er deren Bedeutung sicherlich kannte.

Jetzt sah er mich!

Ich ließ ihm keine Zeit, noch große Überlegungen anzustellen, sondern jagte auf ihn zu.

Ich hatte nicht einmal die Hälfte der Strecke überwunden, als ich den Hufschlag hörte. Reiter sprengten in die Arena. Durch schrille Rufe und mit Peitschenschlägen feuerten sie ihre Tiere an. Ich zählte drei Legionäre, bewaffnet mit Schwertern, Schilden und Lanzen. Zum Glück hatten sie die Löwen nicht losgelassen.

Blitzschnell schätzte ich die Entfernung zu Scorpio hin ab, und ich hörte durch das Trommeln der Hufe Glendas verzweifelte Schreie. Wahrscheinlich hatte sie mich entdeckt, aber ich konnte für sie nichts tun, denn die Soldaten hatten die besseren Ausgangspositionen, und sie hockten auf schnellen Tieren.

Zudem hatten sie sich so raffiniert aufgeteilt, dass sie mich von drei Seiten in die Zange nehmen konnten.

Innerhalb der Sandwolken – aufgewirbelt von den Hufen der Pferde – sah ich sie nur verschwommen. Sie schimmerten hindurch wie gefährliche Schatten. Einer von ihnen hatte es besonders eilig. Er peitschte auf sein Pferd ein, das schrill wiehernd wie ein böses Ungeheuer auf mich zujagte.

Diesmal kam ich mir wie ein Stuntman im Filmspektakel vor. Ein Kameramann hätte die Szene nicht besser einfangen können, wie sich das Pferd aus der Wolke förmlich herauslöste und der Reiter seinen rechten Arm in die Höhe schwang, wobei die Spitze der Lanze auf meinen Körper wies.

Er wollte mich in den Sand der Arena nageln!

Noch wartete ich und hechtete genau in dem Augenblick zur Seite, als er die Lanze schleuderte.

Ich sah sie nicht, ich spürte sie nicht, ich hörte nur, wie sie mit einem dumpfen Laut in den Sandboden hieb, rollte mich ein paar

Mal um die eigene Achse und spürte dabei, wie der Boden unter mir von den wirbelnden Hufen vibrierte.

Liegen bleiben durfte ich auf keinen Fall. Die Hufe hätten mich zertrampelt. Ich rollte mich noch einmal herum und schnellte auf die Beine, um zu der Stelle zu rennen, wo der Lanzenschaft in die Höhe ragte.

Unterwegs erwischte mich der zweite Reiter, während der Dritte auch schon verdammt nahe war und der Erste seinen Gaul so hart herumriss, dass er auf der Hinterhand stieg.

Den zweiten Reiter sprang ich an. Er hatte zwar sein Schwert gezogen, jedoch seinen Schild so gehalten, dass er ihn nicht deckte, denn er war dabei, sein Pferd zu zügeln.

Ich schleuderte ihn vom Rücken des Tieres, und er fiel in den Sand, wo er sich überschlug.

Gleichzeitig krallte ich mich an der Mähne fest, lief noch ein paar Schritte mit dem Tier und zog mich auf dessen Rücken. Ein Reiter war ich nicht, doch in der Not frisst der Teufel Fliegen. Dieses Sprichwort traf auf mich zu.

Ich hämmerte dem Tier die Hacken in die Flanken und sah einen zweiten Reiter dicht vor mir. Der hatte es eilig und wollte mich rammen. Es gab zwei Möglichkeiten. Entweder ließ ich mich aus dem Sattel fallen oder riss das Pferd herum.

So gut kannte ich den Gaul nicht, außerdem war ich kein perfekter Reiter, mir blieb nur die erste Möglichkeit.

Ich kippte in den Sand.

Er dämpfte meinen Aufprall, und ich lag kaum am Boden, als die beiden Tiere zusammenkrachten.

Dieser Reiter hatte erst einmal genug mit sich selbst zu tun, sodass mir Zeit blieb, mich umzuschauen. Die Lanze steckte noch immer im Boden und gar nicht mal weit von mir. Da ich die Beretta hatte verschwinden lassen, packte ich diese Stichwaffe, riss sie aus dem Boden, und in diesem Augenblick hechtete einer der Soldaten vom Rücken seines Tieres auf mich zu.

Es war der Kerl, dem die Lanze gehörte.

Ich schwang herum.

Es war zu spät, die Waffe noch zur Seite zu drücken, denn der Legionär befand sich dicht vor mir. Ich sah sein in Todesangst verzerrtes Gesicht, die starren Augen, dann gab es einen Ruck, und ich ließ die Lanze fallen, als wäre sie heiß.

Auch der Mann kippte zu Boden. Tot oder schwer verletzt, ich wusste es nicht. Sein Blut nässte den Sand, und ich hörte die wilden Schreie der beiden anderen, während das reiterlose Tier dem Ausgang zu sprengte.

Der nächste Angriff erfolgte mit dem Schwert. Vom Sattel aus wollte mir der Gegner den Schädel spalten. Ich sprang zur Seite, bekam zwar keinen Tritt des Pferdes mit, dafür einen Schlag mit der Flanke, der mich fast zu Boden geschleudert hätte. Taumelnd hielt ich mich auf den Beinen, griff mit der rechten Hand zu und hatte unwahrscheinliches Glück, dass ich die Zügel zwischen meine Hände bekam.

Das Tier beugte sich nach vorn, der Soldat konnte sich nicht halten und fiel aus dem Sattel. Mit dem Rücken schlug er auf, rollte sich herum, ließ sein Schild los und stürzte sich mit gezücktem Schwert auf mich.

Ich drehte mich ab, der Stoß erwischte mich nicht, dafür wuchtete ich meinen rechten Fuß vor, und der Karatetritt riss den Mann von den Beinen. Er krümmte sich am Boden und schrie. Für seine Umgebung hatte er keinen Blick mehr.

Ich holte mir sein Schwert. Er dachte nicht mehr daran, es noch weiter festzuhalten, und jetzt fühlte ich mich besser.

Einen Gegner hatte ich noch vor mir. Es war der Erste, mit dem ich aneinandergeraten war. Seine Lanze hatte er verloren und das Schwert gezückt.

Auf dem Rücken des Tieres sitzend raste er wie ein Donnervogel heran, stieß Kampfschreie aus und hetzte mich durch die Arena. Ich ließ mich extra jagen und hörte dabei die Rufe der Zuschauer. Während ich lief, konnte ich die breite Gegengerade sehen, wo sich terrassenförmig die Aufbauten in die Höhe schoben und die Besucher des grausamen Spektakels aufgesprungen waren. Die Aufgänge zwischen den Massen wirkten wie breite, mit dem Lineal gezogene Striche.

Ich verfolgte einen bestimmten Plan. Und zwar wollte ich in die Nähe des Gladiators gelangen, denn dort befand sich auch Glenda Perkins. Wenn es nicht anders möglich war, dann musste ich eben um sie kämpfen, und vielleicht konnte ich auch mit dem Schwert das gewaltige Netz auftrennen.

Vor den Erfolg haben die Götter den Schweiß gesetzt. Ich merkte es in diesen Augenblicken. Der letzte Kampf hatte mich Kraft gekostet, und hinter mir schwoll das dumpfe Pochen der Hufe zu einem regelrechten Gewitter an.

Scorpio tat nichts.

Ich sah ihn noch immer auf dem Fleck stehen, aber er war kampfbereit, denn er hielt sein Schwert fest.

Dann wirbelte ich herum, sah das Pferd vor mir und eine fliegende Gestalt. Der Reiter war aus dem Sattel gehechtet, prallte in den Sand, überschlug sich mehrmals, während ich auf ihn zurannte.

Als ich ihn erreichte, kam er gerade wieder in die Höhe. Kampfbereit hielt er die Klinge und griff sofort an.

Ich parierte.

Im Laufe der Zeit habe ich es gelernt, mit Schwertern umzugehen, und die Routine und Technik retteten mir vorerst das Leben, denn mein Gegner, von der Statur her ein gedrungener, aber äußerst flinker Typ, machte mir schwer zu schaffen.

Er wirbelte, blieb nie auf der Stelle stehen, während heisere Kampfschreie aus seinem Mund drangen.

Einmal erwischte ich ihn am Kopf.

Die Klinge spaltete nicht sein Gesicht, sondern klirrte gegen den Helm. Und der Schlag zeigte seine Wirkung. Die Bewegungen des Legionärs wurden matter, und er verlor ein wenig die Übersicht.

Wurde er bewusstlos?

Ich setzte nach, hieb mit gewaltigen Kreuzschlägen zu, die er kaum parieren konnte, und ich bekam mehrmals die Chance, ihn zu töten, was ich aber nicht wollte.

Dann verlor er die Waffe. Sie wirbelte davon. Als er ihr nachschaute, da stieß mein Schwert genau in die Lücke.

Plötzlich brüllte er auf, schaute auf seinen linken Oberschenkel, aus dem das Blut quoll, und sein Gesicht verzerrte sich. Langsam brach er zusammen.

Jetzt hatte ich nur noch den Gladiator vor mir, denn andere Soldaten waren noch nicht geschickt worden. Zudem machte auch keiner der Befehlshaber Anstalten, sie in die Arena zu scheuchen.

Jeder schien auf den Kampf zwischen mir und Scorpio zu warten.

Ich schaute ihn an.

Und ich sah Glenda.

Sie war nicht ohnmächtig geworden, sondern hatte sich, obgleich vom Netz umfangen, hingekniet und mir ihr Gesicht zugewandt. Obwohl es mich anstrengte, konnte ich die Worte nicht unterdrücken. Ich musste ihr einfach Mut zurufen.

»Halte aus, Glenda, wir schaffen es! Wir packen diese Bestien! Keine Bange!«

Ich hörte nicht, was sie mir antwortete, denn ich musste mich jetzt auf Scorpio konzentrieren, der auf mich zu stampfte.

Ich blieb stehen.

Wir fixierten uns.

Da wusste ich, dass ich mit ihm kein leichtes Spiel haben würde.

Er war der Super-Gladiator, ihm huldigten die Massen und er würde mich fertigmachen.

Flucht hatte keinen Sinn, davonlaufen konnte ich ihm nicht, aber ich konnte etwas anderes tun.

Ihn kampfunfähig schießen.

Mit Schwung warf ich das Schwert in die linke Hand, bekam den Griff zu fassen und holte mit der rechten die Beretta hervor, die ich zum Glück nicht verloren hatte.

Er zögerte unmerklich, als er die Waffe sah. So ein Ding hatte er noch nie gesehen, deshalb störte es ihn nicht, dass ich die Waffe in der Hand hielt.

Seine rechte Schulter war geschützt. Dorthin konnte ich die Kugel nicht setzen.

Also die linke.

Mein Finger hatte fast den Druckpunkt überwunden, als ein Schrei durch die zuschauende Menge brandete.

Die Gaffer hatten bestimmt nicht wegen uns so geschrien. Das musste einen anderen Grund haben.

Ich konnte erkennen, dass Scorpio das Interesse an mir verloren hatte, denn er schaute an mir vorbei zum Eingang der Arena.

Dort tat sich etwas, was für die damalige Zeit typisch war, denn durch das Tor hetzten mit gewaltigen Sprüngen zwei hungrige Löwen …

»Das ist Wahnsinn!«, brüllte Ennio Carra, beugte seinen mageren Körper zurück, hob die Hände und presste sie links und rechts gegen sein Gesicht. »Er verschwindet in der Vergangenheit, und er wird dort bleiben, dieser Narr!«

Nach diesen Worten wollte sich Ennio Carra ausschütten vor Lachen, und das regte Suko auf.

Suko wuchtet über den Schreibtisch, schleuderte einige Dinge zu Boden, bekam Carra zu packen und zog ihn am Revers seiner Anzugjacke über die Platte zu sich heran.

»Hol ihn zurück!«, befahl Suko. »Hole ihn und das Mädchen sofort zurück!«

»Das kann ich nicht!«, kicherte Carra.

»Wenn du es nicht tust, dann werden wir beide …«

»Suko, die Zombies!«

An die hatte der Chinese nicht mehr gedacht, aber Lady Sarah Goldwyn warnte ihn rechtzeitig.

Suko ließ Carra nicht los. Eine bessere Geisel konnte er überhaupt nicht bekommen. Mit dem dürren Mann im Griff kreiselte er herum und hielt ihn wie einen Schild vor sich.

Obwohl Suko sich eigentlich an das Bild hätte gewöhnen müssen, war es noch immer unfassbar. Gladiatoren standen vor ihm. Lebende Leichen, aber keine Toten, die bereits seit 2000 Jahren verstorben waren, sondern Wesen aus der Gegenwart, nur eben als Gladiatoren verkleidet, um ihrer Aufgabe gerecht zu werden.

Sie sollten Carra beschützen, und diese Aufgabe nahmen sie ernst. Suko fragte sich auch, wie die Köpfe wieder auf die Körper gekommen waren. Sehen konnte er nichts, da die vier Gladiatoren eiserne Halskrausen trugen, die den Kopf bis zum Kinn schützten. Wahrscheinlich sorgten diese Krausen auch dafür, dass der Kopf auf dem jeweiligen Rumpf gehalten wurde.

Einer stand besonders nahe und hieb sofort mit dem Schwert zu. Fast schien es, als wollte er seinen eigenen Herrn und Meister treffen, der auch in Sukos Griff zuckte. Doch der Hieb ging vorbei, und das Schwert traf den dunklen Telefonapparat, der von der Wucht des Schlages in zahlreiche Stücke zersprang.

Dieser Schlag war für Suko so etwas wie ein Startsignal. Bevor Ennio Carra sich versah, hatte ihn der Chinese mit der linken Hand am Hals gepackt und den Kopf so weit nach unten gedrückt, dass die Stirn und die Schreibtischplatte in der Verlängerung eine Linie bildeten.

Das war von Suko genau berechnet worden, denn er wollte freie Schussbahn haben und hielt über den gebeugten Rücken des Mannes auf die Zombies.

Die Beretta in seiner rechten Hand spie Feuer. Ein geweihtes Silbergeschoss raste aus dem Lauf und traf den Zombie, der bereits zu einem neuen Hieb ausgeholt hatte, mitten in die Brust.

Ein harter Stoß fegte ihn zurück. Er fiel fast gegen ein Regal, bevor er zusammenbrach.

Noch drei Gegner.

Suko hatte die Waffe geschwenkt, und bevor er von dem zweiten angegriffen werden konnte, hatte der bereits die nächste Kugel zu schlucken bekommen.

Es war hart, dass Suko so reagierte, doch es blieb ihm keine andere Möglichkeit. Er hatte es hier nicht mit Menschen zu tun. Das waren Wesen aus der Schattenwelt!

Natürlich sah Carra, dass seine Felle wegschwammen. Er fluchte und schrie, wollte sich aus dem Griff des Inspektors winden, doch Sukos Finger waren wie ein stählerner Ring und ließen den Hals des Mannes nicht los.

Carra sollte ihm nicht entkommen!

Zwei Zombies waren noch übrig.

Einer von ihnen tauchte nach hinten weg, versuchte in der Düsternis des Kellers Schutz zu suchen, während sich der andere vorwarf. Er nahm auch keine Rücksicht auf seinen Herrn und Meister. Er hielt diesen verdammten Dreizack in den Fäusten, mit dem er einen Menschen aufspießen konnte. Bisher hatte er noch schräg zu Boden gewiesen, doch mit einer blitzschnellen Kippbewegung drehte ihn der Untote um und stieß zu.

Allein wäre Suko schnell weggekommen, aber die Geisel machte Schwierigkeiten. Carra stemmte sich dagegen. Suko hatte Mühe, ihn auf die Seite zu ziehen, und als er es fast geschafft hatte, erwischte ihn der Zombie mit dem Dreizack.

Er hätte Carra vielleicht sogar die Kehle durchbohrt. Dass dies nicht geschah, konnte der Italiener dem Chinesen verdanken, der ihn zur Seite gerissen hatte. So wurde Carra nur an der Schulter erwischt und fing sofort an zu schreien.

Aus der Wunde quoll Blut, es nässte den Stoff des dunklen Anzugs.

Suko war gezwungen, den Mann loszulassen. Er schleuderte ihn zur Seite, sah das verzerrte Gesicht, und Carra schaffte es nicht mehr, sich auf den Beinen zu halten. Ächzend brach er in die Knie, wobei er sich noch am Schreibtisch abstützte.

Suko glitt nach links.

Der Zombie mit dem Dreizack hatte bereits ausgeholt, um diesmal auch den Inspektor zu durchbohren. Sein Gesicht war stumpf, die Augen blickten leblos, doch der Wille zum Töten hielt ihn auf den Beinen, und er schwang mit seiner Waffe im Anschlag herum.

An den Zinken klebte Blut. In Hüfthöhe stieß er zu, und er rechnete damit, seinen Gegner zu erwischen.

Es war ein Irrtum.

Suko hatte abgewartet, die Waffe gehoben, und er schoss genau zum richtigen Zeitpunkt. Bevor ihn der Dreizack treffen konnte, schlug die Kugel in den Kopf des untoten Wesens.

Das war das Ende des Zombies.

Suko vernahm noch einen seltsamen Laut aus dem Maul des Untoten, dann fiel er auf den Rücken. Den Dreizack verlor er. Suko nahm die Waffe an sich. Er warf auch einen raschen Blick auf Ennio Carra.

Im Augenblick stellte der Mann keine Gefahr für ihn dar. Carra hockte auf dem Boden und lehnte mit der Schulter gegen den Schreibtisch. Sein Gesicht war verzerrt. Eine Hand hielt er auf die Wunde gepresst, die ihm die Zinken des Dreizacks zugefügt hatten.

Suko konnte Carra vergessen. Aber da war noch jemand. Der Kampf mit den drei Zombies hatte nur Sekunden gedauert. Eine kurze Zeitspanne, jedoch lang genug, um einen Menschen in höchste Gefahr zu bringen.

Und da dachte der Inspektor an Lady Sarah.

Schon vernahm er ihren Ruf. »Suko, zum Henker, wo steckst du denn?« Ihre Stimme klang zwar rau, doch der Chinese hörte auch die Angst heraus, die aus ihr mitschwang.

»Ich bin gleich da!«

»Hoffentlich. Dieser Zombie will aus mir Schaschlik machen, aber dafür bin ich zu zäh.«

Suko konnte sich ein Lächeln nicht verkneifen. Das war typisch Sarah Goldwyn. Sie verlor ihren Humor auch nicht in den haarigsten Situationen, und gut ging es ihr sicherlich nicht, dann hätte sie nicht so um Hilfe gerufen.

Aber wo steckte sie?

Das war die große Frage. Sie hatte sich in Richtung der Regale gewandt, und ausgerechnet dort war es am düstersten. Es gab dort kein Licht, alles war dunkel, und die Regale wurden nur an den Außenseiten von einem hellen Schein gestreift.

Da Carra nicht im Dunkeln seine Bücher suchen würde, musste sicherlich auch in Regalnähe Beleuchtung vorhanden sein. Die jedoch zu finden wäre zu zeitraubend gewesen, sodass Suko sich auf Zehenspitzen weiterbewegte, in den nächstliegenden Gang zwischen den Regalwänden tauchte, wo er abwartend stehen blieb und lauschte.

Zu hören war nichts.

Allerdings nur für die Dauer weniger Sekunden, dann vernahm der Inspektor ein dumpfes Geräusch und einen wütenden Ruf. Im nächsten Augenblick wiederholten sich die dumpfen Laute. Es schien dem Inspektor, als wäre etwas zu Boden gefallen, und zwischendurch erklang noch Lady Sarahs Stimme. »Du verfluchte Bestie willst mich hier fertigmachen. Ich werde – au, verdammt …«

Schon bei den ersten Worten hatte es Suko auf seinem Platz nicht mehr ausgehalten. Er war tiefer in den Gang zwischen den beiden Regalen hineingelaufen, erreichte auch das Ende und wandte sich sofort nach rechts, denn er nahm an, dass aus dieser Richtung die Stimme der Horror-Oma aufgeklungen war.

Suko täuschte sich nicht. Vor sich sah er die beiden Gestalten. Zuerst Lady Sarah. Sie wandte ihm den Rücken zu und war damit beschäftigt, sich gegen den Angreifer zu verteidigen, und Suko konnte auch die dumpfen Geräusche erklären. Sie waren entstanden, als die Horror-Oma Bücher aus den Regalen gerissen hatte, um dem Zombie den Weg zu versperren.

»Lady Sarah!«, rief der Chinese. »Zur Seite!«

Die Horror-Oma hörte den Ruf, aber sie schaffte es nicht, zu entkommen, denn die auf dem Boden liegenden Bücher wurden auch für sie zu einer Stolperfalle.

Rückwärtsgehend stieß sie mit der Hacke gegen ein besonders dickes Buch, das sich kaum von der Stelle bewegte, sodass es für Lady Sarah dieselbe Wirkung hatte wie ein im Wege liegender Stein.

Die Horror-Oma verlor das Gleichgewicht und suchte nach einem Halt. Den fand sie nur mangelhaft in einem Regal. Sie taumelte zur Seite und flog mit dem Rücken gegen die Wand.

Im Moment war sie wehrlos.

Der Zombie sah dies, stieß ein blubberndes Geräusch aus und hob seinen Dreizack.

Eine Chance, dem Stich zu entgehen, würde Mrs Goldwyn nicht bekommen. Ihre alten Knochen wollten ihr nicht mehr so gehorchen.

Aber da war noch Suko!

Und der feuerte.

Mrs Goldwyn musste das Pfeifen der Kugel hören, so nahe strich sie an ihrem Gesicht vorbei, bevor sie voll ins Ziel traf und den Untoten von den Füßen holte.

Er krachte gegen die volle Regalwand, die ins Wanken geriet, aber nicht fiel. Mit einem Arm schlug der sterbende Zombie noch um sich. Er riss sogar ein paar Folianten aus dem Regal, die auf ihn niederfielen und ihn unter sich begruben, als er zu Boden krachte.

Das war der Vierte – und Letzte!

Suko atmete auf. Er ließ seine Beretta verschwinden, als er auf Lady Sarah zuging und sie an der Schulter fasste. Dabei erkundigte er sich, ob alles in Ordnung sei.

»Jetzt ja, mein Lieber. Hast dir ja ziemlich viel Zeit gelassen.«

»Sorry, aber ich habe leider nicht die Augen einer Katze, die im Dunkeln sehen kann.«

»Fast wäre ich mit ihm fertig geworden«, murmelte die Horror-Oma.

»Aber eben nur fast.«

»Das ist es ja.« Ihre Stimme klang leise, ein wenig erstickt, und dann presste sich Mrs Goldwyn für einen Moment gegen Suko. Er hörte sie schnäuzen, und ein Kratzen hatte sie auch in der Kehle, sodass sie sich räuspern musste.

Suko lächelte über ihren Kopf hinweg. Auch die Horror-Oma hatte Ängste ausgestanden, es war nämlich sehr haarig zugegangen, und Hilfe war wirklich erst im letzten Augenblick gekommen.

Nun löste sie sich von Suko und schüttelte den Kopf. »Wo ist mein Stock? Wir müssen ja weitermachen.«

Suko bückte sich und hob ihn auf.

Die Horror-Oma nahm ihn an sich. »Er hatte den Dreizack, ich nur den Stock, und der hat mich erst einmal gerettet.«

»Wie das?«

»Mit ihm räumte ich die Bücher aus den Regalen, die ich ihm dann in den Weg schleuderte.«

»Das war gut.«

»Hat aber auch Nerven gekostet. Wo steckt eigentlich Ennio Carra?«, wechselte sie das Thema.

Suko schlug sich gegen die Stirn. »Verdammt, den habe ich vergessen. Der ist verletzt worden, aber nicht so schwer, als dass er uns nicht mehr gefährlich werden könnte. Kommen Sie!« Suko machte sich auf den Rückweg und hörte die Horror-Oma fragen: »Von John und Glenda wissen Sie nichts?«

»Nein. Sie sind wahrscheinlich in der anderen Zeit verschollen. Unter Umständen muss ich auch …« Suko blieb stehen. Er redete nicht weiter, denn er starrte auf eine völlig normale Wand. Es war ihm nicht mehr vergönnt, einen Blick in die Vergangenheit zu werfen, und er fühlte die Enttäuschung so stark, dass sie sich wie Schwäche in seinem Körper ausbreitete.

»Sind die beiden jetzt verloren?« Lady Sarah flüsterte die Worte, die sie allerdings mehr an sich selbst richtete, denn von Suko konnte sie keine Antwort bekommen.

Der stieg über einen am Boden liegenden Zombie hinweg. Als er den Blick nach unten warf, fiel ihm die schiefe Haltung des Kopfes auf. Dieser Schädel war in der Tat nur aufgepresst worden, und es bestand ansonsten keine Verbindung mehr zum Körper.

Welch ein Grauen …

Einer zeigte sich dafür verantwortlich. Carra, der Anführer der Sekte. Aber wo steckte er?

Zuletzt hatte er auf dem Boden gesessen und mit dem Rücken am Schreibtisch gelehnt, jetzt war er verschwunden. Carra hatte die Gunst der Stunde genutzt. Suko und Lady Sarah hatten das Nachsehen.

Der Inspektor ärgerte sich und hörte plötzlich das Lachen der Horror-Oma. »Ich hab's!«, rief sie.

»Was?«

»Aufpassen!« Sie hatte das Wort kaum ausgesprochen, als unter der Decke eine Lampe aufstrahlte, die so lichtstark war, dass sie den Keller ausleuchtete.

Zum ersten Mal konnten sie den Keller inspizieren.

Auch Ennio Carra war von der Helligkeit überrascht worden. Sekunden später wäre er verschwunden gewesen. So aber sahen beide den Mann nahe der nach oben führenden Treppe, über die er verschwinden wollte.

»Na warte!«, knurrte Suko und startete.

»Ja, hol ihn zurück, diesen Hundesohn!«, rief Lady Sarah voller Wut. »Er wird uns noch einiges erzählen müssen.«

Carra beeilte sich. Er war gehandicapt. Seine Verletzung machte ihm zu schaffen, deshalb erwischte ihn Suko, als er auf der zweit-untersten Stufe stand.

Die Hand des Inspektors hieb auf seine Schulter, und er riss Carra zu sich heran.

Der Magere keifte wie ein altes Marktweib. Als Suko ihn um-drehte, sah er dessen verletzte Schulter. Noch immer rann Blut aus der Wunde, aber Carra war zäh. Er hatte die Zähne zusammen-gebissen und schüttelte den Kopf. Auf seinem Gesicht glitzerten Schweißperlen. Dass dieser Mann noch nicht aufgegeben hatte, war Suko klar. Aber er brauhte den Mann. Wenn es einen Weg zu Glenda und John gab, dann nur über Ennio Carra.

Suko schleifte ihn wieder in den Hintergrund des Kellers, wo der Schreibtisch stand und die erledigten Zombies lagen. »Sieh dir deine Helfer an!«, zischte der Inspektor. »Schau genau hin. Keiner von ihnen lebt noch sein untotes Leben. Sie sind vernichtet worden. Alle vier. Und so machen wir auch weiter!«

Carra heulte vor Wut, während Lady Sarah dabeistand und nur zuschaute.

Den linken Arm konnte Carra nicht bewegen. Er hing an einer Seite herab, als würde er überhaupt nicht zu ihm gehören. »Soll ich dir die Wunde verbinden?«, fragte Suko.

»Geh zum Teufel, Bastard!«

Der Chinese lachte. »Nur mit dir zusammen statten wir dem Höllenmeister einen Besuch ab. Er wird sich freuen, wenn er dich, einen seiner Diener, sieht.«

»Hör auf, du …«

»Ich rede hier!«, sagte Suko hart und drängte den Mann herum, damit er gegen die Wand schauen konnte. »Vorhin hast du mir Sinclair und das Mädchen gezeigt. Sie befanden sich im alten Rom in einer anderen Zeit und mussten um ihr Leben fürchten.«

»Vielleicht sind sie tot!«, kreischte Carra.

»Ja, vielleicht. Aber ich will genau Bescheid wissen. Du wirst dafür sorgen, dass dieses Bild wieder entsteht.«

Suko erhielt nicht sofort Antwort. Einen Moment später jedoch anders, als er es sich hatte träumen lassen. Carra begann gellend zu lachen. Das fing erst leise an, steigerte sich, und schließlich hallte das Gelächter durch den Keller, als würde ein Wahnsinniger durchdrehen.

Der Inspektor fand keinen Grund für diese Reaktion. Er schaute Sarah Goldwyn an, und diese hob nur die Schultern. Auch sie wusste keine Erklärung.

Suko hatte bereits den rechten Arm erhoben, als Carra sein Gelächter abrupt stoppte.

»Das wurde auch Zeit«, sagte Suko.

»Ich weiß nicht, was ihr beiden wollt.« Er kicherte wieder. »Ich kann euch die beiden nicht mehr zeigen. Die Magie ist aufgehoben worden. Ich konnte sie nur halten, weil meine Diener noch lebten. Aber ihr habt sie getötet und euch damit den Weg in eine andere Welt zugemauert.« Er schüttelte sich. »Hört ihr? Zugemauert. Es ist aus, nichts geht mehr.«

Suko und Sarah Goldwyn standen da wie vom Donner gerührt. Damit hatte keiner von ihnen gerechnet.

Ein Bluff? Das fragte Suko auch.

»Nein, kein Bluff. Diese von euch getöteten Zombies hielten die magische Verbindung zur Vergangenheit aufrecht. Jetzt habt ihr sie durch euer Eingreifen abgetrennt. Keine Chance mehr für euch!«

Suko und Lady Sarah erwiderten nichts. Was sollten sie auch sagen? Dieser Ennio Carra hatte ihnen tatsächlich eine Niederlage bereitet, er hatte sie eiskalt reingelegt und grinste impertinent.

Sarah Goldwyn fing sich als Erste. Sie kam zu dem Chinesen und Ennio Carra. »Sie wollen mir doch nicht erzählen, dass es die einzige Verbindung in die andere Zeit war.«

»Ja, das will ich.«

»Ich glaube es Ihnen nicht«, sagte Lady Sarah. »Kein einziges Wort. Sie mussten immer damit rechnen, dass diese Verbindung mal reißt. Außerdem würde Scorpio selbst ja keine Möglichkeit mehr finden, in diese Zeit zu kommen. Nein, Carra, so einfach lassen wir uns nicht aus dem Spiel bluffen, glaub mir!«

Suko zuckte zusammen, als er die Worte hörte. Natürlich, daran hatte er nicht gedacht. Es musste noch einen zweiten Weg geben, wie es die Horror-Oma angenommen hatte. Der Inspektor schaute Carra an. Der hagere Römer war noch blasser geworden. In seinen Augen funkelte es. Lady Sarahs Worte hatten ihn geschockt, denn sie mussten haargenau den Nagel auf den Kopf getroffen haben.

»Habe ich recht?«, fragte sie.

»Verdammt, ich …«

»Es gibt also noch einen Weg?«

»Ich – ich …«

Suko hielt es nicht mehr aus. Auch seine Geduld reichte keine Ewigkeit. Er sprang vor, packte den Mann an der gesunden Schulter und schüttelte ihn. »Verdammt, rede, oder es wird dir dreckig gehen. Da hilft dir kein Zombie mehr …«

»Lass mich los!«, kreischte Carra.

»Erst wenn du gesagt hast, dass es noch einen zweiten Weg gibt, der von der Vergangenheit in die Gegenwart führt.«

Carra wand sich. Sein Gesicht wechselte innerhalb von Sekunden mehrmals den Ausdruck. Mal zeigte es Schmerz oder Pein, dann wieder Wut und Trotz. Er öffnete nicht den Mund, kein Wort drang über seine Lippen, und die dünne Haut in seinem Gesicht zuckte.

»Wo befindet sich der Weg?« Suko ließ nicht locker, und er drückte Carra gegen die Wand.

»Ich – ich …«

»Wo, verdammt?« Die Stimme des Inspektors hallte durch den Keller. Carra sah in ein Gesicht, das die Entschlossenheit wiedergab, zu der Suko fähig war. Er sah sich dicht vor dem Ziel und wollte nicht aufgeben. Da konnte sich der andere drehen und winden, Suko würde am Ball bleiben. Und das mit aller Konsequenz.

»Bene, bene, Sie haben gewonnen!«, keuchte Carra. »Lassen Sie mich los. Ich werde es Ihnen sagen!«

Suko hielt den Mann weiterhin fest. Allerdings schüttelte er ihn nicht mehr durch.

Ennio Carra senkte seinen Kopf. Er schluckte, sein magerer Hals zuckte, die Augen schienen zu brennen, als er den Mund bewegte und die nächsten Worte flüsterte: »Es gibt tatsächlich noch einen Weg, aber der ist gefährlich und …«

»Wo müssen wir hin?«

»In die Katakomben!«

Suko lief ein Schauer über den Rücken. Er selbst war noch nie in diesen Gräbern gewesen, die berühmt waren und aus den Gründerjahren der Stadt stammten. Er wusste nur, dass es sie gab und dass die Christen sich während ihrer Verfolgung dort verborgen hatten.

»Und in welche Katakombe müssen wir?«

»In die größte. Sie heißt Catacombe di Priscilla und liegt an der Via Salaria und dem alten Friedhof.«

»Gut, gehen wir hin.«

»Es – es ist weit …«

»Klar, aber Sie werden doch einen Wagen besitzen?«

»Den habe ich.«

»Umso besser«, erwiderte Suko und drückte den Mann herum. »Sie werden unser Führer sein und …«

Das Kichern des Römers unterbrach ihn, und beide hörten sie, wie Carra sagte: »Ihr werdet euch wundern …«

Ich wollte kein Fraß für die Löwen werden!

Dieser Gedanke schoss mir durch den Kopf, als ich die beiden Löwen sah, die aus dem Tor wirbelten und sich uns mit gewaltigen Sprüngen näherten. Mit einem Krach fiel das Fallgitter nach unten und rammte seine Spitzen in den Boden.

Für Scorpio und mich war der Fluchtweg verschlossen. Wir mussten uns den Raubtieren stellen.

Eine irre Situation. Ich musste mit demjenigen Seite an Seite kämpfen, der praktisch mein Todfeind war und der sich jetzt wie ich auf den Kampf mit den beiden Löwen konzentrierte.

Ich hörte das schrille Wiehern der Pferde. Sie hatten Angst, denn ihnen war ebenfalls der Fluchtweg genommen worden.

Viel Zeit zum Überlegen blieb uns nicht. Die Löwen waren schnell und benötigten nur Sekunden, um ihr Ziel zu erreichen. Ihre Sprünge waren gewaltig. Sie boten ein wirklich tolles Bild, und die Masse auf den Rängen jubelte und schrie. Sie feuerte die Tiere an, denn sie erlebte jetzt ein spektakuläres Schauspiel.

Ich hatte das Schwert und meine Beretta.

Eine Pistolenkugel gegen einen heranstürmenden Löwen. Konnte ich ihn damit überhaupt stoppen?

Jäger, die diesen Tieren in der Steppe auf den Fersen waren, besaßen Spezialgewehre, ich aber hatte nur meine Beretta, und ich musste schon genau zielen und auch treffen, wenn ich Erfolg haben wollte.

Das Fauchen der Raubkatzen war ein widerliches Geräusch, das mir durch und durch ging. Es machte mir klar, mit welchem Elan sich die ausgehungerten Tiere auf uns stürzen würden.

Ein wenig Zeit hatte ich noch, drehte den Kopf und schaute zu Scorpio und Glenda hinüber.

Meine Sekretärin hatte sich aufgerichtet. Sie kniete, und noch immer hing das Netz über ihrem Körper. Jetzt hätte sie eigentlich die Chance gehabt, sich von diesem Ding zu befreien, und das schrie ich ihr auch zu.

Entweder verstand sie mich nicht, oder sie wollte mich nicht hören, jedenfalls rührte sich Glenda nicht. Und mir blieb nicht die Zeit, sie zu befreien.

Scorpio erwartete die Tiere. Er kannte sich darin aus. Breitbeinig hatte er sich aufgebaut, wirkte wie ein zu Stein erstarrter Mensch und gleichzeitig wie ein Hindernis, das nicht zu überwinden war. Mit der rechten Hand hielt er den Griff des Schwerts umklammert, die Spitze zeigte schräg nach oben, und er war bereit, dem Löwen den Körper von vorn bis hinten aufzuschlitzen.

Zwei Menschen, zwei Löwen.

Eines der Tiere bewegte sich nach rechts und nahm mich aufs Korn, während sich das andere dem Gladiator zuwandte.

Aus einer Staubwolke hatte es zum Sprung angesetzt und schoss daraus hervor. Es hatte den Rachen aufgerissen, ich sah den Löwen wie einen Koloss über mir schweben, seine Pfoten zuckten, das Maul stand offen, und genauso hatte der Tarzan-Zeichner immer seine Szenen gemalt.

Diesmal erlebte es kein Comic-Held, sondern ich.

Tarzan hätte sich dem Tier entgegengeworfen. So etwas traute ich mich nicht. Deshalb hechtete ich zur Seite, fiel dabei zu Boden, hielt mich auf den Knien, drehte mich um und sprang wieder hoch.

Der Löwe war ins Leere gesprungen und weich auf seinen starken Pfoten gelandet. Er schwang sofort herum, das Fauchen erinnerte mich an das Grollen eines Donners, seine Mähne zitterte, die Flanken bebten, und er sprang zum zweiten Mal.

Diesmal warf ich das Schwert. Da es eine ziemlich kurze Klinge besaß, konnte ich es riskieren.

Schwert und Löwe wuchteten aufeinander zu. Und das Tier wich nicht aus.

Die Waffe traf.

Himmel, hatte ich ein Glück! Ich sah, wie die Klinge dicht unter seinem Maul schräg im Körper verschwand. Nur der Griff ragte noch heraus.

Für einen Moment hatte ich Angst, dass dieser Treffer nicht reichen würde, denn der Löwe stoppte seinen Sprung nicht, aber urplötzlich verließ ihn die Kraft.

Sein Körper – noch in der Luft schwebend – zuckte. Er schlug mit den Pfoten um sich, ein gewaltiger Blutstrom schoss aus der Wunde, dann krachte der Löwe in den Sand, schlug noch um sich, und sein Schweif peitschte Staubwolken in die Höhe.

Der Löwe lag im Sterben. Das stolze Tier der Wüste verging, und es tat mir in diesem Augenblick ein wenig leid, aber ich hatte mich verteidigen müssen und musste es auch noch weiterhin.

Leider brauchte ich dazu das Schwert, und das steckte im Kopf des sterbenden Löwen.

Obwohl er sich nicht mehr normal wehren konnte, war es gefährlich, sich ihm zu nähern, denn der Löwe lag im Todeskampf, und sein Körper schwang von einer Seite auf die andere. Er schrie. Ja, ein anderes Wort fiel mir für den Laut, der da aus seiner Kehle drang, nicht ein. Es war ein Schreien, ein verzweifeltes Brüllen, ein letztes Aufbäumen, und mir wurde heiß und kalt zugleich.

Ich schaute über den schwer verletzten Löwen hinweg. Mein Blick suchte und fand Scorpio.

Auch er hatte es geschafft. Allerdings nicht auf eine so primitive Art und Weise wie ich. Sein Kampf war schon zu vergleichen mit dem des berühmten Dschungelhelden Tarzan. Scorpio hockte auf dem Rücken des Tieres, hatte den linken Arm um den breiten Hals gekrallt, den Schädel zurückgebogen und hielt den rechten Arm erhoben, wobei er die Spitze seines Schwertes in dem Augenblick nach unten rammte, als ich hinschaute.

Es wurde ein Volltreffer, und der Gladiator stieß einen schaurigen Siegesschrei aus, der durch das weite Rund der Kampfarena hallte, bevor er hineinschwang in den Beifallssturm, der von den Rängen auf uns niederrauschte.

Scorpio hatte es geschafft!

Auf eine spektakuläre und irgendwie unnachahmliche Weise hatte er den Löwen bezwungen, der nun unter ihm zusammenbrach und reglos am Boden liegen blieb.

Nicht so wie das von mir besiegte Tier, das noch immer gegen den Tod ankämpfte und dennoch nicht Sieger bleiben konnte.

Ich brauchte das Schwert, riskierte es einfach, lief auf den Löwen zu und zog es aus der Wunde.

Die Klinge war rot, und Blut strömte aus dem Körper, auch dann noch, als ich in die längst gebrochenen Augen des Tieres schaute, die mich irgendwie anklagend anschauten.

Es war vorbei …

Für mich nicht, denn ich wandte mich dem Gladiator zu, der auch in mir wieder seinen Gegner sah.

Wir beide trugen die Schwerter mit den blutigen Klingen in den Händen, und mit großen Schritten jagte Scorpio auf mich zu. Ich kam nicht mehr dazu, meine Beretta zu ziehen, denn ich musste mich seiner Attacke erwehren.

Er hatte Kraft, drosch sein Schwert von oben nach unten. Ich bekam meine Waffe so eben noch in die Höhe, und die beiden Klingen prallten aufeinander. Die Wucht wurde verdoppelt. Ich hatte Mühe, überhaupt auf den Beinen zu bleiben, fast hätte ich noch meine Waffe verloren, wurde zurückgedrängt und beschleunigte meine Schritte noch, da ich aus der unmittelbaren Reichweite des Gladiators gelangen wollte.

Er aber setzte nach.

Und wie. Schlagend brachte er mich in höchste Bedrängnis. Er schien seine Kraft aus der Hölle zu schöpfen, und wir beide waren umgeben vom hellen Klang der aufeinanderprallenden Schwerter.

Lange würde ich dem Gladiator nicht mehr Paroli bieten können, das war mir klar. Deshalb musste ich mir etwas einfallen lassen. Ich dachte wieder an die Beretta, aber der andere ließ mir keine Zeit, sie aus dem Holster zu holen.

Und dann jagte die Klinge schräg von oben links auf mich zu. Es war ein wuchtiger, mörderischer Hieb, der alles entscheiden sollte und der mich auch zweigeteilt hätte, wenn ich mich nicht im letzten Augenblick zu Boden geworfen hätte.

Dabei riss ich den rechten Arm hoch, drehte das Schwert, sodass die Klingen aufeinanderprallten und ich nicht getroffen wurde.

Dafür verlor ich das Schwert!

Ich hatte schon zuvor Schwierigkeiten gehabt, die Waffe festzuhalten. Das Innere meiner Hand war schweißfeucht geworden, der Griff dadurch glitschig, und als die beiden Klingen nun aufeinandertrafen, da konnte ich das Schwert nicht mehr halten. Auch mein Arm wurde herumgeschleudert, und ich schaute der Klinge nur noch nach, das war alles.

Wo sie landete, sah ich nicht, denn ich musste mich auf Scorpio konzentrieren, der wie ein Gebirge vor mir stand, seine Arme hob und die linke Hand auf die rechte legte, wobei er jetzt mit allen zehn Fingern den Griff umfasste und mit der Schwertspitze genau auf meine Brust zeigte.

Über seinen Händen verzog sich das Gesicht. Ich sah es nur an den Augen, in denen Triumph aufglühte.

Er ließ sich fallen.

Und ich rollte weg. Blitzschnell. Ich hatte genau den richtigen Zeitpunkt abgewartet und mich zur Seite geschleudert. Dabei wirbelte ich Sand hoch, der mir in den offenen Mund drang, sich in meinem Rachen festsetzte, sodass ich keuchen musste, aber ich gab nicht auf und hörte den dumpfen Fall, als der Gladiator das Schwert in den Boden hieb.

Scorpio war auf die Knie gefallen. Das sah ich, als ich ebenfalls hochkam und mich umdrehte.

Er hockte da, starrte auf seine Klinge und erinnerte mich in dieser Haltung an einen in Demut erstarrten oder völlig überraschten Krieger, der es nicht begreifen konnte, dass ihm sein so sicher geglaubtes Opfer entwischt war.

Das hatte ich geschafft!

Für große Triumphgefühle war nicht die Zeit. Scorpio würde durch diese kleine Niederlage nur noch mehr angestachelt werden und mit doppelter Wut weitermachen.

Und doch musste ich dies schaffen.

Unter den Augen zahlreicher Zuschauer drehte er sich mir langsam zu. Er bewegte sich zuerst nur in der Hüfte, dann riss er das Schwert aus dem Boden, und ein Schrei entrang sich seiner Kehle, der alles übertönte. Ich glaubte sogar, seinen Helm zittern zu sehen, so sehr hatte er sich bei dieser Aktion angestrengt.

Schließlich hatte er die Drehung geschafft, starrte mich an und wunderte sich abermals, denn er sah nicht nur meine Augen, sondern noch ein drittes, ein dunkles – das der Beretta!

Ich hatte die Zeit genutzt und die Waffe gezogen. Mein Grinsen fiel kalt und verzerrt aus, als ich ihn über die Pistole hinweg anschaute. Ich war durch die Schusswaffe im Vorteil, und ich hatte mich entschlossen, zu feuern.

Das musste ich tun, denn ich befand mich nicht nur in einer fremden Welt der Vergangenheit, nein, ich war zudem noch umgeben von einer feindlichen Umwelt, denn die Zuschauer auf den Rängen und den Tribünen zählten sicherlich nicht zu meinen Freunden, besonders deshalb nicht, weil ich dem anderen quasi Paroli geboten hatte und mich schon auf der Siegerstraße befand.

Scorpio starrte in das Mündungsloch und schaute auch mich an. Er konnte nichts begreifen, wahrscheinlich überlegte er, was ich mit diesem kleinen, schwarzbraun schimmernden Ding wollte, und der Gladiator erfuhr es ihm nächsten Augenblick, denn ich drückte ab.

Auf seine linke Körperhälfte hatte ich gezielt, und ich traf auch da, wo ich es haben wollte.

Das Silbergeschoss hieb in seine Schulter, und der Treffer überraschte ihn so sehr, dass er nach hinten torkelte, den Kopf drehte und auf die Stelle starrte, wo die Kugel hineingefahren war.

Ich war vergessen. Scorpio, der den Raubtieren widerstand, sie sogar besiegte, war durch diesen Treffer völlig aus dem Konzept gebracht worden.

Zu meinem Vorteil, denn ich musste mich um Glenda Perkins kümmern und sie von dem Netz befreien, denn mit ihr zusammen wollte ich flüchten.

Für Scorpio hatte ich keinen Blick mehr. Ich kümmerte mich auch nicht um das Geschrei der Menschen, die ebenfalls ihre Überraschung nicht verbergen konnten. Ich sah mein Schwert, das ich verloren hatte, rannte darauf zu und nahm es an mich.

Dann steuerte ich mit Riesenschritten Glenda Perkins an.

Sie war verzweifelt. Das entnahm ich ihrem Schrei, der mir entgegenhallte. »Johnnnn!«, brüllte sie, löste ihre Hände vom Gesicht und umkrallte mit den Fingern die Maschen des Netzes. »Johnnnn …!«

»Warte noch!«, schrie ich zurück, nahm die letzten Meter und erreichte sie.

Mit dem Schwert hieb ich zu und hoffte, dass die Seiten scharf genug waren und das Netz auftrennten.

Ein Irrtum.

Das Zeug erwies sich als zäh, zudem war das Schwert an der Seite stumpf. Glenda begann zu jammern, ich kochte vor Wut und warf auch einen Blick auf den Gladiator, der allerdings noch keine Anstalten machte, auf uns zuzulaufen. Er war mit sich selbst und seiner Wunde beschäftigt.

Wenn das Kurzschwert es nicht schaffte, die Maschen aufzutrennen, musste ich meinen Dolch nehmen. Er war an den Seiten geschliffen und hatte schon manche Fessel gelöst.

Ich warf das Schwert zur Seite und zog den silbernen Dolch aus der Scheide.

Damit versuchte ich es.

Es klappte. Allerdings nicht so einfach wie bei normalen Stricken. Ich musste ziehen und reißen. Die ersten Maschen wurden zerfetzt. Als braun schillernde Fäden hingen sie herab und berührten den Sand.

Glenda Perkins schaute mir zu. Sie zitterte am gesamten Körper, der mit einer Gänsehaut bedeckt war.

Ich arbeitete wie ein Berserker. Manchmal hörte ich Glendas Stimme. Sie feuerte mich an, ich tat mein Bestes, schnitt nicht nur mit dem Dolch, sondern riss auch mit beiden Händen die schon angesäbelten Maschen entzwei.

»Versuch es!«, rief ich Glenda zu und trat gleichzeitig zurück. »Du müsstest es schaffen!«

Sie kroch zu mir. Ich hatte den Dolch wieder weggesteckt und hielt mit beiden Händen ein Loch offen, durch das meine Sekretärin nach draußen steigen konnte.

Zuerst schob sie ihren Kopf hindurch. Das klappte prima. Bei den Schultern gab es einige Schwierigkeiten, ich musste ihr helfen, schob Netzreste zur Seite, fasste Glenda auch unter, sodass es mir gelang, sie aus dem Netz zu ziehen.

Danach war sie frei. Sie stand vor mir, starrte mich an, und ich sah einen besorgniserregenden Ausdruck in ihren Augen. Diesen Blick kannte ich. Er stellte sich ein, wenn ein Mensch kurz vor dem Zusammenbruch stand.

»Reiß dich noch einmal zusammen!«, fuhr ich sie an. »Um Himmels willen, Glenda, du musst es packen! Wir müssen hier raus, verflucht!«

Sie nickte, obwohl ich nicht glaubte, dass sie mich verstanden hatte. Ich legte meinen Arm um ihre Schultern und zog sie herum. Unsere Blicke waren auf den Gladiator gerichtet, der sich inzwischen erhoben hatte und zu uns rüberschaute.

Er machte im Moment keinen sehr angriffslustigen Eindruck. Mit der rechten Hand fühlte er nach seiner linken Schulter, wo sich die Wunde befand, aus der ein dünner Blutfaden auf den muskulösen Arm sickerte.

Dann rannten wir los. Glenda musste ich hinter mir herschleifen, sie konnte kaum Schritt halten, aber Rücksicht durfte ich auf sie nicht nehmen, denn die Gefahr war längst nicht gebannt.

Ich hatte mir einen Plan zurechtgelegt. Da wir zu Fuß nicht weit kommen würden, wollte ich eines der Pferde einfangen, die sich noch innerhalb der Arena aufhielten und nicht weg konnten, weil das Gitter geschlossen war.

Auf den Rängen herrschte Tumult. Ich erhaschte einen Blick auf die Tribüne, wo die Senatoren hockten. Sie waren aufgesprungen, und plötzlich hörte ich abermals den Klang einer Trompete.

Alarm!

Glenda schrie, denn auch sie hatte verstanden, was diese schrille Musik bedeutete.

Ich erwiderte nichts, sondern versuchte ein Pferd einzufangen.

Es gelang mir nicht. Immer wenn wir nahe an ein Tier herankamen, scheute es.

Und dann öffnete sich das Gitter. Da wir darauf zurannten, hatten wir einen freien Blick. Ich rechnete wieder mit dem Auftauchen der Löwen, aber was dort erschien, waren Soldaten.

Nicht zwei, nicht fünf, sondern mindestens dreißig.

Das war zu viel.

Die Soldaten waren nicht beritten. Im Laufschritt und schwer bewaffnet stürmten sie die Arena.

Was sollte ich machen?

Mich verteidigen? Die restlichen Silberkugeln verschießen? Nein, das hätte meine Lage nur verschlimmert, und ich tat in meinen Augen das einzig Richtige.

Ich blieb stehen.

Glenda konnte es noch nicht begreifen. »John?«, rief sie mich an.

»Was machst du?«

»Es hat keinen Zweck. Die Übermacht ist zu groß!«

Glenda starrte den Soldaten entgegen, die sich uns im Laufschritt näherten. Die Männer waren mit Lanzen und Schwertern bewaffnet, die sie auf uns gerichtet hatten.

Widerstand war sinnlos.

Das sah auch Glenda Perkins ein. Sie klammerte sich an mich, wobei sie ihren Kopf an meiner Schulter barg. Über ihr schwarzes Haar hinweg schaute ich den Legionären entgegen. Ich sah in finstere Gesichter. Sie verhießen nichts Gutes, und meine Sorgen wuchsen …

Ennio Carra fuhr keinen italienischen Wagen, sondern einen altersschwachen Mercedes, dessen Grundfarbe schwarz gewesen war. Durch Rostflecken hatte er jedoch ein Muster bekommen. Unterwegs streikte einmal der Motor, und Carra hatte Mühe, das Fahrzeug wieder zum Laufen zu bringen. Besonders bei hügeligen Straßen stellte es sich bockig an. Auf der breiten Via Salaria ging es dann besser.

Suko hatte den Mann verbunden. Das Pflaster und einen Verband hatte er in der Autoapotheke gefunden. Er wollte Carra schließlich nicht zu viel zumuten. Links der Straße sahen sie einen großen Park, zu dem auch der Friedhof gehörte. Das Gelände war hügelig und von einigen Straßen durchzogen, von denen manche in Sackgassen endeten.

Suko hatte zuvor auf der Karte nachgeschaut und sich den Namen des Parks gemerkt.

Er hieß Quartiere Parioli.

Aber das interessierte weder ihn noch Mrs Goldwyn. Für sie waren nur die Katakomben wichtig, wobei sich die Horror-Oma an sie erinnerte, denn bei ihrer letzten Romreise hatte sie genau diese Katakomben schon besucht.

Das wusste auch Carra, deshalb hütete er sich, eine falsche Strecke zu fahren. Die neben ihm sitzende Sarah Goldwyn hätte ihm auf die Finger geklopft.

Suko saß im Fond. Carra wusste, dass der Inspektor mit einer

Waffe ausgerüstet war, und Suko hatte ihm zu verstehen gegeben, kein Pardon zu kennen, wenn er irgendwelche Mätzchen vorhatte.

Die Katakomben, auch unterirdische Begräbnisstätten genannt, sind ein beliebtes Touristenziel, deshalb mussten Suko und Lady Sarah damit rechnen, auf andere Besucher zu treffen. Wenigstens am Eingang zu den Begräbnisstätten. Später – und das hatte Carra ihnen versichert – würden sie dann in einen Teil der Anlage gelangen, der für Touristen gesperrt war. Zudem kannte er noch einen geheimen Eingang, denn er und die Mitglieder seiner Sekte hatten sich oft dort getroffen.

Bisher waren sie zu fünft gewesen. Vier hatte Suko ausschalten können. Doch da war noch Ennio Carra, aber der würde keine Schwierigkeiten mehr machen, dafür wollte Suko sorgen.

Sie erreichten die Parkplätze. Schon jetzt war zu sehen, welche Anziehungskraft die Katakomben hatten. Es standen mehr als zehn Busse in den dafür gekennzeichneten Parktaschen, und Suko sah bereits einige Schwierigkeiten.

»Hören Sie zu!«, zischte er Carra in den Nacken. »Fahren Sie dorthin, wo keine Wagen stehen.«

»Aber ich …«

»Machen Sie schon! Sie kennen sich schließlich hier aus und werden Ihren Wagen kaum an diesem Platz abgestellt haben, als sie sich mit Ihren Freunden trafen.«

»Das nicht, aber …«

»Fahren Sie!« Suko drückte ihm die Mündung der Beretta gegen den Hinterkopf, um seinem Argument Gewicht zu verleihen.

»Ja, ja, schon gut. Sie haben die besseren Karten.«

Suko lachte leise. »Sag ich doch.«

Carra kurbelte das Lenkrad nach links. Sie verließen den Parkplatz und fuhren an einer hohen weißen Mauer vorbei, die den Friedhof an einer Seite begrenzte. Unmerklich führte der Weg stetig bergauf, und bald waren sie von hohen Bäumen und Büschen umgeben, sodass man das Gefühl haben konnte, durch einen Wald zu fahren.

Als die helle Mauer zurücktrat, mussten auch sie von der asphaltierten Straße ab und in einen Feldweg einbiegen, der sich schmal wie ein Band an alten Mauerresten vorbeischlängelte und zu einem Platz führte, wo es einen kleinen Hügel gab.

Ein ruhiger Flecken Natur. Der Wagen schaukelte über Querrinnen im Boden, ächzte dabei in der Federung und wurde schließlich angehalten. Für Suko und Lady Sarah ein Beweis, dass sie ihr Ziel erreicht hatten.

Sicherheitshalber fragte der Inspektor noch einmal nach. »Befindet sich hier der Eingang?«

»Si!«

»Dann steigen Sie aus, Carra!«

Ennio Carra stieß die Fahrertür auf. Er musste dies mit der rechten Hand tun, da er in der linken so gut wie kein Gefühl mehr hatte. Als die Tür aufschwang, lief Suko bereits um den alten Mercedes herum und erwartete den Italiener mit schussbereiter Waffe.

Es war ein ruhiger Platz, zu dem Carra sie geführt hatte, und es sah so aus, als würden sie nicht gestört werden, denn hierher verirrte sich kaum ein Besucher.

Mrs Goldwyn hatte das Fahrzeug auf der rechten Seite verlassen. Auf ihren Stock gestützt, stand sie abwartend da und schaute Ennio Carra böse an. Suko nickte der Horror-Oma zu. »Es ist am besten, wenn Sie hier stehen bleiben, Mrs Goldwyn. Wer weiß, welche Überraschungen …«

Lady Sarah winkte ab. »Sie brauchen sich keine Mühe zu geben, Herr Inspektor«, sagte sie förmlich. »Ich weiß genau, was ich zu tun habe.«

Suko lächelte. »Dann ist es ja gut.«

»Klar, ich gehe mit!«

Der Chinese verdrehte die Augen, sagte allerdings nichts, denn er hätte es wissen müssen. So leicht war eine Frau wie Sarah Goldwyn nicht aus dem Rennen zu werfen. Da er sie schlecht festbinden konnte, stimmte er zu, obwohl es ihm nicht passte. »Wo befindet sich der Eingang?«, wollte der Chinese von Ennio Carra wissen.

»Dort!« Der Römer hob die freie Hand und deutete auf den Hügel. »Da müssen wir rein.«

»Gehen Sie vor!«

Carra bewegte nickend seinen Geierschädel. Er hielt den Kopf auch weiterhin gesenkt, als er den Hügel ansteuerte, ein paar knorrige Büsche zur Seite bog, die Zweige festhielt und mit dem Kopf nach unten deutete. »Dort ist die Klappe.«

In der Tat befand sich dort eine Holzklappe. Man brauchte sie nur in die Höhe zu hieven.

Das tat Suko. Er bückte sich, musste Carra dabei zwangsläufig aus den Augen lassen und hörte plötzlich ein Stöhnen, kaum dass er den eisernen Griff umklammert hielt.

Sofort kam er hoch und richtete seine Waffe auf den Römer. Der hielt sich den Kopf, und Lady Sarah stand in drohender Haltung und mit halb erhobenem Stock neben dem Mann.

»Was ist geschehen?«, fragte Suko.

»Er wollte es besonders gut machen und dir einen Stein über den Kopf schlagen. Ich aber war schneller.« Sie lächelte spitzbübisch und wurde von Carra mit einem Blick bedacht, der nichts Gutes verhieß.

Suko hob die Klappe an.

Er starrte in die Tiefe, die von keinem Lichtschein erhellt wurde. Und das durch die Luke fallende Tageslicht versickerte sehr schnell.

»Habt ihr kein Licht gehabt?«, wandte sich der Chinese an den Gefangenen.

»Ja, Fackeln.«

»Und wo?«

»Unten.«

Suko war mit der Antwort zufrieden, nickte und befahl: »Gut, gehen Sie vor! Aber immer brav bleiben, sonst werde ich ärgerlich!«

Ennio Carra hatte Schwierigkeiten, die erste Sprosse der Leiter zu erreichen, denn mit der linken Hand konnte er sich nicht abstützen und musste sich auf seine rechte beschränken.

»Schaffen Sie es, Lady Sarah?«, fragte Suko, der neben der offenen Luke gebückt stand.

»Ich weiß nicht.«

»Wollen Sie nicht doch lieber …«

»Es geht schon!«

Suko kannte die Frau, hob die Schultern und fasste sich mal wieder in große Geduld. Er behielt seine Beretta nicht in der Hand, als er in die Tiefe stieg. Wenn Carra etwas versuchen würde, bekam er es mit Sukos Körperkräften zu tun. Da war der Chinese ihm überlegen.

Stufe für Stufe ließen sie hinter sich, und Suko atmete auf, als die Leiter hinter ihnen lag. Er war dicht daneben stehen geblieben, hatte die Bleistiftleuchte geholt und drehte den Lichtstrahl so, dass er Carra anstrahlte.

»Wo sind die Fackeln?«

Carra bewegte sich tiefer in das Dunkel eines hinter ihm liegenden Ganges. »Dort.«

»Holen Sie eine!«

Der Römer ging. Seine Gestalt war nur als Schatten zu erkennen. Zurück kam er mit einer alten Pechfackel, an der sich noch genügend brennbares Material befand, dass es für eine Weile reichen würde. Suko opferte sein Taschentuch, drehte es um das obere Ende der Fackel und zündete es an. Das Tuch brannte schnell und steckte auch das Pech in Brand, sodass eine tanzende Flamme entstand, deren Widerschein in einen Gang leuchtete, der tief in die Katakomben führte.

»Kann ich kommen?« Lady Sarah fragte es, und Suko schickte ein gottergebenes »Ja« hoch.

Er wunderte sich, wie geschickt die alte Dame noch die Leiter nach unten turnte. »Früher habe ich es oft machen müssen, als mein Speicher noch nicht ausgebaut war«, sagte sie. »Das war immer eine Kletterei, aber es hat geholfen. Ich bin noch im Training.«

Das war sie tatsächlich, denn sie erreichte sicher den Platz neben Suko.

»Gib mir die Fackel!«, forderte sie den Chinesen auf. »Du kannst dich um unseren Freund kümmern.«

Der Inspektor war einverstanden und stieß Ennio Carra an. Sein Gesicht wurde aus dem Dunkel gerissen. Es wirkte wie eine rote Fratze, so sehr war es verzerrt.

»Gehen Sie los!«

»Wohin?«

Suko knirschte mit den Zähnen. »Da fragen Sie noch? Sie sollen uns dahin bringen, wo Sie Ihren Freund Scorpio immer getroffen haben. Aber ein bisschen hurtig.«

Carra blieb stehen. »Noch ist es Zeit«, flüsterte er. »Noch könnt ihr es euch überlegen. Bleibt lieber hier. Es ist besser, wirklich. Ich will euch da nichts einreden, aber denkt über meine Worte nach. Bleibt hier, bitte.«

»Weitergehen …«

Carra hob die gesunde Schulter, duckte sich, drehte sich um und schritt in den Gang hinein.

Schon nach wenigen Schritten drang keine Frischluft mehr zu ihnen. Sie entfernten sich zu sehr von der offenen Luke, und sie befanden sich in einer anderen Welt.

Wirklich in der Unterwelt, wobei Suko glaubte, den Hauch der Geschichte zu spüren, der durch diesen düsteren unheimlichen Gang wehte. Hinter sich hörte er Lady Sarah flüstern: »Die anderen Katakomben sind wesentlich besser ausgearbeitet.«

»Wieso?«

»Da findest du breitere Gänge.«

»Und die Gräber?«

»Hat man auch touristenmäßig ausgebaut. Da kann man die stehenden und liegenden Skelette bequem besichtigen.«

»Aber was ist mit diesem?«

»Das werdet ihr noch erleben«, erwiderte Carra dumpf und begann zu lachen.

Noch sahen sie nichts. Der Gang war schmal. Das flackernde Fackellicht zuckte über nackte Wände. Nur das Atmen der Menschen war zu hören und ihre Schritte.

Einen großen Bogen beschrieb der Gang, und sie erreichten eine Kreuzung. Rechts und links führte ein noch schmalerer Tunnel weiter. So niedrig, dass ein Mensch kriechen musste. Ein wenig Fackellicht leuchtete in den Tunnel. Suko und die Horror-Oma erkannten die ersten Grabstätten. Der Inspektor wurde an die Schubfächer eines Leichenschauhauses erinnert. So ähnlich waren die Toten hier aufgebahrt worden.

Als er mit der Lampe nachleuchtete, traf der Strahl auf einen bleichen Totenschädel, der aus einem Fach lugte. Und das graue Netz einer Spinne glitzerte, als es vom hellen Licht getroffen wurde.

Suko schüttelte sich. Es war kein angenehmes Bild, das er da zu sehen bekam.

Dafür kicherte Carra.

»Was ist los?«, fragte Suko.

Der Römer deutete nach vorn. Sein Arm zeichnete einen Schatten an die Wand, und als er den Finger bewegte, wurde das Ende des Schattens zu einem gespenstischen Vogel. »Wir brauchen nicht mehr weit zu laufen«, flüsterte er. »Gleich da drüben ist unser Ziel. Da geht es nämlich nicht mehr weiter.«

»Dann los!«

»Ja, ja, schon gut!« Er rieb sich die Hände, was ein schabendes Geräusch verursachte.

Sie überquerten die unterirdische Kreuzung. Jetzt sahen Suko und Lady Sarah Goldwyn auch die größeren Gräber, die sich rechts und links in dem alten Mauerwerk befanden.

Suko rechnete damit, Skelette zu sehen, doch er täuschte sich. Etwas anderes bekam er zu Gesicht.

Zombieartige Wesen, halb skelettiert, behangen mit Kleiderfetzen. In engen Röhren liegende Gestalten, die die Schritte und die Besucher gehört hatten und plötzlich ihre Augen öffneten, um die Menschen anzustarren.

Erschreckt blieb Suko stehen. Am zitternden Fackelschein erkannte er, dass es Lady Sarah auch nicht wohl war und sie erkannt hatte, was sich hier unten abspielte.

Nur Ennio Carra befand sich in seinem Element. »Weshalb geht ihr nicht weiter?«, flüsterte er, wobei der höhnische Unterton seiner Stimme nicht zu überhören war.

»Was soll das bedeuten?«, fragte Suko scharf. »Leben diese hier Begrabenen?«

»Ja, mein Lieber, sie leben. Die Magie hat dafür gesorgt!«, hauchte er. »Die Magie – ihr wolltet es ja nicht anders. Ich kann euch sagen, wo wir sind. Wir befinden uns hier in der Katakombe der lebenden Leichen …«

Ich hörte die Schreie.

Furchtbar und schrecklich. Als sie verstummten, war die Stille fast noch schlimmer. Erst Sekunden später wurde sie durch heftiges Atmen und Schluchzen unterbrochen. Jemand murmelte Worte, die ich nicht verstand. Es hörte sich wie ein Gebet an, und andere Stimmen fielen mit ein.

Es war grauenhaft, denn die Wachen hatten Glenda und mich in den Kerker der Todgeweihten geschleppt. Wie Vieh waren wir vorangetrieben und in das große Verlies gestoßen worden. Jetzt lagen wir hier auf feuchtem Boden und atmeten den Gestank ein. Eine Mischung aus menschlichen Ausdünstungen sowie Urin und Kot.

Im Kerker der Christen waren wir gelandet. Hier schleifte man die schwachen Menschen hinein, die nicht mehr in der Lage waren, sich gegen die Raubtiere zu behaupten, und auf andere Art und Weise grauenvoll getötet wurden.

Ich wusste nicht, wie lange ich hier gelegen hatte. Zeit spielte sowieso keine Rolle mehr, mir war nur klar, dass ich so schnell wie möglich raus mußte, und die Chancen standen nicht einmal schlecht, denn man hatte mir meine Waffen gelassen.

Wer alles um mich herum lag und wie viele Personen es genau waren, wusste ich nicht. Ich hatte zwischen Frauen- und Männerstimmen unterschieden. Man trennte die Geschlechter also nicht.

Schlimm war auch die Dunkelheit. Es gab so gut wie kein Licht. Nur einen grauen, viereckigen, ziemlich hoch gelegenen Fleck konnte ich entdecken. Es musste der Umriss eines Fensters oder irgendeiner Öffnung sein.

Die mit mir eingekerkerten Menschen lagen nicht still. Das konnten sie einfach nicht, sie mussten sich bewegen, wollten den anderen Leidensgenossen fühlen und mit ihm reden.

Auch ich spürte eine Hand. Für einen Moment lag sie auf meinem Knie, bevor sich die Hand weiter bewegte und zu meinem Oberschenkel hochtastete, wo sie auch liegen blieb.

Ich erstarrte, als ich die Berührung spürte, hatte einen Verdacht und bekam ihn bestätigt.

»John?«

Das war Glendas Stimme, und ich atmete auf.

»John, gib Antwort, bitte.«

Ich legte meine Hand auf die ihre. Sie sollte die Berührung spüren, die ihr Sicherheit gab, und ich merkte, dass Glenda näher zu mir heranrückte. Wir saßen nebeneinander, unsere Körper berührten sich, und einer spürte die Wärme des anderen. So gaben wir uns gegenseitig die Kraft, die wir beide benötigten.

»John«, flüsterte sie nach einer Weile. »Weißt du, wo wir hier gelandet sind?«

»In einem Kerker der Christen.«

»Das heißt, wir …«

»Genau, Glenda. Wir liegen in dem Raum oder in dem Verlies, das zur Vorbereitung auf den Tod dient. Zusammen mit anderen Christen. Machen wir uns nichts vor!«

Glenda schauderte. Ich rechnete damit, dass sie anfangen würde zu weinen, hatte mich jedoch getäuscht, denn sie räusperte sich und berichtete mir im Flüsterton, wie sie überhaupt in die schreckliche Lage geraten war.

Ein Hotelzimmer war zur Falle geworden, und sie erzählte auch von den schwarzen Schatten. »Der Spuk«, sagte sie leise, »ich bin mir sicher, dass der Spuk eine Rolle gespielt hat.«

»Möglich. Aber wieso?«

»Ich weiß es nicht. Vielleicht wollte er sich dafür rächen, dass du mich aus dem Todeslabyrinth herausgeholt hast. Ich bin schließlich entkommen …«

»Das stimmt«, gab ich murmelnd zu und dachte darüber nach, welche Verbindung es zwischen dem Spuk und diesem Gladiator geben konnte. Ich erinnerte mich an Ennio Carras Worte. Hatte er mir und Suko nicht zu verstehen gegeben, dass der Spuk hinter Scorpio stand? Ja, er hatte ihm den Weg geebnet, wobei sich der Spuk selbst zurückhielt.

Es war verrückt, und man musste bei diesen Dämonen wirklich mit allem rechnen. Es gab kaum jemanden, der so heimtückisch war wie der Spuk, der sich verkroch und dann zuschlug. Bestimmt vergaß er nicht, dass ich ihn vor nicht allzu langer Zeit fürchterlich geleimt hatte, damals, als er das Buch der Sieben Siegel an sich nehmen wollte und sogar eine Kirche hatte verschwinden lassen. Ich war im letzten Augenblick dazwischengekommen und hatte mit meinem Kreuz dafür gesorgt, dass der Spuk es nicht schaffte.

Dafür besaß er den Trank des Vergessens, auf den Kara, die Schöne aus dem Totenreich, so scharf war. Wir wussten jetzt alle, dass er sich im Besitz des Spuks befand, aber wo er den Trank versteckt hielt, das war keinem bekannt.

Es waren ablenkende Gedanken, die mich da überfielen. Ich schaltete sie auch aus und beschäftigte mich mit meiner Lage. Sie gab keinen Anlass zu großer Hoffnung. Wir steckten in einem Kerker zusammen mit den gefangenen Christen, die auf ihre Hinrichtung warteten.

Würden wir auch sterben?

Das war die große Frage. Eigentlich musste ich sie verneinen. Wenn ich in der Vergangenheit getötet worden wäre, hätte ich in der Zukunft nicht leben können. Eine simple Rechnung, die allerdings einen Haken hatte.

Einen theoretischen nur, denn es gab keine Beweise für meine Annahme. Vielleicht lebte ich zum zweiten- oder dritten Mal, war wiedergeboren worden, und diesen Aspekt wollte ich keinesfalls aus den Augen lassen. Sich weiterhin darüber Gedanken zu machen führte zu nichts. Es war außerdem kaum zu erfassen, aus diesem Grunde strich ich diese Überlegungen aus meinem Gedächtnis und überlegte, wie wir dem Kerker entfliehen konnten.

Plötzlich zuckte ich zusammen.

Jemand hatte mich berührt. Glenda suchte zwar auch den körperlichen Kontakt zu mir, aber die letzte Berührung stammte von einem anderen. Da war jemand auf mich zugekrochen.

Wer?

Ich hielt den Atem an und hörte eine zittrige Stimme. Ein Mann sprach zu mir, er redete in einer Sprache, die ich leider nicht verstand, doch einige Worte kamen mir bekannt vor. In der Schule hatte ich so etwas gelernt.

Da wusste ich Bescheid.

Das war nicht Italienisch, sondern Latein!

Ich horchte jetzt genauer hin, während ich meine Hand in der Tasche verschwinden ließ, um die Bleistiftleuchte hervorzuholen.

»Wer bist du?«

Ich schaltete die Lampe ein und führte den Strahl in die Richtung des Sprechers.

Ein uraltes Gesicht schaute mich an. Der Mann kniff die Augen zusammen, weil er geblendet worden war. Ich sah seinen langen

Bart, der ebenso weiß schillerte wie das Haar, das mit seinen verfransten Spitzen die Schultern berührte.

Der Mann hatte ein faltiges Gesicht, der Mund war kaum zu erkennen, dennoch blickten seine Augen klar.

Ich aktivierte meine Erinnerung und fragte: »Wer bist du?«

»Stephanus.«

»Der heilige …« Dabei schüttelte ich den Kopf. Stephanus war gesteinigt und später erst heiliggesprochen worden. Davon konnte der alte Mann nichts wissen.

»Ich heiße wie derjenige, der für seinen Glauben gestorben ist«, erklärte der Alte. »Und auch ich werde bald sterben, denn sie lassen keinen von uns am Leben, den sie einmal gefangen haben. Glaub es mir, Fremder aus einer anderen Zeit.«

»Woher weißt du, dass ich aus einer anderen Zeit komme?«, erkundigte ich mich.

»Das sehe ich, denn du bist anders, Fremder. Du gehörst nicht zu uns, deshalb musst du aus einer anderen Zeit oder einer anderen Welt stammen.«

»Das ist richtig.«

»Und die Frau an deiner Seite auch?«

»Ja.«

»Wie seid ihr hierher gekommen?«

Ich lachte leise, was den Alten verwunderte. »Es ist schwer, dies zu erklären«, meinte ich. »Nimm es einfach hin, denn wir wollen versuchen, wieder in unsere Zeit zu gelangen.«

»Was sehr schwer sein wird.«

»Das stimmt allerdings.« Ich horchte auf, denn ich hatte erst jetzt den Sinn seiner Worte begriffen. »Es wird schwer sein, sagst du. Aber nicht unmöglich, oder?«

»Nein, das glaube ich nicht.«

»Und wie könnte ich das schaffen?«

»Du musst aus diesem Kerker fliehen. Es ist eine Katakombe, ein Kerker der lebenden Toten …«

»Wieso?«

»Wir befinden uns hier in der Tiefe der Erde. Und man hat für uns einen besonderen Tod vorgesehen. Es gibt das Volk der Ägypter. Sie haben ihre Feinde eingemauert für alle Zeiten. Lebendig eingemauert, und das passiert auch mit uns. Wir sind Christen, aber die Römer setzen gegen uns eine schreckliche Magie ein, einen geheimnisvollen Zauber. Dieser Ort ist ein Tummelplatz böser Geister. Und gar nicht weit von hier gibt es eine Kultstätte, wo sich die schwarze Magie gesammelt hat. Dort hat einmal ein mächtiger Dämon seine Spuren hinterlassen. Ein Dämon, den man eigentlich nicht sehen kann, denn er besteht aus schwarzen Wolken.«

»Ich kenne den Spuk!«

»Ja, vielleicht heißt er so …«

Ich begann zu überlegen. Diese Kultstätte, von der mir berichtet worden war, konnte noch eine große Bedeutung bekommen, und sie musste ich auf jeden Fall finden.

»Wo genau befindet sie sich?«, fragte ich den Alten.

»Es ist ein Schacht, der tief in die Erde geht. Wenn du hineinschaust, siehst du das Auge des Bösen. Da musst du hineinspringen, und dann werden dich die Zeiten verschlingen.«

»Wer haust in dem Schacht?«

»Die Schatten.«

»Der Spuk?«

»Ja, vielleicht. Aber Scorpio bewacht ihn. Er ist der Hüter, und er wird niemanden an diesen Schacht heranlassen, das weiß ich genau, das hat er gesagt. Selbst die Römer meiden diese Stätte, denn ihre Götter besitzen nicht die Kraft, dieser fremden Magie zu widerstehen.«

»Vielleicht kann ich es.«

»Was macht dich so sicher, Fremder?«

»Das hier.« Ich griff unter mein Hemd und holte das Kreuz hervor. Gleichzeitig drehte ich die kleine Lampe so, dass ihr Schein auf das Kruzifix fiel.

Der alte Mann stöhnte auf. Nicht nur er war geschockt und interessiert, denn ich sah am Rand des Lichtscheins schemenhafte Gesichter erscheinen, ein Beweis dafür, dass sich auch die anderen gefangenen Christen für das Kreuz interessierten. »Woher hast du es?«, fragte mich der Alte.

»Es ist eine lange Geschichte, aber das Kreuz ist …«

»Es ist das Kreuz des Hesekiel«, flüsterte der Mann voller Ehrfurcht. »Ich erkenne es.«

Ich war wie elektrisiert. Parallelen fielen mir ein. Schon einmal war ich in die Zeit der alten Römer geschleudert worden. Damals hatte ich jemanden getroffen, der mich in die Geheimnisse des Kreuzes eingeweiht hatte. Ebenfalls ein alter Mann. Nur war das einige Hundert Jahre später gewesen.

»Ich kann dir nicht viel über das Kreuz sagen«, flüsterte der Gefangene. »Ich weiß nur, dass es dieses Kreuz geben soll. Und jetzt sehe ich es in deiner Hand. Das Kreuz bedeutet Hoffnung, es ist die Hoffnung, es ist das Licht. Versuche mit ihm, diese schreckliche Magie zu zerstören. Du kannst es.«

Ich nickte. »Sicher, Freund, ich werde versuchen, euch zu retten.«

»Nein, uns kannst du nicht retten. Du bist allein. Nimm nur die Frau, versuche zu fliehen und die Magie zu zerstören …«

»Aber wie kommen wir hier raus?«

»Das ist so gut wie unmöglich. Allein wirst du es kaum schaffen. Du musst warten, bis man dir hilft.«

»Und wer sollte uns helfen?«

»Die Römer. Ich weiß, dass sie kommen werden. Sie wollen uns einmauern. Viele von uns sind bereits lebendig in den Katakomben eingeschlossen worden. Hast du die Schreie nicht gehört?«

»O Gott«, flüsterte Glenda und umfasste meinen Arm, während sie sich schüttelte. »Das gibt es doch nicht …«

Ich nickte. »Ja, die habe ich gehört, und ich werde dafür sorgen, dass dies ein Ende hat.«

»Das kannst du kaum. Aber du musst dich retten. Und denke vor allen Dingen an Scorpio. Er ist ein Diener der dunklen Magie. Ihn musst du vernichten.«

»Hätte ich das mal getan«, murmelte ich und dachte daran, wie ich auf ihn geschossen hatte.

»Was sagtest du?«

»Nichts, mein Freund, nichts. Jetzt ist es sowieso zu spät, sich darüber noch Gedanken zu machen.«

»Sie kommen!« Der alte Mann setzte sich plötzlich steif hin. Er drehte seinen Kopf nach rechts, das konnte ich im Licht meiner kleinen Bleistiftleuchte erkennen. Wo er hinschaute, musste auch die Tür zu diesem Kerker liegen.

Etwas knirschte. Als dieses Geräusch erklang, reagierten auch die Gefangenen. Bewegung kam in sie. Obwohl sie wenig Platz hatten, drängten sie sich noch dichter zusammen, wobei sie angstvoll in Richtung Tür schauten, die allmählich nach innen schwang.

Fackelschein fiel in das Verlies.

Zum ersten Mal konnte ich die Gestalten besser erkennen, die man hier eingekerkert hatte. Es war grauenhaft. Auf eine Beschreibung möchte ich verzichten, doch ich hatte es hier mit Menschen zu tun, die mehr tot als lebendig waren.

Sie mussten Schreckliches durchgemacht haben. Im flackernden Licht der Fackeln drängten sie sich zusammen wie ein Häufchen Verlorener. Da klammerten sich Frauen an ihre Männer, sprachen Gebete, weinten und schluchzten, während die männlichen Personen aus starren Gesichtern auf die Ankömmlinge schauten, die im offenen Rechteck der Tür erschienen waren.

Ich stieß Glenda an. »Mach dich auf etwas gefasst«, wisperte ich. »Bleib vor allen Dingen immer an meiner Seite, was auch geschieht. Verstanden?«

»Ja.«

Sie waren zu viert.

Vier kräftige Gestalten. Zwei hielten die Fackeln und besetzten die Schwelle zum Kerker. Die anderen beiden gingen in den Raum hinein. Mit schweren Schritten stampften sie auf die Masse der Eingeschlossenen zu und bückten sich, um nach einer Frau zu greifen.

»Das ist die Nächste, die eingemauert werden soll«, flüsterte der alte Stephanus.

Die Frau schrie erbärmlich, aber sie hatte nicht die Kraft, sich gegen die beiden Männer zu wehren.

Ich stieß Glenda an. Das genau war unsere Chance. Die beiden Soldaten waren abgelenkt. Die an der Tür ebenfalls, denn sie schauten zu ihren Kumpanen hin.

»Bist du okay?«, flüsterte ich Glenda zu.

»Ich – ich glaube es.«

»Du musst es, Mädchen! Reiß dich noch einmal zusammen, dann wagen wir den Durchbruch zum Schacht.« Ich hatte mich ein wenig gedreht und sah zu, dass ich auf die Knie kam. So ähnlich wie ein Läufer vor dem Start. Der Lichtschein füllte zwar nicht den gesamten Kerker aus, gab aber so viel Helligkeit, dass ich genügend Einzelheiten erkennen und auch einen Weg zur Tür finden konnte.

Noch einmal schaute mich der alte Mann an. Auch andere in meiner Nähe liegende Menschen richteten ihre Blicke auf Glenda und mich. Sie fühlten mit uns, wünschten uns Glück und waren dennoch verzweifelt, weil es ihnen nicht vergönnt war, die Flucht aus diesem Kerker zu wagen. Sie würden den Tag wahrscheinlich nicht überleben. Es waren die ersten Christen, die man ihres Glaubens wegen tötete und die als unbekannte Helden in die Geschichte der Menschheit und des Christentums eingehen würden.

Die beiden Soldaten hatten die Frau jetzt hochgezogen, damit sie stehen konnte. Von der Tür her rief einer der Soldaten einen rauen Befehl und bewegte seine Fackel.

Für mich das Startsignal.

Ich hatte meinen Körper zusammengezogen, jetzt gab ich ihm Schwung und startete. In der Hand hielt ich die Beretta. Wenn es nicht anders möglich war, würde ich mir den Weg freischießen, um dieser Hölle zu entfliehen.

Glenda Perkins hielt sich tapfer an meiner Seite. Ich vernahm ihren keuchenden Atem, sprang über die am Boden liegenden Menschen hinweg, schlug einen Haken, als sich ein Körper vor mir aufrichtete und die Soldaten an der Tür aufmerksam wurden.

Beide stießen einen überraschten Ruf aus. Sie wollten sich zu mir umdrehen und hatten es schon halb geschafft, als ich bei ihnen war.

Den Ersten räumte ich mit einem Tritt aus dem Weg. Der Soldat fiel in den Gang, krachte zu Boden und blieb jammernd liegen.

Glenda dachte in diesen Augenblicken gut mit. Sie huschte an mir vorbei und riss dem Kerl die Fackel aus der Hand, während ich mich mit dem anderen beschäftigte.

Er dachte sofort an sein Schwert.

Aber er brauchte Zeit, um es aus der Scheide zu holen. Zur Hälfte sah ich die Klinge bereits, als ihn meine Faust traf.

Der Hieb hämmerte unter sein ungedecktes Kinn. Ich spürte den Aufprall bis in die Schulter und konnte erkennen, dass der Mann die Augen verdrehte und zu Boden kippte.

Das war geschafft.

Die anderen beiden hatten die Frau losgelassen. Sie rannten jetzt auf die Tür zu, wollten mich stoppen, aber sie hatten nicht mit dem Hass der anderen gerechnet.

Wenn die Eingekerkerten schon nicht die Chance besaßen, selbst zu entkommen, dann wollten sie wenigstens uns die Flucht ermöglichen und uns mit ihren schwachen Kräften helfen.

Das schafften sie auch, denn sie warfen sich todesmutig den beiden Soldaten entgegen. Die kamen plötzlich nicht mehr weiter, weil sich magere Hände um ihre Beine krallten, dort eisern festhielten und die Soldaten zu Boden rissen.

Während ich die Tür zudrückte, sah ich beide Männer mit rudernden Armen zu Boden fallen, und die Menschen stürzten sich im nächsten Moment über sie.

Dann war die Tür zu, und ich rammte den Riegel dagegen.

»John, wir müssen weg!« Glenda trieb mich zur Eile an.

Ich drehte mich um und erkannte in ihr eine bewaffnete, zu allem entschlossene Amazone. Sie hatte dem Niedergeschlagenen das Schwert aus der Scheide gerissen.

Ich nickte und lief nach rechts. Wir ließen eine Hölle zurück, denn aus dem Kerker drangen dumpfe Schreie.

Es war ein düsterer enger Gang, in den wir hineinliefen. Alte Mauern, lehmiger Boden, dabei festgestampft und hart wie Stein. Fackeln an den Wänden, die ein gespenstisches Licht abgaben und stark rußten. Der Gang machte zudem eine Rechtskurve, in die wir eintauchten, und wir sahen im Schein der Fackeln eine Mauer.

Es ging nicht mehr weiter. Waren wir falsch gelaufen?

Im ersten Augenblick rechnete ich damit. Meine Hoffnung wurde allmählich geringer, und ich hörte Glendas vibrierende Stimme. »John, wir müssen den Schacht finden!«

»Ja«, murmelte ich. »Fragt sich nur, wo er ist.«

»Geh doch weiter!«

»Siehst du nicht die Wand?«

»Trotzdem, John.«

Es waren nur wenige Schritte, die wir zurückzulegen hatten, und wir mussten uns beeilen, denn hinter uns hörten wir die schrillen Stimmen der Soldaten.

Andere hatten inzwischen entdeckt, dass wir geflohen waren. Zurück konnten wir nicht mehr, wir wären ihnen in die Arme gelaufen, uns blieb nur der eine Weg, und auf den setzte vor allem Glenda ihre gesamten Hoffnungen.

Sie schob sich an mir vorbei, erreichte die Wand als Erste, lehnte sich dagegen, und ich hörte ihren erleichterten Ruf.

»Was ist?«

Eine Antwort erhielt ich nicht, aber ich sah, wie Glenda die Wand oder einen Teil von ihr nach innen drückte.

Sie musste zufällig die schwache Stelle oder den bestimmten Mechanismus getroffen haben.

Das Glück war uns hold!

Der Mann hatte von einem geheimnisvollen Schacht gesprochen, den der Spuk hinterlassen hatte. Mit dem Auge des Bösen. Hatten wir diesen Schacht gefunden?

Glenda ging nicht mehr weiter. Die Finsternis schreckte sie ab. Ich aber wollte nicht länger stehen bleiben, drängte mich an ihr vorbei, sagte noch ein paar Worte – und trat ins Leere!

Ich war zu schnell gewesen und wurde in die Tiefe gezerrt, aus der mir ein unheimliches Leuchten entgegengloste.

Das war das Auge des Bösen, ein Tummelplatz des Spuks, ein Tor der Zeiten und Dimensionen.

Ich konnte nicht sagen, wie lange mein Schrecken gedauert hatte, aber ich dachte wieder an Glenda, warf während des schwebenden Falls den Kopf zurück und sah sie noch am Rande des Schachts stehen, wobei hinter ihr groß, drohend und unheimlich der Gladiator des Teufels erschien …

Die Katakombe der lebenden Leichen!

So hatte Ennio Carra sie genannt, und selbst Suko wurde es unwohl in seiner Haut, als er über diesen Begriff nachdachte. Ennio Carra hatte sie in diese Falle gelockt, hier sollten sie das Grauen erleben, wo uralte Leichen wieder zum Leben erweckt worden waren.

Sie waren in diese Röhren hineingestoßen worden, aber sie lebten, denn ihre Gesichter zuckten, und klauenartig gekrümmte

Hände stießen aus den Löchern, um nach den beiden Menschen zu greifen.

Carra schien es Spaß zu machen. Er stand vor Lady Sarah und dem Chinesen wie ein Sieger. Seine Gesichtszüge waren zu einem Grinsen verzerrt, in den Augen leuchtete es triumphierend, denn er brauchte nichts mehr zu tun, die lebenden Toten würden den Rest übernehmen.

Noch blieben sie in ihren Steingräbern, aber sie hatten ihre Mäuler geöffnet, und aus ihnen drang ein furchtbarer Gesang. Es war ein hohes Jaulen, ein Kreischen, ein Jammern und Schreien, das sich zu einer Orgie von Lauten und Tönen vereinigte.

»Was soll das?«, fragte Suko laut.

Ennio Carra, dem dies alles nichts ausmachte, deutete so etwas wie eine Verbeugung an. »Das kann ich euch genau sagen. Ihr wolltet ja herkommen, ihr wart sehr neugierig und wolltet das Geheimnis des Gladiators und dieser Gräber kennenlernen. Das ist euch gegönnt. Hier kam Scorpio zurück, hier befindet sich das Tor, das die Vergangenheit und die Gegenwart vereint, hier leben die Schatten, die ein mächtiger Dämon, der Spuk, bereithält.«

»Und wo ist es?«, wollte Suko wissen.

Der Römer drehte sich. »Schau dorthin«, sagte er und wies mit dem Arm in eine Richtung. »In dieser Mauer, die ihr im schwachen Licht seht, befindet sich eine Öffnung. Da ist das Ende oder der Beginn des Schachts. Ganz wie ihr wollt.«

»Und Scorpio?«

»Wird durch ihn erscheinen.«

Suko nickte. So etwas hatte er sich gedacht. Er warf einen Blick zur Seite, wo Sarah Goldwyn stand.

Die Horror-Oma hielt sich erstaunlich tapfer. Sie stand wie ein menschlicher Felsblock inmitten des Grauens. Umgeben von lebenden Leichen, die sich in ihren engen Gräbern drehten und bewegten, hielt sie tapfer die Stellung.

Andere wären vielleicht verrückt geworden, aber Lady Sarah riss sich unheimlich zusammen.

»Und was hat es mit den lebenden Toten auf sich?«, wollte der Inspektor noch wissen.

»Es sind die Eingemauerten.«

»Welche Eingemauerten?«

»Die bekehrten Christen damals. Die Römer haben es von den Ägyptern übernommen, die ihre Feinde bei lebendigem Leibe einmauerten. Die Menschen, ob Männer oder Frauen, haben geschrien, gebebt, gezittert, gebetet, und sie haben ihren Gott angerufen, doch der half ihnen nicht. Kurz vor ihrem Tode schrien sie zum Teufel. Der erhörte sie, und es war zudem noch der Spuk, der sich ihrer Seelen bemächtigte. Die Körper aber lebten weiter, sie verfaulten kaum, denn sie waren fast luftdicht eingemauert. Nur wenige wussten davon. Ich aber habe in den geheimnisvollen Schriften des Vatikans davon gelesen, und ich kannte auch die Warnungen der Sibyllinischen Bücher genau. Aus diesem Grunde bin ich in die Tiefe gestiegen und habe die 2000 Jahre alten Gräber aufgehauen, um ihnen, den Untoten, freie Bahn zu verschaffen. Ich habe sie geholt! Ich holte sie für Scorpio, den auch der Brand im alten Rom nicht vernichten konnte, denn er ist der Gladiator des Teufels und steckt mit dem Gehörnten und dem Spuk unter einer Decke. Er kehrt zurück. Immer und immer wieder. Keiner wird ihn stoppen, und das Heer der lebenden Toten wird aus den Katakomben erscheinen, um in Rom die Hölle zu entfachen. Ich aber stehe da als Ebner des Weges. Oh, er war schon lange da. Scorpio hat sich umgesehen. In menschlicher Kleidung wagte er sich unter die Menschen. Niemand erkannte ihn, und er war gezwungen, eine Frau umzubringen, die in einer Kirche eine Erscheinung gehabt hatte. Ihr waren die Sibyllen erschienen, die die Warnungen ausgesprochen hatten. Doch die Frau kam nicht mehr dazu, die Menschheit auf Scorpio und die lebenden Leichen vorzubereiten. Sie wurde getötet.«

Nun wusste Suko einiges. Er kannte jetzt die Zusammenhänge und war über das Grauen informiert worden.

Wehret den Anfängen, so steht es geschrieben. Suko dachte an dieses Wort, und ihm war klar, dass er nicht nur die lebenden Leichen vernichten musste, sondern auch Scorpio.

Nur – wo steckte er? Er war durch den Schacht, der in die Vergangenheit führte, verschwunden, und mit ihm John Sinclair sowie Glenda Perkins.

Für Suko stellte sich die Frage, um was er sich zuerst kümmern sollte. Um den Schacht oder um die lebenden Toten? Beides war gefährlich, aber konnte er den Schacht überhaupt schließen? Und wenn er das schaffte, blieb dann John Sinclair verschollen?

»Suko!«

Sarah Goldwyns Stimme klang schrill. In ihr Echo fiel Ennio Carras Lachen, denn als Suko herumfuhr, sah er, was geschehen war.

Zwei Arme hatten sich aus einer Graböffnung geschoben, und zehn Finger krallten sich in Hüfthöhe in der Kleidung der Lady Sarah fest.

»Nimm die Fackel!«, schrie Suko.

Es war eine Reflexbewegung, die die Horror-Oma so reagieren ließ. Sie schlug die brennende Fackel nach unten, und die Lumpen, mit denen die Arme bedeckt waren, zudem ausgetrocknet in den langen Jahren, fingen augenblicklich Feuer.

Kein Schrei drang aus dem lippenlosen Maul des Untoten. Nicht ein Laut der Klage, aber die Hände ließen los, und als der Körper in Flammen stand, da bäumte er sich in der engen Röhre noch einmal auf, als wollte er sie sprengen.

Ein schreckliches Bild, wie die lebende Leiche für alle Zeiten verging.

Ennio Carra aber lachte. »Das war nur eine!«, schrie er. »Nur eine Leiche, aber es werden mehr kommen. Sie lassen den Tod nicht ungerächt. Ihr werdet sterben, sie werden euch fressen, sie werden ...«

»Es reicht!«, schrie Suko.

Carra verstummte. Er duckte sich dabei, als hätte er einen Peitschenschlag erhalten. In seinen Augen leuchtete der Wahnsinn, als er die Arme ausbreitete, um alle lebenden Leichen, die sich in den Katakomben befanden, zu umarmen.

Mrs Goldwyn war der erste Angriff eine Lehre gewesen. Sie hatte sich so weit zurückgezogen, dass es die lebenden Leichen zumindest schwer hatten, sie zu erreichen, denn sie stand in der Mitte des schmalen Ganges.

Bewaffnet war sie nicht. Mit der Fackel konnte sie sich die grausamen Geschöpfe zwar für eine Weile vom Leibe halten, aber nicht alle vernichten, denn es würden immer mehr werden, das stand fest.

»Nehmen Sie die Beretta«, sagte Suko und überreichte der Horror-Oma die Waffe.

Sie nahm sie entgegen, hielt Sukos Hand dabei fest und schaute ihm in die Augen.

Der Chinese las darin eine stumme Frage. Lady Sarah hatte Furcht. Verständlich, denn es sah nicht so aus, als würden sie die Katakombe ohne Weiteres verlassen können.

Ein dumpfer Aufprall schreckte Suko und Lady Sarah hoch. Er war hinter Mrs Goldwyn aufgeklungen, sie drehte sich um und sah sich einem Untoten gegenüber, der sich halb aufgerichtet hatte, nachdem er aus seinem engen Grab gefallen war.

Die lebende Leiche bot ein schreckliches Bild. Sie stützte sich mit den Armen auf, den Kopf hatte sie so aufgerichtet, dass lange, strähnige Haare über ihr zum Teil zerstörtes Gesicht fielen. Dann löste sie eine Hand vom Boden, um Lady Sarah zu packen.

»Nicht schießen!«, schrie Suko, als er sah, wie die Horror-Oma die Hand mit der Waffe senkte. In der rechten hielt sie die Beretta, links die Fackel, und ihren Stock hatte sie kurzerhand zu Boden fallen lassen.

Lady Sarah zuckte zurück. Dicht an ihrer Hüfte wirbelten plötzlich drei schlangengleiche Körper vorbei, über die Lady Sarah sich wunderte.

Schlangen waren es jedoch nicht, sondern die Riemen der ausgefahrenen Dämonenpeitsche, die das halb zerstörte Gesicht der lebendigen Leiche trafen.

Schwarze Magie beinhaltete die Peitsche. Sie war bis zum Rand damit gefüllt. Die drei Riemen, aus der Haut eines abtrünnigen Dämons gefertigt, bewiesen, welche Kraft in ihnen steckte, und sie schleuderten den Kopf nicht nur in die Höhe, sondern rissen ihn auch vom Hals, sodass er über den Boden rollte und sich zu grauem Staub auflöste.

»Du Hund!«

Carra hatte gesehen, wie die Peitsche reagierte, und er hielt es nicht mehr aus.

Er sprang Suko an.

Trotz seiner Verletzung gebärdete er sich wie ein Tier, denn er wollte den Sieg erzwingen. Während links und rechts des Ganges die lebenden Leichen ihre röhrenförmigen Gräber verließen, kämpften Suko und Ennio Carra verbissen.

Carra hatte Suko überraschen können. In seinen Sprung legte er viel Kraft. Er war zwar schmächtig, aber er erwischte Suko auf dem falschen Bein, und der Chinese stolperte zurück, geriet ziemlich nahe an die linke Wand und befand sich plötzlich in Lebensgefahr.

Die Gräber der Eingemauerten lagen übereinander, sie bildeten mehrere Etagen.

Eine von ihnen lag auch in Halshöhe.

Und aus ihrer Öffnung schoben sich zwei Klauen, die die Kehle des Chinesen umklammerten.

Ennio Carra schrie wie ein Irrer, als er dies bemerkte, und er rammte seine Faust vor, wobei er Suko dicht oberhalb der Gürtellinie traf und ihm die Luft aus den Lungenflügeln presste.

Der Inspektor hatte hart zu schlucken, und er wusste, dass die besseren Karten auf der Gegenseite lagen. An seinem Hals schienen die Totenklauen festzukleben. Sie waren kalt wie die Erde in einem Grab, und sie drückten unbarmherzig zu.

Seine Beretta besaß Sarah Goldwyn. Sie befand sich ebenfalls in Bedrängnis und würde sich damit verteidigen müssen. Mit der Dämonenpeitsche kam Suko schlecht an den Gegner in seinem Rücken heran.

Es sah mies aus.

Der Stab steckte noch in seiner Tasche!

Rief Suko ein bestimmtes Wort, so stand die Zeit für fünf Sekunden still. Wenn dem Inspektor noch etwas helfen konnte, dann war es der von Buddha ererbte Stab.

Carra bekam noch einen Tritt ab, der ihn zurückstieß. Vor ihm hatte Suko erst einmal Ruhe. Er konnte an den Stab herankommen und spürte gleichzeitig die Berührungen an seinem Körper. Da glitten weitere Totenklauen über seine Hüfte, zerrten an seiner Kleidung und stießen hart in sein Fleisch.

Suko fühlte den Stab.

Aber er konnte nicht rufen. Der Zombie hinter ihm presste ihm so hart die Kehle zusammen, dass er kein Wort hervorbrachte. Nur ein erstickt klingendes Geräusch drang über seine Lippen.

Suko, dem immer stärker die Luft abgepresst wurde, bekam zu spüren, dass der Stab wertlos geworden war, weil er sich nicht in der Lage befand, dieses eine Wort zu rufen.

Wenn er den gierigen Klauen der Zombies entkommen wollte, dann musste er sich etwas einfallen lassen. Schon jetzt spürte er die Schwäche. Die Augen hielt er weit geöffnet, ein Schleier hatte sich davor gelegt, und Suko sah, dass sich Sarah Goldwyn tapfer wehrte.

Natürlich hatte auch die Horror-Oma gemerkt, wie sehr sich die Lage zu ihren Ungunsten veränderte. Die Zombies würden keine Ruhe geben, und es war ihnen gelungen, Suko festzunageln.

Was konnte sie tun?

Die Beretta hatte sie zwar, aber die Untoten schienen zu wissen, wie gefährlich ihnen diese Waffe werden konnte, denn sie krochen mit ihren Armen aus den Gräbern, um nach Sarah Goldwyn zu greifen. Und da interessierten sie vor allen Dingen die Arme der Horror-Oma.

Aus dem obersten Fach kroch eine Frau. Schrecklich entstellt war sie. Das Gesicht bestand aus einer schwarzen Masse, durch die sich eingetrocknete rote Streifen zogen. Ein schauriger Singsang drang aus einer Öffnung in diesem »Gesicht«, und als sie ihren Oberkörper weit genug vorgeschoben hatte, da ließ sie sich kurzerhand nach unten fallen.

Ausweichen konnte Lady Sarah nicht mehr, denn sie hatte sich genau in dem Moment auf einen anderen Zombie konzentriert, der Carra zur Seite drückte und die alte Frau von vorn angreifen wollte.

Es wurde gefährlich.

Lady Sarah duckte sich, und da fiel der Zombie aus seinem Grab auf ihren Rücken.

Mrs Goldwyn spürte den Aufprall des Körpers. Ein Schauder jagte durch ihr Inneres, ihr Gesicht verzerrte sich, sie geriet ins Taumeln und konnte sich so eben noch abstützen.

Der Zombie mit dem schrecklich entstellten Gesicht rutschte vorbei, fiel zu Boden und drehte sich dort, wobei es ihm mit der Hand seines ausgestreckten Armes gelang, den Kleidersaum der alten Dame festzuhalten.

Lady Sarah senkte die Waffe und schoss.

Sie konnte den Kopf nicht verfehlen. Die geweihte Silberkugel traf das Ziel voll, und sie zerstörte nicht nur den hässlichen Schädel, sondern auch den Zombie.

Der Arm fiel nach unten. Am Kleidersaum riss der Stoff, dann war Lady Sarah frei.

Für einen Moment atmete sie durch, orientierte sich und musste mit ansehen, wie immer mehr Zombies die Schächte verließen, einen schaurigen Singsang auf den Lippen.

Das waren über zwanzig Gegner, die eine so große Übermacht darstellten, dass Lady Sarah und auch Suko nicht dagegen ankommen konnten. Dies wurde Mrs Goldwyn klar.

Nur eine Fackel brannte. Sarah Goldwyn hatte sie fallen lassen. Auf dem Boden leuchtete sie weiter. Ein zuckender Flammenschein geisterte durch den engen Gang und ließ die Gestalten der lebenden Leichen noch bizarrer und gespenstischer erscheinen.

Auch Carra war da.

Er hatte gesehen, dass einer der Zombies von der Horror-Oma erledigt worden war, und das machte ihn wütend. Um den Mann wollte er sich nicht kümmern, der hing im Griff der lebenden Leiche und würde nur als Toter herausfallen.

Wichtig war die alte Frau!

Doch Carra täuschte sich. Er kannte Suko nicht und unterschätzte ihn deshalb. Ein anderer hätte vielleicht aufgegeben oder wäre zumindest zusammengebrochen, aber im Körper des austrainierten Chinesen steckten noch immer ungeahnte Kraftreserven, die er nun ausspielte.

Obwohl von zahlreichen Händen festgehalten, forcierte Suko seinen Gegendruck, und es gelang ihm, den Körper so weit nach vorn zu drücken, dass die Zombies aus den Höhlen gezerrt wurden. Zwar sah Suko bereits Sterne und rote Kreise, aber er riss sich noch einmal zusammen und legte alles, was er noch an Kräften aufzubieten hatte, in die letzte Aktion. So musste er es einfach schaffen.

Und er packte es.

Die Zombies rutschten aus den flachen Höhlengräbern, fielen zu Boden, hielten Suko dabei allerdings noch fest.

Das sollte sich ändern. Eine Hand hatte der Chinese frei. Es war die linke, und die schlug er nach hinten, schräg über seinen Kopf und auch über die Schulter hinweg.

Die tastenden Finger fanden strohiges Haar, in denen sie sich regelrecht festhakten. Suko beugte sich nach vorn, riss den Zombie mit, machte einen Buckel, sodass die lebende Leiche gezwungen war, den Gesetzen der Fliehkraft zu gehorchen.

Suko schleuderte sie über seinen Kopf hinweg, wobei plötzlich der Druck von seinem Hals verschwand, er wieder frei atmen konnte und sah, dass der Zombie vor ihm zu Boden krachte.

Suko war frei.

Bei seiner Aktion hatte er auch die Dämonenpeitsche fallen lassen. Sie lag vor seinen Füßen und verschwamm vor seinen Augen, als Suko auf sie blickte. Der Chinese war sehr geschwächt, die Atemnot hatte ihn bis an den Rand eines Erstickungsanfalls gebracht, und so dauerte es zwangsläufig seine Zeit, bis er die ersten Folgen überwunden hatte.

Er fiel auf die Knie und fasste nach der Peitsche.

Die Zombies jaulten und heulten. Einen geisterhaft aussehenden Tanz führten sie auf, streckten ihre Arme aus, um nach dem am Boden knienden Menschen zu greifen.

Aber Suko wehrte sich. Er machte es ihnen nicht mehr so leicht wie vorhin. Seinen Arm hatte er zur Seite gestreckt, die Finger der rechten Hand umklammerten längst den Griff der Peitsche, und Suko besaß tatsächlich noch die Nerven, so lange abzuwarten, bis sich seine besten Chancen ergaben.

Er erholte sich dabei und vernahm hinter sich einen Schuss.

Lady Sarah war in Gefahr!

Jetzt musste er etwas tun.

Plötzlich riss er seinen rechten Arm hoch, schwang ihn herum und mit ihm die Peitsche.

Die Riemen beschrieben einen Halbkreis, und sie trafen. Obwohl die Zombies die Gefahr der Dämonenpeitsche erkannt hatten, kamen sie nicht so schnell weg.

Die einmal in Bewegung geratenen Riemen trafen nicht nur einen Zombie, sondern mehrere. Bei dem Ersten klatschten sie ab, erwischten den Zweiten und auch den Dritten.

Die Zombies waren zwar stark, sie hielt so leicht nichts auf, aber die Magie der Peitsche besaß eine Kraft, der die Zombies nichts entgegenzusetzen hatten.

Auch Lady Sarah hörte das Klatschen. Und sie hatte geschossen, schießen müssen, denn zwei Zombies waren ihr zu nahe gekommen. Einen hatte sie getroffen. Das grausame Wesen war umgerissen worden und hatte den anderen während des Falls gleich mit von den Beinen geholt. Für einen Moment hatte sie Luft, und sie dachte wieder daran, sich nach der Fackel zu bücken.

Da hörte sie Sukos Stimme. »Zurück, Sarah! Zum Ausgang. Es ist die einzige Chance!«

Lady Sarah überlegte nicht lange. Sie sah den Chinesen kämpfen wie einen Gladiator, rücksichtslos hieb er mit der Peitsche um sich, denn er wollte mit der Zombiebrut aufräumen, und Lady Sarah war klar, dass er sich den Weg zu ihr freischlagen würde.

Sie wandte sich um.

Es waren nicht sehr viele Gräber, die jetzt noch vor ihr lagen. Nicht einmal ein halbes Dutzend, aber auch hier waren die Zombies dabei, aus ihren Fächern zu klettern oder zu fallen.

Sie reckten immer die Arme zuerst vor. Ein schauriges Bild, denn es wirkte so, als wollten sie Mrs Goldwyn zuwinken.

Das Gesicht der Horror-Oma verzerrte sich. Sie konnte nicht sagen, was sie in diesen Augenblicken fühlte und dachte, sie wusste nur, dass sie so rasch wie möglich dieser unterirdischen Hölle entfliehen musste, und da gab es für sie nur die Möglichkeit, sich den Weg freizuschießen, so lange die Munition noch reichte.

Mrs Goldwyn hob den Arm, streckte ihn aus und zielte sehr genau. Dann drückte sie ab.

Wieder traf sie einen lebenden Leichnam.

Er hing mit seinem Unterkörper in der Öffnung und wurde erwischt, als er seinen Leib nach unten bog.

Der Nächste!

Da schlug ihr jemand auf den Arm.

Lady Sarah taumelte zur Seite, wurde gepackt, und sie konnte einen Schrei nicht vermeiden.

Ennio Carra hatte sie.

»Du entkommst uns nicht. Du …«

Lady Sarah schlug einfach zu. Sie brachte es allerdings nicht fertig, aus kürzester Distanz auf Carra zu schießen, deshalb hämmerte sie ihm den Waffenlauf ins Gesicht.

Carra brüllte. Dann hieb er die Horror-Oma zu Boden.

Die alte Frau besaß nicht genügend Kraft, um diesem Schlag etwas entgegenzusetzen. Sie sackte in die Knie, die getroffene Stelle schmerzte, und Carra lachte wie ein Irrer.

Er wollte sich bücken und nach der Beretta greifen, als etwas gegen seinen Hals klatschte und sich gedankenschnell um seine Kehle wickelte. Suko hatte zugeschlagen.

Carra wurde zurückgerissen. Er fiel und wäre vielleicht erdrosselt worden, wenn Suko die Peitschenschnur nicht blitzschnell gelöst hätte.

Er hatte sich den Weg zu Lady Sarah freigekämpft. Mindestens die Hälfte der lebenden Leichen lag am Boden und wurde zu Staub. Andere krochen nach wie vor aus den Gräbern, und auch die wollte Suko, der in der von den Zombiekrallen zerfetzten Kleidung dastand, erledigen.

Carra wimmerte.

Und er sah, wie auch die beiden anderen, plötzlich dort, wo sich der Schacht befand, ein Flimmern.

Im nächsten Augenblick materialisierte sich auf der Stelle eine Gestalt hervor.

John Sinclair!

Ich hatte die Reise aus der Vergangenheit in die Gegenwart tatsächlich ohne nennenswerten Schaden überstanden und stand plötzlich dort, wo ich in den Schacht gefallen war, nur eben rund 2000 Jahre später.

Ein Phänomen!

Und ich sah bekannte Personen.

Da befand sich Suko mit schlagbereiter Dämonenpeitsche inmitten lebender Leichen, ich erkannte meine alte Freundin Sarah Goldwyn am Boden liegend und auch Ennio Carra, der halb gebückt lag und mich anstierte wie ein Weltwunder.

In Sekundenbruchteilen hielt ich die Beretta in der Hand und feuerte. Zombies durfte man nicht am Leben lassen. Und es gibt nun mal nur diese eine schreckliche Methode, um sie auszuschalten.

Plötzlich war der Gang erfüllt vom Krachen der Schüsse. Sie übertönten den Schauergesang der Untoten, die ihre Arme hochrissen, wenn sie erwischt worden waren, und zur Seite wankten, wobei sie in die Knie sackten, am Boden liegen blieben und vergingen.

Nichts hatten sie meinen geweihten Geschossen entgegenzusetzen. Und ich besaß mein Kreuz, gegen das sie auch nicht ankommen würden.

Trotz der mäßigen Beleuchtung boten sie gute Ziele. Keine Kugel ging daneben.

Ich leerte das Magazin. Als das Krachen der Waffe verstummte und ich nachlud, da vernahm ich Ennio Carras Schreien. Er brüllte mich an und kroch auf mich zu wie ein kleines Kind, den Kopf halb erhoben.

Er bewegte sich dabei über die allmählich zu Staub werdenden Körper der Untoten. Es war ein schreckliches Bild, und ich schüttelte mich, als hätte jemand Wasser über mich gegossen.

Sukos erleichtertes Grinsen wirkte im schwachen Schein der Fackel verzerrt. Er bückte sich, hob die Horror-Oma hoch und fragte mich dabei: »Wo steckt denn Glenda, John?«

»Ich weiß es nicht. Sie sollte mit mir in den Schacht springen und wollte es auch, als Scorpio hinter ihr erschien und sie packte. Mehr kann ich dir nicht sagen.«

Carra stieß ein böses Lachen aus. »Er wird sie köpfen!«, flüsterte er. »Scorpio schlägt ihr den Schädel ab. Er …«

»Halt dein Maul!«, brüllte ich und ging auf ihn zu.

Aus einer Röhre fuhr eine Klaue. Fast hätte sie mich in Kopfhöhe erwischt und die Finger in meine Augenhöhlen gedrückt. Im letzten Augenblick zuckte ich zurück, nahm dann das Kreuz und presste es gegen die Hand des Zombies.

Er verging.

Die Hand schlug dabei noch einmal, gleichzeitig fiel sie ab und wurde auf dem Boden liegend zu Staub, während dasselbe mit der lebenden Leiche innerhalb des Grabes geschah.

»Diese Katakombe hier habe ich auch schon gesehen, wie sie vor 2000 Jahren aussah«, erklärte ich Suko und Lady Sarah. »Es war grauenhaft. Man hat die Menschen bei lebendigem Leib eingemauert …«

»Und ich habe sie befreit!«, kreischte Carra. »Ich allein.« Er sprang plötzlich hoch, wollte noch etwas sagen, doch sein Gesicht erstarrte.

Das musste einen Grund haben.

Im nächsten Augenblick leuchteten seine Augen auf. Die Lippen bewegten sich, und er flüsterte ein Wort: »Scorpio …«

Mir wurde es kalt und heiß zugleich. Ich drehte mich langsam um und hatte dabei das Gefühl, dass mein Blut in den Adern zu Eis wurde, denn vor mir stand Scorpio.

Und er hatte Glenda!

Sie waren mir also gefolgt!

Durch den Tunnel von der Vergangenheit in die Gegenwart hinein, wobei Scorpio jetzt anders aussah.

Die Haut schien jemand in die Länge gezogen zu haben, denn sie spannte sich straff über die Knochen seines Gesichts. Die Augen in den Höhlen waren zwar tot, dennoch steckten sie voller Leben, und ich wusste, dass er gekommen war, um zu töten.

Nicht nur mich, sondern uns alle wollte er aus dem Weg räumen. Das stand fest.

Glenda hing in seinem Griff. Ohne Hilfe kam sie nicht frei. Er hatte seinen linken Arm um sie geschlungen. Seine Haut schimmerte nicht mehr hell, wie ich sie in Erinnerung hatte, sondern dunkler, und sie war auch dünner.

Noch immer trug er denselben Helm. Viel war von seinem Gesicht nicht zu sehen, nur die Augen. Sie hätten auch ebenso gut zu einem Totenschädel gepasst.

Sein kurzes Kampfschwert hielt er in der rechten Hand. Die Klinge war durch den angewinkelten Arm in Richtung Glenda gedrückt worden, sodass er sie mit einem Stoß am Hals treffen konnte, wenn sie sich falsch bewegte.

Davor würde sich Glenda hüten.

Sie hing im Griff des Gladiators wie eine Puppe. Ein nicht lebendes Wesen schien er als Geisel genommen zu haben. Trotz des rötlichen Lichtscheins glaubte ich, die Blässe auf ihrem Gesicht zu sehen, aber auch die Hoffnung in den Augen.

Flehentlich blickte mich Glenda an. Ihr Mund stand offen, als wollte sie etwas sagen, doch die Angst war einfach zu stark. Zudem musste sie unter Schock stehen.

Ich war gespannt, was Scorpio jetzt vorhatte und wie er die Lage zu seinen Gunsten verändern wollte, denn ihm blieb nur die Möglichkeit der Vernichtung, wenn ich mal von seiner Situation ausging.

Ich warf einen Blick zurück zu meinen Freunden.

Suko stand mir am nächsten. Und er hatte seinen rechten Arm angewinkelt, ein Zeichen, das ich kannte, denn Suko war bereit, seinen Stab einzusetzen und die Zeit anzuhalten. Nur konnte er es jetzt nicht riskieren, da sich die Schwertspitze Glenda Perkins noch zu nahe befand.

Wenn Suko eine unbedachte Bewegung machte oder auch nur zuckte, würde der Gladiator sofort reagieren, und so etwas würde für Glenda Perkins tödlich enden.

Wir standen wie Statuen. Nur einer hielt es nicht mehr aus. Es war Ennio Carra. Er musste mehrere Höllen gleichzeitig durchgemacht haben. Einmal die des Triumphs, dann die Niederlage in den Katakomben, als Suko so furchtbar aufräumte, und schließlich jetzt wieder der Sieg, denn Scorpio war gekommen.

Scorpio, der keinen im Stich ließ!

Carra brabbelte unverständliches Zeug vor sich hin, als er sich auf den Gladiator und seine Geisel zubewegte. Er freute sich, er weinte und lachte zur selben Zeit. Seine magere Gestalt unter dem schmutzigen Anzug zuckte, die ausgebreiteten Hände patschten auf den harten Lehmboden, und er begann zu rufen.

»Endlich bist du da! Ich habe dir die Diener besorgt. Ich habe alles getan, aber diese Schweine hier zerstörten nur. Töte sie, Scorpio, ich bitte dich, töte sie!« Er kam auf die Knie hoch, blieb so und rang die Hände. »Für wen habe ich denn alles getan?«, rief er, und seine Stimme hallte dumpf durch die Katakombe. »Für wen denn? Nur für dich, doch nur für dich, Scorpio!«

Der Gladiator vernahm die Worte. Sein Blick ließ uns nicht los, wobei er stur und starr wie ein Denkmal auf dem Fleck stand.

Ennio Carras Reaktion war für mich zwar unverständlich, aber ich konnte ihn begreifen. Er hatte sein Leben geändert, war voll auf den Gladiator abgefahren, hatte ihm die Diener besorgt, die für ihn in den Tod gegangen waren, und er hatte die Zombies erweckt …

Carra rutschte weiter.

Ein Bündel Mensch, ein Wahnsinniger, ein Verlierer …

Jetzt erreichte er den Gladiator. Er hob die Hände noch höher, umklammerte die Beine von Scorpio, als wären sie für ihn der letzte Rettungsanker, und ich sah, wie Scorpio seinen Kopf senkte.

»Scorpio!«, brüllte Carra. »Bitte …«

Und der Gladiator reagierte auf seine Weise. Er tat es so, wie er es auch in alter Zeit mit den Verliereren gemacht hatte. Sein Schwert zuckte herab.

Im letzten Augenblick schien Carra zu merken, dass Scorpio nicht mehr auf seiner Seite stand. Er wollte noch zurück, doch der Klinge konnte er nicht mehr entgehen.

Sie traf ihn voll.

Und da griff Suko ein!

»Topar!«

Das berühmte magische Wort hallte durch die Katakombe. Fünf Buchstaben, die es schafften, für fünf Sekunden die Zeit anzuhalten.

Das genau war es.

Und in der Zeit konnte sich einzig und allein der Träger des Stabes und Rufer bewegen, die anderen erstarrten.

Mir erging es ebenfalls so. Ich wurde praktisch zu Stein, und Suko rannte los.

Er wuchtete mich zur Seite, sah einzig und allein sein Ziel, diesen Scorpio mit seiner Geisel.

Der Chinese hatte nicht früher rufen können. Es war alles zu schnell gegangen, und so war es ihm auch nicht gelungen, Ennio Carra zu retten.

Das Schwert des Gladiators steckte schräg in seiner Brust, während er Glenda mit der anderen Hand festhielt.

Es war ein schreckliches Bild, das Suko im Laufen in sich aufnahm, und er sprang Scorpio an.

Töten durfte er seinen Gegner während dieser Zeitspanne nicht, dann wäre die Magie des Stabes erloschen, er konnte ihn jedoch kampfunfähig machen. Obwohl Suko sehr viel Wucht hinter seinen Sprung gelegt hatte, kippte Scorpio nicht, wankte nur.

Mit einem kraftvollen Griff riss der Chinese Glenda aus den Armen des Monstrums und schleuderte sie zurück.

Glenda wirbelte in den schmalen Gang, wobei sie sich nicht einmal bewegen konnte, und sie prallte genau in dem Augenblick gegen mich, als die fünf Sekunden vorbei waren.

Alles lief normal weiter.

Ich spürte den Anprall, der mich fast umriss, hörte Glendas Schreie und sah, wie der Gladiator sein Schwert aus dem Körper des toten Ennio Carra zog.

Gleichzeitig aber rammte er seine freie Hand vor. Und die, zur Faust geballt, traf Suko.

Es war ein Hammerschlag.

Der Inspektor konnte viel einstecken. Diesem völlig überraschend geschlagenen Hieb war er jedoch nicht gewachsen.

Suko brach in die Knie und kippte dann zurück.

Ich schleuderte Glenda ebenfalls nach hinten, und Lady Sarah Goldwyn verstand diese Aktion, denn sie fing Glenda auf.

Scorpio brüllte.

Seine Geisel war verschwunden, man hatte sie ihm entrissen, jetzt kannte er keine Rücksicht mehr und wollte nur noch die Vernichtung seiner Feinde.

Und er kam.

Schlagbereit das Schwert, dessen Spitze auf Suko zielte.

Ich konnte nicht so schnell zu ihm und schoss.

Ein bösartiges Sirren ertönte, als die Kugel getroffen hatte. Aber nicht den Körper des Gladiators, sondern dessen Hüftschutz. Dagegen war sie geschlagen und jaulte als Querschläger davon.

Der Gladiator schüttelte sich. Dann duckte er sich zusammen und griff mich an.

Wieder schoss ich.

Und abermals hatte ich Pech, denn die Kugel jaulte gegen die blanke Schwertklinge. So richtete sie keinen Schaden an. Zu einem dritten Schuss ließ mich Scorpio nicht kommen. Derjenige, der den Tod durch schwarze Magie überwunden hatte, drosch mit seinem Schwert zu. Wie er die Waffe beherrschte, das hatte ich in der Vergangenheit erlebt, und das Schwert war schnell wie ein Dolch.

Ich kam soeben noch runter in die Knie, da pfiff die Klinge über meinen Kopf hinweg, hieb in eine sich über mir befindliche Graböffnung und verhakte sich irgendwo in einer Spalte.

Die Chance!

Vielleicht würde er die Spanne von einer Sekunde brauchen, um die Klinge aus dem Spalt herauszuziehen, und diese Zeit musste ich nutzen.

Ich nahm das Kreuz.

Er hasste es, das wusste ich, denn er hatte die, die in alter Zeit auf das Kreuz vertraut hatten, getötet. Diesmal, so schwor ich mir, sollte es ihn töten.

Von unten her hieb ich zu.

Als Scorpio sein Schwert aus der Spalte riss und von dem eigenen Schwung zurückgeworfen wurde, schnellte ich mit dem Kreuz in die Höhe und ließ es in den golden schimmernden Schutz zwischen seine Kehle und dem Gesicht fallen.

Die entscheidende Stelle, denn nun musste es seine Kraft entfalten.

Scorpio prallte gegen die Grabreihe an der gegenüberliegenden Wand. Für einen Moment sah es so aus, als wäre er daran festgeklebt. Ich sah Suko kommen. Er hielt jetzt die Fackel hoch, sodass sie die Szene beleuchtete und wir das Ende des Gladiators mitbekamen.

Ja, mit Scorpio ging es zu Ende.

Zuerst rutschte ihm die Waffe aus der Hand. Mit dem Schwert fiel die Hand!

Aus der Metallmanschette rieselte grauer Staub zu Boden, wo er sich über die sich allmählich auflösende Hand breitete.

Ähnliches geschah mit seinem Kopf. Der Helm hatte plötzlich keinen Halt mehr, weil die Schädelplatte nicht mehr vorhanden war. Er fiel auf den Halsschutz, was ein blechernes Geräusch erzeugte.

Dann konnten wir das Gesicht nicht mehr sehen.

Intervallweise sackte er ein.

Tiefer und tiefer. Je mehr Knochen sich auflösten, umso stärker brach er zusammen.

Scorpio wurde von Sekunde zu Sekunde kleiner. Wir hörten knackende und brechende Geräusche, aber auch blechern klingende, wenn das Metall aufeinanderfiel.

Was blieb von ihm übrig?

Staub und Metall!

Scorpio war nicht mehr. Und auch die lebenden Leichen hatten wir vernichtet. Vor uns in den Wänden lagen die leeren Gräber. Ein schrecklicher Fluch war genommen worden. Nicht nur wir konnten aufatmen, sondern auch die Menschen in Rom.

Dann fiel mir Glenda in die Arme.

Mochten die anderen denken, was sie wollten, sie jedenfalls bedankte sich auf ihre Weise. Ich spürte ihren Körper, aber diesmal nicht in der Vergangenheit, sondern in der Gegenwart. Mit einem Ohr hörte ich noch, wie Lady Sarah sagte: »Kinder, eins weiß ich genau. Ich mache nie mehr ein Preisausschreiben mit …«

Natürlich konnten wir Rom nicht verlassen, ohne Erklärungen abzugeben. Ich wollte nicht mit den Beamten der normalen Polizei sprechen, sondern schaltete den italienischen Geheimdienst SIFA ein. Und es kam auch jemand vom Vatikan.

In einer langen Sitzung sprachen wir über das Problem. Der Vertreter des Vatikans hörte aufmerksam zu, gab selbst jedoch keinen Kommentar ab, auch nicht, als ich ihn nach den Sibyllinischen Büchern fragte.

»Warum reden Sie nicht?«, wollte auch der SIFA-Mann wissen.

Da lächelte der andere. »Vieles ist im Dunkel der Geschichte geblieben, und ich finde, dass dies auch so bleiben sollte. Vielleicht gibt es diese Bücher, vielleicht auch nicht. Ist es nicht besser, wenn sich die Menschheit darüber den Kopf zerbricht, als es genau zu wissen? Oder welcher Meinung sind Sie?«

Ich dachte da anders, sagte dies allerdings nicht, sondern nickte nur. Ich wollte mir nicht unbedingt einen Feind schaffen wie den SIFA-Mann. Denn er stand auf und rannte wutentbrannt aus dem Raum.

Wir gingen später, hörten von einer nahen Kirche das Läuten der Glocken und wussten, dass die Welt wieder in Ordnung war ...

EIN LEBEN UNTER TOTEN

Der Brief kam mit der normalen Post. Als Sarah Goldwyn den Absender las, flüsterte sie freudig erregt: »Diana Coleman, das darf doch nicht wahr sein!« Sie hatte gar nicht gewusst, dass Diana noch lebte. Als Absender war eine Adresse in Cornwall angegeben. Diana wohnte also nicht mehr in London. »House of Silence«, murmelte sie. »Seltsam, dieser Name. Haus der Ruhe. Kann ich mir nichts drunter vorstellen.« Sogar ihre Finger zitterten, als sie den Umschlag öffnete, den Brief hervornahm und einige Schritte zur Seite ging, um in einem Sessel Platz zu nehmen.

Sarah Goldwyn atmete tief ein, räusperte sich, faltete den Brief auseinander, setzte ihre Brille auf und begann zu lesen.

Meine liebe Sarah,

ich weiß, dass Du Dich wundern wirst, wenn Du diesen Brief in den Händen hältst, aber es ist meine Schuld, dass ich so lange nichts von mir habe hören lassen. Ich wohne auch nicht mehr in London, sondern möchte den Rest meines Lebens in einem Altenheim verbringen, das wegen seiner guten Pflege einen ausgezeichneten Ruf hat. Dieses Heim ist wirklich einzigartig, und ich möchte, dass Du mich einmal besuchst. Wir haben am zweiten Juli dieses Jahres ein Sommerfest geplant. Es sind nur ältere Menschen dort, und wie ich hörte, sollen die Sommerfeste immer ein großer Erfolg gewesen sein. Da es uns erlaubt worden ist, ältere Freunde und Bekannte einzuladen, habe ich natürlich an Dich gedacht, denn wir haben einige Jahre zusammen verbracht, bis uns das Schicksal trennte. Das Haus der Ruhe hat seinen Namen wirklich verdient. Hier ist es ruhig, aber das muss wohl so sein, wo Alter, Tod und Friedhof nahe zusammenliegen. Wer tot ist, kann nicht mehr leben, heißt es. Ich würde gern Deine Meinung darüber hören, meine liebe Sarah. Kommst Du zu dem Fest? Ich würde mich freuen. Da Dich mein Brief wahrscheinlich ziemlich spät erreichen wird, warte ich eine schriftliche Antwort gar nicht erst ab. Ich würde mich wahnsinnig freuen, Dich bei mir begrüßen zu dürfen.

Mit allerliebsten Grüßen

Deine Diana

Ohne dass sie es merkte, sanken Lady Sarahs Hände nach unten. Ihr Gesicht hatte einen starren Ausdruck angenommen, denn dieser Brief war ihr auf eine seltsame Weise aufgestoßen. So kannte sie Diana nicht. Die Zeilen schienen in einer Depressionsphase geschrieben worden zu sein, denn ihnen war nichts Lustiges zu entnehmen. Das Gegenteil war der Fall. Verschlüsselte Warnungen, für eine Einladung seltsame Ausdrücke wie Ruhe, Tod und Friedhof.

Und dann das Kreuz!

Es war mit schwarzer Tusche gemalt worden und befand sich direkt unter der Unterschrift.

Sollte es ein Hinweis sein – eine Warnung vielleicht?

Lady Sarah hob die Schultern. Sie wusste es nicht. Allerdings las sie den Brief zweimal, später noch ein drittes Mal. Danach war sie fest davon überzeugt, dass etwas nicht stimmte. Ihre Freundin hatte nicht darüber geschrieben, dass man auch anrufen konnte, um sein Kommen mündlich mitzuteilen, was bei der Kürze der Zeit völlig normal gewesen wäre.

Nein da stimmte etwas nicht.

Lady Sarah wurde nicht umsonst die Horror-Oma genannt. Obwohl sie bereits 70 Lenze zählte, war sie noch immer sehr rüstig. Da glich sie schon einem alten Indianerhäuptling, den auch nichts so leicht erschüttern konnte. Sie beschäftigte sich mit Dingen, vor denen die normalen Menschen Horror oder zumindest Furcht hatten.

Sarah Goldwyn interessierte sich für alles, was mit Okkultem in irgendeinem Zusammenhang stand. Da war sie Spezialistin, und nicht umsonst gehörte ihr Archiv an Grusel-Literatur zu den größten der Stadt.

Das Gleiche galt für Gruselfilme. Das Dachgeschoss hatte sie ausgebaut und sich eine kleine Videothek eingerichtet. Alles, was an neuen Filmen auf den Markt geworfen wurde, besorgte sie sich, auch wenn sie die Streifen schon im Kino gesehen hatte.

Sie war dreifache Witwe, und da ihre Männer alle nicht unvermögend gewesen waren, konnte sie sich teure Hobbys leisten. Sie hatte ihr Geld so angelegt, dass sie von den Zinsen gut leben konnte. Monatlich überwies sie davon einen erklecklichen Betrag an eine Stiftung, die ihren Namen trug und sich um das Elend in der Welt kümmerte.

Sie war auch schon in gefährliche Fälle hineingeraten. Nicht zuletzt verdankte sie dies ihrer Bekanntschaft mit dem Geisterjäger John Sinclair, den sie liebevoll »mein Junge« nannte.

In letzter Zeit hatte sie sich allerdings ein wenig zurückgezogen. Das Abenteuer in Rom war ihr doch stark an die Nerven gegangen, denn in den Katakomben mit lebenden Leichen zu kämpfen war nicht jedermanns Sache.

Nun aber spürte sie einen gewissen Drang in sich, der für sie schon beinahe typisch war. Der Anstoß war dieser Brief gewesen. Je länger sie darüber nachdachte, umso überzeugter war sie davon, dass ihre Freundin Diana Coleman sie tatsächlich hatte warnen oder auf etwas anderes aufmerksam machen wollen.

Vielleicht auf das Altersheim?

Lady Sarah wusste genau, dass es Dinge gab, die der menschliche Verstand nicht erklären konnte. Werwölfe, Vampire, Zombies – das waren für sie keine fremden Wesen – ebenso wenig wie für ihren jungen Freund, den Geisterjäger John Sinclair.

Der Brief war tatsächlich spät eingetroffen. Einen Tag vor dem zweiten Juli.

Wenn sie rechtzeitig in Cornwall sein wollte, dann musste sie jetzt packen und sich nach der günstigsten Verbindung dorthin erkundigen.

Aber sollte sie wirklich alleine fahren?

Die Horror-Oma traute sich einiges zu, sie hatte auch keine Angst, doch in dieser Abgeschiedenheit der Provinz Cornwall konnte man sich schon verlassen vorkommen, deshalb war es vielleicht besser, wenn sie sich nach einem Helfer umschaute.

Da gab es eigentlich nur einen geeigneten.

John Sinclair!

Sie lächelte, als sie an ihn dachte. Lady Sarah mochte den blondhaarigen Geisterjäger sehr, und wenn wirklich Gefahr drohte, würde er sie beschützen.

Doch irgendwie hatte sie eine Scheu davor, ihn zu stören. Wenn John mal ein freies Wochenende hatte, dann wollte er in Ruhe gelassen werden. Andererseits war er Junggeselle und brauchte nicht auf eine Ehefrau Rücksicht zu nehmen. Er war der Letzte, der nicht einspringen würde, wenn irgendwo eine Gefahr drohte, die von Schwarzblütern ausging.

Jedenfalls wollte sie es versuchen. Die Nummer kannte sie auswendig. Vielleicht hatte sie Glück und erwischte John im Büro.

Es war heute nicht ihr Tag. Glenda Perkins, mit der sie das Rom-Abenteuer erlebt hatte, meldete sich und war hocherfreut, die Stimme der Horror-Oma zu hören.

Die beiden kamen ins Plaudern, und Lady Sarah vergaß fast den Grund ihres Anrufs.

»Mein Gott, ich blockiere ja die Leitung«, rief Glenda plötzlich. »Ich sage John aber Bescheid, dass Sie angerufen haben, Mrs Goldwyn.«

»Das wäre nett, mein Kind. Hat es zwischen euch beiden noch immer nicht so richtig …«

»Mrs Goldwyn«, erwiderte Glenda, wobei sich die Horror-Oma vorstellen konnte, wie Glenda plötzlich rot wurde.

»Also doch«, sagte sie. »Na, das ist gut. Was der Mensch braucht, das braucht er eben.« Mit diesen Worten legte sie den Hörer auf die Gabel. Ein Lächeln stahl sich auf ihre Lippen. Sie hätte gern gesehen, wenn John und Glenda ein Paar geworden wären.

Eigentlich hatte sie kochen wollen, doch sie verspürte keinen Hunger mehr. Dafür nahm sie sich noch einmal den Brief vor und las ihn durch.

Je länger sie über die Zeilen nachdachte, umso größer wurde ihr Verdacht, dass da etwas nicht stimmte. In diesem Altersheim schien einiges faul zu sein. Und den Namen »House of Silence« hatte sie auch noch nicht gehört. Hoffentlich sagte John Sinclair zu. Wenn er verhindert war, dann wusste sie nicht, wie sie reagieren sollte.

Da schrillte das Telefon.

»Das ist er«, sagte Lady Sarah sofort, hob ab und bekam ihre Annahme bestätigt. »John, mein Junge«, lachte sie, »wir haben uns ja lange nicht mehr gesehen.«

»Das stimmt«, hörte sie die Stimme des Geisterjägers. »Ich hörte von Glenda, das du etwas von mir wolltest. Wo drückt denn der Schuh?«

»In Cornwall.«

»Was?«

»Ja, da scheint etwas in Bewegung geraten zu sein. Ich habe heute einen Brief bekommen, der mich stutzig machte. Ich lese ihn dir mal vor. Hör genau zu …«

Und damit hatte Lady Sarah schon gewonnen.

»Diana ist gestorben!«, wisperte eine dunkle Stimme.

»Wann denn?«

»In der Nacht muss es gewesen sein. Ich hörte Schreie.«

»Wirklich?«

»Nicht direkt. Es war mehr ein Stöhnen und Ächzen. Furchtbar, sage ich euch.«

»Und jetzt?«

»Werden sie Diana zum Friedhof schaffen. Wie auch die anderen Toten.«

»Sag doch nicht so etwas.«

»Doch, es stimmt.«

»Seid ruhig jetzt. Sie kommt«, wisperte eine andere Stimme, und die Unterhaltung der Frauen verstummte sofort. Sie beugten ihre Köpfe über Tassen und Teller, auf denen das Frühstück lag.

Die Tür quietschte, deshalb war Blanche Everett, die Heimleiterin, gehört worden. Die Frau, die alles in der Hand hatte und der man nichts vormachen konnte.

Sie unterstand direkt Doc Rawson, dem Chef, aber sie hatte mehr Einfluss als er, der sich kaum sehen ließ. Für einen Moment blieb sie in der Tür stehen, um die Frauen zu beobachten, die so taten, als würden sie von ihr keine Notiz nehmen. Doch manch verstohlener Blick glitt dorthin, wo Blanche Everett stand. Sie glich einem Feldherrn, der seine Soldaten in die Schlacht schickte.

Ihr Alter war schwer zu schätzen. Es lag zwischen 40 und 50 Jahren. Zudem trug sie meist nur dunkle Kleidung, und die machte eine Frau immer älter. Die dunklen Haare waren so kurz geschnitten, dass sie wie eine glänzende Schicht auf dem Kopf lagen und die Haut noch heller erscheinen ließen. Glatt wie ein Babypopo präsentierte sich die Stirn. Darunter lagen zwei schmale, dunkle Augenbrauen, und eine Nase stach wie ein Keil aus dem Gesicht. Die Oberlippe war ziemlich breit, ihre Augen lagen tief in den Höhlen und waren so dunkel wie das Haar. Das Kinn lief vorn spitz zu, sodass es an ein Dreieck erinnerte. Im Gegensatz zu ihrem harten Gesichtsschnitt zeigten die vollen Lippen eine seltene Weichheit wie die eines jungen Mädchens.

Kalt wie Eis war der Blick, als er über die stumm gewordenen alten Frauen glitt. Die Wangenmuskeln in dem hageren Gesicht zuckten ein wenig, als sie durch die Nase Luft holte, sich in Bewegung setzte und dorthin schritt, wo die drei großen Fenster fast den Boden berührten. Man konnte vom Speisesaal aus nach draußen vor das Haus schauen und auch in die Hügel hinein, wo sich der schmale Weg, der zum Altersheim führte, allmählich verlor.

Kaum hatte sie die Fenster erreicht, als sie sich mit einer abgezirkelt wirkenden Bewegung herumdrehte, sodass sie die Scheibe im Rücken hatte, sie selbst aber auf die 25 alten Frauen blicken konnte, die schweigend frühstückten.

Blanche Everetts Augen wurden noch schmaler. Bei ihr ein Zeichen, dass sie etwas sagen wollte. Das tat sie auch. Ohne einen Morgengruß abzugeben, unterbrach ihre Stimme das Frühstück.

»Hört mal her!«

Die Frauen stoppten mit ihrer Mahlzeit. Wer nicht in ihrer Blickrichtung saß, der drehte sich um, denn Blanche Everett wollte, dass jede sie anschaute, wenn sie sprach.

Mit ihrer kühlen, tonlosen Stimme erklärte sie: »Diana Coleman ist gestorben.«

Niemand erwiderte etwas. Die Frauen saßen stumm da. Einige hoben die Hände und falteten sie. In manchen Gesichtern zuckte es auch, und bei zwei Frauen rannen Tränen über die blassen Wangen mit den eingekerbten Hautfalten. Ansonsten zeigten sie keine Reaktionen. Sie durften es nicht, denn in diesem Heim geschah nur das, was Blanche Everett anordnete.

Die meisten saßen steif. Nur die sehr alten Frauen, von der Last der Jahre gedrückt, hatten den Oberkörper nach vorne gebeugt und starrten aus glanzlosen Augen auf Teller und Tassen, wobei manche Mundwinkel hektisch zuckten. Ein Zeichen, dass sie Mühe hatten, ihre Tränen zu unterdrücken.

»Niemand sagt etwas?« Blanche Everett lächelte spöttisch und stemmte ihre Arme in die Hüften. »Weshalb? Ihr seid doch sonst nicht so schweigsam. Wie oft höre ich euch flüstern. Oder hat euch der Tod dieser Frau nicht überrascht?«

Sie erhielt wieder keine Antwort. Die Frauen blieben ruhig. Sie wollten jetzt nicht sprechen. In diesem Haus musste man seine Zunge hüten.

Die im Raum liegende Stille war unnatürlich. Sie drückte auf die Gemüter. Nur Blanche Everett lächelte. Wer in sitzender Haltung zu ihr hochschaute, der sah sie noch größer, als sie in Wirklichkeit war. Ein düsterer Engel und auch gefährlich.

Ihr dunkles Kostüm saß wie angegossen. Der Rock fiel bis auf die Knie. Aus dem Kragenausschnitt leuchtete eine hellgraue Bluse. Sie brachte die Arme nach vorne und verkrampfte die Hände ineinander. Dabei knackte sie mit den Fingern.

Auch Geräusche, die die Frauen kannten. Manchen stießen sie bitter auf. »Ja, sie hat es hinter sich«, erklärte die Everett. »Es kam ganz plötzlich. Mitten in der Nacht. Doc Rawson versuchte noch zu retten, was zu retten war, aber er schaffte es nicht. Leider, muss man sagen. Zudem war Diana Coleman seit einigen Tagen bettlägerig, wie ihr sicherlich wisst. Jetzt hat sie es hinter sich.«

Die Frauen nickten, obwohl alle wussten, dass Blanche Everett gelogen hatte. Nein, in diesem düsteren Haus auf den Klippen starb man nicht eines natürlichen Todes. Wenigstens in den seltensten Fällen. Und wer hier starb, um den kümmerte sich niemand. Dieses düstere Gebäude erinnerte an einen gewaltigen Sarg, in dem man sich auf den endgültigen Tod vorbereiten konnte.

»Wir haben uns gedacht, sie schon heute Morgen zu begraben«, sprach die Frau weiter. »Es ist wegen des Wetters. Wir möchten die Leiche nicht zu lange aufgebahrt lassen. Ihr habt sicherlich dafür Verständnis – oder?« Das letzte Wort war so betont worden, dass jede Frau merkte, Widerstand würde zwecklos sein.

Stumm nickten sie.

Die Everett lächelte knapp. »Ich habe mir gedacht, dass ihr so denken würdet. Es ist auch besser. Aber ihr werdet sie doch sicherlich zu ihrer letzten Ruhestätte begleiten, nicht wahr?«

Die Frauen schauten sie stumm an. Es dauerte ein wenig, bis die Ersten ihre Zustimmung gaben. Sie nickten. Die anderen folgten. Es war eine regelrechte Nickrunde, die da an den Tischen versammelt saß.

Blanche Everett war zufrieden. Die haben zu große Angst, um aufzumucken, dachte sie. Zudem wurde ein jeder genau unter die Lupe genommen, bevor er in dieses Altersheim kam. Fehler konnten sie sich nicht erlauben. Leider war es einer Person gelungen, eine Nachricht nach draußen zu schmuggeln. Eben dieser Diana Coleman. Dafür hatte sie büßen müssen. Eigentlich spielte es für die Everett keine Rolle, ob Diana jetzt gestorben war oder erst in ein paar Jahren. Sie war reif gewesen.

Blanche Everett räusperte sich. Ihre Lippen zuckten. Flach holte sie Atem und sagte: »In drei Stunden ist die Beerdigung. Ich will euch alle auf dem Friedhof sehen. Sonst noch Fragen?«

Niemand wollte reden.

»Gut«, sagte die Frau. »Ich freue mich immer, wenn alles glatt geht. Wir sorgen schließlich auch für euch. Aber da fällt mir noch etwas ein«, sagte sie, bereits im Begriff, sich umzudrehen. »Wir haben doch für heute Abend das Sommerfest geplant.«

Sie legte bewusst eine Pause ein, denn nun wurden die Blicke der Frauen interessierter.

Wieder gönnte sich Blanche Everett ein Lächeln. »Ich sage euch etwas. Das Sommerfest wird stattfinden, obwohl dieser tragische Todesfall dazwischengekommen ist. In eurem Alter soll man die Feste feiern, wie sie fallen, meine Lieben. Wer weiß, wie viele von euch das nächste Sommerfest noch erleben!« Ein spöttisches Lachen drang aus ihrem Mund. Danach drehte sie sich um und ging. Die Tür fiel mit einem lauten Knall ins Schloss.

Zurück blieben die alten Frauen. Sie saßen auf ihren Plätzen wie angenagelt. Niemand sprach ein Wort. Die vom Leben gezeichneten Gesichter wurden noch bleicher, und auf irgendeine Art und Weise passte sich ihre Stimmung der Düsternis des Frühstücksraumes an.

Eine ältere Dame mit silberfarbenem Haar unterbrach schließlich das Schweigen. »So ergeht es jedem von uns, der sich gegen die Ordnung hier auflehnt.«

»Hat sich Diana denn aufgelehnt?«

»Ja.«

»Und?«

»Jetzt kann ich es euch ja sagen«, meinte die Frau mit dem Silberhaar, die auf den Namen Carola Finley hörte. »Diana hat einen Brief geschrieben und ihn auch aus dem Haus geschmuggelt.«

»Wie ist das möglich?«

Carola lächelte. »Ich weiß es auch nicht. Sie hat es auf jeden Fall geschafft. Unter Umständen mit einem Helfer. Vielleicht einem der Fahrer, die Lebensmittel bringen.«

»Ja, das wäre möglich.« Plötzlich sahen die alten Damen ganz anders aus. Nicht mehr so lethargisch, sondern eher aufgekratzt, und auch die Augen zeigten nicht mehr den müden Ausdruck wie zuvor.

»Was hat denn in dem Brief gestanden?«, wurde die alte Frau mit dem Silberhaar gefragt.

»Das weiß ich nicht.«

»Und an wen war er adressiert?«

Carola hob die Schultern. »Ist mir ebenfalls unbekannt.« Sie beugte sich vorn und trank einen Schluck Kaffee. »Den Namen kenne ich nicht«, murmelte sie. »Diana sprach nur von einer alten Freundin, die uns vielleicht helfen könnte.«

Die anderen lachten. Sie wollten es nicht so recht glauben. »Alte Freundin? Dann kommt sie doch nicht gegen unsere Bewacher an.« Das Wort Bewacher war hier eingeführt worden.

»Das müsste man erst mal abwarten.«

»Und wann soll die Freundin eintreffen?«

»Sie wurde zum Sommerfest eingeladen!«

Vor Schreck schwiegen die Frauen. Mit dieser Antwort hatte keine gerechnet. Das Sommerfest begann am heutigen Abend, doch zuvor musste Diana Coleman noch in die feuchte Erde des Friedhofs gelegt werden. Wenn diese Freundin es tatsächlich schaffte, früh genug einzutreffen, sie würde sofort kehrtmachen und wieder dorthin fahren, wo sie hergekommen war.

»Nein«, sagte jemand. »Ich kann es nicht glauben. Es wird hier kein Entkommen geben. Uns kann niemand helfen. Er ist ein Leben unter Toten. Ich kann es nicht mehr aushalten …« Die Frau schluchzte auf und presste ihre Hände gegen das Gesicht.

Die Nachbarin tröstete sie und legte ihre Hand auf das dünne Haar der weinenden Frau. »Warte noch und hab bitte Geduld. Vielleicht ändert sich alles zum Guten.«

»Das kann ich nicht glauben. Es ist zu schlimm, wirklich. Wir sitzen hier in einer Falle. Sie schnappt zu, und wir können uns nicht wehren.«

Im Prinzip hatte sie recht. Aber das gab keiner offen zu. Sie dachten nur darüber nach, mehr nicht, wobei sich manch einer fragte, ob es wirklich ein Leben unter Toten war.

Die Gedanken einiger Frauen beschäftigten sich auch mit dem Friedhof. Zu diesem Totenacker hatte man hier eine besondere Beziehung. Die Everett sprach den eigentlichen Namen nur selten aus. Für sie war es kein Friedhof oder eine Begräbnisstätte, sondern eine Übergangsstation. Eine seltsame Bezeichnung, aber die alten Frauen hatten sich inzwischen daran gewöhnt, nur wussten sie nicht genau, was damit gemeint war.

Und noch ein Wort der Everett war ihnen unklar. Sie hatte am gestrigen Tag bekannt gegeben, dass man zum Sommerfest Gäste erwartete. Wer das war, wollte sie nicht sagen, doch ein jeder glaubte daran, dass es sich nicht um normale Besucher handelte.

»Esst, meine Lieben«, sagte Carola, die so etwas wie die Anführerin unter den Frauen war. »Es hat keinen Sinn, dass wir hungrig umherlaufen. Vielleicht gibt es wegen der Beerdigung kein Mittagessen. Er ist ja schon des Öfteren geschehen.«

Da hatte sie ein wahres Wort gesprochen, und die Frauen widmeten sich wieder ihrem Frühstück. Der Kaffee war längst kalt geworden. Butter oder Brötchen bekamen sie nicht. Nur dünne Margarine, die aussah, als bestünde sie hauptsächlich aus Wasser. Ebenso schlecht war die Marmelade. Nur Brot gab es reichlich.

Da es ziemlich still war, hörten die Frauen Motorengeräusch. Es kam aus den Hügeln, und es war ungewöhnlich, dass ein Fahrzeug zu dieser Zeit eintraf. Dementsprechend groß war die Neugierde der Personen. Nur wenige, es waren die, die sich schlecht bewegen konnten, blieben auf ihren Plätzen sitzen. Die anderen erhoben sich und verteilten sich an den drei breiten, hohen Fenstern. Durch sie fielen ihre Blicke auf den Weg und bis in die Hügel hinein, wo eine in der Luft schwebende Staubfahne die Ankunft des Wagens ankündigte.

»Wer mag das sein?«

»Vielleicht ein Lebensmitteltransport für den Abend.«

»Glaube ich nicht. Der ist schon gestern gekommen.«

»Die können doch etwas vergessen haben.«

»Für uns?« Ein schrilles Lachen ertönte. »Nein, uns lässt man lieber verrecken, bevor man uns etwas extra gibt. Ist doch so, nicht wahr?« Die Sprecherin drehte sich zu Carola um, die nur die schmalen Schultern hob. Sie wusste auch nichts Genaues.

Nach zwei weiteren Kurven sahen die Frauen, wie sich der Wagen aus der Staubwolke hervorschälte.

Es war ein dunkler Kastenwagen. Ein Transporter, der den Frauen ebenfalls nicht unbekannt war. Er schaffte das heran, was in diesem Altersheim am meisten benötigt wurde.

»Die Särge kommen«, flüsterte jemand.

»Nachschub für den Friedhof!«

Nach diesen Sätzen zogen einige Frauen die Schultern hoch, als würden sie frösteln.

Der Wagen wurde auf den kleinen Platz gelenkt und stoppte erst vor dem breiten, repräsentativen Eingang. Mit einem Blubbern erstarb der Motor. Im nächsten Augenblick flog die Fahrertür auf, und ein Mann sprang nach draußen. Er war ebenfalls älter, hatte eine Halbglatze und trug einen grauen Kittel. Nur einen kurzen Blick warf er auf die Fenster des Speisesaals. Er musste die Frauen hinter den Scheiben sehen, winkte und stieg danach die breite Treppe hoch.

Einige Frauen hatten den Gruß erwidert. Die Besucher stellten so etwas wie die letzte Verbindung zur Außenwelt dar. Aber auch sie kümmerten sich nicht um die Sorgen und Nöte der alten Frauen. Wahrscheinlich wussten sie gar nicht, welche Hölle die hier Einsitzenden durchmachten.

»Bin gespannt, wie viele Särge er diesmal mitgebracht hat«, sagte jemand.

»Spielt das eine Rolle?«

»Natürlich. Dann wissen wir, wie viele von uns in naher Zukunft sterben werden.«

Nach dieser Antwort verzogen sich einige Gesichter. Obwohl die Frauen ihr Leben fast hinter sich hatten, hingen sie sehr daran.

Freiwillig wollte niemand in den Tod gehen.

»Mich würde mal interessieren, wie sie Diana Coleman umgebracht haben«, sagte Carola plötzlich.

Die anderen erstarrten. Alle hatten die Worte verstanden. Sie alle dachten daran, doch niemand hatte bisher gewagt, es offen auszusprechen.

Auch jetzt gaben sich die Frauen erschreckt. »Bist du verrückt?«, wurde Carola zischend angefahren. »So etwas kannst du doch nicht behaupten! Um Himmels willen.«

»Es bleibt ja unter uns.«

»Hoffentlich.«

»Wie meinst du das?« Trotz ihres Alters fuhr Carola erstaunlich schnell herum und schaute der jetzt vor ihr stehenden Sprecherin ins Gesicht.

Die wich zurück. »Du weißt selbst, dass sie ihre Augen und Ohren überall haben. Die sind nicht zu packen, aber sie hören und sehen vieles. Glaube mir …«

»Du hast eben eine zu große Angst.«

»Nein, ich …«

»Da, sie kommen!«

Die beiden Frauen schwiegen und drehten sich, wie auch die anderen, wieder der Scheibe zu, um nach draußen zu schauen.

Der Fahrer kam wieder aus dem Haus. Ihn begleiteten drei Personen. Einmal Blanche Everett, außerdem zwei Männer, die sie einrahmten. Es waren die Mädchen für alles in diesem Heim, und jede Insassin hatte Angst vor den muskelbepackten Typen. Wo Blanche Everett sie aufgegabelt hatte, wusste niemand, jedenfalls taten sie genau das, was ihnen gesagt wurde. Jeden Befehl führten sie aus, und in ihren Hirnen schienen sie Beton zu haben, so gefühllos waren sie.

Grauenhaft …

Einige Frauen wichen erschreckt zurück, als sie die Männer sahen.

Es waren die Hüter des Heims. Sie tauchten auf, wenn man nicht mit ihnen rechnete, und sie sprachen so gut wie nie. Allein ihre Anwesenheit war Drohung genug. Da wurde aufkeimender Widerstand sofort erstickt.

Sie trugen beide derbe Kleidung. Die Ärmel der Hemden hatten sie hochgekrempelt. Jede konnte die gewaltigen Muskeln sehen.

Die Gesichter der Kleiderschränke waren breite Flächen. Die Augen wirkten stumpf, und die braunen Haare waren auf die Länge von Streichhölzern gestutzt.

Der Fahrer öffnete inzwischen die Ladeklappe, während Blanche Everett wie eine Königin auf der Treppe stehen geblieben war und nur zuschaute.

Sie nahm ihre Überwachungs- und Kontrollfunktionen sehr genau wahr. Nur von Doc Rawson war nichts zu sehen. Er hielt sich meistens im Hintergrund, und wenn die Frauen ehrlich waren, dann gab es kaum jemanden, der diesen Mann zu sehen bekommen hatte, höchstens von hinten als einen menschlichen Schatten.

Über ihn und seine Person lag der Schleier eines Geheimnisses. Niemand hatte Interesse daran, es zu lüften. Und auch Blanche Everett erwähnte den Namen des Chefs kaum. Alles lief über sie.

Die beiden Helfer sprangen auf die Ladefläche und luden die neu eingetroffenen Särge ab.

Bisher hatten die an den Fenstern stehenden Frauen nicht sehen können, wie viele dieser Totenkisten herbeigeschafft wurden, nun erkannten sie es.

Drei waren es.

Sie wurden an die Kante der Ladefläche geschoben, dann abgeräumt und neben dem Wagen aufgestapelt. Dabei half auch der Fahrer, der anschließend die Klappe wieder schloss.

»Drei Särge!«, flüsterte jemand. »Sie haben drei Särge abgeladen. Wer soll noch alles sterben?«

»Einer ist für Diana!«

»Und die anderen beiden?«

»Es stehen auch noch einige im Keller«, wurde der Fragerin geantwortet.

»Dann werden viele sterben.«

»Vielleicht schafft man sich eine Reserve an?«

Die Meinungen gingen auseinander. Eine jede fühlte, dass sich etwas verändert hatte. Wahrscheinlich standen sie vor einer entscheidenden Wende. Da würde sich etwas tun, da lag etwas in der Luft, was nicht zu greifen war.

»Oder wir sterben alle!«, sagte jemand mit dumpfer Stimme.

Diesen Satz wollte Carola nicht hinnehmen. »Haltet doch endlich den Mund. Ihr tut so, als würdet ihr schon in den Totenkisten liegen. Schließlich können sie nicht einfach …«

»Was können sie nicht?«, erkundigte sich die Frau neben Carola. »Uns töten!«

»Denk an Diana Coleman!«

Carola schüttelte den Kopf. »Wisst ihr, was so schlimm bei euch ist? Ihr selbst seid es. Unsere Lage ist schon bescheiden genug, aber durch eure Angst und Uneinigkeit macht ihr alles noch schlimmer. Wartet doch erst einmal ab.«

»Worauf sollen wir warten? Auf den Tod?«

Die Frau neben Carola Finley hatte die Worte gesprochen. Sie gehörte zu denen, die immer etwas zu nörgeln hatten. Ihr Name war Edith Wiser, und trotz ihrer Meckerei war sie noch nicht bestraft worden.

Das wunderte Carola Finley. Vielleicht war Edith eine Spionin, ein faules Ei, das man ihnen ins Nest gelegt hatte. Ihr Alter war schwer zu schätzen. Sie konnte höchstens 65 sein, während die anderen weit darüber lagen.

»Willst du noch mehr Unruhe stiften, Edith?«, fragte Carola.

Die Frau hob nur die Schultern, wandte sich ab und ging davon. Die Blicke der anderen Frauen verfolgten sie. Wahrscheinlich machte sich so manche ihre Gedanken, niemand sprach sie allerdings aus.

Sie schauten noch einmal zum Fenster, als der Wagen wieder gestartet wurde. Er fuhr sehr schnell, als hätte der Fahrer Angst, noch länger zu warten.

Abermals flog eine Erinnerung an die Außenwelt davon. Obwohl die Fenster nicht vergittert waren, kamen sich die Frauen vor wie in einem Gefängnis. Wenn sie ausgingen, dann fast nur auf den Friedhof, um ihre toten Freundinnen zu besuchen.

Die beiden Männer trugen die Särge ins Haus. Beinahe lässig

wirkte dies, und es zeugte von der Kraft, die in den beiden steckte.

Blanche Everett hielt ihnen die Tür auf, damit sie mit den sperrigen Totenkisten durchkamen.

Danach waren sie nicht mehr zu sehen.

Auch die Tür wurde geschlossen. Den Frauen kam es so vor, als wäre ein Sargdeckel zugefallen.

Wahrscheinlich hätten sie gerne gesprochen, doch niemand traute sich, das erste Wort zu sagen.

Alle zuckten jedoch zusammen, als eine Klingel aufschrillte. Noch bleicher wurden die Gesichter und jemand sprach aus, was die meisten von ihnen dachten.

»Jetzt beginnt die Zeremonie …«

Es war wie immer, wenn jemand gestorben war und die noch lebenden Frauen der Leiche einen letzten Gruß erweisen sollten. Jede Heiminsassin musste ihr Zimmer verlassen und in den großen Flur gehen, in dem es immer kühl war und nach Bohnerwachs roch. Dort hatten sich die Frauen an beiden kahlen Wänden aufzustellen, sodass sie ein Spalier bildeten.

Ein stummes Spalier der Angst, der Furcht, der Sorge darüber, wer die Nächste von ihnen sein könnte.

Es durfte nicht gesprochen werden. Sie standen da wie Soldaten und warteten ab.

Die beklemmende Atmosphäre, die normalerweise überall lag, verdichtete sich bei dieser Zeremonie noch, und das Haus wurde zu einem gespenstischen Bau, in dem kein Leben mehr zu sein schien.

Die Decke war gewölbt. Nur schwaches Licht sickerte durch Fenster in den Flur, sodass der breite Mittelgang immer in einem gewissen Dämmerlicht lag und die Gestalten der wartenden Frauen für den Betrachter allmählich verschwammen.

Sie kannten die Zeremonie zwar, aber sie würden sich nie daran gewöhnen. Immer, wenn jemand gestorben war, mussten sie sich versammeln, dem Ritual genau folgen und es nachvollziehen.

Vom Ende des Ganges hörten sie Geräusche. Schritte. An der

Folge und am Klang erkannten die Frauen, dass Blanche Everett kam.

Sie durchschritt den Gang.

Der Körper war aufgerichtet, ihr Rücken durchgebogen. Den Kopf hatte sie hoch erhoben, die Hände lagen auf dem Rücken. Bevor sie die ersten Frauen in den zwei Reihen erreicht hatte, blieb sie stehen und drehte sich um. Einen Moment wartete sie noch, bevor sie den Mund öffnete und mit hallender Stimme sagte: »Ihr könnt kommen. Schafft sie herbei, wir warten!«

Der Befehl galt den beiden Helfern.

Aus dem Dämmerlicht lösten sich ihre Gestalten. Die Frauen konnte sehen, dass sie etwas vor sich her schoben.

Es war eine fahrbare Bahre.

Zu hören waren nur die Schritte der Männer, denn die Bahre lief auf Gummirädern, und die rollten lautlos über die dunkelroten Steine des Fußbodens.

Die Männer bewegten sich im Gleichschritt. Aus diesem Grunde klangen die Schritte wie einer, und die Echos wurden von den kahlen Wänden zurückgeworfen.

Immer deutlicher war die Bahre zu sehen. Ein einfaches weißes Gestell. Mit einer ebenfalls hellen Unterlage versehen, auf der die Tote lag. Man hatte sie mit einem Tuch abgedeckt, das auch die Füße verschwinden ließ. Nur der Kopf schaute hervor.

Ein bleiches und eingefallenes Gesicht, aus dem die Nase spitz hervorstach. Als die beiden Männer die ersten Frauen erreichten, verlangsamten sie ihre Schritte, sodass die wartenden Frauen Gelegenheit bekamen, sich die Tote genau anzusehen.

Manche hatten das Gefühl, als würde die Haut nicht nur bleich, sondern leicht grünlich schimmern. Das Gesicht glich einer Totenmaske, denn sowohl die Augen als auch der Mund standen noch offen. Die Muskeln mussten in den letzten Sekunden des Lebens einen Krampf bekommen haben, der sich nicht gelöst hatte.

Gläsern wirkte der Blick, gleichzeitig auch leer, und mancher Heimbewohnerin lief ein Schauer über den Rücken, als sie in das starre Gesicht der Toten schaute.

»Ich höre nichts«, sagte Blanche Everett, wobei ihre Stimme durch den Flur hallte.

Gleichzeitig stoppten die beiden Männer ihre Schritte. Die Bahre kam zur Ruhe.

Nun folgte das, vor dem sich die Frauen am meisten fürchteten. Sie hatten einen regelrechten Horror davor, aber es musste sein, es gehörte zum Ritual, und eine war da, die den Anfang machte.

Dünn und zittrig klang ihre Stimme auf. Das Gesicht zuckte dabei, die Mundwinkel bewegten sich kaum, die Lippen befanden sich in bebender Bewegung, und die Hände hatte die Sprecherin zusammengelegt.

»Auf Wiedersehen, Diana …« So sprach sie, und Blanche Everett nickte zufrieden.

»Auf Wiedersehen …«

»Auf Wiedersehen …«

Jede Frau musste diese beiden Worte sagen, dabei ihren Arm vorstrecken und einmal mit den Fingerkuppen über die kalte Gesichtshaut fahren. Gewissermaßen als letzter Gruß an eine Tote.

»Schneller und lauter!«, forderte die Everett.

Die Frauen gehorchten. Sie alle sagten das Gleiche. Ihre Stimmen hallten durch den Flur, sie überschnitten sich, wurden zu Echos, die über die kahlen Wänden geisterten.

So und nicht anders wurde von einer toten Freundin Abschied genommen.

»Auf Wiedersehen …«

Die Letzte hatte das Wort gesagt. Es war Carola Finley gewesen, und sie wurde von Blanche Everett besonders gemustert.

Die ältere Frau hielt dem Blick stand. Sie spürte so etwas wie Widerstand in sich aufsteigen, das Blut hämmerte in ihren Schläfen, aber sie gab nicht nach.

Plötzlich lächelte Blanche. »Bis zur Beerdigung haben wir noch ein wenig Zeit. Ich möchte mit Ihnen ein paar Worte reden. Kommen Sie mit, und zwar jetzt!«

Auch die anderen Frauen hatten den Befehl vernommen. Auf ihren Gesichtern zeichneten sich ihre Gedanken ab. Es war die Angst, die Furcht, das Misstrauen und auch Mitleid. Eine jede wusste, dass Gespräche mit Blanche Everett nicht gerade zu den angenehmen Seiten des Lebens hier zählten.

Edith Wiser konnte ihre Gefühle ebenfalls nicht verbergen. Nur lächelte sie, als würde sie mehr wissen.

»Ihr schafft die Tote in den Sarg und bereitet alles für die Beerdigung vor«, wurde den beiden Männern gesagt.

Sie nickten und schoben die Bahre schneller weg.

»Kommen Sie!«, sagte Blanche und ging vor. Sie schritt ziemlich rasch aus und kümmerte sich nicht darum, ob Carola Finley das Tempo auch halten konnte.

Die gab sich keine Blöße und ließ sich nicht zurückfallen. Beide Frauen verschwanden durch eine Bogentür und gelangten in einen schmaleren Gang.

Hier lagen die Büros, und ein paar Meter weiter führte eine Treppe in den Keller des Altersheims, wo das Grauen wohnte und sich freiwillig keiner hintraute.

Blanche Everett schloss die Tür ihres Büros auf, betrat den Raum zuerst und schritt vor bis zu ihrem Schreibtisch, der vor dem Fenster stand und von zwei hohen, breiten Schränken eingerahmt wurde. Deren Holz schimmerte dunkel.

Einen Platz bot die Frau ihrer Besucherin nicht an. So musste die ältere Carola Finley stehen bleiben.

Die Everett setzte sich. Sie klappte ein Etui auf und entnahm ihm eine schmale, sehr lange Zigarette. Wo sie die Lungenstäbchen herbekam, wusste nur sie. Die Pakete wurden ihr immer zugeschickt. Sie steckte die Zigarette in eine Spitze, zündete mit einem schwarzen Feuerzeug das Stäbchen an und rauchte einige Züge.

»Kommen Sie näher!«, sagte sie.

Carola Finley gehorchte. Sie blieb so dicht vor dem Schreibtisch stehen, dass ihre Oberschenkel die Kante berührten, und schaute in die graublauen Rauchwolken hinein, die ihr entgegenwehten.

Sie atmete den Qualm auch ein und fand ihn seltsam süßlich. Das war kein normaler Tabak, den Blanche Everett rauchte. Wahrscheinlich hatte sie ihn mit einer Droge versehen.

Carola Finley stand bewegungslos. Sie wartete auf die Fragen der Frau, doch Blanche ließ sich Zeit. Dafür musterte sie ihr Gegenüber von oben bis unten, und ihre Mundwinkel zogen sich dabei stark nach unten.

»Wie stark fühlen Sie sich eigentlich?«, fragte sie nach einer Weile.

»Ich verstehe nicht …«

Die Heimleiterin beugte sich vor und legte ihre Hände flach auf die Schreibtischplatte. »Ich weiß doch, was in Ihrem Kopf vorgeht. Sie beschäftigen sich mit aufrührerischen Gedanken. Keine Sorge, ich bin genauestens darüber informiert. Nehmen Sie einfach an, dass ich Gedanken lesen kann.«

Das glaube ich kaum, dachte Carola. Man wird dir wohl eher etwas zugetragen haben.

»Nun?«

»Ich wüsste nicht, was ich Ihnen zu sagen hätte.«

Blanche Everett lächelte spöttisch. »Zumindest eine Bestätigung meiner Behauptung.«

»Nein!«

Die Heimleiterin schluckte. »Wissen Sie eigentlich, was Sie da sagen? Sie lügen mir ins Gesicht. Ich weiß, was hinter Ihrer Stirn vorgeht, und Sie besitzen die Frechheit, mich einfach anzulügen. Dabei sollten Sie dankbar sein.«

»Dankbar?«

»Ja, dankbar. Wo wären Sie denn, wenn wir Sie nicht aufgenommen hätten! Wo, frage ich Sie!«

»Vielleicht ginge es mir dann besser!« Als Carola Finley die Worte aussprach, rechnete sie mit einer wilden Reaktion der Frau, mit einem Wutanfall. Das geschah nicht. Blanche Everett blieb ruhig sitzen. Nur ihre Stirn legte sich in Falten, und sie erwiderte mit einem süffisanten Grinsen auf den Lippen: »Besser würde es Ihnen gehen? Dass ich nicht lache! Ihnen würde es mieser gehen. Vielleicht wären Sie auch schon verreckt. So arm, wie Sie sind.«

»Arm ja, aber nicht würdelos!«

»Würde!« Die Everett spie das Wort förmlich aus. »Wer von euch hat denn Würde?«

»Ich habe sie behalten, und Sie werden mich auch nicht zerbrechen. Es sei denn, Sie töten mich.«

Das Lachen klang spöttisch. »Glauben Sie denn, dass wir so etwas tun würden?«

»Ja!«

Es war nur ein Wort, das die Frau sagte, doch darin lag alles, was sie empfand.

Sie wusste genau, dass hier einiges nicht mit rechten Dingen zuging. Und sie glaubte fest daran, in einem Mördernest zu sitzen, denn Diana Coleman war sicherlich nicht eines natürlichen Todes gestorben. Man hatte sie, Carolas Meinung nach, umgebracht.

Der Wut- oder Hassanfall erfolgte nicht. Die Everett blieb ruhig sitzen, sie richtete sich nur ein wenig mehr auf, das war alles. »Morde in meinem Haus«, flüsterte sie, »das muss erst einmal bewiesen werden. Bisher steht nur die Anschuldigung durch Sie!« Ihr Finger schnellte vor und zeigte auf Carola. »Es gehört Mut dazu, mir so etwas ins Gesicht zu sagen, aber Mut werden Sie brauchen, darauf können Sie sich verlassen. Sogar sehr viel Mut, meine Liebe.«

»Wie meinen Sie das?«

»Nur so. Warten Sie es ab. Es werden andere Zeiten kommen, das versichere ich Ihnen. Und jetzt gehen Sie. Ich erwarte Sie pünktlich bei der Beerdigung und selbstverständlich heute Abend auf unserem Sommerfest. Die Teilnahme ist Pflicht.«

»Wo soll es stattfinden?«, fragte Carola. »Darüber ist nicht gesprochen worden, wenn ich mich nicht irre.«

»Sie irren sich nicht. Ich kann Ihnen den Platz sagen. Zudem erwarten wir auch Gäste. Das Sommerfest findet dort statt, wo viele von euch bald liegen werden. Auf dem Friedhof!«

Bisher hatte sich Carola Finley gut gehalten. Nach dieser Antwort zuckte sie zusammen, denn sie hatte einen Schock bekommen, und sie konnte nicht vermeiden, dass es ihr heiß und kalt den Rücken hinab rann …

In London schien noch die Sonne.

Je weiter wir nach Westen fuhren, umso mehr verschwand die Bläue des Himmels. Erste Wolken tauchten auf. Zunächst nur weiße Wattefelder, allmählich wurden sie dunkler, und manchmal bedeckten sie den Himmel schon wie gewaltige graue Berge.

Bis Exeter hatten wir auf der Autobahn fahren können und mussten die Schnellstraße dort verlassen, wo der Dartmoor National Park beginnt.

In südlicher Richtung umfuhren wir das gewaltige Gebiet, denn unser Ziel lag am Meer. Ab Plymouth nahmen wir die Küstenstraße, um zur Veryan Bay zu gelangen.

Dort sollte das seltsame Haus liegen.

Längst hatte uns die Einsamkeit der Provinz Cornwall geschluckt. Wir bewegten uns in einem Land, wo Mythen und Legenden noch lebendig waren. Fast jedes Dorf konnte seine eigene gespenstische Geschichte vorweisen.

Zum Glück besserte sich das Wetter. Die gewaltigen Wolkenberge blieben im Norden zurück und verschwanden allmählich völlig aus unserem Blickfeld.

Lady Sarah saß neben mir und lächelte. Ihr machte es Spaß, durch die Gegend zu gefahren zu werden, und auch ich war froh, wieder mal Landluft zu schnuppern.

Suko hatte ich zu diesem Trip nicht überreden können. Er wollte mit seiner Freundin Shao das Wochenende in London verbringen und es ruhig angehen lassen.

So fuhren wir allein.

Beim Morgengrauen waren wir abgedampft, denn bis Cornwall ziehen sich die Meilen wie Kaugummi in die Länge. Lady Sarah hatte mir den Brief zu lesen gegeben, und auch ich fand ihn schon sehr merkwürdig. In Plymouth hatte ich noch getankt, und wenig später sahen wir bereits das graue Meer.

Darüber stand eine Sonne, die ihre Strahlen auf die Wasserfläche warf und manche Wellenkämme zu einer golden glänzenden, wogenden Landschaft verschönerten.

Sogar einige wagemutige Segler entdeckten wir. Wagemutig insofern, als die See vor Cornwall doch ziemlich rau war und die anrollenden Wellen die Boote leicht zum Kentern bringen konnten.

Auf der Fahrt hatten wir uns über Gott und die Welt unterhalten, wobei Lady Sarah es nie lassen konnte, immer von Glenda Perkins anzufangen. Das lag ihr sehr am Herzen. Ich allerdings wich diesem Thema stets aus.

Leider konnte ich nicht mehr so schnell fahren. Erstens war die Küstenstraße schmaler als die breiten Autobahnen und zweitens kurvenreicher. In einer Berg- und Talfahrt glitten wir an der Küste entlang und sahen links von uns die schäumende Brandung gegen die Felsen donnern, wobei gewaltige Gischtfahnen in die Höhe geschleudert wurden, die wie riesige Tücher aus Wassertropfen wirkten. Wenn sie von den Sonnenstrahlen getroffen wurden, entstand ein Regenbogen, der unseren Weg stets begleitete.

»Sollte sich dieser Fall als harmlos herausstellen«, so sagte Sarah Goldwyn, »suchen wir uns irgendwo ein gemütliches Hotel und machen zwei Tage Pause.«

»Dagegen hätte ich nichts. Aber kennst du ein Hotel?«

Die Horror-Oma nickte. »Sogar ein altes Kastell. Ich war mal da, weil es dort spuken sollte.«

»Und?«

»Ein Diener öffnete mir. Ich fragte ihn, ob wirklich ein Geist existierte.«

»Was antwortete er?«

»Er meinte, er wäre schon seit 400 Jahren hier beschäftigt, aber einen Geist hätte er noch nie gesehen.«

Ich musste erst zwei Radfahrer überholen. Dann konnte ich lachen. So alt der Witz auch war, Lady Sarah hatte ihn vortrefflich angebracht. Sie war wirklich eine bemerkenswerte Frau. Die Fahrt konnte man beim besten Willen nicht als Erholung bezeichnen, aber aus ihrem Mund war kein Wort der Klage gekommen. Lady Sarah saß da, schaute aus dem Fenster und beobachtete die Umgebung.

Sie trug ein dunkelrotes Kleid. Ihr Koffer stand im Fond, darüber lag ein leichter Mantel, und natürlich hatte sie nicht auf ihren Schmuck verzichtet. Fünf Ketten baumelten vor ihrer Brust. Sie klirrten gegeneinander, wenn sie sich bewegte. Das graue Haar hatte sie im Nacken zu einem Knoten zusammengebunden, und auf ihrer Gesichtshaut lag sogar ein dezentes Make-up.

Sie wollte schließlich einen guten Eindruck machen, wenn sie sich anmeldete.

Und darum ging es im Prinzip. Um die Anmeldung. Lady Sarah wollte als Gast kommen, als eine alte Frau, die sich aus dem Trubel der Großstadt in der ländlichen Idylle der Provinz Cornwall zur Ruhe setzen wollte, wobei sie hoffte, dass man ihr diesen Auftritt auch abnahm. Wenn nicht, würde sie die Verantwortlichen des Heims sicher davon überzeugen können, sie wenigstens eine

Nacht aufzunehmen, bevor sie den Rückweg antrat. Und in dieser Nacht wollte sie Augen und Ohren offen halten, um so viel wie möglich zu erfahren. Außerdem traf sie im Heim noch ihre alte Freundin Diana Coleman. Die konnte ihr sicherlich mehr sagen.

So sah der Plan aus, den sie sich zurechtgelegt hatte.

Ich sollte, wenn es nach ihr ging, zunächst einmal nur eine Statistenrolle spielen und erst eingreifen, wenn wirklich etwas geschehen war und die Lage sich zuspitzte.

Ich hatte zugestimmt.

Wieder einmal änderte sich das Wetter. Zwar schien nach wie vor die Sonne, doch Wolkenbänke schoben sich hin und wieder vor den glühenden Ball, und das helle Licht bekam einen milchigen Schein. Manchmal passierten wir Ortschaften, deren Namen ich vergessen habe.

Schließlich übernahm Lady Sarah die Funktion des Beifahrers.

Sie schnappte sich die Karte und breitete sie aus. »Bald sind wir da«, erklärte sie.

»Und welche Anlaufstation haben wir?«

Zum Glück besaß ich einen Spezialkarte von Cornwall. Auf der normalen war der Flecken überhaupt nicht eingezeichnet.

»Everfalls«, sagte Lady Sarah.

»Auch dahin bringe ich dich.«

»Und von dort aus kann man fast zu Fuß bis zum Altersheim gehen«, erklärte sie mir.

Wild und romantisch war die Umgebung. Hohe Felsen. Dazwischen weite Wiesenflächen. Weideland, Hügel, und hin und wieder sahen wir das Dach eines einsam stehenden Bauernhofs oder einer Schäferhütte.

Der Wegweiser nach Everfalls bestand aus zwei Holzbalken. Wir fuhren jetzt geradewegs auf die Küste zu. Irgendwo hörte sogar die Asphaltdecke der Straße auf. Dafür knirschte Schotter unter den Reifen des Bentley, wobei hin und wieder kleine Steine gegen den unteren Boden hüpften und davonwirbelten.

Manchmal sahen wir das Meer. Die bunten Segel der Schiffe machten sich gut auf dem Grau.

Das Dorf Everfalls war wirklich ein Kaff. Einige Häuser standen wie verloren in der Gegend umher, es gab nur die eine Straße, ansonsten schmale Wege, die zu den Gebäuden oder Geschäften hinführten. Als wir in den kleinen Ort einrollten, wurden wir von mehreren Hunden begleitet. Zur Begrüßung kläfften sie lautstark.

So etwas wie einen Ortskern gab es nicht. Ich lenkte den Bentley dorthin, wo die Häuser dichter standen, und entdeckte dort tatsächlich ein Gasthaus, vor dem soeben ein dunkler Lieferwagen hielt. Der Fahrer stieg aus und betrat das Gasthaus.

Ich stoppte hinter dem Wagen. »Willst du ein Bier trinken, John?«, fragte die Horror-Oma.

»Eine kleine Pause kann nicht schaden.«

Sie schaute auf die Uhr.

»Zudem erfährt man in diesen Kneipen durch reines Zuhören oft mehr, als wenn man versucht, die Leute auszufragen«, fügte ich hinzu.

»Well, dann wollen wir mal«, erwiderte Mrs Goldwyn, drückte den Wagenschlag auf und schwang ihre Beine aus dem Fahrzeug. Auf der Straße blieb sie stehen, reckte sich und schaute sich gleichzeitig um.

Sie musste wohl eine ulkige Figur abgeben, denn einige Dorfbewohner blieben stehen und schauten ihr zu.

Auch ich schüttelte meine Beine aus, atmete die kühle, frische Seeluft ein und erkundigte mich bei Sarah Goldwyn, ob sie fertig wäre.

»Ja, wir können.«

Nach der alten Gasthaustür hätte sich mancher Antiquitätenhändler in London die Finger geleckt. Ich hielt sie der Horror-Oma galant offen, und wir betraten einen düsteren Raum, in dem es sogar noch ein wenig nach Stall und Heu roch.

Zwar düster, aber gemütlich. Durch die schmalen Fenster fiel das Licht auf runde, grobe Holztische und dazu passende Stühle.

Der Fahrer des dunklen Lieferwagens trank ein Bier.

Wir setzten uns.

Der Wirt und sein einziger Gast bestaunten uns. Es schien nicht oft vorzukommen, dass sich jemand in diese Gegend verirrte. Beide grüßten freundlich, und der Wirt erkundigte sich nach unseren Wünschen.

Wir bestellten Mineralwasser.

Während der Wirt es holte, hörten wir die Stimme des Fahrers. Und seine Worte ließen uns aufhorchen.

»Drei Särge habe ich wieder hingefahren«, berichtete er.

Der Wirt tauchte von uns aus gesehen hinter den Tresen. »Was sagst du da?«

»Ja, drei Totenkisten. Wieder für das Altersheim. Da scheinen sie einzugehen wie die Fliegen im Winter.«

»Sag nicht so was.« Der Wirt erschien wieder und hielt zwei Flaschen in den Händen.

»Ist aber so.«

»Und wer ist diesmal gestorben?«, fragte der Wirt über die Schulter, denn er befand sich bereits auf dem Wege zu uns.

»Zufällig hörte ich den Namen. Eine gewisse Diana Coleman!«

»Nein!« Lady Sarah stieß das Wort aus. Sie sprang so heftig auf, dass der Wirt zurückzuckte und fast die beiden Flaschen fallen gelassen hätte. Die auf den Hälsen steckenden Gläser klirrten.

»Wiederholen Sie das!«, sprach Lady Sarah den Mann an der Theke an und ging sogar auf ihn zu.

Der Gast im grauen Kittel hob beide Hände. »Wie ich es schon sagte. Die Tote heißt Coleman.«

Mrs Goldwyn ging nicht bis zur Theke vor. Sie blieb plötzlich stehen, kippte zur Seite weg und stützte sich an der Platte eines Tisches ab. Dabei schüttelte sie den Kopf, und ich glaubte, ihr leises Schluchzen zu hören.

Hastig sprang ich auf, fasste sie unter und drückte sie auf einen in der Nähe stehenden Stuhl. Sie war sehr blass geworden.

Die beiden Männer standen in der Nähe. Sie sagten nichts, sie fühlten sich hilflos.

»Sie ist tot, mein Junge«, flüsterte Lady Sarah mit kaum zu verstehender Stimme. »Verdammt, man hat sie umgebracht …«

»Das steht ja nicht fest«, meldete sich der Fahrer. »Die Jüngste war sie auch nicht mehr, und da kann der Sensenmann oft sehr schnell bei einem sein.«

»Schon gut«, sagte ich und winkte dem Wirt. Er verstand, brachte das Wasser. Ich schenkte Lady Sarah ein. Mit zitternden Händen griff sie danach, drückte den Rand gegen die Lippen und trank mit kleinen Schlucken.

»Entschuldigt«, hauchte sie, als sie das Glas zur Seite stellte, »aber es war ein Schock für mich.«

»Kannten Sie die Frau gut?«, fragte der Wirt.

»Ich wollte sie heute besuchen.«

»Da ist ja auch das Sommerfest.«

Ich sprach den Mann im grauen Kittel an. »Kennen Sie sich in dem Altersheim aus?«

»So einigermaßen.« Er verzog das Gesicht. »Ganz ehrlich, Sir, darin leben möchte ich nicht. Da nehme ich lieber einen Strick und hänge mich auf. Das Haus ist ein Sarg im Großformat.«

»Und dort sterben sehr oft Menschen?«

»Kann man sagen. Kein Wunder, sind ja nur alte Leute darin untergebracht. Eine düstere Bude. Die hat auch niemand kaufen wollen, als sie leer stand.«

»Weshalb nicht?«

Wirt und Fahrer tauschten einen längeren Blick. Der Besitzer der Kneipe hob die Schultern. Ihm schien es egal zu sein, ob der Mann im grauen Kittel eine Antwort gab.

»Mich interessieren alte Geschichten«, sagte ich. »Bitte, erzählen Sie schon!«

»Na ja«, sagte der Mann. »Das Haus stand eben lange leer. Niemand wollte es haben.«

»Und weshalb nicht?«

Der Mann senkte seine Stimme. »Sie kommen aus London, da werden Sie unsere Denkweise ablehnen. Der Vorbesitzer, wissen Sie, das soll ein Zombie gewesen sein.«

»Ein lebender Toter?«

»Ja, so sagt man.«

»Haben Sie ihn gesehen? Wissen Sie, wie er heißt?«

»Nein, das war vor meiner Zeit.«

Ich fragte den Wirt. »Sie denn?«

Der Mann hob unbehaglich die Schultern. »Man nannte ihn nur den großen Vater.«

»Ein seltsamer Name.«

»Finden wir auch. Aber Sie müssen sich dieses Land und die Menschen mal vorstellen. Früher gehörte dem großen Vater alles. Und er war jemand, der nie alt wurde.«

Ich trank einen Schluck Wasser und sagte: »Das verstehe ich nicht.«

»Wie ich schon sagte. Der Kerl alterte nicht. Der hatte die ewige Jugend gepachtet.«

»Und er lebt noch?«

Es sah komisch aus, wie beide Männer die Schultern hoben und säuerlich ihre Gesichter verzogen. »Man weiß nichts Genaues«, erklärte uns der Wirt.

Lady Sarah hatte sich wieder einigermaßen gefangen. Sie sprach den Fahrer an. »Aber Sie waren doch schon des Öfteren da. Haben Sie da nichts gesehen?«

»Nein. Ich kam zwar in das Haus, ansonsten konnte man das alles vergessen.«

Die Horror-Oma schaute mich an. Auch ich empfand die ganze Geschichte als sehr mysteriös und wurde das Gefühl nicht los, dass wir beide in ein dämonisches Wespennest gestochen hatten. Hier schien sich etwas anzubahnen, dessen Folgen momentan nicht zu überblicken waren.

»Wer besitzt denn jetzt das Haus?«, wollte ich wissen.

»Es wird von einem gewissen Doc Rawson geleitet«, erklärte mir der Wirt. »Allerdings bekommt man ihn kaum zu Gesicht. Das Sagen hat eine Frau. Sie heißt Blanche Everett.«

Mit diesem Namen konnten weder Lady Sarah noch ich etwas anfangen. Eine Blanche Everett war uns völlig unbekannt. Aber wir würden sie kennenlernen, das stand fest.

»War sie kapitalkräftig genug, um das alte Gebäude zu erwerben?«, erkundigte ich mich.

Da waren die beiden Männer überfragt.

Jedenfalls hatten wir einiges gehört. Dieses Altenheim schien wirklich seltsam zu sein. Ich fragte mich nur, woher sie immer die Menschen bekamen.

»Da gibt es nur Frauen«, berichtete uns der Fahrer. »Ich meine, als Insassen.«

»Keine Schwestern?«

»Nein.«

»Und wer hilft den Menschen?«

»Zwei gefährliche Typen. Sie sind die Kalfakter. Ich kann Ihnen sagen, mit denen möchte ich keinen Streit haben.«

»Und dort sterben oft Menschen?«, wechselte Lady Sarah das Thema.

Sie erntete ein Nicken.

»Wo werden sie denn begraben?«

»Auf einem Friedhof. Der liegt direkt am Haus. Praktisch parallel dazu, an den Klippen.«

»Und wer ist dabei?«

»Kein Pfarrer. Die machen alles allein. Diese ganze Gesellschaft ist schon ziemlich komisch. Ich jedenfalls möchte mit ihr nichts zu tun haben, das kann ich Ihnen sagen.«

Sarah Goldwyn erhob sich. Sie rückte den Stuhl zurück, dessen vier Beine über den Boden scheuerten. »Dann kann ich damit rechnen, dass die Beerdigung meiner verstorbenen Bekannten noch heute stattfindet?«

»So ist es.«

»Und wann?«

Der Mann im grauen Kittel wusste zum Glück eine Antwort. »Immer gegen Mittag.«

»John!« Lady Sarah fuhr herum. Sie ergriff meinen Arm. »Ich muss anwesend sein, wenn Diana beerdigt wird. Bitte, fahr mich hin!«

Jeden Wunsch hätte ich Lady Sarah abschlagen können. Nur diesen nicht.

Damit allerdings warfen wir unseren Plan um. Na ja, vielleicht ergab sich dennoch eine Möglichkeit, alles so anlaufen zu lassen, wie wir es vorgesehen hatten.

Wir bedankten uns bei den beiden Männern für ihre Auskünfte und verließen die Gastwirtschaft. Eine sehr nachdenkliche Sarah Goldwyn schritt neben mir her. Den Kopf hielt sie gesenkt, wobei sie ihn des Öfteren schüttelte. »Ich habe es geahnt«, sagte sie. »Mein Gefühl hat mich nicht getrogen. Dieser Brief war eine Warnung und ein Hilfeschrei gleichzeitig. Nur sind wir zu spät gekommen.«

»Mach dir keine Vorwürfe«, sagte ich, als ich den Wagen aufschloss. »Du hast getan, was du konntest.«

»Trotzdem, mein Junge, ich hätte schneller sein müssen.« Lady Sarah stieg ein.

Nach Einzelheiten wollte ich sie nicht mehr fragen. Zudem war das Thema für mich erledigt. Etwas anderes hatte jetzt für uns Vorrang.

Es musste der Horror-Oma vor allen Dingen gelingen, sich völlig unverdächtig in das Altenheim einzuschleusen. Auch ich durfte nicht auffallen.

Der Begriff Zombie war gefallen und hatte mich alarmiert. Ich wusste, dass es diese lebenden Toten gab, die unvorstellbar grausam waren. Und ich dachte auch daran, dass dieses einsame Haus am Meer für Zombies ein idealer Unterschlupf sein konnte …

Sie waren pünktlich.

Um zwölf Uhr mittags hatten sie sich vor dem Haus versammelt, um der Toten das letzte Geleit zu geben. Die meisten von ihnen kannten das Ritual, nur wenigen war es neu, aber die würden diesen Kreislauf des Schreckens rasch begreifen.

Selbst der Himmel schien trauern zu wollen, denn vom Meer her zogen dicke Wolkenbänke auf, die sich vor die Sonne schoben und den hellen Ball schamhaft verdeckten. Wind kam auf. Er brachte den Geruch von Salzwasser mit und spielte im Laub der Bäume.

Die Leiche hatte man noch nicht aus dem Haus getragen. Sie wurde durch einen Nebeneingang gebracht.

Noch war es Zeit. Die Frauen standen schweigend zusammen und hingen ihren Gedanken nach. Die meisten von ihnen beschäftigten sich mit dem Tod, dem Ende des Lebens und dem, was danach kam.

Für viele konnte es kaum schlimmer werden als das, was sie hier erlebten.

Manch sehnsüchtiger Blick glitt zu den Hügeln hinüber, hinter denen versteckt der kleine Ort Everfalls lag. Eine andere Welt, die Rettung vielleicht, aber wer einmal im Haus der Ruhe war, den ließen sie nicht mehr fort.

Man hätte das Haus umtaufen sollen. Als Stätte der ewigen Ruhe. Wenn einer es verließ, dann immer nur mit den Füßen voran. Und gestorben wurde viel in diesem Altersheim.

Ein halbes Dutzend schwarzer Vögel kreiste in der Luft. Krächzende Schreie drangen aus den Schnäbeln. Für die wartenden Frauen war es ein letzter Grabgesang.

Nur eine stand ein wenig abseits. Es war Carola Finley. Sie hatte ihr Gesicht dem Meer zugewandt, sodass der Wind über ihr Gesicht strich und ihre Tränen trocknete, denn niemand sollte sehen, dass sie weinte. Sie weinte nicht nur um Diana Coleman, nein, sie beweinte auch ihr eigenes Schicksal und das der anderen Frauen, die in diesem Haus wie in einem Gefängnis gehalten wurden.

Von ihrem Platz aus konnte sie bis zum Friedhof blicken, der im Schatten knorriger Äste lag. Die Bäume hatten die Jahrhunderte überdauert, und ihre Wurzeln hatten sich in das Erdreich und auch in den Fels hineingefressen, sodass sie den wilden Stürmen trotzen konnten.

Hinter dem Friedhof war, wie sie immer sagten, die Welt zu Ende. Dort begannen die Felsen. Steile Klippen, die senkrecht in die Tiefe fielen und gegen die das Meer brandete.

Es ging die Sage um, dass sich schon einige Frauen aus dem Altersheim die Klippen hinabgestürzt hätten. Was daran stimmte, konnte niemand sagen, denn ihre Leichen waren nicht gefunden worden.

Der Friedhof wurde von den Menschen immer als die vorletzte Station bezeichnet. Die letzte war das Meer. Die gierige, manchmal kochende, dann wieder trügerisch ruhig wirkende See, die ihre Opfer verschlang, als hätte sie einen unersättlichen Rachen.

Unter den grünen Dächern der sturmerprobten Bäume befand sich der kleine Friedhof. Einfache, schmucklose Gräber, wovon nicht eines durch ein Kreuz geschmückt wurde. Wer hier verscharrt wurde, der bekam keinen christlichen Segen, wurde begraben ohne das Zeichen der Hoffnung, und man kippte kurzerhand die mit Sagen und Legenden durchzogene Erde Cornwalls über die schmucklosen Särge.

Nicht nur auf dem Friedhof fehlten christliche Symbole. Sie waren auch aus dem Heim verbannt worden. Man hatte dies den Insassinnen zur Auflage gemacht, und die Frauen richteten sich danach, denn sie wollten keinen Streit mit Blanche Everett provozieren. Zudem waren viele froh, überhaupt einen Platz bekommen zu haben, und da nahm man so manche Unterdrückung in Kauf. Im Alter rebellierte man nicht mehr.

Aber Carola Finley wollte nicht aufgeben. Sie hatte einen Punkt erreicht, an dem es für sie nicht mehr weiterging.

Es war der Tod einer Freundin gewesen. Diana Colemans Ende hatte in ihr den Willen zum Widerstand wachsen lassen. Sie wehrte sich gegen diese Unterdrücker, und irgendwann würde sie einen regelrechten Aufstand proben. Die anderen konnten nicht alles machen, ein Rest von Menschenwürde musste bewahrt bleiben.

Heute wurde Diana Coleman zu Grabe getragen. Sie war eine mutige Frau gewesen und hatte sich nicht beugen wollen. Carola Finley war nun gespannt, ob sich etwas änderte, denn Diana hatte einen Brief an eine in London lebende Freundin geschrieben, damit diese mal nach dem Rechten sah und auch Alarm schlug, wenn es sein musste. Ob sie damit Glück gehabt hatte, musste sich erst noch herausstellen. Jedenfalls war Diana Coleman aufgefallen und nun tot.

Bei diesem Gedanken verzogen sich die Lippen der Frau. Sie ballte ihre mageren Hände und hörte hinter sich Schritte. Hastig fuhr sie herum, ihr Herz schlug schneller, sie dachte sofort an die Everett, doch sie schaute in das Gesicht ihrer Leidensgenossin Edith Wiser.

»Diana hat es hinter sich«, sagte Edith.

Carola nickte nur. Sie mochte die Wiser nicht, und das hatte sie der Frau auch oft genug zu verstehen gegeben. Von der ganzen Erscheinung her war ihr dieses Weib unsympathisch. Sie trug das Haar kurz geschnitten und hatte es sogar färben lassen. Manchmal benutzte sie Spray, um ihre blonde Pracht in Form zu halten. An den dünnen Fingern steckten Ringe aus billigem Plastik.

»Was willst du?«, fragte Carola. Ihr Ton ließ keinen Zweifel daran aufkommen, dass sie Gesellschaft momentan nicht mochte.

»Mal schauen.«

»Das kannst du auch woanders.«

Die Wiser lachte. Sie öffnete dabei die faltigen Lippen und ließ ein meckerndes Geräusch hören. »Du magst mich nicht, wie?«

»Hast du das auch schon gemerkt?«

»Dabei sollten wir uns besser vertragen, meine Liebe.«

»Und weshalb?«

Die Wiser hob ihre Schultern. »Schließlich stehen wir hier gegen einige Leute, und wir sollten stärker zusammenhalten.«

Carola Finley war klar, dass die Wiser nicht aus eigenem Antrieb zu ihr gekommen war. Wahrscheinlich hatte man sie geschickt, um die Spionin zu spielen. Aber Carola machte das Spiel mit.

»Gegen wen sollten wir denn zusammenhalten?«, erkundigte sie sich wie nebenbei.

»Es gibt doch da einige Schwierigkeiten, wie mir scheint. Oder bist du mit der Everett zufrieden?«

»Es geht.«

»Jetzt lügst du!«

»Was willst du eigentlich?«, fuhr Carola ihre Kollegin an. »Los, rück mit der Sprache raus!«

»Nichts, gar nichts.«

»Dann lass mich auch in Ruhe, zum Teufel. Ich muss mich auf die Beerdigung vorbereiten. Wie du sicherlich weißt, war Diana meine Freundin. Wir haben uns immer gut verstanden.«

»Und jetzt ist sie tot«, stellte Edith fest.

»Das ist sie. Und ich frage mich, wie sie umgekommen ist.«

Edith Wiser lächelte schmal. »Herzschlag, das hast du doch gehört, oder nicht?«

»So sagen sie.«

»Du glaubst es nicht?« Die Frage klang lauernd. Ihre Augenbrauen hatten sich verengt.

»Was ich glaube oder nicht, spielt hier keine Rolle. Ich weiß nur, dass Diana nicht mehr zurückkommen wird, das ist es …«

»Bist du da sicher?«

Carola zuckte zusammen. »Wie meinst du das?«

»Dass sie nicht mehr zurückkehren wird.«

»Sie ist tot.«

»Das stimmt. Aber manchmal, da …« Edith sprach nicht weiter, sondern drehte sich um, weil in der großen Eingangstür die Everett erschienen war.

Carola hatte etwas dagegen. Sie fasste Edith hart an der Schulter. »Was meinst du mit deiner Andeutung? Los, ich will es wissen!«

»Tut mir leid, aber die Beerdigung beginnt. Vielleicht reden wir später darüber. Heute Abend, beim Sommerfest. Mit unseren Gästen. Es wird sicherlich eine tolle Feier.« Sie schüttelte Carolas Arm regelrecht ab und ging leise lachend davon.

Carola blieb stehen. Für Blanche Everett hatte sie keinen Blick. Sie dachte nur über die Worte nach, die ihr Edith gesagt hatte. Schlimme Worte, unverständliche, prophetische und gefährliche. Jawohl, gefährliche Worte, denn irgendetwas lag in der Luft. Es war wie eine Drohung, die sich immer stärker verdichtete, je mehr es dem Abend zuging. Ein jeder sprach nur vom Sommerfest, von diesem makabren Fest, einem Tanz der Alten und der aufgezwungenen Fröhlichkeit. Gäste sollten eingeladen werden, dabei wussten die Verantwortlichen genau, dass es keine Gäste gab, denn der Kontakt nach draußen war unterbrochen worden.

»Versammeln wir uns zum letzten Weg, auf dem wir unserer lieben Freundin die Begleitung geben wollen!«, rief die Everett und winkte mit beiden Armen, um die anwesenden Frauen dorthin zu dirigieren, wo der Leichenzug beginnen sollte.

Stumm setzten sie sich in Bewegung. Die Köpfe waren gesenkt, die Blicke zu Boden gerichtet, und aus einem Seitengang schoben die beiden Helfer den dunklen Sarg.

Sie schoben ihn tatsächlich, denn die schwarze Totenkiste stand auf einem kleinen Wagen. Er war wie eine Bahre gebaut worden, weiß lackiert, und lief auf Rädern mit Gummirollen. Als entwürdigend empfanden alle dieses Schauspiel. Doch niemand wagte es, aufzumucken. Ihr Grab hatte einer der beiden Helfer längst geschaufelt. So brauchte die Leiche nur noch in das offene Loch gelegt zu werden.

Die Frauen wussten genau, was sie zu tun hatten. Schließlich gab es fast in jeder Woche eine Beerdigung, da kannte man den Rhythmus längst.

Es sprach niemand, als sie sich auf den Sarg zu bewegten und dahinter versammelten. Nur ihre Schritte waren zu hören. Manchmal schlurfend und zögernd.

Jede hatte Angst und jede fragte sich, ob sie die Nächste sein würde, die man aus dem Haus trug.

Auch Blanche Everett kam herbei. Stolz hatte sie den Kopf erhoben. Ihre Lippen bildeten einen Strich, die Augen waren auf die

Gruppe versammelter Frauen gerichtet, die ihre Köpfe senkten, wenn die Blicke der Everett sie trafen.

»Geht«, sagte sie schließlich, blieb stehen und streckte ihren rechten Arm aus. Der Finger deutete auf den Friedhof. »Geht und begrabt sie, wie es sich gehört!«

Die beiden Helfer schoben den Wagen an. Der Sarg schaukelte für einen Moment, sodass nachgefasst werden musste, um ihn festzuhalten. Als der Kerl seine flache Hand auf das Holz des Deckels schlug, gab es ein dumpfes Geräusch.

Heller dagegen klang das Quietschen der Räder. Es schien, als wollten sie den Weg nicht fahren, der ihnen durch den Druck vorgegeben war.

So schaukelte und rollte die Totenkiste dem Friedhof zu, und die Frauen formierten sich hinter dem Sarg in Zweierreihen.

Eine stumme Prozession näherte sich dem kleinen Friedhof, um wieder einmal dabei zu sein, wenn eine von ihnen in die feuchte, kühle Erde gesenkt wurde …

Lady Sarah Goldwyn hatte sich von dem Geisterjäger John Sinclair getrennt, um ihren Weg allein zu gehen. Es wäre ihr unangenehm gewesen, zusammen mit John gesehen zu werden. Aus diesem Grund sollte er im Hintergrund bleiben und nur dann eingreifen, wenn es tatsächlich nötig war.

John Sinclair hatte die Frau in der Nähe des Hauses abgesetzt, an einem Platz, der wegen moosüberwucherter Felsen vom Haus her nicht einzusehen war.

Sie dachte noch an die letzten mahnenden Worte ihres Freundes und musste lächeln. John Sinclair machte sich wegen ihr große Sorgen, und er wäre am liebsten mitgekommen. Die Horror-Oma besaß ihren eigenen Willen. Zudem ging sie davon aus, dass es allein ihr Fall war, denn sie hatte ihn ins Rollen gebracht.

Sogar eine kleine Reisetasche trug sie und hatte ihren Stock quer in den Bügel der Tasche geklemmt. Der leichte Mantel flatterte im von der See her einfallenden Wind, denn er war vorn nicht geschlossen. Er wehte wie eine helle Fahne hinter der Frau her.

Sie schritt über den Weg, der zum Altersheim führte und den auch die Lieferwagen fuhren, denn Reifenspuren ließen darauf schließen. Sie hatten in der staubigen Erde ihre Abdrücke hinterlassen.

Wolken schoben sich vor die Sonne. Nur ein fahles Licht fiel auf die Erde. Lady Sarah hörte das Donnern der Brandung, aber das interessierte sie nicht. Ihr Blick war nach vorn gerichtet, weil sie das Haus sehen wollte.

Zuerst entdeckte sie das Dach. Wie ein grauer Schatten wuchs es über einem Hügelrand in die Höhe, und das Gebäude wirkte auf sie, als wären mehrere kleine Häuser mit spitzen oder wenigen spitzen Dächern nebeneinander gebaut worden. Schornsteine stachen wie gekappte, dunkle Arme in den Himmel, und die blitzende Fernsehantenne empfand Lady Sarah zwischen den Giebeln und den kleinen Aufbauten als sehr störend. Sie passte einfach nicht zu dem alten Gemäuer.

Auch die Fassade präsentierte sich nicht glatt. Erker, kleine Vorbauten, manche sogar halbrund, Stuck und Figuren bildeten ein seltsames Durcheinander.

Das Haus stand auf den Klippen. Es wurde House of Silence genannt. Irgendwie passte der Name auch, denn bis auf die Brandung war es ruhig. Und etwas störte Mrs Goldwyn ganz besonders. Es war die Atmosphäre, die sie bereits auf dem Weg zu diesem Gebäude spürte. Sie hatte für sie etwas Bedrohliches an sich, als würden hinter der Fassade grauenhafte Dinge lauern.

Die Horror-Oma dachte an den alten Fluch, von dem der Fahrer erzählt hatte. Und an einen Mann, den jemand der große Vater genannt hatte. Wer war diese Person? Lebte sie vielleicht noch?

Jedenfalls war es eine schillernde, geheimnisvolle Persönlichkeit, die möglicherweise gar nicht existierte, aber das wollte Lady Sarah alles noch herausfinden.

Während dieser Überlegungen ging sie weiter auf das große Gebäude zu, ließ die Fassade nicht aus den Augen und schaute sich auch die Fenster an, die wie gläserne Gucklöcher innerhalb des dunklen Mauerwerks wirkten.

Normalerweise hätte sich Sarah Goldwyn darüber gewundert, dass niemand zur Begrüßung erschien. Diesmal jedoch dachte sie anders darüber, denn sie wusste, dass die anderen zur Beerdigung waren. Und da wollte sie sich selbst einladen.

Sie wusste, dass der Friedhof direkt am Haus lag, konnte ihn allerdings noch nicht sehen und musste erst einige Schritte hinter sich bringen, bevor sie die Bäume entdeckte, die mit ihren Ästen und Zweigen ein grünes Dach bildeten, unter dem der Friedhof lag.

Lady Sarah blieb stehen.

Es war ein tristes Bild, das sich ihren Augen bot. Die versammelten Frauen bildeten eine Gruppe, die wie eine schwarze Insel auf dem kleinen Friedhof wirkte. Sie standen dicht zusammen und nahmen der Horror-Oma den Blick auf das Grab.

Lady Sarah schluckte. Sie spürte einen Kloß im Magen, wenn sie sich vorstellte, wer jetzt in die kühle Erde hinabgesenkt wurde. Zwar hatte sie in den letzten Jahren keinen Kontakt mehr zu Diana Coleman gehabt, aber sie fühlte dennoch die Verbundenheit mit dieser Frau.

Sie hatte die Reisetasche abgesetzt. Obwohl es nicht allzu warm war, klebte der Schweiß auf ihrer Haut, denn der Weg hatte sie doch angestrengt.

Ans Ausruhen war nicht zu denken. Lady Sarah dachte an ihre Aufgabe, nahm die abgestellte Tasche wieder hoch und änderte ihre ursprünglich eingeschlagene Richtung.

Jetzt schritt sie auf direktem Weg zum Friedhof.

Niemand sah die einsame Gestalt kommen. Die Blicke der Frauen galten einzig und allein dem Sarg, und sie lauschten Blanche Everetts Rede, von denen Bruchstücke auch bis zu Lady Sarah geweht wurden.

»Du hast dein Leben hinter dir, meine liebe Diana. Aber nicht alles, was in der Erde liegt, ist tot. Wir sollten uns endlich von diesem Gedanken befreien, dass mit dem Tod die Sache gelaufen ist. Nein, es kommt noch etwas hinterher. Wir haben dich nicht vergessen, Diana Coleman, zeige uns, dass auch du uns nicht vergessen hast. Beweise es durch deine Taten und dein Andenken …«

Je mehr sich Sarah Goldwyn dem Friedhof näherte, umso besser konnte sie die Worte verstehen. Dabei wunderte sie sich, denn sie hatte auf einer Beerdigung noch niemals solche Sätze gehört. Zudem vermisste sie einen Priester, und sie sah auch keine Kreuze auf dem Friedhof, sondern nur graue, manchmal schief im Erdboden steckende Steine, die Mahnmale der Toten an die Lebenden.

Lady Sarah schlug einen kleinen Bogen. Um auf direktem Wege an die Trauergemeinde heranzukommen, hätte sie über Grabsteine klettern müssen, das war ihr zu mühselig.

Noch immer hatte man sie nicht gesehen. Einige Meter später deckten sie dicke Baumstämme, und sie spürte die angenehme Kühle unter dem Blattwerk der Äste.

Die Frauen sprachen kein Wort. Sie schienen stumm zu sein. Nur hin und wieder hörte Lady Sarah ein Schluchzen. Viele hielten die Köpfe gesenkt und Taschentücher gegen ihr Gesicht gepresst. Wie die alten Frauen dastanden, wirkten sie erschreckend. Als würde jede darauf lauern, als Nächste in die feuchte Grube gesenkt zu werden.

Eine Frau stach Lady Sarah besonders ins Auge. Es war nicht die Sprecherin der Leichenrede, die konnte die Horror-Oma nicht sehen, sondern eine andere. Sie hatte helles, fast silbriges Haar, trug ein dunkles Kleid und hatte sich eine Strickjacke wegen des kühlen Windes über die Schultern geworfen.

Irgendwie schien die Frau gespürt zu haben, dass sich jemand hinter ihr befand, denn sie drehte sich plötzlich um, und die Blicke der beiden Frauen trafen sich.

Lady Sarah hatte Carola Finley noch nie vorher gesehen. Sie wich dem Blick der Frau nicht aus, sondern hielt ihm stand und spürte so etwas wie einen Funken überspringen. Es war der Funken der Sympathie, der zwischen den beiden sich völlig fremden Frauen wechselte.

Sie sprachen nichts. Nur deutete Carola Finley ein kurzes Nicken an, und Sarah Goldwyn hoffte, das Zeichen verstanden zu haben. Sie ging nicht weiter vor, sondern blieb stehen.

Dafür setzte sich Carola in Bewegung. Zuvor hatte sie sich umgeschaut, war jedoch nicht beobachtet worden und konnte ihren Weg beruhigt fortsetzen.

Dicht vor der Horror-Oma blieb sie stehen. Flüsternd stellte sie eine Frage: »Sind Sie diejenige, an die meine Freundin Diana Coleman einen Brief geschrieben hat?«

»Das bin ich.«

»Also Sarah Goldwyn?«

»Genau.«

Carola Finley nickte, sagte ihren Namen und streckte die Hand aus.

Die Horror-Oma nahm sie. Sie hatte eine gute Menschenkenntnis und spürte sofort, dass die Frau nicht falsch war, sondern es ehrlich meinte. Sarah Goldwyn sah Tränen in den Augen der Frau, und auch ihr war zum Weinen zumute, aber sie riss sich zusammen. Es standen noch zu viele Fragen offen.

»Sie sind leider zu spät gekommen«, sagte Carola Finley.

»Ich weiß.« Lady Sarah hob die Schultern. »Ich konnte nicht eher kommen, denn der Brief erreichte mich erst gestern Morgen. Dann aber habe ich mich sehr beeilt. Wie ist sie gestorben? War sie krank? Erwähnt hat sie es in ihrem Brief jedenfalls nicht.«

Carola Finley gab eine deprimierende Antwort. »Krank sind wir alle hier«, erklärte sie. »Wenn auch nicht körperlich, jedoch seelisch. Dieses Haus macht jeden krank.« Sie drehte den Kopf und nickte zu dem unheimlich wirkenden Gebäude hin. »Dort lauert das Grauen, da lebt das Böse. Es gibt nichts Gutes.«

»Und das hat Diana bemerkt?«

»Ja, sie hat es. Fast alle wissen es, nur hat sie die Konsequenzen gezogen und Ihnen einen Brief geschrieben, denn sie wusste sonst nicht, an wen sie sich wenden sollte. Wer hier wohnt, der hat keine Angehörigen mehr. Darauf wird bei der Einlieferung geachtet. Wir leben in einem Gefängnis und kommen nicht raus. Es besucht uns niemand, bis auf die Leute, die uns mit Lebensmitteln und Ähnlichem beliefern. Einem der Männer muss sie auch den Brief mitgegeben haben.«

»Wer bezahlt das alles?«, wollte Lady Sarah wissen.

»Das weiß wohl nur Blanche Everett.«

»Das ist die Leiterin?«

»Ja.«

»So, lasst den Sarg in die Erde!«, hörten die beiden Frauen die Stimme der Heimleiterin. »Aus unseren Augen ist sie verschwunden, aber es wird der Tag kommen, da öffnen sich die Gräber, und die Toten kehren zurück. Auch für Diana Coleman ist ein Platz reserviert …«

»Was meint sie damit?«, fragte Sarah Goldwyn leise und spürte die Gänsehaut auf dem Rücken.

»Ich weiß es nicht«, erklärte Carola.

»Nun ja, wir werden es herausfinden.«

Fast erschrak Carola Finley nach diesen Worten. »Wie können Sie so etwas sagen?«

»Ich habe es so gemeint.«

»Aber was können Sie tun?«

Lady Sarah hob die Schultern. »Ich bin ebenfalls eine alte Frau, doch ich habe vorgesorgt, denn ich bin nicht allein gekommen. Jemand befindet sich in der Nähe, der mir nötige Rückendeckung bei meinen Nachforschungen gibt.«

»Und wer ist es?«

Sarah Goldwyn gab noch keine Antwort, denn sie hörte die dumpfen Schläge, die entstehen, wenn schwere, feuchte Erde auf einen Sarg geworfen wird. Diese Geräusche gingen ihr durch und durch. Sie waren so endgültig, denn zu Erde und Staub würde der menschliche Körper wieder werden.

Die Sonne hielt sich hinter einer Wolke versteckt, sodass es auf dem kleinen Friedhof dämmrig wurde. Carola fasste nach Lady Sarahs Arm. »Und was haben Sie jetzt vor?«

»Ich werde mich hier anmelden.«

»Wie?« Erschrecken zeichnete das Gesicht der Fragerin.

»Ja, ich will in das Altersheim. Ich bin ideal dafür. Habe keine Verwandten, stehe völlig allein, bin zudem nicht unvermögend, das müsste die Verantwortlichen doch reizen.«

»Eigentlich schon«, gab Carola zu.

»Glauben Sie denn, dass ich Chancen habe, hier aufgenommen zu werden?«, fragte Lady Sarah.

»Das kann ich nicht sagen. Setzen Sie sich am besten mit der Everett in Verbindung. Aber sagen Sie nicht, dass wir uns bereits unterhalten haben. Ich gehe jetzt wieder zu den anderen. Wir sprechen uns später.« Ein flüchtiges Lächeln der Hoffnung huschte über Carolas Gesicht, bevor sie sich zu den übrigen Frauen gesellte.

Sarah Goldwyn blieb allein zurück. Allerdings glaubte sie nicht, dass ihr Gespräch mit Carola Finley unbeobachtet geblieben war. Dafür hatten sich bestimmt einige Frauen interessiert.

Allmählich löste sich die kleine Trauergemeinde auf. Lady Sarah hatte jetzt einen freien Blick auf das Grab, in dem ihre Freundin Diana Coleman lag.

Zwei breitschultrige, finstere Kerle standen neben der Öffnung und schaufelten Erde hinein. Bald würde nur noch ein lehmiger, rechteckiger Fleck von der neuen Grabstätte künden. Keine Blumen, kein Kranz zierte die letzte Ruhestätte. Sie war von einer erschreckenden Kahlheit.

Und noch jemand stand am Grab.

Das musste Blanche Everett sein. Sie sah streng, herrisch und abweisend aus.

Abermals trafen sich die Blicke zweier völlig fremder Frauen. War beim ersten Sichtkontakt mit Carola Finley ein Funke übergesprungen, so geschah dies hier nicht.

Lady Sarah spürte, dass diese Frau mit einem Eisblock zu vergleichen war. Obwohl räumlich ziemlich weit voneinander getrennt, hatte die Horror-Oma das Gefühl, als würde sie von den scharfen Blicken der Blanche Everett regelrecht seziert.

Sie spürte das Prickeln auf ihrer Haut, und ein gewisses Unbehagen breitete sich in ihrem Innern aus.

Auch die anderen Frauen hatten gesehen, dass etwas nicht stimmte. Sie waren stehen geblieben. Ihre Blicke glitten zwischen den beiden unterschiedlichen Personen hin und her.

Nur die männlichen Helfer machten weiter und schaufelten das Grab allmählich zu.

Dann setzte sich Blanche Everett in Bewegung. Mrs Goldwyn hatte noch Zeit, sich entsprechende Antworten auf unweigerlich kommende Fragen zurechtzulegen. Während sich die Heimleiterin einen Weg zwischen den schief stehenden Grabsteinen suchte, zischte sie den anderen Frauen zu: »Geht in eure Zimmer und macht euch schön für das Sommerfest.«

Spöttische Worte. Unter anderem merkte auch Lady Sarah diesen beinahe schon beißenden Zynismus der Frau, und Blanche Everett sank noch mehr in ihrer Achtung. Sie wunderte sich auch, dass eine Person wie sie die Heimleitung übernehmen konnte.

Blanche Everett blieb stehen. Noch eine Körperlänge trennte sie von Mrs Goldwyn. »Guten Tag«, sagte die Frau und musterte die Horror-Oma knapp, wobei ihr Blick den Koffer streifte.

Lady Sarah erwiderte den Gruß. Es gelang ihr, ihrer Stimme ein gewisses Zittern zu verleihen, das auf Unsicherheit schließen ließ. So wollte sie auf Blanche Everett wirken und diese in Sicherheit wiegen.

Die Heimleiterin stellte es mit Genugtuung fest. »Was führt Sie hierher?«, fragte sie.

»Ich – ich suche einen Platz.«

»Wieso?«

»Im Altersheim. Man hat mir dieses Heim hier empfohlen, und da ich keinerlei Verwandte besitze …«

»Wer hat Ihnen unser Haus empfohlen?«

»Eine Freundin, die leider vorhin zu Grabe getragen wurde.«

Blanche Everett gab ihrem Gesicht einen bedauernden Zug. »Ja, die arme Diana Coleman. Ihr Herz machte plötzlich nicht mehr mit. Vielleicht war es das Wetter. Alte Menschen haben oft damit Schwierigkeiten.« Die Frau nickte bedauernd, starrte Lady Sarah an, und fragte sie: »Wie sind Sie hergekommen?«

»Mit dem Zug.«

»Und dann?«

»Mit einem Taxi.«

»Ich habe keinen Wagen gesehen.«

»Ich ging den Rest zu Fuß.« Lady Sarah hob die Schultern. »Allerdings weiß ich nicht, ob ich hier bleiben werde …«

»Weshalb nicht?«

»Ich war ja nicht angemeldet. Das ist sonst nicht meine Art …«

»Machen Sie sich mal keine Sorgen, Mrs …«

»Goldwyn, Sarah Goldwyn«, erklärte die Horror-Oma.

»Gut. Ich heiße Blanche Everett, ich bin die Leiterin des Heims. Ich vertrete auch Doc Rawson, unseren Chef, der immer sehr beschäftigt ist und sich viel um die Kranken kümmert.«

»Darf ich eine Nacht mal abwarten?«, erkundigte sich Mrs Goldwyn.

»Natürlich. Sie dürfen nicht nur. Sie sollen sogar. Warten Sie, ich helfe Ihnen tragen.« Bevor Sarah Goldwyn einen Einwand aussprechen konnte, hatte die Heimleiterin den Koffer bereits an sich genommen und war vorgegangen.

Lady Sarah blieb nichts anderes übrig, als der Everett zu folgen.

Sie passierten die wartenden Frauen, wobei sie in blasse Gesichter schauten. Müde Augen warfen Lady Sarah Blicke zu, und sie bedauerte die Frauen.

Dass es den Frauen nicht gut ging, stand in ihren Gesichtern geschrieben. Die Horror-Oma fragte sich, welches Rätsel dieses Haus auf den Klippen barg.

Sie warf noch einen Blick zurück.

Die beiden Helfer hatten hart gearbeitet und das frische Grab zugeschaufelt. Jetzt standen sie daneben, stützten sich auf ihre Spaten und blickten in Mrs Goldwyns Richtung, wobei sie die Lippen zu einem Grinsen verzogen hatten.

Lady Sarah drehte sich hastig wieder um.

Carola Finley entdeckte sie auch. Die Frau zwinkerte der Horror-Oma zu.

Dieses Zeichen tat Lady Sarah sehr gut. So hatte sie das Gefühl, wenigstens nicht völlig allein in dieser fremden Umgebung zu sein.

Blanche Everett blieb vor der Haustür stehen, zog sie auf und drehte sich zu Sarah Goldwyn um. »Bitte treten Sie ein und fühlen Sie sich schon wie zu Hause.«

Die Horror-Oma bedankte sich mit einem Nicken, setzte ihren Fuß über die Schwelle, tat den zweiten Schritt, auch den dritten und wusste sofort, dass sie sich an dieses Haus niemals gewöhnen würde. Es barg eine abstoßende Atmosphäre. Es war keine Furcht, die Sarah überfiel, sondern eher eine Beklemmung und eine gespannte Erwartung.

Der dunkle, glatte Steinboden schimmerte. An manchen Stellen, wo er nicht so stark gebohnert war, konnte Sarah auch Fußspuren erkennen. Die Lampen waren weiße, runde Kugeln.

»Ich gehe vor«, sagte Blanche Everett, nahm den abgestellten Koffer wieder hoch und wandte sich nach links, um an der wuchtigen, nach oben führenden Treppe vorbeizugehen, sodass sie in einen breiten Gang eintauchen konnte, wo die Zimmer lagen.

»Die meisten Räume befinden sich hier unten«, erklärte sie. »Unsere Gäste sind oft schlecht zu Fuß. Wir haben auf diese Tatsache Rücksicht genommen.«

»Das finde ich gut. Auch mir bereitet es Mühe, Treppen zu steigen.«

Die Frau lächelte.

Das beklemmende Gefühl verschwand nicht. Im Gegenteil, es verstärkte sich noch, je tiefer die Horror-Oma in das Haus hinein schritt. Der Vergleich mit einem gewaltigen Sarg aus Mauern und Steinen kam ihr in den Sinn. In diesem Gebäude kam man sich lebendig begraben vor. Es war wie die Vorbereitung auf den Tod.

An einer Reihe von Türen gingen sie vorbei. Nur ihre Schritte waren auf dem harten Steinboden zu vernehmen. Die Echos hallten von den kahlen Wänden wider. Da gab es kein Bild, das sie schmückte, und das herrschende Zwielicht trug auch nicht dazu bei, die Stimmung der Horror-Oma zu heben.

Sie mussten fast bis zum Ende des Ganges durchgehen, um das Zimmer zu erreichen, das einmal Diana Coleman gehört hatte. Vor der Tür verhielt Blanche Everett ihren Schritt. »Es macht Ihnen doch nichts aus, in einem Raum zu leben, in dem vor Kurzem jemand gestorben ist?«

»Nein, nein!« Heftig schüttelte Mrs Goldwyn den Kopf. »Ich bin da nicht so eigen.«

»Ja, das ist gut. Wir haben das Zimmer natürlich aufgeräumt und die persönlichen Dinge der Verstorbenen entfernt. Es sind nur die Möbel vorhanden, und die gehören dem Heim.« Während dieser Worte hatte sie nicht nur die Tür aufgeschlossen, sie auch aufgestoßen, und ihre einladende Handbewegung erklärte der Besucherin, dass sie eintreten sollte.

Lady Sarah gefiel das Zimmer auf Anhieb nicht. Es war ebenso düster wie der Flur. Es passte zu diesem Haus, und Lady Sarah wusste genau, dass sie sich hier nie wohlfühlen würde.

Ebenso dunkel wie das Zimmer waren die Möbel. Zudem rochen sie seltsam. Es war ein Geruch, den sie nicht einordnen konnte.

»Gefällt es Ihnen?«, wurde sie gefragt.

»Ein wenig dunkel«, sagte Mrs Goldwyn.

Blanche Everett lächelte. »Das haben große, alte Häuser nun mal so an sich.«

»Scheint mir auch so zu sein.«

»Ich lasse Sie jetzt allein«, sagte die Frau und wollte sich umdrehen, aber Lady Sarah hatte noch eine Frage.

»Ich hörte von einem Doc Rawson. Wann bekomme ich ihn denn zu Gesicht?«

»Das hat Zeit«, unterbrach Blanche Everett. »Bleiben Sie erst einmal hier und schnuppern Sie ein wenig. Wenn Sie sich entschieden haben, bei uns zu bleiben, wird der Doc Sie untersuchen. Es ist nur eine reine Formsache, wissen Sie. Und noch etwas. Sie sind natürlich herzlich eingeladen, an unserem Sommerfest teilzunehmen. Es wird immer sehr nett, das weiß ich aus den vergangenen Jahren.«

»Da bedanke ich mich.«

»Und bleiben Sie bitte auf dieser Etage, Mrs Goldwyn. Im oberen Stockwerk kann ich für Ihre Sicherheit leider nicht garantieren, da die Zimmer sehr baufällig sind.«

»Ich werde mich an Ihren Rat halten«, versprach die Horror-Oma und schaute Blanche Everett nach, die das Zimmer verließ. Als deren Schritte verklungen waren, nahm sie auf der Bettkante Platz und vergrub das Gesicht in beide Hände.

Jetzt erst weinte sie. Nicht ihr eigenes Schicksal war der Grund. Sarah Goldwyn beweinte eine Tote, und sie beweinte auch die Art, wie sie begraben worden war. Es war ein regelrechtes Verscharren gewesen. Schrecklich.

Nach einigen Minuten hatte sich Lady Sarah wieder gefangen, hob den Kopf und schaute zur Tür. Vom Gang her vernahm sie Geräusche. Jetzt war sie heilfroh, nicht allein in dieses Haus gekommen zu sein. Sie war beruhigt, John Sinclair als Deckung in ihrem Rücken zu wissen. Leider wusste sie nicht, wo sich der Geisterjäger herumtrieb. Gesehen hatte sie ihn jedenfalls nicht. Hatte er sich unsichtbar gemacht?

Das hätte ich gern gekonnt, doch in diesem Fall war es nicht möglich. Ich musste mich sehr hüten, denn ich wollte nicht auffallen. Man hätte mir unangenehme Fragen gestellt, und so etwas ist immer schlecht und behindert die Arbeit.

Welch ein Haus!

Ich kannte Cornwall, auch die alten Häuser an den Steilküsten, aber noch nie hatte ich einen Bau gesehen, der so breit und wuchtig wirkte wie dieser hier.

Geheimnisvoll, unheimlich, klotzig stand er da hoch über dem Wasser, hob sich vom Rand der Klippen scharf ab. Hoch am Himmel zogen gewaltige Wolkentürme ihre Bahn und es schien, als würde das Sonnenlicht von diesem Haus aufgefangen werden, sodass die Mauern ungemein düster wirkten.

Im Schatten zweier krumm gewachsener Bäume hielt ich mich auf und hockte auf dem Boden. Mein Bentley stand in der Nähe. Ich hatte ihn dicht an einen Hang herangefahren, sodass er vom Haus her nicht gesehen werden konnte.

Lady Sarah musste den Bau inzwischen längst erreicht haben. Um sie machte ich mir ziemliche Sorgen. Wir hatten in diesem Gasthaus einiges zu hören bekommen.

Es war abgesprochen, dass ich zunächst einmal die nähere Umgebung des Hauses absuchte. Für das Innere war Lady Sarah zuständig, und es würde ihr sicherlich gelingen, auf die eine oder andere Weise mit mir in Kontakt zu treten.

Ich hatte mir auch schon einen Plan zurechtgelegt, wie ich vorgehen wollte. Dabei kam mir das Gelände entgegen. Wenn ich es geschickt anstellte, musste es mir gelingen, mich ziemlich ungesehen dem Haus zu nähern, denn Bodenfalten, kleine Senken und Erhebungen gaben mir die nötige Deckung. Und einen Ausguck, der die Umgebung im Auge behielt, entdeckte ich nicht.

Mit dem Absatz trat ich die Zigarettenglut aus und machte mich auf den Weg.

Es wäre ein Fehler gewesen, sich dem Haus auf direktem Wege zu nähern, deshalb schlug ich einen Bogen und benutzte die Form des Geländes als natürliche Deckung.

Der Boden hier war mit kargem Gras bewachsen, das auch dem ewigen Wind standhalten konnte. An einigen Stellen sah ich den nackten Fels durchschimmern, wobei ich mir die Frage stellte, wie es möglich war, in diesem Boden Gräber auszuheben. Wahrscheinlich gab es am Friedhof einen anderen Untergrund.

Das Haus lag immer vor meinen Augen. Zwar nie in seiner Gesamtheit, aber Teile oder Trakte davon behielt ich stets im Blick. Und auch einen Teil der Fenster. Manchmal blitzten die Scheiben hell auf, wenn sie von einem durch die Wolken lugenden verirrten Sonnenstrahl getroffen wurden.

Am Himmel kreisten Vögel. Es waren Seeschwalben, Raben und Elstern. Die Schreie der Tiere wirkten auf mich manchmal wie ein schmerzgepeinigtes Kreischen, das mir in den Ohren gellte.

Ich kam gut voran, pausierte einmal, weil ich schauen musste, auf welchem Weg ich das Haus am besten umrundete. Menschen hatte ich bisher nicht gesehen. Auch hinter den Scheiben hatte sich kein Gesicht gezeigt.

Eine freie Fläche überquerte ich geduckt und fast auf allen vieren kriechend, fand eine guten Platz und konnte von dieser kleinen Mulde aus über knorriges Gestrüpp hinweg bis zum Friedhof schauen.

Er war leer.

Wenn ich nach rechts blickte, sah ich die letzten Frauen durch den breiten Hintereingang im Haus verschwinden. Für mich ein Beweis, dass die Beerdigung vorbei war.

Ich ließ einige Minuten verstreichen, riskierte anschließend einen genaueren Blick und erkannte auf dem Friedhof auch das frische Grab.

Für mich war die Luft rein. Kein Mensch befand sich mehr auf diesem kleinen Totenacker. Zudem gab es genügend Bäume, hinter deren Stämmen ich Deckung fand.

So etwas wie Jagdfieber hatte mich gepackt. Ich hielt zwar keinen Beweis in den Händen, mir war allerdings jetzt schon klar, dass mit diesem Haus etwas nicht stimmte.

Das fühlte ich, das konnte ich spüren.

Stück für Stück tastete ich den Friedhof mit meinen Blicken ab. Ich suchte nach irgendwelchen verdächtigen Personen, nach Dingen, die mir bitter aufstießen, aber ich sah nichts.

Nur das Gefühl blieb.

Manchmal sah ich, wenn ich zur Rückseite des Hauses schaute, hinter den Fenstern Bewegungen. Dort mussten die Räume der Heiminsassen liegen.

Meine Suche galt auch einem zweiten Eingang. Davon gab es mehrere, wie ich feststellen konnte. Ein großer Hintereingang befand sich ungefähr in der Mitte des Gebäudes, und es waren auch noch schmalere vorhanden, an den Seiten verteilt.

Ich zählte die Grabsteine.

Es waren sieben.

Das letzte Grab hatte noch keinen Stein bekommen. Zwischen den Steinen wucherte kniehoch das zähe Gras. Seine Spitzen schienen sich vor den Toten zu verneigen, wenn sie vom Wind bewegt wurden.

Allmählich musste ich mich entscheiden. Drei Eingänge standen mir zur Verfügung. Den Haupteingang wollte ich nicht nehmen. Wenn es eben möglich war, einen der kleinen.

Rechtlich besaß ich keine Grundlage, das Haus zu betreten, deshalb zögerte ich auch und fand mich schon mit einer längeren Wartezeit ab, wobei ich hoffte, dass ich von der Horror-Oma irgendein Zeichen erhalten würde.

Von ihr bekam ich kein Zeichen, dafür geschah etwas anderes. Eine der hinteren Türen wurde nach innen geöffnet und entließ einen Mann. Sofort duckte ich mich tiefer hinter meine Deckung und dachte an die Worte des Fahrers im Gasthaus.

Er hatte berichtet, dass sich innerhalb des Heimes bis auf zwei Männer und diesem seltsamen Doc Rawson nur Frauen befanden. Jedenfalls kam mir einer der Männer unter die Augen.

Er blieb für einen Moment stehen, schaute sich um, sodass ich Gelegenheit hatte, ihn genauer zu betrachten.

Für mich war er ein Typ, der jeden Befehl ausführte, ohne darüber nachzudenken. Eine kompakte Masse Mensch, breit in den Schultern. Kurz geschnittenes, dunkles Haar, unter dem sein Gesicht leuchtete. Er trug ein kariertes Hemd, hatte die Ärmel hochgekrempelt, und seine Beine steckten in einer grauen Hose.

Über seine vorgestreckten Arme hatte er Girlanden liegen. Sie leuchteten rot, grün und gelb.

Ich wusste sofort Bescheid. Man hatte von dem seltsamen Sommerfest berichtet, das an diesem Abend stattfinden sollte. Lady Sarah hatte mich darauf hingewiesen, auch hatte ich es in dem Brief gelesen, den Diana Coleman geschrieben hatte.

Der Mann wollte den Schmuck für das Sommerfest verteilen.

Auf einem Friedhof!

Der Gedanke war schon pervers. Ich konnte mir vorstellen, wie es sein würde, wenn die alten Menschen zwischen den Grabsteinen tanzten. Er war schon fast ein Totenreigen, und ich schüttelte mich, als ich daran dachte.

Dass es so etwas gab und von Menschen durchgeführt wurde, hätte ich kaum für möglich gehalten.

Ein Sommerfest auf dem Friedhof …

Ich schluckte und beobachtete weiter. Der Mann schritt dorthin, wo die Bäume an der mir gegenüberliegenden Seite des Friedhofs wuchsen, und holte aus dem Sichtschatten eines Stammes eine Leiter hervor.

Die lehnte er gegen den Baum und stieg hinauf. Eine rote Girlande hatte er mitgenommen, um sie an einem Ast zu befestigen.

Mir war klar, dass ich nicht mehr lange an diesem Fleck ausharren durfte. Schon jetzt war zu erkennen, dass der Mann die Girlanden in ihrer Länge quer über den Friedhof hängen konnte und sie auch an einem der Bäume befestigen würde, hinter denen ich Deckung gefunden hatte.

Ich musste meinen Platz wechseln.

Dabei wollte ich einen Bogen nach links schlagen und schlich geduckt los. Zwangsläufig näherte ich mich der Steilküste. Das Tosen der Brandung wurde lauter. Es hörte sich an wie das Gebrüll eines Tieres aus der Urzeit. Kaum hatte ich das Gelände des Friedhofs verlassen, nahm der Boden unter mir eine andere Form an. Eigentlich die normale, denn er wurde wieder fester und steiniger.

Leicht stieg er an. Mir gelang es durch einen Blick nach links, das Meer und die vorgelagerten Klippen zu erkennen. Sie wurden von den weißen Schaumstreifen des Wassers umspielt, wenn sie die Wellen brachen.

Ein wildes Bild, in dem etwas von der Urkraft des Meeres wohnte. Ich bemühte mich stets, den Mann im Auge zu behalten. Er rührte sich nicht von seiner Leiter, sondern war weiter damit beschäftigt, die Girlanden aufzuhängen.

So hatte ich Zeit, einen großen Bogen zu schlagen und mich der Tür zu nähern, durch die der Knabe das Haus verlassen hatte. Meist deckten mich die Bäume, und wenn ich freie Flächen überqueren musste, tat ich es schnell und geduckt.

Hin und wieder warf ich einen Blick auf das Haus. Einmal sah ich hinter einer Fensterscheibe etwas blitzen. Was es war, konnte ich nicht erkennen, vielleicht hatte sich ein Sonnenstrahl innerhalb des Fensters gefangen, darüber machte ich mir keine weiteren Sorgen.

Ich hätte es machen sollen, aber wer kann schon in die Zukunft schauen? Nicht einmal weit von dem Helfer entfernt huschte ich an ihm vorbei und hörte, dass er mit sich selbst sprach. Er sang sogar, schien gute Laune zu haben, und ich vernahm Teile des Textes.

Da war von Totengesang die Rede und von einem Tanz der lebenden Leichen.

Ich blieb stehen, um weitere Worte zu hören. Den Gefallen tat mir der Mann nicht. Er fluchte nur und beschwerte sich über seine Arbeit. Sehr lange wollte ich auch nicht warten, sondern huschte weiter. Die Tür, die ich ins Auge gefasst hatte, war nicht mehr fern. Über einen schmalen Weg lief ich auf sie zu und sah, dass der Knabe sie nicht geschlossen hatte.

Spaltbreit war sie geöffnet.

Mit der flachen Hand drückte ich sie weiter auf, wobei ich nicht erst groß überlegen konnte, sondern sofort das Haus betreten musste.

Direkt hinter der Tür blieb ich stehen und drückte sie so weit zurück, dass wieder nur der Spalt blieb und ein schmaler Lichtstreifen von draußen hereinfiel, der meine unmittelbare Umgebung ein wenig erhellte.

Ich sah vor mir eine schmale Treppe, zählte nur drei Stufen, und danach führte ein Gang weiter in den Keller. Er lief leicht schräg in die Tiefe, wobei er rechts und links von düsteren Mauern eingerahmt wurde. Dunkel war er nicht, denn dort, wo der Gang wahrscheinlich zu Ende war, schimmerte Licht.

Das war mein Ziel.

Niemand störte mich oder hielt mich auf, als ich auf Zehenspitzen weiter schlich. Zudem war der Gang sauber gefegt worden, sodass auch kaum ein Stein unter meinen Sohlen knirschte.

Türen sah ich nicht. Dafür geriet ich in einen Raum, aus dem der Mann draußen wohl die Girlanden geholt hatte, denn innerhalb des Raumes befand sich Werkzeug, und ich sah auch Dinge, die für das Gartenfest benötigt wurden. Tische, Stühle, Lampions, sogar Pappteller und -becher.

Es lag auf der Hand, dass der andere bald zurückkehren würde, um diese Dinge zu holen, deshalb musste ich zusehen, rasch weiterzukommen. Eine weitere Tür fiel mir auf. Daneben stand ein schmaler Spind, der wie ein hochkant gestellter Sarg aussah.

Ich drückte die Holztür auf und peilte in den dahinter liegenden Raum.

Abgestandene Luft wehte mir entgegen, und die Fäden eines Spinnennetzes strichen über mein Gesicht.

Es war dunkel, sodass ich meine kleine Leuchte nehmen musste, um etwas erkennen zu können.

Behutsam schob ich mich in den zweiten Kellerraum hinein und ließ den dünnen Strahl der Lampe wandern. Dabei bewegte ich sie kreisförmig, weil ich mehr erkennen wollte.

Leer war der Raum nicht. Man bewahrte darin etwas auf, vor dem die meisten Menschen Angst hatten.

Särge!

Auch ich musste meine Überraschung überwinden, denn damit hätte ich nicht gerechnet. Ich war also in einem Sarglager gelandet. Ich erinnerte mich an den Fahrer, der die Särge gebracht hatte, und hier wurden ja mehr Totenkisten herein als hinaus getragen.

Die Leute brauchten Nachschub.

Zurück wollte ich nicht mehr, demnach blieb mir also nur der Weg nach vorn. Damit ich kein Aufsehen erregte, schloss ich die Tür hinter mir und stand nun allein zwischen den Totenkisten.

Man hatte sie sorgfältig hingestellt. Einige standen an den Wänden. Hochkant gekippt, wobei die Deckel daneben lagen. Nicht alle Särge befanden sich in bester Verfassung, einige sahen schon »benutzt« aus. Ich konnte mir gut vorstellen, dass man sie wieder aus der Erde geholt hatte. Nur – was war dann mit den Toten geschehen, die sicherlich in den Särgen gelegen hatten?

Rasch zählte ich nach.

Es waren genau acht Särge. Die meisten davon standen nebeneinander. Die neueren rochen nach Imprägniermittel. Dennoch glaubte ich, Leichengeruch wahrzunehmen, was natürlich Einbildung war.

Im Raum gab es auch eine kleine Nische. Sie lag links von mir und stach wie ein Tunnel in das Mauerwerk hinein.

Sie interessierte mich, deshalb näherte ich mich ihr und wollte hineinleuchten.

Ich hätte mich mehr um die Särge kümmern sollen, denn zwischen zwei hochkant aufgestellten löste sich plötzlich eine Gestalt. Als ich sie sah, war es zu spät.

Sie jagte auf mich zu, ich vernahm einen Grunzlaut und sah etwas blitzen.

Im nächsten Augenblick prallte der andere gegen mich!

Ein Messer war es nicht, das konnte ich noch erkennen, aber seine Waffe war ebenso schlimm, wenn nicht schlimmer, denn der Kerl hielt eine Motorsäge in der Hand.

Durch eine blitzschnelle Drehung konnte ich dem ersten Angriff die Wucht nehmen, wurde an der Seite getroffen und taumelte zurück wobei mich das Sägeblatt nicht erwischte, ich allerdings die Lampe verlor, die zu Boden fiel und dort weiter brannte.

Ihr Strahl stach nicht in meine Richtung, sondern entgegengesetzt, aber er erfasste auch meinen Gegner nicht, sodass wir beide im Dunkeln standen.

Der andere war wütend. Ich hörte sein Grunzen und sah ihn als sich hastig bewegenden Schatten. Er kreiselte zu mir herum und hielt seine gefährliche Waffe etwa in Augenhöhe.

Wenn die mich erwischte, war es aus. Die konnte mich von oben bis unten aufschlitzen, deshalb musste ich zurück.

Leider ließ mir der andere keine Zeit, an meine Beretta zu kommen. Ich hätte ihn mit einer Kugel gestoppt, denn das wäre in diesem Fall reine Notwehr gewesen. So aber musste ich mich auf meine Schnelligkeit und die Fäuste verlassen.

Er stach und schlug nach mir. Beide Vorgänge gingen ineinander über. Ich sah nur das gefährliche Blitzen der Klinge und brachte durch schnelle Drehung meinen Kopf aus der Richtung.

Dann konterte ich.

Wo der Schatten vor mir tanzte, das konnte ich erkennen, und ich rammte meinen Fuß in Magenhöhe vor.

Ein satter Treffer. Ich hörte ein Ächzen und zog das Bein sofort wieder zurück, da er die Säge hart nach unten drosch. Fast hätte meine Schuhsohle daran glauben müssen, und dann stach meine Faust in den helleren Fleck über der dunklen Körpermasse.

Ich traf das Gesicht.

In meinen Knöcheln wütete der Schmerz. Mein Gegner flog zurück. Er prallte gegen zwei Särge und riss einen um. Als dieser zu Boden krachte, war ich schon bei dem Kerl und bekam mit beiden Händen sein rechtes Gelenk zu fassen. Kurz nur zog ich es von der Wand weg, um es noch in derselben Sekunde nach hinten zu wuchten.

Es krachte gegen die Wand. Ein hässliches Ratschen erklang. Wahrscheinlich war das Sägeblatt über die Mauer geschrammt. Eine Staubwolke quoll mir entgegen.

Eisern hielt ich fest, drehte mich etwas zur Seite, um nur ein schmales Ziel zu bieten, und versuchte, dem Kerl den Arm so zu verrenken, dass er gezwungen war, die Säge loszulassen.

Er stemmte sich dagegen.

Ein erbittertes Ringen begann. Keiner wollte nachgeben. Erst jetzt stellte ich fest, dass mein Gegner über gewaltige Kräfte verfügte. Während ich vor Anstrengung keuchte, stieß er seltsame, abgehackte Laute aus.

Wer war stärker?

Ich hatte einen Vorteil, denn ich konnte mit beiden Händen drücken, und meine Kräfte reichten aus.

Stück für Stück bog ich den Arm des Mannes nach unten, sodass die Säge aus dem unmittelbaren Bereich meines Körpers geriet und sich immer mehr dem Boden näherte. Nur so war es zu schaffen.

Was ich hier erzähle, dauerte tatsächlich nur Sekunden.

Mein Gegner ließ sich etwas anderes einfallen. Mit der freien Hand schlug er zu. Er hatte sie zur Faust geballt, zielte nach meinem Gesicht. Zum Glück bemerkte ich den Schlag, tauchte nach unten, ohne das Gelenk loszulassen, und der Hieb verfehlte mich.

Das war die halbe Miete.

Dafür riss ich mein Knie hoch.

Er stöhnte, während ich ihm einen keuchenden Befehl entgegenschleuderte: »Lass das verdammte Ding fallen!«

Er dachte nicht daran. Dafür erwischte mich der nächste Hieb mit der linken Faust. Nicht im Gesicht, sondern am Hals. Ich hörte das Klatschen und bekam schon keine Luft mehr.

Sofort ließ ich ihn los und sprang zurück, ein dritter Hieb verfehlte mich, und ich wäre ihn gern angegangen, doch ich hatte mit mir selbst zu tun.

Auch mein Gegner hatte seine Schwierigkeiten. Den rechten Arm konnte er kaum bewegen. Er war zwar nicht gebrochen, doch mein Druck hatte ausgereicht, um ihn zunächst einmal unbrauchbar zu machen.

Ich hatte mit der Luft meine Not. Dennoch dachte ich an meine Waffe. Wenn ich ihm die Mündung der Beretta unter das Kinn hielt, dann würde er parieren.

Da erwischte mich der Hieb.

Mit dem zweiten Kerl hatte ich nicht mehr gerechnet. Ich nahm an, dass er draußen bleiben würde, doch es musste ihm gelungen sein, sich unbemerkt während unseres Kampfes in den Raum zu schleichen.

Und er hatte mich getroffen.

In den Nacken war mir seine Handkante gesaust. Das verkraftet kein Pferd. Da ich keins war, höchstens ein Esel, weil ich mich so dumm angestellt hatte, ging ich in die Knie, riss die Augen weit auf, sah den Typ als Schatten, während ich dicht vor seinen Beinen an ihm vorbeirutschte.

Es ging alles im Zeitlupentempo. Ich sackte in die Knie, wollte mich dagegen anstemmen, schaffte es aber nicht. Der Schlag hatte mich fast gelähmt und einiges in mir ausgeschaltet, obwohl ich nicht bewusstlos wurde und alles noch seltsam klar mitbekam.

Auf dem Boden blieb ich liegen. Mein Kopf sank nach vorn, und ich berührte mit der Stirn die kühle Erde. Schwerfällige Schritte vernahm ich. Jetzt kam der Kerl mit seiner Säge, und ich konnte nichts dagegen tun. Ich war den beiden hilflos ausgeliefert.

»Den mach ich kaputt«, hörte ich eine raue Flüsterstimme. »Dieser Hund hat mir fast den Arm gebrochen.«

»Meinetwegen!«

Plötzlich bekam ich Angst. Hilflos lag ich vor den beiden.

Als ich die kalten Zinken der Säge in meinem Nacken spürte, zuckte ich zusammen. Für mich schien der Fall bereits beendet zu sein, bevor er noch angefangen hatte …

Fast zwei Stunden waren vergangen!

Man hatte Lady Sarah allein gelassen. Niemand störte sie, niemand wollte etwas von ihr. Und sie selbst traute sich auch nicht, das Zimmer zu verlassen, obwohl sie gern das Gebäude inspiziert hätte. Zunächst siegte die Vorsicht über die Neugierde.

An den Raum und an das Heim hatte sie sich auch in dieser einen Stunde nicht gewöhnen können. Sie hätte dies auch nicht in mehreren Jahren geschafft, dazu war dieses Haus einfach mit einer zu schlimmen Atmosphäre belastet.

Vergiftet, das war der richtige Ausdruck.

Manchmal hatte sie draußen auf dem Gang Schritte gehört. Keine schnellen, forschen, sondern mehr schlurfende. Für sie ein Beweis, dass alte Menschen die Zimmertür passierten.

Aber niemand wollte zu ihr.

Um sich zu beschäftigen, hatte sie den alten Schrank inspiziert. Er war leer geräumt. Es gab überhaupt nichts, was auf die Vormieterin des Zimmers hingedeutet hätte. Selbst auf dem kleinen Bord über dem Waschtisch stand nicht ein Glas.

Aus dem Fenster hatte sie ebenfalls geschaut und dabei festgestellt, dass es sich nicht öffnen ließ. Es hatte keinen Griff, und sie hätte schon die Scheibe einschlagen müssen, um auf diesem Wege dem Raum zu entfliehen.

Was war dies nur für ein Haus? Lady Sarah stellte sich immer wieder die Frage, doch eine Antwort wusste sie nicht. Sie glaubte nur daran, dass es ein großes Geheimnis gab, das wie ein drohender Schatten über dem Gebäude lag. Ein Schatten, der auf sie als würgende Klammer wirkte, sich immer mehr verdichtete und drohte, ihr die Luft abzuschnüren.

Wäre etwas passiert, hätte Lady Sarah sich bestimmt besser gefühlt, aber so saß sie in ihrem Zimmer und musste sich mit ihren Gedanken und den Vermutungen beschäftigen.

Manchmal durchwanderte sie den Raum. Sechs Schritte hin, sechs Schritte zurück, immer dieselbe Strecke, und ihre Gedanken beschäftigten sich dabei mit John Sinclair.

Der Geisterjäger war ihre große Hoffnung. Er wollte ihr den Rücken decken, und sie fragte sich, ob es ihm bereits gelungen war, das Haus zu betreten.

Gesehen hatte sie ihn nicht, obwohl sie öfter aus dem Fenster geschaut und nach ihm gesucht hatte.

Mittlerweile hatten auch die Vorbereitungen für das makabre Sommerfest begonnen. Makaber insofern, weil es auf dem Friedhof stattfand und dieses Gelände mit Girlanden geschmückt wurde.

Sarah Goldwyn konnte es nicht fassen. Für sie war so etwas unbegreiflich. Bisher hatte sie eigentlich nicht so recht daran glauben wollen, nun aber sah sie es mit eigenen Augen.

Wieder hörte sie Schritte. Sie näherten sich ihrer Tür, gingen allerdings diesmal nicht vorbei, sondern stoppten. Die Horror-Oma drehte sich um, als bereits gegen das Holz gepocht wurde.

Rasch ging sie auf die Tür zu. »Ja?«, sagte sie fragend.

»Ich bin es, Carola Finley. Bitte, darf ich reinkommen?«

»Natürlich, es ist offen.«

Hastig wurde die Tür aufgedrückt. Nur so weit, dass sich die Frau ins Zimmer schieben konnte. Sie tat es sehr schnell, als hätte sie Angst, erwischt zu werden. Mit dem Rücken lehnte sie sich gegen das Holz, atmete ein paar Mal tief durch und presste ihre Hand dorthin, wo unter der Brust das Herz schlug.

Lady Sarah hatte sprechen wollen, doch der Anblick dieser Frau verschlug ihr den Atem.

Carola Finley hatte sich umgezogen.

Sie wirkte lächerlich in ihrer weinroten Hose und der fahlgelben Bluse, wobei sich Sarah fragte, ob sie sich so in der anderen getäuscht hatte. Auch das Silberhaar war sorgfältig frisiert worden, die unmodernen Schuhe hatten hohe Absätze.

Das Gesicht erinnerte Lady Sarah an eine Maske. Die Lippen zeigten rote Striche, und die Wangen waren hell gepudert.

Das war nicht mehr die echte Carola Finley, nur noch ein Abklatsch. Allerdings brauchte Lady Sarah nur in die Augen der Frau zu sehen, um erkennen zu können, dass diese dennoch dieselbe geblieben war. Ihr Blick deutete der Horror-Oma an, dass sie sich nicht wohl fühlte, denn sie machte einen gequälten Eindruck.

Bevor Sarah Goldwyn eine Frage stellen konnte, sprach ihre Besucherin bereits. »Sie wundern sich bestimmt, dass ich in diesem Aufzug bei ihnen erscheine …«

»Das allerdings.«

»Ich konnte mich nicht dagegen wehren.«

»Wieso?«

Carola Finley löste sich von der Tür und schritt langsam näher. Dabei legte sie einen Finger auf die geschminkten Lippen und hauchte: »Wir müssen leise sprechen, ich bin mir nicht sicher, ob wir abgehört werden.«

»Verstehe.« Lady Sarah deutete auf das Bett. Die beiden Frauen ließen sich darauf nieder.

»Sie verlangt, dass wir uns für das Fest schön machen«, erklärte Carola Finley. »Wir sollen uns andere Sachen anziehen und uns auch schminken, damit Farbe in unsere welken Gesichter kommt. Das hat sie wörtlich gesagt. Und diese Kleidung, die ich trage, stammt aus dem Fundus. Sie hat Frauen gehört, die längst verstorben sind.«

»Das ist ja grauenhaft«, flüsterte Sarah Goldwyn. Sie bekam eine Gänsehaut.

Ihre neue Freundin lächelte verloren. »Das sagen Sie so. Wir haben uns längst damit abgefunden.«

»Und wie wird das ablaufen?«, erkundigte sich die Horror-Oma.

»Man schmückt den Friedhof. Auf der einen Seite werden Tische und Stühle aufgestellt. Es gibt etwas zu essen und zu trinken. Irgendjemand stellte einen Kassettenrekorder auf, und dann müssen wir tanzen. Wirklich tanzen. Zwischen den Gräbern und über den Köpfen der Toten.« Sie schüttelte den Kopf. »Es ist grauenhaft.«

»Wie lange dauert das Fest?«

»Bis Blanche Everett es abbricht.«

»Sie hat von Besuchern gesprochen«, sagte Lady Sarah. »Kommt da noch jemand?«

»Keine Ahnung.«

»Weshalb sagt sie dann so etwas?«

»Ich weiß es nicht«, erklärte Carola Finley. »Tut mir echt leid. Ich weiß nicht, was in Blanche Everetts Kopf vor sich geht. Etwas Gescheites wird es nicht bestimmt nicht sein, das steht fest.«

Lady Sarah winkte ab. »Nun tun Sie mal nicht so.« Sie sagte er bewusst provozierend. »Sie sind doch lange genug hier und haben die Augen immer offen gehalten. Welches Geheimnis verbergen die Mauern?«

»Ich kann es Ihnen nicht sagen.«

»Auch nichts über Rawson?«

»Der Doc?« Die Frau lachte auf. »Ich habe ihn nicht einmal zu Gesicht bekommen.«

»Leitet er nicht die Untersuchungen?«

Carola Finley stand auf und begann, im Zimmer hin und her zu gehen. »Untersuchungen leiten? Er wird es wohl mal gesagt haben, aber passiert ist so etwas noch nicht. Man hört von ihm, man sieht ihn nie. Es wird nur über ihn gesprochen, er selbst bleibt als geheimnisvolle Persönlichkeit im Hintergrund. Wie ein Phantom, ein Schatten. Und niemand kann ihn fassen.«

»Wo lebt er denn?«, fragte die Horror-Oma.

»Wie meinen Sie das?«

»Er muss doch eine Praxis haben, eine Wohnung oder einen Trakt. Das Haus ist schließlich groß genug.«

»Eine Praxis hat er«, erwiderte die Frau und stoppte mit ihrer Wanderung. Nahe der Tür blieb sie stehen, verschränkte die Arme vor der Brust und hob beide Schultern. »Nur hat diese Praxis noch niemand von uns betreten dürfen.«

Lady Sarah schüttelte den Kopf. »Wirklich kaum vorstellbar. Man könnte auf den Gedanken kommen, dass er gar nicht existiert.«

»Das ohne Zweifel.«

»Wie meinen Sie das? Gibt es ihn oder gibt es ihn nicht?«

»Ich kann Ihnen darauf wirklich keine Antwort geben. Um Doc Rawson liegt der Schleier eines Geheimnisses.«

»Gesehen haben Sie ihn nicht?«

»Nein, das …«

»Moment.« Lady Sarah hob die Hand. »Haben Sie ihn vielleicht gehört? Seine Stimme zum Beispiel?«

Carola Finley warf der Horror-Oma einen nachdenklichen Blick zu und schüttelte den Kopf.

»Sie haben die Stimme nicht gehört?«

»Ja und nein.« Die Heiminsassin kam wieder zur Horror-Oma und ließ sich neben ihr nieder. »Es ist so: Manchmal bin ich in der Nacht aufgewacht, und da spürte ich, dass etwas nicht stimmte. Ich lag lange wach und hörte Geräusche. Es war ein schweres

Ächzen und Stöhnen, als würde ein Mensch unter unsäglichen Schmerzen leiden. Für mich war es furchtbar, dies zu hören. So ging es bis in den Morgen. Schlaf habe ich natürlich nicht mehr finden können, aber das macht auch nichts. In unserem Alter ist man da nicht so scharf drauf.«

»Sie haben aber nichts getan?«

»Nein, nicht in diesem Haus. Hätten Sie denn etwas unternommen, Mrs Goldwyn?«

»Ich weiß es nicht.«

Carola Finley lächelte. »Ich halte Sie für eine sehr mutige Frau, das einmal vorweggesagt. Ob Sie allerdings den Mut noch hätten, wenn Sie hier länger wohnen würden, ist sehr fraglich. Dieses Haus, diese Mauern, die machen einen Menschen kaputt. Sie höhlen ihn aus, sie zerreiben ihn, sie zerren an seinem Nervenkostüm. Und nicht jeder hat so gute Nerven, dass er es übersteht.«

»Wie Diana Coleman?«

»Sie hat zumindest etwas versucht.«

»Und ist gestorben.«

»Leider.« Carolas Stimme wurde brüchig.

Eine kurze Pause entstand. Jede Frau hing ihren eigenen Gedanken nach. Bis Lady Sarah fragte: »Ist sie eigentlich auf normalem Wege gestorben oder hat man nachgeholfen?«

»Sie denken an Mord?«

»So sehe ich es.«

Um die Mundwinkel der Frau zuckte es. »Daran glaube ich inzwischen auch. Und ich habe es dieser widerlichen Blanche Everett ins Gesicht gesagt, weil ich mich nicht beherrschen konnte.«

»Wie hat sie reagiert?«

Carola Finley drückte ihren Rücken durch. Steif blieb sie sitzen. »Gewarnt hat sie mich. Eindringlich. Aber sie hat keine Konsequenzen daraus gezogen.«

»Noch nicht.«

Carola erschrak. »Meinen Sie, dass da noch etwas nachkommt?«

»Sicher. Wenn diese Leute etwas zu verbergen haben und sich durchschaut fühlen, dann reagieren sie mit aller Konsequenz. Und die geht bis zum Mord.«

Nach diesen eindringlich gesprochenen Worten war Carola Finley sprachlos. Lady Sarah merkte ihr an, dass sich die Angst in ihr allmählich ausbreitete. Deshalb legte sie eine Hand auf die Schulter der Frau und sagte lächelnd: »Nehmen Sie es nicht so tragisch. Ich bin schließlich bei Ihnen, Carola.«

»Aber was können wir machen?«

»Zunächst einmal die Augen weit offen halten. Nur beobachten. Zudem gibt es ja noch einen dritten Partner in diesem Spiel. Es ist John Sinclair. Er wird uns den Rücken decken.«

»Sie setzen große Hoffnungen in ihn.«

»Er wird sie nicht enttäuschen.«

Bevor Carola Finley etwas erwidern konnte, erklang eine Sirene. Nicht sehr laut, kein Alarmwecker, aber das Heulen war dennoch nicht zu überhören.

Carola Finley stand auf. »Es wird Zeit«, sagte sie.

»Wofür?«

»Das Fest beginnt«, erklärte die Frau und schaute auf Sarah Goldwyn nieder, die sitzen geblieben war. »Wir fangen im Hellen an und feiern bis in die Nacht.«

Lady Sarah stützte sich auf ihren Stock ab und stemmte sich hoch. »Dann wollen wir mal«, sagte sie und ging zur Tür …

Die Zinken der mörderischen Säge schnitten in meinen Nacken. Der hinter mir stehende Mann hatte leicht zugedrückt, dennoch spürte ich die zahlreichen kleinen Wunden, aus denen mein Blut tropfte.

Eine grenzenlose Angst hielt mich umklammert. Meine Hände waren feucht geworden, der Schweiß hatte sich darin festgesetzt, der Herzschlag trommelte überlaut, und ich rechnete fest damit, dass der Kerl mit der Säge zudrücken würde.

Das geschah nicht.

Eine harte Frauenstimme drang an meine Ohren, und gleichzeitig hörte ich die Schritte, die näher kamen. »Lasst ihn in Ruhe, aber gebt acht, dass er nicht abhaut!«

Der Druck verschwand.

Ich atmete auf. Noch immer gelang es mir nicht, mich normal zu bewegen. Mein Kopf schien in Watte gepackt worden zu sein, das dumpfe Gefühl breitete sich bis zu den Ohren hin aus. Mich hatte ein böser Schlag erwischt, das merkte ich immer mehr.

Die Frau, die da gesprochen hatte, war mir unbekannt. Allerdings konnte ich mir vorstellen, mit wem ich es zu tun hatte. Es war sicherlich die Heimleiterin, deren Name ich in dem Gasthaus ebenfalls gehört hatte. Blanche Everett.

Neben mir blieb sie stehen. Dabei hob sie den Fuß an und kickte mir die Spitze gegen die Seite. Danach redete sie mich an. »Ein Kuckucksei hat man mir ins Nest legen wollen. Wer bist du?«

Ich wollte reden. Es ging nicht. Meine Kehle war wie zugeschnürt. Ich kniete auf dem Boden und tat nichts.

»Soll ich ihn nicht doch …«

»Nein, du machst nichts. Ich habe eine andere Idee. Hier stehen genügend Särge herum. Werft den Kerl in einen von ihnen, und dann werden wir weitersehen.«

Diese Worte trafen mich schockartig. In einen Sarg sollte ich gesteckt werden. Verflucht, das Spiel kannte ich. Man hatte mich vor langer Zeit einmal lebendig begraben. Eines meiner schlimmsten Abenteuer war dies gewesen, und in manchen Nächten träumte ich noch davon, wobei ich oft genug schweißgebadet aufwachte.

Und nun sollte mir das Gleiche widerfahren!

Ein grunzendes Lachen vernahm ich. Die beiden Helfer hatten einen Heidenspaß. Sie würden sich das Vergnügen nicht nehmen lassen, den Sargdeckel persönlich über mir zu schließen.

Als meine Gedanken so weit gediehen waren, spürte ich plötzlich Hände auf meinem Körper. Es waren Pranken, die sich vortasteten, unter meine Kleidung fuhren und nach irgendwelchen versteckten Waffen suchten. Natürlich fanden sie die Beretta.

»Da, er hat eine Kanone!«

»Gib sie her!«, vernahm ich die Frauenstimme. »Doch nicht harmlos, der Typ.«

»Soll ich weitersuchen?«, fragte der Mann.

Jetzt kam es darauf an. Wenn die Frau diese Frage bejahte, war ich bald alles los, doch sie hatte etwas dagegen. »Nein, das brauchst du nicht. Wir haben seine Kanone, aber keine Zeit mehr. Das Fest beginnt bald. Werft ihn in den Sarg und klappt den Deckel zu. Wir werden uns später um ihn kümmern.«

»Falls er dann noch lebt«, kicherte jemand.

»Da sagst du was! Wenn nicht, ich kenne jemanden, der sich darüber freuen wird.«

»Ich auch!«

Ich hörte ihre Worte, verstand sie, begriff jedoch den Sinn nicht. Irgendetwas ging hier vor. Es war von einem Unbekannten gesprochen worden, der sich freuen würde.

Wer verbarg sich dahinter? Vielleicht dieser Doc Rawson? Da ich noch so klar und logisch denken konnte, machte ich mir im Augenblick nicht allzu große Sorgen. Die Lähmung würde sicherlich auch bald verschwinden.

Die Sorgen wuchsen schlagartig, als ich die Hände spürte, die unter meinen Körper griffen und mich in die Höhe hievten.

Ich sah über mir das Gesicht des Kerls, der mich unter den Achselhöhlen gepackt hielt. Er hatte seine Lippen zu einem Grinsen verzogen, deshalb so gut zu sehen, weil die Frau eine Taschenlampe hielt, deren Strahl den Mann und auch mich anleuchtete.

Der zweite Kerl blieb im Dunkeln.

Dann wanderte das Licht und erfasste den Sarg, in den ich hineingestopft werden sollte.

»Wir nageln dich zu!«, hörte ich den Mann über mir keuchen. »Dann wirst du verrecken wie eine Ratte!« Er hatte einen Heidenspaß. »Und zum Schluss wird er dich …«

»Halt den Mund, Bodo!«

Als die Stimme der Heimleiterin aufpeitschte, schwieg der Mann erschreckt.

Mich ließen sie fallen.

Sie hatten es so abgepasst, dass ich nicht auf die Sargkante schlug, sondern direkt in die Totenkiste hineinsauste. Trotzdem machte mich der Aufprall fertig, und ich konnte ein Stöhnen nicht unterdrücken.

Aber ich fühlte Schmerzen und konnte mich auch wieder einigermaßen bewegen. Nur nutzte mir das in diesem Moment nichts, denn die Männer hielten den Sargdeckel bereits in den Händen und drückten ihn nach unten, bevor ich Gegenmaßnahmen ergreifen konnte.

Blitzschnell verschwand das Licht der Taschenlampe. Ein dumpfes Geräusch erklang, als der Deckel auf das Unterteil gesetzt wurde, und ich drückte sofort mit beiden Händen dagegen, ohne etwas zu erreichen, denn höchstwahrscheinlich hatten sich die beiden Kerle kurz entschlossen auf den Sarg gesetzt.

Da war nichts zu machen.

Sie nagelten den Sarg zwar nicht zu, sondern klemmten nur die Verschlüsse fest, doch das kam auf das Gleiche heraus. Ich hörte sie noch sprechen. Was die Männer sagten, verstand ich nicht. Die Stimme der Frau war zu vernehmen.

»Auf zum Sommerfest«, sagte sie.

Dann wurde es still.

Grabesstill …

Auf dem Gang trafen Lady Sarah Goldwyn und ihre neue Freundin mit den anderen Frauen zusammen, und die Horror-Oma schluckte, als sie ihre Mitbewohnerinnen anschaute.

Es war nicht zum Lachen, obwohl es eigentlich dazu reizte. Da hatten sich alte Frauen auf jung getrimmt, Schminke aufgelegt, Sommerkleidung angezogen, die nicht für sie gemacht worden war, sodass sie wie zweibeinige Papageien wirkten.

Es lag schon eine gewisse Tragik über dem Fest. Lady Sarah brauchte nur in die Gesichter der Frauen zu schauen, um zu wissen, dass sie sich nicht wohl fühlten.

Es war schlimm, so etwas zu sehen. Neben der Horror-Oma schritt jemand, der blaue Shorts trug. Die Beine der Hose reichten fast bis zu den Knien, das dünne Haar war aufgedreht worden, und dennoch fanden die Locken keine richtige Form, sodass manche Haarstücke als Strähnen nach unten hingen. Grell waren die Lippen geschminkt, wobei sie sich zu einem Lächeln verzogen, als die Frau sagte: »Ah, Sie sind also die Neue.«

»Ja, die bin ich.«

»Mein Name ist Edith Wiser«, erklärte die andere, blieb neben Sarah und reichte ihr eine Hand, deren Fingernägel wie auch die Lippen grellrot angemalt waren. »Gefällt es Ihnen hier?«

»Das kann ich noch nicht sagen. Ich bin erst wenige Stunden hier.«

»Ja, ich weiß. Aber lassen Sie es sich gesagt sein, dass wir hier viel Spaß haben. Unser Sommerfest wird Ihnen sicher gefallen. Wirklich, Sie werden sehen.« Edith Wiser nickte Lady Sarah noch einmal zu und ging davon.

Sofort drängte sich Carola wieder an ihre Seite. »Seien Sie bei der vorsichtig, sie ist ein Spitzel. Die spioniert für die Heimleiterin. Sie horcht alle aus und meldet es dann.«

»Sind Sie sicher?«

»Und wie.«

»Dann bleiben Sie am besten in meiner Nähe«, schlug Mrs Goldwyn vor, und Carola war einverstanden.

Sie gingen weiter den Gang hinab und näherten sich dem Ausgang. Da sie so ziemlich zu den letzten Frauen gehörten, konnte Lady Sarah die anderen beobachten.

Sie hatte das Gefühl, als wären die alten Leute Marionetten, die man aufgezogen hatte. So steif schritten sie dahin, und manchmal wankten sie auch, sodass sie sich an den Gangwänden abstützen musste, um nicht zu fallen.

Da erinnerten sie die Horror-Oma an Zombies, lebende Leichen, die sie in den Katakomben von Rom gesehen hatte.

»Schrecklich und makaber!«, flüsterte sie.

»Was?«, fragte Carola.

»Diese alten Menschen.«

»Vergessen Sie nicht, dass wir auch dazuzählen.«

»Da haben Sie recht.«

Die beiden hatten inzwischen den breiten Hinterausgang erreicht, sahen die Treppenstufen vor sich und blieben auf dem hinter der Tür liegenden Podest stehen.

Beide schauten auf den Friedhof und sagten kein Wort, weil sie zunächst das Bild in sich aufnehmen mussten.

Lady Sarah war zudem sprachlos, denn so etwas hatte sie noch nie in ihrem Leben gesehen.

Ein alter Leichenacker, der eine festliche Illumination zeigte. Quer über den Friedhof hatte man die Girlanden aufgehängt. Sie hingen in der Mitte durch, denn an ihnen waren bunte Lampions befestigt, in denen brennende Kerzen steckten. Sie übergossen die alten Grabsteine mit einem bunten Lichtspektrum.

Es war noch nicht dunkel geworden, aber die Dämmerung wurde unaufhörlich stärker, sodass Helligkeit, Schatten und buntes Licht sich miteinander vermischten und ein Wirrwarr bildeten.

Da Wind aufkam, erfasste er auch die Lampions und schaukelte sie hin und her. Dann begannen die bunten Lichter zu wandern, schufen neue skurrile Gebilde, die auch die Grabsteine zu verändern schienen, sodass sie stetig andere Formen annahmen. Wie hatte sich der Friedhof verändert!

Und an seinem Rand saßen die Frauen. Zwei lange Tische waren aufgestellt worden, an denen alle Heimbewohnerinnen Platz gefunden hatten. Auch sie wurden vom bunten Licht der schaukelnden Lampions übergossen, sodass ihre Gesichter manches Mal verzerrten Clownsmasken glichen oder wie die starren Gesichter farbig angestrichener Zombies aussahen.

»Ein schlimmes Bild«, flüsterte die Horror-Oma.

»Ja, das stimmt. Aber so ist es immer.«

»Wollen Sie nicht auch Platz nehmen?«, hörten sie hinter sich die Stimme der Heimleiterin. Sie hatten ihr Kommen nicht bemerkt, erschraken beide und drehten sich um.

Blanche Everett lächelte. Auch sie hatte sich umgezogen. Dunkelblau war das Kleid, das bis zu ihren Knöcheln reichte und an den Seiten Schlitze aufwies. Das Gesicht war bemalt. Unterschiedlich dick lag die Schminke auf, ein Zeichen, dass Blanche Everett in dieser Kunst noch ziemlich ungeübt war.

Lady Sarah fing sich als Erste. »Natürlich setzen wir uns. Ich wollte mir die Dekoration zuvor anschauen, denn so etwas habe ich noch nicht gesehen.«

»Unsere Sommerfeste«, so erklärte die Heimleiterin, »sind immer etwas Besonderes.«

»Und weshalb feiern Sie auf dem Friedhof?« Diese Frage konnte sich Lady Sarah nicht verkneifen.

»Ist es hier nicht gemütlich?«

»Darüber kann man streiten. Ich finde, dass ...«

»Nein, nein. Das geht schon in Ordnung. Unsere lieben Gäste sind froh darüber. Sie wollen doch mit ihren Freundinnen zusammen sein, und sie sollen sich gleichzeitig darüber freuen, dass sie selbst noch am Leben sind. Verstehen Sie das nicht?«

»Ihre Logik ist pervers«, erklärte Sarah Goldwyn.

»So dürfen Sie das nicht sehen. Aber jetzt möchte ich Sie doch bitten, den Platz hier zu räumen. Zudem wird gleich das Essen aufgetragen.« Sie deutete mit der Hand nach vorn, sodass den beiden Frauen nichts anderes übrig blieb, als die Stufen der Treppe hinunterzusteigen und sich zu den anderen zu begeben.

Eine Frau stand auf. Sie winkte. »Kommt doch her zu uns!« Ihre Stimme klang seltsam hohl.

»Ist das nicht die Wiser?«, fragte Lady Sarah.

»Genau. Da setzen wir uns nicht hin.«

»Meine ich auch.«

»Unser Gast wird natürlich einen Ehrenplatz bekommen«, erklärte die Heimleiterin und lächelte falsch. »Bitte, Mrs Goldwyn, nehmen Sie ruhig am Kopfende des zweiten Tisches Platz. Und Sie, Mrs Finley, sind bitte so gut und setzen sich neben Mrs Wiser.«

»Das möchte ich nicht!«, nahm Sarah Goldwyn für ihre neue Bekannte Partei. »Ich will sie bei mir haben.«

Blanche Everetts Augen verengten sich für einen Moment. »Und aus welchem Grund?«

»Wir haben uns ein wenig angefreundet und möchten deshalb zusammenbleiben. Oder darf man als Gast hier keinen Wunsch äußern?«

»So war das nicht gemeint. Selbstverständlich können Sie zusammensitzen. Bitte, ich will Ihnen da keinerlei Hindernisse in den Weg legen. Wenn es Ihnen Spaß macht.«

»Das wird es, danke!«, erklärte Sarah Goldwyn kalt lächelnd, fasste Carola Finley unter und zog sie auf den Platz zu, den sie sich ausgesucht hatte. Er befand sich nicht am Kopfende einer Tischreihe, sondern war so ausgesucht, dass Lady Sarah den kleinen Friedhof im Blick behalten konnte.

»Der haben Sie es aber gegeben«, sagte Carola, als sie sich auf den Stühlen niederließen.

»Ja, das muss auch so sein.«

Kaum hatten sie sich richtig hingesetzt, als aus dem Schatten der hohen Bäume zwei Gestalten erschienen. Es waren die beiden Männer, die das Grab geschaufelt hatten, das ebenfalls in Lady Sarahs Blickfeld lag. Jetzt brachten die Helfer das Essen.

Sie trugen Platten. Auf ihnen stapelten sich die gebratenen Würstchen und das Fleisch. Die Heimleiterin brachte eine große Kanne und holte danach ein Tablett mit Gläsern.

»So ist das immer«, flüsterte Carola Finley Lady Sarah zu. »Wir essen das Gegrillte und trinken den sauren Wein. Manche schütten ihn regelrecht in sich hinein. Schauen Sie sich mal die Augen der meisten an. Die tragen schon den gierigen Glanz.«

»Aber wie ist das möglich?«

»Einmal im Jahr werden sie bedient. Da schlagen sie zu. Ansonsten müssen wir uns um unser Essen selbst kümmern. Seien Sie nur vorsichtig, wenn Sie den Wein trinken, Mrs Goldwyn. Der haut Sie um.«

»Werde mich hüten«, erwiderte Lady Sarah. »Ich lasse mich doch nicht betrunken machen.«

Die beiden männlichen Helfer deckten den Tisch. Sie stellten die Pappteller vor die Frauen und die Platten mit dem Gegrillten in die Mitte. Einer blieb neben Lady Sarah stehen, kniff die Augen ein wenig zusammen und hauchte sie an.

»Was wollen Sie?«, fragte die Horror-Oma.

Der Mann schüttelte nur den Kopf und lachte leise. Dann ging er einen Schritt weiter.

Sarah Goldwyn wandte sich an ihre neue Freundin. »Was konnte der Kerl gewollt haben?«

»Weiß ich auch nicht.«

»Sind die beiden gefährlich?«

»Kaum. Bodo und Curd werden nur rau, wenn man es ihnen befiehlt.«

»Dann würden sie auch töten?«

»Vielleicht …«

Sarah Goldwyn schaute den Männern nach. Sie dachte daran, dass ihre Freundin Diana Coleman ums Leben gekommen war. Vielleicht durch die Hände eines dieser Männer?

Man musste mit allem rechnen.

Die Tische waren gedeckt. Noch traute sich keine der Frauen, anzufangen. Sie saßen voller Erwartung da. Ihre Augen hatten einen gierigen Glanz angenommen. Manche schluckten bereits, und Lady Sarah sah, wie sich die faltige Haut an ihren Hälsen bewegte.

»Die können es kaum abwarten«, hauchte sie zu Carola Finley hinüber.

»Ja, gierig sind sie schon.«

»Wann beginnen sie denn?«

»Wenn die Everett es sagt.«

»Alles streng nach den Regeln, wie?«

»Und ob. Geben Sie acht! Da kommt sie schon.«

In der Tat schlenderte die Heimleiterin näher, während sich die beiden Helfer zurückgezogen hatten und im Hintergrund warteten. Vor dem Kopfende des längsten Tisches blieb die Everett stehen und stützte ihre Hände auf die Tischplatte.

»Liebe Freunde«, sagte sie. »Wie in jedem Jahr feiern wir auch heute unser Sommerfest. Die Stunden mit Musik und Tanz sollen uns allen wieder unvergesslich bleiben. Die Küche hat sich die größte Mühe gegeben, alles so zuzubereiten, dass es euch auch munden wird. So, und nun wünsche ich guten Appetit.«

Das war das Zeichen. Blitzschnell griffen die Frauen nach den Bestecken und begannen damit, sich das Gegrillte von den Tellern zu holen. Andere schenkten Wein ein. Es standen mittlerweile mehrere Kannen auf den Tischen, sodass jede schnell an die Reihe kommen konnte.

Lady Sarah aß nichts. Sie hatte keinen Appetit, dafür etwas anderes. Allmählich breitete sich in ihrem Innern ein ungutes Gefühl aus. Die Everett hatte etwas vor, das war sicher …

Ich musste mich stark zusammenreißen, um das erste Gefühl der bohrenden Angst zu unterdrücken, das mich überkam, als sich der Sargdeckel über mir schloss.

Wieder kehrte die Erinnerung zurück. Ich hatte schon einmal in einem geschlossenen Sarg gelegen, aber damals war es noch schlimmer gewesen, denn die Totenkiste war in einem Grab bereits zugeschaufelt worden.

Hier befand sich keine Erde über mir, nur der Deckel, aber auch der war schwer genug.

Dass ich die Situation bereits kannte, war ein gewisser Vorteil. Ich wusste genau, wie ich mich zu verhalten hatte. Vor allen Dingen musste ich sparsam mit dem Sauerstoff umgehen. Im Klartext hieß dies: nur flach atmen.

Das tat ich auch.

Stramm lag ich auf dem Rücken. Den Mund hielt ich ein wenig geöffnet. Dabei lauschte ich auch auf meine Gegner. Zwar schirmten die Wände des Sarges einiges ab, dennoch konnte ich ihre Schritte dumpf hören.

Und sie wurden leiser.

Für mich ein Beweis, dass sich die drei Personen entfernten. Als ich die Geräusche nicht mehr vernahm, blieb ich noch bewegungslos liegen und wartete ab.

Minuten vergingen. Meine Ohren standen weiterhin auf Lauschposition, aber ich hörte nichts mehr.

Für mich ein Beweis, dass meine speziellen Freunde den Raum endgültig verlassen hatten.

Die Umgebung war stockfinster, da der Sargdeckel fugendicht mit dem Unterteil abschloss. Ich hörte das Hämmern meines Herzens. In der Stille klangen die Schläge unnatürlich laut, und sie dröhnten in meinem Schädel wider.

Die Beretta hatte man mir weggenommen. Als Waffen besaß ich noch den Dolch, die Gemme, magische Kreide und natürlich mein Kreuz. Letzteres half mir nichts. Um diese Totenkiste zu verlassen, musste ich Gewalt einsetzen.

Unterstützen sollte mich dabei der Dolch.

Ich zog ihn aus der weichen Lederscheide, kantete ihn hoch und drückte die Spitze gegen die untere Seite des Deckels. Es kam darauf an, wie weich das Holz war und ob es mir gelang, mit der Klinge hindurchzustoßen. Einen teuren Eichensarg hatten sie nicht genommen, der war ihnen wohl zu schade. Im Nachhinein konnte ich meinen Gegnern dankbar sein, denn die Totenkiste aus Fichte setzte mir keinen so großen Widerstand entgegen.

Mit der Messerspitze kratzte ich gegen den Deckel.

Ich stieß auch darunter, hörte ein Splittern, machte weiter, drehte und stach mit dem Messer, vernahm die dumpfen Schläge, und merkte bald, dass kleinere Splitter auf mich fielen.

Längst war ich schweißgebadet. Mit dem offenen Mund atmete ich und keuchte laut. Mein Bewegungsspielraum war natürlich eingeschränkt. Ich konnte nicht groß ausholen, musste dafür meine Hand drehen und drücken, um eine Öffnung zu schaffen.

Endlich war ich so weit. Ein wenig Helligkeit schimmerte durch. Für mich ein Funke der Hoffnung.

Ich hob den Kopf und brachte mein Gesicht näher an die Öffnung heran, wobei ich sofort den kühleren Luftzug spürte, der über meine Haut streifte.

Jetzt war die Gefahr des Erstickens nicht mehr so groß. Vorsichtig begann ich damit, die Spitze des Messers zu bewegen. Zum Glück war der Spalt breit genug, um die Dolchspitze hineindrücken zu können, und es gelang mir auch, sie ein wenig zu bewegen. Ich konnte sie nach rechts drehen und versuchte nun, die Klinge in ihrer Länge hineinzupressen.

Das schaffte ich.

Die Hoffnung wurde größer.

Ich konnte auch nicht mehr darauf achten, nur noch flach zu atmen, denn die Befreiungsarbeit strengte mich körperlich sehr an, und meine Schweißdrüsen produzierten im Akkord.

Ich hebelte und drückte. Irgendeine Schwachstelle musste doch zu finden sein.

Ohne Erfolg.

Der Deckel saß zu fest. Von innen bekam ich ihn nicht auf. Ich konnte nur versuchen, noch weitere Löcher zu bohren, aber mit der Klinge selbst brachte ich die beiden Teile nicht auseinander.

Erschöpft ruhte ich mich ein wenig aus. Diesmal atmete ich heftig und bog meinen Oberkörper dabei in die Höhe. Die letzte Aktion hatte mich ziemlich mitgenommen.

Nachdem ich meinen Atem wieder einigermaßen unter Kontrolle hatte, kehrte ein anderes Gefühl zurück.

Es war die Angst.

Dagegen konnte ich nichts machen. Sie war einfach da, und sie wurde aus dem Wissen geboren, hier mutterseelenallein im Sarg zu liegen und auf fremde Hilfe angewiesen zu sein.

Aber wer sollte mir helfen?

Da kam höchstens Sarah Goldwyn in Betracht. Sie allerdings konnte ich vergessen, denn die Horror-Oma wusste schließlich nicht, in welcher Lage ich mich befand. Sie steckte sicherlich irgendwo im Haus oder schon draußen, wo das Grillfest meiner Ansicht nach bereits begonnen hatte.

Es half nichts. Ich war völlig auf mich allein gestellt. In einer schon verzweifelt zu nennenden Aktion presste ich die Knie gegen den Sargdeckel und drückte.

Nein, da war nichts zu machen. Den konnte ich auf keinen Fall sprengen. Der hielt eisern.

Dann vernahm ich Schritte.

Ich hatte eine Atempause eingelegt, es war still geworden, deshalb drangen sie an meine Ohren.

Zuerst wollte ich es kaum glauben, bis ich genauer lauschte und die Schritte lauter wurden.

Kein Zweifel, da bewegte sich jemand durch den Kellerraum, und er kam auf meinen Sarg zu.

Wollte er mich holen?

Das konnte ich nicht glauben, denn ich fragte mich sofort nach dem Sinn einer solchen Handlung. Weshalb sollte man mich erst in den Sarg stecken und mich dann wieder herausholen? Vielleicht sollte ich vor Angst wahnsinnig werden.

Meine Gedanken brachen ab, denn ich konzentrierte mich auf die Geräusche, die mittlerweile lauter geworden waren. Jetzt musste sich die Person dicht neben der Totenkiste befinden. Wieder ein Schritt.

Plötzlich wusste ich, wer da gekommen war. Es musste einer der Helfer gewesen sein, denn die Frau trat nicht so schwer auf. Jetzt war ich gespannt, wie er reagieren würde!

Da ich keine weiteren Schritte mehr vernahm, ging ich davon aus, dass der andere neben dem Sarg stehen geblieben war und erst einmal abwartete. Sekunden verstrichen. Für mich waren sie mit einer atemlosen Spannung gefüllt. Jetzt musste sich zeigen, wie der andere reagierte.

Er begann zu sprechen.

Mit allem hatte ich gerechnet, damit allerdings nicht. Allzu laut redete er nicht, trotzdem konnte ich Bruchstücke von dem verstehen, was er zu sagen hatte.

»Ich werde dich holen«, erklärte er. »Ich hole dich, und dann kannst du deine Opfer kriegen!«

Sehr genau lauschte ich. Mein Gehör war hundertprozentig in Ordnung. Dennoch begriff ich seine Worte nicht. Wen meinte er damit? Mich bestimmt nicht. Nein, das war kaum anzunehmen.

Auf meinen Handflächen hatte sich der Schweiß gesammelt. Den Atem hatte ich angehalten, kein Geräusch sollte mich ablenken, und ich wartete auf seine nächsten Worte.

Die kamen auch.

»Doc Rawson«, sagte er, wobei ich einen hechelnden Tonfall heraushörte. »Doc Rawson, ich komme jetzt und hole dich. Du hast lange genug gewartet. Das Fest ist in vollem Gange. Die Ehrengäste werden auch erscheinen, dann kannst du …«

Seine Worte gingen in einem dumpfen Gemurmel über. Dann aber stoppte er jäh.

»Verdammt!«

Er musste irgendetwas entdeckt haben, was ihn störte.

Aber was?

»Hund, du!«, keuchte er. »Du verdammter Hund. Du hast versucht, aus dem Sarg zu kommen …«

Jetzt wusste ich Bescheid. Wahrscheinlich hatte er die Stelle am Sargdeckel entdeckt, die das Zeichen meines Silberdolchs trug.

So also sah die Sache aus!

Wie würde er sich entscheiden? Zunächst auf eine Art, mit der ich nicht gerechnet hatte. Er ließ seine Wut an dem Sarg aus. Mit der Faust hämmerte er auf den Deckel. Die dumpfen Schläge machten mich fast verrückt. Der Schall dröhnte in meinen Ohren. Ich verbiss mir einen Schrei der Überraschung und wartete ab, was weiterhin geschah.

»Willst du raus?«, schrie er.

Diesmal war ich gemeint, aber ich hütete mich, auch nur einen Laut von mir zu geben. Ich war wehrlos, eingeschlossen, und er hielt alle Trümpfe in der Hand.

Eine schreckliche Vorstellung breitete sich in meinem Innern aus. Wenn er eine Schusswaffe besaß und durch den Deckel feuerte, konnte er mich überhaupt nicht verfehlen.

»Gib Antwort, verdammt!«

Da konnte er lange warten.

Der Mann knurrte wütend. Er war unsicher und wusste nicht,

was er unternehmen sollte. Ich konnte mich gut in seine Lage hineinversetzen. Einerseits hatte er einen Auftrag auszuführen, andererseits hatte er entdeckt, dass ich mich aus dem Sarg befreien wollte. Er wusste ja nicht, dass ich dies kaum schaffen würde, deshalb musste er etwas unternehmen. Vielleicht sogar nachschauen.

Das käme mir entgegen.

»Oder bist du schon verreckt?«

Hättest du wohl gern, dachte ich und blieb weiterhin still.

Da er keine Antwort erhalten hatte, setzte er sich wieder in Bewegung und umrundete den Sarg. Ich verfolgte seine Schritte genau. Sie gingen am Fußende vorbei, auf der anderen Seite, ich hörte sie am Kopfende, und im nächsten Augenblick stand er wieder dort, wo er gestartet war.

Jetzt musste er sich entschieden haben.

An der Seitenwand hörte ich ein dumpfes Geräusch. Für mich gab es nur eine Erklärung. Mein Gegner würde versuchen, den Sargdeckel wieder zu öffnen, um sich zu überzeugen.

Während er das tat, machte er sich mit Worten selbst Mut und mir gleichzeitig Angst.

»Ich werde dich zersägen, wie ich es vorgehabt habe. Du wirst in mehrere Teile …«

Mehr hörte ich nicht, denn er war zu sehr mit den Verschlüssen beschäftigt.

Ich aber wusste Bescheid, dass es der Typ mit dem Sägeblatt war, der neben der Totenkiste stand, und wohler wurde mir weiß Gott nicht. Der brachte alles fertig.

So wartete ich ab.

Auch an der anderen Seite löste er die Verschlüsse.

Jetzt spannte ich mich. Noch einmal hatte ich die schlechte, verbrauchte Luft eingeatmet. Ich durfte mir keinen Fehler erlauben. Eine falsche Reaktion hätte meinen Tod bedeutet.

In der rechten Hand hielt ich den Dolch. Diese Waffe war meine einzige und große Chance.

Ich hörte ihn husten.

»Zersägen werde ich dich. Zersägen …«

Dann öffnete er den Deckel!

Vielleicht eine halbe Sekunde hatte ich Zeit, mir die Situation einzuprägen, und ich bekam das Gefühl, als wäre die Zeit für diese Spanne eingefroren worden.

Verschwommen erkannte ich über mir das Gesicht des Mannes. Und davor zeichnete sich etwas Helles ab.

Es war die Säge.

Da ich die Augen weit aufgerissen hatte, konnte der Kerl erkennen, dass kein Toter vor ihm lag. Sein Gesicht verzerrte sich vor Hass, Ärger und Überraschung.

»Du bist ja gar nicht …«

Da handelte ich.

Es ging um mein Leben. In diesem Fall durfte ich keine Rücksicht nehmen. Im Liegen schleuderte ich meinen Dolch. Die Klinge wurde in die Höhe gewuchtet, schien sich in einen blitzenden Reflex zu verwandeln und traf das Ziel.

Zwar zuckte der andere noch zurück, er wurde trotzdem von dem Dolch erwischt.

Ich hörte seinen wütenden Schrei, stolpernde Schritte, danach war er aus meinem Blickfeld verschwunden, denn er wankte nach hinten. Wo ihn die Klinge erwischt hatte, konnte ich nicht sagen, jedenfalls war es kein tödlicher Treffer gewesen, denn ich hörte seine hassentstellte Stimme. Auf die Worte achtete ich nicht, sondern sah zu, dass ich so rasch wie möglich aus dem Sarg kam.

Ich drehte mich zur Seite und kippte über den Rand hinweg, wobei die Totenkiste fast noch umgefallen wäre.

Mit den Händen zuerst stützte ich mich auf dem Boden ab und spürte jetzt auch wieder die Schmerzen im Kopf, denn die Folgen des Treffers, der mich zu Boden geschickt hatte, waren noch nicht überwunden.

Ich hatte zu kämpfen.

Mein Gegner ebenfalls!

Ich erkannte dies, als ich in die Höhe kam. Noch immer lag meine kleine Lampe auf dem Boden. Zufällig schickte sie ihren Strahl in die Richtung, wo sich der Kerl mit der Säge befand.

Sie hielt er auch weiterhin in der rechten Hand. Doch etwas hatte sich verändert. In seiner Schulter steckte mein Dolch. Es war die linke, und er versuchte verzweifelt, auch mit der linken Hand den Messergriff zu umfassen, um die Waffe aus dem Fleisch hervorzuziehen.

Es war ein verzweifeltes Bemühen. Als er den Griff umklammert hielt und den Dolch zwangsläufig bewegte, ächzte er vor Schmerzen auf. Ich glaubte sogar, in seinen Augen Tränen zu sehen, und ich ging langsam auf ihn zu.

Er brüllte mir Schimpfworte entgegen, während er mit einem plötzlichen Ruck den Silberdolch aus seiner Schulter riss.

Ein Blutstrom folgte, er sah ihn, und plötzlich konnte er sich nicht mehr halten.

Vor meinen Füßen brach er zusammen und wimmerte.

Ich hatte den Dolch mit großer Kraft geschleudert. Tief war die Klinge in das Fleisch gefahren und hatte beim Herausziehen eine gefährliche Wunde hinterlassen.

Mühsam wälzte sich der Mann auf den Rücken. Sein Gesicht war verzerrt. Der Mund stand offen, und ich vernahm seine pfeifenden Atemzüge, die über seine Lippen drangen.

»Es ist aus«, erklärte ich ihm. »Endgültig, mein Freund!« Bevor er sich versah, riss ich ihm die Säge aus der Hand und nahm auch meinen Dolch wieder an mich.

So machte er wenigstens keinen Unsinn mehr.

Er hielt seine rechte Hand auf die Schulterwunde gepresst. Mit der Lampe leuchtete ich genauer hin und sah es zwischen und neben seinen Fingern rot aus der Wunde sickern.

Wenn er hier länger liegen blieb, würde er viel Blut verlieren und daran sterben.

Das wollte ich auf keinen Fall. Ich durchsuchte seine Taschen und fand ein Tuch, nahm meines ebenfalls, knotete beide Tücher zusammen und verband die Wunde so gut wie möglich.

Danach schaute ich ihn an. Auf seiner Haut glänzte der Schweiß.

Er zitterte, seine Lippen zuckten, in den Augen sah ich einen fiebrigen Wahn. »Du kannst es dir aussuchen«, erklärte ich. »Entweder hältst du den Mund und bleibst ruhig liegen, oder ich verpasse dir eine Narkose.« Das hätte ich getan, wenn er nicht verletzt gewesen wäre, so aber scheute ich mich davor.

»Was ist?«, fuhr ich ihn an.

»Hau ab!«, keuchte er. »Den Rat gebe ich dir. Du kannst hier nichts ändern. Flieh so rasch wie möglich! Renn, lauf, denn die Ereignisse sind nicht mehr aufzuhalten!«

»Welche Ereignisse?«

»Nein, Mann, das sag ich dir nicht. Hau nur ab! Sie überrollen dich sonst und machen dich fertig, das kannst du mir glauben. Ehrlich. Es ist besser, wenn …« Dann sagte er nichts mehr, denn die Schmerzen raubten ihm die Sinne.

Der Kerl mit der gefährlichen Sägewaffe war bewusstlos geworden. Sein Kopf rollte zur Seite.

Ich erhob mich und schaute mich um. Seine Worte gingen mir nicht mehr aus dem Kopf. Er hatte mich warnen wollen. Wovor? Ich dachte auch an die Stammelsätze, die ich verstanden hatte, als ich im Sarg lag. Da hatte er von Doc Rawson gesprochen. Ob er es war, vor dem er mich hatte warnen wollen?

Möglich, denn dieser Doc war ja die schillernde Persönlichkeit innerhalb dieser geheimnisvollen Mauern.

Erst jetzt hörte ich die leise Musik.

Die Klänge schwebten draußen durch die Luft des Sommerabends.

Das Fest war also in vollem Gang, und wenn die Musik spielte, dann konnte man davon ausgehen, dass den Frauen und damit auch Lady Sarah keinerlei Gefahr drohte.

So jedenfalls betrachtete ich die Sache. Aus diesem Grunde konnte ich mich eigentlich mit gutem Gewissen auf die Suche nach diesem seltsamen Doc Rawson machen. Leider hatte mir der Verletzte nicht erzählt, wo er zu finden war, aber da war ich optimistisch.

Das würde ich schon schaffen. Und ich lernte dabei das seltsame Altenheim kennen.

So also machte ich mich auf die Suche nach Doc Rawson und ahnte nicht, dass die unheimliche Gefahr von ganz woanders kam …

Sie hatten gegessen und getrunken!

Vor allen Dingen getrunken. In reichlichen Mengen strömte der Wein. Immer wieder hatten Hände nach den Kannen gegriffen, um nachzufüllen, und dann klirrten die Gläser gegeneinander, wenn die Insassen des Heims miteinander anstießen.

Edith Wiser war zwischendurch aufgestanden, stützte sich mit einer Hand auf der Tischplatte ab und verlangte mit schriller Stimme nach Stimmungsmusik.

»Jetzt ist es so weit«, flüsterte Carola Finley. Sie und Lady Sarah hatten von dem Wein nichts getrunken, sondern den Boden damit getränkt.

»Sollen hier tatsächlich Stimmungslieder laufen?«, fragte die Horror-Oma erschrocken.

»Ja, so ist das.«

»Auf einem Friedhof?«

»In diesem Heim ist alles möglich«, erwiderte Carola Finley mit leiser Stimme.

»Das merke ich mittlerweile auch.«

Einer der beiden Helfer ging weg. Der andere war schon vor Kurzem verschwunden und bisher nicht wieder zurückgekehrt. Er hielt sich wohl im Haus auf.

Die Wiser lachte, bevor sie sich schwer auf ihren Stuhl fallen ließ, ihr Glas nahm und ein kräftiges »Cheerio!« schrie.

Auch die anderen tranken, und nur Sarah Goldwyn und Carola Finley waren nüchtern. Lady Sarah schaute in die verzerrten Gesichter, in Augen, die der Alkohol bereits getrübt hatte, und plötzlich konnte sie diese Frauen verstehen.

Sie hockten das ganze Jahr über in den düsteren Zimmern, kamen kaum raus und wenn, dann schlichen sie wie lebende Tote über den Friedhof oder gingen bis an die Klippen, um auf die unendliche Fläche des Meeres hinauszublicken.

Es war ein schlimmes, schreckliches Leben, das diese Frauen führten.

Lady Sarah hätte es keine Woche in diesem Haus ausgehalten. Ihr Freiheitsdrang war zu groß.

Und immer präsent war die Heimleiterin. Mit Argusaugen überwachte sie die Feier, sorgte für den Nachschub, sodass die Frauen jegliches Maß verloren.

Da mussten ganze Fässer geleert worden sein, und der genossene Alkohol zeigte bei den Frauen Wirkung. Sie saßen längst nicht mehr normal und ruhig auf ihren Stühlen. Einige von ihnen schwankten. Die Bewegungen waren träge, langsam geworden, dafür die Stimmen wesentlich schriller, und das aufkeimende Lachen klang unecht.

Manche schunkelten schon unfreiwillig, da sie Schwierigkeiten mit dem Gleichgewicht hatten.

»Wo bleibt denn die Musik?«, rief eine kleine Person, die mit stierem Blick auf die Tischplatte starrte. »Ich will tanzen. Ich will einmal in diesem verfluchten Haus tanzen. Wer kommt zu mir? Wer will mit mir über die Gräber schweben?«

Lady Sarah schüttelte sich. Es war schlimm, so etwas mit ansehen zu müssen. Am liebsten hätte sie das Fest abgebrochen, aber das ging leider nicht. Sie musste sich diesen perversen Regeln des Heims fügen.

Blanche Everett trat an sie heran. Hinter den beiden Frauen blieb sie stehen und legte ihre Hände auf zwei Stuhllehnen. »Na, wie gefällt es unserem Gast?«, erkundigte sie sich.

»Es wird ein wenig viel getrunken«, bemerkte Lady Sarah.

»Ach, das ist nicht schlimm. Lassen Sie den Frauen ihre Freude. Wenn Sie bei uns bleiben, werden Sie sich daran gewöhnen. Unser Sommerfest ist immer etwas Besonderes.«

»Ja, das habe ich bemerkt.«

Blanche Everett ging wieder, denn Curd, der Helfer, kam zurück und brachte den Rekorder.

Blanche Everett verschwand wieder. »Hast du ihn gefunden, Curd?«, rief sie.

»Ja, ja …« Curd war ein wenig einfältig. Das merkte man auch bei dieser Antwort. Er hatte sich gebückt und stellte den Rekorder neben einem schiefen Grabstein ab.

Im nächsten Moment erklang die Musik. Es waren tatsächlich Stimmungslieder, und jede Frau kannte die Texte der Songs. Sie standen auf, hoben die Arme und begannen zu klatschen, während sie sangen. Oft hatten die schon schwer gewordenen Zungen Mühe, die Worte zu formulieren.

»Ja, meine Freundinnen, das wird ein Spaß!«, rief Blanche Everett. Sie klatschte ebenfalls und animierte die alten Frauen zu noch mehr Stimmung und Spaß.

Mittlerweile war es dunkel geworden. Ein schwer wirkender grauer Himmel lag über dem Land. Das Rauschen der Brandung klang dumpfer und auch lauter, wurde aber von den schrillen Gesängen der alkoholisierten Frauen übertönt.

Der Wind griff nach den an den bunten Girlanden hängenden Lampions wie mit unsichtbaren Händen. Er schaukelte sie. Das Licht verteilte sich. Mal streifte es die bunte Fülle die Grabsteine, mal zuckte es über die Gesichter der Frauen und machte aus der bleichen Haut maskenhafte Clownsfratzen. Die Ersten verließen ihre Plätze. Sie kippten die Stühle kurzerhand nach hinten und verteilten sich zwischen die Grabsteine, wo sie sich auch sammelten und zum Tanz aufstellten.

Es war für die Frauen nicht einfach, die Balance zu halten. Wenn sie sich im Takt bewegen wollten, wirkte dies schwerfällig, träge, und sie mussten sich oft genug an den Steinen abstützen.

Einige drehten sich im Kreis. Es waren nie glatte Bewegungen, sie glichen mehr dem Torkeln von aufgezogenen Puppen, wobei sie lächerlich und tragisch zugleich wirkten. Und auch makaber, denn wer tanzte schon auf einem Friedhof zwischen alten Grabsteinen.

Lady Sarah hatte keine Lust, sich an dem Reigen zu beteiligen, zudem machte sie sich Sorgen um John Sinclair. Sie wunderte sich darüber, dass der Geisterjäger bisher noch nichts hatte von sich hören lassen. Ob ihm etwas passiert war?

Verstohlen schaute sie sich um.

Von Blanche Everett war nichts mehr zu sehen. Möglicherweise war auch sie im Haus verschwunden. Nur die Gestalt des Helfers Curd stand wie ein schlanker Schatten zwischen den Stämmen zweier Bäume. Der Mann hatte einen Arm in die Höhe gereckt und seine Finger um einen Ast gekrallt, an dem er sich festhielt.

»Was haben Sie?«, fragte Carola Finley, der Lady Sarahs Verwandlung nicht entgangen war.

»Ich fühle mich unbehaglich.«

»Fragen Sie mich mal. Suchen Sie Ihren Bekannten?«

»Auch das.«

»Wo wollte er denn hin?«

»Keine rechte Ahnung. Ich nehme an, dass er das Haus einmal richtig inspiziert.«

»Das ist natürlich gefährlich.«

»Allmählich glaube ich es auch«, erwiderte Lady Sarah. »Vor allen Dingen, weil Bodo verschwunden ist. Vielleicht sind er und John Sinclair zusammengestoßen.«

Carola erschrak. »Das übersteht Ihr Freund nicht.«

»Erst mal abwarten.«

»Und die Everett ist auch weg«, sagte Carola Finley. »Mir gefällt es überhaupt nicht.«

»Vielleicht holt sie die Gäste.«

»Welche Gäste?«

»Es ist doch davon gesprochen worden, dass Gäste kommen sollen.«

Carola winkte ab. »Daran glaube ich nicht. Nur Reklame, wenn Sie mich fragen.«

Die Horror-Oma hob die Schultern und zuckte zusammen, als sie Edith Wisers schrille Stimme vernahm.

»Kinder, ich will tanzen. Kommt her! Wer tanzt mit mir? Wer dreht mit mir den Totenreigen auf dem Friedhof?«

»Die ist verrückt!«, zischte Carola.

»Nein, nur betrunken«, erwiderte Sarah Goldwyn trocken.

Carola Finley konnte nicht mehr. Sie schüttelte heftig den Kopf. »Dieses Getue da widert mich an, tut mir leid.« Sie wollte aufstehen, doch Lady Sarah legte ihr eine Hand auf den Arm. »Bleiben Sie mal, meine Liebe, und behalten Sie die Nerven.«

»Es fällt mir sehr schwer.«

»Kann ich mir vorstellen, aber wir müssen es über uns ergehen lassen.«

Edith Wiser hatte es mittlerweile geschafft, mehrere Frauen um sich zu versammeln. Sie bildeten einen Kreis, und genau zwischen ihnen befand sich ein Grabstein.

Ihn umtanzten sie im Rhythmus der Musik, sodass mehr als grotesk anmutende Figuren dabei herauskamen.

Die auf modern getrimmten älteren Frauen wirkten wie ein Zerrbild aus der Werbung. Es war schwer für sie, das Gleichgewicht zu bewahren, obwohl sie sich aneinander festklammerten.

Edith Wiser hielt sich noch am besten. Wenn jemand drohte schlappzumachen, riss sie diejenige Person wieder mit einem heftigen Schwung in die Höhe, sodass diese gezwungen war, weiterzutanzen.

Das Beispiel der Frauen spornte an. Andere standen ebenfalls auf und hüpften auf dem Totenacker. Auch sie hatten Schwierigkeiten mit dem Gleichgewicht, sie torkelten über die Gräber, klammerten sich manchmal an den Steinen fest und lachten wie irre.

Über ihren Köpfen schaukelten die Lampions. Die Gesichter und Gestalten bekamen einen matten bunten Glanz, sodass die Körper überhaupt nicht wie normale Lebewesen wirkten.

Eine Gruppe bewegte sich auf das frische Grab zu. Die Frauen hielten sich an den Händen gefasst, schunkelten noch dabei, eine von ihnen fiel hin, wurde wieder hochgezogen und weitergeschleift.

»Sie stören die Ruhe der Toten!«, zischte Carola Finley.

Lady Sarah hatte die Worte zwar verstanden, sie achtete jedoch nicht darauf.

Ganz allmählich stemmte sich die Horror-Oma in die Höhe, um einen besseren Blickwinkel zu bekommen, denn sie hatte etwas entdeckt und wollte genauer nachsehen, ob sie auch keinem Irrtum erlegen war.

Dort, wo sich das frische Grab befand, bewegte sich die Erde. Über dem Grab hingen zwei Lampions, zudem ziemlich windgeschützt, weil sie von einigen Zweigen gedeckt wurden, sodass ihr Schein fast senkrecht auf die Grabstätte fiel und sie ausleuchtete.

Und genau dort wurde die Erde von unten her aufgeworfen. Aber nicht nur das.

Eine bleiche Hand erschien aus dem Boden und bewegte winkend die fünf Finger.

Jetzt wusste Sarah Goldwyn, wer die Gäste waren, die noch zum Fest erwartet wurden.

Zombies!

Ich schlich durch das Haus!

Zunächst hielt ich mich im Keller auf und wunderte mich über dessen Größe. Er hatte die gleichen Ausmaße wie die Räumlichkeiten über mir, nur waren die Decken nicht so hoch. Wenn draußen auch noch so heiß die Sonne vom Himmel brannte, in diesem Keller war es immer kühl. Dafür sorgten die dicken Steinquader der Wände.

Menschen sah ich nicht. Ich vernahm auch keine Geräusche, bis auf das Fallen von Wassertropfen.

Die einzelnen Gewölbe waren von unterschiedlicher Größe. Manche hatten die Ausmaße einer Wohnung, andere wiederum waren so klein wie Badezimmer in einer Neubauwohnung.

Mir fiel die Leere auf. Wo ich auch hineinleuchtete, ich sah nur Staub oder irgendwelchen Schimmel, der sich wegen der Feuchtigkeit gebildet hatte.

Hin und wieder tropfte es in meinen Nacken. Das Wasser war kalt und rann wie Eisstreifen meinen Rücken hinab.

Ab und zu blieb ich stehen, um mich zu orientieren. Dann dachte ich jedes Mal darüber nach, welche Richtung ich genommen hatte. Ich bewegte mich, wenn alles korrekt gelaufen war, auf die Mitte des Hauses zu und rechnete damit, irgendwann auf eine Treppe zu stoßen, die mich wieder nach oben brachte.

Meine Hoffnung war trügerisch. Eine Treppe entdeckte ich nicht.

Aber ich hörte ein Geräusch. Vor mir ging es nicht weiter, weil eine Mauer mir den Weg versperrte. Ich musste nach rechts, tauchte in einen niedrigen Gang ein und sah im immer schwächer werdenden Schein meiner kleinen Lampe eine Holztür.

Hinter ihr waren die Geräusche ertönt.

Schritte!

Sie wurden lauter, jemand näherte sich der Tür, drehte ab, und einen Augenblick später vernahm ich ein unangenehmes Quietschen, das auf das Öffnen einer weiteren Tür hindeutete.

Ich blieb stehen, duckte mich ein wenig und presste mein rechtes Ohr gegen das Holz der Tür.

So konnte ich lauschen.

Die weibliche Stimme kam mir bekannt vor.

Sie gehörte meiner speziellen Freundin Blanche Everett. Und sie sprach so laut auf jemanden ein, dass ich vieles relativ gut verstehen konnte. Was sie sagte, ließ meine Haare zu Berge stehen, und meine schlimmsten Befürchtungen bewahrheiteten sich.

»Hallo, Doc«, sagte die Heimleiterin. »Ich bin zu dir gekommen, weil es so weit ist. Freust du dich?«

Eine Pause entstand.

»Gib Antwort!«, forderte die Frau.

Ich vernahm ein Schlürfen und Schmatzen, so laut, dass es selbst durch die Tür kaum gedämpft wurde. Gleichzeitig knirschte es, als hätte jemand einen Knochen zerbissen.

Schmatzen, Schlürfen, Knirschen – eigentlich völlig normale Geräusche, aber nicht im Zusammenhang mit demjenigen, der da irgendwo vor mir hockte.

Das war kein Mensch, sondern ein Ghoul!

Jawohl, ich hatte es mit einem Ghoul zu tun, einem der widerlichsten Dämonen, die überhaupt existierten. Obwohl ich ihn noch nicht zu Gesicht bekommen hatte, wusste ich, dass er sich hinter dieser Tür befand.

»Komm jetzt, mein Kleiner! Ich werde dich nach oben bringen. Da sind sie alle versammelt, und unsere Besucher werden sich inzwischen auch eingefunden haben. Ein Sommerfest ist toll. Sie freuen sich schon darauf, dich zu sehen, und zum Abschluss bekommst du etwas Besonderes. Einen Spitzel, den wir in einen Sarg gesteckt haben und der den großen Vater so gern hatte sehen wollen ...«

Als Antwort erfolgte abermals ein widerliches Schmatzen. Mir lief es kalt und heiß den Rücken hinab. Diese wenigen Sätze hatten fast das gesamte Rätsel des Hauses geklärt.

»So, nun gehen wir!«

Nach diesen Worten vernahm ich ein Quietschen und einen dumpf klingenden Schlag. Für mich ein Beweis, dass die zweite Tür geschlossen worden war. Das Quietschen blieb, wurde leiser und entfernte sich rasch, sodass es bald überhaupt nicht mehr zu hören war.

Ich aber stand da und wusste, dass auf andere Menschen eine gewaltige Gefahr zurollte. Konnte ich etwas dagegen tun?

Sicher, aber dazu musste ich erst einmal den Ort des Geschehens erreichen. Und daran hinderten mich die dicken Mauern.

Ich peilte die Tür an.

Auch sie sah mir verdammt stabil aus. Da war schwer etwas zu machen. Die dicken Holzbohlen waren aneinandergenagelt worden, und als ich dagegen trat, vernahm ich nur einen dumpfen Laut, mehr nicht.

Es blieb nur eine Chance. Ich musste den gleichen Weg wieder zurück, den ich auch gekommen war. Das kostete Zeit. Leider hatte sich der Fall so entwickelt, dass jede Sekunde kostbar war.

Ob ich so schnell den Weg wieder zurückfand, war fraglich. Ich beeilte mich sehr.

Die Lampe wurde immer schwächer. Der Strahl, einst hell und klar, war nicht mehr als ein Glimmen, das zwei Schritte vor mir in der Dunkelheit versickerte.

Inzwischen musste ich mich schon mehr vortasten. Ich fluchte fast bei jedem Schritt. Überall glaubte ich, Stimmen zu hören. Von den Wänden hallten meine Schritte wider, ich fühlte mich eingerahmt von einem Flüstern und Wispern und hoffte, dass ich trotz aller Schwierigkeiten irgendwie den richtigen Weg fand und nicht im Kreis herumirrte.

Obwohl ich es fast nicht mehr für möglich gehalten hatte, erreichte ich schließlich die Tür. Im Restlicht der Lampe sah ich sie, stieß sie auf und gelangte in den Raum, in dem die Särge standen.

Ich lief um sie herum, achtete auch auf den am Boden liegenden Verletzten und sah zu, dass ich so rasch wie möglich den Keller verließ.

Auf der Treppe hörte ich die Musik.

Aber auch etwas anderes.

Gellende Schreie!

Mir war klar, dass auf dem kleinen Friedhof der Teufel los sein musste!

Halb erhoben stand Sarah Goldwyn und starrte nach vorn, wo sich aus der feuchten Erde des Grabes eine Hand geschoben hatte.

Eine Frau kletterte aus der Erde.

Diana Coleman!

Das durfte nicht wahr sein! Lady Sarah spürte, dass ihr Atem stockte. Das Entsetzen hatte sie zu hart getroffen. Es war wie ein Ring, der um ihre Brust lag und ihr den Atem abschnürte.

Noch hatte niemand etwas bemerkt. Auch die tanzenden Gruppen nicht, denn sie hielten sich ein wenig abseits auf, waren von der frischen Grabstelle weggetanzt.

Nur die Horror-Oma sah das Schreckliche.

Ein unheimlicher Vorgang spielte sich auf dem kleinen Friedhof ab. Die Wiedergängerin musste gewaltige Kräfte besitzen, denn sie hatte es nicht nur geschafft, den Sargdeckel zu sprengen, sondern sich auch durch das Erdreich gebohrt. Hand und Arm stachen bereits in den dunklen Himmel. Was nun folgte, war der Kopf.

Sarah Goldwyn hatte oft genug Zombies gesehen, Gestalten, die lange im Erdreich gelegen hatten und dementsprechend aussahen. Bei Diana war es nicht der Fall. Sie hatte erst einige Stunden in der Kühle des Grabs zugebracht, war noch längst nicht verwest, und auch ihr Totenhemd zeigte noch keine Anzeichen eines Verfalls.

Stück für Stück kletterte sie höher, und es wirkte so, als befände sich unter der Erde eine Hand, die sie abstützte. Das gelbe Licht der Lampions gab dem Gesicht eine andere Farbe. Sie veränderten die Bleichheit der Haut und ließen die aufgerissenen Augen der lebenden Toten wie zwei dunkle Knöpfe aussehen.

Carola Finley, die neben Lady Sarah saß, schaute ebenfalls nach vorn. Sie konnte nichts sagen, vielleicht hatte sie noch gar nicht begriffen, was sich dort abspielte, und erst als Mrs Goldwyn flüsterte: »Das ist Diana Coleman!«, da zuckte sie zusammen.

»Was sagen Sie da?«

»Diana kehrt zurück.« Während dieser Antwort drehte die Horror-Oma den Kopf. Sie blickte auf ihre neue Bekannte und sah deren Gesicht, das sich veränderte.

Plötzlich wurden die Augen groß, die Mundwinkel verzogen sich, Lippen öffneten sich zu einem Schrei, doch das wollte die Horror-Oma unter allen Umständen vermeiden.

Nur keine Panik!

Lady Sarah wunderte sich, wo sie die Schnelligkeit hernahm. Bevor ihre neue Bekannte einen Ruf ausstoßen konnte, hatte die Horror-Oma ihre Hand auf Carola Finleys Mund gepresst.

Sarah Goldwyn schaute nach unten. Groß wie Kugeln wirkten die Augen der anderen. Darin standen die Gefühle der Frau zu lesen. Sie schwankten zwischen Fassungslosigkeit, Nichtbegreifen und der nackten Angst.

Lady Sarah lächelte. »Keine Bange«, sagte sie leise, »das überstehen wir auch.« Sie schluckte ein paar Mal. »Versprechen Sie mir, nicht zu schreien, Carola?«

Ein Nicken bewies Lady Sarah, dass die Frau verstanden hatte, und die Horror-Oma löste ihre Hand von den Lippen, wobei sie ihre Bekannte jedoch im Auge behielt. Danach fand sie wieder Zeit, den Kopf zu drehen und dorthin zu schauen, wo die Untote aus ihrem frischen Grab gestiegen war.

Noch stand sie auf der weichen Erde. Eine unheimliche, schwankende Gestalt im gelblich schimmernden Leichenhemd. Es wurde hin und wieder von einem bunten Schein erfasst, wofür die Lampions verantwortlich waren.

Langsam hob die lebende Frauenleiche ihre Arme.

»Dianaaa!«

Jemand schrie den Namen. Es war keine andere als Edith Wiser, die sich aus der Gruppe der Tanzenden löste, neben einem Grabstein stehen blieb und sich dort abstützte.

Der Ruf war von allen Frauen gehört worden. Das Singen verstummte schlagartig. Obwohl die Musik weiterspielte, kam es Lady Sarah vor, als läge eine seltsame Stille über dem alten Friedhof.

Etwas Unheimliches war geschehen, und dieser Vorgang musste erst von den Menschen begriffen werden.

Dann klang auch die Musik aus. Das Band war abgelaufen. Ein Lied stoppte mit einem Jaulen. Stille …

Unheimlich, fast zum Greifen. Nur der Wind rauschte jetzt. Er spielte mit den Blättern, ließ sie rascheln, und es hörte sich an wie eine geflüsterte Todesmelodie.

Die Wiser begann zu lachen. Ein schrilles, sirenenartiges Geräusch, das bis hinüber zu den Klippen wehte und dort allmählich verklang und auch vom Tosen der Brandung verschluckt wurde. Auch Carola konnte nicht mehr schweigen. Sie musste einfach etwas sagen. Zum Glück sehr leise, sodass nur Lady Sarah Goldwyn ihre Worte verstehen konnte.

»Sie ist von den Toten auferstanden. Sie ist zurückgekehrt. Als lebende Leiche, wo gibt es so etwas ...« Ihre Stimme begann zu zittern.

»Bleiben Sie ruhig«, sagte Sarah Goldwyn. »Machen Sie um Himmels willen kein Theater ...«

»Aber ...«

Die Horror-Oma legte der neuen Bekannten eine Hand auf die Schulter und schob sie gleichzeitig zur Seite. »Ich werde den Platz hier verlassen. Tun Sie nichts. Und wenn es tatsächlich hart auf hart kommen sollte, dann fliehen Sie, rennen Sie weg, so schnell Sie können ...«

»Was haben Sie denn vor?«

»Ich weiß es noch nicht!«

Das waren vorerst die letzten Worte, die Sarah Goldwyn mit Carola Finley wechselte. Sie hatte inzwischen den Rand der Tischreihe erreicht, drückte sich an der Schmalseite vorbei und ging langsam auf die lebende Tote zu. In der rechten Hand hielt sie ihren Stock. Damit konnte sie sich wehren.

Die anderen Frauen waren zu Salzsäulen erstarrt. Was sie dachten, wusste keiner. Vielleicht nichts, denn der Alkohol hatte einen Nebel um ihre Gehirne gelegt.

Sie standen einfach nur da.

Lady Sarah wusste nicht, ob Diana Coleman sie noch erkannte. Als Untote reagiert man anders. Da hatte man keine Seele mehr und gehorchte nur den allerniedrigsten Instinkten, wozu auch Mord und Vernichtung zu zählen waren.

Die Horror-Oma hätte gelogen, wenn sie die Frage nach ihrer Angst verneint hätte. Sie hatte Angst, und zwar große, denn sie war völlig auf sich allein gestellt. Von keiner Seite bekam sie Hilfe. Sie hoffte nur, dass ihre Handlungen mit dazu beitrugen, die anderen Menschen auf dem Friedhof anzuspornen. Wenn ihr das gelang, war schon vieles gerettet. Deshalb riss sie sich zusammen und schritt auf direktem Wege der lebenden Leiche entgegen.

Hin und wieder schielte sie zur Seite. Sie wollte auch die anderen Frauen sehen.

Die merkten inzwischen, dass sich einiges verändert hatte. Der Alkohol schien ihre Gedanken nicht mehr so stark zu bremsen. Einige standen noch in der Tanzhaltung, als warteten sie darauf, dass die Musik weiterspielte, wieder andere breiteten ihre Arme aus und stützen sich auf den hohen Grabsteinen ab.

»Unser Ehrengast!«, rief Edith Wiser laut. »Gestern gestorben, heute aus dem Grab zurück! Sei willkommen, Diana!« Sie klatschte dabei in die Hände, doch niemand folgte dieser Geste.

Sarah Goldwyn warf dieser Frau einen scharfen Blick zu. Die Wiser duckte sich zusammen, sie wollte noch einmal in die Hände klatschen, doch Lady Sarahs Blick hatte gereicht, um sie in der Bewegung erstarren zu lassen.

Die Hälfte der Strecke hatte Sarah Goldwyn bereits hinter sich gebracht. Sie konnte ihre ehemalige Freundin nun besser erkennen und entdeckte auch die Dreckkrumen in ihren Haaren. Sie klebten darin wie Würmer, und diese hatten sich ebenfalls in den langen Strähnen festgesetzt, wobei sie sich in ständiger Bewegung befanden.

Niemand hinderte die Horror-Oma daran, weiter auf Diana Coleman zuzugehen. Selbst Edith Wiser hielt den Mund. Wie auch die anderen merkte sie, dass sich so etwas wie eine Entscheidung anbahnte.

Und so ließen sie die Fremde immer näher herangehen. Lady Sarah passierte die ersten Grabsteine, ihre Füße versanken im feuchten Erdreich, manchmal raschelte noch Laub vom vergangenen Herbst unter ihren Sohlen, und über dem Friedhof lag eine Stille, die schon als unheimlich bezeichnet werden konnte.

Selbst die Brandung schien nicht mehr so wuchtig gegen die Felsen zu schlagen, ihr Rauschen drang gedämpfter zu den Frauen hoch.

Bisher hatte sich einzig und allein Lady Sarah bewegt. Das änderte sich nun, denn auch die Untote wollte nicht länger auf den normalen Menschen warten. Sie ging ebenfalls vor.

Waren die Schritte der Horror-Oma schon als steif zu bezeichnen, so konnte man die der Untoten mit der einer Gliederpuppe vergleichen, die von jemandem ferngesteuert wurde.

Bleich war die Haut. Eingefallen an den Wangen und blutleer die schmalen Lippen. Sie sank bei jedem Schritt in das weiche Erdreich ein und hatte jedes Mal Mühe, ihr Bein wieder aus der Masse hervorzuziehen.

Lady Sarah blieb stehen. Sie wollte einen Versuch starten und hoffte auf einen Erfolg.

Sie sprach ihre ehemalige Freundin an. »Diana, ich bin es! Hörst du mich? Erkennst du mich?«

Durch das Gesicht der Untoten lief ein Zucken. Eine andere Regung war nicht festzustellen.

Lady Sarah atmete tief ein. Noch einmal probierte sie es. »Du musst mich hören«, sagte sie mit eindringlicher Stimme. »Du musst. Oder verstehst du mich nicht?« Lady Sarah war wieder stehen geblieben und breitete bittend Arme und Hände aus.

Diana bewegte den Kiefer. Es sah schrecklich aus, als sie den Mund aufklappte. Im ersten Moment glaubte Lady Sarah, dass ihre ehemalige Freundin anfangen wollte zu reden, dann schüttelte sie den Kopf, und allmählich breitete sich in ihrem Innern eine große Depression aus. Nein, da war nichts zu machen. Vor ihr stand eine andere Diana Coleman, eine Untote, eine lebende Leiche, die auf ihr vorheriges Dasein keine Rücksicht nehmen würde und es wahrscheinlich auch gar nicht mehr konnte oder sich daran erinnerte.

»Sarah!« Es war Carolas Schrei, der da aufgellte. »Kommen Sie zurück! Wir müssen weg …«

Die Horror-Oma antwortete nicht. Ihre Arme zog sie langsam wieder zurück und schüttelte dabei den Kopf, während ihre Augen feucht wurden. Sie konnte es einfach nicht fassen, die Freundin als Zombie zu sehen. »Den – den Brief«, hauchte sie mit tränenerstickter Stimme. »Du hast mir doch den Brief geschrieben. Ich bin gekommen. Du musst mich erkennen, Diana. Du kannst nicht …«

Es hatte keinen Sinn. Man konnte das Wesen ansprechen, doch es würde nicht reagieren.

Der Mund klappte wieder zu. Irgendwie empfand Lady Sarah dies als Startzeichen. Die Untote schien einen Entschluss gefasst zu haben, und ihr magerer Körper streckte sich.

Sie ging vor.

Lady Sarah aber blieb stehen. Von dem Schritt war sie überrascht worden, und ihr Blick saugte sich an den Händen der lebenden Leiche fest. Die Finger waren lang und dünn. Im Licht der schaukelnden Lampions wirkten sie wie farbige Spinnenbeine, und sie befanden sich zudem in Bewegung, denn Diana krümmte die Hände.

Sie schien nach irgendwelchen Dingen greifen zu wollen, wobei Lady Sarah klar wurde, dass diese Dinge bald einen Namen trugen.

Sie selbst!

Die Untote kam näher. Sie öffnete wieder den Mund. Dabei stieß die Zunge vor. Auf Lady Sarah wirkte sie wie ein alter Lappen. Die Horror-Oma glaubte auch, Geräusche aus dem Rachen zu vernehmen. Ein unterdrücktes Grunzen, ein Lallen. Es hörte sich schaurig an, und der alten Dame lief eine Gänsehaut über den Rücken.

Seitlich sah sie die Bewegungen. Die anderen Zuschauer blieben nicht mehr ruhig stehen. Sie rückten zusammen oder gingen weiter nach hinten. Allmählich schienen alle begriffen zu haben, dass vor ihren Augen ein grauenvolles Ereignis abrollte.

Als Waffe besaß Lady Sarah ihren Stock.

Der weibliche Zombie war inzwischen so weit vorgegangen, dass er nach dem Stock greifen konnte. Seine rechte Hand schnappte zu. Sie wollte Lady Sarah die »Waffe« aus der Hand nehmen, doch die Horror-Oma zog ihren Arm schnell zurück.

Diana fasste ins Leere.

Dann warf sie sich vor. Es war kein Sprung, kein Abstoßen, sie ließ sich kurzerhand fallen, und sie kippte der Besucherin entgegen.

Sarah Goldwyn umklammerte ihren Stock mit beiden Händen. Wie eine Lanze benutzte sie ihn, und es gelang ihr, die Spitze in den Leib des Zombies zu drücken, bevor dieser gegen sie fallen und sie umreißen konnte.

Diana Coleman blieb für einen Moment in schräger Haltung stehen. Ihre Augen waren nur noch Kreise, und darunter gähnte das Loch des aufgerissenen Mundes. Die Arme bewegten sich wie die eines Kraulschwimmers. Diana wollte ihr Opfer packen, griff ins Leere, und Sarah Goldwyn gelang es, die lebende Leiche zurückzustemmen.

Plötzlich stellte sich Diana Coleman gerade hin, dann geriet sie aus dem Gleichgewicht und fiel nach hinten. Dumpf schlug sie auf, blieb für einen Moment auf dem Rücken liegen und wälzte sich danach auf die Seite. Dabei streckte sie noch einen Arm aus, denn sie brauchte einen Halt, um auf die Beine zu gelangen.

All dies geschah langsam. Zeitlupenartig waren die Bewegungen der Untoten, aber Lady Sarah kannte auch deren Zielstrebigkeit. Was sich diese Horror-Wesen einmal vorgenommen hatten, das ließen sie nicht mehr aus den Augen.

Sie führten ihren Auftrag durch. Egal, welcher Widerstand sich ihnen in den Weg stellte.

Die Horror-Oma kreiselte herum. Den ersten Angriff hatte sie abwehren können. Aber auch sie war nur ein Mensch und keine Maschine. Alles in ihrem Innern schrie nach Flucht. Sie wollte weg, aber sie musste auch an die übrigen Frauen denken.

Sarah Goldwyn schaute zurück.

Am Rand des Friedhofs hatten sich die Frauen aufgebaut. Sie starrten zur Mitte des kleinen Totenackers hin, wo sich die grauenvollen Ereignisse abgespielt hatten, und Lady Sarah wollte ihnen zurufen, von hier zu verschwinden, als etwas eintrat, das ihre Pläne völlig umwarf und mit dem sie nicht mehr gerechnet hatte.

Sie war inzwischen wieder zwei Schritte vorgegangen. Hinter ihr richtete sich die Untote auf.

Der Boden bewegte sich! Jemand wollte sein Grab verlassen!

Aus der tiefen Erde war er bis an die Oberfläche gestoßen, und dicht vor dem schiefen Grabstein wühlten sich die Finger aus dem Boden, rot angeleuchtet, sodass sie wie in Blut getaucht aussahen.

Lady Sarah war sprachlos und geschockt. Jetzt wusste sie genau, was die Heimleiterin mit dem Wort Gäste gemeint hatte. Es waren Untote, Zombies, die ehemaligen Heiminsassen, die ihre Gräber verließen, um an der Feier teilzunehmen.

Und nicht nur an dieser einen Stelle krochen sie aus der Erde. Auch an anderen. Als Lady Sarah sich umdrehte, sah sie die Wesen links und rechts von sich die Grabstätten verlassen.

An sechs weiteren Stellen ragten Hände aus dem Grabboden. Erste Köpfe und Schultern erschienen.

Die Gestalten, die ihre Gräber verließen, hatten schon lange dort gelegen. Sie zeigten starke Anzeichen von Verwesung. Geschöpfe mit halben Knochenschädeln, verfilzten Haaren, Skelettklauen oder aufgedunsener, gelblich schimmernder Haut, die einen bunten Schimmer bekam, wenn sie vom Licht der Lampions getroffen wurde.

Bisher war es den Zombies noch nicht gelungen, eine der lebenden Frauen als Opfer zu bekommen. Doch das konnte sich schnell ändern, das wusste Lady Sarah.

Wieder rief sie die Menschen auf, endlich zu fliehen, aber ihre Stimme wurde von Edith Wiser übertönt.

Die Frau löste sich von der Stelle, sprang dorthin, wo sich die Mitte des Friedhofs befand, fiel auf die Knie und streckte ihre Hände dem Himmel entgegen.

»Kommt!«, schrie sie. »Kommt endlich raus aus euren Gräbern! Wir warten auf euch. Wir werden uns zu einem Reigen formieren, um mit euch den großen Tanz durchzuführen.«

Und sie kamen.

Lady Sarah konnte nur dastehen, staunen und sich gleichzeitig fürchten.

Die gesamte Oberfläche des kleinen Friedhofs schien zu einem Meer geworden zu sein. Sie brach auf, warf Wellen, entließ das nackte, kalte Grauen.

Unheimliche Gestalten, verwest, knöchern oder noch mit einer aufgeschwemmten Haut versehen, krochen sie wie übergroße Würmer aus den Tiefen ihrer Gräber, um ein Leben als Untote weiterzuführen, so widersinnig dieser Begriff auch war.

Edith Wiser hatte aufgehört zu schreien. Als Einzige zeigte sie kein Entsetzen. Wahrscheinlich hatte man sie eingeweiht, aber sie kannte die Zombies nicht und wusste auch nichts von ihrem unheilvollen Drang, der sie zu schrecklichen Taten trieb.

Die Zombies kannten weder Freund noch Feind. Sie gehorchten nur ihrem Drang. Und der trieb sie voran. In diesem Falle war Edith Wiser ihr Ziel.

Gleich zu zweit stürzten sie auf Edith zu. Lady Sarahs Warnruf kam zu spät, vielleicht wollte die Frau ihn auch nicht hören, denn sie kniete am Boden und hatte die Arme ausgestreckt, um die beiden Untoten zu empfangen wie ein Geschenk.

Es war ein schreckliches Präsent.

Als Edith Wiser dies merkte, war es bereits zu spät. Da hatten sich die Wesen bereits mit ihren Fingern in die Kleidung gekrallt und hielten eisern fest.

Lady Sarah sah noch das entsetzte Gesicht der Frau, hörte ihr schrilles Schreien, bevor der Rücken eines weiblichen Zombies ihr die Sicht nahm. Aus den Haltungen der Untoten entnahm die Horror-Oma, dass die beiden Zombies ihr Opfer zu Boden gedrückt hatten und es töten wollten.

Niemand half. Die übrigen Frauen hatte der Schreck gelähmt. Wie Ölgötzen standen sie auf oder am Rand des Friedhofs und wurden vom zuckenden, bunten Licht der Lampions umflackert.

Edith Wisers Schreie gellten.

Und sie waren für Lady Sarah das Startsignal. Plötzlich überwand die Horror-Oma ihre Furcht. Sie musste helfen, sie konnte nicht zusehen, wie ein Mensch unter den Mörderklauen einer lebenden Leiche starb.

Fast sah es schon ein wenig lustig aus, wie sie sich in Bewegung setzte und ihren Stock schwang. Dabei hielt sie ihn wie einen Degen, schlug ihn einer Gestalt, die sich ihr in den Weg stellte, quer durchs Gesicht und erreichte den makaberen Schauplatz.

Sie drosch zu.

Einmal klapperte es hohl, als der Stock die blanken Schulterknochen traf. Bei dem zweiten Untoten, an seinem Körper befand sich noch genügend Haut, benutzte sie ihren Stock als Lanze.

Sie bohrte die Spitze tief in die Hüfte des Wesens und drückte es zurück.

Der Zombie kippte.

Sein Artgenosse drehte sich um. Für einen Moment schaute Lady Sarah in das halb verweste Gesicht, fürchtete sich, doch als die Klauen sie packen wollten, da trat sie ihren Fuß in das Gesicht, und das schreckliche Wesen fiel nach hinten.

Es überrollte sich zweimal und blieb liegen.

Endlich konnte sich Lady Sarah um Edith Wiser kümmern. Sekunden nur hatten sie Zeit, und sie sah eine Frau auf der Graberde liegen, die fast am Ende war.

Die Zombies hatten sie bereits erwischt. Mit langen Krallen waren sie Edith durch das Gesicht gefahren und hatten dort ihre Spuren hinterlassen. Rote Streifen, die an der Stirn ihren Anfang nahmen und sich bis zum Halsansatz hinzogen, wobei sie ein blutiges Gittermuster bildeten.

Die Frau war nicht in der Lage, sich zu erheben. Sie hatte keine Kraft mehr, und Lady Sarah musste deshalb die Initiative ergreifen. So rasch es ging, bückte sie sich, streckte ihren freien Arm aus und bekam die linke Hand der Verletzten zu fassen.

Kaum spürte Edith die Berührung, da begann sie zu schreien. Wahrscheinlich hatte sie Angst, dass es die Zombies waren, die sich ihrer angenommen hatten, und sie stemmte sich sogar gegen den Griff, sodass Lady Sarah nicht weiterkam.

Fast verzweifelte sie.

Im Moment hatte sie vor den anderen Gestalten Ruhe. Die beiden Letzten mussten sich erst noch erheben, die übrigen waren zu sehr mit sich selbst beschäftigt, sie wankten wie Betrunkene über den Totenacker, ohne irgendein Ziel zu finden, und Lady Sarah fand die Lage eigentlich als günstig. Nur konnte sie allein nicht viel ausrichten, weil ihre Kräfte nicht ausreichten.

»So helft mir doch!«, schrie sie. »Los, kommt! Wir müssen sie retten!«

Die anderen rührten sich nicht.

Bis auf eine. Carola Finley hatte ihre Angst überwunden. Sie wusste, dass durch Nichtstun und Untätigkeit alles nur noch schlimmer werden konnte, und sie setzte sich in Bewegung.

»Warte, ich bin da!«, schrie sie, wich geschickt einem zugreifenden Zombie aus, der, weil er ins Leere griff, gegen einen Grabstein fiel und sich daran festklammerte.

Wenig später hatte Carola Sarah erreicht.

Auf den grün-rot schimmernden Gesichtern der Frauen spiegelten sich Angst und Panik wider. Sie hatten Furcht, es letzten Endes doch nicht zu schaffen, und sie beeilten sich noch mehr.

Gemeinsam schleiften sie die stöhnende und wimmernde Edith Wiser aus der unmittelbaren Gefahrenzone. Sie sollte kein Opfer der verfluchten Untoten werden.

Bis zum Rand des Friedhofs gelangten sie. Dort standen die Tische. Die meisten Stühle waren umgekippt, und die beiden Frauen wurden von den anderen angestarrt, als wären sie völlig fremde Lebewesen und kämen von einem anderen Stern.

»Was sollen wir machen?«, fragte jemand.

»Fliehen!«, schrie Lady Sarah. »Ihr sollt fliehen!«

»Nein! Keiner geht weg!«

Es waren harte, endgültig klingende Worte, die da über den Friedhof peitschten, sodass sich die meisten Frauen furchtsam zusammenduckten und sich kaum trauten, in die Richtung zu schauen, aus der die Stimme aufgeklungen war.

Jeder kannte sie, und dann sahen sie die Person auch.

Es war Blanche Everett!

Sie kam nicht allein. Jemand befand sich bei ihr. Und nun sahen die Frauen zum ersten Mal den geheimnisvollen Doc Rawson …

»Keine Bange!«, flüsterte die Everett. »Wir schaffen es schon.« Sie lachte dabei, und ihr Gesicht verzog sich, da sie sich sehr anstrengte, den Rollstuhl die schiefe Ebene hochzuschieben.

Er saß darin.

Ein schmatzendes, schlürfendes, gurgelndes Wesen mit überlangen Armen, für die selbst die Länge der Sessellehnen nicht ausreichte. Die dicken Finger wackelten bei jeder Bewegung wie Pudding.

»Der große Vater wird sich zeigen!«, hauchte die Frau. »Deine Diener kommen. Sie wollen dir huldigen! In der Erde haben sie gesteckt. Jetzt ist die Zeit reif, das Fest hat begonnen! Hörst du die Schreie der Menschen? Diese Weibsleute haben Angst vor deinen Freunden, und sie werden noch mehr Angst bekommen, wenn sie dich sehen. Zum ersten Mal bekommen sie ihren Doc Rawson zu Gesicht!« Blanche Everett kicherte. Sie schien dem Wahnsinn nahe zu sein, als sie so redete.

Das alles kümmerte den geheimnisvollen Doc Rawson nicht. Er hockte in seinem Rollstuhl und ließ sich durch das große Haus auf einen der Ausgänge zuschieben.

Es gab da einen speziellen für ihn, denn dort brauchte man keine Stufen zu überwinden, und genau den hatte sich die Frau ausgesucht. Als sie den Rollstuhl durch den Gang schob, schaute sie hin und wieder nach draußen, wenn sie eines der Fenster passierten.

Auf dem Friedhof hatte sich einiges verändert. Verstorbene stiegen aus den Gräbern.

Der alte Pakt, den der große Vater mit den Kräften des Dämonenreichs geschlossen hatte, zahlte sich nun aus. Er hatte sich zu einem Ghoul machen lassen und damit eine Garantie für ein unendliches Leben erhalten. Das Haus hatte er dem Teufel vererbt. Es sollte ein Standort des Bösen werden. Hier konnten die Mächte der Finsternis schalten und walten, doch das Gebäude geriet in Vergessenheit.

Nur die Magie blieb – und der Ghoul.

Er hatte Zeit, viel Zeit. Seine große Chance würde noch kommen. Daran gab es nichts zu rütteln. Wenn die Hölle ihn auch vergessen hatte, so war er dennoch in der Lage, sich ein eigenes Reich aufzubauen.

Das wusste auch die Everett, eine mehrfache Giftmörderin, die sich in die Einsamkeit Cornwalls zurückgezogen hatte. Fernab von der Polizei und ein Leben führend, das dem Bösen geweiht war. Sie und der widerliche Ghoul ergänzten sich großartig. Sie erreichte die Tür, ließ den Wagen für einen Moment stehen und öffnete.

Freie Durchfahrt!

Der Ghoul bewegte sich. Eine schleimige Masse Dämon, die von einer Seite zur anderen schwang. Fast wie eine Qualle, dennoch bekleidet mit einem dunklen Anzug, der sogar feine, graue Nadelstreifen zeigte.

Unbeobachtet konnte Blanche Everett das Haus verlassen. Während sie den Rollstuhl weiterschob, schaute sie über den Kopf des Ghouls hinweg, damit sie auch alles mitbekam, was sich auf dem alten Friedhof abspielte.

Ja, die Untoten hatten ihre Gräber verlassen. Sie waren dem magischen Ruf gefolgt. Die mit dem Atem des Bösen verseuchte Erde hatte die Körper nicht mehr halten können.

Als taumelnde, groteske Gestalten wankten sie über den Platz, kippten gegen die Grabsteine, hielten sich fest oder orientierten sich dorthin, wo ihre Opfer, die Menschen, standen. Sie waren dem Tod geweiht.

Nur die Neue kämpfte. Deutlich erkannte Blanche Everett, dass diese Sarah Goldwyn dabei war, Edith Wiser aus der Gefahrenzone zu zerren, damit sie den Klauen der Zombies entkam. Und die verdammte Finley half ihr dabei.

Blanche Everett verzog das Gesicht. »Ihr werdet euch wundern!«, flüsterte sie hasserfüllt und schob den Rollstuhl noch schneller voran, sodass die großen Gummireifen über die Unebenheiten des Bodens hüpften. »Der große Vater, die ewige Jugend, ein Ghoul …« Sie stieß die Worte flüsternd hervor, als wollte sie sich selbst Mut machen. Dabei beobachtete sie weiter, was auf dem Friedhof vor sich ging.

Aus dem Hintergrund winkte ihr jemand zu. Es war ihr Helfer Curd. Er hielt der Frau den Rücken frei.

Inzwischen hatten es Sarah Goldwyn und Carola Finley geschafft, die Verletzte aus der unmittelbaren Gefahrenzone zu bringen. Wenn die Zombies jetzt angreifen wollten, hatten sie einen weiteren Weg zurückzulegen.

Blanche Everett und der große Vater kamen näher. Noch waren sie nicht entdeckt worden, weil die Frauen genug mit sich selbst zu tun hatten. Die aufmüpfigen Personen wurden als Führer anerkannt, denn jemand fragte, was sie machen sollten.

»Fliehen! Ihr sollt fliehen!«, schrie die Neue.

Dagegen hatte Blanche Everett einiges. »Nein! Keiner geht weg!«, hallte ihr Befehl.

Die Worte wurden gehört, und die Szene auf dem Totenacker schien zu erstarren …

In den ersten Sekunden nach den Worten der Everett konnte niemand etwas sagen. Selbst der Horror-Oma hatte es die Sprache verschlagen, denn mit dem plötzlichen Auftauchen dieser Person hatte niemand gerechnet. Die Stille der Angst senkte sich wie ein Tuch über die wartenden Menschen, und niemand traute sich, auch nur eine Bewegung zu machen.

Blanche Everett hatte ihren großen Auftritt.

Langsam schob sie den Rollstuhl vor. Sie ließ sich bewusst die Zeit, denn ein jeder sollte sehen und merken, dass sie es war, die hier den Ton angab.

Die Räder des Rollstuhls quietschten erbärmlich, als das Gefährt an den Rand des Friedhofs geschoben wurde, wobei die Gestalt im Stuhl noch im Dunkeln lag.

Stück für Stück wurde sie dann aus der Finsternis gerissen.

Blanche Everett kannte jeder. Aber Doc Rawson war den meisten unbekannt. Von vorn hatte ihn noch nie jemand gesehen, und deshalb starrten die Frauen nur auf ihn, während die Zombies vergessen waren. Auch die Untoten spürten, dass sich etwas anbahnte und eine Entscheidung dicht bevorstand, denn sie rührten sich nicht vom Fleck und blieben zwischen den alten Grabsteinen stehen.

Als die Everett die ersten Tische und Stuhlreihen erreicht hatte, blieb sie stehen. Sie selbst befand sich noch im Schatten, während der Rollstuhl samt Inhalt bereits in den Lichtkreis der Lampions geriet.

Jeder konnte ihn sehen.

Und ein jeder starrte ihn an.

Sicherlich hatten die Frauen eine Vorstellung von Doc Rawsons Aussehen gehabt. Doch sie lagen damit alle falsch.

Doc Rawson war eine Mischung aus Mensch und Monster. Aus den Öffnungen seines Anzugs quoll die schleimige Ghoulmasse, die sich quallenartig verteilte. Sie befand sich trotz der eigentlichen Ruhelage des Körpers in dauernder Bewegung.

Blieb der Kopf.

Ein Menschenkopf.

Normal mit Haaren, Ohren, einer Nase und zwei Augen. Aber ein Gesicht, das sehr jung wirkte, eine glatte, fast weiche Haut hatte, die schon dem Vergleich zu der eines Kleinkindes standhielt. Wie ein junges Schweinchen, so kam der Vergleich der ebenfalls dastehenden und staunenden Lady Sarah in den Sinn.

Damit hätte sie nicht gerechnet.

Für sie war dieser Doc Rawson eine unbegreifliche Gestalt. Sie hätte mit allem gerechnet, mit einem Monstrum der schlimmsten Sorte, aber nicht mit einer Mischung aus Menschenkopf und Ghoulkörper. Sie war sprachlos!

Natürlich spürte auch Blanche Everett das Entsetzen und das Staunen, das die Menschen erfasst hielt. Es war alles so eingetroffen, wie sie es sich vorgestellt hatte. Genau so wollte sie es haben, und sie stand hinter dem Rollstuhl wie eine Königin.

Das war ihr Auftritt!

»Hört mich an«, rief sie, »schaut her! Ihr alle wolltet ihn doch sehen. Nun, hier ist er – Doc Rawson, auch der große Vater genannt, der es verstanden hat, mehr als drei Menschenleben zu existieren, weil er an den Teufel glaubte und auch an die Welt der Dämonen. Er hat seine Jugend behalten und ging auch auf den Preis ein, den die andere Seite dafür forderte. Er wurde zu einem Ghoul. Wisst ihr überhaupt, was das ist, ein Ghoul?«

Die Frau ließ das Echo der Worte ausschwingen, denn sie wartete auf die Antwort.

Niemand sagte etwas.

Blanche Everett lachte grell.

»Das habe ich mir schon gedacht. Ihr wisst es nicht. Ihr wisst es nicht, obwohl ihr im Dunstkreis der Hölle existiert habt. Ein Ghoul ist …«

Endlich hatte sich Lady Sarah wieder gefangen. Sie unterbrach die Frau.

»Das brauchen Sie nicht zu erklären«, rief sie laut, »keiner will wissen, was ein Ghoul ist!«

»Das glaube ich nicht!«

»Ich weiß es«, erklärte Lady Sarah, »und das reicht.«

Blanche Everett nickte. »Ich kann mir gut vorstellen, dass Sie es wissen. Umsonst sind Sie schließlich nicht zu uns gekommen, und einen Platz im Heim wollten Sie auch nicht.«

»Das stimmt.«

Blanche Everett konnte ein meckerndes Gelächter nicht unterdrücken. »Dafür bekommen Sie einen Platz auf dem Friedhof. Wir vergraben das, was der Ghoul noch von Ihnen übrig lässt.«

Es waren harte Worte.

Sie trafen die Horror-Oma auch. In ihrem Gesicht zuckte es, während sie durch die Nase einatmete. Aber so leicht gab sie nicht auf. Sie überwand den Schrecken und ging sogar noch einen Schritt vor.

»Glauben Sie nur nicht, dass Sie gewonnen haben, Blanche Everett. Auch ich halte noch Trümpfe in der Hinterhand.« Damit wollte Lady Sarah herausfinden, ob die Frau etwas von John Sinclair wusste.

Sie hatte richtig kalkuliert. Die Everett ging auf ihre Worte ein.

»Denken Sie an den Typen, der meinen Freunden und mir im Keller des Hauses über den Weg gelaufen ist? Ein blondhaariger Mann, nicht wahr?« Sie bog sich vor Lachen. »Ja, den kenne ich, aber ich frage Sie, wie lange es ein Mensch in einem geschlossenen Sarg aushalten kann? Los, geben Sie mir eine Antwort!«

Die Horror-Oma schluckte. Sie wurde ebenso bleich wie die eingeweihte Carola Finley. Deshalb also hatte sich John Sinclair nicht blicken lassen. Er war tatsächlich in die Falle der Gegner gelaufen und hatte sich von ihnen einfangen lassen. Jetzt lag er in einem Sarg und war vielleicht schon erstickt.

Eine grauenhafte Vision, wobei sich Lady Sarah große Vorwürfe machte, denn sie war es schließlich gewesen, die den Geisterjäger in dieses Heim gelockt hatte.

»Das House of Silence macht seinem Namen wieder alle Ehre«, rief Blanche Everett spöttisch. »Für Ihren Freund wird es die absolute Ruhe werden, die ewige.«

»Ich glaube Ihnen nicht!« Lady Sarah sagte diese Worte gegen ihre Überzeugung.

»Dann liefere ich Ihnen den Beweis«, erwiderte die Everett und griff in die Tasche ihres Kleides. Sie holte etwas Schwarzes hervor, hielt es hoch, und alle konnten die Pistole sehen, deren Lauf aus ihrer Faust schaute. »Erkennst du sie?«

Lady Sarah gab keine Antwort. Natürlich hatte sie die Pistole erkannt. Sie gehörte John Sinclair. Freiwillig hatte sich der Geisterjäger die Waffe sicherlich nicht abnehmen lassen.

»Beweise mir, dass es die Pistole ist!«, sagte die Horror-Oma. Sie wollte es auf die Spitze treiben, und Blanche Everett ging tatsächlich darauf ein. »Dann gebt mal acht!«, rief sie, brachte ihren Arm in die Höhe und zielte am Kopf des Ghouls vorbei.

Die Blicke der Frauen waren auf die Mündung gerichtet, und sie sahen das kurze gelbrote Feuer für einen Moment wie ein Wetterleuchten in der Dunkelheit stehen, bevor sie den peitschenden Klang vernehmen und erkennen konnten, was geschehen war.

Ein Zombie war getroffen worden.

Der wuchtige Einschlag hatte die Gestalt umgerissen. Sie war zu Boden gefallen und mit dem Hinterkopf gegen einen Grabstein geschlagen.

In einer letzten verzweifelten Bewegung hob der Untote noch seinen rechten Arm und versuchte, sich an der Kante des Steins festzuklammern. Die Kraft verließ ihn, denn das geweihte Silber war stärker. Es zerstörte seine untote Existenz.

Noch immer rührte sich keine der Zuschauerinnen. Die Blicke jedoch waren bezeichnend. Unverständnis, Ratlosigkeit, diese beiden Dinge paarten sich, und nur Lady Sarah wusste Bescheid.

Es war Johns Waffe.

Die geweihte Silberkugel hatte den Zombie vernichtet. Eine normale Kugel hätte dies nicht geschafft, wenn sie nicht gerade den Kopf getroffen hätte.

»Glaubst du mir nun?«, schrie die Everett mit höhnischer Stimme Sarah Goldwyn zu.

Die Horror-Oma nickte.

»Also stechen deine Trümpfe nicht, alte Frau!«, wurde ihr entgegengehalten. »Du musst dir schon etwas anderes einfallen lassen, das jedoch wird dir nicht gelingen. Der große Vater ist stärker, das versichere ich dir.«

Sarah Goldwyn dachte fieberhaft über einen Ausweg nach. Sie wollte die Frauen wegschaffen, und vielleicht gelang es ihr, die andere abzulenken.

»Wieso großer Vater?«, wollte sie wissen.

»So wurde er früher genannt.« Durch ihre Antwort bewies Blanche Everett, dass sie durchaus bereit war, zu reden, denn sie fühlte sich sicher. Auf diesem Gelände konnte ihr niemand an den Karren fahren. »Ihm gehörte das Land, die Menschen gehorchten ihm, sie waren seine Leibeigenen. Er hatte Geld und Einfluss, und zu den Frauen war er wie ein guter Vater.« Sie setzte ein spöttisches Lachen hinterher, sodass Lady Sarah genau merkte, wie diese letzte Behauptung gemeint war. »Er führte ein tolles Leben. Man ehrte ihn, und er wollte nicht sterben. Er bat den Satan um die ewige Jugend, die er bekam. Allerdings musste er sich verändern. Man entführte ihn in die Dimension der Ghouls, und als er zurückkehrte, da besaß er das Gesicht eines jungen Mannes, aber den Körper eines Leichenfressers. Von diesem Tage an versteckte er sich, sein Name wurde zur Legende, und in dem Haus hielt das Böse Einzug. Die Keller waren sein Reich. Opfer bekam er. Manch müder Wanderer geriet in seine Klauen, und so überlebte er die langen, langen Jahre.«

»Und wie sind Sie hierher gekommen?«, fragte Sarah Goldwyn.

»Ich war auf der Flucht. Man suchte mich als Mörderin. Ich merkte sofort, dass mir dieses Haus eine neue Heimat geben würde, und ich verstand es, mich mit dem Ghoul zu arrangieren. Du glaubst gar nicht, welchen Hunger er hatte. Wir beschlossen, aus diesem Gebäude ein Altersheim zu machen, und ich begann damit, alles vorzubereiten. Ich kannte aus meinen Tagen in London und Liverpool zahlreiche alte Leute, die mittellos und auch ohne Verwandtschaft dastanden. Die lockte ich in dieses Haus. Zuerst waren sie froh, einen Unterschlupf gefunden zu haben, und ich baute gleichzeitig die Legende um Doc Rawson auf. Ein erfundener Name, der in keiner Beziehung zu dem großen Vater steht.«

»Ein Ghoul braucht Nahrung«, sagte Lady Sarah mit gepresst klingender Stimme. »Wie haben Sie das Problem gelöst?«

Da lachte die Frau. »Nicht alle Frauen wurden, nachdem sie starben, beerdigt.«

Lady Sarah war kein junges Mädchen mehr. Ihr Herz hatte ebenfalls dem Alter Tribut zollen müssen, das merkte sie nun, denn diese schrecklichen Worte beschleunigten seinen Schlag, und sie glaubte, ein Gewitter in ihrer Brust toben zu hören.

»Ich merke schon, dass du es begreifst«, sagte die Heimleiterin leise. »Über Jahre haben wir es geschafft, dieses Haus rein zu halten. Und wir lassen es uns nicht von anderen Leuten nehmen, dafür werden wir mit allen Mitteln kämpfen.«

»Und die Zombies? Was haben sie damit zu tun?« Sarah Goldwyns Stimme hatte sich verändert. Deutlich war der schrille Ton herauszuhören. Er zeigte etwas von der Angst, die in der Frau steckte.

»Die verfluchte Erde des Satans«, erklärte die Everett kalt. »Vergiss nicht, dass dieser Flecken einmal zu einem Stützpunkt des Teufels gemacht werden sollte und es auch wurde. Derjenige, der hier begraben wird, bekommt keine Ruhe. Ein Fluch aus der Hölle wird ihn für alle Ewigkeiten verfolgen. Was dem Teufel gehört, das gibt er nie aus den Klauen. Er wartete nur auf einen günstigen Zeitpunkt.«

So ähnlich hatte sich Sarah Goldwyn die Geschichte auch vorgestellt. Sie wiederholte sich im Prinzip, nur gab es immer wieder andere Varianten. Die Zombies hatten hier die Gräber verlassen. Lange Zeit war alles nur vorbereitet worden. Aus dem Dunkel der Schreckensdimensionen stieg das Übel hervor, um über die Menschen herzufallen.

All dies wusste Sarah Goldwyn. Ob es auch die anderen Frauen wussten, war fraglich. Zumindest mussten sie trotz des genossenen Alkohols mittlerweile bemerkt haben, dass es um ihr Leben schlecht bestellt war. Der Friedhof war für sie zu einer gefährlichen Falle geworden, und die Zombies trugen dafür Sorge, dass diese Falle auch zuschnappen konnte.

Bisher hatte der Ghoul still dagesessen. Plötzlich bewegte er den Kopf. Er riss den Mund auf, das fast kindliche helle Gesicht verzerrte sich, und er streckte seinen Arm aus, wobei ein schleimiger Fingerklumpen auf die Horror-Oma wies.

Dabei beugte er sich vor, eine gläsern und schleimig wirkende Zunge drang aus dem Maul, und das dabei entstehende Schlürfgeräusch vernahmen alle Anwesenden.

Verstanden hatte nur Blanche Everett die Aufforderung, und sie flüsterte: »Er will dich! Er will dich, Sarah Goldwyn!«

Die Horror-Oma wollte etwas sagen, sie schwieg jedoch, denn sie begriff, dass sie kaum mehr entkommen konnte.

Hinter ihr hatten die Zombies den Kreis enger gezogen, und vor ihr stand Blanche Everett, die John Sinclairs Beretta in der Hand hielt, am Kopf des Ghouls vorbeizielte und die Mündung auf Sarah Goldwyn richtete.

»Du kannst wählen«, sagte sie. »Willst du herkommen, oder sollen dich die Zombies holen?«

Lady Sarah drehte den Kopf und warf einen Blick über die Schulter. Sie sah die schrecklichen Gestalten. Verwest, bedeckt mit Graberde, toten Augen, dennoch gierig und mit ausgestreckten Klauen.

So wankten sie heran, knickten manchmal ein, fielen hin und rafften sich wieder auf.

Stumm standen die anderen Frauen als Zuschauer da. Ihnen hatte es die Sprache verschlagen. Sie waren in eine Situation geraten, aus der sie wohl niemals wieder herauskommen konnten. Vielleicht wollten sie es auch nicht. Sicherlich gab es welche unter ihnen, die mit ihrem Leben längst abgeschlossen hatten.

»Das schaffen wir nie!«, hauchte Carola Finley. »Diesmal hält die andere Seite alle Trümpfe fest!«

»Versuchen Sie, sich zurückzuziehen«, gab die Horror-Oma ebenso leise zurück.

»Und Sie?«

»Kümmern Sie sich nicht um mich!«

»Aber …« Die letzte Silbe war kaum über die Lippen der Frau gekommen, als sie vor Entsetzen erstarrte. Ein Zombie hatte sich an sie herangeschoben, den Arm gehoben und seine kalte Toten-klaue auf ihre Schulter gelegt.

Dieser Angriff war so unerwartet erfolgt, dass sich Carola Finley nicht rühren konnte. Das Blut wich aus ihrem Gesicht, der Schrei war auf den Lippen erstarrt, und nur Lady Sarah handelte.

Nach dieser Berührung war kaum eine Sekunde vergangen, als die Horror-Oma ihre neue Freundin an der Hüfte packte und sie wuchtig vorschleuderte, sodass die Hand der Untoten von der Schulter rutschte und der Zombie die Bewegung nicht mehr ab-fangen konnte. Er kippte vornüber und blieb auf dem Bauch lie-gen.

Carola Finley war nach vorn getaumelt. An einem Grabstein hielt sie sich fest, drehte den Kopf und wusste nicht, wohin sie zuerst schauen sollte. Ob auf den Zombie oder auf Lady Sarah.

Sie blickte die Horror-Oma an.

Diese hatte sich in Bewegung gesetzt. Zu den Zombies wollte sie nicht.

Blanche Everett schaute diabolisch lächelnd zu, wie Sarah Goldwyn auf sie und den Ghoul zukam …

Ich hatte es geschafft!

Der Keller – schon mehr eine Rattenfalle – lag endlich hinter mir. Vom Gefühl her wäre ich gern vorgestürmt, doch der Verstand war dagegen. Ich musste höllisch achtgeben, denn sehr leicht konnte ich in eine Falle laufen.

Einen der Helfer hatte ich ausschalten können, ich dachte aber auch an den zweiten, der sich bestimmt in der Nähe herumtrieb.

Um den Friedhof sehen zu können, musste ich nach links schauen. Dort sah ich das bunte Licht der Lampions, das stets in Bewegung war, weil die Laternen vom Wind geschaukelt wurden. Ich konnte unter die Bäume sehen, wo die Schatten von dieser bunten Lichtfülle erhellt wurden.

Und ich hörte Stimmen.

Eine stach besonders hervor. Es war die der Heimleiterin. Sie redete auf die anderen ein, und es gab nur eine Person, die ihr antwortete.

Sarah Goldwyn!

Ihre Antworten kamen klar, und sie bewiesen mir, wie wenig Angst sie noch hatte, obwohl ihr klargemacht wurde, dass sie praktisch chancenlos war. Aber sie stemmte sich dagegen an und konnte die Frau weiterhin hinhalten.

Mir gab es die Gelegenheit, mich dem Friedhof zu nähern. Die Umgebung behielt ich genau im Auge, während ich gleichzeitig der Rede und der Gegenrede lauschte.

So erfuhr ich die Zusammenhänge, hörte Motive und wusste, wie ich unsere Gegner einzuschätzen hatte.

Zombies sollten aus den Gräbern gestiegen sein. Bisher hatte ich keine gesehen, da mir die vor Schreck erstarrten Frauen die Sicht nahmen. Ich konnte die Untoten mehr ahnen und sah nur manchmal durch kleine Lücken zwischen den Körpern die eckigen Bewegungen der Untoten.

Ich schlich weiter – und wurde angegriffen! Mein Gegner flog von der rechten Seite her auf mich zu, ich drehte mich noch, hörte ein wütendes Keuchen, dann prallten wir zusammen und gingen zu Boden.

Der Kerl hatte Fäuste wie Schmiedehämmer. Schon der erste Schlag rüttelte meinen Kopf durch.

Der war sowieso schon malträtiert worden. Ich hatte schwer damit zu kämpfen, überhaupt einigermaßen die Übersicht zu behalten.

Dann beging der andere einen Fehler. Er verließ sich auf seine Fäuste und ahnte nicht, dass ich einiges einstecken konnte. Da ich unten lag, und er seinen Oberkörper in die Höhe drehte, lag sein Gesicht frei vor mir.

Mein Blick zielte für einen Moment auf seine Kinnspitze. Im nächsten Augenblick folgte der Ellbogen.

Wuchtig trieb ich ihn in die Höhe. Und es wurde ein haargenauer Treffer.

Ein undefinierbares Geräusch erfolgte bei der Kollision, dann flog der Kopf des Mannes nach hinten. Er wurde regelrecht in den Nacken geschleudert, als Gegenreaktion wieder vorgeworfen, um den zweiten knallharten Treffer zu empfangen.

Der reichte aus, um den schweren Kerl von meinem Körper zu schleudern. Wie ein Klotz kippte er auf die rechte Seite, wo er für einen Moment liegen blieb und ich mich zur Seite rollen konnte, damit ich seinen Armen entglitt.

Er fasste ins Leere, und ich traf ihn zum dritten Mal. Diesmal so, wie es mich mein Freund Suko gelehrt hatte.

Mit der Handkante und sehr gezielt.

Im Hochkommen erwischte es ihn. Als er zusammensackte, war es aus mit ihm. Die Bewusstlosigkeit würde sicherlich mehr als zwei Stunden andauern. Von seiner Seite drohte mir keine Gefahr mehr.

Bevor ich mich wieder auf den Weg machte, untersuchte ich seine Kleidung nach Waffen jeglicher Art.

Ich fand ein Springmesser. Die Spitze jagte ich tief in einen Baumstamm, die Klinge bekam von mir Druck, und sie brach mit einem hellen Singen ab.

Das war erledigt.

Ein Rundblick bewies mir, dass ich den Rücken frei hatte. Der Friedhof, wo die Lampions ihr buntes Licht abgaben und aus hässlichen, halb verwesten Zombies Gestalten machten, die in ein Kabinett des Schreckens gepasst hätten, war eine helle Insel in der pechschwarzen Nacht.

Näher und näher kam ich heran. Die Lage spitzte sich allmählich zu. Lange würde Lady Sarah die Heimleiterin nicht mehr hinhalten können.

Ich bewunderte die alte Dame. Wie sie sich in dieser Stresslage hielt, war einmalig.

Ein gewisses Maß an Furcht überkam mich ebenfalls, denn ich besaß meine Beretta nicht mehr. Irgendjemand musste sie an sich genommen haben, wobei ich die Heimleiterin in Verdacht hatte.

Noch sah ich sie nicht, sondern hörte nur ihre Stimme. Sie sagte die Sätze sehr bestimmt, und auch dieses widerliche Schlürfen war zu vernehmen. Ich musste mich entscheiden, wen ich mir zuerst vornehmen wollte.

Den Ghoul oder die Frau!

Wieder gelang es mir, durch eine Lücke zwischen den Körpern zu schauen.

Zum ersten Mal sah ich die Horror-Oma. Sie aber stand nicht mehr still, denn im selben Augenblick, als ich nach vorn schaute, begann sie sich zu bewegen.

Sie ging nicht zum Friedhof hin, sondern in die entgegengesetzte Richtung. Und dort stand Blanche Everett!

Vielleicht war es der schwerste Gang ihres Lebens, den die Horror-Oma vor sich hatte.

Schritt für Schritt ging sie über die aufgewühlte Erde des Totenackers, wobei sie an besonders weichen Stellen einsackte und ihren Fuß jedes Mal aus dem Erdreich ziehen musste.

Ihr Gesicht blieb unbewegt, obwohl in ihrem Innern eine Hölle tobte. Angst hatte sie. Sie schnürte ihr Herz zusammen, vom Magen her stieg es bitter auf, und ihr Blick war starr auf die vor ihr hockenden und stehenden Gestalten fixiert.

Die Frau und die Bestie.

Sie ergänzten sich großartig.

Der Ghoul hockte in seinem Rollstuhl, bewegte seinen widerlichen schleimigen Körper von einer Seite auf die andere, wobei aus seinem menschlichen Mund blubbernde Blasen drangen, die eklig stanken, wenn sie zerplatzten.

Blanche Everett stand direkt hinter ihm. Ihren Oberkörper hatte sie ein wenig vorgebeugt, ihr Kopf schien direkt auf der Schädelplatte des Ghouls zu liegen, und nicht nur ihre Augen glotzten die herankommende Frau an, sondern auch die Mündung der Silberkugel-Beretta.

»Komm näher!«, zischelte die Heimleiterin. »Los, komm her! Der große Vater wartet auf dich!«

Als der Ghoul diese Worte hörte, wurde er noch unruhiger. Er begann sich hektischer zu bewegen, drückte seine vom Anzug verdeckten Schleimmassen nach vorn, wieder zurück, drehte sich dabei und hechelte wie ein Hund.

Er trug sogar dunkle Schuhe, doch als er einmal seine Beine anhob, da entdeckte Lady Sarah, dass die schleimige Masse sogar über die Ränder der Schuhe quoll und an den Sohlen festklebte.

In seinen Augen schimmerte die Gier. Er wollte ein Opfer, und Lady Sarah konnte sich vorstellen, wie die Sache laufen würde. Eine Kugel aus der Beretta beendete ihr Leben, dann konnte sich der Ghoul über sie hermachen.

»Ja, schneller«, flüsterte die Heimleiterin. »Siehst du nicht, wie der große Vater zittert. Er will dich, er braucht dich. Er …«

Noch unruhiger wurde der Ghoul. Er beugte sich weiter vor. Jetzt wollte er mit seinen Armen nach Lady Sarah greifen. Aus den Händen wuchsen die Finger wie kleine Antennen.

Sie fuhren so dicht heran, dass Lady Sarah nicht weiterging. Sie blieb stehen.

Die Frau bewegte die Mündung ein wenig zur Seite. Das dunkle Loch wies auf die Stirn der Frau.

»Noch einen Schritt!«, zischte sie.

»Nein!«

Nicht Sarah Goldwyn sagte dieses Wort, sondern ein Mann. Die Horror-Oma hätte jubeln können.

Es war John Sinclair!

Noch stand alles auf des Messers Schneide, und einen großen Grund zum Jubeln sah ich beileibe nicht.

Ich hatte mich unbeachtet heranschleichen können und war so nahe, dass ich nur meinen Arm auszustrecken brauchte, um meine Gegner packen zu können. Den Arm hatte ich auch ausgestreckt, und in der linken Hand hielt ich das Kreuz.

Aus der rechten Faust aber schaute die Klinge des Silberdolchs hervor, und sie zielte auf den qualligen Körper des Ghouls.

Selten in meinem Leben habe ich einen so erschreckten Menschen gesehen wie diese Frau. Blanche Everett stand halb gebückt da, den Mund bekam sie überhaupt nicht mehr zu, dafür atmete sie laut und röchelnd ein, und sie traute sich nicht, den Kopf zu wenden.

Zwei, drei Sekunden verstrichen. Ich hätte gern etwas unternommen, aber die Waffenmündung zielte noch immer auf Sarah Goldwyns Kopf, und die Everett brauchte nur einmal mit dem Zeigefinger zu zucken, dann war es um die Horror-Oma geschehen.

Deshalb war alles erstarrt.

Die folgenden Worte der Frau beweisen mir, dass sie genau richtig kalkuliert hatte und Bescheid wusste. »Wie bist du aus dem Sarg gekommen?«, fragte sie flüsternd.

»Ich kann eben zaubern.«

»Rede keinen Unsinn, Mann!« Während sie sprach, schielte sie zur Seite, denn sie wollte sehen, mit welchen Waffen ich sie bedrohte. Ich wusste nicht, weshalb sie mit den Augen zuckte. Entweder war ihr der Anblick des Kreuzes unter die Haut gefahren oder aber der des Dolches.

Auch die anderen Frauen sahen uns. Und natürlich die Zombies. Ich hatte mich nicht weiter um sie kümmern können, da mir Sarah Goldwyn mehr am Herzen lag. Als Gegner waren sie nicht zu unterschätzen, auch wenn sie nicht denken konnten.

Sie blieben nicht stehen. Langsam kamen sie näher. Es wurde Zeit, eine Entscheidung herbeizuführen.

»Nimm die Waffe weg!«, befahl ich leise.

Blanche Everett bewies Nerven, denn sie lachte. »Wieso? Sie ist mein großer Trumpf ...«

»Das Kreuz sticht besser!«, behauptete ich.

Die Heimleiterin überlegte.

»Geh zur Seite, Sarah!«, sagte ich.

Jetzt kam es darauf an. Wer die besseren Nerven von uns beiden hatte, der gewann.

»Okay, John, ich ...«

Weiter konnte sie nicht mehr sprechen, denn der Ghoul, der bisher ruhig in seinem Rollstuhl gesessen hatte, begann sich zu bewegen. Und er war ziemlich schnell.

Gleichzeitig schwenkte Blanche Everett die Beretta in meine Richtung herum und drückte ab …

Sarah Goldwyn sah, wie sich der Ghoul nach vorn drückte. Halb kam er hoch, sein Gesicht verzog sich zu einer bösen Grimasse, dann fiel er der Horror-Oma entgegen.

Und er hätte sie auch erwischt, wenn Lady Sarah nicht ihre einzige Waffe zielgetreu eingesetzt hätte.

Dass sie mit dem Stock gut umgehen konnte, hatte sie schon öfter bewiesen, auch hier zeigte sie dem widerwärtigen Ghoul, was eine Harke war. Sie kantete den Stock hoch, als sich der Dämon in Bewegung befand, und sie drückte die Spitze tief in den schleimigen Leib des Wesens, sodass der Stock fast zur Hälfte darin verschwand.

Es gab ein schmatzendes Geräusch. Blasen stiegen aus dem eingedrückten Teil, zerplatzten, und die stinkenden Tropfen verteilten sich in der näheren Umgebung.

Lady Sarah merkte an dem Gegendruck, wie schwer dieses Monster war, sie setzte ihre ganze Kraft ein und drückte, so kräftig sie konnte, das Wesen wieder nach hinten.

Was John Sinclair tat und ob er getroffen war, darum konnte sie sich jetzt nicht kümmern, denn schlagartig hatte sich das Chaos auf dem Friedhof ausgebreitet.

Dieser zweite Schuss aus der Beretta hatte die Wirkung einer Initialzündung, die im Nu auch die bis jetzt starr gewesenen Frauen erfasste.

Diesmal begriffen sie, dass es ernst war, doch in ihrer Furcht und Angst reagierten einige von ihnen völlig falsch. Anstatt sich herumzuwerfen und wegzurennen, sprangen sie nach vorn, gerieten damit auf den Friedhof und dichter an die lauernden Zombies heran.

Gern hätte sich die Horror-Oma um den Ghoul gekümmert. Das war nicht mehr möglich, denn sie musste die Frauen vor Schaden bewahren.

Die Zombies lauerten auf leichte Beute. Sie waren sehr langsam. Für einen normalen Menschen wäre es kein Problem gewesen, an der Kette vorbeizulaufen. Aber die Zombies hatten es hier mit älteren, manchmal auch gebrechlichen Frauen zu tun, und die konnten sich nicht so schnell bewegen wie ein junger Mensch.

Eine wurde erwischt.

Der Zombie drosch seine Pranke auf die Schulter der Frau, schleuderte sein Opfer herum, versetzte ihm noch einen Stoß, und im nächsten Augenblick fiel es auf einen der Tische. Mit dem Rücken blieb sie auf der Platte liegen, während der Zombie ein gurgelndes Geräusch ausstieß, seine Arme vorstreckte und sich über die Frau beugte.

Weit riss der Zombie sein Maul auf. Die starren Blicke waren auf die Kehle der Frau fixiert, die ihre Furcht in die Nacht hinausschrie und mitbekam, wie der Kopf der Untoten plötzlich zur Seite gewuchtet wurde. Ein Stein hatte ihn getroffen. Lady Sarah war die Werferin, und bevor die Untote wieder ihr Gleichgewicht gefunden hatte, war Sarah Goldwyn am Tisch und schleuderte die Frau nach unten, die wie ein verängstigtes Tier auf allen vieren davonkroch.

Der Zombie griff die Horror-Oma an.

In diesen Augenblicken wuchs Lady Sarah Goldwyn über sich selbst hinaus. Abermals nahm sie ihren Stock zu Hilfe, stieß ihn vor und sah, wie die Stirn des Untoten eingedrückt wurde, bevor er zu Boden plumpste.

Die Horror-Oma kreiselte herum.

Ihre Gesichtszüge weiteten sich in jähem Schrecken. Während sie die eine Frau gerettet hatte, war es den anderen Zombies gelungen, den Kreis um sie enger zu ziehen.

Zu dritt griffen sie Lady Sarah an, während die anderen Frauen flohen und in der Dunkelheit untertauchten.

Drei Zombies gegen Sarah Goldwyn.

Den Kampf konnte sie nicht gewinnen!

Ich sah das Mündungsfeuer. Es blendete mich sogar, während ich in die Knie zuckte und die Kugel über meinen Scheitel hinwegstrich. Im letzten Augenblick hatte ich reagiert und kam sofort wieder hoch, als Blanche Everett meine Waffe schwenkte, wobei die Mündung nach unten wies.

Diesmal jedoch war ich am Drücker. Dieses Weib hatte mich lange genug an der Nase herumgeführt. Sie sah die Faust nicht, aber sie spürte ihre Wirkung. Von unten her hatte ich sie hochgestoßen, und ich traf die Achselhöhle an ihrem rechten Arm.

Es war ein kraftvoller Stoß gewesen, dem sie nichts entgegenzusetzen hatte. Der Arm schnellte in die Höhe, sie öffnete die Faust, und die Beretta machte sich selbstständig.

Während die Heimleiterin zurückwankte, verfolgte ich den Flug der Waffe mit den Augen. Da Blanche Everett genug mit sich selbst zu tun hatte, lief ich rasch vor und nahm die Beretta wieder an mich.

Jetzt fühlte ich mich besser.

Die Everett fluchte wie ein alter Seemann. Sie stieß mir die wildesten Verwünschungen entgegen, die mich allerdings kalt ließen, denn ich musste mich um den Ghoul, die Zombies und natürlich auch um Lady Sarah Goldwyn kümmern.

Leider blieb es beim Vorsatz, denn die Heimleiterin machte Ernst. Sie sah natürlich in mir den Schuldigen an ihrer Misere und wollte mir an den Kragen.

Blanche Everett entwickelte sich zu einer Hyäne. Sie stieß kreischende und heulende Laute aus. Ihre Arme arbeiteten dabei wie die Flügel einer Windmühle.

Ich schlug ein paar Mal zu.

Es klatschte, als ich meine Fäuste gegen ihre hochgerissenen Arme drosch. Die Hiebe schleuderten ihre Deckung zur Seite. Ich kam mit der flachen Hand durch und traf ihre Wange.

Der Kopf wurde durchgeschüttelt. Sie taumelte zur Seite, aber sie blieb auf den Füßen. Mit einem Kopfstoß hatte ich nicht gerechnet. Deshalb erwischte er mich an der Brust, trieb mich bis zu einem Tisch zurück. Ich warf noch einen Stuhl um, bevor ich rücklings über die Platte fiel und meine Beine in die Luft schwang.

Das sah auch ein Zombie.

Leider hatte ich die Gestalt nicht gesehen, die plötzlich neben mir auftauchte und ihre Pranke fallen ließ.

Sie landete auf meiner Brust.

Es war eine halb verweste Hand, deren Finger sich krümmten und in meine Kleidung greifen wollten.

»Ja, mach ihn fertig!«, schrie die Heimleiterin. »Los …«

Auch ich wurde durch diese Schreie munter. Plötzlich hielt ich meinen Dolch in der Hand. In einer schrägen Kurve zielte die Klinge in die Höhe, und sie traf den Zombie in die Brust.

Sein Gesicht zeigte den Schmerz, den er spürte. Dann kippte er um. Da ich den Dolchgriff noch umklammert hielt, konnte ich die Waffe aus der Wunde ziehen.

Sofort rollte ich mich herum, streckte meine Beine aus, fand Halt auf der weichen Erde und stand wieder.

Blanche Everett hatte damit gerechnet, dass mich der Zombie schaffen würde. Da dies nicht der Fall war, griff sie mich wieder an. Diesmal mit einer Nadel.

»Damit habe ich schon drei Kerle gekillt!«, zischte sie. »Ich habe die Spitze mit Gift …«

Das reichte, um zu treten.

Meinen Fuß sah sie kaum, aber ich erwischte sie nicht richtig, denn an der Außenseite ihrer rechten Hand rutschte die Sohle ab, sodass sie die verfluchte Nadel weiterhin in der Hand behalten konnte.

Wenn sie mich auch nur ritzte, war ich erledigt.

Einen schnellen Blick warf ich dorthin, wo die Horror-Oma stand. Und ich sah sie in großer Bedrängnis, denn drei Zombies wollten Lady Sarah vernichten.

Blitzschnell riss ich die Beretta hervor. Die Zeit musste ich mir einfach nehmen.

Da die Mündung auch in Blanche Everetts Richtung zielte, rechnete sie damit, dass ich auf sie schießen würde.

Ein Irrtum.

Ich drückte ab und konnte die Körper der Untoten überhaupt nicht verfehlen. Bevor diese sich auf die Horror-Oma stürzen konnten, waren zwei von ihnen schon von den geweihten Silberkugeln getroffen worden.

Die Einschläge schüttelten sie durch. Sie wankten und fielen, das allerdings bekam ich nicht mehr mit, denn Blanche Everett hatte die Sekunde der Ablenkung genutzt und stürzte sich auf mich.

Bis zum letzten Moment wartete ich.

Als die Nadel auf mich zuraste, um meine Kehle zu durchbohren, tauchte ich nach unten und konterte.

Mit einem Tritt und gleichzeitigem Hochstemmen meiner linken Schulter erwischte ich das Weibsbild und schleuderte es zu Boden. Blanche Everett schrie noch auf, ein jaulender Laut drang danach aus ihrem Mund, dann wurde sie über meine Schulter katapultiert und landete krachend auf einem der langen Tische.

Kaum war das Geräusch aufgeklungen, als ich schon herumzuckte und ihr den Rest geben wollte.

Sie lag auf dem Rücken. Ihre aufgerissenen Augen starrten mich an, aber ich sah auch etwas anderes.

Panik und Hoffnungslosigkeit. Im nächsten Augenblick reagierte sie. Nicht mir stach sie die Nadel entgegen, sondern sich selbst. Bevor ich sie daran hindern konnte, jagte ihre Hand mit der Nadel nach unten.

Sie traf genau ihre Kehle!

Da die Spitze vergiftet war, hatte sie sowieso keine Chance. Tief drang das gefährliche Instrument in ihren Hals. Ich hörte sie noch röcheln, sie zuckte auch ein paar Mal, danach lag sie still, breitete die Arme aus, öffnete die Faust, und die Nadel rollte über ihre Handfläche nach unten.

Die Gesichtszüge erschlafften. Ihr Blick brach, es war aus.

Das war auch das Letzte, was ich von ihr mitbekam, denn ich musste mich um die anderen kümmern.

Während ich fieberhaft die Beretta nachlud, suchte ich Lady Sarah. Die Horror-Oma hatte sich zurückgezogen und hielt sich, so gut es eben möglich war, die letzten Zombies vom Hals.

Sie würde bald von diesen Widerlingen erlöst sein, aber ich sah keine Spur von dem großen Vater.

Der Ghoul war verschwunden, und mit ihm der Rollstuhl, in dem er gesessen hatte.

»John, mein Junge!«, rief Sarah Goldwyn. »Gib mir eine Waffe! Mit den letzten Typen werde ich schon fertig.«

Das glaubte ich ihr aufs Wort. Ich lief ein paar Schritte vor, erledigte noch einen Zombie und schleuderte der Horror-Oma die Beretta im hohen Bogen zu.

Während sie sich streckte, um die Pistole aufzufangen, schrie sie mir zu: »Zu den Klippen, John, du musst zu den Klippen! Dorthin ist er geflohen!«

»Danke!«, brüllte ich zurück und rannte los …

Lady Sarahs Hand war schnell und zielsicher. Sie wunderte sich selbst, dass sie die Waffe mit einem Griff hatte schnappen können, und jetzt fühlte sie sich wohler.

Allerdings hatte sie auf den Stock verzichtet. Er kippte um, während die Horror-Oma die Pistole mit beiden Händen festhielt und sich langsam drehte. Sie schaute über die Mündung hinweg, um auch noch die restlichen Zombies zu packen.

Es war eine schaurige Szene. Lady Sarah stand inmitten der Grabsteine und eines bunt angeleuchteten Friedhofs. Auf dem Boden lagen die dunklen Körper der endgültig vernichteten lebenden Leichen, die nie wieder auferstehen würden.

Zwei Untote erwischte sie mit schnellen Schüssen.

Einer hielt sich versteckt.

Die Horror-Oma ließ ihren Blick kreisen. Sie sah auch die tote Heimleiterin auf dem Tisch liegen. Über ihr schaukelten zwei hellblaue Leuchten, sie gaben der blassen Haut der Leiche eine fahlen Schimmer.

Nach all dem Trubel, der Musik und dem Schreien war es inzwischen merklich stiller geworden. Der unheimliche Totenacker schien erstarrt zu sein. Vielleicht wehte noch der Atem des Todes über die Grabsteine, denn Lady Sarah schüttelte sich, als sie einen kühleren Hauch spürte. Es konnte auch Einbildung sein, denn es war nur der Wind, der ein wenig auffrischte.

Der letzte Zombie hielt sich versteckt. So sehr die Horror-Oma auch suchte, sie fand ihn nicht.

Es gab mehrere Möglichkeiten, wo er sich verborgen halten konnte. Entweder hatte er hinter den hohen Grabsteinen Deckung gefunden oder aber zwischen den Bäumen, wo der Schein der schaukelnden Lampions nicht so recht hinreichte.

Dass Lady Sarah ihren Gegner nicht sah, beunruhigte sie schon.

Auf ihrer Haut spürte sie ein Kribbeln. Es begann im Nacken und lief wie ein Schauder allmählich nach unten.

Wo steckte die Bestie?

»Komm raus!«, flüsterte Lady Sarah. »Los, zeig dich, du verdammtes Wesen!«

Der Zombie tat ihr den Gefallen nicht, und so blieb Sarah Goldwyn nichts anderes übrig, als den Platz zu verlassen und systematisch den Friedhof abzusuchen.

Wo sich die übrigen Frauen befanden, wusste sie nicht. Vielleicht waren sie in Richtung Dorf geflohen, möglicherweise hielten sie sich auch im Haus versteckt. Es spielte auch keine Rolle. Hauptsache, sie gerieten nicht in die Klauen dieser Bestien.

Lady Sarah suchte weiter. Sie schaute hinter jedem Grabstein nach, den sie passierte. Wenn sie einen erreicht hatte, streckte sie zunächst den Arm mit der Waffe vor, zielte hinter den Stein, doch es war vergebens.

Kein Zombie hockte dort und lauerte. Sogar die aufgebrochenen Gräber schaute sich Lady Sarah an. Auch dabei entdeckte sie nichts.

Nachdem sie einmal ihre Runde über den Friedhof gedreht hatte, kehrte sie enttäuscht an ihren Ausgangspunkt zurück und dachte erst einmal nach.

Da der Zombie sich nicht hinter den Grabsteinen verborgen hielt, blieb nur noch eine Möglichkeit. Es musste ihm gelungen sein, dort ein Versteck zu finden, wo die Bäume dicht an dicht standen und ihre Kronen ein dunkles Dach bildeten.

Unter den schaukelnden Lampions schritt die Horror-Oma her, und ihr Körper zeigte nach jedem Meter, den sie zurückgelegt hatte, eine andere Farbe. Mal schimmerte er rot, dann wieder gelb, in einem hellen Grün oder Blau.

Vor den Bäumen blieb sie stehen.

Wie eine Wand kamen sie ihr vor. Besonders in Höhe der Kronen, wo das Laub so dicht war, dass es ihr jeglichen Blick in die Höhe raubte. Sarah Goldwyn fürchtete sich ein wenig davor, zwischen den Bäumen in die Dunkelheit einzutauchen, die dort wie eine schwarze Wand stand.

Plötzlich zuckte sie zusammen.

Etwas hatte sie berührt. Es war nur ein Hauch gewesen, aber sie hatte ihn deutlich an der linken Schulter gespürt.

Sarah drehte den Kopf und sah, dass mehrere Blätter zu Boden trudelten. Sie waren von oben gefallen, der Wind hatte sie abreißen können, aber es gab auch eine andere Möglichkeit.

Lady Sarah schaute hoch.

Düster, fast schwarz war es. Selbst das Restlicht der Lampions reichte nicht bis dort oben hin. Die alte Dame ließ sich nicht beirren. Stück für Stück suchte sie die über ihr wachsende Laubkrone ab, und sie sah plötzlich zwischen dem Blattwerk etwas Helles schimmern.

Der Mond war es nicht. Dafür war der Fleck zu groß.

Die Horror-Oma hielt den Atem an. Sie brachte gleichzeitig ihre Arme in die Höhe, sodass die Mündung der Pistole jetzt schräg in die Höhe zielte.

War es der Zombie?

»Komm raus!«, forderte die Horror-Oma. »Wenn du da hockst, hast du keine Chance!«

Eine Antwort erhielt die alte Dame nicht.

Sekunden verstrichen. Lady Sarah fühlte sich unwohl. Über ihren Rücken kroch ein kalter Schauer, die Lippen zuckten, und sie war sich nicht sicher, wie sie reagieren sollte.

Schießen vielleicht?

Sollte sie einfach in das Laubwerk hineinfeuern und auf ihr Glück vertrauen?

Es wäre am besten gewesen, und sie bekam abermals mit, wie einige Blätter zu Boden fielen.

Da riskierte sie es.

Zweimal schoss die Horror-Oma. Mit beiden Händen hielt sie die Waffe. Sie hörte das Peitschen der Pistole, ihr Gesicht verzog sich, und dann verrollten die Echos allmählich.

Ein Erfolg zeigte sich nicht.

Die alte Dame stand unter dem Baum, starrte nach oben und wartete darauf, dass sich etwas tat.

Es verging Zeit, sie rechnete schon mit einem Misserfolg, als sie ein Knacken hörte. Sofort war sie wieder gespannt, starrte in die Höhe und sah, dass sich dort das Laub stärker bewegte. Das Knacken nahm zu, wurde zu einem Splittern, und im nächsten Augenblick machte sich etwas selbstständig.

Zuerst polterten die Zweige und einige Äste nach unten.

Dann folgte ein Körper.

Die Horror-Oma musste hastig zur Seite springen, um von dem Körper nicht getroffen zu werden. Er wäre ihr genau auf den Kopf gefallen. So streifte er sie nur mit dem Arm und klatschte schließlich neben ihr auf die weiche Erde.

Sarah Goldwyn schaute in ein von Verwesung gezeichnetes schreckliches Gesicht.

Es gehörte dem letzten Zombie!

Zuerst wollte die alte Dame es nicht glauben. Sie schüttelte den Kopf, hob die Schultern, ihre Arme sanken nach unten, dann begann sie plötzlich zu lachen.

Zuerst ein leises Gelächter, das sich von Sekunde zu Sekunde steigerte und schließlich über den Friedhof gellte.

Erledigt! Alles war erledigt! Die Erleichterung konnte sich freie Bahn verschaffen.

Und während Lady Sarah sich abwandte, um wieder über den Friedhof zu gehen, sah sie die ersten Frauen. An der Spitze Carola Finley. Sie verließen das Altersheim, gingen auf die Horror-Oma zu, die plötzlich ein weiches Gefühl in den Knien spürte, nicht mehr konnte und zur Seite kippte. Dass sie von mehreren Armen aufgefangen wurde, merkte sie schon nicht mehr. Eine Ohnmacht hielt sie umfangen …

Ich wollte den Ghoul!

Wo er genau steckte, wusste ich nicht, rechnete jedoch damit, dass er sich irgendwo an den Klippen aufhielt. Dort gab es möglicherweise gute Verstecke. Vielleicht Höhlen.

Die Landschaft änderte sich zwar nicht, dafür die Beschaffenheit des Bodens. Er war felsig geworden, ziemlich hart, und meine Füße schleiften durch widerstandsfähiges Gras.

Mein Blick reichte bis zum Rand der Klippen. Eigentlich hätte ich den Ghoul sehen müssen, doch er hatte die Dunkelheit zum Partner, und die gab ihm den nötigen Schutz.

Ein wenig stieg das Gelände an. Links von mir sah ich dunkle Blöcke auf dem Boden. Dort konnte man sich ebenfalls verbergen.

Und da sah ich ihn auch schon.

Zwischen zwei Blöcken hob sich der Schatten ab. Die Konturen des Rollstuhls waren genau zu erkennen, wie auch die Masse, die in dem Stuhl hockte.

Der Ghoul würde mir nicht mehr entkommen. Ich war mindestens dreimal so schnell wie er, auch wenn ich noch eine gewisse Entfernung zurücklegen musste.

Ich wusste nicht, was er vorhatte, behielt ihn aber im Auge und sah seine Bewegungen. Mit seinen schleimigen Pranken setzte er sein Gefährt in Bewegung. Dabei musste er sich anstrengen, denn der Weg führte bergauf, und mir wurde plötzlich bewusst, dass er sich immer mehr dem Rand der Klippen näherte.

Jetzt verstand ich seinen Plan.

Ihm, dem Ghoul, machte es nichts aus, wenn er kopfüber in die Tiefe wuchtete.

Er würde irgendwo zwischen den Klippen aufschlagen und liegen bleiben.

Nicht als Toter, sondern als Ghoul, und er würde weiterhin Unheil verbreiten.

Ich rechnete die Distanz zwischen uns erst gar nicht aus, sondern rannte los. Für mich war jede Sekunde wichtig. Dabei lief ich so, dass ich ihm den Weg abschneiden konnte, denn ich wollte ihn unbedingt vor dem Klippenrand erreichen.

Im nächsten Moment war er hinter einem Felsen verschwunden, tauchte schnell wieder auf, als er den großen Stein verlassen hatte, und rollte weiter.

Ich blieb ihm auf den Fersen.

Wie ein Känguru hüpfte ich manchmal über die Steine. Mein Mund stand offen, keuchend ging der Atem, und so kämpfte ich mich Meter für Meter an ihn heran.

Wieder sah ich ihn.

Auch er musste mich entdeckt haben, denn die Masse Ghoul in dem Rollstuhl drehte sich und schaute in meine Richtung. Als er festgestellt hatte, wer ihm da im Nacken saß, wuchtete er sich vor und verdoppelte seine Anstrengungen.

Ich legte ebenfalls einen Zahn zu. Diese Bestie durfte mir auf keinen Fall entkommen. Pfeifend drang der Atem aus meinem Mund.

Dann sah ich ihn fast zum Greifen nah, doch auch die Klippen waren nicht mehr weit entfernt.

Zudem fiel das Gelände ab.

Der Rollstuhl nahm Fahrt auf!

In diesem Augenblicken ging es wirklich um alles. Während der Ghoul auf den Klippenrand zuholperte, jagte ich von der Seite her auf den Rollstuhl zu.

Ich hatte keine Zeit, die Entfernung bis zum Klippenrand abzuschätzen, ich wollte meinen Gegner nur zu fassen bekommen, bevor er in die Tiefe stürzte.

Meine Schritte wurden noch länger. Ich kämpfte mich voran, sprang über Steine hinweg, kam ihm näher, hörte schon sein Schmatzen und Gurgeln und sah, dass ich es nicht schaffte.

Als einzige Chance blieb der Silberdolch.

Wenn ich ihn schleuderte, dann konnte ich den Ghoul vielleicht stoppen.

Im Laufen zog ich die Waffe, holte schon aus, als es passierte. Dicht vor dem Abgrund befand sich eine kleine Mulde. In sie rollte der Ghoul hinein.

Nicht nur er, sondern auch der Rollstuhl bekam einen gewaltigen Stoß, den der Dämon nicht mehr abfangen konnte. Sein schwerer Körper wurde nach vorn gewuchtet, er bekam das Übergewicht, konnte sich im Rollstuhl nicht mehr halten und wurde hinausgeschleudert.

Vor dem Gefährt krachte er zu Boden.

Ich hörte das platschende Geräusch, das entstand, als er mit der Erde Bekanntschaft machte. Der Rollstuhl kippte ebenfalls um, er verbeugte sich in Richtung Abgrund und bekam noch einen letzten Schub, der ihn über den Rand wuchtete, sodass das Gefährt vor meinen Augen in der Tiefe verschwand.

Der Ghoul wollte ihm folgen.

Schwer, quallig und schleimig war sein Körper. Er wand sich über den Boden. Es war ein unheimliches Bild, wie aus allen offenen Stellen seiner Kleidung die widerliche Masse quoll und eine helle Schleimspur auf dem Boden hinterließ.

Den Kopf hatte er erhoben. Seinen Mund hatte er aufgerissen. Schleim tropfte über seine Lippen und klatschte zu Boden.

Die hechelnden Laute, die er ausstieß, gingen mir unter die Haut.

Er streckte seine Arme vor. Sie wurden lang, erinnerten an Gummi und erreichten schon den Rand der Klippe, als ich mein Kreuz auf ihn schleuderte. Den Dolch hatte ich wieder weggesteckt.

Der Ghoul schrie schon, bevor ihn das Kreuz traf. Und seine Schreie übertönten sogar das Rauschen der Brandung. So stark war die Angst, die in ihm steckte.

Wie am Spieß brüllte er seine Not und seine Angst hinaus. Blasen drangen aus seinem Maul, zerplatzten.

Mein Kreuz hatte sich wie ein Messer in den wabbeligen Schleimkörper gebohrt.

Dann wurde auch sein Schädel zerstört.

Auf einmal explodierte er. Die einzelnen Stücke flogen mir entgegen: Schleimklumpen, Knorpel. Ich war zurückgegangen und zog den Kopf ein.

Erst zehn Sekunden später ging ich wieder vor, blieb neben dem Ghoul stehen und schaute ihn mir an.

Der Wind spielte mit meinen Haaren. Er fuhr auch in die Lache hinein, die aus der Kleidung quoll und sich allmählich ausbreitete, wobei sie noch kleine Wellen bildete. Der Ghoul würde austrocknen, das stand fest, um ihn brauchte ich mich nicht mehr zu kümmern.

Ich nahm das Kreuz an mich, drehte mich um, wandte dem Wind meinen Rücken zu und ging davon …

Die Frauen hatten sich ausnahmslos auf dem Friedhof versammelt.

Sie umstanden eine Frau, die als Heldin gefeiert wurde und ziemlich erschöpft auf einem Stuhl hockte.

Jemand gab ihr etwas zu trinken, und als man mich sah, machte man mir Platz.

Ich schritt über den Totenacker und sah die Reste der Zombies. Ein schauriges Bild, das mir bewies, was wir alles geleistet hatten. Als die Horror-Oma mich sah, begann sie zu strahlen.

»Mein Junge!«, rief sie. »Du kommst allein zurück. Kann ich davon ausgehen, dass du …«

»Ja, es gibt keinen großen Vater mehr.«

Auch die anderen Frauen hatten die Worte gehört. Sie freuten sich über den Erfolg, aber sie konnten ihren Gefühlen keinen freien Lauf lassen, weil die Erinnerung noch zu frisch war.

Was mit den Frauen geschah, konnte ich jetzt noch nicht sagen. Wahrscheinlich wurden sie in normalen Heimen untergebracht, aber darum würde sich bestimmt auch Lady Sarah kümmern.

Zunächst einmal umarmte sie mich. Und dann flüsterte sie mir etwas ins Ohr, das sie sich vorgenommen hatte: »Sollte ich einmal alt werden, mein Junge, dann gehe ich überallhin. Nur nicht in ein Altersheim ...«

Ich konnte nicht mehr, ich musste lachen. Und auch Sarah Goldwyn lachte. Den Grund kannten nur wir beide, deshalb wurden wir von den anderen auch verständnislos angestarrt ...

BESUCH BEIM GEISTERHENKER

»Genau an dieser Stelle, Ladys and Gentlemen, hat vor neunundzwanzig Jahren Ed Mosley sein achtes und letztes Opfer gefunden. Hier passierte es«, fügte der Mann noch im Flüsterton hinzu.

T.C. Markham verstand sein Geschäft. Er konnte reden, Menschen durch seine Stimme in seinen Bann ziehen, und wenn dann noch die Umgebung stimmte, wurde alles doppelt so gut und schaurig.

Hier stimmte die Umgebung.

Es war ein alter Hinterhof. Die Rückseiten der Häuser wirkten selbst im Sommer trostlos. Das Pflaster des Hofs zeigte Löcher. Während der Unruhen hatten die Protestierer hier ihre Steine geholt, um sie gegen die Ordnungshüter zu schleudern.

Die alte Plakatsäule wirkte irgendwie deplatziert. Eigentlich hätte sie schon längst abgerissen werden sollen, wenn sie nicht kriminalhistorische Berühmtheit erlangt hätte. Eben durch das Auftreten des Killers …

Die Säule war aus Holz angefertigt worden. Auch nicht völlig rund, sie zeigte eine achteckige Form und war, da niemand mehr seine Plakate auf sie klebte, mit irgendwelchen Parolen beschmiert worden.

T.C. Markham drehte sich um, sodass er der Säule den Rücken zuwandte. Sechs Menschen schauten ihn gespannt an. Sie gehörten zu einer kleinen Reisegruppe, die aus Manchester gekommen war und diese außergewöhnliche Tour durch London machte.

Sie hatten die Reise gebucht, denn allein der Titel versprach einiges: Geisterführer durch London.

Und als Geisterführer verstand sich auch T.C., wie er gern genannt werden wollte. Er kannte all die Ecken in London, wo viel passiert war. Niemand war über brutale Verbrechen oder gespenstische Morde so gut informiert wie er.

»Wo hat Mosley denn gelauert?«, fragte jemand. »Man kann ja in den Hinterhof hineinsehen.« Der Mann, der gesprochen hatte, trat einen Schritt nach vorn und bewegte seinen Arm im Kreis.

Über das Gesicht des Geisterführers zuckte ein Lächeln. Es war wissend und zögerte seine Antwort bewusst hinaus. »Kann sich das keiner von Ihnen denken, meine Herrschaften? Versuchen Sie doch einmal, sich in die Lage eines Mörders hineinzuversetzen.« Er streckte den Arm aus und wies auf den Fragesteller. »Sie, Mister, meine ich. Stellen Sie sich vor, Sie wären Ed Mosley. Wo hätten Sie sich versteckt?«

Der Mann überlegte. Er sah nicht nur den Blick des Geisterführers auf sich gerichtet, sondern auch die der anderen Mitglieder aus der Reisegruppe. »Wenn ich ehrlich sein soll, ich hätte mich in einem der Häuser verkrochen. Irgendwo nahe der Hintertür. Da brauchte ich nur zu warten, bis das Opfer auftauchte.«

»Nicht schlecht, Herr Specht. Aber das wäre irgendwann einmal aufgefallen. Denkt doch mal nach, Freunde. Ed Mosley hat acht Menschen umgebracht. Achtmal stach oder schlug er zu. Er war ein Wilder, und er war schlau ...«

»Sagen Sie uns doch, wo er sich verborgen gehalten hat!«, forderte eine Frau, die ihren Fotoapparat vor das Gesicht hielt und somit nicht zu erkennen war.

»Nur nicht so ungeduldig werden. Das hier ist ein besonderer Ort. Man sollte seine Atmosphäre genießen.«

»In der Säule!«

Markham fuhr herum. »Wer hat das gesagt?«, fragte er und sah, wie eine andere Frau – sie war noch jünger – schüchtern einen Arm hob. Der Geisterführer lächelte breit. »Ja, Sie haben recht, Madam. Sie haben vollkommen recht. Der Killer hatte seinen Platz in der Plakatsäule. Kann sich kaum jemand vorstellen. Es war aber so. Im Gegensatz zu vielen anderen Säulen ist diese nämlich aus Holz gebaut. Und da ist es relativ leicht, sich mit einer Säge Zugang zu verschaffen. Oder nicht?«

Die Menschen schauten Markham an. Sie waren stumm. Niemand hatte es so recht glauben wollen, und T.C. weidete sich an der Überraschung der Gäste.

Er war ein Mann, der die vierzig knapp überschritten hatte. In zahlreichen Berufen war er schon tätig gewesen. Zumeist in Jobs, wo er verkaufen und viel reden musste. Sie alle hatten ihm keinen rechten Spaß gemacht, er hatte immer wieder nach etwas Neuem gesucht und war schließlich darauf gekommen, den Geisterführer zu spielen. Damit war er in eine Marktlücke gestoßen. Über Arbeit konnte er sich nicht beklagen, und er tat es gern, denn er war so gut wie selbstständig.

»Soll ich es euch zeigen?«, fragte er mit leiser Stimme. »Wollt ihr den Beweis für meine Worte?«

Die Mitglieder der Reisegruppe nickten.

»Wer traut sich, mit mir zu gehen?«

Der Mann, der die erste Frage gestellt hatte, trat einen Schritt vor. »Ich muss mir das ansehen.«

»Sehr mutig, Mister«, sagte Markham und streckte die Hand aus. »Darf ich Ihren werten Namen erfahren?«

»Digger. Hank Digger.«

»Willkommen, Mister Digger. Ich bewundere Menschen wie Sie. Es wird Sie nicht reuen, sich darauf eingelassen zu haben, obwohl …« Markhams Stimme senkte sich, »… obwohl ich für nichts garantieren kann.«

»Wieso das?«

Markham rollte mit den Augen. »Stellen Sie sich vor, dass noch nicht alles vorbei ist. Manchmal kehren die Geister der Toten ja an den Schauplatz ihres Verbrechens zurück. Glauben Sie nicht auch, dass dies hier möglich sein kann?«

Digger lachte. »Das sind doch Märchen.«

»Aber Mosley war keines.«

»Das weiß ich auch.«

»Wollen Sie also trotzdem nachschauen?«

»Ja.«

»Und wollen Sie auch in die Säule hineingehen, um vielleicht das Gefühl zu verspüren, das auch Ed Mosley gehabt haben könnte?«

»Wie?« Digger trat einen Schritt zurück. »Davon haben Sie mir vorher nichts gesagt.«

»Sorry, ich vergaß …«

»Nun stellen Sie sich nicht so an, Hank!«, rief jemand. »Zeigen Sie den Londonern, dass wir aus Manchester harte Burschen sind und nicht nur Cordhosen herstellen können.«

Hank Digger runzelte die Stirn. Er war ein breitschultriger Mann mit rötlichem Kraushaar. Auf seinem mit Sommersprossen übersäten Gesicht schimmerten Schweißperlen.

»Wollen Sie oder wollen Sie nicht?«, fragte T.C.

»Ich weiß nicht.«

»Spring über deinen Schatten, Mann. Geh in die Säule. Du brauchst ja nicht gleich jemanden zu killen.«

Die anderen lachten nach diesen Worten. Und Hank Digger rang sich ein gequältes Grinsen ab. Mehr brachte er nicht fertig. Irgendwie widerstrebte es ihm, in die Plakatsäule zu klettern. Aber er hatte einmal A gesagt und konnte vor dem B nicht mehr zurück, ohne sich zu blamieren.

»Gut, ich gehe.«

Die anderen fünf begannen zu klatschen. Hank Digger schaute noch einmal zurück, grinste wieder und schritt auf die Säule zu.

T.C. Markham war rasch bei ihm und fasste nach seinem Arm. »Ich lasse Sie doch nicht auf diesem schweren Weg allein«, sagte er. »Vielleicht ist es Ihr letzter.«

»Dann gib aber vorher noch Geld für eine Runde, Ed!«, rief jemand. »Damit wir einen anständigen Leichenschmaus halten können. Hast du verstanden?«

»Hör auf, Mann!«

»Wer den Schaden hat, spottet jeder Beschreibung«, verdrehte T.C. Markham das Sprichwort ein wenig. »Aber es ist nicht schlimm. Regen Sie sich nicht auf. In dieser Säule haben schon zahlreiche Besucher gestanden.«

»Sind sie auch wieder herausgekommen?«

»Jeder.«

»Wie denn?«

T.C. begann zu kichern. »Lebendig natürlich. Wenigstens die meisten von ihnen.«

Hank wischte über seinen Nacken. »Es hat auch schon Tote gegeben?«, fragte er.

»Klar.«

»Wie viele denn?«

»Acht.«

Hank Digger starrte den Geisterführer an wie ein Wesen vom

Mars. Dann schüttelte er den Kopf. »Das gibt es doch nicht. Wenn Sie mich hier verarschen wollen …«

»Doch. Mosley hat acht Opfer …«

»So meinen Sie das.«

T.C. lachte. »Natürlich. Hatten Sie etwas anderes angenommen?«

»Ehrlich gesagt, ja. Wissen Sie, ich dachte, dass auch Besucher umgebracht wurden.«

Markham begann zu lachen und stoppte abrupt. »Die Idee wäre nicht schlecht. Was meinen Sie, welchen Auftrieb mein Job bekommen würde …«

»Hören Sie auf, Mann, sonst steige ich da nicht rein.«

»Sie haben aber schwache Nerven.«

»Die kann man hier auch bekommen.«

Die beiden Männer waren vor der Säule stehen geblieben. T.C. Markham streckte den Arm aus und spreizte die Finger. Er drückte auf eine bestimmte Stelle an der Säule.

Ein leises Knacken ertönte, als ein Kontakt ausgelöst wurde. Dann schwang ein Teil der Säule nach innen, und Hank Digger schaute tatsächlich in einen Hohlraum. Er spürte, wie es ihm dabei kalt den Rücken hinabkroch. Auf seinen Handflächen hatte sich Schweiß gebildet. Aus der Säule strömte ihm ein muffiger Geruch entgegen. Es stank so seltsam, dass er das Gefühl hatte, von unsichtbaren Leichen umgeben zu sein. Er schüttelte sich und schrak zusammen, als er Markhams Hand auf seinem Rücken spürte. Die Finger übten einen leichten Druck aus.

Digger hatte den Eindruck, als sollte er als Lebendiger in eine Totengruft geschoben werden.

»He, geh schon!«, meldete sich jemand aus dem Hintergrund. »Jetzt musst du dir den Spaß auch gönnen.«

Das ist kein Spaß, dachte Markham, wobei er sich hütete, diesen Gedanken auszusprechen.

Der Sockel der Säule bestand aus Beton. Digger musste einen Fuß anheben, um in die Säule klettern zu können. Sie kam ihm plötzlich so eng vor. Fast wie ein hochkant stehender Sarg.

Er schaute zurück und sah T.C. Markham vor dem Eingang stehen. Die Figur des Geisterführers füllte die Lücke fast völlig aus.

Den anderen Mitgliedern der Reisegruppe wandte Markham den Rücken zu, und so konnte nur Digger das Grinsen auf dem Gesicht des Mannes sehen. Es hatte sich in den Mundwinkeln festgesetzt.

Hank Digger kam dieses Grinsen gemein, wissend und gleichzeitig hinterhältig vor. Dieser Kerl wusste mehr, als er zugeben wollte, aber er hütete sich, es preiszugeben.

»Wir schließen die Tür«, erklärte er laut und fügte etwas leiser ein »Viel Spaß« hinzu.

Hank Digger wollte etwas sagen, aber sein Hals schien umschnürt zu sein. Jedenfalls brachte er keinen Laut hervor. Als sich die Tür in der Säule geschlossen hatte, fühlte er sich wie lebendig begraben.

Nicht ein Lichtschimmer fiel durch irgendeine Ritze oder offene Stelle in der Wand.

Und Digger spürte, dass da noch etwas war. Innerhalb der Säule hatte es sich konzentriert. Er konnte nicht sagen, was dort existierte. Eine böse Ahnung, vielleicht ein Schatten …

T.C. Markham hatte sich vor der Säule gedreht und schritt wieder zu den anderen zurück. Auf seinem Gesicht lag ein kaltes Lächeln, das sich sehr schnell wieder veränderte, als er nahe genug vor den fünf Besuchern stand.

»Mister Digger hat Mut, das muss ich sagen.«

»Wären Sie denn nicht in die Säule gegangen?«, fragte die Frau mit dem Fotoapparat.

»Nein.«

»Und weshalb nicht?«

Markham senkte seine Stimme. »Weil es dort spuken soll. Man sagt, dass sich der Geist des Mörders in der Säule aufhält und sie für alle Ewigkeiten ausfüllen soll.«

»Haben Sie den Geist schon gesehen?«, wurde er gefragt.

»Nein.«

»Na also.«

»Vergessen Sie nicht, dass wir uns in England befinden, dem klassischen Geisterland. Denken Sie an die Schlösser und Burgen, die es gibt – und in denen es spukt. Das dürfen Sie nie vergessen, meine Herrschaften. England ist anders. Auch heute noch.«

»Ja, ja …«

»Das war doch eben ein Schrei!« Die Frau mit dem Fotoapparat hatte gesprochen.

»Wie?«

Sie nickte heftig. »Ich habe einen Schrei gehört. Er …«, sie rang nach Luft, und ihr Gesicht lief rot an, »… er ist aus der komischen Säule geklungen.«

»Nie!«

»Doch.«

»Wollen wir nachschauen?«, fragte Markham.

»Nein, ich …« Sie schüttelte heftig den Kopf.

»Dann sind Sie sich doch nicht sicher, oder?«

»Ich weiß nicht, es hätte ja sein können. Vielleicht habe ich mir den Schrei auch nur eingebildet, aber Sie wissen ja, wie das ist. Sind die Nerven einmal überspannt, dann …«

»Das kenne ich. Außerdem, da bin ich ehrlich, bewundere ich Sie, dass Sie sich zu dieser Tour entschlossen haben. Geisterführungen sind nämlich gar nicht so ohne.«

»Wie meinen Sie das denn?«

»Wir werden sehen.«

»Man könnte Digger allmählich zurückholen«, sagte jemand. »Sonst erstickt er noch.«

»Ja, das wäre nicht schlecht«, stimmte auch T.C. Markham zu und ging auf die Plakatsäule zu. Einen halben Schritt vor ihr blieb er stehen und klopfte gegen die Außenwand.

»Und ich habe den Schrei doch gehört«, behauptete die Frau.

»Malen Sie den Teufel nicht an die Wand!«, flüsterte jemand.

»Seid doch ruhig.«

Die fünf schwiegen tatsächlich. Ihre Blicke galten Markham, der an der Säule stand, seinen Arm angewinkelt hatte und mit dem Finger gegen die Holzwand klopfte.

Jeder hörte das Geräusch, auch Hank Digger musste es im Innern vernommen haben. Nur rührte sich dieser nicht.

»Klopfen Sie doch noch mal!«

»Natürlich.« Markham tat es.

»Der soll doch endlich aufmachen«, regte sich die Frau mit der Kamera auf. »Wir haben genug Spannung.« Sie hob ihren Apparat an, um Digger zu knipsen, wenn er die Säule verließ.

Aber Digger kam nicht. Auch auf ein drittes Klopfen reagierte er nicht, sodass der Geisterführer den Einstieg selbst aufschob.

Die fünf Besucher stellten fest, dass er Mühe hatte, denn die Tür schien irgendwie zu klemmen. Normal war das jedenfalls nicht.

Markham bückte sich und zuckte gleichzeitig zurück. Es war für die Zuschauer nicht genau zu sehen, was passierte, aber sie hörten die Flüche des Geisterführers.

Sekunden später schien die Zeit eingefroren zu sein, um den Horror noch mehr herausstellen zu können.

In den Armen des Geisterführers lag Hank Digger. Er war tot. Von seinem Hals tropfte Blut …

Chiefinspektor Tanner war nahe dran, seinen alten Filz aufzuessen, so sehr hielt ihn die Wut umfangen. Er musste sich um diesen Mordfall kümmern und wusste nicht, wie er es anfangen sollte. Es hatte einen Toten gegeben, aber ein Mörder war nicht vorhanden. Und es gab keine Spuren, denn alle Zeugen sagten das Gleiche.

Nämlich nichts.

Tanner und seine Leute hatten die Plakatsäule mit wissenschaftlicher Akribie untersucht. Nach versteckten Ein- oder Ausgängen geforscht, aber nichts gefunden.

Der Betonsockel war dicht! Man musste ihm schon mit einer Spitzhacke zu Leibe rücken, um ihn zu zerstören.

Trotzdem war der Mann aus Manchester ermordet worden. Und zwar auf eine schreckliche Art und Weise. Genauso hatte vor Jahrzehnten der Killer Ed Mosley gewütet.

An den konnte sich Tanner noch erinnern. Er war damals noch nicht Chiefinspektor gewesen, aber er hatte sich schon auf der Jagd nach Mosley beteiligt und war Mitglied der Sonderkommission gewesen.

So wie Hank Digger umgebracht worden war, hatte auch Mosley gekillt. Mit dem Messer.

Dieser Killer war ein Psychopath gewesen. Motive hatte man nicht feststellen können. Bei seiner Festnahme hatte er sich wie ein Irrer gewehrt und um sich gestochen. Dabei waren drei Beamte verletzt worden, bis jemand den Killer erschossen hatte.

Und jetzt war wieder ein Mord geschehen!

Wieso, weshalb?

Chiefinspektor Tanner konnte sich keinen Grund vorstellen. Er hatte die Zeugen vor und zurück befragt, und auch diesen Geisterführer namens T.C. Markham.

Nichts war dabei herausgekommen. Der Mann hatte Digger nicht umbringen können, weil er nicht mit ihm in die Säule hineingegangen war. Nur etwas hatte Tanner stutzig werden lassen. T.C. Markham sprach von einem angeblichen Spuk, denn es hieß in den Geschichten, dass der Geist des Killers Mosley noch herumirren würde, weil er wegen seiner schrecklichen Taten keine Ruhe mehr fand.

Ob das stimmte?

Tanner war Realist. Dennoch hatte er schon die tollsten Dinge erlebt. Allein deshalb, weil er mit einem Mann so gut bekannt war, den man den Geisterjäger nannte.

Dieser Mann hieß John Sinclair und war Oberinspektor bei Scotland Yard. Tanner war zwar nicht davon überzeugt, dass es Geister gab, aber über Sinclairs Arbeit gab es keine Diskussion. Dieser Teufelskerl hatte schon so manchen Fall gelöst, der unlösbar erschien, weil er ihn mit anderen Methoden anging.

Spuk, Okkultes, Dämonen – das alles war etwas für John Sinclair. Und wahrscheinlich auch dieser neue Mord, denn Tanners Ermittlungen stagnierten. Er kam nicht weiter, und dies bereits seit vier Tagen. Liebend gern hätte er John Sinclair früher eingeschaltet. Leider war er nicht da gewesen. Ebenso wenig wie Inspektor Suko, Johns Kollege und Partner. Die beiden hatten sich, so Sir James Powell, Sinclairs Chef, an der amerikanischen Westküste herumgetrieben, um dort Dämonen oder dämonische Geschöpfe zu jagen. So war dem guten Tanner nichts anderes übrig geblieben, als zu warten. Der Termin stand jetzt fest, und Tanner hoffte, dass ihm John Sinclair den Fall aus der Hand nehmen würde …

Es war schon seltsam für mich, zu Tanner zu fahren. Normalerweise besuchte er mich, oder wir trafen uns an irgendeinem Tatort. Jetzt fuhr ich zu ihm.

Ich mochte Tanner. Er war ein alter Fuchs und Praktiker, dem so leicht niemand etwas vormachte, auch wenn wir nicht immer einer Meinung waren, was die Existenz von Geistern und Dämonen anging. Das konnte ich von Tanner auch nicht verlangen. Jedenfalls gehörte er nicht zu den Leuten, die meinen Job ignorierten und ihn womöglich als Spinnerei abtaten, denn damit musste ich bei den anderen Kollegen immer rechnen. Mittlerweile war auch ein wenig Neid hinzugekommen.

Zu Tanner fuhr ich allein. Suko war die Aufgabe zugefallen, einen Bericht über den letzten Fall zu schreiben. Er hockte mit Glenda Perkins zusammen und arbeitete den Bericht aus.

Natürlich war er wütend, aber er hatte beim Losen verloren. Zudem hatte Tanner mich verlangt. Wahrscheinlich nahm er an, dass ich Suko mitbringen würde.

Der Nachmittag war schon ziemlich fortgeschritten. Innerhalb eines halben Tages hatte es einen Wetterumschwung gegeben. Die Wärme der vorherigen Tage war einer unangenehmen Kälte gewichen. Ich hatte mir eine leichte Erkältung zugezogen, denn Frisco und dessen Umgebung hatten unter einer Hitzewelle zu leiden gehabt.

Was Tanner genau von mir wollte, wusste ich nicht, da er es am Telefon ziemlich spannend gemacht hatte. Ich wusste nur, dass es um einen Mordfall ging, bei dem er nicht so recht weiterkam und auf der Stelle trat. Dass Tanner dies ärgerte, konnte ich mir vorstellen. Der würde vor Wut bald seinen alten Hut auffressen. Dieser Filz gehörte zu Tanner wie die Pfeife zu Sherlock Holmes.

Der Londoner Nachmittagsverkehr war mal wieder dichter als dicht. Ich erreichte mein Ziel mit einiger Verspätung, stellte den Wagen im Hof ab und musste meinen Ausweis vorzeigen, um das Gebäude betreten zu können.

»Der Chiefinspektor wartet schon«, erklärte mir ein junger Polizist.

»Wie ist denn seine Laune?«

Der Mann winkte ab. »Schlimm, kann ich Ihnen sagen. Der würde am liebsten seinen Hut verspeisen.«

»Dann geben Sie ihm Pfeffer und Salz, damit Geschmack drankommt.«

Der Mann lachte. »Ich habe etwas da. Wollen Sie es mitnehmen?«

»Gern.«

Wenn es darum ging, Tanner zu ärgern, war ich immer dabei. Der Polizist verschwand. Als er aus seinem Büro zurückkehrte, lag ein verschwörerisches Grinsen auf seinem Gesicht. In den Händen hielt er zwei kleine Streuer mit Pfeffer und Salz.

Ich steckte sie ein.

»Schade, dass ich nicht dabei bin.«

»Tanner kann es Ihnen ja hinterher erzählen.«

»Der wird sich hüten.«

Das Büro des Chiefinspektors lag weit hinten. Es war das letzte im Gang, den ich entlangschritt. Die übliche Polizeiatmosphäre hielt mich umfangen. Ich sah zwei Bänke, auf denen drei Pennertypen saßen, die mich angrinsten und fragten, ob ich nicht einen Schluck für sie hätte. Ich machte ihnen den Vorschlag, Wasser zu trinken. Da wurden sie vor Schreck fast ohnmächtig.

Tanners Tür war nicht geschlossen. Sie stand so weit auf, dass ich die Stimme des Chiefinspektors schon bis auf den Gang hören konnte. Die Worte waren nicht gerade schmeichelhaft für mich.

»Wo bleibt denn nur dieser verdammte Typ, der sich Geisterjäger nennt? Ich habe gesagt, er soll um siebzehn Uhr da sein. Jetzt ist er schon seit zwanzig Minuten überfällig.«

»Vielleicht hat die Hölle ihn verschluckt«, erwiderte eine Frauenstimme.

»Sie meinen sicherlich den Teufel.«

»Auch den, Sir.«

»Unsinn. Der würde sich an einem Typ wie Sinclair den Magen verderben und ihn schneller wieder ausspucken, als er ihn verschluckt hat. Nein, damit brauchen wir nicht zu rechnen.«

»Und wenn er keine Lust hat?«

Ich war vor der Tür stehen geblieben, hörte zu und grinste vor mich hin.

»Wenn er keine Lust hat, drehe ich ihm den Hals zum Korkenzieher«, drohte Tanner.

»Dann müssen Sie sich aber anstrengen, mein Lieber«, erklärte ich und stieß dabei die Tür auf.

Tanner stand zwischen Schreibtisch und Fenster. Als ich über die

Schwelle trat, drehte er sich um, ebenfalls seine Sekretärin, eine ältere Dame, die über die Ränder ihrer Brille schielte. Sie sah etwas griesgrämig aus und passte zu Tanner.

»Sinclair«, sagte der Chiefinspektor und verzog das Gesicht, wobei er gleichzeitig auf die Uhr schaute. »Das gibt es nicht. Über zwanzig Minuten Verspätung.«

»Verbieten Sie das Autofahren«, erwiderte ich grinsend.

»Man kann ja früher losfahren«, erklärte mir die Frau. Sie erntete von Tanner ein beifälliges Nicken.

Ich lachte sie an. »Wissen Sie, Madam, meine Sekretärin hatte bei mir auf dem Schoß Platz genommen. Sie müssten Sie kennen. Sie ist jung, hat herrliches schwarzes Haar und eine fantastische Figur …«

Das hatte wohl noch niemand zu ihr gesagt. Ich sah, wie sie allmählich rot anlief, ein paar Mal tief Luft holte, den Kopf schüttelte und fast fluchtartig das Vorzimmer verließ.

Auch Tanner musste lachen. »Der haben Sie es aber gegeben. Wo sie doch noch Jungfrau ist.«

»Wissen Sie das genau?«

»Sie sagte es mal meiner Frau.«

»Ach so.«

»Egal, kommen Sie ins Büro. Da werden wir uns näher unterhalten.« Tanner ging vor. Er trug wieder seinen üblichen grauen Anzug und wirkte wie immer ein wenig verstaubt. Vielleicht lag es an der Zigarrenasche, die auf seiner Weste verteilt war. Seit meiner letzten Begegnung mit ihm schienen sich in seinem länglichen Gesicht noch mehr Falten eingegraben zu haben.

Sein Büro war karg eingerichtet. Ein Schreibtisch, drei Stühle, der übliche Aktenschrank, Telefon, das Bild der Queen und jede Menge Papiere. Dazu der Mantel am Haken und natürlich der Hut.

Er lag auf dem Schreibtisch, ziemlich nahe an der Kante. Mich ritt jetzt der Teufel. Ich holte Pfeffer und Salz hervor und streute ein paar Körner auf den Rand.

Tanner bekam Wagenrad-Augen. »Was machen Sie denn da? Sind Sie auch schon durchgedreht?«

»Nein, das nicht. Aber ich habe gehört, dass Sie mal wieder Ihren Hut verspeisen wollen. Da dachte ich mir, dass er Ihnen besser schmeckt, wenn ein wenig Geschmack drankommt.«

Tanner stieß einen Schrei aus, der alle Qualen ausdrückte, die er empfand. »Eine Unverschämtheit ist das! So wird ein alter Mann noch auf den Arm genommen. Wer hat Ihnen die beiden Streuer gegeben?«

»Die fand ich zufällig.«

Er stierte sie an, wie sie so harmlos neben seinem Filz standen. »Nein, das stimmt nicht. Die hat Ihnen jemand gegeben. Ich weiß auch wer. Der junge Schnösel in der Abteilung. wird sich noch wundern, einen alten Mann so auf den Arm zu nehmen.« Während er das sagte, nistete in seinen Augen der Schalk. So ernst sah der Chiefinspektor die ganze Sache nicht.

Wir setzten uns. Tanner nahm den Hut aus meiner Reichweite. Dann begann er zu berichten.

Er tat es sehr genau, las mir sogar die Aussagen der Zeugen vor und kam immer wieder auf das Rätselhafte dieses Falles zu sprechen, den er nicht begriff.

»Ich stehe wirklich vor einem Problem. Man könnte annehmen, es mit einem unsichtbaren Mörder zu tun zu haben.«

»Vielleicht ist dem so.«

»Das gibt es doch nicht.«

Ich winkte ab. »Lassen Sie es mal dahingestellt. Ich habe mich daran gewöhnt, an Dinge zu glauben, die es normalerweise nicht gibt. Aber sie passieren dann doch einmal.«

»Ich sehe das etwas anders.«

»Wobei Sie aber nicht weiterkommen.«

»Das stimmt leider.«

»Also wollen Sie mir den Fall andrehen.«

»Ja.« Tanner stieß dieses Wort beinahe erlösend aus. Seine Augen glänzten dabei. »Ich bin mit meinem Latein am Ende. Sie sollen da beginnen, wo ich aufgehört habe.«

»Und das wäre?«

»T.C. Markham.«

»Sie meinen den Geisterführer.«

»Genau. Ich habe ihn in Verdacht. Dieser Junge kommt mir nicht ganz astrein vor.«

»Beweise?«

Tanner breitete die Arme aus. »Gibt es nicht. Sie kennen das ja, John. Auch bei Ihnen spielt oft genug das Gefühl eine große Rolle. So ähnlich sehe ich das mit Markham. Ich traue ihm nicht über den Weg. Dieser Kerl ist für mich ein rotes Tuch. Beweisen kann ich ihm nichts, aber auch gar nichts. Dennoch habe ich das Gefühl, dass er mit beiden Ohren in der Sache drinsteckt.«

»Wie könnte er das?«

»Kann ich Ihnen nicht sagen. Wirklich nicht. Ich habe sein Vorleben unter die Lupe genommen und keinen schwarzen Fleck auf seiner reinen Weste gefunden.«

»Das ist schon verdächtig.«

»Meine ich auch.«

»Was ist denn mit den anderen Zeugen?«

»Harmlose Leute aus Manchester. Sie wollten London einmal anders kennenlernen. Da kam ihnen T.C. Markham gerade recht. Der ist wirklich in eine Marktlücke gestoßen. In dieser Zeit sind die Menschen für das Ungewöhnliche und Unheimliche sehr aufgeschlossen. Markham hat da clever reagiert.«

Da gab ich ihm recht. »Arbeitet er auf eigene Rechnung?«, wollte ich wissen.

»Im Prinzip, ja. Obwohl er auch ein Reisebüro eingeschaltet hat. Aber das ist nur am Rande …«

»Sie haben nachgeforscht?«

»Die Leute sind okay. Sie verdienen ihr Geld mit Kurztouren. Bowlingclubs, Herrenpartien und so weiter …«

»Ja, ja, dann weiß ich Bescheid.«

»Und was wollen Sie tun, John?«

»Da Sie mir den Fall übertragen haben, gehe ich ein wenig anders vor. Es wäre doch mal interessant, die Stadt London aus einer anderen Perspektive zu sehen.«

Tanner verstand. »Sie meinen als Tourist.«

»Als sogenannter.«

»Und dann?«

»Werde ich an der Besichtigung der Stätten teilnehmen, die angeblich so grauenhaft sind. Vielleicht begegnet mir ein unheimlicher Mörder.«

Tanner haute auf seinen Hut. Ich zuckte zusammen, denn ich hatte Angst um das alte Stück. »Das ist wirklich super, John. Hätte ich auch getan. Aber als Chiefinspektor sind Sie dazu verdonnert, in diesem Büro zu hocken und …«

»… einen alten Hut zu verzehren«, vollendete ich. »Platt geschlagen haben Sie ihn ja schon.«

Tanner erschrak. »Das macht der Überschwang«, erklärte er. »Habe ich gar nicht bemerkt.«

Ich stand auf. »Wenn ich etwas herausgefunden habe, werden Sie es als Erster erfahren.«

»Darauf warte ich.« Tanner hatte sich ebenfalls erhoben. Über den Schreibtisch hinweg reichte er mir die Hand. »Viel Glück.«

»Das werde ich brauchen.«

»Ich habe noch etwas für Sie, Sir!«, hörten wir die Stimme einer Frau. Tanners Sekretärin hatte das Büro betreten. Auf ihrem rechten Handteller trug sie ein Glas mit Senf.

»Was soll ich denn damit?«, fragte Tanner.

Ich konnte es mir schon vorstellen und grinste wie ein Honigkuchenpferd.

»Sir, ich hörte, dass Sie Ihren Hut vertilgen wollen. Da dachte ich mir, Salz und Pfeffer allein reichen nicht aus. Ich wollte noch ein wenig Senf spendieren. Wegen des Geschmacks, wissen Sie?«

Lachend verließ ich das Büro. Tanners Heulen vernahm ich noch auf dem Gang, wo die Kollegen standen und feixten.

Auch bei der Polizei muss es hin und wieder mal lustig zugehen. Sonst hat alles keinen Sinn.

Obwohl es windstill war, ächzte der Galgen! Das Stöhnen des Gehenkten schien den unheimlichen Raum zu durchdringen.

Die Schlinge, sorgfältig geknüpft, bewegte sich leicht. Sie pendelte von einer Seite auf die andere, als wollte sie die Personen herlocken, die ihre Hälse in das Oval stecken sollten.

Etwas baute sich um den Galgen herum auf. Eine nicht sichtbare Aura, die ein sensibler Mensch jedoch gefühlt hätte und wahrscheinlich fluchtartig weggerannt wäre.

Eine unheimliche Vergangenheit lag auf der Lauer. Die Seelen der Getöteten lauschten. Sie lagen in einer Lauerstellung, um irgendwann einmal zurückzukehren.

Keine Ruhe sollten sie finden. Für alle Ewigkeiten zwischen dem Diesseits und dem Jenseits umherirren, bis jemand kam, der sie rief und sie wieder zum Galgen brachte.

Die Zeit war lang gewesen.

Doch nun war sie vorbei.

Der Schrecken manifestierte sich …

Keine Hand hatte es berührt. Dennoch jagte das Beil der Guillotine nach unten und hämmerte auf den Holzkopf mit der Einkerbung, wo früher der Hals des Delinquenten gelegen hatte. Einige Splitter brachen aus dem Klotz hervor und sprangen in den Korb, der vor dem Fallbeil stand.

Der Mann, der alles mit angesehen hatte, begann zu zittern. Er stand mit eingeschalteter Lampe vor der Guillotine und sah, wie sich das Licht blitzend auf der Breitseite des Beils brach.

Angstschauer jagten über den Rücken des Wächters, der vor Verlegenheit schluckte und die Lippen bewegte, ohne ein Wort zu sprechen. Auf den Handflächen hatte sich Schweiß gesammelt.

Viele Jahre tat er Dienst als Wächter. So etwas hatte er noch nie erlebt, das ging nicht mit rechten Dingen zu. Keine Sekunde länger wollte er in dem Raum bleiben, warf sich auf dem Absatz herum und floh nach draußen.

Um seine kleine Kabine zu erreichen, musste er durch den langen Gang, in dem es zu jeder Zeit nach Bohnerwachs roch. Der Boden war glatt. Fast wäre der Mann ausgerutscht, und als er seine Kabine erreichte, warf er sich in sie hinein, hämmerte die Tür zu und ließ sich auf den alten Drehstuhl fallen.

Sein Herzschlag hatte sich verdoppelt. Lippen und Hände zitterten. Er schaute auf den kleinen Monitor, sah den Eingang und dahinter einen Teil des Vorgartens im Dunkel verschwimmen.

Da war niemand. Die Augen der Kameras hätten es ihm gezeigt. Dennoch war das Fallbeil nach unten gefallen. Dabei wurde die Guillotine ständig überprüft, auch das Band erneuerte man sehr oft, denn die Sicherheitsbeschränkungen waren streng.

Und nun passierte so etwas.

Eine Erklärung hatte der Nachtwächter nicht. Und auch nicht für das nächste Geräusch, das ihn aufschreckte.

Es war im Gang aufgeklungen, jedenfalls hörte es sich so nahe an. Und es war ein Rasseln.

So rasselten Ketten.

Aber wer trug die?

Höchstens der Duke of Burlington, der dreißig Jahre seines Lebens in einem Verlies zugebracht hatte, weil er die Königin damals nicht hatte anerkennen wollen. Man hatte ihn in Ketten gelegt. Als Sechzigjähriger war er in den Ketten gestorben. Die Legende berichtete, dass sein Geist keine Ruhe fand und man nachts hin und wieder das Klirren von Ketten vernahm.

Bisher hatte der Wächter davon nichts gehört. Diesmal nahm er das Geräusch wahr.

In seinem Magen verspürte er ein schmerzhaftes Kneifen, als hätte er eine Hand voll Splitter gegessen. Wie ein Denkmal hockte er auf dem Stuhl. Den Kopf hatte er so gedreht, dass er die Tür beobachten konnte, und er stellte fest, dass sich das klirrende Geräusch verstärkt hatte.

Der Unheimliche näherte sich seiner Tür.

Würde er sich zeigen?

Der Wächter wusste es nicht. Er hoffte es auch nicht, und sein Blick wurde noch starrer, als er sah, wie die Klinke nach unten gedrückt wurde.

Der arme Mann verging fast vor Angst.

Übergroß kam ihm die Klinke vor. Bald wie ein Ungeheuer aus Metall. Er dachte daran, dass er nicht abgeschlossen hatte, und bebte vor Furcht. Wenn der andere kam, dann …

Die Klinke schwang wieder hoch. Als sie ihre normale Stellung erreicht hatte, vernahm der Wächter abermals das Klirren der Ketten, und er atmete auf, denn das Geräusch entfernte sich.

Leiser und leiser wurde es, bis es nicht mehr zu hören war.

Der Mann sackte zusammen. Er streckte dabei seine Beine aus und wäre fast vom Stuhl gerutscht. Im Nacken lag der kalte Schweiß. Wie Schmier fühlte er sich an.

Mit zitternden Knien erhob sich der Wächter, ging zur Tür und zögerte noch, sie zu öffnen. Wenn einer draußen lauerte und nur darauf wartete, dass jemand den Raum verließ, war der Wächter des Todes.

Es dauerte Minuten, bis er sich dazu überwunden hatte, die Tür so weit zu öffnen, damit er den Kopf durch den Spalt strecken und in den Gang schauen konnte.

Nach rechts und links drehte er den Schädel.

Bohnerwachsgeruch. Zwei Lampen nur, die unter der Decke ihr Licht abgaben.

Eine befand sich in seiner Nähe. Ihr gelbes Licht traf seine Fußspitzen.

Und etwas anderes.

Dunkle, unregelmäßig verteilte Flecken, für die es nur eine Erklärung gab. Das war Blut …

In dieser Nacht verließ der Mann zum ersten Mal seit langen Jahren fluchtartig seinen Arbeitsplatz …

Glenda Perkins kochte einen fantastischen Kaffee. Im Zubereiten des Tees jedoch war Lady Sarah Goldwyn, die Horror-Oma, einfach unschlagbar.

Und diesen Tee trank ich, während ich ihr gegenübersaß und sie mit ihren Ketten klimperte, die sie um den Hals gehängt hatte. Ich hatte ihr die Geschichte erzählt und sie gebeten, mir ein wenig zu helfen, was sie natürlich stolz machte. Aber das wollte sie nicht zugeben, deshalb zierte sie sich ein wenig.

»Ich wusste ja, mein Junge, dass du mal wieder vorbeikommen würdest. Aber einen simplen Besuch kannst du wohl nicht machen – oder?«

Ich verdrehte die Augen, weil der Tee so gut war, sah ihr Schmunzeln und ließ mich zurücksinken. »Dann willst du mir also bei diesem Fall nicht helfen?«

Wäre sie jünger gewesen, sie hätte sich vom Sofa hoch katapultiert. So aber blieb es beim Ansatz. »Wer hat dir das denn gesagt?«

»Ich meinte, es aus deiner Antwort herausgehört zu haben.«

»Da liegst du falsch. Völlig falsch. Das habe ich dir schon gesagt. Außerdem interessiert mich die Sache.«

»Von der du bereits gehört hast.«

Wir hatten uns angemeldet und waren an einen Treffpunkt bestellt worden. In einer Stunde sollten wir am Piccadilly sein, und zwar auf einer bestimmten Fußgängerinsel, wo die Busse stoppten. Deshalb konnte ich nicht mehr lange mit Lady Sarah in ihrer Wohnung bleiben, zudem wir noch ein Taxi bestellen mussten.

»Ich bekam zufällig einen Prospekt in die Hände. Man wirbt ja bereits mit diesen Geistertouren«, erklärte mir Lady Sarah. »Ich interessiere mich dafür, aber ich habe bisher noch nicht den richtigen Dreh gefunden, mich einer Gruppe anzuschließen.« Sie lächelte. »Das ist jetzt etwas anderes.«

»Wieso?«

»Weil du dabei bist.«

»Was ist denn anders, wenn ich dabei bin?«

»Die Umstände, mein Lieber. Wenn du mitmischst, ist immer was los. Ich kenne das. Du ziehst die Dämonen an wie das Licht die Motten. Du bist derjenige, der …«

Ich unterbrach sie durch mein Lachen. »Hör auf, sonst werde ich noch nervös.«

»Trink lieber deinen Tee.«

»Natürlich.« Ich leerte die Tasse und erhob mich. »Es wird Zeit, ich möchte nämlich nicht zu spät kommen. Wir brauchen ja auch noch ein Taxi.«

»Das kannst du erledigen.«

Während ich telefonierte, räumte Lady Sarah den Tisch ab. Sie summte dabei einen alten Schlager. Die Horror-Oma war in Form. Das alles war so richtig nach ihrem Geschmack. Endlich hatte das langweilige Leben wieder ein Ende gefunden, denn Sarah Goldwyn war auf ihre Art und Weise ein regelrechtes Phänomen.

Sie, die schon siebzig Lenze zählte, hatte ein sonderbares Hobby. Sie interessierte sich für alles, was mit Grusel, Horror, Mythologie und Fantasy zusammenhing. Auf dem Speicher ihres Hauses hatte sie sich eine regelrechte Horror-Kammer eingerichtet. Mit Regalen, die mit Büchern vollgestopft waren, und einer modernen Videoanlage, denn sie sammelte nicht nur Literatur, sondern auch Filme.

Lady Sarah war informiert. Wenn ich mal wirklich nicht weiter wusste und über einem Problem brütete, brauchte ich nur zu ihr zu gehen und nachzufragen.

Sie fand immer ein Buch, wo etwas über den Fall oder dessen Begleiterscheinungen stand, an dem ich arbeitete.

Leider beschränkte sich Sarah Goldwyn nicht allein auf die Theorie. Sie hatte bereits haarsträubende und lebensgefährliche Abenteuer mit mir erlebt, sodass man es schon als kleines Wunder bezeichnen konnte, dass sie überhaupt noch lebte und so agil war.

»Kommt der Wagen?«, fragte sie.

»Ja, in einigen Minuten.«

»Dann kann ich mich ja anziehen.« Sie verschwand im Flur und holte einen hellen Wintermantel. Ich half ihr dabei, als sie ihn überzog. »Der ist neu und richtig modern, wie die Verkäuferin sagte.«

»Ja, er steht dir gut.«

»Fast hätte ich deiner Freundin Glenda auch noch so einen Mantel mitgebracht.«

»Sie ist nicht meine Freundin.«

»Keine Lügen, John, ich habe Augen im Kopf und weiß sehr gut Bescheid.«

So unrecht hatte die gute Lady Sarah auch wieder nicht. Tatsächlich bedeutete Glenda mir einiges. Wir waren uns ein wenig mehr als sympathisch und hatten auch schon miteinander geschlafen. Wer es außer Glenda und mir wusste, war mir nicht bekannt, aber die Horror-Oma hatte für so etwas einen Blick, wie sie immer behauptete.

Ich musste grinsen. »Von Glenda soll ich dir übrigens einen schönen Gruß bestellen.«

»Kann sie mich nicht mal besuchen?«

Ich trat einen Schritt zurück. »Das werde ich ihr sagen. Sie hat immer Angst, dass sie dich stört.«

»Wobei denn? Ich empfange doch keine Männerbesuche.«

Ich musste lachen. »Das nicht, aber du bist oft genug beschäftigt, schaust dir Horrorfilme an oder liest gefährliche Bücher …«

»Stecke Häuser in Brand, fresse kleine Kinder – ich weiß, mein Junge. Ausreden findet man immer.«

Die Hupe des Wagens hörte sich an, als hätte jemand mit der flachen Hand auf einen Eimer geschlagen.

»Das ist das Taxi«, erklärte ich, ging zur Tür, und Sarah Goldwyn folgte mir.

Tatsächlich wartete der Wagen. Der Fahrer war ausgestiegen und öffnete Lady Sarah die Tür. So etwas taten Londoner Taxifahrer nur selten. Ich zeigte mich auch dementsprechend überrascht. Am liebsten hatten sie es ja, wenn sie auf Londoner Art einfach herangewunken wurden. Aber da wusste man nie, wie lange man am Straßenrand auf einen vorbeifahrenden Wagen warten musste.

»Man kennt mich eben«, erklärte Lady Sarah. »Nicht wahr, Fred?«

»Natürlich, Mrs Goldwyn.« Fred war ein Schwarzer mit einem breiten Lächeln und großem Gebiss. »Wohin soll es denn diesmal gehen? Wieder nach Soho in die gefährlichen …?«

»Pssst. Verraten Sie nicht alles.«

»Entschuldigung. Ich wusste nicht …«

»Schon gut. Dieser junge Mann bei mir ist zwar ein sehr netter Polizist, aber alles braucht er auch nicht zu wissen. Fahren Sie uns heute mal zum Piccadilly.«

»So ist das also«, sagte ich zur Horror-Oma. »Du treibst dich in Soho herum, während anständige Frauen in der Wohnung sitzen …«

»Und ihren Liebhaber empfangen.« Lady Sarah wusste auf jeden Satz die passende Antwort, deshalb sparte ich mir eine weitere Unterhaltung, die in diese Richtung zielte. Sarah Goldwyn konnte man einfach nicht an die Kette legen. Sie machte sowieso, was sie wollte.

Den Piccadilly Circus konnte man in gewisser Hinsicht auch als das Herz Londons bezeichnen. Es war der helle Wahnsinn, was sich an diesem Flecken Erde alles konzentrierte. Jeder Tourist, der nach London kam, wollte den Piccadilly gesehen haben. Diesen Verkehrsknotenpunkt zu besichtigen war eine ebensolche Pflichtübung wie der Tower und die Paraden der Queen-Soldaten.

Unser Treffpunkt war eine der Verkehrsinseln, an der die Busse hielten.

»Kennst du diesen T.C. Markham?«, fragte ich Sarah Goldwyn.

»Nicht persönlich. Ich habe ihn nur auf dem Foto gesehen. Sein

Bild ist auf jedem Prospekt abgebildet, mit dem er wirbt. Er lässt die Dinger in die Briefkästen werfen.«

»Daher weißt du also Bescheid.«

»Ja.«

Wir näherten uns allmählich der City. Der Verkehr wurde dichter. Unserem Fahrer machte es nichts aus. Er war eine Frohnatur und pfiff vergnügt einen Schlager.

Wir schafften es gerade noch, denn wir waren die Letzten. Auf einer kleinen Verkehrsinsel, die man als eine Oase in der Verkehrshektik bezeichnen konnte, standen die Menschen zusammen.

»Der Große da ist Markham«, erklärte Lady Sarah.

Während ich die Rechnung beglich, schaute ich ihn mir an. Markham hatte ungefähr meine Größe. Er war vielleicht ein wenig schmaler in den Schultern. Auch trug er sein Haar länger. Die blonde Wolle verdeckte seinen Hemdkragen. Er hatte ein markant geschnittenes Gesicht und helle Augen. Auf seiner Oberlippe wuchs ein Bart. Ein Frauentyp. Zudem war er entsprechend lässig gekleidet. Seine weiße Jeans und die hellblaue Jacke sahen sehr locker aus. Auf der Jacke sah ich zahlreiche Reißverschlüsse. Das Hemd darunter war ebenfalls weiß und hatte auf der Brust zwei Taschen.

»Die Letzten«, sagte er, als wir ankamen. »Fast wären wir ohne Sie abgefahren.«

Lady Sarah begrüßte er mit einem galanten Handkuss, mich mit einem Händedruck.

Unsere Blicke bohrten sich dabei ineinander. Ich nannte meinen Namen. T.C. Markham lächelte wie ein texanischer Ölbaron. Nach außen hin freundlich, nach innen das Gegenteil.

»Herzlich willkommen bei uns, Mister Sinclair.« Seine Augen straften die Worte Lügen.

»Danke«, erwiderte ich. »Ich glaube schon, dass ich mich bei Ihnen wohl fühlen kann.«

»Das will ich doch meinen. Glauben Sie denn an Geister?«

»An die im Wein.«

»Ich auch, ich auch. Aber es gibt auch andere, das kann ich Ihnen versichern. Die nächsten Stunden werden Sie und die anderen nicht so leicht vergessen.«

Ja, die anderen. Das waren außer Lady Sarah und mir noch fünf weitere Personen. Die Gruppen wurden immer ziemlich klein gehalten, damit der Eindruck des Persönlichen blieb.

Zwei Frauen und drei Männer zählte ich.

Wie sie standen, schätzte ich, dass die beiden jungen Männer zusammengehörten, dann ein Ehepaar in mittleren Jahren und zum Schluss eine Frau, die ihre dunkelbraune Haarmähne wie vom Sturmwind zerzaust trug. Sie schien frisch aus dem Urlaub gekommen zu sein. Ihre sonnenbraune Haut konnte mich neidisch werden lassen. Modische, weiße Kleidung trug sie ebenfalls. Ihre Lippen waren blass geschminkt. Die Blicke, die sie mir zuwarf, waren ein wenig lauernd und teils interessiert.

Die beiden jungen Männer machten den Eindruck, als würden sie sich für Frauen nicht interessieren. Ihre geföhnten Haare wehten im Wind. Wind war es auch, der ihre Kettchen klirren ließ. Eine wirklich illustre Gesellschaft. Ich war gespannt, wie sich jeder Einzelne von uns im Laufe der Zeit entwickeln würde.

T.C. Markham klatschte in die Hände und begann mit wenigen Worten eine kurze Lageerklärung. »Ich will nicht viel herumerzählen. Wir steigen jetzt in einen Bus und fahren zum ersten Ziel.«

»Wo wird das sein?«, fragte die sonnenbraune Frau und stemmte ihre rechte Hand in die Hüfte.

»Da sollten Sie sich überraschen lassen, Rita.«

»Mal sehen.«

»Ich wäre übrigens dafür, einander mit den Vornamen anzureden. Klingt irgendwie persönlicher. Es ist das erste Mal, dass ich so handele. Sie können T.C. zu mir sagen.«

»Klingt fast wie J.R.«, meinte Lady Sarah.

»Aber nur fast, liebe Dame. Wie heißen Sie denn mit Vornamen?«

Die Horror-Oma sagte ihn, und wir erfuhren auch die der anderen Mitglieder.

Die Sonnenbraune hieß Rita, die beiden Freunde nannten sich Patrick und Clive, wobei Clive seinen Freund mit einem verträumt wirkenden Blick anschaute. Er hatte dunkles Haar, das in Wellen bis über seine Ohren fiel, während Patrick auf Leder stand und die Haare fast streichholzkurz geschnitten hatte.

Kenneth und Betty, so hieß das Ehepaar mit Vornamen. Beide

waren ein wenig untersetzt und hatten Übergewicht. Kenneth hatte den größten Teil seiner Haare schon verloren. Auf seinem Kopf glänzte rot ein Sonnenbrand.

Nachdem diese Formalitäten geklärt waren, stiegen wir in einen kleinen Bus, der nicht weit entfernt in einer schmalen Parkbucht abgestellt war.

»Sie können sich hinsetzen, wo Sie wollen«, erklärte uns T.C. Markham. »Hauptsache, Sie fühlen sich bei uns wohl.«

»Das werden wir ganz bestimmt«, sagte Mrs Goldwyn und nickte so ernsthaft, dass ich mir nur mühsam ein Grinsen verbiss.

Einen Extrafahrer hatten wir nicht. Seine Funktion übernahm T.C. Markham.

Er war ein kleines Phänomen. Während er fuhr – am Piccadilly herrscht ja reger Verkehr –, gab er bereits die ersten Erklärungen ab. Er machte die Leute neugierig, sprach aber nicht von direkten Zielen, sondern redete mehr allgemein.

Ich bekam die Sätze nur am Rande mit. Mein Interesse galt den anderen Mitreisenden.

Sarah Goldwyn hatte sich neben mich gesetzt. In den kleinen Toyota-Bus passten wir hinein. Vor uns saß das Ehepaar. Betty hatte ihre Hand auf die von Kenneth gelegt. Wie gebannt schaute sie auf den Rücken des Fahrers und lauschte dabei seinen Worten.

Patrick und Clive saßen ebenfalls dicht beisammen. Hin und wieder wisperten sie. Sie hatten auf der anderen Seite des schmalen Ganges Platz genommen. Ich musste den Kopf schräg legen, um zu ihnen hinzuschauen, während die Frau namens Rita an meiner linken Seite Platz genommen hatte, nur eben durch den Gang getrennt.

Sie hatte eine lässige Haltung eingenommen. Ihre Lippen waren gekräuselt, ein Zeichen, dass sie sich ein wenig amüsierte. Das linke Bein hatte sie nicht nur angewinkelt, sondern auch auf den Sitz gelegt, und ihr Fuß verschwand unter dem wohlgerundeten Hinterteil.

Die Tasche, die sie bei sich trug, bestand aus hellem Jeansstoff. Sie öffnete den Reißverschluss und holte ein Päckchen Zigaretten hervor.

Für mich war es schon ein komisches Gefühl, meine Heimatstadt London aus einer anderen Perspektive zu sehen. Ich saß erstens höher und empfand irgendwie touristenmäßig all das, was so an den Scheiben vorbeihuschte. Gebäude, an die ich mich gewöhnt hatte, die ich ansonsten auch kaum wahrnahm, sie wirkten jetzt völlig anders, und ein nie gekanntes Gefühl erfasste mich. Ich war auf einmal stolz auf meine Heimatstadt.

»Haben Sie zufällig Feuer, John?«

Ritas Stimme unterbrach meine Gedanken. Ich drehte mich um, schaute sie an, und unsere Blicke begegneten sich über die Zigarette hinweg, deren Filter bereits zwischen den blass geschminkten Lippen steckte.

»Natürlich, gern.« Ich holte das Feuerzeug hervor. Als ich den Arm ausstreckte, hielt sie mein Handgelenk fest. Ihre Haut war seltsam warm, und die Finger streichelten mein Gelenk.

»Danke.«

Sie lehnte sich wieder zurück. Dabei klappte ihre Tasche weiter auf. Es war reiner Zufall, dass mein Blick auf den Inhalt fiel und ich eine vernickelte Pistole entdeckte. Eine kleine Damenwaffe, die in der großen Tasche verschwand.

Ich sagte nichts. Rita schloss die Tasche wieder. Ein Blick zu Sarah Goldwyn belehrte mich, dass auch die Horror-Oma nichts davon mitbekommen hatte.

Sie schaute nach draußen und musste mit ansehen, dass wir bereits mitten in Soho steckten.

»Gib auf diese Rita acht, John!«, sagte sie so leise, dass nur ich es verstehen konnte.

»Wieso?«

»Ich traue ihr nicht.«

»Hast du einen Grund?«

»Es ist ein Gefühl, mehr nicht. Du weißt ja, ich verlasse mich meist darauf.«

»Sie trägt übrigens eine Pistole bei sich«, informierte ich die Horror-Oma.

»Das passt zu ihr.«

Bisher war die Fahrt langweilig gewesen. Nach dieser Entdeckung entschloss ich mich, auf der Hut zu sein. Ich war gespannt, was mir noch alles über den Weg laufen würde und als was sich die anderen Mitreisenden herausstellten.

»Wo fahren wir denn hin?«

Als ich Lady Sarahs Frage hörte, schaute ich aus dem Fenster und wunderte mich ebenfalls.

Der Bus rollte durch eine Einfahrt. Graue Mauern rechts und links wirkten wie böse Schatten, die uns zusammendrücken wollten.

»Bin gespannt, wo wir landen werden«, sagte die Horror-Oma.

»An einem Gruselplatz.«

»Oder an einem Ort des Verbrechens«, fügte die Lady hinzu.

Beide behielten wir recht. Ich hatte den Tatort des letzten Mordes zwar nicht gesehen, kannte aber dessen Beschreibung. Die Plakatsäule hatte auf einem Hinterhof gestanden, und genau in diesem Hof stoppte T.C. Markham den Bus. Ich war gespannt, ob er den Reisenden etwas von dem neuen Verbrechen erzählen würde.

»Bitte aussteigen, Ladys und Gentlemen. Wir haben unser Ziel erreicht.«

Lady Sarah schaute mich an. »Das darf doch nicht wahr sein.«

»Warum nicht? Der spult sein Programm runter.«

»Und dann?«

»Werden wir hören, ob er etwas von dem neuen Mord berichtet.«

Ich wusste nicht, ob Rita etwas von meinen Worten mitbekommen hatte. Sie war ebenfalls von ihrem Sitz aufgestanden und drehte sich um, während sie auf den Ausgang zuschritt. Der Blick, der mich traf, war irgendwie fragend.

T.C. Markham erwartete uns bereits. Wir stellten uns vor dem Bus auf. Schon jetzt begann Betty zu knipsen. Auch ich schaute mir die tristen Fassaden der Hinterseiten an. Es gab keine Anbauten, wie man sie sonst oft in diesen Höfen findet. Die Fronten waren grau und nur unterbrochen durch die oftmals blinden Fensterscheiben.

Die Plakatsäule kam mir deplatziert vor. Sie passte einfach nicht in den Hof.

»Das ist sie«, begann Markham seine Rede und zeigte dabei auf die Säule. »Ein Relikt, an das ich nur mit Schaudern denken kann. Sie werden an meiner Stimme erkennen, wie schwer es mir fällt, davon zu berichten. Denn hier sind furchtbare Dinge geschehen, die den Rahmen des Normalen einfach sprengen. Aber lassen Sie mich der Reihe nach erzählen. Begonnen hat alles mit einem Mord …«

Und Markham berichtete. Er erzählte von diesem achtfachen Mörder Ed Mosley. Er schilderte die Taten, als wäre er selbst dabei gewesen, und er kam schließlich auf das zu sprechen, was am wichtigsten war.

Die Plakatsäule!

Ich kannte die Geschichte ja. Markham schmückte sie nur noch mehr aus. Während er berichtete, hatte ich Zeit genug, mir die anderen Gäste anzuschauen.

Das Ehepaar lauschte sehr interessiert. Mit ihren Blicken hingen die beiden an den Lippen des Mannes, und so manches Mal rann Betty und auch Kenneth ein Schauer über den Rücken.

Die beiden Freunde hatten sich ein wenig abseits aufgebaut. Ich sah, dass sich ihre Hände berührten.

Blieb Rita.

Die Frau mit der Sturmfrisur hatte ihre Augen leicht verengt. Die Lippen bildeten einen Strich. Wahrscheinlich dachte sie über andere Dinge nach, sie schien den Worten des Erzählers kaum zu lauschen.

Sarah Goldwyn erging es ebenso. Die Horror-Oma interessierte sich nur für die Umgebung.

Nachdem Markham seinen Bericht beendet hatte, durften Fragen gestellt werden.

Ich stellte die erste. »Ist es die Originalsäule, die hier steht?«

»Ja, John, das ist sie.«

»Wenn sich Ed Mosley, der Killer, darin versteckt hat, könnten wir das doch auch.«

»Natürlich.«

»Darf ich?«

T.C. Markham schaute mich an. »Weshalb wollen Sie das, John?«

»Ich möchte ein wenig von der Atmosphäre aufnehmen. Es ist die reine Neugierde.«

Markham hob die Schultern. »Wenn es Ihnen Spaß macht, bitte sehr.«

»Und es kann nichts passieren?«, fragte Lady Sarah.

T.C. Markhams Lächeln fiel unecht aus. »Was sollte denn geschehen? Ed ist tot.«

»Hier ist doch neulich jemand ermordet worden.«

Markham wurde blass, die anderen Zuschauer unruhig. »Woher wissen Sie das?«

»Ich hörte davon.«

»Es geschah in der Nähe, glaube ich«, sprang ich in die Bresche und baute Markham somit eine Brücke.

»Tatsächlich, John, Sie haben recht.«

»Dann kann ich mir die Säule also ansehen?«

»Bitte sehr.«

»Sei nur vorsichtig!«, hauchte Lady Sarah.

Ich erwiderte nichts mehr, da ich mich schon auf dem Weg zu meinem Ziel befand.

T.C Markham ging mit. Er lächelte nur, zu reden hatte er nichts mehr. Ich war gespannt, ob ich das Gleiche erleben würde wie dieser Hank Digger.

Wir erreichten die Säule. Markham zeigte mir, wo sich die Tür befand, die ich nicht sah, weil sie perfekt in die Säule eingelassen war.

Ich stieß sie auf.

»Wie lange wollen Sie bleiben?«, fragte mich Markham.

»Es wird mir sicherlich gefallen. Wissen Sie, ich schaue mir gern diese Orte oder Stätten des Schreckens an. Sie haben einen besonderen Reiz. Finden Sie nicht auch?«

»Natürlich, davon lebe ich.«

»Eben.«

Ich musste noch den Sockel überschreiten, bevor ich in die Plakatsäule eintauchte.

Markham drückte die Tür zu. Das Letzte, was ich sah, bevor es dunkel wurde, war sein Gesicht. Es hatte sich zu einem Grinsen verzogen. Wusste T.C. Markham vielleicht mehr?

Ich ahnte einiges.

Dann wurde es stockfinster!

Der Vergleich mit einem Sarg kam mir zwangsläufig in den Sinn. Nur lag ich diesmal nicht, sondern stand innerhalb der Säule in der dicken, wattigen Schwärze und spürte sofort, dass hier einiges nicht stimmte.

In der Säule lauerte etwas!

Ich konnte nicht sagen, um was es sich handelte. Es war ein Schatten, ein Alb, ein dunkles Etwas, das sich schwer auf meine Brust gehockt hatte.

Mir fiel das Atmen schwer …

Meine Arme hatte ich ausgestreckt. Mit den Fingerspitzen erreichte ich die Innenwand, strich darüber und stellte keine Besonderheiten fest. Alles war normal.

Aber der Feind lauerte.

Seine Nähe bereitete mir körperliches Unbehagen. Wie aus unendlicher Ferne wurde ich angesprochen. Es war eine wispernde, eine kratzige Geisterstimme, die mich wie einen alten Freund begrüßte.

»Willkommen, du neues Opfer …«

Hatte ich bisher noch gezweifelt, so war ich jetzt davon überzeugt, dass es bei dem ersten Mord nicht mit rechten Dingen zugegangen war.

Hier lauerte ein unsichtbarer Killer, denn die Stimme war nicht von einem Recorder oder einem Tonband gekommen.

Der andere befand sich im Vorteil. Er konnte mich trotz der Dunkelheit sehen, ich ihn aber nicht. Und das gefiel mir ganz und gar nicht. Stellte sich die Frage, wie ich es ändern konnte, ohne die Säule zu verlassen. Denn ich war fest entschlossen, mich dem anderen zu stellen und ihn aus der Reserve zu locken.

Noch ließ er sich nicht blicken. Ich vernahm nur seine flüsternde Stimme. Ein geheimnisvolles Raunen und Wispern. Die Stimme drohte mir, sie wollte mich killen, denn ich war in ihr Reich eingedrungen.

»Wer bist du?«, fragte ich.

»Du hast von mir gehört.«

»Ed Mosley?«

»Ja.«

»Oder bist du der Geist des Killers?«

Da lachte er, während ich unter mein Hemd griff und das Kreuz hervornahm. Es war immer eine gute Waffe gegen Wesen wie diese, denn unter Umständen gelang es mir, den Geist des toten Killers durch mein Kreuz zu beschwören.

Dass etwas nicht geheuer war, zeigte mir das Kruzifix. Es hatte sich ein wenig erwärmt, und ich sah auch das geheimnisvolle Glühen, das sich über die Zeichen gelegt hatte.

Ein schweres Ächzen drang an meine Ohren. »Was ist das?«, vernahm ich danach Mosleys Stimme.

»Ein Kreuz.«

»Nimm es weg!«, forderte er.

»Nein!« Ich hatte seine Angst gespürt. Wesen, die den Mächten der Finsternis dienten oder selbst dazu gehörten, hatten Angst vor dem Kreuz, und diese Angst wollte ich mir nicht nur zunutze machen, sondern sie sogar noch stärken.

»Terra pestem teneto – Salus hic maneto!«, sprach ich die Formel.

Kaum waren die Worte über meine Lippen gedrungen, als sich innerhalb der Säule einiges veränderte.

Plötzlich schien die Luft mit Elektrizität geladen zu sein. Sie war seltsam klar und rein. Ich atmete sie ein, und gleichzeitig geschah noch etwas anderes.

Das Innere der Säule wurde erhellt.

Vom Kreuz aus zuckten grüne Blitzlanzen nach allen Seiten weg. Ich sah sie dicht vor meinem Gesicht explodieren und hatte das Gefühl, sie würden sich durch meinen Kopf bohren, ohne mir allerdings etwas zu tun.

Das Kreuz und diese Blitze degradierten mich in gewisser Hinsicht zum Zuschauer, denn die magischen Kräfte des Lichts hatten das Kommando übernommen.

Etwas Unerklärbares geschah.

Die Lichtblitze froren ein.

Plötzlich stand ich inmitten eines Spinnennetzes, das sich nach allen Seiten ausgebreitet hatte. Es war nicht nur in der Luft stehen geblieben, sondern auch an den Innenwänden der Plakatsäule. Dort zeichnete es das Muster nach, und jede Stelle, die getroffen worden war, gab diesen grünlichen Schimmer ab, sodass ich all das erkennen konnte, was sich im Innern der Säule tat.

Ed Mosleys Geist war gefangen!

Ein Schauer rann über meinen Rücken, als ich auf die mir gegenüberliegende Wand schaute, denn zwischen den weißmagischen Netzfäden schimmerte ein verzerrtes Gesicht.

Ed Mosley!

Er hatte den Mund weit aufgerissen. Ich glaubte, den Schrei hören zu können, der auf seinen Lippen lag, aber kein Laut drang an meine Ohren. Er war gefangen wie ein Fallschirmspringer, der aus dem Flugzeug gestürzt ist und zu Boden schwebte. Mit ausgebreiteten Armen und Beinen.

Die Arme waren dabei angewinkelt. Aus seiner rechten Faust schaute die Klinge eines Messers.

Mosleys Mordmesser!

Ich wischte über meine Augen. Allmählich hatte ich mich an die Situation gewöhnt, und ich merkte, dass mir dieser Geist nicht mehr gefährlich werden konnte.

Das Gegenteil war der Fall. Er hatte Angst vor mir. Und natürlich vor dem Kreuz!

Die Blitze hatten bisher nur das geheimnisvoll glühende Netz aufgebaut, ansonsten standen sie still. Nun gingen sie zum Angriff über, wobei sie sich für einen Moment verstärkten und sich dann zusammendrückten.

Es war einfach unerklärbar. Die Blitze raubten Ed Mosleys Geist den Platz. Sie zogen die Würgelinien immer enger, sodass der Geist des Killers keine Freiheit mehr hatte, um sich auszutoben. Hatte ich ihn vorhin flüstern gehört, so änderte sich dies nun. Aus der Innenwand drang mir ein schreckliches Röcheln entgegen.

Ich sah sein Gesicht, wie es sich noch weiter verzerrte. Er musste kaum zu beschreibende Qualen erleiden. Auch seine Arme blieben nicht ruhig. Sie wurden ebenfalls zusammengepresst, und Mosley, der sich nicht mehr zur Wehr setzen konnte, war das Opfer, das die Blitze nicht mehr losließen.

Er starb lautlos. Das Gesicht und der Körper, sofern ich beides sehen konnte, wurden zu einer durchscheinenden Masse, die von den anderen Kräften so aufgesaugt wurden, dass von dem Geist des Killers nichts mehr zurückblieb.

Nur etwas passierte noch.

Ein Messer fiel aus der Wand. Im letzten Glühen des grünen Lichts erkannte ich dies, bückte mich und nahm die Klinge an mich.

Dann wurde es wieder dunkel.

Bis auf den fernen Todesschrei des Mördergeistes waren die letzten Sekunden nur noch Erinnerung.

Was Hank Digger nicht geschafft hatte, war mir gelungen. Ich hatte dem Killer widerstanden.

Die Ruhe war im ersten Augenblick gespenstisch. Ich atmete tief durch und lehnte mich dann gegen die Innenwand, um tief durchzuatmen. Auch sollte sich mein Herzschlag beruhigen.

Ich hatte geschwitzt und wischte mir mit dem Handrücken die Feuchtigkeit von der Stirn.

Es war so einfach gewesen, den Killer zu stellen. Für mich einfach, denn man musste die entsprechenden Waffen besitzen, die ich nun mal hatte. Hank Digger war damit nicht ausgerüstet gewesen. Weiterhin fragte ich mich, aus welchem Grunde dies alles geschehen war. Auch Dämonen oder Geister killten nicht ohne Motiv. Was steckte dahinter?

»John!«, vernahm ich da T.C. Markhams Stimme. »John, wollen Sie nicht herauskommen?«

»Natürlich, gern.« Ich drehte mich um, denn ich hatte mir gemerkt, wo sich die Tür befand. An der Innenseite existierte ein kleiner Knauf, sodass ich die Tür aufziehen konnte.

T.C. Markham stand vor mir. Er schaute mich aus großen Augen an, als hätte ich irgendetwas an mir. Dabei schüttelte er den Kopf und wurde noch unsicherer, als er mein Lächeln sah und meine Frage hörte.

»Ist etwas?«

»Nein, nein, John, wirklich nicht.«

»Dann können wir ja fahren.«

»Wie war es denn? Wie fühlen Sie sich?« Er wollte mich nicht gehen lassen und hielt meinen Arm fest.

»Im Prinzip ganz gut. Ich habe sogar noch ein kleines Andenken mitgebracht.«

»Wieso?«

»Hier.« Ich drehte mich zu ihm und hielt das Messer hoch. »Das habe ich in der Säule gefunden.«

»Und wem kann es gehört haben?«

»Mosley natürlich, Ed Mosley.«

Mit diesen Worten ließ ich einen zum ersten Mal sprachlosen T.C. Markham zurück …

Natürlich hatten mich die anderen Gäste gefragt, wie es in der Säule gewesen war. Meine Antworten waren sehr einsilbig gewesen und beschränkten sich vor allen Dingen auf das Wort dunkel.

Damit gaben sich die meisten zufrieden. Rita allerdings nicht, denn als wir fuhren, fragte sie: »Wie war es nun wirklich, John?«

Ich schaute sie an und bemerkte ihren lauernden Blick. »Dunkel war es und unheimlich.«

»Haben Sie etwas von dieser Atmosphäre des Unheils gespürt?«

»Wie meinen Sie das?«

»Sie verstehen mich schon, mein Lieber. Oder wollen Sie mir erzählen, dass Sie nicht wussten, was hier geschehen ist?«

»Nein. Klären Sie mich auf.«

»Vor einigen Tagen wurde in der Säule jemand umgebracht. Die Polizei steht vor einem Rätsel. Man hat die Säule durchsucht, aber den Mörder nicht gefunden. Können Sie sich das erklären?«

»Überhaupt nicht.«

»Ihnen ist er nicht zufällig begegnet?«

»Der Mörder?« Ich lachte. »Würde ich dann noch leben?«

Rita nickte. »Das stimmt allerdings. Nur können Sie sich nicht mit dem Opfer vergleichen. Sie sind anders.«

»Wie denn?«

»Ich weiß es noch nicht, aber ich werde es herausfinden. Sie machen die Fahrt nicht zum Vergnügen mit. Dahinter steckt etwas anderes, kann ich mir denken.«

»Und was?«

»Auch das werde ich noch herausfinden.«

»Hören Sie mal, Rita«, mischte sich Lady Sarah ein. »Was Sie uns da erzählen, ist eine Unterstellung. Wir sind wirklich neugierig und wollen die Schauplätze in London kennenlernen, wo schlimme Dinge geschehen sind. Was sollten wir denn sonst für Motive haben?«

Rita hob die Augenbrauen. »Warten wir mal die folgenden Ereignisse ab, Sarah.«

Ich schoss zurück. »Wenn Sie so reden, Rita, muss ich annehmen, dass auch Sie die Reise nicht zum Vergnügen mitmachen. Oder habe ich mich da getäuscht?«

»Nein, ich bin beruflich hier.«

»Sind Sie Polizistin?«

»Sehe ich so aus?«

»Entschuldigen Sie. Es lag nahe.«

»Ich bin von der Versicherung. Der tote Hank Digger hatte einen Monat vor seinem Ableben eine hohe Versicherung bei uns abgeschlossen. Ich muss nachprüfen, ob es bei seinem Tod mit normalen Dingen zugegangen ist. Verstehen Sie?«

»Natürlich.«

Rita lächelte geheimnisvoll. »Da ich meine Identität geklärt habe, möchte ich gern etwas mehr über Sie wissen.«

Ich hob die Schultern. »Da gibt es wirklich nichts zu erzählen. Meine Tante und ich machen diese Fahrt zum Vergnügen, wissen Sie.«

»Das glaube ich Ihnen nicht.«

»Dann lassen Sie es bleiben«, sagte Lady Sarah.

»Wir werden sehen.«

T.C. Markham war die Fahrt über ziemlich schweigsam gewesen. Wahrscheinlich hatte er arg an dem zu knacken, was geschehen war. Ob er sehr überrascht gewesen war, mich als Lebenden zu sehen?

Möglicherweise.

Ich war auf die nächste Stätte gespannt, und prompt erfolgte die Durchsage. »Nachdem wir den ersten Schreck bei der Begegnung mit der Mordsäule überwunden haben, werden wir uns einem anderen Ziel zuwenden. Und zwar dem Foltergarten.«

Das letzte Wort ließ er wirken und hatte richtig vermutet, denn Betty stieß einen kieksenden Ruf aus. »Wieso Foltergarten?«

Markham lachte. »Es gibt in der Stadt einen Flecken Erde, der früher einmal als Foltergarten bekannt geworden ist. Ein sadis-

tisch veranlagter Adeliger hat seine Leibeigenen, die ihm nicht zu
Willen sein wollten, auf grausame Art und Weise gequält. Dies geschah nicht in einem tiefen Verlies, sondern im Garten.«

»Und den gibt es heute noch?«, fragte einer der beiden Männer.
Ich glaube, es war Patrick.

»In der Tat existiert der Garten.«

»Aber nicht mehr so wie früher – oder?«

»Nein, natürlich nicht. Der Garten ist umgestaltet worden. Es
steht ein Gasthaus dort. Man kann es auch als Biergarten bezeichnen. Sehr idyllisch gelegen, ein wenig außerhalb Londons und
nicht weit von der Themse. Vom Garten aus können Sie die Schiffe
sehen, wie sie durch die Wellen pflügen. Da sich das Wetter ein
wenig gebessert hat, werden wir wohl unter den Bäumen sitzen
können und uns ein wenig unterhalten. Ich kann Ihnen dort die
ganze Geschichte erzählen, warne Sie aber jetzt schon, denn sie ist
sehr blutig. Haben Sie starke Nerven?«

Alle nickten.

Das Ehepaar nur zögernd, und die beiden Männer schauten sich
ein wenig besorgt an.

Ich war gespannt, ob mir dort wieder ein Geist begegnen würde. Bisher hatte ich geglaubt, meine Heimatstadt zu kennen. Von
einem Foltergarten hatte ich noch nie etwas gehört. Das war in der
Tat ein Phänomen. Bisher hatte es bis auf den Mord an Hank Digger keine weiteren Schwierigkeiten gegeben. Hoffentlich blieb das
so, ich wollte nicht, dass unsere Fahrt unter einem schlechten Stern
stand. Und wenn es sehr nötig war, würde ich eingreifen.

Wir hatten den Bereich der Innenstadt verlassen und rollten auf
die Themse zu. Auf der Buckingham Palace Road durchquerten
wir den vornehmen Wohnort Belgravia und erreichten weiter süd-
lich die breite Uferstraße Chelsea Embankment, die parallel zur
Themse verläuft.

Jenseits des Flusses sahen wir bereits die Bäume des Battersea
Parks, eine der grünen Lungen Londons.

Es war eine schöne Fahrt. Selbst die Sonne meinte es gut mit
uns. Der Wind hatte die Wolken verscheucht, so konnte der helle
Glutball mit seinen Strahlen die Erde wärmen.

T.C. Markham hatte sich wieder gefangen. Er redete so wie früher und sprach über den Foltergarten. Dann erklärte er uns, dass man die Toten in den Fluss geworfen hatte.

»Kann man noch etwas sehen?«, fragte Betty.

»Der Wirt kann Ihnen mehr darüber erzählen.«

»Wieso?«, wollte Kenneth wissen.

»Manchmal hört er die Schreie der Gefolterten. Sie finden keine Ruhe und irren als Geister umher.«

»Wirkliche Geister?«, hauchte Clive.

»Ja, denn alle Plätze, zu denen ich Sie führen werde, haben etwas Geisterhaftes an sich. Es sind Spukorte, die auch heute noch nichts von ihrer Attraktivität verloren haben.«

Lady Sarah stieß mich an. Wir wurden von niemandem beobachtet. Auch nicht von Rita. Sie rauchte wieder und schaute aus dem Fenster. »Was hast du für ein Gefühl, John?«

»Ein mieses.«

»Ich auch. Aber wieso du?«

Ich konnte Lady Sarah vertrauen. Was ich ihr sagte, würde sie nicht an die große Glocke hängen. Bisher hatte sie mich nicht danach gefragt, wie es in der Plakatsäule gewesen war.

Ich berichtete im Flüsterton.

Die Horror-Oma hörte mir mit unbewegtem Gesicht zu. Als ich erzählte, wie der Geist des Killers Ed Mosley gestorben war, atmete sie tief und laut ein.

»Das ist alles wahr«, sagte ich zum Schluss. »Ich habe sogar den Beweis.« Ohne dass ein anderer es sehen konnte, holte ich das Messer hervor und legte es auf meinen Handteller und zeigte es der Frau.

»Das ist es?«, hauchte sie.

»Davon gehe ich aus.«

»O Gott.« Sie schüttelte sich. »Was wird uns dann erst im Foltergarten erwarten?«

Ich hob die Schultern. »Bisher ist dort nichts passiert. Aber was nicht ist, kann noch werden.«

»Das meine ich auch.«

»Willst du die Reise nicht lieber abbrechen, Sarah?«

Mit dieser Frage hatte ich die Horror-Oma beleidigt. Entrüstet schaute sie mich an. »Was denkst du dir überhaupt? Ich kann doch nicht die Reise abbrechen, auf die ich mich so gefreut habe! Nein, das ist unmöglich, das geht nicht.«

Und so fuhren wir weiter. Die Gegend war ländlich geworden, die Straßen schmaler, der Verkehr hatte nachgelassen. Hin und wieder sahen wir den Fluss. Das Weiß der Ausflugsboote leuchtete durch das Grün der Bäume.

Es war eine friedliche Stimmung. Man konnte sich kaum vorstellen, dass etwas Grauenhaftes unsichtbar über uns schwebte. Das war wie eine Last, wie ein Druck. Die anderen wussten nicht Bescheid, wobei ich Markham einmal ausklammerte.

Unser Fahrer drosselte die Geschwindigkeit, damit er in einen schmalen Weg einbiegen konnte, der zu beiden Seiten von dichten Hecken begrenzt wurde.

Es war die direkte Zufahrt zu unserem Ziel, denn der Weg öffnete sich zu einem Parkplatz. Einige Wagen waren dort abgestellt. Ins Auge stach eine große Linde, die ihre starken Zweige und Äste wie ein grünes Dach ausgebreitet hatte.

Der Bus fuhr an dem Baum vorbei und parkte links davon nahe der Hauswand, auf die seine Kühlerschnauze zeigte.

Bevor wir ausstiegen, hatte uns T.C. Markham noch einige Worte zu sagen. »Wir sind bei dem Wirt angemeldet. Es ist alles vorbereitet, und wenn ich mir die Sonne so ansehe, wird er im Garten gedeckt haben. Erleben Sie etwas Einmaliges! Trinken Sie dort Ihren Kaffee, wo vor langen Jahren das Blut unschuldiger Opfer geflossen ist. Sie werden erleben, wie der unheimliche Zauber dieser Stätte auch Sie einfängt. Das kann ich Ihnen versprechen.«

Ich glaubte Markham die Worte. In der Plakatsäule hatte ich es selbst erlebt.

Wir stiegen aus.

Die Luft war tatsächlich wärmer geworden. Lady Sarah strahlte. »Ich mag die Kühle im Sommer nicht.«

Von der linken Seite schob sich Rita näher. »Was meinen Sie, John? Ob uns auch hier etwas passiert?«

»Wieso? Ihnen ist doch nichts passiert.«

»Aber Ihnen.«

»Das kann ich nicht sagen. Ich stand nur in der Säule und habe sie gesund wieder verlassen.«

»Sie haben völlig recht, John«, erklärte die Frau und schloss sich den beiden Freunden Clive und Patrick an, die bereits das Lokal ansteuerten. Das Gasthaus war nicht hoch, dafür breiter gebaut worden. Es hatte eine grün gestrichene Tür, die nicht verschlossen war und jetzt geöffnet wurde. Der Wirt erschien.

Frankensteins Monster war er nicht, aber viel fehlte nicht. Übergroß war er, der Schädel wirkte wie ein kantiger Fels. Grau stand das Haar ab. Die Augen waren Steine, und die Lippen sahen aus wie zwei dicke Würmer, die sich aufeinandergelegt hatten.

»Willkommen im Foltergarten!«, begrüßte er uns mit seiner tiefen Bassstimme. Dann lachte er, trat zur Seite und hielt die Tür auf, damit wir die Schwelle überschreiten konnten.

Wir gelangten in einen Gastraum, in dem besonders die niedrige Decke auffiel. Zum Glück waren sie und die Wände weiß gestrichen worden, sodass der Raum nicht so düster wirkte. Die Tische zeigten eine rustikale Form. Sie erinnerten an grobe Klötze. Zwei von ihnen waren besetzt. Die Gäste schauten auf, als wir den Gastraum betraten.

Die Tür zum Garten stand offen. Die beiden Flügel zitterten im leichten Wind. Wir schritten hindurch und gelangten auf einen plattierten Weg, der den Garten durchschnitt und an einer dichten Buchenhecke endete.

Rechts und links des Weges standen die Tische und Stühle. Das Gras war hoch, es hätte mal gemäht werden müssen. Mir fiel besonders ein außergewöhnlicher Tisch auf, den man gar nicht als solchen bezeichnen konnte, obwohl er von mehreren Stühlen eingerahmt wurde.

Es war eine Streckbank!

Ich musste zweimal schlucken, als ich dies erkannte. Ich sah, dass T.C. Markham die Streckbank ansteuerte. Dort sollten wir unsere Plätze finden.

Noch blieben wir stehen und warteten auf eine Erklärung unseres Führers. »Sie haben das Vergnügen, liebe Gäste, an einer Originalstreckbank aus dem ehemaligen Foltergarten Platz nehmen zu können. Hier sind Menschen gefoltert worden, und wenn Sie genau hinschauen, werden Sie noch die dunklen Flecken im Holz erkennen. Es ist das Blut der armen Opfer.«

Ich hätte so etwas nicht gesagt, für Markham gehörte es zum Job. Eine Bemerkung verbiss ich mir und wartete ab, wie es weitergehen würde. Die Sitzordnung war egal. Dennoch wurde ich von zwei Frauen eingerahmt. Lady Sarah saß rechts von mir, Rita links. Wahrscheinlich hatte sie dies extra so eingerichtet.

Uns gegenüber hockten die beiden jungen Männer. Mit scheuen Blicken schauten sie sich um.

Markham hatte dort seinen Platz gefunden, wo sich früher die Kurbel der Folterbank befunden hatte. Sie war abmontiert worden, damit sie nicht hinderte.

»Diesen Platz können Sie genießen«, meine Herrschaften, bevor es weitergeht.«

»Und wohin?«, fragte Kenneth.

»Wir werden noch zu den Gehenkten fahren.«

»Wie meinen Sie das denn?«

»Lassen Sie sich überraschen.«

Der Wirt trat zu uns. Sein Gang ähnelte ebenfalls dem von Frankensteins Monster. Er ging gebückt und schwerfällig. Dabei hielt er den Kopf schief und grinste.

»Was darf ich den verehrten Gästen zu trinken bringen, bitte schön?«

»Zählen Sie mal auf«, sagte Markham.

Der Wirt lachte. »Wenn ich etwas empfehlen darf, ist es mein Spezialcocktail. Er heißt Foltergarten-Drink.«

»Ja, den nehme ich.« Rita hob die Hand und machte mit ihrer Bestellung den Anfang.

Keiner wollte zurückstehen. So konnte der Wirt siebenmal die Bestellung entgegennehmen.

Clive wandte sich an Markham. »Was ist das denn für eine Mischung, wenn ich fragen darf?«

»Lassen Sie sich überraschen. Ich kenne sie selbst nicht genau. Aber es schmeckt wie …«

»Sagen Sie schon.«

»Haben Sie schon einmal Blut getrunken?«

Clive zuckte zurück. »Sind Sie denn verrückt? Man kann doch kein Blut servieren.«

»Vergessen Sie nicht, wo Sie sich hier befinden, Mister.«

»Ich hätte auch eine Limo getrunken.«

»Auf das Gesöff bin ich gespannt«, flüsterte Lady Sarah.

»Ich auch«, erwiderte ich.

Rita lachte leise. Sie gab keinen Kommentar ab. Uns blieb nichts anderes übrig, als zu warten. Dennoch fühlte ich mich nicht wohl. Es lag an zweierlei Dingen. Erstens hatte uns der Wirt mit seinen Getränken regelrecht überfahren. Zweitens gefiel mir die Umgebung nicht. Es war zwar ein Gartenlokal, auch stand eine Sonne am Himmel und schickte ihre Strahlen auf uns nieder, dennoch war ich von der Umgebung irgendwie enttäuscht. Sie wirkte trotz allem düster und gefährlich. Durch die Hecke schien sie eingegrenzt zu sein. Dahinter lag die normale Welt, hier aber fühlte ich mich wie in einem Gefängnis.

Markham redete. Ich hörte nicht, was er sagte, und schaute mich um. Das Gras war hoch. Es sah dunkelgrün aus. Auch die Rückseite des Hauses zeigte einen solchen Schimmer. Dafür sorgte die Feuchtigkeit, die in Flussnähe besonders auftrat, deshalb waren auch die Wände der meisten Häuser in der Nähe vermoost. Die Tische und Stühle gehörten ebenfalls schon einer älteren Generation an und waren mit grünem Lack angestrichen worden, der an einigen Stellen abblätterte.

Das Rauschen des Flusses wurde durch die Hecke verschluckt. Wenn man genauer nachsah, stellte man fest, dass es innerhalb des Gartens mehr Schatten als Licht gab.

»Was hast du, John?«

Ich lächelte Lady Sarah zu. »Irgendwie fühle ich mich hier nicht wohl.«

»Das geht mir auch so.«

Rita, die unseren Dialog bestimmt gehört hatte, sagte nichts. Sie rauchte wieder.

Auch Markham hatte aufgehört zu sprechen. Es herrschte Schweigen am Tisch. Aus diesem Grunde hörten wir genau, wie die Wagen vor dem Gebäude starteten.

Wenn inzwischen keine Gäste mehr eingetroffen waren, saßen wir nun allein im Garten.

Es verging Zeit.

Aus dem Gastraum hörten wir Schritte.

»Jetzt kommen die Getränke«, sagte Markham und rieb seine Hände. Er freute sich darüber.

Auch wir waren gespannt.

Der Wirt erschien und balancierte ein Tablett auf beiden Händen. Sieben hohe Longdrink-Gläser zählte ich. Die Flüssigkeit sah wirklich aus wie Blut. So dunkel in der Farbe und auch so kräftig.

»Wer diesen Drink nicht kennt, hat viel versäumt«, erklärte uns der Wirt, als er das Tablett auf der Streckbank absetzte. »Reichen Sie bitte mal durch.«

Das tat ich auch. Es dauerte nicht lange, da hatten wir die Gläser vor uns stehen.

Ich umklammerte meines mit der rechten Hand. Es war ein Irrtum meinerseits, anzunehmen, dass sich in dem Glas eine kühle Flüssigkeit befinden würde. Im Gegenteil, sie war handwarm. Als ich am Rand des Glases roch, nahm ich tatsächlich einen süßlichen Geruch wahr.

Sollte das wirklich Blut sein?

T.C. Markham unterbrach meine Gedanken. »Auch ich nehme diesen Trank zum ersten Mal zu mir. Mein Freund, der Wirt, hat ihn erst vor wenigen Tagen kreiert. Deshalb möchte ich Sie bitten, mit mir zusammen das Experiment zu wagen. Ich sage cheerio!«

Auch wir hoben die Gläser.

Ich warf noch einen Blick über die Schulter. Der Wirt war einige Schritte zurückgegangen. Er stand in einer lauernden Haltung und schaute uns an. Sollte ich das Zeug tatsächlich in mich hineinkippen?

Ich beobachtete, wie die anderen ihre Gläser an die Lippen setzten und einen Schluck nahmen.

Auch Lady Sarah? Es sah so aus.

Nur hütete sie sich, einen Schluck zu trinken. Sie benetzte nur ihre Lippen.

Ich stellte mein Glas ab.

Auch die anderen taten es. Sie hatten ihre Gläser fast bis zur Hälfte geleert.

Eine Hand legte sich auf meine Schulter. Es war die des Wirtes. »Warum haben Sie nichts getrunken, Sir?«

Ich hätte ihm die passende und auch unfreundliche Antwort

geben können, aber ich entschied mich für eine andere Reaktion. »Tut mir leid, mir ist nicht gut.«

»Der Schluck wird Ihnen helfen, nicht wahr, T.C.?«

»Natürlich.«

Es lag auf der Hand, dass die beiden zusammenhielten. Ich wollte dennoch nicht und drehte mich so, dass die Hand des Mannes von meiner Schulter rutschte. Dann stand ich auf.

»Wo wollen Sie hin?«, fragte der Wirt.

Das ging ihn nichts an. »Sie haben doch eine Toilette – oder?«

»Natürlich.«

»Dann möchte ich gern dort …«

Der Wirt lachte leise. »Gehen Sie nur. Den Weg finden Sie immer. Er ist angeschlagen.«

»Danke.«

Ich verließ den Tisch. Nach einigen Schritten drehte ich mich noch einmal um.

Die übrigen Gäste saßen steif am Tisch. Sie waren irgendwie verändert.

Mir schwante Böses, doch ich hatte mich einmal entschlossen zu gehen und konnte keinen Rückzieher machen.

Als ich über den Plattenweg schritt, kam mir der verwilderte Garten vor wie ein geheimnisvoller Dschungel. Überall konnten Gefahren lauern, das Gras schien sich über mich zu amüsieren, und die Fenster an der Rückfront des Hauses wirkten wie die hungrigen Mäuler irgendwelcher Ungeheuer.

Die Hintertür stand weit offen. Ich betrat den kühleren Gastraum und sah die Tische. Der Wirt hatte noch nicht abgeräumt. Gläser und volle Aschenbecher standen darauf.

Der Weg zu den Toiletten war tatsächlich markiert. An der Wand entdeckte ich einen Pfeil. Er wies auf eine Treppe, die schräg in die Tiefe führte.

Ich nahm die Stufen. Sie bestanden aus Stein, waren hoch und ausgetreten. Hinter einer engen Kurve wurden sie noch schmaler.

Wieder einmal fragte ich mich, ob ich richtig gehandelt hatte.

Am Fuß der Treppe schloss sich ein Gang an. Er zweigte nur zur linken Seite hin ab.

Kahle Mauern rahmten mich ein. Zudem war es kühl geworden. Ein muffiger Geruch lag in der Luft.

Vor einer alten Holztür, auf die ein Mann gemalt worden war, blieb ich stehen. Ich zog die Tür auf, betrat einen schmutzigen Waschraum und durchquerte den Durchgang, der zu den eigentlichen Toiletten führte.

Hier war es ebenfalls schmutzig. Spinnweben klebten an den Wänden. Unter der Decke hing Fliegendreck. Ein Fenster sah ich nicht, dafür die Schüsseln.

Sie schimmerten gelb. Licht gab eine trübe Lampe.

Ich überlegte, wie ich mich weiter verhalten sollte. Dass hier etwas nicht stimmte, spürte ich. Mein Gefühl sagte mir dies, und auch das seltsame Benehmen des Wirtes trug dazu bei.

Wer hatte hier seine Finger im Spiel?

Wenn ich hier unten blieb, erhielt ich keine Antwort auf meine Frage. Ich wollte wieder hoch. Natürlich hütete ich mich, die anderen zu unterschätzen. Ich würde auch nichts trinken. Dieses Teufelszeug konnte einen Menschen sicherlich von den Beinen hauen.

Als ich den Waschraum betrat, stand der Wirt an der Tür. »Wollen Sie jetzt trinken?«, fragte er höhnisch und hielt mir das gefüllte Glas entgegen.

Er trug es in der Linken. In der Rechten hielt er eine Pistole, deren Mündung auf mich wies …

Gefahr braute sich zusammen.

Dieser Gedanke erregte Lady Sarah Goldwyn. Sie wusste, dass der Fall, der eigentlich noch keiner war, vor einer entscheidenden Wende stand. John Sinclair war gegangen, er hatte nichts getrunken, und Lady Sarah sah ihn im Gastraum verschwinden.

Wenig später setzte sich auch der Wirt in Bewegung, um dem Geisterjäger zu folgen. Johns Glas nahm er mit.

Das gefiel der Horror-Oma überhaupt nicht. Da stimmte etwas nicht, denn welchen Grund sollte der Mann haben, sich von seinen Gästen zu entfernen?

Auch Lady Sarah wollte gehen. Sie stemmte sich hoch, als Markham sie ansprach. »Wo wollen Sie hin, Sarah?«

»Ich muss leider auch …«

»Warten Sie noch einen Moment, bitte!«

»Sie können mir nicht …«

»Doch, ich will es so. Sie haben sich für diese Reise entschlossen. Weshalb wollen Sie ein Spielverderber sein?«

»Und welches Spiel läuft hier ab?«

Markham beugte sich vor und grinste kalt. »Das große Spiel einer alten Rache«, flüsterte er. »Ich habe es in Gang gesetzt und werde mich nicht aufhalten lassen. Ich weiß, dass Sie und John Sinclair keine normalen Gäste sind. Sie wollen etwas herausfinden. Das finde ich prima, und Sie sollen auch etwas finden. Aber alles zu seiner Zeit – und wenn ich es will.« T.C. Markham stand auf. »Haben Sie überhaupt etwas von dem Drink probiert, Sarah?«

»Natürlich.«

T.C. schüttelte den Kopf. »Das glaube ich Ihnen nicht. Sie haben nicht getrunken. Sie wollten auch davon nichts trinken. Ich brauche mir nur die Gläser der anderen anzuschauen. Sie sind wesentlich leerer. Nein, Sarah, Sie haben nur genippt.«

»Und wenn?«

»Ist das gegen die Regel.«

Sarah Goldwyn wurde langsam wütend. Sie mochte es nicht, wenn man ihr etwas befahl. Zudem dachte sie an den Wirt, der Johns Glas mitgenommen hatte. Die anderen, die bereits getrunken hatten, saßen auf den Stühlen und rührten sich nicht.

Nur Sarah Goldwyn war noch aktiv. »Ich lasse mir von keinem sagen, wann und was ich zu trinken habe. Auch von Ihnen nicht, Markham. Merken Sie sich das.«

»Ich befehle es Ihnen.«

»Und wenn ich mich weigere?«

Markham beugte seinen Kopf vor. In seine Augen trat ein gemeines Funkeln. Die Pupillen glichen denen eines Raubtieres, das im nächsten Augenblick ein Opfer reißt. »Wenn Sie nicht trinken wollen, werde ich Sie zwingen. Haben Sie verstanden? Zwingen!«

»Sie haben laut genug geredet, Mister. Aber es wird Ihnen kaum gelingen, das schwöre ich Ihnen.«

»Mal sehen.« Markham bewegte sich. Er tat es so hastig, dass er gegen den Stuhl stieß und diesen umkippte.

Auch Lady Sarah wechselte ihre Stellung. Sie wusste, dass sie dem anderen an Kräften deutlich unterlegen war. Wenn sie T.C. Markham nicht überraschen konnte, war alles vergebens. Deshalb beeilte sie sich, von der Streckbank zurückzuweichen.

Im Gehen nahm sie ihr Glas mit. Bevor Markham sich versah, hatte sie das rote Zeug quer über den Tisch geschüttet. Der Mann wollte noch seinen Kopf zur Seite nehmen, das schaffte er nicht mehr. Die rote Flüssigkeit traf sein Gesicht voll.

Vor Wut brüllte er auf. Beide Hände riss er in die Höhe und versuchte, sich das Zeug aus dem Gesicht zu wischen. Der rote Schmier klebte zwischen seinen Fingern. Er fluchte und schimpfte, als er das Zeug von seinen Händen weg nach unten schlug.

Die Horror-Oma lief weg. Sie musste quer durch den Garten und wollte das Gasthaus erreichen, um John Sinclair durch einen Schrei zu warnen. Der Geisterjäger würde sie schon verstehen, obwohl sie nicht begriff, was hier gespielt wurde.

Sie trug zwar keine Schuhe mit hohen Absätzen, dennoch waren ihre Absätze höher als die eines Herrenschuhs. Da sie nicht den Plattenweg nahm, musste sie über die Wiese laufen. Ein unebenes Gelände mit kleinen Buckeln und tückischen Stolperfallen.

Markham war schneller.

Er schnitt der Horror-Oma den Weg ab. Sarah Goldwyn hörte sein gemeines Lachen, und da wusste sie, dass sie verloren hatte, denn im nächsten Augenblick baute sich Markham vor dem Eingang auf.

Er bot ein Bild des Grauens.

Breitbeinig hatte er sich hingestellt. In seinem Gesicht klebte noch der rote Schmier. An den Wangen und am Kinn war er so verlaufen, dass er wie Streifen aus Erdbeergelee aussah. »Ich packe dich, Alte«, flüsterte er, »ich packe dich! Keiner entkommt ihm. Er wird sie sich alle holen!«

Mit diesen Worten sprang er vor.

Lady Sarah konnte nicht ausweichen. Sie riss noch die Arme hoch. Viel zu ändern war nicht, denn der Mann griff nach ihren Schultern. Seine Finger glichen gefährlichen Klammern, so hart packten sie zu und sorgten dafür, dass die Horror-Oma in die Knie sank.

Schreien!, dachte sie. Du musst schreien.

Und sie schrie.

Es war nur ein kurzer Ausruf, denn der Mann hatte seine rechte Hand gedankenschnell von der Schulter gelöst, ausgeholt und hart zugeschlagen.

Der Schrei brach ab. Lady Sarahs Kopf flog zur Seite. Der Schmerz trieb ihr die Tränen in die Augen. Es waren nicht nur Tränen des Schmerzes, auch der Scham und der Angst.

Sie fiel ins Gras, wurde wieder hochgerissen und von dem wesentlich kräftigeren Markham in einen Polizeigriff genommen. Er stieß sie vor. »Und ob du trinken wirst«, flüsterte er. »Ich kann es dir versichern. Mir entkommt keiner.« Bei den letzten Worten hatte er den Arm etwas in die Höhe gehoben.

Sarah Goldwyn schrie, als der Schmerz zu einem Stechen wurde und durch die Schulter zog.

»Willst du jetzt ruhig sein, alte Hexe?«, fragte Markham.

»Ja, verdammt.«

Sarah Goldwyn musste sich der brutalen Gewalt beugen. Und das im wahrsten Sinne des Wortes, denn der Mann drückte sie durch ihren Griff hart nach vorn. Gebückt ging sie weiter. Ihre Füße schleiften durch das Gras. Tränen waren ihr in die Augen gestiegen und verschleierten ihren Blick. Die Hecke sah sie wie eine grüne, tanzende Schattenwand, und sie fühlte sich in diesen Augenblicken so ungeheuer allein und hilflos. Jetzt bedauerte sie es, nicht mit John Sinclair gegangen zu sein, aber was hätte der schon tun können? Er war ihr nicht zu Hilfe geeilt, nachdem sie geschrien hatte. Wahrscheinlich war er nicht dazu in der Lage gewesen, denn dem Wirt traute Lady Sarah alles zu.

Sie wurde bis an den Tisch geschoben.

Die anderen saßen dort wie Puppen. Sie waren auf den Stühlen zusammengesackt. Die Arme hingen wie Pendel nach unten. Nichts an den Gestalten rührte sich. Es war kaum festzustellen, dass sie atmeten.

»So, und nun wirst du trinken!«, flüsterte T.C. Markham. Er hatte ein halb volles Glas herangezogen. »Bis auf den Grund leerst du es, sonst bringe ich dich um.«

Das war keine leere Drohung. Lady Sarah wusste es genau. Mit der linken Hand griff sie nach dem Becher, setzte ihn an die Lippen und hörte hinter sich das scharfe Atmen des Mannes.

»Trink!«, hauchte er.

Lady Sarah Goldwyn leerte ihn bis zum Grund.

Dann kippte sie um!

Ich starrte auf die Waffenmündung und auf das Glas mit der roten Flüssigkeit. Sie musste etwas Besonderes sein, dass man mich zwingen wollte, sie zu trinken.

Vielleicht konnte mir der Wirt Auskunft geben, deshalb fragte ich ihn. »Was hat es mit der Flüssigkeit auf sich?«

»Du sollst sie trinken.«

Wir hörten den Schrei. Ich zuckte dabei zusammen, mein Gegenüber gab sich keine Blöße. Er blieb stehen und bewegte nur nickend den Schädel. »Es war wohl die Alte«, sagte er. »Sie hat ja nicht getrunken.«

Ich wusste, wer mit diesem despektierlichen Ausdruck gemeint war. Plötzlich hatte ich Angst um Sarah Goldwyn. Ich kannte sie lange genug und auch ihren Wagemut. Sehr oft ging sie einen Schritt zu weit, und das schien sie diesmal auch wieder getan zu haben.

»Was kann dieser Markham ihr angetan haben?«, fragte ich, denn ich wusste, dass T.C. falsch spielte.

»Vielleicht hat er sie gekillt«, vermutete der Mann und begann hässlich zu lachen.

»Das würde ihm nicht bekommen.«

»Willst du dafür sorgen?«

»Ja.«

»Wie denn, wenn du eine Kugel im Bauch hast?«, höhnte er. »Es sei denn, du trinkst.« Er trat noch einen Schritt näher. Seine Körperhaltung verriet Anspannung. »Nimm es«, flüsterte er, »sonst schieße ich!«

Der meinte es ernst. In seinen kleinen Augen las ich den Willen, den Stecher durchzuziehen.

Ich nickte. »Okay, du hast gewonnen. Ich trinke.«

Er bückte sich. Dabei ließ er mich nicht aus den Augen, und

auch der Waffenlauf verschwand nicht. Nach wie vor zielte er auf mich. Vorsichtig stellte der andere das Glas auf den Boden und ging sofort danach zwei Schritte zurück.

»Jetzt kannst du es nehmen.«

Ich schritt auf das Glas zu. Kurz davor blieb ich stehen und ging langsam in die Hocke.

Dabei schielte ich in die Höhe.

Der Wirt hatte seine Waffe jetzt gesenkt. Die Mündung wies schräg auf meinen Kopf.

»Sauf es leer, Bastard!«

»Ich kann in dieser Haltung nicht trinken.«

»Dann steh wieder auf.«

Meine rechte Hand hatte ich um das Glas geklammert. Mit ihm zusammen drückte ich mich langsam in die Höhe.

Das Lächeln des Wirtes war lauernd und kalt. Die Mündung der Pistole wirkte auf mich wie ein tödliches drittes Auge, das jede meiner Bewegungen verfolgte.

Wenn ich das Zeug in mich hineinschüttete, war das der Anfang vom Ende.

Also musste ich abwarten und mir vor allen Dingen etwas einfallen lassen.

Es gelang mir, während der nach oben führenden Bewegung einen halben Schritt näher an den Kerl heranzukommen. Damit war für mich schon einiges gewonnen.

Ich sah, wie seine Blicke meine rechte Hand verfolgten, in der ich das Glas hielt. Er konzentrierte sich also nicht auf meinen gesamten Körper.

War das eine Chance?

Es musste sie einfach sein.

Ich hob das Glas noch höher. Der Rand befand sich ungefähr in einer Linie mit meinen Lippen. Ich berührte es schon mit der Unterlippe, sodass ich es nur noch zu kippen brauchte.

»Los jetzt!«

Seine Stimme klang gehetzt. Er funkelte mich bösartig an und wirkte auf mich in diesem Augenblick wie ein wildes Tier.

Ich tat ihm den Gefallen. Nur anders, als er es sich vorgestellt hatte.

Drei Bewegungen musste ich zur selben Zeit und dabei blitzschnell ausführen.

Kippen, den Kopf zur Seite drehen und mein Bein in die Höhe schnellen lassen.

Es war ein wuchtiger Hammertritt. Ich betete innerlich, dass ich auch treffen würde.

Ich kam durch.

Der Schlag fegte dem anderen den Arm in die Höhe, und die Waffe fast aus den Fingern. Ein regelrechter Volltreffer. Zudem schleuderte ich das Glas hinterher und traf ihn mitten im Gesicht. Dort prallte das Glas ab, fiel zu Boden und zerbrach in zahlreiche Stücke, während sich die rote Flüssigkeit auf den schmutzigen Fliesen verteilte.

Mit einem Satz setzte ich darüber hinweg, jagte auf den anderen zu und bekam sein rechtes Handgelenk zu fassen. Die Pistole hatte er nicht losgelassen. Ich sorgte jetzt dafür, dass er sie nicht in meine Richtung drehen konnte.

Mit dem Rücken prallte er gegen die Wand. Ich hämmerte seinen Waffenarm zweimal gegen die schmutzigen Kacheln, hörte ihn stöhnen und keuchte: »Öffne die Klaue!«

»Nein.«

Diesmal riss ich das Knie hoch. Gleichzeitig jagte sein rechter Arm nach unten.

Kniescheibe und Gelenk kollidierten.

Diesmal schrie er. Die Waffe rutschte zu Boden, ich ließ ihn los, und er taumelte quer durch den Raum. Mit dem letzten Wirbel stieß er gegen ein altes Waschbecken, schüttelte sich und holte pfeifend Atem. Er wollte erneut angreifen, als ich meine Beretta zog und sagte: »Lass es lieber.«

Da blieb er stehen.

Seine Augen waren blutunterlaufen. Der Mund stand offen. Speichel rann hervor. Das rechte Handgelenk war angeschwollen, er hatte seine Linke darum gekrallt.

»Das hättest du dir alles ersparen können, mein Freund«, erklärte ich und bedeutete ihm mit einer Kopfbewegung, sich umzudrehen. »Und jetzt die Treppe wieder hoch. Ich will mir noch einmal den Garten anschauen.«

»Du wirst verlieren …«

»Wir werden sehen.«

Er schüttelte den Kopf, als hätte ihm jemand Wasser über die Haare gegossen. Die Tropfen, die dabei zu Boden fielen, bestanden nicht aus Wasser, sondern aus Schweiß. »Zu spät für dich«, keuchte er. »Es ist alles viel zu spät.« Er nickte sich selbst zu, begann zu lachen und ging auf den Ausgang zu.

Ich blieb ihm auf den Fersen. Dabei achtete ich darauf, dass der Abstand gleich blieb, denn ich traute ihm nicht über den Weg. Wie gut ich daran getan hatte, bewiesen mir die nächsten Augenblicke, als er herumfuhr und gleichzeitig sein Bein in die Höhe schnellte. Der Rundtritt sollte mir die Pistole aus der Hand fegen.

Ich nahm den Arm nur ein wenig zurück. Der Tritt verfehlte mich, und der Wirt selbst hatte noch so viel Schwung, dass er sich nicht mehr auf den Beinen halten konnte, das Gleichgewicht verlor und zu Boden krachte. Dabei fiel er unglücklich auf sein Gelenk. Sein Schrei brach sich an den kahlen Kachelwänden.

»Kannst du aufstehen?«

»Von dir lasse ich mir nicht helfen!«, ächzte er, als er sich mit der gesunden Hand abstützte und sich so viel Schwung gab, dass er auf die Füße kam. An der Wand entlang schob er sich auf die Treppe zu und stolperte die ersten Stufen hoch.

An dem rostigen Geländer hielt er sich nicht fest. Er schaffte es auch so, die Treppe hinter sich zu bringen.

Danach standen wir im Gastraum. Ich schaute sofort auf die Hintertür. Meine Sichtperspektive war schlecht. Ausgerechnet den Teil des Gartens, wo die anderen sitzen mussten, konnte ich nicht einsehen.

»In den Garten!«

Er ging weiter. Taumelnd war sein Gang. Einmal berührte er mit der Hüfte einen Stuhl und warf ihn um.

Als Erster verließ der Wirt den Gastraum, erreichte den Garten und fing gellend an zu lachen.

Den Grund sah ich sofort.

Wie eine tote Filmkulisse präsentierte sich der Biergarten. Von den Reisenden keine Spur …

Ich stand da wie ein begossener Pudel und dachte darüber nach, wie viel Zeit ich in den Toilettenräumen verbracht hatte. War es wirklich so lange gewesen, dass es Markham gelungen sein konnte, die fünf Personen zu entführen?

Nein, eigentlich nicht. Es sei denn, sie waren freiwillig mitgegangen. Ich schaute zu dem Wirt hin, der sein Gesicht zu einem feixenden Grinsen verzogen hatte. Er weidete sich an meiner Überraschung.

Weglaufen würde er mir sicherlich nicht, deshalb machte ich auf dem Absatz kehrt, lief durch die Gaststube und öffnete die Vordertür. Der Parkplatz war leer.

Nun war mir alles klar. T.C. Markham hatte die Menschen in den Kleinbus verfrachtet und war mit ihnen verschwunden. Er hatte uns vor der Reise die einzelnen Ziele nicht genannt. Nun wusste ich den Grund. Ich überlegte verzweifelt, welche Informationen er mir noch gegeben hatte. Es war die Rede von Gehenkten gewesen. Konnte ich damit vielleicht etwas anfangen?

Der Wirt fiel mir ein. Ihn musste Markham bestimmt eingeweiht haben, denn hier wurde alles vorbereitet.

Ich lief wieder zurück. Der Platz, wo der Wirt gestanden hatte, war leer. Dafür fand ich den Mann im Garten. Er hockte auf einem Stuhl und hatte seine verletzte Hand auf dem Tisch liegen.

Ich hatte meine Beretta weggesteckt und ging auf ihn zu. Mein Gesicht war hart, in den Augen stand keine Freundlichkeit. Einen zweiten Stuhl rückte ich mir zurecht und nahm dem Wirt gegenüber Platz. »Sie wissen, wohin Markham gefahren ist!«

»Nein!«

»Ich weiß, dass Sie lügen, und ich möchte Ihnen raten, die Wahrheit zu sagen.«

Er lachte nur. »Auch wenn ich es wüsste, Sie bekämen es aus mir nicht heraus.«

»Dann sagen Sie mir, was er vorhat.«

»Er wird die Leute verschenken.«

»Was will er?«

»Man kann auch opfern sagen.«

»Und wem will er sie opfern?«

»Das ist ein Rätsel für dich. Und es soll auch eines bleiben.«

So kam ich nicht weiter. Die Zeit rann mir zwischen den Fingern hindurch. Der Wirt war verstockt. Er würde sich eher die Zunge abbeißen, als mir eine Auskunft zu geben.

Wir schauten uns an. Trotz seiner Schmerzen, die der Mann empfinden musste, schaffte er ein Grinsen.

»Was war in dem Getränk, das die Besucher zu sich genommen haben?«

»Ich habe es gemixt. Es war Blut.«

»Und wessen?«

»Meines.«

Zuerst wollte ich lachen, dann sah ich sein lauerndes Gesicht und stellte fest, dass er mich nicht angelogen hatte. Wahrscheinlich war es tatsächlich das Blut des vor mir sitzenden Mannes, aber ganz konnte ich es nicht glauben.

»Darf ich ein Messer nehmen?«, fragte er.

»Und dann?«

»Beweise ich dir etwas!«

Ich überlegte. Eine Kugel ist schneller als ein geworfenes Messer. Ich zog die Beretta und nickte ihm zu. »Du kannst die Klinge nehmen.«

Er bewegte sich leicht. Mit der linken Hand griff er in die Tasche und holte ein Messer hervor, das er aufklappen musste. Die Sonne war tiefer gewandert. Ihre Strahlen fielen schon fast waagrecht durch die Lücken in der Hecke und trafen das Metall der Waffe. Für einen kurzen Augenblick schien die Klinge zu explodieren.

Ich zielte auf seinen Kopf. Der Wirt lächelte nur, nahm die Klinge und stieß sie nach unten.

Nicht er, sondern ich zuckte zusammen, als die Spitze den Unterarm traf. Er drehte sie auf einmal, als wäre die Klinge ein Korkenzieher. Dann zog er sie hervor.

Ohne einen Tropfen Blut!

Dieser Mann war tatsächlich blutleer.

Ich wurde bleich. Saß hier ein Zombie vor mir? »Wer sind Sie?«, fragte ich mit leiser Stimme.

»Ich heiße Marcel!«

»Und?«

Er hielt das Messer weiterhin fest. »Nein, ich bin kein Wirt. Etwas anderes.« Er beugte seinen Kopf vor. In seinen Augen sah ich ein kaltes Glitzern, das mir Angst machen konnte. »Ich bin der Herr dieses Gartens. Ich bin Marcel, der Folterknecht!«

Sein Lachen schallte mir noch in den Ohren, als ich die Überraschung schon verdaut hatte. Mit vielem hatte ich gerechnet, nur damit nicht.

»Ja!«, giftete er. »Ich bin Marcel, und ich bin wieder da. Hast du gehört? Die Geister der Toten haben mir keine Ruhe gelassen. Ich kam zurück, um mich zu rächen. Alle werden zurückkommen. Ed Mosley, ich, und auch der Henker Abbot. Ich habe noch nichts verlernt. Ich ließ sie wieder schreien, und ich ließ sie meinen Trank trinken, wie ich ihn vor einigen Hundert Jahren schon gebraut habe. So ist es und nicht anders. Diesmal stört mich keiner, auch du nicht.« Er stand ruckartig auf und bewegte die Hände.

Ein Schauer rann über meinen Rücken, als ich es plötzlich knacken hörte. Es waren seine Gelenke oder die Sehnen, die er wieder einrenkte.

Er stand vor mir wie das bucklige Frankenstein-Monster, hatte den Kopf schief gelegt und begann zu lachen. »Was ist schon ein gebrochenes Gelenk bei einem Mann, der über dreihundert Jahre tot ist? Nichts, rein gar nichts. Ich werde für immer und für alle Zeiten meinen Weg gehen. Niemand kann mich daran hindern.«

Um dies zu beweisen, ging er einen ruckartigen Schritt nach vorn. Aber nicht auf mich zu, sondern woanders hin, denn er wollte wieder in das Gasthaus.

»Bist du auch gegen Silberkugeln gefeit?«, rief ich.

Er drehte nur den Kopf. »Willst du etwas sehen?«

»Was?«

»Ich zeige es dir.«

»Eine Folterkammer?«

»Vielleicht.«

Verdammt, mir saß die Zeit im Nacken. Andererseits hatte er mir schon – ob freiwillig oder nicht – einige Informationen gegeben. Vielleicht konnte ich mehr erfahren.

»Gut«, stimmte ich zu. »Ich werde mit dir gehen.«

»Dann bleib du hinter mir.« Der Folterknecht lachte dreckig und steuerte seine Gaststätte an.

Dieser Fall war einfach verrückt. Je mehr ich mich mit ihm beschäftigte, umso verwirrender und komplizierter wurde er. Da gab es Schreckgestalten, die zurückkehrten.

Ed Mosley, Marcel, der Folterknecht und ein Henker namens Abbot. Wie passte das zusammen? Existierte überhaupt eine Verbindung zwischen diesen drei Gestalten? Wenn ja, welche Rolle hatte dann T.C. Markham, der Geisterführer, übernommen? War er vielleicht der Joker in dem von schwarzmagischen Kräften inszenierten Spiel?

Abermals erschien mir die Gaststätte so anders und kalt. Möglicherweise lag es an der Aura, die über allem schwebte. Ich spürte sie auf der Haut wie einen leichten Windhauch. Es war ein Kribbeln, das meine Härchen hochstehen ließ.

Marcel war gefährlich. Ich nahm ihm seine Worte ohne Weiteres ab. Wenn er ohne Blut existieren konnte, sorgte allein die schwarze Magie dafür, dass er lebte.

Marcel ging vor, und ich schaute auf seinen breiten Rücken. Wenn es sich bei ihm tatsächlich um einen Folterknecht handelte, dann war er schon von der Statur her dafür geeignet. So stellte man sich einen Folterknecht vor. Ein Geschöpf ohne menschliche Regungen, ein lebender Toter, ein Zurückgekehrter.

Er trug ein verblichenes Hemd. Unter dem Stoff bewegten sich die blutleeren Muskeln. Die Arme schaukelten wie Pendel, seine breiten Fäuste öffneten und schlossen sich.

Er hatte von einem Folterkeller gesprochen. Bisher war mir noch kein Eingang aufgefallen. Marcel schritt auch nicht in Richtung Treppe, sondern drückte sich hinter die Theke, auf der ein großes Fass stand, in dem das Bier schwappte.

Am Rand der Theke blieb ich stehen, denn auch Marcel hatte seinen Schritt gestoppt.

Er drehte sich um. Im zwielichtartigen Halbdunkel dieses Raumes wirkte sein Gesicht noch furchtbarer, noch grauer, und die Konturen zerflossen allmählich.

»Hier ist es«, sagte er.

»Wo denn?«

Er schaffte es, den Daumen seiner verletzten Hand zu drehen und mit dem Nacken nach unten zu zeigen. »Ich stehe genau auf einer Falltür«, erklärte er.

Die hatte ich im miesen Licht überhaupt nicht gesehen.

»Dann zieh sie auf!«

Als er seinen Körper nach vorn beugte, hatte ich das Gefühl, einen Roboter zu sehen. Fehlte nur noch das Knarren seiner Gelenke, dann war alles perfekt.

Den Griff der Falltür hatte ich nicht gesehen. Marcels Finger fanden ihn zielsicher.

Das Holz knarrte, als der Folterknecht die Falltür in die Höhe zog. Schon jetzt schlug mir die modrige, muffig riechende Luft entgegen.

»Gibt es da unten Licht?«, fragte ich ihn.

»Ich muss eine Fackel nehmen.«

»Dann nimm sie!« Ich hatte das Gefühl, als wollte mich Marcel nur hinhalten, damit ich zu spät zu den anderen kam, falls ich sie überhaupt noch antraf.

Die Fackel befand sich unter der Theke. Marcels Hand verschwand in einem Fach. Als er sie wieder zurückzog, umschloss seine Faust den Griff einer Pestleuchte.

Ich zündete sie an und behielt die Fackel in der Hand, während ich dem Folterknecht bedeutete, vorzugehen.

Er stieg nach unten.

Das war nicht so schwer, denn es existierte eine Leiter, über die er in die Tiefe steigen konnte. Zudem konnte er sich an einem Geländer abstützen, aus dessen Holzhandlauf kleine Splitter ragten.

Ich behielt die Fackel in der linken Hand und folgte ihm. Ein paar Mal bekam ich Angst, dass die Stufen unserem Gewicht nicht standhalten würden, denn das Holz bog sich durch, aber wir schafften es, den Keller zu erreichen.

Es war ein unheimliches Gemäuer. Der trübe, rote Lichtschein glitt über Wände, an denen das Wasser in kleinen Bahnen nach unten rann. Man merkte hier besonders deutlich die Nähe zum Fluss. Auch den Geruch konnte ich mir jetzt erklären. So rochen keine Leichen, so stank auch kein altes Blut, das war die Feuchtigkeit, die dafür sorgte, dass mir fast der Atem geraubt wurde.

Ich stellte mich in die Mitte des Verlieses und hatte Glück, dass ich nicht mit dem Kopf gegen die Decke stieß. Die Flamme allerdings berührte das feuchte Gestein über mir und wurde zur Seite gedrückt, wobei sie zuckte wie ein glühender Finger.

Der Raum unter der Erde war unheimlich. Und nicht leer, denn ich sah in der Tat zahlreiche Foltergeräte, die Marcel gesammelt oder aus der anderen Zeit mitgebracht hatte.

Streckbank, Kohlebecken, Würgezangen, Daumenschrauben. Lanzen mit gebogenen Spitzen, Hacken und Zangen.

Widerlich …

Kaum vorstellbar, dass nur eine Stiegenlänge entfernt die normale Welt lag. Hier war alles anders, denn in dieser Folterkammer regierte das Grauen.

Ich drehte die Fackel, damit möglichst jede Ecke einmal ausgeleuchtet wurde.

Dabei spürte ich den Odem des Bösen. Es war kein Windhauch, der mich traf, aber das Gefühl konnte ich nicht leugnen. Wie ein unsichtbares Tier schien dieser Odem zu lauern, vielleicht eingefangen in den feuchten Wänden, um irgendwann hervorzukriechen.

Die Fackel brannte mit leichten Geräuschen. Manchmal hörte ich ein sachtes Knarren, dann wieder streifte der Gluthauch des Feuers an meinem Ohr vorbei.

In einer Ecke schimmerten Knochen.

Ein zusammengesacktes, bleiches Skelett hockte dort an der Wand. Der blanke Schädel war nach vorn gekippt und hing dem Knochengerüst fast auf der ehemaligen Brust.

»Wer war das?«, fragte ich.

Marcel wusste genau, wen ich mit dieser Frage meinte. Er begann vor seiner Antwort zu lachen. Es klang dumpf und auch spöttisch. »Der Wirt, dem diese Kneipe gehörte. Er ist schon lange tot. Ich habe dafür gesorgt. Ich lockte ihn in die Folterkammer, heizte das Kohlebecken an, nahm eine Zange …«

»Es reicht!«, unterbrach ich ihn. »Es reicht völlig.«

»Schwache Nerven?«

»Kaum, aber ich kenne Folterkammern. Ich will nur von dir wissen, weshalb du mich in diesen Keller geführt hast. Das geschah doch nicht ohne einen Grund.«

»Nein.«

Ich hatte die Fackel wieder gedreht und konnte in sein Gesicht schauen. Ein Wechselspiel aus Licht und Schatten veränderte die Haut. Es ließ den Folterknecht noch unheimlicher aussehen, als er in Wirklichkeit war.

»Hier ist mein Reich!«, flüsterte er rau. »Hierher bin ich zurückgekehrt. Mein Geist fand keine Ruhe. Ich war ein Verfluchter, ich war jemand, der umherirren musste, denn sie quälten mich, die Seelen der Getöteten.«

»Die deiner Opfer?«

»Ja, so war es. Sie sorgten für die Barriere, damit ich nicht ins Jenseits eingehen konnte. Sie nahmen eine furchtbare Rache. Und sie wollten mich töten, aber das konnten sie nicht, denn ich bin immer stärker. Wer sich einmal dem Satan verschrieben hat, der wird ihn für alle Zeiten nicht mehr los.«

Ja, das wusste ich. Da kannte Asmodis kein Pardon.

»Weiter!«, forderte ich ihn auf.

»Ich dachte mir etwas Neues aus und erinnerte mich an mein Blut. Ich brauchte es nicht, um leben zu können. Als Mensch würdest du es als verseucht bezeichnen. Für mich war es wertvoll. Es gelang mir, einen blutigen Cocktail zu mixen, den ich meinen Gästen zu trinken gab.«

»Und was geschieht jetzt mit ihnen?«

Der Folterknecht wollte mir keine Antwort geben. Er lachte nur. Es war ein hämisches, glucksendes Lachen, das mir entgegenschallte.

Ich legte Schärfe in meine Stimme. »Was ist mit ihnen geschehen? Rede endlich!«

»Sie werden verändert.«

»Und weiter?«

»Der Geist des Bösen wohnt jetzt in ihnen. Er ist in der Lage, aus den Menschen Bestien zu machen. Hast du verstanden? Bestien. Er macht das aus ihnen, was ich bin.«

Ich schüttelte den Kopf. »Wie zeigt sich so etwas?«

»Du wirst es wohl kaum mehr sehen, denn ich sorge dafür, dass du die Folterkammer nicht verlässt. Aus diesem Grunde brauchst du es auch nicht zu wissen.«

»Ich habe dir gesagt, Folterknecht, dass meine Waffe mit Silberkugeln geladen ist. Du wirst diesem Geschoss kaum entgehen können. Hast du begriffen?«

»Hier regiere ich!«, flüsterte er. »Das ist mein Reich. Hier habe ich sie früher getötet. Die Seelen sind noch da. Manchmal«, flüsterte er, »höre ich sie wimmern. Dann sind sie hier und beweisen mir ihre Existenz.« Er begann wieder zu lachen. »Wie gern würden sie mich umbringen, sich an mir rächen, aber ich bin einfach zu stark. Ich bin für jeden zu stark …«

Ich ließ die Pistole verschwinden. Deshalb sprach er nicht mehr weiter, sondern schaute zu, was ich tat.

Es war ganz einfach.

Ich holte das Kreuz hervor. Das geschah schnell, denn darin hatte ich Übung.

»Auch dafür?«, fragte ich.

Er staunte. Zum ersten Mal erlebte ich diesen Folterknecht sprachlos. Er hatte mir selbst berichtet, dass es der Teufel war, der ihm eine gewisse Deckung und Unterstützung gab. Und wer dem Satan gehorchte, der hatte auch Angst vor dem Kreuz.

Schlimmere Feinde konnte es nicht geben.

Auch Marcel reagierte entsprechend. Sein Gesicht verzog sich. Er öffnete den Mund, sodass mir der Spalt zwischen seinen Lippen wie ein Scheunentor vorkam.

Ich ließ mich nicht beirren und ging einen Schritt vor. Mir wehte aus seinem Mund fauliger Geruch entgegen, der nach alter, verseuchter Erde stank und etwas von dem aussagte, was der andere vor mir war.

Ein Monstrum der Hölle!

Und ich hielt ihm das Kreuz entgegen.

»Neeiinnn«, röhrte er. »Nein, du musst es wegnehmen!« Er schüttelte sich, als hätte jemand Eiswasser über seinen Kopf gekippt. »Nimm es weg! Ich will es nicht!«

Da war er bei mir an der falschen Adresse. Im Traum dachte ich nicht daran, ihn von dem Anblick des Kreuzes zu befreien. Er hatte getötet, sich an dem Leid anderer erfreut, jetzt sollte er selbst leiden. Ich wollte ihn nicht in meiner Nähe haben.

Er hob seine Arme. Schon diese Bewegung geschah schwerfällig. Für mich ein Zeichen, dass ihn die Kraft bereits verließ. Und auch das Kreuz blieb von dieser Umgebung nicht unberührt. Das, was der Prophet Hesekiel vor langer Zeit erschaffen hatte, spielte seine Macht allmählich aus.

Das silbrige Leuchten, das sich um die Konturen legte, kam mir vor wie der beruhigende Gruß aus einer fernen, für mich so vertrauensvollen Welt.

Marcel gab nicht auf.

Er drehte sich um. Mit schweren Schritten torkelte er von mir weg und erreichte eine Wand, wo zahlreiche mittelalterliche Waffen hingen. Unter anderem auch ein gefährlicher Morgenstern, eine furchtbare Schlagwaffe aus dem Mittelalter.

Diesen Morgenstern riss er vom Haken.

Es war eine Waffe, die einen relativ kurzen Griff hatte. Dafür war die Kette umso länger. Und an ihrem Ende war eine Kugel befestigt, aus der wie spitze Finger zahlreiche Stahlstacheln in die Höhe stachen. Wenn jemand von dieser Kugel getroffen wurde, war er verloren.

Das wusste ich und trat deshalb sicherheitshalber einen Schritt zur Seite. Ich zog die Beretta nicht, denn ich wurde das Gefühl nicht los, dass sich der andere auf irgendeine Art und Weise übernommen hatte. Vielleicht schaffte er es nicht, den Morgenstern so einzusetzen, wie er es sich vorstellte.

Die Waffe war schwer. Auch für ihn. Obwohl er den Griff mit beiden Händen festhielt, schaffte er es nicht, die Kette und die Kugel so in die Höhe zu schleudern, wie er es wohl gern gehabt hätte. Kugel und Kette zogen ihn nach unten.

Er begann zu ächzen.

Es waren stöhnende, blubbernde Laute, die seinen Mund verließen, und plötzlich fiel er nach vorn.

Mit beiden Kniescheiben zuerst prallte er zu Boden, streckte die Arme aus und stützte sich ab.

Ich ging näher. An dem Kohlebecken drückte ich mich vorbei und hielt das Kreuz fest wie ein Inquisitor aus vergangenen Zeiten. Marcel wollte etwas sagen, das merkte ich ihm an. Vielleicht sollten es sogar seine letzten Worte sein, doch er brachte sie nicht über die Lippen.

Stattdessen floss eine gelbliche Flüssigkeit aus seinem Mund.

Verging er?

Im nächsten Augenblick fuhr ich herum, weil ich seltsame Geräusche vernommen hatte.

Ein geheimnisvolles Flüstern, Wispern, Schreien und Raunen. Zunächst konnte ich mir keinen Reim auf diese Geschichte machen, bis ich die Wände ansah.

Und damit auch die Gesichter.

Sie zeichneten sich innerhalb der Steine ab!

Mir rann es kalt über den Rücken. Es war ein Bild des Grauens oder des Schreckens.

In der Tat waren es Geister, die ich innerhalb der Mauern entdeckte. Gesichter von Männern und Frauen. Manche verzerrt, andere wiederum nur bleich.

Ihre Stimmen drangen von allen Seiten auf mich ein. Ich hörte sie wispern und flüstern. Es war eine Anklage aus längst vergangenen Zeiten, und ich wusste plötzlich Bescheid.

Das waren Marcels Opfer.

Die Geister derjenigen Personen, die durch seine Hände auf grausame Art und Weise ums Leben gekommen waren. Er hatte sie getötet, sie fanden nach dem Tod keine Ruhe und waren nun zurückgekehrt, um sich an ihm zu rächen.

»Das Kreuz!«, hörte ich die Stimmen raunen. »Das Kreuz und seine heilige Kraft haben dafür gesorgt. Wir sind wieder da, Folterknecht. Siehst und hörst du uns? Wir sind wieder da …«

»Ja, verdammt!«, stöhnte Marcel. »Ja, ich sehe es.«

»Weißt du, was nun geschieht?«

»Haut ab …«

»Wir werden dich töten, Folterknecht! Wir werden dich so umbringen, wie du uns getötet hast. Das Kreuz lockte uns. Seine Kraft gab auch uns Kraft. Jetzt sind wir da …«

Während die Geister aus dem Zwischenreich zu ihm gesprochen hatten, waren sie von mir beobachtet worden. Ich hatte mir die Gesichter angeschaut, sie aber nicht genau gezählt. Ein Dutzend mochten es schon sein.

Bleiche Fratzen, ausgemergelt, gezeichnet von den tiefen Spuren der Tränen. Große Augen, offene Münder, die Schreie entlassen wollten, aber nicht konnten. Qual in den Blicken, doch auch der Wille einer furchtbaren Rache.

Sollte ich versuchen, dem Folterknecht zu helfen?

Nein, er war kein Mensch, er war ein vom Teufel Gesandter, wie es auch Ed Mosley gewesen war, und er würde seine Strafe erhalten. Dafür sorgten die, die er so grausam umgebracht hatte. Die Zeit hatte diesmal nicht den Mantel des Vergessens über die ruchlosen Taten ausgebreitet.

Plötzlich sprachen sie mich an. Mehrere Stimmen vereinigten sich dabei zu einer einzigen. »Du musst gehen, Fremder. Wir wollen mit ihm allein sein. Es ist die Zeit der Abrechnung.«

Konnte ich jetzt verschwinden?

Es ging mir nicht allein um diesen grausamen Folterknecht, auch um das Prinzip. Wenn ich ging, würde ich wahrscheinlich nie erfahren, wie die beiden gegensätzlichen Parteien genau zueinander standen.

Der Folterknecht hatte verstanden, wie ich reagieren sollte. Und er wollte nicht, dass ich ging.

»Nimm mich mit!«, keuchte er. »Verdammt, nimm mich mit. Du kannst mich hier nicht allein lassen. Die sind zurückgekommen und machen mich fertig. Die werden mich vernichten. Die …«

Ich konnte keine Antwort geben, denn ich spürte einen seltsamen Druck. Ein anderer hatte die Kontrolle über meinen Körper übernommen, und der machte mit mir, was er wollte.

Er schob mich zurück.

Ich versuchte mich dagegen aufzulehnen, es klappte nicht. Die andere Macht war stärker.

Ich setzte mich in Bewegung. Einen Schritt, den zweiten und dabei in Richtung auf die Falltür zu. Ein Unsichtbarer leitete meine Schritte, und dieser Unsichtbare stand mit dem Kreuz in Verbindung.

Es trieb mich dem Ausgang entgegen!

Meine Verwirrung wuchs. In diesen Augenblicken stellte ich fest, dass mein Kreuz nicht mehr mir, sondern fremden Mächten gehorchte, weil von ihnen die treibende Kraft ausging.

Es war schlimm.

Zwar brach für mich keine Welt zusammen, aber dass ich mein Kruzifix nicht lenken konnte und die hier wohnenden Geister die Kontrolle übernommen hatten, erschreckte mich schon.

Es hatte keinen Sinn, dagegen anzukämpfen.

Diese Folterkammer spielte ihre Macht aus. Zu lange hatten die Geister der Opfer im Verborgenen gelauert. Erst durch mein Eindringen waren sie wieder erweckt worden.

Es gelang mir nicht, den Fluch der Rache zu stoppen. Deshalb blieb mir nichts anderes übrig, als auf die Leiter zu klettern und sie hochzugehen. Noch einen letzten Blick warf ich in die Tiefe der Folterkammer.

Marcel lag am Boden. Die Fackel war ihm aus der Hand gerutscht. Sie lag neben ihm und brannte dort weiter.

Er verschwand aus meinem Blickwinkel, und ich drückte meinen Kopf durch die Falltür. Wenig später stand ich in der Gaststube, wo ich zuschauen konnte, wie sich die Falltür selbstständig machte und zuschlug. Das dabei entstehende Geräusch erschreckte mich.

Danach war es still.

Gleich darauf wurde die Stille von grauenvollen Lauten unterbrochen. Was der Folterknecht vor langen Jahren den Opfern angetan hatte, kriegte er nun zurück.

Höchstwahrscheinlich in der gleichen Art und Weise. Ich hörte ihn schaurig schreien, vernahm das Wimmern und wartete mit klopfendem Herzen ab, bis die Laute verstummt waren.

Unter mir, in der Folterkammer, war es still geworden. Eine unnatürliche Stille, die des Todes, der Angst und der Verzweiflung.

Erst jetzt merkte ich, dass ich noch immer mein Kreuz in der Hand hielt. Ich schaute es an wie einen Fremdkörper und dachte darüber nach, dass es mich im Stich gelassen hatte.

Jetzt sah es wieder völlig normal aus. Es reagierte auch nicht, als ich mich bückte, die Klappe anhob, mich kniete und schräg in die Folterkammer schaute.

Es war schwer für mich, etwas zu erkennen. Der Wirt lag einfach zu weit hinten. Ein paar Spiele aus Licht und Schatten fielen mir noch auf, das war alles.

Und die Stimmen hörte ich.

»Er lebt nicht mehr. Wir haben uns gerächt. Dank dem Kreuz und dank dir, dass du es uns gebracht hast. Nun können wir endlich die Ruhe der Ewigkeit finden …«

Die Ruhe der Ewigkeit!

Das genau war es, was sie gesucht und nun erreicht hatten. Ich schloss die Tür. Was mit dem Folterknecht genau geschehen war, wollte ich gar nicht sehen. Andere Dinge waren wichtiger. Die Menschen, die sich in T.C. Markhams Gewalt befanden und wahrscheinlich ein ähnliches Schicksal erleiden sollten wie ich hier bei Marcel, dem Folterknecht.

Ich hatte noch einen anderen Namen gehört.

Abbot, der Henker!

Was konnte man damit anfangen? Wahrscheinlich eine Menge, wenn man näher darüber Bescheid wusste. Ich allerdings nicht, denn von einem Abbot hatte ich nichts gehört.

Das musste ich ändern.

Leider war ich ohne meinen Bentley. Aber im Restaurant gab es natürlich ein Telefon. Allein konnte ich den Fall nicht mehr lösen. Suko musste mir helfen.

Ich schaute auf die Uhr. Hoffentlich war er noch im Büro. Ich wählte und bekam Glenda an die Strippe.

»Ach nee, hört man von dir auch mal wieder etwas«, sagte sie. »Wir dachten schon, du wärst …«

»Gib mir Suko!«

Am Klang meiner Stimme erkannte Glenda, dass ich für langes Scherzen nicht aufgelegt war, und verband mich weiter.

»Ich wollte gerade gehen«, sagte mein Partner.

»Halt dich noch zurück, Alter. Ich hab da was für dich.«

»Und?«

»Versuch alles über einen Henker namens Abbot herauszufinden. Lass die Computer spielen, lass meinetwegen die ganze Abteilung rotieren, aber sorge dafür, dass wir etwas herausfinden.«

»Gut, aber was ist mir dir?«

»Ich besorge mir ein Taxi und komme zum Yard. Die Fahrt ist anders verlaufen, als ich es mir gedacht habe. Davon aber später.«

»Dieser Abbot ist tot?«, fragte Suko.

»Im Prinzip ja.«

»Wann hat er gelebt?«

»Weiß ich nicht. Über solche Leute gibt es aber sicher Unterlagen. Bis gleich.« Ich legte auf. Danach wählte ich die Nummer einer Taxizentrale.

Eine schläfrig klingende Frauenstimme fragte nach meinen Wünschen. Ich bestellte einen Wagen und setzte das Wort »brandeilig« hinzu.

»Ich werde sehen, was sich machen lässt, Sir.«

»Beeilen Sie sich, bitte.«

Ich verließ den Raum und baute mich vor der Eingangstür auf. Hoffentlich fand der Fahrer das Ziel. Leider lag das Gasthaus ein wenig versteckt.

Ich konnte den Weg hochschauen und sah an dessen Ende die Umrisse eines Autos.

Das war der Wagen.

Bevor sich der Fahrer orientieren konnte, lief ich ihm winkend entgegen. Er verstand das Zeichen und blieb stehen.

»Mann«, sagte er, als ich die hintere Tür aufzog. »Da haben Sie sich aber eine Ecke ausgesucht.«

»Ich tat es nicht freiwillig.«

»Ist auch schwer vorstellbar.« Er legte den Gang ein. »Wo soll es denn hingehen?«

»Scotland Yard.«

»Was?«

»Ja, und zwar sehr schnell.«

»Was wollen Sie denn bei den …?«

»Ich gehöre selbst dazu.«

Da war der gute Mann ruhig, denn eine hohe Meinung schien er nicht von der Polizei zu haben. Es störte mich nicht. Hauptsache, er brachte mich rasch an mein Ziel.

Meine Gedanken beschäftigten sich während der Fahrt mit dem Fall. Hoffentlich hatte Suko etwas erreicht und mehr über diesen geheimnisvollen Henker namens Abbot herausgefunden. Ich hatte erlebt, wie gefährlich Mosley und der Folterknecht gewesen waren. Abbot stand ihnen sicherlich in nichts nach. Seine Chancen waren sogar noch gewachsen, denn die Menschen hatten das Blut des Folterknechts trinken müssen.

Eine sichere Beute für Abbot …

Der Fahrer gab sein Bestes. In Rekordzeit erreichten wir das Ziel. Ich entlohnte ihn und legte noch ein anständiges Trinkgeld drauf, was ihn erstaunt nicken ließ, denn so etwas war er von einem Polizisten nicht gewohnt, wie er mir erklärte.

»Es gibt eben überall Ausnahmen«, sagte ich.

Er lachte und dampfte ab.

Ich fuhr nach oben. Glenda Perkins war noch nicht gegangen. Sie wartete gespannt.

»Wo steckt Suko?« Mit diesen Worten begrüßte ich sie.

»Er forscht noch nach.«

Ich ließ mich auf der Schreibtischkante nieder. »Hat es Schwierigkeiten gegeben?«

»Vielleicht. Deine Informationen waren dürftig, wie Suko meinte. Es wird noch dauern.«

»Das ist schlecht.«

»Steht es so schlimm?«, fragte Glenda besorgt.

Ich nickte. »Auch Sarah Goldwyn hängt mit drin.«

»O Gott.« Glenda erschrak. Sie und Sarah standen in einem besonderen Verhältnis zueinander. Beide konnten sich gut leiden. Nicht zuletzt seit dem Fall in Rom, wo beide in höchste Lebensgefahr geraten waren und ich sie praktisch herausgepaukt hatte.

»Ich werde zu Suko gehen.«

»Soll ich noch hier bleiben?«

»Es wäre gut. Außerdem kannst du Sir James informieren, falls er noch da ist.«

»Mach ich, John.«

Ich stieg in den Fahrstuhl und fuhr in den unterirdischen Bereich des Yard Building. Dort hatte die Technik ihren Sitz. Gepaart mit Forschung und Wissenschaft. Immer wenn ich eintraf, schlugen die Kollegen die Hände über dem Kopf zusammen, weil meine Wünsche besonders eilig waren.

Das Licht der Leuchtstoffröhren begleitete mich, als ich den kahlen Gang entlangschritt, der mich zum Ziel brachte. In der Infoabteilung sah ich Suko. Er hockte vor einem kleinen Schreibtisch und hatte den Kopf über eine lange Liste gebeugt. Als ich die Tür aufstieß, zuckte er herum.

»John, endlich.«

»Hast du Erfolg gehabt?«

Er hob die Schultern.

Neben ihm blieb ich stehen. »Gibt es überhaupt einen Henker namens Abbot?«

»Es gab einen.«

»Wann gestorben?«

»Das liegt schon zweihundert Jahre zurück. Er war praktisch ein Privathenker und schrecklicher Sadist.«

»Wo hat er denn sein Unwesen getrieben?«

»Hier in London. Und zwar an einem Ort, der House of Horror heißt.«

»Na, das ist doch was. Wo befindet sich das Haus?«

Suko stand auf. »Da muss ich noch nachschauen.«

Ich winkte ab. »Sag Shao Bescheid, dass es eine lange Nacht werden kann. Ich suche mir das House of Horror schon heraus. Und wenn ich den Namen höre, passt dieser Begriff vorzüglich zu einer Gruseltour, die unser Freund T.C. Markham unternimmt. House of Horror«, ich wiederholte den Begriff. »Kann es etwas Schaurigeres geben, als dort sein Leben auszuhauchen?«

»Ich glaube kaum«, erwiderte Suko leise.

House of Horror!

Auch Lady Sarah und die anderen hatten diesen Begriff aus T.C. Markhams Mund gehört. Seltsamerweise hatte sie das nicht erschreckt. Seit der Einnahme des Tranks hatte sich sowieso einiges verändert, und Sarah Goldwyn betrachtete ihre Mitreisenden aus völlig anderen Augen.

Sie hatten alle getrunken. Lady Sarah erinnerte sich genau, wie das Zeug zuerst den Mund ausgespült hatte und dann durch die Kehle geronnen war. So dick, so zäh wie Sirup. Geschmeckt hatte es wie Blut.

Ob sie Blut getrunken hatte, war ihr jetzt egal. Sie hatte sich daran gewöhnt.

Ab dann hatte es für alle nur T.C. Markham gegeben. Sie hatten seine veränderte Stimme gehört. Jedes Wort, das er zu ihnen sagte, klang wie ein Glockenschlag. So hallend und gleichzeitig fordernd und befehlend. Er war der Mann, dem sie gehorchen mussten. Und sie gehorchten gern.

Auch Sarah Goldwyn.

Die Wirkung des Tranks hatte sie in einen Rauschzustand versetzt. Zu Beginn hatte sie das Gefühl gehabt, gar nicht mehr mit beiden Beinen auf dem Boden zu stehen, sondern über ihm zu schweben. Sie erinnerte sich daran, wie sie unter Markhams Leitung auf den Bus zugegangen waren. Schritte und Körper hatten dabei einen federnden Gleichklang gebildet. Alle waren durch den Garten und durch die Natur geschwebt, ohne von irgendwelchen Zeugen gesehen zu werden.

Dann waren sie eingestiegen.

Der Bus war wie eine kleine Insel für sie gewesen, auf der sie sich wohl fühlten. Ohne dass jemand dazu einen Befehl gegeben hatte, nahmen sie auf denselben Sitzen Platz wie auf der Herfahrt. Dort hockten sie dann und warteten darauf, dass Markham abfuhr.

Das geschah sehr schnell, denn der Mann hatte es eilig. Auf der Fahrt, und daran erinnerte sich Lady Sarah, war es dann zum ersten Mal über sie gekommen.

Sie entwickelte Hassgefühle!

So etwas hatte sie noch nie mit dieser Deutlichkeit erlebt. Zwar hasste sie die dämonische Brut, aber die neuen Gefühle richteten sich gegen ihre Mitreisenden.

Sie stellte plötzlich fest, dass sie die ihr schräg gegenüber sitzende Rita hasste. So sehr, dass sie sich deren Tod wünschte. Lady Sarah hütete sich, davon ein Wort verlauten zu lassen. Nur als Rita den Kopf drehte und sich die Blicke der beiden Frauen trafen, merkte die Horror-Oma, dass Rita von den gleichen Gefühlen geleitet wurde. Auch sie sah Lady Sarah so seltsam an. So kalt, so hasserfüllt und ohne Erbarmen.

Bei den anderen war es ebenso.

Das Ehepaar Betty und Kenneth sprach darüber. Sie, die so harmlos und normal gewesen waren, redeten offen über den Hass, die Vernichtung und den Tod des anderen.

Zu einer Eskalation kam es nicht. In dem fahrenden Bus herrschte eine trügerische Ruhe, die dem Pulverfass glich, an dem schon die Lunte brannte.

Ihr Ziel lag in einem kleinen Park. Ein etwas verschnörkeltes Gebäude, zu vergleichen mit einem kleinen Landhaus, dem T.C. Markham den Namen House of Horror gegeben hatte.

Und nun befanden sich die Reisenden dort.

Es war die seltsame Atmosphäre, die alle sofort spürten. Die kahlen Wände, die langen Gänge, die flüsternden Stimmen, die nicht von ihnen stammten, sondern von denjenigen, die das House of Horror geisterhaft bewohnten, und sie ließen sich von Markham führen.

Ein langer Gang teilte das Haus praktisch in zwei Hälften. Markham ging vor, während sich die Besucher in einer Reihe angeschlossen hatten.

Clive und Patrick, die beiden Freunde, hielten sich dicht hinter ihm. Auch sie wirkten nicht mehr so locker, sie waren angespannt. Wenn sie sich anschauten, hatten sich die Blicke verändert. Böse und kalt waren sie geworden.

Auch zwischen ihnen schwelte der Hass.

Den beiden folgte Rita. Ihr Gang war ein anderer geworden. Aufreizend, beinahe provozierend. Sie schwenkte die Hüften, das lange Haar wippte bei jedem Schritt auf und nieder.

Betty und Kenneth hatten sich Lady Sarah angeschlossen. Manchmal wurde die Horror-Oma sogar von ihnen in die Mitte genommen und aus kalten Augen angestarrt.

Hin und wieder zuckte um die Lippen der beiden ein böses, gleichzeitig wissendes Lächeln. Sie sagten dabei nichts, bis Sarah Goldwyn fragte: »Was habt ihr?«

»Wir suchen noch!«, wisperte Kenneth.

»Und wonach?«

»Nach deinem Tod.« Er lachte meckernd.

Sarah Goldwyn zeigte sich davon unbeeindruckt. »Das Gleiche gebe ich zurück. Ich werde euch killen.«

»Vergesst mich nicht«, meinte Rita und schwenkte ihre Tasche. »Ich habe eine Pistole bei mir. Dabei überlege ich nur noch, wen ich zuerst umbringen soll.«

»Schieß doch den beiden vor dir in den Rücken«, hetzte Betty.

Auch sie war völlig verändert. Das Böse hielt sie fest in seinen Klauen. Dafür hatte der Trank gesorgt.

»Ja, die Idee ist gut.« Rita nickte.

T.C. Markham hatte die Worte gehört. Er blieb stehen und drehte sich um. »Niemand schießt auf den anderen«, erklärte er. »Erst wenn ich es befehle. Noch bin ich der Herr, und ich habe vor, es zu bleiben. Verstanden?«

Die sechs nickten.

»Dann bin ich beruhigt.« Er lächelte. »Wir sind sowieso gleich da. Dann werdet ihr den Raum betreten, wo Abbot gewütet hat. Alles ist noch vorhanden, die Geräte stehen bereit, man braucht sie nur noch zu aktivieren. Und das ist geschehen.«

»Was sind es für Geräte?«, fragte Patrick beinahe gierig.

»Hier arbeitete der Henker.«

»Der Galgen«, stellte Lady Sarah fest.

»Ja, der Galgen. An ihm werdet ihr hängen. Ihr könnt euch auch köpfen lassen, ganz wie es beliebt.«

»Und wer hängt wen?«

»Abbot wartet schon. Er war einer der großen Henker. Dabei arbeitete er für die Burlingtons, eine adelige Familie, die stolz darauf war, ihren Henker ausleihen zu können. Abbot machte das Töten Spaß. Er freute sich über jeden Delinquenten. Er hängte Männer und Frauen auf. Manchmal ließ er sie sogar wählen. Einige entschieden sich für den Strick, die anderen für die Guillotine. Das war ganz unterschiedlich. Was rede ich, das werdet ihr alles noch zu Gesicht bekommen. Und wenn ihr hin und wieder das Gerassel von Ketten hört, macht euch nichts daraus. In diesem Haus spuken noch mehr. Der Duke of Burlington, der sein Leben in Ketten verbracht hat und dessen Geist noch herumirrt, besucht uns ab und zu. Er hasste den Henker, aber sein Bruder liebte ihn. Deshalb ließ er auch den Duke in Ketten legen. Töten wollte er ihn nicht. Die andere Strafe war schlimmer.« Markham deutete in die Runde. »Wer in diesem Haus steckt, erlebt das Böse. Er empfindet die schrecklichen Gedanken, die in den Mauern wohnen und auch ihn erfassen. Behaltet euch gegenseitig im Auge. Ihr habt den Trank des Folterknechts zu euch genommen und werdet nun bald die Früchte ernten.«

Es waren die letzten Worte des Reiseführers. Danach ließ er das House of Horror und dessen Kräfte auf die Menschen wirken. Er ging nur mehr die Schritte, die gegangen werden mussten, denn er wollte die große Doppeltür erreichen, die den Gang begrenzte.

Dort blieb er stehen und drehte sich noch einmal um. Eigentlich hatte er nicht mehr reden wollen, er tat es dennoch, nur hatte er seine Stimme gedämpft, sodass sie zu einem Flüstern wurde.

»Hinter dieser Tür liegt das Zentrum«, wisperte er. »Eine Hölle für sich, denn hier haben sich die Kräfte der schwarzen Magie erhalten. Da werden die früheren Jahrhunderte lebendig, das Grauen ist nicht gestorben, es wacht weiterhin, und ihr werdet in diesen Strudel hineingeraten und euch ebenfalls wünschen, Böses zu tun. Abbot, der Henker, ist zurückgekehrt. Er wartet auf euch.«

Bevor T.C. Markham die Tür aufstieß, schaute er die Gäste der Reihe nach an. Auch sein Gesicht hatte einen bösen Ausdruck angenommen. Die Lippen zuckten, wenn er sie zu einem Grinsen in die Breite zog, dann drückte er die schwere Klinke, stieß die Tür auf, und seine Gäste betraten eine andere Welt …

Die Welt des Schreckens!

Sie hüllte sie ein, sie umfing sie wie ein Krake, der seine langen Arme ausgestreckt hatte. Es war eine Welt des Lichts und der Schatten. Sie glühte in einem tiefen Rot, war gleichzeitig so klar, dass die Menschen sehen konnten.

Wer von der Tür aus den Blick nach vorn warf, schaute nicht nur auf ein höher gelegenes Podest, sondern auch auf die Wand dahinter. Und er konnte das Gefühl bekommen, eine lebende Wand vor sich zu haben, denn jenseits des Galgens waberte die Gluthölle.

Aufgemalt konnte es nicht sein, denn die Farben bewegten sich. Sie bildeten Kreise und Schlieren. Schlangenlinien und Wellen. Alles in einem gefährlich anzusehenden düsteren Rot.

Horror-Atmosphäre.

Das rote Licht war jedoch so klar, dass sich der Galgen scharf und deutlich vor ihm abhob. Das Gerüst des Schreckens, das die Jahrhunderte über so viel Angst und Panik verbreitet hatte und in der Gegenwart zu den Museumsstücken gehörte, verfehlte die

Wirkung auf die Ankömmlinge nicht. Sie standen da und staunten.

Der Galgen erinnerte an einen hölzernen Hals, der seinen Kopf vorgeschoben hatte. Er war innerhalb des Podestes befestigt worden, reckte sich in die Höhe, und der Teil, an dem die Schlinge hing, sah aus wie ein steifer Arm.

Ein furchtbares Bild, das den Menschen Schauer über die Haut trieb.

Auch sie, die den Keim des Bösen in sich spürten, blieben nicht unbeeindruckt.

Ihre bleichen Gesichter nahmen, als sie näher kamen, eine rötliche Farbe an. Das Licht breitete sich aus, es wirkte wie große Flecken aus dünnem Blut.

Glatt war der Boden. Düster und kalt. Die Steine lagen fugendicht nebeneinander.

Die Augenpaare konzentrierten sich auf die Schlinge. Sie war sorgfältig geknüpft worden. Obwohl kein Wind diesen unheimlichen Raum durchwehte, bewegte sich die Schlinge, als würden unsichtbare Hände sie führen. Sie befand sich genau über dem Schemel, der ebenfalls auf dem Podest stand und der dafür vorgesehen war, denjenigen als Hilfe zu dienen, die nicht groß genug waren, um ihre Köpfe in die Schlinge zu stecken.

Weiter hinten glühte die Wand in ihrem unheimlichen Feuer. Eine Mischung aus roten und gelben Flammen, denn sie sollten das Höllenfeuer andeuten.

Keiner der Gäste bemerkte, dass sich T.C. Markham verzogen hatte. Er war auf leisen Sohlen verschwunden und hatte seine Besucher der Atmosphäre des Bösen überlassen.

Sie standen da, schauten und warteten.

Und sie merkten, dass die anderen Kräfte stärker wurden. Das Getränk, das sie zu sich genommen hatten, zeigte Wirkung. Gerade in dieser schlimmen Atmosphäre drang es hoch und überrannte sie wie eine große Welle.

Die Gewalt wollte sich freie Bahn verschaffen.

Es begann mit Rita!

Bevor einer der anderen sie aufhalten konnte, sprang sie zurück. Dabei öffnete sie ihre Tasche und riss die vernickelte Pistole hervor, die sie dann im Halbkreis schwenkte, denn in einer solchen Formation standen die anderen vor ihr.

»Na?«, fragte sie mit einem höhnischen Unterton in der Stimme. »Wie geht es euch jetzt?«

Keiner gab Antwort.

»Soll ich euch killen?«

»Wir werden dich erwürgen, du Schlange!« Betty spie die Antwort der jüngeren Frau entgegen und erntete nur ein Lachen.

»Ich nehme ihr die Waffe weg!«, sagte Patrick.

»Nein!« Scharf klang der Befehl. Rita sprang zurück und richtete die Mündung auf den jungen Mann.

Er wurde von den anderen eingerahmt. Sie alle – Lady Sarah eingeschlossen – bedachten Rita mit kalten Killerblicken. Wenn es darauf ankam, würden sie die Frau packen und an den Galgen schleifen. Ein jeder von ihnen spürte die bösen Gedanken, denen die entsprechenden Taten folgen sollten.

»Wer mich anrührt, wird erschossen!«, flüsterte Rita.

»Was hast du für einen Grund?«

»Nur so.«

»Das gibt es nicht«, sagte Lady Sarah.

Rita lachte. »Für mich schon. Spürt ihr es nicht selbst? Merkt ihr nicht, wie sich die Gedanken selbstständig machen, aber gleichzeitig von dem Bösen geleitet werden? Nein, das könnt ihr nicht merken, das ist unmöglich.« Sie schüttelte den Kopf und redete wirr. »Aber ich zeige euch, wer hier zu sagen hat. Ich werde euch der Reihe nach abschießen.« Sie kicherte hohl. »Vielleicht auch nur verletzen und euch danach zum Galgen schleifen. Dann stecke ich eure Köpfe in die Schlinge und …«

Clive sprang vor.

Er wirkte in diesem Moment des Absprungs wie ein großer Vogel, weil er die Arme ausgebreitet hatte. Durch die Bewegung brachte er sich zwischen Rita und die anderen. Wenn sie jetzt schoss, konnte sie nur einen treffen.

Sie drückte ab.

Fast bösartig peitschte die kleine Waffe in ihrer rechten Faust auf. Es klang wie das Bellen eines kleinen Hundes, nur war es wesentlich gefährlicher, denn die Kugel traf.

Clive wurde voll getroffen. Die anderen sahen nichts, weil er ihnen den Rücken zuwandte, aber sie hörten den ächzenden Laut, der aus dem Mund des Mannes drang.

Dann fiel er!

Sein Körper bewegte sich noch, bis er auf dem Rücken liegen blieb. Ein jeder konnte die weit aufgerissenen Augen sehen.

Augen, in denen kein Leben mehr stand.

Tote Augen …

Und zwischen ihnen, wo die Stirn eine glatte, helle Fläche bildete, befand sich ein kleines Loch mit einem roten Rand. Dort hatte Clive die Kugel erwischt.

Die anderen sahen es. Auch Patrick schaute in das Gesicht seines toten Freundes.

Und er tat nichts.

Beinahe teilnahmslos nahm er die Tatsache hin, dass jemand seinen Freund umgebracht hatte. Er selbst war von der Ausstrahlung des Bösen erfüllt, das seine Gedanken leitete.

Rita, die Mörderin, begann zu lachen. Es war ein schrilles Kreischen, das ihren Mund verließ. Sie amüsierte sich über diese ruchlose Tat, und sie versprach lachend, dass es den anderen ebenso ergehen würde.

Dann stürzten sie sich auf sie.

Als hätten sie einen gemeinsamen Befehl erhalten, so setzten sie sich in Bewegung. An der Spitze die beiden Männer, und sie überraschten Rita mit dieser Aktion.

Kenneth riss sie einfach um.

Rita kam nicht mehr dazu, noch einen Schuss abzugeben. Der schwere Körper fiel auf sie und nagelte sie am Boden fest. Bevor sie sich wehren konnte, hatte auch Patrick zugegriffen. Er nahm ihr rechtes Handgelenk zwischen seine Finger und bog es herum. Der Druck war so stark, dass die Frau nichts dagegen unternehmen konnte und die Waffe ihr aus den Fingern rutschte.

Das hatte Patrick erreichen wollen.

Während die anderen auf Rita einschlugen, schoss er gegen die Decke. Dieser Schuss stoppte die Aktionen der anderen.

Sie ließen die Frau los und schauten Patrick zu, wie er langsam näher kam und die Pistole dabei so gesenkt hielt, dass die Mündung auf den Kopf der Frau wies. Sein Zeigefinger lag am Abzug.

»Jetzt werde ich dich töten!«, versprach er.

»Nein!«

Alle Köpfe rückten zu derjenigen Person herum, die gesprochen hatte. Es war Sarah Goldwyn gewesen. Sie stellte sich gegen diese Tat und ging furchtlos auf Patrick zu, der die kleine Pistole ein wenig drehte und dann auf die Horror-Oma zielte.

»Weshalb willst du sie töten?«, fragte Sarah.

»Weil ich es so will.«

»Ich will sie auch tot sehen«, erklärte Sarah Goldwyn mit krächzender Stimme.

»So? Dann lass mich.«

»Eine Kugel ist viel zu schade«, flüsterte Sarah. »Nein, wir können es anders machen. Ich habe da eine gute Idee!«

»Rede schon«, verlangte Betty.

Lady Sarah drehte sich. Sie hatte dabei den rechten Arm ausgestreckt und wies mit dem Zeigefinger auf den Galgen, der auf dem Podest hochwuchs. »Dort soll sie ihr Leben aushauchen. Wir hängen sie auf!«

Nach ihren Worten war es sekundenlang still. Die Leute mussten den Vorschlag erst verdauen. Da sie jedoch allesamt vom Bösen durchdrungen waren, dauerte es nicht lange, und sie stimmten begeistert zu. Ihre Begeisterung entlud sich dabei in gellenden Schreien, die gegen die Decke hallten.

Ja, sie waren voll mit diesem Vorschlag einverstanden! Auch Patrick, denn er senkte die Waffe, sodass die Mündung jetzt zu Boden zeigte. Gleichzeitig nickte er.

»Wenn ihr es so haben wollt, ich stehe euch nicht im Wege!«, keuchte er. »Aber eines lasst euch gesagt sein: Derjenige, der diese Frau aufhängt, werde ich sein.«

»Das kannst du.«

»Dann zum Galgen mit ihr!«

Nichts hätten die Menschen lieber getan. Auch Rita hatte verstanden, was die anderen mit ihr vorhatten. Sie versuchte sich zu wehren. Im Nu hatte sich ein Knäuel aus Menschenleibern gebildet. Rita schlug, kratzte und biss, aber sie musste doppelt so viel einstecken. Patrick gab einmal nicht acht, weil er zu stürmisch war. Die Fingernägel der Frau fuhren durch sein Gesicht, sodass sich auf der Wange fünf rote Streifen abmalten, aus denen das Blut sickerte.

»Du Bestie!«, keuchte er. »Du verfluchte Bestie. Ich werde dich erledigen!«

Er schlug zu.

Die anderen ließen ihn. Seine Schläge trieben Rita bis zum Podest. Vergeblich versuchte sie, mit beiden Armen ihr Gesicht zu schützen, doch die Treffer waren nicht zu vermeiden, denn sie zertrümmerten die Deckung.

Vor dem Podest brach sie in die Knie. Ihr Gesicht zeigte die Spuren der Schläge.

Kenneth trug an seinem linken Finger einen dicken Ring. Wo dieser getroffen hatte, war die Haut aufgeplatzt, sodass kleine Blutfäden aus der Wunde rannen. Ansonsten zeigte das Gesicht nur geschwollene Stellen.

Aus eigener Kraft konnte sich Rita nicht erheben. Dass sie auf die Füße gelangte, dafür sorgten Hände, die sie in die Höhe zerrten.

Rita blieb stehen. Von allein konnte sie sich nicht halten, der Kopf fiel ihr in den Nacken, den Mund hatte sie weit aufgerissen. Sie war am Ende.

Ohne sich abgesprochen zu haben, wussten die anderen, was sie zu tun hatten. Hände packten zu und drückten den Körper in die Höhe, sodass er auf das Podest gehievt werden konnte.

Lady Sarah blieb unten stehen. Sie half mit, die Frau abzustützen, während Kenneth und Patrick schon hochgeklettert waren und Rita an den Schultern hielten.

»Ihr Hundesöhne!«, keuchte sie. »Ihr verdammten Kerle! Ihr werdet mich nicht hängen. Ihr nicht …«

»O doch«, erwiderte Patrick. »Dein Kopf soll in der Schlinge stecken. Sie ist für dich wie gemacht.«

Als hätte die Schlinge seine Worte verstanden, begann sie stärker zu pendeln, obwohl kein Wind durch den unheimlichen Raum fuhr.

Auch Lady Sarah kletterte auf das Gerüst. Mit den Blicken maß sie die Länge der Frau und die Entfernung zum Galgen. Die war zu groß, und Lady Sarah entschloss sich deshalb, den Hocker zu Hilfe zu nehmen.

Sie rückte ihn ein wenig zur Seite und baute ihn so auf, dass er unter der leicht pendelnden Schlinge stand.

Jetzt war alles klar!

»Schafft sie her!«, rief Lady Sarah. Sie war überhaupt nicht wiederzuerkennen. In ihren Augen brannte das Feuer des Bösen. Die Lippen bildeten einen Strich, die Haut an den Wangen zuckte, als würde sie von Stromstößen erschüttert, und mit nahezu gierigem Blick schaute sie zu, was die anderen mit Rita anstellten.

Sie hielten sie hart umklammert. Beide Arme waren der Frau auf den Rücken geworfen worden, die noch immer nicht aufgegeben hatte und sich gegen den Griff stemmte. Gift und Galle spie sie. Rita verfluchte ihre Peiniger. Wenn sie die Möglichkeit sah, trat sie um sich. Dafür kassierte sie abermals Schläge, und sie schaffte es nicht, den Fäusten der drei zu entgehen.

Auch Betty gebärdete sich wie eine Rasende, indem sie auf den Rücken der anderen schlug. Ihre Fäuste erzeugten dabei ein dumpfes Echo, das von allen gehört wurde.

Der Galgen rückte näher.

Die Schlinge, die Rita von unten anschaute, erschien ihr seltsam groß – wie der Eingang zum Reich des Todes.

Für einen Moment erstarrte sie.

Das nutzten die anderen aus. Sie griffen gleichzeitig zu, schleuderten sie vor, sodass Rita gegen den Schemel stieß und ihn umkippte. Das sollte nicht sein.

Sarah Goldwyn bewegte sich schnell. Bevor Rita sich versah, hatte sie den Schemel schon wieder hingestellt, damit der weibliche Delinquent auf ihn steigen konnte.

»Nein, ihr Hundesöhne!«, keuchte Rita. »Ich lasse mich nicht hängen!«

Sie schüttelte sich dabei, aber sie schaffte es nicht, sich der Fäuste der anderen zu entledigen. Und Patrick drückte ihr die Mündung der vernickelten Pistole in die linke Wange, sodass Rita still dastand.

»Soll ich schießen oder …?«

Betty und Kenneth griffen zu. Rita hatte sich auf Patrick und dessen Worte konzentriert. Aus diesem Grunde war es den beiden anderen ein Leichtes, sie ruckartig zu heben und auf den Schemel zu stellen.

Dort blieb sie.

Die anderen hatten die Arme ausgestreckt und hielten sie fest. Rita zitterte. Sie sah, dass Patrick mit einer Hand nach der Schlinge griff. Er war ziemlich groß, sodass es ihm schon beim ersten Versuch gelang, die Schlinge über den Kopf der Frau zu streifen.

Das Seil scheuerte rau auf der Haut, und die Frau begann zu kreischen. Sie schüttelte sich, aber sie wagte nicht, sich stärker zu bewegen, denn der Schemel stand auf nur drei Beinen. Wenn er kippte, hing sie.

»Sei ruhig!«, flüsterte man ihr zu. »Sei verdammt noch mal ruhig, sonst treten wir ihn weg!«

»Dann tut es doch, ihr verfluchten Hundesöhne. Los, tut es! «

»Nein!«

Es war ein harter und hallender Ruf, der die Ohren der Henker erreichte.

Sie erstarrten.

Jeder hatte die Stimme erkannt. Sarah Goldwyn trat einen Schritt zur Seite, weil sie Tritte gehört hatte. Sie näherten sich aus dem Hintergrund.

Der Henker kam …

Nein, es war nicht der Henker, sondern T.C. Markham. Nur hatte er sich umgezogen. Ganz in Schwarz war er gekleidet. In der Mitte seines Körpers befand sich ein Gürtel, dessen Schnalle metallisch glänzte.

Markham löste sich aus dem Rot des Hintergrundes. Es näherte sich mit schweren Schritten. Ein kaltes Lächeln hatte sich auf seine Lippen gelegt.

Die anderen warteten.

Sie hatten Respekt. Sie wussten, dass Markham alles eingeleitet hatte und er ihr eigentlicher Anführer war. Ihm gehorchten sie. Wenn er den Henker spielen wollte, sollte er.

Patrick, Betty, Kenneth und Lady Sarah traten zurück. Sie ließen so viel Platz, damit T.C. Markham den Galgen erreichen konnte.

Rita stand auf dem Schemel wie festgeklebt. Sie schaute über die Köpfe der anderen hinweg. Ihr Blick war starr und verlor sich in der Ferne.

Markham blieb stehen und lachte. Dabei hatte er den Kopf gedreht, sodass er zu Rita hochschauen konnte. Er sah ihr bleiches Gesicht, den Schweiß auf der Stirn und meinte flüsternd: »Damit hast du doch rechnen müssen, oder nicht? Pech, dass es dich erwischt hat. Wäre es ein anderer gewesen, hättest du auch mitgemacht. Du hast getrunken, in dir steckt der Keim ebenso wie in den anderen. Und ich liebe die Gewalt ebenfalls. Ich lasse die alten Zeiten wieder auferstehen, denn ich möchte, dass ihr euch gegenseitig tötet.«

»Du bist doch nicht der Henker!«, rief Lady Sarah. »Wo steckt Abbot? Zeig ihn uns!«

Markhams Interesse an Rita erlosch. Dafür drehte er den Kopf und schaute die Horror-Oma an. »Ich bin nicht der Henker?«, fragte er lauernd.

»Nein!«

T.C. lachte. Es hallte schaurig durch den unheimlichen Raum und passte zu der gesamten Atmosphäre. »Dass du dich da nicht mal täuschst«, erklärte er und hob beide Arme.

Alle schauten zu, wie er in sein Gesicht fasste. Er grub seine Finger tief in die Haut. Eigentlich hätte es schmerzen müssen, das geschah wohl nicht, denn dem Henker gelang es, die Haut zur Seite zu ziehen. Er riss und zerrte, die Haut machte sich selbstständig, und jeder konnte sehen, dass es eine dünne Maske war, die er bisher getragen hatte.

Darunter kam ein völlig anderes Gesicht zum Vorschein.

»Ich bin Abbot, der Henker!«, rief T.C. Markham mit dumpfer Stimme ...

Wir hatten das Haus gefunden!

Beide wunderten wir uns darüber, dass wir bisher davon noch nichts gehört hatten, obwohl das Gebäude doch mitten in London stand. Bisher hatte es bei unseren Fällen keine Rolle gespielt. Wenn ich ehrlich sein sollte, hatten mich solche Touristenattraktionen auch nie interessiert. Einfach aus dem Grunde, weil dort viel Lärm um nichts gemacht wurde. Man führte die Leute hin, erzählte von einem Schrecken der Vergangenheit und schaute zu, wie den einzelnen Menschen aus den Gruppen eine Gänsehaut nach der anderen über den Rücken lief. Das meiste, was erzählt wurde, war sowieso gelogen.

Hier schien dies nicht so zu sein.

Die Spur war gut, sie war sogar heiß. Als wir aus dem Bentley stiegen, entdeckte ich einen abgestellten Kleinbus. Es war derselbe, mit dem ich gefahren war.

Ich lief hin, schaute sicherheitshalber hinein und fand ihn leer. Das hatte ich mir gedacht.

»Und jetzt?«, fragte Suko, als ich wieder zurück war.

»Sie müssen schon im Haus sein.«

Mit dem Haus meinte ich ein Gebäude, das inmitten eines Miniparks lag. Ein gepflegter Vorgarten gab ihm den Anstrich eines völlig normalen Hauses. Der schmale Weg war mit Kies bestreut. Die Zweige der Büsche waren geschnitten, und das Laub der Bäume wiegte sich im leichten Abendwind.

Nahe der Hausmauer nisteten die ersten Schatten. Der Abend stand vor der Tür. Eine Stunde zwischen Tag und Traum. Jetzt veränderte sich auch der Schall. Geflüsterte Worte waren auf größere Entfernung zu hören als am Morgen oder tagsüber.

Kein Tor hielt uns auf. Wir gingen durch den Vorgarten, ohne dass uns jemand ansprach oder stoppen wollte. Ich schaute auf die Scheiben der Erdgeschossfenster. Dahinter tat sich nichts. Keine Bewegung verriet, dass im Innern jemand auf uns lauerte.

Als wir näher an das Gebäude herangekommen waren, konnten wir feststellen, dass es doch nicht so klein war, wie es den Anschein gehabt hatte. Dieses Haus hatte eine große Eingangstür, die verschlossen war.

Suko hielt schon ein Besteck parat. Das Schloss sah so aus, als würde es uns nicht lange widerstehen können.

In der Tat dauerte es nur Sekunden, dann hatten wir es geöffnet und konnten die Tür nach innen drücken. Sie knarrte in den Angeln, als sie langsam in den Flur schwang. Wir setzten vorsichtig unsere Füße über die Schwelle und bemerkten die Kühle und auch den Geruch von Bohnerwachs.

In der Nähe befand sich eine kleine Loge. Zum Gang hin war sie durch eine Glaswand abgetrennt. Hinter ihr saß normalerweise der Portier oder Nachtwächter. Er würde seinen Dienst erst später beginnen, sodass wir ungestört waren.

Leise bewegten wir uns weiter.

Wir schauten den Gang hinunter. Da so etwas wie eine Notbeleuchtung brannte, konnten wir bis zu seinem Ende sehen. Dort befand sich eine Tür. Sie war ziemlich breit.

Nichts war zu hören.

Dieses House of Horror strahlte tatsächlich eine gewisse Beklemmung aus, die auch uns ergriff. Ich fühlte mich unwohl. Zudem wusste ich nicht, wo sich die Menschen befanden.

Dafür hörten wir ein Geräusch.

Es war ein verzweifeltes Stöhnen und gleichzeitig das leise Klirren von Kettengliedern.

Jemand geisterte umher.

Ich schaute Suko an und er mich. Keiner von uns wusste genau, aus welcher Richtung das Geräusch geklungen war. Ich öffnete spontan eine schmale Tür und schaute auf eine Steintreppe, die in den Keller führte.

Und wir hörten das Rasseln!

Es drang aus der Tiefe an unsere Ohren, also musste es im Keller aufgeklungen sein.

»Sollen wir beide hinuntergehen?«, fragte Suko.

Ich war dafür, denn niemand konnte wissen, welche Gefahren uns in der Tiefe erwarteten.

Ich schob mich an meinem Partner vorbei und schritt in die Tiefe. Je weiter ich ging, desto dunkler wurde es. Vor mir lag eine Furcht einflößende Schwärze, aus der ich das Rasseln der Kettenglieder vernahm.

Ich zückte meine Bleistiftleuchte. Ihr dünner Strahl fiel schräg in die Tiefe und traf auf ein Ziel!

Es waren die Ketten!

Nur hing niemand an ihnen, dennoch bewegten sie sich, als würden sie in der Luft schweben.

Sie wurden von einem Unsichtbaren gehalten!

Wir standen mitten auf der Treppe und mussten uns zunächst einmal an das Bild gewöhnen, das man ohne Übertreibung als eine echte Spukerscheinung bezeichnen konnte.

Vier Ketten schwebten durch die Luft. Zweimal dicht über dem Boden, später in Armhöhe.

Ein unsichtbares Kettengespenst. So etwas hatte ich auch noch nicht erlebt.

Sukos Atem blies wie ein warmer Wind an meinem linken Ohrläppchen vorbei. Der Inspektor wusste sich auch keinen Rat, als an meiner Schulter vorbei nach unten zu schauen, wo sich das Kettengespenst auf einer der letzten Stufen aufhielt.

Ich hatte bisher auf den Einsatz meiner Beretta verzichtet, denn wo es kein Ziel gab, brauchte ich auch nicht zu schießen.

Und so warteten wir.

Da sich unsere Augen allmählich an das unheimliche Licht gewöhnt hatten, konnten wir jetzt mehr erkennen. Beide glaubten wir, zwischen den Ketten ein geheimnisvolles Glühen zu sehen, das sogar Umrisse angenommen hatte, die man als menschlich bezeichnen konnte.

Befand sich doch ein Unsichtbarer zwischen den Ketten?

»Wir sollten es uns aus der Nähe ansehen«, schlug Suko vor und stieß mich leicht an.

Ich nickte.

Gleichzeitig hörten wir eine Stimme. Da sich außer uns niemand in der Nähe aufhielt, musste die Stimme dem Unsichtbaren gehören. Eine andere Möglichkeit sah ich nicht.

»Kommt näher, ihr braucht keine Angst zu haben. Man hat mich in Ketten gelegt, ich bin für die Ewigkeiten verflucht. Ich geistere durch das Haus, denn Ruhe finde ich nie.«

»Wer bist du?«, flüsterte ich.

»Kommt näher, dann werde ich es euch sagen!«

Weder Suko noch ich glaubten, dass uns dieses Gespenst reinlegen wollte. Aus diesem Grunde wagten wir es und stiegen behutsam die Treppe hinab.

Diese im Unsichtbaren lauernde Erscheinung schien uns wohlgesinnt zu sein, deshalb hatten wir beide keine Angst, ihr entgegenzugehen. Suko brachte mich auf die Idee, es einmal mit dem

Kreuz zu versuchen. Das tat ich auch, allerdings erst, als wir zum Greifen nahe vor den Ketten stehen blieben.

Ich holte das Kruzifix hervor. Kaum war es sichtbar, als es von einem Strahlenkranz umgeben wurde und ich im nächsten Augenblick die schwache Stimme vernahm.

»Das Kreuz, du trägst die Rettung ...«

Ich wusste nicht, wie diese Worte gemeint waren, deshalb brachte ich das Kruzifix näher an die für uns nicht sichtbare Gestalt heran.

Etwas Gespenstisches geschah.

Innerhalb der Ketten veränderte sich etwas. Dort begann die Luft zu tanzen und zu flimmern. Gleichzeitig nahm sie eine silbergrüne Farbe an, die sich so verdichtete, dass wir eine Nebelgestalt erkennen konnten. Sie sah tatsächlich aus wie ein Gespenst.

Und wir sahen jemanden vor uns, der gefesselt war. Er erinnerte uns an eine Plasmawolke. Schwach nur war sein Gesicht zu erkennen, ein feiner Schleier, mehr nicht. Auch der übrige Körper war derart gestaltet. Er sah aus wie ein dünnes Hemd.

Ich schluckte, denn ich musste mit dieser neuen Tatsache erst fertig werden.

In der Wolke schwebte ein Gesicht. Eine uralte, von Pein und Qual gezeichnete Fratze.

Schlimm ...

Der Schein meines Kreuzes zeichnete die Umrisse der gefesselten Gestalt nach. Er hatte dafür gesorgt, dass es dem Gespenst gelungen war, das Zwischenreich zu verlassen, wo es bisher dahinvegetierte, ohne den unheilvollen Fluch brechen zu können.

»Wer bist du?«, hauchte ich meine Frage.

»Der Duke of Burlington ...«

»Und?«

»Du kennst mich nicht? Du kennst nicht denjenigen, der verflucht ist, auf die Ewigkeit zu warten?«

»Nein, den kenne ich nicht.«

»Was willst du dann hier?«

»Deine Geschichte hören.«

Das Gespenst lachte. »Es ist eine Geschichte, die mit Grauen, Tod und Blut geschrieben wurde. Die Geschichte der Burlingtons, denen dieses Haus einmal vor langer Zeit gehört hat.«

»Bist du deswegen angekettet?«

»Ja, denn ich lehnte mich dagegen auf. Ich wollte nicht, dass wir einen Henker hielten, aber mein Bruder dachte da anders. Der Henker wurde sein bester Freund. Gemeinsam dachten sie sich die schaurigsten Verbrechen aus, während sie mich in den Verliesen schmachten ließen. Dort verbrachte ich die langen Jahre, ohne Chance, jemals wieder befreit zu werden. Kannst du dir diese Qual vorstellen, Mann mit dem Kreuz? Kannst du das?«

»Wohl kaum.«

»Du bist ehrlich. Niemand, der dies nicht mitgemacht hat, kann dies. Auch ich starb irgendwann, aber ich verging, ohne die Gnade der Kirche erhalten zu haben. Ich verendete in einer vergifteten Atmosphäre. So war ich gezwungen, als Geist umherzuspuken und auf eine lange Wanderschaft zu gehen, ohne die Ewigkeit und damit die Erlösung zu finden. Ich sah mit an, wie der Henker weiter seine ruchlosen Taten verübte, gedeckt durch meinen Bruder. Doch der Krug geht so lange zum Wasser, bis er bricht. Auch den Henker erwischte es. Soldaten brachten ihn auf schreckliche Art und Weise um. Meinen Bruder köpften sie, damit war für sie der Fall erledigt. Aber Abbot, der Henker, hatte Schuld auf sich geladen. Auch er fand keine Ruhe und wanderte, ebenso wie ich, durch das unheimliche Zwischenreich, wo wir uns ständig begegneten und feststellten, dass wir Todfeinde waren. Ja, Todfeinde. Wir trafen aufeinander, aber nie kam es zu einer Entscheidung. So waren wir keine Lebenden und keine Toten, sondern verfluchte Geister.«

»Aber Abbot ist zurückgekehrt«, unterbrach ich die Geschichte des Mannes.

»Das stimmt, er kam wieder. Auch wenn es lange dauerte. Es gab einen Mann, der sich sehr für dieses alte Haus interessierte, denn hier existieren noch der furchtbare Galgen und auch das Fallbeil. Zwischen diesen beiden Instrumenten durften die Delinquenten wählen. Es ist so furchtbar, dass ich darüber kaum sprechen kann. Man hätte alles abreißen und wegschaffen sollen, aber das tat man nicht, die nachfolgenden Menschen wollten den Schauder erleben. Jetzt ist es zu spät. Ein Mann kam, der alles wieder zurückholte. Er verbündete sich mit dem Henker. Die Bluttaten der

Vergangenheit werden wieder aufgewühlt. Abbot kann weiter töten.«

Ich schüttelte den Kopf. »Wir sind gekommen, um dies zu verhindern.«

Die Gestalt lachte nur. »Ihr werdet es kaum schaffen. Wenn doch, werde ich euch so unendlich dankbar sein, denn dann habe auch ich meine Ruhe gefunden. Erst wenn der Henker nicht mehr existiert, kann ich eingehen in das Reich, in dem die Toten geborgen sind. Der Schoß der Ewigkeit wird mich aufnehmen.«

»Willst du uns helfen?«, fragte ich.

»Wenn ich kann …«

»Sag uns, wo sich der Henker befindet.«

»In der Halle, wo das Gerüst aufgebaut ist. Auch das Fallbeil steht dort. Ihr werdet es sehen.«

»Wie gelangt man dorthin?«

»Ihr müsst durch die Tür gehen. Aber es gibt noch einen anderen Zugang. Einen von unten, aus den Tiefen des Kellers. Dort führt eine Leiter bis unter das Podest hoch. Da werdet ihr die Klappe finden, durch die die Gehängten fielen, wenn sie nicht auf einem Schemel standen. Wenn ihr sie öffnet, seid ihr ebenfalls da …«

Es waren gute Informationen, die uns der Duke gegeben hatte. »Und was geschieht mit dir?«, fragte Suko.

»Ich bin zu schwach. Ich warte, ich werde warten …« Kaum verständlich waren die Worte. Wir beide sahen, wie sich die Gestalt vor unseren Augen auflöste und nur die Ketten zurückblieben, die, wenn sie sich bewegten, ein leises Klirren hören ließen.

Sie verschwanden vor uns in der Düsternis des Kellers, der sich der Treppe anschloss.

»Einen besseren Führer können wir nicht finden«, wisperte Suko. »Worauf wartest du noch? Hinterher.«

Eine andere Möglichkeit gab es kaum, und so folgten wir diesem Gespenst. Auch wenn wir es nicht sahen, das schwache Rasseln der Kette wies uns den Weg.

Ein alter Keller nahm uns auf. Wahrscheinlich hatte es ihn schon zu Zeiten des Duke of Burlington gegeben, denn die Gänge waren schmal und niedrig. Wir mussten uns beide bücken, folgten dem Kettenrasseln und dem Finger des Lichtstrahls.

Manchmal entdeckten wir kleine Nischen, in denen allerlei Zeug lag. Lumpen oder Abfall. Beides stank widerlich.

Spinnweben strichen über unsere Gesichter. Käfer huschten aufgeschreckt davon, wenn der helle Lichtstrahl sie erfasste. Es waren genug Spalten und Risse vorhanden, in denen sie verschwinden konnten.

Ich hatte mir genau gemerkt, wohin wir gingen. Es war die Richtung, die wir auch oben eingeschlagen hätten.

Dann erreichten wir einen größeren Raum. Es war ein völlig verschmutztes Verlies, aber wir sahen auch die alte Leiter, die vom Boden her zur Decke führte.

Ich leuchtete sie ab.

Auch auf den Sprossen lag Staub. Deutlich zeichneten sich darauf die Fußabdrücke desjenigen ab, der den Weg schon vor uns hochgeklettert war.

Hier also war es.

»Geh du zuerst«, sagte Suko und schaute sich noch einmal um. Das Gespenst war verschwunden. Wir hörten das leise Rasseln der Kettenglieder irgendwo im Hintergrund.

Ich holte noch einmal tief Luft. Die Leiter mochte alt sein, die Stufen jedenfalls hielten mein Gewicht aus. Und als ich nach oben leuchtete, sah ich die Umrisse eines Rechtecks.

Das war die Klappe.

Noch mehr Neues überraschte uns. Wir vernahmen über uns Schritte und hörten auch Stimmen.

Ja, sie waren dort.

Ich verlor keine Sekunde mehr, gab Suko ein Zeichen mit dem hochgestellten Daumen und ging weiter.

Nach zwei Stufen stoppte ich abrupt, denn in diesem Augenblick fiel die Klappe …

Sie standen da und staunten. Nichts regte sich in ihren Gesichtern. Die Blicke galten allein der Person, die vor ihnen stand und die sie als T.C. Markham gekannt hatten.

Das war nicht er, sondern ein anderer!

Abbot, der Henker!

Unter der Maske eines T.C. Markham hatte er die Menschen in die Irre geführt. Eiskalt hatte er den Plan ausgeführt, bis zu seiner Demaskierung.

Er sah scheußlich aus.

Haare hatte er keine mehr. Sein Gesicht und auch die glatte Kopfhaut waren über und über mit Pickeln, Geschwüren und Pusteln bedeckt. Es gab keinen Stellen, die normal aussahen. Das Gesicht war fleischig. Es zeigte zudem Narben, die kaum verheilt waren und wie Krater innerhalb der Hautlandschaft wirkten, wobei sie an manchen Stellen noch feuerrot leuchteten.

Ein Anblick zum Fürchten. Eine Ausgeburt des Grauens, Abschaums der Hölle, eben ein Henker, der kein Erbarmen kannte und seiner grausamen Aufgabe nachkommen wollte.

Die Menschen waren still. Sie beobachteten ihn gespannt, wie er näher kam und dicht neben Rita stehen blieb, deren Füße auf dem Schemel standen und zitterten.

Der Henker sagte nichts, als er beide Arme hob und seine Pranken in die Nähe des Frauengesichts brachte. Er fasste mit der linken Hand das Seil dort, wo sich mehrere Knoten übereinander befanden, drückte gleichzeitig Ritas Kinn hoch und befreite sie von der Schlinge.

Dass die Frau zusammensackte, darum kümmerte er sich nicht. Rita fiel vom Schemel auf das Podest, überrollte sich dort und kroch auf Händen und Füßen weg.

»So«, sagte Abbot mit völlig veränderter Stimme. »Ihr wisst jetzt, wer ich bin. Und nur ich darf in diesem Haus hängen. Habt ihr verstanden? Nur ich!«

Die anderen nickten.

»Ich bin zurückgekehrt. Der Teufel wollte mich noch nicht. Er braucht auf der Erde jemanden, der ihm dient. Es gibt viele, die ihn anbeten, auch ich gehöre dazu, und ich habe die Aufgabe erhalten, meine Arbeit weiterzuführen. Die Menschen konnte ich täuschen. Niemand wusste, dass sich unter der Maske des T.C. Markham Abbot der Henker befand. Ich kehrte zurück, denn ich fand wie auch andere keine Ruhe. Mosley oder Marcel, der Folterknecht. Sie alle gehörten dazu. Leider wurde Mosley vernichtet, doch ich werde denjenigen, der dafür die Verantwortung trägt, grausam bestrafen. Ich weiß, dass er sich bereits hier im Gebäude befindet. Er ist auf dem Weg hierher, deshalb werde ich ihn locken. Er muss kommen, er wird kommen, denn eine von euch war mit ihm zusammen. Sie hielt zu ihm, sie hat die Reise mit ihm zusammen gemacht, und sie, die ebenfalls den Trank des Folterknechts zu sich genommen hat, wird nun meine Geisel sein und der Lockvogel für John Sinclair!«

Selbst Rita, die sich wieder erhoben hatte, wusste Bescheid und richtete ihren Blick auf Lady Sarah. Auch die anderen schauten die Horror-Oma an, die sich im Mittelpunkt des Interesses überhaupt nicht wohl fühlte und sich scheu umschaute.

»Ich?«, fragte sie. »Wieso ich? Was habe ich denn damit zu tun? Ich meine, ich gehöre zu euch. Ich habe getrunken.«

»Und du tust alles für uns?«, erkundigte sich der Henker lauernd.

»Ja.«

»Dann wirst du dich auch hängen lassen, meine Liebe! Komm her zu mir, komm schon.«

Lady Sarah zögerte. Sie schaute sich um, traf die Gesichter der anderen, sah deren Starrheit und auch die Gnadenlosigkeit in den blass und kalt wirkenden Augen.

Da wurde ihr klar, dass sie von denen keine Hilfe zu erwarten hatte. Patrick ging sogar noch weiter. Er ging auf Lady Sarah zu und zielte mit der Pistolenmündung auf ihren Kopf. Er visierte dabei eine Stelle dicht über dem rechten Ohr an.

»Willst du wohl gehen, Alte? Du kannst unseren Herrn und Meister doch nicht warten lassen.«

Lady Sarah zögerte. Obwohl sie anders fühlte als noch vor Stunden und das gefährliche Blut in ihren Adern kreiste, hatte sie doch Angst um ihr Leben.

Abbot warf ihr eine zynische Bemerkung zu. »Da du schon älter bist, werde ich dir einen kleinen Gefallen erweisen. Du brauchst nicht auf den Schemel zu steigen. Es gibt hier noch ein zweites Patent. Und zwar ist es eine Klappe. Wenn ich einen am Galgenbaum versteckt angebrachten Hebel betätige, öffnet sich die Klappe, und du fällst in die Tiefe. Vorausgesetzt, dein Hals liegt frei. Aber darum wird sich der Strick befinden, der dich hält.« Abbot lachte, versetzte dem Schemel einen Tritt und schleuderte ihn meterweit weg.

Tief und schwer atmete Lady Sarah ein. Dabei schüttelte sie den Kopf. »Das kannst du doch nicht machen, verdammt! Das geht einfach nicht. Nein, ich bin dir treu zu Diensten. Ich habe das Blut getrunken …«

»Wenn du mir so treu ergeben bist, komm her und stell dich auf einen bestimmten Punkt, den ich dir zeigen werde.« Nach diesen Worten zog der Henker den Strick tiefer. Die Schlinge legte er schräg, sodass Lady Sarah auf und durch sie schauen konnte.

»Na?«

Der Stoß traf sie in den Rücken. Patrick hatte sie geschlagen und beförderte damit die alte Dame nach vorn, direkt auf den Henker zu.

Der streckte seinen freien Arm aus und griff zu. Plötzlich lag die Klaue um Lady Sarahs Hals. Ihre Augen wurden größer, sie bekam kaum Luft, röchelte und wurde dorthin geschleift, wo der Henker es wollte.

Abbot war gnadenlos. In der rechten Hand hielt er die Schlinge. Sein linker Arm umklammerte Sarah Goldwyn so, dass sie nicht anders konnte und dem hölzernen Podest entgegengedrückt wurde.

Sie senkte dabei zwangsläufig den Kopf. Darauf hatte der andere nur gewartet.

Die Bewegung des Henkers, mit der er ihr die Schlinge über den Kopf streifte, ließ auf Routine schließen. Abbot hatte wirklich noch nichts verlernt, das merkte jeder.

Dann hing Lady Sarah fest.

Sie hatte viele Bücher gelesen und auch die entsprechenden Filme gesehen. Sehr oft wurden Szenen beschrieben, die dieser, die sie jetzt am eigenen Leibe erlebte, ähnelten.

Aber nie hatte sie so gefühlt wie in diesen Augenblicken. Es war einfach furchtbar. Grauenhaft und unerklärbar. Sie hatte den Mund aufgerissen, um Luft zu holen. Dabei lag die Schlinge um ihren Hals, sie scheuerte auf der Haut, und die Gesichter der anderen verschwammen vor ihren Augen.

Wie gesagt, sie hörte den Henker sprechen. »Du stehst jetzt fast auf der Klappe. Noch einen Schritt musst du zur Seite gehen, damit ich …«

Im selben Augenblick fiel die Klappe nach unten!

Ohne es die anderen merken zu lassen, hatte Abbot den Kontakt berührt. Hätte Lady Sarah schon auf der Klappe gestanden, wäre sie gefallen und hätte keine Chance mehr gehabt. So aber stand sie noch einen halben Schritt vom Rand entfernt und konnte mit ansehen, wie eine Gestalt aus der Luke schoss.

Ich!

Urplötzlich war ich oben, sah Lady Sarah mit der Schlinge um den Hals dicht an der Klappe stehen und erkannte auch den Henker, der sich überrascht zeigte.

Ich nutzte diesen Moment aus. Bevor dieser Unheimliche Lady Sarah auf die Luke zuschleudern konnte, wurde er von meinem Faustschlag so hart erwischt, dass er sich fast überschlug.

Er dröhnte auf das Podest, und ich fand Zeit, mich um Lady Sarah zu kümmern, die totenbleich in der Schlinge hing.

Die anderen wollten nicht zulassen, dass ich ihr half. Sie stürzten sich auf mich.

Genau in diesem Augenblick erschien Suko.

Mein Freund und Partner war ein durchtrainierter Kämpfer. Er stellte sich der Meute und schrie mir zu, mich um den Henker zu kümmern, der im Hintergrund verschwunden war.

Ich konnte Lady Sarah noch so eben aus der Schlinge befreien, bevor ich startete und die Verfolgung dieser Bestie aufnahm …

Einen blonden jungen Mann mit einer Pistole in der Hand nahm Suko sich als Ersten vor. Der Typ hatte auf ihn zielen wollen. Zum Schuss kam er nicht mehr. Sukos Tritt fegte ihm die Waffe aus der Hand und riss den Kerl von den Beinen.

Gleichzeitig griff Kenneth an. Er war zu langsam und zu schwer. Suko ließ ihn ins Leere laufen.

Der Mann dachte nicht mehr an die Klappe, trat daneben und krachte auf die Leiter, die unter dem Druck zersplitterte.

Die anderen gaben nicht auf.

Sie stürzten sich auf den Inspektor. Zwei Frauen und ein Mann, während sich Sarah Goldwyn im Hintergrund hielt und mit den Händen über ihren Hals schabte.

Suko kämpfte.

Seine Arme befanden sich in ständiger Bewegung. Er wollte bei den Frauen auch nicht zu hart zuschlagen. Zunächst holte er Betty von den Beinen. Sie verdrehte die Augen und fiel unter die Schlinge. Rita folgte. Suko hebelte sie herum, gab ihr einen leichten Schlag in den Nacken, sodass die Frau seufzend zu Boden sank.

Blieb noch Patrick.

Der grinste Suko an, suchte gleichzeitig nach seiner Waffe. Als er sie sah, war es zu spät, da erschien der Inspektor schon dicht vor seinen Augen und machte mit einem Säbelhieb alles klar. Dem Mann wurden die Beine unter dem Körper weggerissen. Es gab ein dumpfes Geräusch, als er zu Boden fiel.

Blieb Lady Sarah.

Suko sah sie neben dem Galgengerüst stehen. Sie schaute ihm entgegen.

»Rühr mich nicht an!«, schrie sie und streckte einen Arm aus.

Suko schaute ihr in die Augen. Wie hatten sie sich verändert! Sie waren anders, leblos, starr …

Plötzlich bekam der Inspektor Angst um die Horror-Oma …

Abbot war schnell.

Ich ebenfalls. Dennoch wurde ich für Sekunden zurückgeworfen, da auf dem Boden etwas lag, auf dem ich ausrutschte. Fast hätte ich einen Spagat gemacht. Mit der rechten Hand glitt ich weg und fasste mit einer Hand in die Masse, über die ich gefallen war.

Sie war weich, anschmiegsam und fühlte sich an wie Gummi. Als ich sie in die Höhe hob und sie mir ansah, erkannte ich T.C. Markhams verzerrte Gesichtszüge.

Jetzt wusste ich Bescheid.

Der Henker Abbot, dieses untote Ungeheuer, hatte sich unter dieser fleischfarbenen Maske verborgen und als T.C. Markham die Gegend unsicher gemacht.

So also lief das Spiel!

Ich schleuderte die Maske weg und folgte den dröhnenden Schritten des Henkers.

Wir gerieten in den Hintergrund, wo ich eine rote Leinwand sah. Die Farben waren echt, zu Spiralen gedreht und sahen manchmal wie Wellenkämme aus, die von wagemutigen Surfern abgeritten wurden. Sie bewegten sich nicht, aber wenn man sie anschaute, hatte man das Gefühl einer Rotation.

Und noch jemand bewegte sich.

Abbot, der Henker.

Er huschte zur Seite, ich sah ihn springen, dann war er verschwunden. Sekunden später hatte ich das Ende des Podestes erreicht, schaute nach vorn und sah ihn auf ein Fallbeil zulaufen.

Die Guillotine stand dort wie eine Drohung.

»Stopp!«, brüllte ich und zog die Beretta.

Abbot lief weiter.

Da schoss ich.

Auf den breiten Rücken hatte ich nicht gezielt, sondern auf seine Beine. Zwei Kugeln hatte ich aus dem Lauf gejagt, und eine Kugel zumindest hatte getroffen.

Plötzlich knickte er weg, fiel zu Boden. Ich gewann wieder Zeit, sprang vom Podest und sah, wie er sich aufrappelte. Trotz des Treffers schleppte er sich weiter.

Dabei schrie er gellende Flüche, die mir und den verfluchten Umständen galten, wie er sie nannte.

Ich holte auf.

Die Guillotine wurde größer und größer. Ihr Anblick jagte mir einen Schauer über den Rücken. Das scharfe Fallbeil hing fest. Seine Schneide schimmerte silbrig.

In gleicher Höhe mit der Guillotine hatte ich Abbot erreicht, packte ihn und wuchtete ihn herum.

Mein Faustschlag trieb ihn nach rechts, genau auf das Fallbeil zu. War es ein Wink des Schicksals?

Er war auf den Rücken gefallen. Sein Hals lag fast in der Einkerbung des Hauklotzes. Er versuchte, wieder in die Höhe zu gelangen. Das linke Bein wirkte wie eine faulige Masse, denn das geweihte Silber der Kugel zerstörte es allmählich.

Ich ließ ihn halb hochkommen. Sein Gesicht erinnerte mich an einen bemalten Ballon.

Dann trat ich zu.

Wieder wurde er zurückgeschleudert. Dabei wuchtete er noch seine Arme hoch und fiel auf dieselbe Stelle.

Vielleicht war es Zufall. Möglicherweise auch Schicksal oder Fügung. Jedenfalls hieb er mit dem Handrücken gegen den kleinen Hebel, der das Fallbeil in Bewegung setzte.

Sssssttt …

So vernahm ich das Geräusch und sah etwas Blitzendes von oben nach unten sausen.

Dann erklang ein dumpfes Geräusch. In diesem Augenblick war der Henker Abbot auf die gleiche Weise gestorben wie viele seiner bedauernswerten Opfer.

Wie aus einer unendlichen Ferne vernahm ich eine leise, aber fröhliche Stimme.

»Gerettet, du hast mich gerettet. Die Ewigkeit wartet auf mich. Danke, nochmals danke …!«

Die Stimme des Duke of Burlington verwehte wie ein Hauch. Ich aber konnte seit Stunden wieder lächeln …

Das Lächeln verging mir, als ich die anderen Menschen sah. Sie hatten von dem Trank genossen und standen weiterhin unter dessen Bann. Suko war verzweifelt, denn auch Sarah Goldwyn reagierte nicht normal. »John, was kann man tun?«

Ich sah die Horror-Oma am Galgen stehen. Feindselig schaute sie mich an, und ihr Blick wurde noch böser, als ich mein Kreuz hervorholte und es ihr zeigte.

Dann wagte ich den Versuch.

Ich legte ihr das Kreuz auf die Stirn. Sie schrie, ein seufzender Atemzug folgte, anschließend wurde sie bewusstlos.

Bei den anderen ging ich ähnlich vor. Auch sie wurden ohnmächtig, und als sie aus diesem Zustand erwachten, wussten sie nicht, was geschehen war.

Sarah Goldwyn wollte es kaum glauben und drohte uns sogar Prügel an, weil wir eine alte Frau auf den Arm nehmen wollten.

Als sie jedoch den Galgen sah, wurde sie nachdenklicher und nickte.

»Das ist ja vergessen«, sagte Suko. Er legte fürsorglich einen Arm um sie.

Ich beschäftigte mich mit Rita und fragte sie: »Wird Hank Diggers Versicherung nun ausgezahlt?«

»Ja, Mister Sinclair, das wird sie. Ganz bestimmt sogar …«

Nur hatte der Tote davon nichts mehr. Denn kein Leben ist mit Geld zu bezahlen …

ENDE

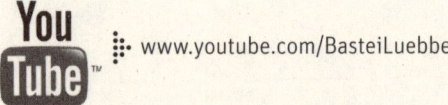